HILARY BOYD

Das Lavendelhaus

GOLDMANN
Lesen erleben

Buch

Ein Haus in der Provence, umgeben von duftenden Lavendelfeldern … Das käme der 61-jährigen Nancy nicht mal in ihren kühnsten Träumen in den Sinn. Sie ist zufrieden, so wie es ist: In ihrem Häuschen im südenglischen Sussex fühlt sie sich wohl, und sie muss nur durch den Garten gehen, um bei ihrer Tochter und ihren Enkelinnen zu sein. Und mit dem Störfaktor Mann hat sie ohnehin abgeschlossen, seit ihr Exmann sich an der Seite einer Jüngeren vergnügt. Aber dann begegnet sie eines Abends Jim: Countrysänger, Raucher, Cowboystiefel-Träger – also eigentlich überhaupt nicht Nancys Typ. Und doch ist da etwas. Etwas, das auf Gegenseitigkeit zu beruhen scheint … Als Jim unverhofft ein Haus in der Provence erbt, muss Nancy sich entscheiden. Ist sie bereit, alles hinter sich zu lassen? Aber in Nancys Alter kann man doch nicht einfach so ein neues Leben beginnen … Oder doch?

Weitere Informationen zu Hilary Boyd
sowie zu lieferbaren Titeln der Autorin
finden Sie am Ende des Buches.

HILARY BOYD

DAS LAVENDEL-HAUS

Roman

Aus dem Englischen
von Kristina Lake-Zapp

GOLDMANN

Die englische Originalausgabe erschien 2016 unter dem Titel
»The Lavender House« bei Quercus Editions Ltd,
an Hachette UK Company, London.

1. Auflage
Deutsche Erstveröffentlichung Oktober 2017

Umschlaggestaltung: UNO Werbeagentur, München
Umschlagmotiv: Picture Press/Anke Schütz
Redaktion: Gabriele Zigldrum
An · Herstellung: ik
Satz: KompetenzCenter, Mönchengladbach
Druck und Bindung: GGP Media GmbH, Pößneck
Printed in Germany
ISBN: 978-3-442-48639-7
www.goldmann-verlag.de

»Frauen sind wie Teebeutel.
Man weiß erst, wie stark sie sind,
wenn man sie in heißes Wasser wirft.«
Eleanor Roosevelt

Prolog

Nancy stand in der Küche und bereitete das Abendessen zu. Im Radio lief *The Archers*, die wohl älteste Hörfunkseifenoper der Welt, die seit über sechzig Jahren auf BBC 4 gesendet wurde. Der Juliabend war windig und kühl, trotzdem standen die Türen zum Garten weit offen, die Schildpattkatze der Nachbarn schlich um die Pflanzkübel auf der gefliesten Terrasse und rieb sich genussvoll an dem leicht rauen Terrakotta eines großen Topfes mit Lavendel. Gerade als Nancy das für den Grill kleingeschnittene Sommergemüse mit Olivenöl beträufelte, kam ihr Ehemann Christopher in die Küche und teilte ihr mit, dass er gehen werde.

Christopher blieb vor der Kücheninsel stehen. Er trug Jeans und einen marineblauen Pulli mit Reißverschluss bis zum Kinn. Er war ein attraktiver Mann, hager, durchtrainiert und gebräunt von seinen endlosen Spaziergängen im Moor- und Marschland von Suffolk, das graue Haar kurz geschoren. Er wirkte entschlossen, beinahe grimmig, als er sie ansah, seine braune Ledertasche fest in der linken Hand.

»Wohin willst du denn?«, fragte Nancy, die öligen Hände in die Luft gestreckt wie ein Chirurg, der darauf wartet, dass man ihm vor einer anstehenden Operation die Handschuhe überstreift. Vor ihr auf der Anrichte lagen Zwiebeln, Zucchini, Paprika und Babytomaten. »Es ist bald Zeit fürs Abendessen.« Sie stellte mit dem Ellbogen das Radio aus. Christopher hasste *The Archers.*

»Zu Tatjana.«

»Jetzt? Warum?«

Tatjana war das neueste Mitglied der Downland Singers, eines kleinen Madrigalchors, den Christopher vor fast dreißig Jahren gegründet hatte. Tatjana kam aus Lettland und hatte sich bei ihnen vorgestellt, nachdem eine der Sängerinnen den Chor wegen der Krebserkrankung ihres Mannes verlassen hatte. Christopher war ganz begeistert gewesen von Tatjana, da diese eine junge, außergewöhnlich reine Sopranstimme besaß. Offensichtlich nicht ihr einziger Vorzug, wie Nancy nun feststellen sollte.

Ohne ihre Frage zu beantworten, fuhr Christopher fort: »Ich komme heute Nacht nicht nach Hause.«

Nancy sah ihn mit hochgezogenen Augenbrauen an.

»Ich komme heute Nacht nicht nach Hause«, wiederholte ihr Mann.

»Du kommst nicht nach Hause? Aber warum denn nicht?«

»Weil ich bei Tatjana bleibe, Nancy.«

Als Nancy ihn nach wie vor verständnislos ansah, fügte er hinzu: »Wir haben uns verliebt.«

Sie starrte ihn an. Bei einem Neunundsechzigjährigen klangen diese Worte irgendwie aufgesetzt, albern. Unfähig zu begreifen, ließ sie die Hände sinken und griff nach der Küchenrolle, um sich die Finger damit abzuwischen, einen nach dem anderen. »Aha«, sagte sie schließlich. »Wenn das so ist, solltest du jetzt tatsächlich lieber gehen.« Ihre Augen waren auf sein Gesicht geheftet, auf dem sie den Schock, die Bestürzung über ihre Antwort sehen konnte – den Schock, der ihren eigenen widerspiegelte.

»Es tut mir leid«, sagte er und wandte den Blick ab.

Vermutlich, dachte Nancy, tat es ihm auf seine eigene Weise tatsächlich leid. Christopher de Freitas redete nicht viel über seine Gefühle, und sein Herz schlug für kaum etwas anderes als für seine Musik, aber er hielt sich für einen anständigen Menschen. Und für einen brillanten Musiker – auch wenn ihm da nicht jeder zustimmte. Als Spezialist für Alte Musik hatte er Klassische Gitarre am Royal College studiert und anschließend Laute. Seine Madrigalsänger waren unter den Fans der Vorklassik international berühmt.

Nancy hatte Christopher kennengelernt, als er ans Royal Northern College of Music kam – sie studierte dort Klavier –, wo er die Meisterklasse der Lautenschüler übernahm. Sie selbst hatte kein großes Interesse an diesem Instrument, ganz anders als ihr Kommilitone Oliver, und für den interessierte sie sich. Doch Oliver war schnell vergessen, als Nancy von Christophers durchdringenden blauen Augen in den Bann gezogen wurde, die während des Seminars immer wieder an ihr hängen blieben und sie genauso faszinierten wie seine herausragenden Fertigkeiten im Umgang mit der Laute und die Eloquenz, mit der er seinen Studenten die Musik der Renaissance und die Formen des Madrigals nahebrachte. Am Ende der zweistündigen Veranstaltung war sie so fasziniert, dass sie aufstand und sich bei ihm bedankte.

Er hatte ihr seine Karte gegeben. »Sie können mich gern besuchen, sollten Sie mal nach London kommen. Im Juni gebe ich ein Konzert in der Cadogan Hall. Wenn Sie möchten, kann ich Ihnen Tickets besorgen?« Er formulierte das wie eine Frage, doch sie spürte, dass er ein Ja voraussetzte. Sein Selbstbewusstsein war enorm.

»Das hättest du mir eher mitteilen sollen«, sagte sie jetzt, wobei sie das Gefühl hatte, aus sich herauszutreten und dem älteren Paar in der sauberen Mittelklasseküche zuzuschauen. Sie schrie nicht, machte keine Szene, sondern fügte mit ausgesuchter Höflichkeit an: »Dann hätte ich mir keine Mühe mit dem Abendessen machen müssen.« Ihr Körper schien in einem Schraubstock zu stecken, der immer enger wurde, sodass sie nur noch Nichtigkeiten hervorpressen konnte, während sie darauf wartete, dass er ging.

»Richtig …«, murmelte ihr Ehemann weiter verharrend, als zögere er, sie zu verlassen, *obwohl doch eigentlich genau das Gegenteil der Fall sein müsste,* dachte Nancy. *Müsste er sich nicht danach sehnen, es hinter sich zu bringen, seinen unerträglichen Schuldgefühlen zu entkommen? Müsste er sich nicht danach sehnen, voller Erleichterung an Tatjanas üppigen Busen zu sinken?*

Richtig. Das war das letzte Wort in ihrer vierunddreißigjährigen Ehe.

Ist das besser als eine Nachricht auf dem Küchentisch?, fragte sich Nancy nach einer dreiviertel Flasche Rioja auf leeren Magen, während sie auf das Gemüse starrte, das verloren auf der Arbeitsfläche lag – verschmäht, genau wie sie, für nicht länger tauglich befunden. Vor Schock wie betäubt weinte sie nicht. Und erst nach der ganzen Flasche Wein und mehreren großzügig eingeschenkten Gläsern von Christophers geliebtem Glenfiddich dämmerte ihr durch den trüben Schleier des Alkohols hindurch, dass sie längst gewusst hatte, was zwischen ihrem Mann und Tatjana Liepa lief.

Kapitel eins

Vier Jahre später

Was um alles in der Welt zieht man bei einem Line-Dance-Abend in einem Brightoner Pub an?, fragte sich Nancy, als sie ihre Garderobe vergeblich nach einem Outfit für den sechzigsten Geburtstag ihrer Freundin Lindy durchging. Lindy war ihr auch keine Hilfe gewesen.

»Zieh an, was du willst«, hatte sie leichthin auf Nancys verzweifelte Frage geantwortet. »Du kannst auch in Jeans und Cowboystiefeln kommen, wenn du möchtest.« Aber Nancy trug Jeggins von Marks & Spencer, die nicht einmal entfernte Ähnlichkeit mit echten Levi's aufwiesen, und ihre schwarzen Stiefel passten weit besser ins Büro als auf die Tanzfläche eines Pubs, noch dazu, wenn dort Dolly-Parton-Songs gespielt wurden.

All die Klamotten, die während ihrer Zeit als Mrs Christopher de Freitas ihren Kleiderschrank gefüllt hatten – elegante Kleider mit Samtblazern, schwarze

Abendhosen, Seidenoberteile und perlenbestickte Handtaschen –, waren längst in den Wohltätigkeitsladen in Aldeburgh gewandert, und sie konnte nicht behaupten, dass sie sie vermisste.

Ich werde aussehen, als käme ich direkt von einem der Bridge-Abende meiner Mutter, dachte sie, während sie die altbackene hellblaue Baumwollbluse abstreifte, die sie probiert hatte, weil ihre Farbe im weitesten Sinne an Jeansblau erinnerte. *Im Grunde ziehe ich mich jeden Tag mehr an wie Mum.* Entschlossen knallte sie die Schranktür zu und eilte treppab, aus ihrem kleinen Cottage hinaus und über den Kiesweg zu dem größeren Haus, in dem ihre Tochter Louise mit ihrer Familie lebte.

»Hallo!«, begrüßte sie Ross, ihr Schwiegersohn, lächelnd, als Nancy in die Küche stürmte. Er stand mit einem Wiegemesser in der Hand vor einem großen Hackbrett voller leuchtend grüner Kräuter. Daneben sah Nancy eine Schüssel mit ungekochten grauen Garnelen, eine weitere mit Broccoli und eine dritte, kleinere mit gehacktem Knoblauch, außerdem eine Flasche Sojasoße und eine glänzende rote Chili. Nancy erwiderte sein Lächeln und fragte sich, ob sie ihren Schwiegersohn jemals ohne Messer in der Hand, umgeben von Kochzutaten, gesehen hatte. Er besaß ein eigenes Restaurant, das Lime Kiln, drei Meilen entfernt, aber selbst wenn er nicht dort war – wie heute, an einem Samstag –, schien er von morgens bis abends nichts anderes zu tun als zu kochen.

»Wie geht's?«, fragte er, während er in Höchstgeschwindigkeit den Berg Kräuter verarbeitete. Er war eine imposante Erscheinung, übergewichtig, breitschultrig und über eins achtzig groß. Sein kahlrasierter, glänzender Schädel brachte seine schönen braunen Augen, die umgeben waren von einem Kranz dunkler Wimpern, seinen vollen Mund und sein markantes Kinn noch besser zur Geltung. Sein Gesicht war blass, weil er viel zu viel Zeit drinnen verbrachte, und er war keine Schönheit, aber er hatte Charisma, was nicht zuletzt an seiner lauten, volltönenden Stimme und seinem offenen Lächeln lag. Nancy mochte ihn sehr.

»Nicht so gut«, antwortete sie, schob Bob, die Katze – kein Kater, aber ihre Enkelinnen hatten auf dem Namen bestanden –, zur Seite und ließ sich auf das verschossene grüne Sofa fallen, auf dem ein kunterbuntes Sammelsurium von Kissen verstreut war. »Ist Louise oben? Ich brauche unbedingt ein passendes Outfit … zum Line Dancing.«

Ross riss verblüfft die Augen auf, dann brach er in schallendes Gelächter aus. »*Line Dancing?* Willst du mich auf den Arm nehmen, Nancy? Ich hätte nie gedacht, dass du darauf stehst!«

»Das tue ich auch nicht, aber es ist nun mal Lindys sechzigster Geburtstag, und sie möchte es so.« Es war auch gar nicht das Tanzen, das Nancy zu schaffen machte – ganz im Gegenteil: Sie liebte es zu tanzen, auch wenn sie nur selten Gelegenheit dazu hatte. Nein, es war die Party an sich. Partys waren nicht Nancys Ding. Anders als ihr Exmann, der einen Raum voller völlig fremder Menschen betreten und sich sofort prächtig mit ihnen unterhalten konnte, waren gesellschaftliche Veranstaltungen für Nancy so anstrengend wie Zähneziehen, und die unterschwellige Panik, die sie immer dann überkam, wenn ein solches Ereignis anstand, würde wohl niemals verschwinden. In den vier Jahren seit der Trennung war sie fast nie ausgegangen. Nach Christophers Treuebruch hatte sie sich zurückgezogen, hatte die Türen ihres weißgestrichenen Landhauses in Suffolk vor Freunden verschlossen und sich in unzählige Ausreden geflüchtet, die irgendwann vollkommen unglaubwürdig wurden – so lange, bis ihre Freunde aufgaben. Ein Jahr später war sie in das kleine Dorf Applecroft nördlich von Brighton gezogen, in ein Cottage gleich neben dem Haus von Louise und Ross. Das war nun drei Jahre her.

Noch bevor Ross ihre Frage beantworten konnte, drang ein Schrei aus dem Fernsehzimmer. Hope, neun, und Jazzy, sechs Jahre alt, stürzten in die Küche, laut »Nana, Nana!« rufend, und warfen sich in die Arme ihrer Großmutter.

Ein großes Glas Pinot in der Hand, das Ross ihr aufgedrängt hatte, und ein Schälchen Salzmandeln später saß Nancy auf dem Ehebett ihrer Tochter. Hope durchwühlte bereits die Schubladen und Schränke ihrer Mutter.

»Schau mal, Nana«, sagte sie eifrig, »das ist perfekt

für eine Party.« Sie stellte sich auf die Zehenspitzen und zog einen glitzernden goldenen Strickbolero vom Bügel, der Nancys Meinung nach eher zu einer von Hopes Barbies als zu ihr oder Louise passte. Mit ihren großen braunen Augen, die sie von ihrem Vater geerbt hatte, sah sie ihre Großmutter an.

»Ähm … Ist der nicht etwas zu … glänzend?«

Louise kicherte, als sie den Gesichtsausdruck ihrer Mutter bemerkte. »Ein Spontankauf«, erklärte sie und warf Nancy eine mit Fransen besetzte cremefarbene Wildlederjacke zu. »Die ist perfekt, stimmt's?« Sie drehte sich wieder um und durchforstete weiter ihre Garderobe. »Irgendwo müsste noch eine Jeanslatzhose sein … Obwohl das vielleicht mehr nach Bauer aussieht als nach Cowboy.«

Jazzy, die neben Nancy auf dem Bett saß, riss entsetzt die blauen Augen auf. »Nana kann auf einer Party doch keine *Latzhose* anziehen!« Sie klang zutiefst schockiert.

Louise nickte beipflichtend und zauberte aus den Tiefen ihres Kleiderschranks eine Jeans hervor. »Die hier ist besser. Eine echte Levi's, und sie sieht so aus, als würde sie dir passen.«

Nancys Tochter kam vom Äußeren her nach Christopher: feingliedrig, schlank mit scharfgeschnittenen, fast kantigen Geschichtszügen. Sie war ungefähr fünf Zentimeter kleiner als ihre Mutter und sah ihrem Vater sehr ähnlich, hatte seine blauen Augen. Nur ihr volles dunkelbraunes Haar stammte von Nancy, auch wenn Louise nicht viel daraus machte und es meist zu einem kurzen, strengen Pferdeschwanz zurückband. Sie hatte etwas Knabenhaftes an sich, das auf Männer oftmals sehr attraktiv wirkte, außerdem ein bezauberndes Lächeln, das ihr Gesicht sofort weicher machte.

»Na los, probier sie an«, drängte Louise und streckte ihrer Mutter die Jeans entgegen.

»Jetzt? Vielleicht sollte ich die Sachen mit rübernehmen …« Nancy warf einen verlegenen Blick auf die beiden Mädchen, die missbilligend die Kombination musterten, die ihre Mutter zusammengestellt hatte.

»Ach, komm schon. Ich will wissen, wie du darin aussiehst! Husch, raus mit euch, Mädels, damit Nana sich umziehen kann. Ich rufe euch, sobald sie fertig ist.«

Als die Mädchen draußen waren und kichernd vor der Tür warteten, zog sich Nancy bis auf T-Shirt und Unterhose aus und schlüpfte in Jeans und Wildlederjacke. Die Hose war ein Stückchen zu kurz und um die Taille etwas eng, aber die Jacke passte perfekt. Sie betrachtete sich in dem großen Spiegel an der Schlafzimmerwand, während Bob ihr schnurrend um die Beine strich.

»Hab ich's nicht gesagt? Du siehst toll aus!« Ihre Tochter hatte sich auf die andere Bettseite fallen lassen und strahlte sie begeistert an. »Total C & W.«

»C & W?«

»Country & Western, Mum. Passend zum Programm.«

»Stimmt.« Sie drehte sich in den Sachen ihrer Tochter vor dem Spiegel hin und her und zupfte ihre Ponyfransen zurecht. Ihr mittlerweile silberweißes Haar war zu einem Bob geschnitten, der gleich unterhalb des Kinns endete und ihre ausgeprägten Wangenknochen betonte, genau wie ihre großen grauen Augen. Für eine Sekunde sah sie ihr jüngeres Selbst vor sich. »Ich hatte schon Panik, dass ich anfange, mich zu kleiden wie Mum.«

Louise lachte. »Es gibt Schlimmeres. Granny sieht umwerfend aus!«

»Ja, aber sie ist vierundachtzig. Ich habe genau die gleichen Jeggins von Marks & Spencer wie sie.«

»Du und das halbe Land.«

Nancy seufzte. »Ich glaube, ich hab Panik bekommen, weil sie neulich gesagt hat, ich sei jetzt im selben Alter wie sie, als Daddy starb. Damals ist sie mir so alt vorgekommen!«

»Du bist nicht alt, Mum. Sechzig ist das neue vierzig«, widersprach Louise, wie immer entschlossen, Nancys Sorgen zu zerstreuen. Dabei machte sie sich selbst andauernd um alles Mögliche Gedanken – vermutlich konnte sie daher nicht auch noch die Unsicherheit ihrer Mutter ertragen. Nancy fand das mitunter befremdlich, aber vielleicht war es besser, nicht über Dinge nachzugrübeln, die sie ohnehin nicht ändern konnte. Es war lediglich die schleichende Angst, der Rest ihres Lebens könnte schon jetzt klar und deutlich vorgezeichnet sein, die ihr neuerdings zu schaffen machte. Nancy fand die Vorstellung schrecklich, dem Beispiel ihrer Mutter zu folgen und die Zeit bis zum Tod in rein weiblicher Gesellschaft mit Brigde-Spielen, Noël Coward, ausgefallenen Torten, Kreuzfahrten und Streifzügen durch Marks & Spencer zu verbringen – um nicht zu sagen zu verplempern. Obwohl Frances ein für ihr Alter beneidenswertes Leben führte, wirkte sie stets unzufrieden und enttäuscht über die Entwicklung, die die Dinge genommen hatten.

»Ich hab sie!« Louise, die mittlerweile auf Knien vor ihrem Schrank hockte, schwenkte ein Paar spitze hellbraune Wildlederstiefeletten mit kleinem Absatz und Ziernieten durch die Luft. »Die sehen fast aus wie Cowboystiefel«, verkündete sie munter und reichte sie ihrer Mutter. »Sie passen zwar farblich nicht hundertprozentig zur Jacke, aber das wird schon keinem auffallen.«

»Glaubst du, die Größe stimmt?«

»Probier sie an. Ich habe sie oft getragen, das Leder ist ganz weich.« Sie sah zu, wie Nancy in die Stiefeletten schlüpfte. »Fantastisch. Kommt rein, Mädels, und schaut euch Nana an.« Sie musterte ihre Mutter von Kopf bis Fuß. »Absolut stilecht, Mum, und trotzdem elegant. In dem Outfit kannst du dich auf jeder Line-Dance-Party sehen lassen.«

Kapitel zwei

Im Pub lief ein Countrysong, wenn auch keiner, den Nancy kannte. Sie war spät dran, da sie bis zur letzten Sekunde mit sich gerungen hatte, ob sie hingehen sollte oder nicht.

Dass sie die Sachen ihrer Tochter trug, hob nicht gerade ihr Selbstbewusstsein. Sie kam sich vor wie jemand, der unbedingt auf jung machen wollte und dadurch noch viel älter wirkte, außerdem zwängten die spitzen Stiefeletten ihren Zehen ein, sodass ihr die Füße schon nach dem kurzen Weg vom Parkplatz ins Pub wehtaten. Zudem schnitt ihr der Jeansbund ins Fleisch und warf einen hässlichen Wulst unter ihrem weißen T-Shirt.

Reiß dich zusammen, schalt sie sich, straffte die Schultern und holte tief Luft, als sie Lindy in dem überfüllten Pub entdeckte. Ihre Freundin stand mit einer Gruppe Frauen an der Bar, eine Flasche Lager-Bier in der Hand. Sie trug unverschämt kurze Jeans-Shorts, eine mit Fransen besetzte Lederweste über einem schmalen weißen Baumwolloberteil und dazu die Krokodillederstiefel, die sie vor dreißig Jahren in Denver gekauft hatte. Sie sah umwerfend aus mit ihrem großen Stetson und den langen blonden Haaren – wie fünfundzwanzig, fand Nancy.

»Juhu! Nancy ist da! Ich dachte schon, du würdest kneifen«, jubelte Lindy und schlang begeistert die Arme um ihre Freundin. Nancy hatte Lindy am Schultor kennengelernt, als sie beide ihre Enkel abholten – Toby ging in Hopes Klasse. Daraus hatte sich eine Freundschaft entwickelt, befeuert durch Lindys unersättlichen Appetit auf jede Form von Kultur. Kino, Literatur, Musik, Theater, Tanz – was auch immer, Lindy besorgte die Eintrittskarten.

Nancy überreichte ihr ein Geburtstagsgeschenk: einen silbernen Armreif mit einem kleinen Türkis in der Mitte, den sie in einem Shop in den Brightoner Lanes entdeckt hatte – einem Labyrinth aus schmalen Straßen und noch schmaleren Gassen, in denen sich ein ausgefallener Laden an den anderen drängte.

»Das ist so lieb von dir, Süße! Es sollte doch niemand Geld für mich ausgeben!« Lindy bückte sich und steckte die in Geschenkpapier eingeschlagene Schachtel mitsamt Karte in die große Tasche zu ihren Füßen. »Ich werde später auspacken – momentan ist hier viel zu viel los.« Sie richtete sich wieder auf. »So, wen kennst du alles?«

Lindy stellte ihr Monica, Jessy, Alison, Rosanne, Suzie, Precious und zwei weitere Frauen vor, deren Namen Nancy nicht verstand. Die Einzige, die Nancy schon kannte, war Alison, Lindys alte College-

Freundin. Gemeinsam hatten sie sich einen Terence-Davies-Film angesehen, *The Deep Blue Sea*, der im Duke-of-York's-Kino in Brighton gelaufen war. Nancy erinnerte sich, wie sie sich vom Soundtrack, einem herzzerreißenden Violinkonzert von Samuel Barber, hatte davontragen lassen, während Alison eher unberührt wirkte und sich auch später nicht sonderlich gesprächig zeigte.

Die Frauen waren bereits ziemlich beschwipst – Nancy würde sich anstrengen müssen, um aufzuholen. Erleichtert stellte sie fest, dass Lindys Gäste bunt gemischte Outfits trugen – nur zwei der Frauen hatten Hüte aufgesetzt, drei echte Cowboystiefel angezogen. Einzig Lindy füllte ihre Rolle voll und ganz aus … mehr als das, um ehrlich zu sein.

»Was möchtest du trinken?«, fragte Rosanne, die Leiterin des Malkurses, den Lindy in Lewes besuchte.

Nancy bat um ein Budweiser. Wein mochte sie lieber, aber sie wollte keinen Schwips bekommen, weil sie mit dem Auto da war.

»Hört mal her, Mädels! Ich bin Jim Bowdry, euer Line-Dance-Lehrer. Ich führe euch durch den heutigen Abend, und ich bin mir sicher, dass wir jede Menge Spaß haben werden.«

Der hochgewachsene Mann, der gekleidet war wie ein Cowboy, winkte die Geburtstagsgesellschaft zu einem abgesperrten Bereich weiter hinten, in dem sich eine kleine, schwarz gestrichene Bühne mit

Lautsprechern und einer Stereoanlage befand. Auf einem der Lautsprecher stand ein aufgeklappter Laptop. In einer Ecke entdeckte Nancy ein Schlagzeug. Sie war erleichtert, dass sie anscheinend gleich loslegen würden, was ihr weiteren Smalltalk ersparte. Inzwischen war sie bei ihrem zweiten Bier und wurde langsam lockerer. Die Frauen, so hatte sich herausgestellt, waren ein nettes Grüppchen, lebhaft und unprätentiös – selbst Alison taute langsam auf.

»So, meine Damen.« Jim richtete das Mikro seines Headsets aus, das er unter seinem silberweißen Stetson trug. »Wer von euch hat schon einmal Line Dancing gemacht?«

Nur vier Hände gingen in die Höhe, eine davon gehörte Lindy. Jim grinste. »Oje – so viele bezaubernde junge Ladys in eine Reihe zu bringen … das wird ein langer Abend!« Angeheitertes Gelächter folgte. »Zerbrecht euch nicht den Kopf, ob ihr alle Schritte richtig macht – hier geht es nur darum, Spaß zu haben. Denkt an das alte japanische Sprichwort: ›Wir sind Narren, ganz gleich, ob wir tanzen oder nicht, also können wir genauso gut tanzen.‹«

Es war klar, dass das zum einstudierten Programm gehörte, trotzdem brachte das Sprichwort – wenn es denn tatsächlich eins war und Jim es sich nicht speziell für diese Gelegenheit ausgedacht hatte – Nancy zum Schmunzeln. Als sie seinem Blick begegnete, musste sie unwillkürlich lachen.

Lindy stand neben ihr, als sie auf Jims Geheiß hin zwei Reihen bildeten, und flüsterte mit einem lasziven Augenaufschlag: »Sieht gut aus, unser Freund, findest du nicht? In dem Outfit kommt er rüber wie ein knallharter Macho, der jeden Augenblick einen Bullen zu Boden ringen wird oder was Cowboys sonst so machen – du verstehst, was ich meine?«

Nancy nickte grinsend, auch wenn sie sich mit Lindys Bemerkung leicht überfordert fühlte. Es war im wahrsten Sinne des Wortes Jahrzehnte her, dass sie ein solches Gespräch über einen Mann geführt hatte. Allerdings gefiel ihr Jim in der Tat. Er war ungefähr in ihrem Alter, um die sechzig, über eins achtzig groß, und er trug sein dichtes eisgraues Haar mit den tiefen Geheimratsecken zu einem kurzen Pferdeschwanz zurückgebunden. Dunkle Augenbrauen wölbten sich über seinen strahlend blauen Augen, die stets leicht amüsiert dreinblickten, seine Nase war ausgeprägt und leicht gebogen, die Lippen scharf geschnitten. Er erinnerte sie an eine ungeschliffenere Version des Schauspielers Terence Stamp.

»Wir fangen mit ein paar Grundschritten an«, sagte Jim. »Ich mache die Schrittfolge einmal vor, dann leite ich euch entsprechend an. Das ist nicht weiter kompliziert, ihr werdet es in null Komma nichts draufhaben.«

Was Nancy für unwahrscheinlich hielt. Immerhin hatte er es hier mit zehn beschwipsten Frauen zu tun, von denen die meisten noch nie in einer Reihe getanzt hatten, aber sie ließ sich ihre Zweifel nicht anmerken. Er hatte das schon öfter gemacht, er würde wissen, was auf ihn zukam.

»Als Erstes der Kreuzschritt, ›Grapevine‹ genannt. Der ist ganz einfach.« Er stellte die Stereoanlage an, baute sich vor ihnen auf, die Daumen in die Vordertaschen seiner Jeans gesteckt, und fing an, sich zu den Klängen eines Countrysongs zu bewegen. »Rechter Fuß: Schritt nach rechts, linker Fuß kreuzt hinter rechten Fuß, rechter Fuß: Schritt nach rechts, Füße zusammen, *tap*.« Er machte die Bewegungen langsam vor, dann wiederholte er die Schrittfolge in die linke Richtung, immer noch langsam, aber flüssig. »Jetzt seid ihr dran.«

Mit unterschiedlicher Begeisterung machte sich die Gruppe daran, Jims Tanzschritte nachzuahmen.

»Super! Jetzt ein bisschen schneller: nach rechts, linker Fuß kreuzt hinter rechten, rechter Fuß nach rechts, *tap*. Schritt nach links ...«

Jim schlug auf seinem Oberschenkel den Takt und zählte laut mit, während die Gruppe seine Anweisungen befolgte. *Eins-zwei-drei-vier, eins-zwei-drei-vier*... Nach einer Weile fügte er weitere Schritte, Drehungen und Sprünge hinzu und machte ihnen vor, wie man auftippte, rutschte oder stampfte. »Zurück, zurück, zurück, zurück, nach links, nach rechts, Grapevine ...« Die Musik wechselte, und Jim zeigte ihnen Choreographien mit selbstredenden exotischen Namen wie Electric Slide, Bootscoot Boogie oder Tush Push. Er stand mit dem Rücken zu ihnen, verkündete via Mikro die Schrittfolgen und schwang aufreizend die schmalen Hüften.

Es war heiß auf der kleinen Tanzfläche, die Luft

stickig, die Musik laut. Hinter ihnen füllte sich der Pub mit dem üblichen Samstagabendpublikum. Nancy spürte, wie ihr Gesicht schweißnass wurde, trotzdem genoss sie jede einzelne Minute.

»Ups!« Kichernd, mit Armen und Beinen fuchtelnd, stieß Lindy gegen Nancy, die daraufhin gegen Precious zu ihrer Rechten prallte.

Jim drehte sich um. »Brauchst du Hilfe?«, fragte er Nancy und stellte sich zwischen sie und Lindy. Die Hand auf ihren Arm gelegt brachte er sie wieder in den Takt. »Sprung … Füße zusammen, Ferse, Spitze, *tap*! He, du bist gut!« Seine Worte klangen plötzlich so intim in dem überfüllten Raum. Sie wagte nicht, ihn anzusehen.

»Links und rechts – verflixt noch mal! Das kriege ich nie hin! Ihr seid mir einfach zu schnell!« Lindy schnappte nach Luft, wedelte mit den Armen und tanzte erneut in die falsche Richtung, wobei sie gegen Jim und Nancy stieß. Jim fing sie lachend auf und begegnete über Lindys Kopf hinweg Nancys Blick. Nancy stellte überrascht fest, wie das ungewohnte Gefühl reiner Freude in ihr aufstieg.

»Was bist du nur für eine Streberin!« Lindy streckte Nancy die Zunge raus, als Jim wieder vor die Gruppe trat und ihnen den Rücken zuwandte. »Geiler Hintern«, flüsterte sie viel zu laut. Nancy krümmte sich vor Verlegenheit, als Jim sich umdrehte, ein schiefes Grinsen auf dem Gesicht, und anfing, sie in die Macarena einzuweisen, einen weniger schnellen Tanz, bei dem hauptsächlich Arm- und Hüfteinsatz gefordert war.

»Das war ein Riesenspaß!« Lindy, noch immer außer Atem, thronte auf einem Barhocker, den Stetson vor sich auf der Theke, die nackten, gebräunten Beine, beneidenswert straff und muskulös vom vielen Workout, übereinandergeschlagen. Alison und Nancy waren die einzigen noch verbliebenen Gäste: Es war schon nach Mitternacht, die anderen hatten sich gleich nach dem Tanzen verabschiedet. Jim war drüben bei der Bühne, nahm Hut und Headset ab, strich die Strähnen, die sich aus seinem Pferdeschwanz gelöst hatten, zurück und wischte sich mit einem rot getupften Taschentuch den Schweiß vom Gesicht. Jetzt spielte langsamere Musik, Kris Kristofferson sang »Sunday Morning Coming Down«.

»Jim kommt noch auf einen Drink zu uns.« Lindys Augen wanderten lüstern zu dem Line-Dance-Lehrer, der nun leise mitsingend zu ihnen herübergeschlendert kam.

»Macht es euch etwas aus, wenn ich schnell eine rauchen gehe?«, fragte er, als er sich zu dem Dreiergrüppchen gesellte. »Dauert nicht lange.«

»Was möchtest du trinken?«, fragte Alison.

»Oh, ähm, ein Heineken wäre großartig. Danke.« Er fischte seine Zigaretten aus der Hemdtasche und verschwand hinaus in die Nacht. Nancy war enttäuscht. Sie hasste Raucher.

»Der gehört *mir*«, verkündete Lindy betrunken und wiegte lasziv ihre Hüften.

Alison verdrehte die Augen. »Lass ihn in Ruhe, Lindy.«

»Warum sollte ich? Er trägt keinen Ehering, und er steht definitiv auf mich.« Sie kicherte. »Wie könnte es auch anders sein?«

»Es war ein wunderschöner Abend«, wechselte Nancy eilig das Thema. »Ich habe schon seit Jahren nicht mehr getanzt.«

»Ich auch nicht«, gestand Alison. »Es war fantastisch!«

Nancy fand, dass sie außergewöhnlich erhitzt und glücklich wirkte. Alison war Schulpsychologin, eine kleine, ernsthafte Frau, die sich nur selten entspannte. Ihr Ehemann Nick war mit Mitte vierzig einem Herzproblem erlegen. Nach seinem Tod hatte sie nicht wieder geheiratet.

Als Jim wieder auftauchte, einen Schwall kalte Luft und Zigarettenrauch mit sich bringend, zog Lindy einen freien Barhocker an ihre Seite. »Bitte schön, setz dich und unterhalte dich mit mir.«

Jim nahm ihr Angebot höflich an, doch er schob den Stuhl ein kleines Stück zurück, bevor er sich setzte, nach seinem Bier griff und einen langen, durstigen Schluck nahm. Nancy hatte den Eindruck, dass Lindys kokette Art ihn leicht nervös machte, obwohl er bei seinem Job doch mit Sicherheit an Frauen wie sie gewöhnt war.

»Dann hast du deinen Geburtstag also genossen?«,

fragte er sie. Er hatte eine tiefe raue Stimme – *wahrscheinlich vom vielen Rauchen*, dachte Nancy –, und sie meinte wieder, einen amüsierten Unterton herauszuhören.

»Genossen? *Geliebt* ist das richtige Wort, Süßer«, tönte Lindy und legte besitzergreifend die Hand auf seinen Arm. »Auch wenn ich links nicht von rechts unterscheiden kann.«

»Du warst toll … Ihr alle wart toll, vor allem weil die meisten von euch das zum ersten Mal gemacht haben.«

»Ha! Das glaube ich nicht. Ich war furchtbar schlecht.« Lindy streckte den Arm aus und zog Nancy an sich. »Schaut euch Nancy an, sie ist ein Naturtalent!«

Jim musterte Nancy lächelnd.

»Es ist nicht schwer, wenn man nur das machen muss, was die anderen tun«, sagte Nancy und wandte schnell den Blick ab, als sie spürte, wie ihr die Röte in die Wangen stieg. Sie hoffte, er würde es nicht bemerken, doch als sie sich ihm wieder zuwandte, waren seine blauen Augen noch immer auf ihr Gesicht gerichtet. *Du albernes Weib,* schalt sie sich stumm. *Nach Jahren sieht dich mal wieder ein Mann an, und du wirst rot.*

»Ich hatte ein paarmal Schwierigkeiten mitzukommen«, gab Alison zu, und Nancy seufzte erleichtert, dass Jims Aufmerksamkeit abgelenkt wurde. »Sobald ich auch nur eine Minute unkonzentriert war, bin ich sofort aus dem Takt gekommen.«

»Das ist alles eine Frage der Übung«, beschwichtigte Jim. »Wenn du die Schritte erst einmal draufhast, machen deine Füße sie von ganz allein.«

»Meine nicht.« Lindy streckte ihre Krokodillederstiefel in die Luft, um ihre wohlgeformten Beine zu präsentieren, und wackelte mit den Füßen, doch dabei geriet sie auf ihrem Barhocker gefährlich ins Wanken und klammerte sich Halt suchend an der Bar fest.

»Veranstaltest du oft solche Abende?«, fragte Nancy eilig, um von Lindy abzulenken. Der viele Alkohol bekam ihrer Freundin gar nicht – sie fing schon an zu lallen.

»Nein, nicht so oft. Hauptsächlich singe ich. Country.«

»Du bist Sänger?« Lindy wandte sich ruckartig Jim zu, wobei sie beinahe ihre Bierflasche umgestoßen hätte. »Wow, ich *liebe* Sänger! Hast du eine Platte aufgenommen?«

Jim lächelte. »Ja, aber das ist schon ziemlich lange her.«

Lindy stupste ihn spielerisch an. »Na, dann mal los. Sing uns etwas vor!«

»Ich habe meine Gitarre nicht dabei.«

»Ist doch egal. Nun komm schon, *biiitte.* Nur ein klitzekleines Lied – für mich. Irgendwas von Johnny Cash. Ich hab doch heute Geburtstag! Dem Geburtstagskind darf man keinen Wunsch abschlagen.« Sie klimperte mit den langen schwarzen Wimpern. »Das wäre gemein.«

Jim rutschte unbehaglich auf seinem Barhocker

hin und her. »Liebend gerne, aber ohne meine Gitarre wird das nichts.«

Lindys Gesicht verfinsterte sich – so leicht akzeptierte sie kein Nein. »Ach, tu mir doch den Gefallen, Süßer.« Sie versuchte, sich aufzurichten, und ihr Ton wurde plötzlich herrisch. »Ich habe dich gebucht. Wenn wir wollen, dass du singst, gehört das zum Programmpaket.« Sie bedachte Jim mit einem strengen Blick, als erwarte sie, dass er auf der Stelle einen Song schmetterte.

Nancy erstarrte und warf Alison einen unsicheren Blick zu, die bestürzt die Augen aufriss. Diese Seite an Lindy – die alkoholbefeuerte Seite – hatte Nancy bislang nicht kennengelernt.

Jim zog bloß die Augenbrauen hoch. »Warum kommst du nicht zu meinem nächsten Gig, Lindy? Dann kannst du mich in Bestform erleben!« Sein Lächeln war so gewinnend, dass sich Lindys Gesichtszüge tatsächlich glätteten.

»Ja … ja, das ist eine gute Idee«, gab sie sich zufrieden.

»Ich glaube, wir sollten dich jetzt besser nach Hause bringen.« Alison glitt entschlossen von ihrem Barhocker und nahm Lindys Arm, doch die schüttelte die Hand ihrer Freundin ab.

»*Nein!* Es ist noch viel zu früh! Herrgott, ich habe Geburtstag! Ich will die ganze Nacht aufbleiben!« Und damit rutschte Lindy vom Hocker und sackte auf dem Pub-Boden zusammen, wo sie, die nackten Beine angewinkelt, liegen blieb.

Jim half Alison, Lindy ins Auto zu verfrachten. Gemeinsam hatten sie sie überredet, ein Glas Wasser zu trinken. Der Barkeeper hatte ihr einen starken Kaffee gemacht, den sie sofort erbrochen hatte – zum Glück auf der Damentoilette. Sie war kaum noch bei sich.

»Sollten wir sie nicht lieber in die Notaufnahme bringen?«, fragte Alison, nachdem sie Lindy auf dem Beifahrersitz angeschnallt hatten. »Ich hab sie noch nie in diesem Zustand erlebt, nicht mal auf dem College.« Ihr schmales Gesicht war verkniffen vor Sorge.

Nancy sah Jim an in der Hoffnung, er habe vielleicht mehr Erfahrung im Umgang mit derartigen Problemen, aber er zuckte die Achseln. »Ich weiß nicht, ob das etwas bringt.«

»Soll sie ihren Rausch nicht einfach ausschlafen?«, schlug Nancy vor. Die drei standen neben Alisons blauem Mondeo auf dem leeren, schwach beleuchteten Parkplatz. Die Nacht war beißend kalt im Vergleich mit der überhitzten Luft im Pub. Nancy betrachtete ihre Freundin durchs Fenster. Lindy schlief, den Kopf auf der Brust, die blonden Haare wirr ins Gesicht hängend, die Hände in die Ärmel ihrer Lederjacke gesteckt.

»Was, wenn sie sich im Schlaf übergibt und sich an ihrem Erbrochenen verschluckt?«, gab Alison zu bedenken.

»Das ist ein Argument«, pflichtete Jim ihr bei. »Obwohl – in der Notaufnahme werden sie auch nichts anderes machen. Vermutlich legen sie sie vier Stunden auf eine Liege und schicken sie anschließend nach Hause.«

»Trotzdem habe ich kein gutes Gefühl, sie allein zu lassen. Ich nehme sie mit zu mir«, beschloss Alison stirnrunzelnd. »Man hört ja die übelsten Geschichten …«

Nancy fiel ein, dass Lindy sich des Öfteren über ihre Freundin Alison lustig machte, weil diese sich wegen jeder Kleinigkeit Sorgen machte. »Möchtest du, dass ich mitkomme?«, bot sie an und war erleichtert, als Alison verneinend den Kopf schüttelte.

»Danke, das kriege ich schon hin.« Sie seufzte. »Es war ein wunderschöner Abend. Entschuldige, dass Lindy etwas unhöflich war«, fügte sie an Jim gewandt an.

Jim hob abwehrend die Hände. »Sie hat ein bisschen zu viel getrunken, das kann man doch nicht ernst nehmen.«

Nancy und Jim sahen zu, wie Alison einstieg und mit Lindy davonfuhr. Als der Mondeo außer Sichtweite war, bückte sich Jim und hob seinen schwarzen Rucksack auf. »Wie kommst du nach Hause?«, fragte er.

»Ich bin mit dem Auto da. Der da drüben gehört mir.« Nancy deutete auf ihren Golf, der einsam und verlassen am anderen Ende des Parkplatzes stand.

»Kannst du denn noch fahren?«

»Kein Problem. Ich habe nicht viel getrunken.« Sie

schauderte in der kühlen Aprilluft und zog Louises dünne Wildlederjacke enger um sich. Ihre Füße schmerzten höllisch in den spitzen Stiefeln ihrer Tochter. »Kann ich dich irgendwo absetzen?«

Jim zögerte. »Ähm … nein danke. Ich gehe zu Fuß, die Nachtluft wird mir guttun. Es ist nicht weit.«

Nancy war froh, dass er ihr Angebot ablehnte. Plötzlich war es ihr schrecklich peinlich, dass sie allein mit diesem gutaussehenden Mann in der Dunkelheit stand. Sie wollte etwas Witziges sagen, etwas, das die Verbundenheit stärkte, die sie während des Abends mehrfach verspürt hatte, aber ihr wollte partout nichts einfallen. »Wenn du meinst …«

Er nickte und setzte seinen Rucksack auf. Keiner von beiden rührte sich von der Stelle.

»Es war schön, dich kennenzulernen«, sagte Nancy schließlich und streckte ihm die Hand entgegen. »Der Abend war ein Riesenspaß.«

Lächelnd nahm er ihre kalte Hand in seine große, warme und drückte sie fest. »Danke. Das Gleiche gilt für dich, Nancy.«

Ihre Blicke begegneten sich, und Nancy hatte plötzlich das seltsame Gefühl, die Welt drehe sich langsamer, als befinde sie sich im Auge eines Sturms. Ein Polizeiwagen raste mit Blaulicht und Sirene die Straße entlang und holte sie mit einem Schlag zurück in die Realität. Sie ließ die Hand sinken.

»Nächsten Samstag trete ich auf – nicht hier, in einem Club in der Nähe des Bahnhofs. Wenn deine

Freundin mich wirklich singen hören möchte …«
Jim zog eine Karte aus der Tasche und reichte sie ihr. »Hier steht alles drauf. Wenn sie mich anruft, besorge ich euch Freikarten.«

Nancy nahm die Karte und warf einen Blick darauf, doch ohne ihre Brille konnte sie in der Dunkelheit nichts erkennen. »Danke.«

»Ich bin mir nicht sicher, ob Countrymusic dein Ding ist.« Er sah sie fragend an, aber sie antwortete nicht. Ihr war kalt, und sie war müde, ausgepowert von dem anstrengenden Abend, überfordert von dem, was die Blicke zwischen ihr und diesem Fremden hier auszudrücken schienen. Momentan wusste sie nicht, was überhaupt ihr Ding war, geschweige denn, was sie von alldem halten sollte. War die Karte für Lindy, oder lud er auch sie zu seinem Gig ein? Sie standen ungewöhnlich dicht zusammen für zwei Menschen, die sich kaum kannten, weshalb Nancy einen Schritt zurück machte, um Distanz zu gewinnen.

»Ich liebe jede Art von Musik«, sagte sie nach einer Weile, erstaunt über die Leidenschaft in ihrer Stimme. Nicht etwa, weil diese Behauptung nicht der Wahrheit entsprach, sondern weil sie das Bedürfnis verspürte, Jim dies mitzuteilen.

Er lächelte. »Ja, ich auch.«

Es entstand eine Pause. »Also dann, mach's gut.« Sie drehte sich um und ging zu ihrem Wagen.

Als sie eingestiegen war, ließ sie den Motor an und schaltete die Heizung ein, aber sie gab nicht sofort Gas, wollte, dass er zuerst den Parkplatz verließ, damit sie nicht an ihm vorbeifahren und womöglich winken musste. Sie wollte ihn heute Nacht nicht noch einmal sehen. Er hatte sie erschöpft.

Kapitel drei

Jim platzte fast vor Aufregung, als er den Parkplatz verließ und durch die Stadt streifte. So wie jetzt hatte er sich seit Jahren, vielleicht seit Jahrzehnten nicht mehr gefühlt. Nancy. Er ließ sich ihren Namen auf der Zunge zergehen. Nancy … *Nancy.* Er hatte es sofort gewusst. Schon als sie heute Abend das Pub betreten hatte – viel zu spät, unsicher, mit einem charmanten, entschuldigenden Lächeln –, hatte er gefühlt, dass sie anders war als die anderen Frauen. Als sich ihre Blicke zum ersten Mal begegnet waren, hatte er tief im Innern einen Stich verspürt.

Während er durch die Straßen schlenderte, sang er leise einen Kris-Kristofferson-Song vor sich hin, einen Song, den er immer schon geliebt hatte, obwohl er von einer Trennung handelte: »For the Good Times«.

So fühlt es sich an, wenn man lebt, dachte er, verlangsamte sein Tempo und schlug den Weg am Meer entlang ein zu seinem kleinen Haus in Kemptown, einem Stadtteil im Osten von Brighton. Er genoss den kalten Wind, der ihm um die Nase wehte wie eine Nachricht des Universums, dass sein Leben kurz vor einem Umbruch stand. Er hatte keine Lust, schon nach Hause zu gehen, denn vielleicht war Chrissie noch wach. *Wird Nancy nächsten Samstag kommen? Hab ich mich klar genug ausgedrückt, dass die Einladung nicht allein für ihre Freundin gilt, sondern eigentlich für Nancy gedacht ist?* Er verfluchte sich insgeheim dafür, dass er nicht offensiver gewesen war. Doch andererseits hatte er sie gerade erst kennengelernt – und er wollte sie auf keinen Fall verschrecken. Sie kam ihm ziemlich zurückhaltend vor, ganz anders als ihre Freundin, das »Geburtstagskind«.

Hätte ich Nancy direkt eingeladen, hätte sie die Beine in die Hand genommen, dachte er, hob die Stimme und sang aus voller Kehle in die dunkle Nacht hinein. Das Lied war so traurig, dass es ihm fast das Herz abschnürte.

Plötzlich änderte er seine Meinung. *Nein, ich hab's vermasselt. Sie wird die Karte ihrer Freundin geben, und ich sehe sie nie wieder. Ich kenne ja nicht mal ihren Nachnamen, habe keine Ahnung, wo sie wohnt, und ich kann kaum Lindy anrufen und sie danach fragen.*

Entmutigt zog er eine Schachtel Camel Blue aus der Innentasche seiner Lederjacke. Er wollte das Rauchen aufgeben, weshalb er sich einredete, es wäre am einfachsten, zunächst die leichte Variante zu probieren. Schützend schloss er die Hand um die Zigarettenspitze, klickte sein Feuerzeug an und zog den

Rauch tief in die Lunge, um seine Nerven zu beruhigen.

Zu Hause angekommen stellte er fest, dass Chrissie noch wach war. Zumindest halb. Sie lag dösend auf dem Sofa in der Wohnküche im Souterrain, zugedeckt mit einer alten Wolldecke. Die bunt gemusterten Quadrate waren eigentlich für die Flüchtlinge in Darfur oder im Irak bestimmt gewesen, doch dann hatte Chrissie sich nicht von dem selbstgestrickten Stück trennen können. Sie hob den Kopf, als sie ihn eintreten hörte, und blinzelte verschlafen.

»Wie ist es gelaufen?«, fragte sie, richtete sich auf, streckte träge die Arme über den Kopf und gähnte. Chrissie hatte etwas Katzenartiges, dachte er. Sie war hübsch mit ihren grünen Augen in dem schmalen, sommersprossigen Gesicht und den Haaren, deren Farbe Jim stets an Orangenmarmelade erinnerte und die noch immer nicht verblasst war, obwohl Chrissie vor ein paar Jahren die fünfzig überschritten hatte. Der kurze Schnitt stand ihr und brachte ihre geschwungenen Lippen und das kleine Grübchen in ihrem Kinn gut zur Geltung.

»Ganz okay.«

Chrissie runzelte die Stirn. »Das ist alles? Bloß ›ganz okay‹?«

»Ich dachte, du wärst längst ins Bett gegangen«, gab Jim anstelle einer Antwort zurück, auf der untersten Treppenstufe verharrend, als wolle er die Küche lieber nicht betreten.

»Das hatte ich vor, aber irgendein betrunkener

Volltrottel hat gegen mein Schlafzimmerfenster gehämmert und verlangt, dass ich ihn reinlasse. Dachte wohl, er wohnt hier. Ich hab versucht, ihn vom Gegenteil zu überzeugen, aber dann ist er hoch zur Haustür und hat weiter Rabatz gemacht. Hat erst Ruhe gegeben, nachdem er die ganze Nachbarschaft aufgeweckt hatte und Jared aus der Nummer zwölf drohte, ihm etwas anzutun, sollte er nicht endlich die Klappe halten.«

»Ich hoffe, du hast ihm nicht aufgemacht.«

»Ich bin doch nicht verrückt! Allerdings ist es ganz schön schwer, jemandem durch die verschlossene Tür klarzumachen, dass er sich in der Adresse geirrt hat.« Sie gähnte erneut, faltete die Decke zusammen und legte sie über die Armlehne des Sofas. »Anschließend war an Schlaf nicht mehr zu denken.«

Jim wollte nicht hier stehen und mit seiner Frau plaudern. Mit jedem Wort, das sie wechselten, verflog die Euphorie, in der er schwelgte, seit er Nancy auf dem Pub-Parkplatz zurückgelassen hatte, löste sich auf wie eine Fata Morgana. Er fühlte sich ernüchtert und deprimiert – wie damals, wenn die Wirkung der Drogen nachließ, mit denen er experimentiert hatte. Damals, als er noch jung und unbedarft gewesen war. »Ich hoffe, er kommt nicht wieder«, sagte er.

Chrissie schaute ihn finster an. »Ist das alles? Ich finde, du könntest ruhig etwas mehr Mitleid mit mir haben. Was ist heute Abend bloß los mit dir? Willst du keinen Kaffee machen und mir den neuesten Klatsch und Tratsch erzählen?«

Was er häufig tat, wenn er spätabends nach einem Gig oder einer Line-Dance-Veranstaltung nach Hause kam. Doch jetzt schüttelte Jim den Kopf. »Gar nichts ist los. Ich bin bloß fix und fertig, das ist alles.«

Er zog seine Jacke aus und warf sie sich über die Schulter. »Gute Nacht!«, rief er, dann stieg er die Treppe hinauf in sein Schlafzimmer im Erdgeschoss, das auf den kleinen gepflasterten Garten auf der Rückseite ihres Reihenhauses hinausging. Das Schlafzimmer seiner Ehefrau im Souterrain grenzte direkt an den Gehsteig der Straße, daher hatte sie sich nach der Auseinandersetzung mit dem Betrunkenen nicht mehr dorthin gewagt.

Jims Wohnbereich bestand aus zwei aneinandergrenzenden Zimmern und einem Bad – mehr Zimmer gab es im Erdgeschoss nicht, nur noch einen kleinen Eingangsbereich. Er hatte sich hier eingerichtet, seit ihr gemeinsamer Sohn Tommy ausgezogen war, um in Edinburgh einen Programmiererjob bei einer IT-Firma anzunehmen. Was genau er dort machte, war Jim schleierhaft.

Um ins Schlafzimmer zu gelangen, musste man das Wohnzimmer durchqueren, das Jim mit einem großen braunen Ledersessel ausstaffiert hatte, der mit den Jahren wunderbar weich geworden war, außerdem mit einem rechteckigen Vintage-Couchtisch aus Glas und Teakholz, gekauft in den Siebzigern, als er etwas Geld übrig gehabt hatte. Auf den Holzdielen lag ein Teppich aus Mexiko, einst leuchtend rot, türkis und gelb, doch inzwischen waren die Farben verblasst. In einer Ecke des Zimmers standen ein Notenständer aus Metall und ein Keyboard. An der Wand daneben lehnte seine Gitarre. Seit über dreißig Jahren besaß er die Gitarre nun schon, eine Gibson Akustik, die zu seinem Alter Ego, seiner Muse geworden war. Ein Leben ohne diese Gitarre konnte Jim sich nicht mehr vorstellen.

Er setzte sich, zog seine Stiefel aus und warf sie in die Ecke, dann griff er nach der Flasche Jim Beam, die auf einem runden Tablett auf seinem Couchtisch stand. Jim schenkte sich ein kleines Glas ein und sah sich in dem Zimmer um, das er so sehr liebte. Notenblätter stapelten sich entlang der Fußleisten, daneben türmten sich Bücher – von seinem Lieblingsschriftsteller Ed McBain, dazu unzählige Biographien –, an den Wänden hingen gerahmte Poster von Bob Dylan, Mama Cass und Joni Mitchell, außerdem eines von Hank Williams aus den Vierzigern und ein sehr seltenes von Nina Simone bei einem Konzert zur Unterstützung der amerikanischen Bürgerrechtsbewegung in den 1960ern.

Entspannt zurückgelehnt nippte er mit geschlossenen Augen an seinem Bourbon und genoss den Augenblick. Er hätte einen Mord begehen können für eine Zigarette, aber er blieb konsequent: Im Haus wurde nicht geraucht. Zum einen, so musste er zugeben, war es in seinem Zimmer ohne Qualm sehr viel angenehmer, zum anderen hatte er seinen Zigarettenkonsum durch diese selbstauferlegte Einschränkung um gut achtzig Prozent einschränken können. Er hatte schon lange vor, ganz aufzuhören – nur schien einfach nie der richtige Tag dafür zu sein.

Ich bin total bescheuert, dachte er, als er an den vergangenen Abend und Nancy zurückdachte. *Was für eine seltsame Begegnung, aber so etwas kommt nun mal vor. Vermutlich hat sie mich gar nicht richtig wahrgenommen, und ich bilde mir alles nur ein.* Trotzdem wurde er das schicksalhafte Gefühl nicht los, das ihn beschlichen hatte, als er zum ersten Mal in Nancys graue Augen blickte. War es wirklich möglich, dass er sich alles nur einbildete, zumal er sonst ein absolut realistischer Mensch war? So etwas hatte er noch nie empfunden, nicht einmal, als er Chrissie begegnet war.

Chrissie. Der Gedanke an seine Frau deprimierte ihn. Sprach es nicht Bände, dass sie ihren Wohnbereich komplett ins Souterrain verlagert hatte, sodass sie nun auf zwei verschiedenen Ebenen lebten – sie unten, er oben? Was zum Teufel sollten sie tun? Sie waren in diesem Reihenhaus gefangen, handlungsunfähig durch die finanzielle Notwendigkeit. Das konnte nicht gesund sein. Ja, sie kamen momentan ganz gut miteinander klar, hatten gelernt, zivilisiert miteinander umzugehen, was ein großer Fortschritt war. Jeder lebte sein eigenes Leben, Mann und Frau waren sie schon seit drei Jahren nicht mehr.

Jim war am Boden zerstört gewesen, als er Chrissie

beim Fremdgehen ertappt hatte. Nicht zum ersten Mal. In den dreiundzwanzig Jahren ihrer Ehe hatte sie sich mindestens zwei Fehltritte geleistet, doch an dem Morgen, an dem sie ihm wie nebenbei mitgeteilt hatte, dass sie ihn verlassen würde, war das Fass übergelaufen. Ihre Taschen waren gepackt, es gab kein Zurück. Chrissie teilte ihm mit, dass sie schon seit Monaten mit Benji, diesem miesen Scheißkerl von Barkeeper, zusammen war, der stets auf bester Kumpel machte, wenn Jim zu ihm ins Pub kam. Genau das trieb Jim zur Weißglut: die Demütigung. Wahrscheinlich hatte das halbe Pub gewusst, dass etwas zwischen seiner Frau und Benji lief, und sich köstlich hinter seinem Rücken darüber amüsiert.

Jim hatte Chrissie geliebt, war ihr treu gewesen, obwohl ihn bei seinen Gigs ständig irgendwelche Mädels anmachten. Er wusste, dass sie auf die Musik abfuhren, auf die Performance und nicht auf ihn, trotzdem: Die Gelegenheiten waren da, und er nutzte sie nicht – wegen seiner Familie.

Chrissie blieb fast ein Jahr fort – ein Jahr, in dem sie kein Wort miteinander sprachen. Tommy versuchte wiederholt, sie zu einer Aussprache zu bewegen, aber Jim blieb stur, war viel zu verletzt. Dann servierte Benji sie wegen einer jungen Kollegin ab – was für eine Überraschung! –, und Chrissie kehrte nach Hause zurück, um dort weiterzumachen, wo sie aufgehört hatten. Genau wie beim letzten Mal.

Jim gab sich gern als lockerer Typ – der er in der Vergangenheit tatsächlich gewesen war –, weshalb er bald aufhörte, sie zu hassen. Chrissie allerdings wollte nicht akzeptieren, dass ihre Beziehung unwiderruflich zerstört war, dass *sie* sie zerstört hatte, indem sie ihn mit Benji betrog. Sie versuchte, ihm weiszumachen, er sei altmodisch; es war ihr unbegreiflich, wieso er sie nicht zurücknahm. Vielleicht hatte sie recht. Vielleicht war er altmodisch. Doch das änderte nichts an der Tatsache, dass er nicht mehr mit ihr schlafen konnte, ohne Benjis dämliche Visage vor sich zu sehen.

Eine Weile gab er sich große Mühe, über das, was sie ihm angetan hatte, hinwegzukommen, aber irgendwann gab er es auf und akzeptierte, dass ihm das wohl nie gelingen würde. So war es einfacher. Und Chrissie und er kamen sehr viel besser miteinander klar. Außer dass sie in letzter Zeit begonnen hatte, kaum merkliche Annäherungsversuche zu unternehmen. Zum Beispiel dass sie wie heute Abend unter einem Vorwand aufgeblieben war, damit er sich auf ein Tässchen Kaffee und einen gemütlichen Plausch zu ihr aufs Sofa setzte. Bislang hatte er mitgezogen, zumal ein Teil von ihm sich immer noch wünschte, sie könnten zusammen glücklich sein. Auch wenn er sich nicht sicher war, ob er sie überhaupt noch liebte. Nicht so, wie er sie zuvor geliebt hatte, nicht so, wie er sie lieben sollte.

Und nun war er Nancy begegnet und wusste, dass er Chrissie auch in Zukunft nicht mehr lieben würde. *Nancy*. Er würde sie wiedersehen, selbst wenn das bedeutete, sich bei ihrer dreisten Freundin anbiedern und sie beide zu einem seiner Gigs einladen zu müssen. Diese Vorstellung ließ ihn unwillkürlich zu seiner Gitarre greifen. Er würde nächsten Samstag einen sensationellen Auftritt hinlegen, nur für den Fall, dass sie aufkreuzte. Während der nächsten zwei Stunden spielte er leise vor sich hin, überlegte, welche Lieder sein Talent und seine Gefühle am besten zum Ausdruck brachten, und stellte die perfekte Reihenfolge zusammen. Als er endlich ins Bett fiel, war er sich sicher, dass es ihm gelingen würde, Nancys Aufmerksamkeit zu gewinnen, sollte sie denn tatsächlich zu seinem Gig kommen. Immerhin war er den großen Auftritt gewohnt, war der geborene Performer. Der Rest lag in Gottes Hand.

Kapitel vier

»O Gott, o Gott! Ich hab das Gefühl, mich in Schutt und Asche aufzulösen. Ich bin völlig erledigt!« Lindy stöhnte leise ins Telefon.

Nancy lachte. »So schlimm?«

»›Schlimm‹ ist nicht der richtige Ausdruck, Süße, ›grauenvoll‹ trifft eher zu. Ich kann kaum noch geradeaus schauen, in meinem Schädel lärmt jemand mit einem Presslufthammer, und meine Leber steht kurz davor, den Geist aufzugeben.«

»Ich wusste gar nicht, dass deine Leber so geistreich ist.«

Aus der Leitung kam ein Stöhnen.

»Alison stand kurz davor, dich in die Notaufnahme zu verfrachten!«

»Ich weiß. Die Gute hat mich bei sich zu Hause ins Bett verfrachtet und selbst auf dem Sofa geschlafen.«

Es war später Sonntagvormittag, und Nancy wollte gleich rüber zum Mittagessen mit ihrer Familie gehen. Sie hörte, wie Lindy schluckte – vermutlich hielt sie eine Tasse starken Kaffee in der Hand. Schwarz. »Ich hoffe, du hast den Abend genossen.«

»Jede einzelne Sekunde, das kannst du mir glauben. Ein glorreicher Abschluss meines sechsten Lebensjahrzehnts. Die Party war ein Bombenerfolg, auch wenn ich mir wünschte, ich hätte zwei Stunden früher mit der Trinkerei aufgehört.«

Nancy hörte eine Bettdecke rascheln, dann ein neuerliches Stöhnen.

»Erzählst du mir, was genau passiert ist?«, nuschelte Lindy mit kleinlauter Stimme. »Ali weigert sich, ins Detail zu gehen. Sie behauptet, ich sei ziemlich unsicher auf den Beinen gewesen, weshalb sie mich mit zu sich genommen hätte – mehr ist aus ihr nicht rauszukriegen. Bitte, Nancy, ich kann den Gedanken nicht ertragen, dass ich mich vor dem schönen Jim lächerlich gemacht habe.«

Nancy zögerte. Wie viel musste Lindy wissen? Sie beschloss, die unhöflichen Pöbeleien ihrer Freundin unerwähnt zu lassen, zumal Jim daran anscheinend keinerlei Anstoß genommen hatte. »So schlimm war es gar nicht. Du bist bloß vom Barhocker gerutscht und auf dem Fußboden gelandet.«

»O nein! Das ist so ziemlich das Schlimmste, was ich mir vorstellen kann! Gibt es etwas Deprimierenderes als eine alte Frau, die betrunken zu Boden geht?«

»Du bist ausgesprochen anmutig zu Boden gegangen«, tröstete Nancy ihre Freundin, und beide brachen in Gelächter aus.

»Jim war mit Sicherheit ziemlich abgestoßen.« Lindys Stimme klang plötzlich matt und verlegen. »Ich werde ihm nie wieder in die Augen sehen können.«

»Aber nein, Lindy, ihn hat das nicht gestört. Er wirkte nicht mal überrascht. In seinem Job hat er mit Sicherheit Hunderte mehr oder minder beschwipste Frauen umkippen sehen!«

»Ja schon, aber das macht es auch nicht besser. Er war so süß! Ich würde ihn so gerne singen hören, du nicht?«

Bevor Nancy etwas erwiderte, betrachtete sie die Karte, die Jim aus seiner Jeanstasche gezogen hatte und die nun vor ihr auf dem Küchentisch lag. Den ganzen Morgen über hatte sie immer wieder dorthin blicken müssen. Gestern Nacht war sie total erschöpft nach Hause gekommen und hatte nur noch ins Bett fallen wollen, doch dann hatte sie hellwach in der Dunkelheit gelegen und an die erregende Spannung gedacht, die sie zwischen ihnen gespürt hatte.

Nach den vier zölibatären Jahren, die inzwischen hinter ihr lagen, wusste Nancy, dass sie extrem anfällig war für männlichen Charme. Seit Christophers Zurückweisung hatte sie nur selten mit einem Mann gesprochen, geschweige denn geflirtet: Sie hatte sich und ihren Schmerz in ihrer Rolle als Tochter, Mutter, Großmutter und Musiklehrerin vergraben, und ihr war völlig klar, dass sie jedem Mann verfallen wäre, der sie so angesehen hätte wie Jim – mit diesen strahlend blauen Augen, fragend, einladend, voller Esprit und Humor.

»Hast du Lust?«, fragte Lindy. »Soll ich ihn anrufen und herausfinden, wann er das nächste Mal auftritt? Ich erinnere mich verschwommen, dass er ein Datum genannt hat, allerdings will es mir partout nicht mehr einfallen …«

»Er hat mir seine Karte für dich mitgegeben.« Nancy biss in den sauren Apfel. »Sie muss hier irgendwo liegen. Er sagte, er würde uns Freikarten besorgen, wenn wir wirklich kommen wollten. Ich glaube, er gibt am Samstag ein Konzert.« Es war ihr peinlich zu flunkern, allerdings konnte sie unmöglich zugeben, dass sie längst seine Website aufgerufen hatte und bestens über die anstehenden Veranstaltungen informiert war.

»Super! Du kommst doch mit, oder? Ich weiß, dass Countrymusic nicht dein Ding ist, aber ich kann wohl kaum allein hingehen, und Alison ist völlig humorlos, wenn es um Männerfang geht.«

»Na klar komme ich mit. Ich mag Livemusik, ganz gleich, ob Klassik, Jazz oder Country.«

»Es geht mir nicht um die Musik, Süße.« Lindy kicherte. »Dann gibt er mir also seine Karte … Das ist ein gutes Zeichen. Anscheinend war er doch nicht total abgestoßen von meiner Besoffene-alte-Lady-Nummer. Was denkst du?«

»Es war dein sechzigster Geburtstag«, erinnerte Nancy ihre Freundin.

»Bitte erwähne nie wieder diese vermaledeite

Sechs!« Lindy seufzte. »Gib mir lieber seine Nummer durch, dann rufe ich ihn an.«

In der Küche von Louise und Ross lief heute ganz großes Kino – genau wie die beiden es liebten. Ross, der Chef de Cuisine, bereitete das Mittagessen zu: Ofen und Herdplatten liefen auf Hochtouren, während er mit Pfannen, Tellern und Besteck klapperte. Sein tiefes Lachen füllte den Raum, der Duft von gebratenem Fleisch hing in der Luft. Louise übernahm die Rolle der Gastgeberin, deckte den Tisch, füllte die Gläser und kümmerte sich darum, dass alle hatten, was sie brauchten.

Heute kamen außer Nancy und Granny Frances noch andere Gäste hinzu – Ross' stellvertretender Küchenchef Jason mit seiner Freundin Kyla sowie ein weiteres Paar aus dem Ort –, sodass sie mit Jazzy und Hope zu zehnt am Tisch saßen. Nancy fühlte sich unausgeschlafen und zermürbt von der gestrigen Nacht und hätte viel lieber bei sich zu Hause ein schlichtes Sandwich gegessen. Doch da sie nun mal nebenan wohnte, fiel ihr keine passende Ausrede ein – es sei denn, sie würde lügen –, und Ross nahm es sehr persönlich, wenn man seine Einladung zum Essen ablehnte. Also setzte sich Nancy zu ihrer Mutter aufs Sofa und überließ es den anderen, das Festmahl zu organisieren.

»Du siehst müde aus, Liebes«, bemerkte Frances, sobald ihre Tochter Platz genommen hatte. »Ich hoffe, du brütest nichts aus.«

War ja klar, dass dir das nicht entgeht, dachte Nancy gereizt. Ihr fiel auf, wie zerbrechlich ihre Mutter wirkte, obwohl sie so tadellos gepflegt und adrett aussah wie immer. Der schneeweiße Kurzhaarschnitt umrahmte ein straffes Gesicht mit blassblauen Augen und noch immer vollen zartrosa geschminkten Lippen. Heute trug sie ein graues Leinenkleid, eine hellblaue Kaschmirstrickjacke und einen Seidenschal mit blauen Rosen. In letzter Zeit konnte sich Nancy des Eindrucks nicht erwehren, dass Frances jedes Mal, wenn sie sie sah, ein bisschen dünner geworden war. Sie nahm sich vor, mit Louise darüber zu sprechen, denn wenn sie ihre Mutter damit konfrontierte, winkte diese mit einem leichtfertigen »Ich weiß gar nicht, wovon du sprichst« ab.

»Es ist gestern spät geworden. Ich war auf dem sechzigsten Geburtstag einer Freundin.«

Frances' Gesicht hellte sich auf. »Oh, eine Party! Wie schön! Welches Kleid hast du getragen?«

Louise, damit beschäftigt, den Tisch zu decken, bekam das Gespräch mit. »Kein Kleid, Granny«, ließ sie sich vernehmen. »Mum war beim Line Dancing in einem Pub in Brighton. Sie hatte meine Jeans und eine Wildlederjacke an, dazu die Stiefeletten mit den Nieten, die dir so gut gefallen. Sie sah großartig aus!«

Frances zog die Augenbrauen hoch. »Ach, du liebes bisschen! Das klingt ein wenig … nun, sagen wir exzentrisch. Sechzig, sagst du?«

Nancy sah die vertraute Mischung aus Verblüffung und Missbilligung auf ihrem Gesicht. Sie war noch nie den Erwartungen ihrer Mutter gerecht geworden. Selbst als sie mit Christopher verheiratet gewesen war, hatte ihr Frances – ohne es je direkt auszusprechen – zu verstehen gegeben, dass Nancy die Anforderungen als Ehefrau eines im Fokus der Öffentlichkeit stehenden Musikers nicht erfüllte. Die Scheidung hatte ihr recht gegeben.

»Wie war's, Mum?«, fragte Louise, die Hände voller Besteck.

»Lustig«, gab Nancy zurück. »Das Tanzen hat riesigen Spaß gemacht. Leider hat sich Lindy hoffnungslos betrunken und musste nach Hause gebracht werden, aber da war die Party ohnehin schon vorbei. Heute früh klang sie ziemlich wehleidig.«

»Die arme Lindy.« Louise lachte. »Wer hat euch die Schritte beigebracht?«

»Ein Mann namens Jim, ein Countrysänger.«

Noch während sie sprach, spürte sie Jim neben sich, sah, wie seine Augen auf ihrem Gesicht ruhten. Die Erinnerung ließ sie den Atem anhalten. Lindy hatte ihn vermutlich schon angerufen und die Freikarten organisiert – er wusste also, dass sie kommen würden. Nancy hätte die Karten lieber über seine Website bezogen, um anonym zu bleiben, aber dafür war es jetzt zu spät. Wo ritt sie sich da bloß hinein? Ihre Freundin hatte keinen Hehl daraus gemacht, dass sie auf Jim stand. Konnte sie wirklich einfach dasitzen und zusehen, wie Lindy sich an ihn heranschmiss? Und wie würde Lindy reagieren, wenn sich herausstellte, dass Jims Aufmerksamkeit Nancy galt? Das Ganze würde wohl oder übel in Tränen enden.

Sie riss sich zusammen und versuchte, ihr Augenmerk auf die Leute um sie herum zu richten, nahm das Glas Wein, das Kyla ihr reichte, und lauschte dem Loblied, das Ross auf diesen speziellen chilenischen Rosé sang, doch es fiel ihr schwer, sich zu konzentrieren.

Wenn Lindy auf ihn steht, kann sie ihn haben, redete sie sich ein. *Was soll ich überhaupt mit einem Mann anfangen?* Diese Frage brachte sie zum Lächeln.

»Was gibt es da zu grinsen?«, fragte ihre Mutter argwöhnisch.

»Nichts«, erwiderte Nancy. »Ich hatte gestern einfach einen sehr lustigen Abend.«

Was nicht dazu beitrug, die unverhohlene Sorge ihrer Mutter zu mindern.

»Du bist doch viel zu alt, um dich zu betrinken, Liebes.«

»Ich war nicht betrunken«, protestierte Nancy leise. Wenn es so gewesen wäre, hätte ihr das ja die perfekte Ausrede geliefert, warum sie Jim so verfallen war. *Jim Bowdry.* Um sich weitere Kommentare ihrer Mutter zu ersparen, schaute Nancy aus dem Fenster. Die Mädchen liefen auf dem Rasen auf und ab, jedes hielt einen langen, flatternden Schal von Louise wie einen Drachen über den Kopf. Der dünne Stoff blähte sich im Frühlingswind. Jazzys blonde Haare wehten hinter ihr her wie ein Cape, Hopes Sommerrock bauschte sich um ihre dünnen Beine. Beide

Kinder quietschten vor Lachen. Katze Bob saß neben der Blumenrabatte und drehte den Kopf wie bei einem Tennismatch abwechselnd von rechts nach links. Nancy schmunzelte. *Ich liebe die zwei so sehr*, dachte sie, glücklich darüber, dass sie ihre Enkelinnen aufwachsen sehen durfte. *Ich habe alles, was ich brauche.*

Das saftige, innen noch rosa Roastbeef und die federleichten Yorkshire Puddings waren verspeist, genau wie der Nachtisch, ein knuspriger, süßer Rhabarber-Crumble mit dicker Sahne, gefolgt von starkem Espresso in geblümten Tässchen. Louise hatte alle bis auf Nancy ins Wohnzimmer gescheucht, wo sie nun vor dem Holzofen saßen, die Sonntagszeitung lasen und sich unterhielten. Hope und Jazzy waren nach oben verschwunden, Mutter und Tochter räumten die Küche auf.

»Findest du nicht, dass Granny immer mehr aussieht wie ein Skelett?«, fragte Nancy, spülte ein Glas und hielt es unter fließendes Wasser. »Sie scheint in letzter Zeit gar nichts mehr zu essen.«

Louise überlegte einen Moment. »Sie hat ihr Mittagessen kaum angerührt, aber das ist ja nichts Neues. Sie hatte immer schon Angst vor Kalorien.« Sie verdrehte die Augen. Frances' besessene Sorge um ihr Äußeres hatte Louise von jeher befremdet.

»Ja, ich weiß, dass sie besessen ist, aber so dünn war sie noch nie. Glaubst du, es steckt etwas Ernstes dahinter?«

»Du meinst, sie hat Krebs?« Wie immer nahm Louise kein Blatt vor den Mund.

»Ähm ... ja, der Gedanke ist mir gekommen. Unerklärlicher Gewichtsverlust ...«

»Dann überrede sie, zum Arzt zu gehen, Mum. Es hat keinen Sinn, sich über etwas aufzuregen, was womöglich gar nicht stimmt.«

»Du hast recht, ich werde es versuchen.«

»Möchtest du eine Tasse Tee?«, fragte Louise, für die das Thema damit offenbar abgeschlossen war.

»Liebend gern.« Nancy stellte das letzte Glas verkehrt herum auf das Geschirrhandtuch auf der Anrichte und trocknete sich die Hände ab. »Ich gehe nächsten Samstag übrigens mit Lindy aus.«

»Prima. Was habt ihr vor?«

»Ach, nichts Besonderes, wir wollen nur etwas trinken.« Nancy wusste selbst nicht, warum sie Jims Gig nicht erwähnte, aber jetzt war es zu spät.

»Schön, dass ihr so gute Freundinnen seid. Ich mag Lindy.«

Nancy nahm einen gönnerhaften Unterton in Louises Stimme wahr, als stünde es ihr zu, die Freundschaften ihrer Mutter zu billigen oder auch nicht. Vielleicht machte sie sich aber auch nur Sorgen – mehr, als sie zugab –, dass sich Nancy seit der Scheidung zu sehr zurückzog.

»Wie läuft das Restaurant?«, fragte Nancy, um das Thema zu wechseln.

Ihre Tochter schnitt eine Grimasse und biss sich auf die Unterlippe. »Na ja ... ganz okay.« Sie verstummte und wandte sich ab, um die Milch aus dem Kühlschrank zu nehmen.

Das Lime Kiln hatte seit seiner Eröffnung vor vier Jahren ziemlich zu kämpfen. Die Lage – etwas außerhalb an einer vielbefahrenen Straße – machte es nicht gerade leichter. Ross war auf Mundpropaganda angewiesen, und auch das schien nicht zu genügen. Dennoch wurde Nancy den Verdacht nicht los, dass der Anspruch ihres Schwiegersohns, ein »gehobenes Restaurant« zu führen, der wahre Grund für den Gästemangel war. Konkret bedeutete das bergeweise Zutaten für Gerichte, die geräuchert, getrocknet, in Salzkruste gebacken oder – um das Ganze noch verworrener zu machen – auf »dreierlei Weise« zubereitet waren. Alles sehr modern, sehr hochpreisig und in Nancys Augen auf eine ganz bestimmte Klientel abzielend, die vielleicht kommen würde, hätte Ross bereits einen Namen, aber den hatte er nicht, obwohl er ein ausgesprochen talentierter Koch war. Es wäre besser, wenn er seine Speisekarte etwas zwangloser gestaltete, benutzerfreundlicher und vor allem sehr viel preiswerter. Nancy hätte es nie gewagt, Ross ihre Meinung zu unterbreiten, aber sie teilte sie Louise mit, nur um herauszufinden, dass ihre Tochter völlig mit ihr übereinstimmte.

»Du kennst Ross, Mum – stur wie ein alter Bock«, vertraute ihr Louise an, die Stimme zu einem Flüstern gesenkt. »Er ist felsenfest davon überzeugt, dass sich der Erfolg mit der Zeit einstellt – dass er nur durchhalten muss.« Sie seufzte. »Manchmal glaube ich selbst daran, aber dann sehe ich die Rechnungen und bekomme Panik.« Plötzlich war sie den Tränen nahe. »Es ist unmöglich, mit ihm darüber zu reden. Sobald ich davon anfange, wird er sauer.«

»Ach Lou … Komm her.« Nancy nahm ihre Tochter in die Arme. Dies war einer der raren Momente, in denen Louise Schwäche zeigte. Sie öffnete sich ihrer Mutter nur selten und schon gar nicht, wenn es um ihre Ehe mit Ross ging. »Das wird schon. Jetzt fängt der Sommer an – da kommen mehr Wochenendausflügler, mehr Urlauber, die scharf auf ganz besondere Gaumenfreuden sind … und ihr habt doch hinten diese große Terrasse, auf der man so schön sitzen kann, sobald das Wetter besser wird.«

Louise löste sich aus ihrer Umarmung und nickte mechanisch, was Nancy zeigte, dass ihre Worte für sie kein großer Trost waren. Vielleicht hatte sie sie zu oft von Ross gehört.

»Ja«, sagte Louise. »Schon möglich.« Sie warf einen Blick auf die Uhr. »Ich fahre jetzt besser Granny nach Hause.«

»Das kann ich übernehmen«, bot Nancy an. »Wenn ich mich jetzt nicht auf die Socken mache, döse ich ein, und dann kann ich heute Nacht nicht schlafen.«

Die Fahrt zu Frances' kleinem Reihenhaus in Hove dauerte nur etwas mehr als zwanzig Minuten, trotzdem war die alte Dame bei der Ankunft eingenickt.

Nancy weckte ihre Mutter, stieg aus und brachte sie zur Tür. »Kann ich kurz reinkommen, Mum?«

Ihre Mutter schien nicht sonderlich begeistert davon zu sein, aber sie ließ Nancy herein.

Leicht verlegen standen sie in dem kleinen Eingangsbereich, bis Frances Richtung Wohnzimmer deutete. »Möchtest du eine Tasse Tee?«

»Nein danke, mach dir keine Umstände. Ich wollte nur kurz mit dir über etwas reden.« Sie setzten sich, Frances in ihren Sessel vor dem Kamin, Nancy auf das verblichene Chintz-Sofa. Der Raum war vollgestellt mit den schweren Möbeln aus ihrem Elternhaus in Shrewsbury. Frances hatte darauf bestanden, alles zu behalten, als sie nach dem Tod von Nancys Vater Kenneth nach Hove gezogen war. Nun wirkte das Wohnzimmer vollgestopft und erdrückend. Nancy räusperte sich. »Ich mache mir Sorgen, weil du so dünn geworden bist, Mum.«

Frances' Gesichtszüge erstarrten. »Wie meinst du das?«

»Du hast in letzter Zeit ziemlich viel Gewicht verloren, meinst du nicht? Ich mache mir Sorgen, ob alles in Ordnung ist.«

»Es geht mir ausgezeichnet«, gab ihre Mutter mit fester Stimme zurück.

»Isst du denn anständig? Jedes Mal, wenn ich dich sehe, begnügst du dich mit ein paar Bissen. Du scheinst nie eine ganze Mahlzeit zu dir zu nehmen.«

Frances seufzte gereizt. »Ich bin alt, Liebes, falls du das noch nicht bemerkt hast. Man verliert den

Appetit, wenn man in die Jahre kommt. Ich habe keine Ahnung, warum, aber ich bin mir sicher, es gibt eine Erklärung dafür.«

Nancy wappnete sich. »Das mag ja sein, aber isst du *genug*?«

»Ich esse, was ich mag.«

»Dann hast du also keine Schmerzen, Magen- oder Verdauungsbeschwerden oder Probleme beim Schlucken?«

Ihre Mutter runzelte die Stirn. »Was ist das hier? Die Spanische Inquisition? Nein, ich habe keines der grauenvollen Symptome, die du mir unterjubeln willst. Bitte, Nancy, ich bin müde, und wenn du nur mit reingekommen bist, um mir wegen meiner Ernährung in den Ohren zu liegen, wäre es mir lieber, wenn du wieder nach Hause fährst.« Ihre Lippen, auf denen immer noch ein Hauch von Blassrosa lag, waren zu einer schmalen Linie verkniffen.

Nancy zuckte die Achseln. »Wie du meinst, Mum. Aber wenn du irgendwelche Beschwerden hast, sagst du es mir, versprochen?«

»Selbstverständlich. Das tue ich doch immer.«

Das stimmte, musste Nancy zugeben, vor allem, wenn es um Krankheiten ging. Frances hatte es noch nie für unter ihrer Würde befunden, sich über Kleinigkeiten zu beschweren oder sich ausführlich über die Ungerechtigkeit des Lebens, insbesondere ihres eigenen Lebens, auszulassen. »Sicher. Wir sehen uns am Donnerstag.«

Die alte Dame, milde gestimmt durch ihren Sieg,

stand auf, um ihre Tochter zur Tür zu begleiten. »Vielen Dank, dass du mich nach Hause gebracht hast, Liebes«, sagte sie und ließ Nancys von Herzen kommende Umarmung über sich ergehen.

Diese wandte sich zur Tür. Die meiste Zeit über empfand sie ihre Mutter als wenig umgängliche, um nicht zu sagen nervende Person – anspruchsvoll, fordernd, pingelig, egozentrisch. Frances erwartete, dass ihre Tochter alles stehen und liegen ließ, wenn sie sie brauchte – als hätte Nancy kein eigenes Leben. Mitunter allerdings gab sie sich plötzlich zuckersüß und dankbar, was jedes Mal große Schuldgefühle in Nancy hervorrief. Schließlich war ihre Mutter eine hilflose alte Dame. Obwohl, dachte Nancy – vielleicht waren auch die Schuldgefühle Teil von Frances' Strategie, stets das zu bekommen, was sie wollte.

Als Nancy wieder zu Hause war, setzte sie sich gleich vor ihren Computer, der auf einem kleinen Tisch in einer Ecke des Wohnzimmers stand. Von hier aus hatte man einen wunderbaren Blick auf den Garten. Sie wollte das Lied hören, das Jim nach dem Tanzen gespielt hatte. Sie wusste, dass es von Kris Kristofferson war, konnte sich aber nicht an den Titel erinnern, und obwohl sie meinte, den Song von früher zu kennen, fiel er ihr nicht mehr ein. Irgendetwas mit Sonntagmorgen …

Es dauerte nicht lange, bis sie den Titel auf YouTube entdeckte – »Sunday Morning Coming

Down«. Während der nächsten Stunde scrollte sie durch die verschiedenen Songs, kam aber immer wieder auf eine Aufnahme aus den Siebzigern zurück – »For the Good Times«. Es ging um eine Trennung, und es brach ihr schier das Herz, als sie den Text mitsang. Doch ihr Herz brach nicht wegen Christopher, ganz und gar nicht. Es brach wegen der plötzlich in ihr aufkeimenden verzweifelten Sehnsucht nach ihrer verlorenen Jugend, der Ungezähmtheit des Verlangens, der Sehnsucht nach den Gelegenheiten, die sie nie ergriffen hatte – geopfert der zielstrebigen Beschäftigung mit ihrer größten Leidenschaft: der Musik. Tränen rollten über ihre Wangen, als sie Kristoffersons jugendliche Schönheit betrachtete. Sie erinnerte sie an ihre eigene Schönheit, die ebenfalls vergangen war.

Zorn stieg in ihr auf, Zorn auf Christopher, der sie an sich gebunden und ihrer Musik entrissen hatte – so mühelos in Anbetracht ihrer jugendlichen Verblendung, ihrer Ehrfurcht vor diesem älteren Mann –, der sie benutzt hatte, um seinen eigenen Weg zum Erfolg zu ebnen. Mit seiner Verachtung für alles, was nicht zu seinem Universum der Alten Musik gehörte, hatte er sie blind gemacht für das, was im Rest der Welt vor sich ging. Seine Leidenschaft galt seiner Arbeit, nicht seiner Frau und Tochter. Ihm ging es nur um Kontrolle, Decorum, Präzision, Konzentration. Im Nachhinein erschien es ihr so, als hätte sie lediglich einen Bruchteil ihrer Energie und Verve ausgelebt. Jetzt, da sie frei war zu tanzen, lauthals einen Countrysong zu singen, sogar sich zu verlieben, war es zu spät. *Ich bin alt.*

Nancy stand auf und ging ins Klavierzimmer zu ihrem geliebten Piano – ein Steinway-Stutzflügel aus prächtigem Walnussholz, den Christopher ihr zur Hochzeit gekauft hatte –, wie sie es immer tat, wenn sie Trost suchte. Sie nahm auf der Klavierbank Platz und schlug die Noten des Songs an, den sie gerade gehört hatte. Das Zimmer war leer bis auf ein altes braunes Sofa, einen Tisch, auf dem sich Notenblätter türmten, einen Notenständer und natürlich das Instrument mitsamt Bank. Auf dem Flügel stand ein Metronom in einem Holzkasten. Genau so mochte sie es: reine, pure Musik, keine Ablenkung durch Bilder oder irgendwelchen Schnickschnack.

Nach einer Weile kehrte sie zurück zu etwas Vertrautem und begann, den betörend schönen zweiten Satz von Beethovens Klaviersonate Nummer acht, auch bekannt unter dem Namen *Pathétique*, zu spielen. Die leisen, nachdenklichen Töne passten gut zu ihrer Stimmung.

Plötzlich fing sie an zu lachen.

Großer Gott, was ist nur mit mir los? Hier sitze ich, weine hemmungslos um meine verlorene Jugend, wofür ich den armen Christopher verantwortlich mache, und verzehre mich nach einem Mann aus einem Video, der inzwischen Ende siebzig sein dürfte! Das ist alles Jim Bowdrys Schuld. Er hat mich verunsichert und mir den Wunsch eingepflanzt, etwas zu haben, was ich nicht haben kann.

Worum genau es sich bei diesem »Etwas« handelte, konnte ihr ihr erschöpftes Gehirn nicht sagen, doch als sie weiterspielte, kam die Antwort plötzlich wie von selbst. Sie sehnte sich danach, sich wieder lebendig zu fühlen, das Blut zu spüren, das durch ihren Körper strömte, befeuert von verzehrender Leidenschaft.

Der Samstagabend rückte näher, und Nancys Nerven lagen blank. *Vielleicht sollte ich absagen*, dachte sie, als sie am Morgen mit einem gekochten Ei und einer Tasse Kaffee an ihrem Küchentisch saß. Das Ganze war einfach zu kompliziert. Zunächst einmal war da die immer wiederkehrende Frage, was um alles in der Welt sie anziehen sollte. Wollte sie wirklich noch einmal die emotionale Zerrüttung heraufbeschwören, die sie vergangenes Wochenende erfahren hatte? Es hatte sie beinahe die ganze Woche gekostet, sich davon zu erholen. Zudem war sie sich nicht sicher, ob ihre Freundschaft mit Lindy stark genug war, Jim zu überleben. Wahrscheinlich wäre es besser, einen Rückzieher zu machen und sich wieder in das Leben einzufinden, das sie sich aufgebaut hatte. Es war ein gutes Leben. Sie fühlte sich nicht tapfer genug für weitere Herausforderungen.

Doch selbst wenn sie sich einredete, es sei ihr gar nicht so wichtig, Jim Bowdry bei einem Countrykonzert zu erleben, wusste sie, dass sie hingehen würde, sämtlichen Zweifeln zum Trotz. Nein, ihm beim Singen zuzuhören würde sie sich auf keinen Fall entgehen lassen.

»Ist Tatjana Grandys Frau, Nana?«, wollte Hope wissen, als sie Monopoly Junior spielend am Küchentisch saßen und auf Jazzy warteten, die unter dem Tisch den Würfel suchte.

»Sie sind nicht verheiratet. Er lebt bloß mit ihr zusammen.«

»Warum wohnt er nicht bei dir?«, fragte Jazzy und tauchte, den Würfel in der Hand, wieder auf.

»Sie sind geschieden«, teilte Hope ihrer jüngeren Schwester neunmalklug mit, noch bevor Nancy ihrer Enkelin eine Antwort geben konnte.

Christopher hatte den Mädchen zusammen mit Tatjana am vergangenen Freitag einen seiner seltenen Besuche abgestattet und sie am Nachmittag in den kleinen Vergnügungspark auf dem Palace Pier mitgenommen. Seit der Scheidung war Louise' Beziehung zu ihrem Vater so gut wie nicht existent. Sie war noch immer wütend auf ihn, weil er Nancy verlassen hatte, und hegte keinerlei Interesse an einem guten Verhältnis zu Tatjana, geschweige denn daran, einen von den beiden wiederzusehen. Es war allein Nancys jahrelanger vorsichtiger Diplomatie zu verdanken, dass sie Christopher gegenüber um ein paar Grad aufgetaut war, wenn auch nur um Hopes und Jazzys willen.

Allem Anschein nach war der Nachmittag jedoch alles andere als ein Erfolg gewesen. Christopher, völlig unerfahren im Umgang mit Kindern und vermutlich ziemlich nervös, hatte versucht, sich bei seinen Enkelinnen einzuschmeicheln, indem er sie mit einer unheilvollen Mischung aus Zuckerwatte und Eiskrem, Smarties und Hotdogs vollstopfte. Anschließend erlaubte er ihnen, Karussell zu fahren, woraufhin sich die arme Jazzy prompt auf die Planken des Piers übergeben hatte.

»Sie haben die ganze Zeit über gestritten«, erzählte Hope.

»Wer?«, hakte Nancy nach.

»Grandy und Tatjana. Sie hat gefroren und wollte nicht Karussell fahren. Außerdem hat sie behauptet, dass Hotdogs nicht gut für uns seien.«

»Ich mag sie nicht«, verkündete Jazzy. Ihre großen blauen Augen huschten über Nancys Gesicht, dann schaute sie schnell zur Seite, unsicher, ob sie diese Meinung äußern durfte.

»Warum nicht?«, fragte Nancy und versuchte, sich nicht anmerken zu lassen, wie erfreut sie darüber war.

»Sie ist gemein«, antwortete Hope für ihre Schwester. »Sie wollte, dass Jazzy aufhört zu heulen, obwohl sie gerade auf ihren Mantel und ihre Schuhe gebrochen hatte!«

»Nun, Tatjana hat keine Kinder. Vielleicht hat sie nicht verstanden, warum Jazzy weinte.«

»Ich wette, mit Kotze an den Sachen hätte sie auch geweint!« Hope blieb uneinsichtig.

Nancy musste bei dieser Vorstellung unwillkürlich lachen. »Wahrscheinlich hast du recht. Aber jetzt komm, Jazzy, konzentrier dich. Möchtest du die Pizzeria kaufen?«

»Die kostet zwei Millionen.« Hope bedachte ihre Schwester mit einem boshaften Lächeln. »Das kannst du dir nicht leisten – du hast bloß noch eine Million übrig.«

Jazzy funkelte Hope empört an. »Das ist unfair. Hope hat das ganze Geld! Immer gewinnt sie. Ich hasse Nopoly!« Sie rutschte von ihrem Stuhl und stapfte davon Richtung Treppe.

»Jazzy! *Jazzy!* Komm zurück! Ohne dich können wir nicht weiterspielen!«, schrie Hope mit frustriert verzogenem Gesichtchen. »Das ist unfair!«, echote sie. »Das macht sie immer, wenn sie verliert!«

»Sie ist erst sechs, Hope. Das ist schwer für sie.«

Nancys Telefon klingelte. *Das wird Louise sein.* Es war nach sechs, und Louise hatte schon gegen fünf zurück sein wollen. Nancy musste sich umziehen und pünktlich um halb acht am Bahnhof sein, wo sie mit Lindy verabredet war. Sie wollten vor Jims Auftritt noch etwas trinken gehen. Nancy streckte die Hand nach dem Hörer aus und meldete sich.

»Mum«, tönte es ohne Gruß aus der Leitung, »es hat hier einen kleinen Unfall gegeben. Jason hat ein Messer fallen lassen und sich eine Schnittwunde am Bein zugezogen. Es hört nicht auf zu bluten. Ich denke, er sollte genäht werden, deshalb fahre ich gleich mit ihm in die Notaufnahme.«

»Ach, du liebe Güte!«

»Anschließend muss ich Ross zur Hand gehen, er braucht dringend Unterstützung.« Sie seufzte. »Es tut mir so leid, Mum, und ich habe ein schrecklich schlechtes Gewissen – ich weiß, dass du etwas vorhast, aber was bleibt mir anderes übrig? Heute ist der umsatzstärkste Tag der Woche, und auf die Schnelle finde ich mit Sicherheit keinen Babysitter. Würdest du bitte bei den Mädchen bleiben? Glaub mir, ich hasse es, deinen Abend zu ruinieren!«

Nancy spürte, wie sich bleierne Enttäuschung in ihrer Magengrube ausbreitete. *Ich bin erwachsen,* dachte sie. *Ich kann nicht »Das ist unfair!« schreien und wütend die Treppe hinaufstapfen.* Also holte sie tief Luft und sagte: »Selbstverständlich bleibe ich bei den Mädchen. Der arme Jason! Hoffentlich geht es ihm bald besser.«

Sie hörte, wie ihre Tochter laut den angehaltenen Atem ausstieß. »Mum, du bist ein Engel! Vielen, vielen Dank. Ich weiß gar nicht, was wir ohne dich machen sollten. Es tut mir auch leid wegen Lindy. Glaubst du, sie wird sauer sein?«

»Sie wird das verstehen«, beruhigte Nancy ihre Tochter. »Ich drücke euch die Daumen, dass ihr einen erfolgreichen Abend habt, mein Schatz.«

»Danke, Mum. Ich rufe dich an, sobald ich auf dem Heimweg bin.«

»Na toll«, knurrte Lindy, ganz und gar nicht verständnisvoll. »Was sind wir? Die Sklavinnen unserer Enkelkinder? Selbstverständlich würde ich, ohne zu überlegen, das Gleiche für Toby tun, aber ich finde, man sollte uns gar nicht erst darum bitten. Wir haben unser eigenes Leben. Mein Gott, es ist schließlich nicht so, als hätten wir jede Menge Zeit, bloß weil wir älter sind!«

Nancy hörte eine Schranktür oder Schublade zufallen – ihre Freundin machte sich während des Telefonats offenbar zum Ausgehen fertig. »Ich bin genauso enttäuscht wie du«, sagte sie leise. »Ich habe mich so auf den Abend gefreut.«

Lindy lachte. »Tja, ich nehme an, meine Begierde wird warten müssen. Schade. In unserem Alter sollte man die Gelegenheiten beim Schopf ergreifen, bevor sie verstreichen.«

»Er gibt noch ein Konzert – am nächsten Samstag«, fügte Nancy rasch an. »Ich habe auf seiner Website nachgeschaut. Vielleicht sollten wir einen zweiten Anlauf nehmen, was denkst du?«

Kapitel fünf

Jims Abend fing gar nicht gut an. Als er sich ein Schinkensandwich und eine Tasse Tee machen wollte, bevor er zu dem Club aufbrach, in dem das Konzert stattfinden sollte, stellte er fest, dass Chrissie gerade Brot backte. Schwungvoll klatschte sie den Teig auf den Holztisch, eine Mehlwolke stob auf. Ihre Spezialität war ein schwer zu kauendes dunkles Roggenbrot, an dem man sich fast die Zähne ausbiss, das aber absolut köstlich schmeckte. Als sie ihn sah, hielt sie inne und rieb sich mit dem mehligen Handrücken die Nasenspitze. »Wann fährst du los?«, fragte sie ihn.

»Gegen sieben. Der Gig beginnt nicht vor neun.« Er füllte den Kessel. Als er sich wieder umdrehte, sah sie ihn immer noch an.

»Du siehst gut aus.«

Ein Teil von ihm freute sich über das Kompliment. Er trug sein schwarzes Hemd mit der dünnen weißen Zierborte und den Nietendruckknöpfen, dazu seine abgewetzte 501 – die Lieblingsjeans, die er ndig anzog. Er wusste, dass er mindestens einen Monat lang weinen würde, wenn sie irgendwann auf dem Schlafzimmerfußboden zu Staub zerfiel. Allerdings hatte er sich heute für Nancy angezogen, nicht für seine Frau.

Chrissie wandte sich wieder dem lehmähnlichen Teig zu, knetete, walkte, knallte ihn erneut auf den Tisch und sagte: »Was hältst du davon, wenn ich dich heute Abend begleite? Mir gefällt das Blue Door.«

Jim erstarrte. Der Teebeutel blieb über der Tasse in der Luft hängen. »Das geht nicht.«

Sie runzelte die Stirn. »Wie meinst du das – ›Das geht nicht‹?«

»Ich meine, ich fände es besser, du würdest nicht mitkommen.« Ihm war bewusst, dass diese Worte auf Chrissie wirkten wie das berühmte rote Tuch auf den Stier. Chrissie fing schon bei weitaus geringeren Anlässen an zu rasen, trotzdem hatte er Klartext reden müssen.

»Ach, fändest du das?« Ihre grünen Augen sprühten Funken wie ein Feuerwerkskörper.

Jim legte den Teebeutel weg und sah ihr direkt ins Gesicht. »Wir sind kein Paar mehr, Chrissie. Ich finde es nicht richtig, dass du zu meinen Konzerten kommst, als sei alles so wie früher. Das ist einfach verwirrend.«

»Verwirrend? Für wen?«

»Für mich, zum Beispiel.«

»Für dich. Aha. Offenbar müssen wir einiges klarstellen. Erstens: Wir sind immer noch verheiratet, ob es dir passt oder nicht. Zweitens: Ich habe genau wie jeder andere Mensch das Recht, in einen Club zu gehen und dir beim Singen zuzuhören.«

»Das weiß ich.« Er bemühte sich, vernünftig zu klingen. »Dennoch möchte ich das nicht. Wir sollten das Ganze beenden, Chrissie, ein für alle Mal. Uns etwas wegen des Hauses überlegen. Einen Neuanfang machen, so wie es jeder in unserer Situation tun würde.«

Seine Frau kniff die Augen zusammen. »Hm. Ich verstehe. Du hast eine andere, ist es das? Du willst nicht, dass ich dir in die Quere komme.«

Jim wandte sich ab. Sie kannte ihn zu gut. »Das trifft es nicht ganz, auch wenn ich nichts dagegen hätte. Du?«

»Hab ich's mir doch gedacht. Du warst in letzter Zeit ziemlich abwesend. Wer ist sie?«

»Niemand.«

Er drehte sich wieder zu Chrissie um und sah Tränen in ihren Augen glänzen. *O nein,* dachte er. *Nicht schon wieder.*

»Soll das wirklich heißen, du liebst mich nicht mehr?« Sie schlang die Arme um ihre Mitte wie ein trostsuchendes Kind, aber Jim blieb ungerührt. Diese Vorstellung hatte sie seit dem Benji-Fiasko schon so oft geliefert, und obwohl er wusste, dass ein kleiner Teil von ihr es ernst mit ihm meinte, war ihm doch klar, dass der Rest bloß versuchte, ihn zu manipulieren, um das Beste für sich selbst herauszuholen. Sobald Chrissie einen neuen Liebhaber fand, würde sie ohne Rücksicht auf ihn das tun, was ihr gefiel. Wie beim letzten Mal.

»Ja, genau das soll es heißen«, erwiderte er, überrascht über den Nachdruck, der in seinen Worten mitschwang.

Jetzt begann sie, offen zu weinen. Unterbrochen von Schluchzern stieß sie hervor: »Sechsundzwanzig Jahre und dreiundzwanzig davon verheiratet… Tommy… bloß ein einziger Fehltritt…«

Ein einziger Fehltritt? Da erinnerte er sich ganz anders.

»Ich muss los, Chrissie.«

Er fühlte sich schlecht, weil er sie zurückließ, während sie sich die Augen ausweinte, aber wenn er sie auch nur berührte, würde sie sich in seine Arme werfen und versuchen, ihn zu küssen. Und das konnte er nicht ertragen.

Aufgewühlt ging er die Treppe hinauf, wortlos, nahm eilig seine Gitarre und verließ das Haus. Es nieselte, aber das machte ihm nichts aus. Er war einfach nur erleichtert, von ihr wegzukommen. Es war seine Schuld. Er hatte sich nicht deutlich genug ausgedrückt. Hatte aus reiner Bequemlichkeit die Dinge laufen lassen, hatte sich nicht die Mühe machen wollen, das Haus zu verkaufen, das er liebte, und sich ein möbliertes Apartment zu suchen – mehr könnte er sich nicht leisten, wenn er in Brighton bleiben wollte, zumindest vorerst nicht – und seine Tage damit zu fristen, zu viel zu trinken und sich mit den Nachbarn wegen seiner Musik zu streiten.

Als er durch die Straßen, die parallel zum Meer verliefen, Richtung Bahnhof streifte, den Kopf gegen den Wind gebeugt, dachte Jim an Nancy. Würde sie kommen, wie ihre Freundin versichert hatte? Allein der Gedanke, sie wiederzusehen, ließ ihn innerlich zittern. Vor jedem Auftritt trank er einen Whiskey, um sich etwas zu entspannen, aber heute Abend, nach Chrissies Auftritt und wenn Nancy im Publikum säße, würde er zwei brauchen.

Hör auf, dir etwas einzubilden, dachte er im Gehen, bemüht, seine Nerven zu beruhigen. *Du wirst sie wiedersehen und dich höchstwahrscheinlich fragen, was der ganze Aufruhr sollte.*

Das Blue Door – ein Kellerlokal, das zu dem Pub im Erdgeschoss gehörte – lag nur etwa drei Minuten zu Fuß vom Bahnhof Brighton entfernt. Zwei-, dreimal pro Woche wurde Livemusik gespielt. Jim trat gern dort auf, weil jedes Mal ein ordentliches Publikum zusammenkam – meistens Gäste aus dem Pub darüber. Seine kleine, aber treue Anhängerschaft sorgte dafür, dass er stets vor mindestens dreißig Leuten spielte, aber zu den Gigs im Blue Door kamen für gewöhnlich sehr viel mehr.

»He, Steve.« Jim trat an die Bar gleich rechts neben dem Eingang und streckte dem Geschäftsführer die Hand entgegen.

Die Wände waren aus gekalktem Backstein, unter der schwarzen Decke hingen kreuz und quer Leuchtkörper in Form von Metallrohren, die ein bläuliches

Licht verströmten. Heute Abend standen Holztische mit Stühlen auf der freien Fläche zwischen Bar und Bühne; bei größeren Bands gab es nur Stehplätze. Manchmal war das auch bei seinen Auftritten so, wenn er die Jungs bei sich hatte und sie als die Bluebirds angekündigt wurden – Jimmy P. am Bass, Mal am Schlagzeug, aber Mal war krank, irgendein Virus, und sie hatten seit Monaten nicht mehr zusammen gespielt. Jim vermisste die beiden. Jimmy P. war ein Genie, was Akkorde anbetraf, außerdem passte seine Tenorstimme hervorragend zu seinem eigenen kernigen Bariton.

»Wie geht's?«, fragte Steve. Er hatte die blonden Haare zu einem Männerdutt frisiert und trug eine rechteckige Brille mit schwarzem Gestell, auf seinem grauen T-Shirt prangte ein Foto von Freddie Mercury – was ironisch gemeint war, hatte Steve ihm versichert.

»Ganz okay, nehme ich an.«

Steve lachte. »Das klingt ja nicht sehr überzeugend. Kommt Chrissie heute Abend?«

Der Geschäftsführer des Blue Door machte kein Geheimnis daraus, dass er auf Chrissie stand, auch wenn er gute zwanzig Jahre jünger war als sie. Vermutlich hatte sie deshalb heute Abend mitkommen wollen, dachte Jim.

»Nein.« Jim setzte sich auf einen Barhocker und bestellte einen Whiskey auf Eis, ohne Wasser. »Weißt du, wie viele heute Abend kommen?«

Er hatte schon vor einem Vier-Mann-Publikum

gespielt, genau wie vor mehreren tausend Leuten. Für ihn war das kein Unterschied – performancemäßig. Er wollte, dass ihn alle, die eine Eintrittskarte gekauft hatten, in Bestform erlebten.

Steve warf einen Blick auf das Buch neben der Kasse. »Sieht ziemlich gut aus. Wir haben über dreißig Karten verkauft, dazu kommen die Gäste aus dem Pub. Du ziehst genügend Leute an, Jim, deshalb buchen wir dich ja immer wieder.« Er grinste verschmitzt.

»Ja, klar. Hast du die zwei Freikarten, um die ich dich gebeten habe?«

Steve nickte. »Auf den Namen Tooley, oder?«

»Richtig.« Jim stellte seinen Whiskey auf dem Tresen ab und stand auf. »Lass das Glas bitte stehen. Ich bin gleich wieder da.«

Es war ganz schön was los, als Jim sich auf seinem Barhocker zurechtsetzte, das Mikrofon ausrichtete, einen G-Akkord anschlug und an dem Wirbel für die E-Saite herumspielte. Er hatte die Gitarre schon hinter der Bühne gestimmt, aber das gab dem Publikum ein wenig Zeit, es sich bequem zu machen, und ihm, sich auf den Gig einzustimmen. Seine Augen schweiften auf der Suche nach Nancy und ihrer Freundin über die Plätze. Noch war nichts von den beiden zu sehen, aber es war auch erst kurz nach neun, und vielleicht fanden sie das Lokal nicht gleich. Jim holte tief Luft und lächelte.

»Hi, alle miteinander! Schön, euch zu sehen. Ich

bin Jim Bowdry, und ich werde mit einem Song beginnen, den eine wahre Legende der Countrymusik berühmt gemacht hat – ›My Best Friend‹ von Don Williams. Ich hoffe, er gefällt euch!«

In Jims Ohren klang der erste Song etwas lahm, auch wenn das Publikum begeistert klatschte. Vermutlich waren es bloß seine Nerven, die verrückt spielten. Normalerweise trug ihn die Musik davon, sobald er zu singen begann, sodass er, ganz in die Darbietung vertieft, jegliches Gefühl für die Zeit verlor und stets den Eindruck hatte, es sei kaum eine Minute verstrichen, seit er angefangen hatte. Doch heute Abend war das anders. Der Gedanke an Nancy verschlug ihm förmlich den Atem. Er musste wissen, ob sie hier war, damit er für sie spielen konnte. Erneut spähte er ins Halbdunkel des Clubs – nichts.

Er spielte fünfzehn Lieder, gefolgt von einer Zugabe: »Help Me Make it Through the Night« – ein langsamer Song, der dem Publikum wie immer unter die Haut ging.

Als er von der kleinen Bühne trat – aufgedreht von seinem Auftritt, nach einer Zigarette und einem Drink lechzend –, wurde er sofort von Terri in Beschlag genommen, einem seiner größten Fans. Sie verpasste keinen seiner Gigs, und ihre Begeisterung grenzte beinahe an Stalking. Terri war eine übergewichtige Frau mittleren Alters, aber sie verstand mehr von Countrymusik als alle anderen, mit denen er je über dieses Thema gesprochen hatte.

»Mir hat gefallen, dass du Dierks Bentley gespielt

hast, Jim. Es macht Spaß, etwas Modernes zwischen den alten Lieblingssongs zu hören«, sagte sie.

»Ja, das ist ein tolles Lied. Ist es dir nicht zu poppig?« Er grinste.

Sie schnitt eine Grimasse. Terri versäumte es selten zu erwähnen, wie grauenvoll sie die modernen Countrystücke fand. Ihrer Meinung nach kupferten die Macher lediglich bei der Popmusik ab, um eine zweitklassige verwaschene Version anstelle eines ehrlichen Countrysongs herauszubringen. »Nicht wenn du es singst«, sagte sie mit einem koketten Lächeln.

Er tätschelte ihren Arm, bedankte sich, dass sie gekommen war, und bestellte einen Drink. Auf dem Weg zur Treppe kam er an Steve vorbei. »Ich gehe nur schnell eine rauchen«, sagte er und verschwand eilig an die frische Luft.

Draußen stand er in der Dunkelheit auf dem nassen Asphalt, atmete tief die kühle Nachtluft ein und versuchte, die überwältigende Enttäuschung zu unterdrücken, die seit dem Ende der Vorstellung in ihm aufwallte. Er war sich so sicher gewesen, dass er sie wiedersehen würde, dass ihnen ein gemeinsames Schicksal vorbestimmt war. *Dummkopf,* dachte er. *Sie ist nicht gekommen. Natürlich nicht. Du hast dir alles bloß eingebildet. Schluss. Aus. Ende.*

Kapitel sechs

»Warum wendest du dich an mich?«, fragte Nancy. »Du solltest mit Louise sprechen.«

Es war früh am Morgen, noch nicht einmal sieben Uhr. Christopher hatte sie mit seinem Anruf geweckt. Für gewöhnlich stand er um sechs Uhr auf, und es war ihm nie der Gedanke gekommen, dass der Rest der Welt dies anders halten könnte.

»Ja, ich weiß, das werde ich selbstverständlich tun. Aber ich möchte zunächst deinen Rat einholen. Louise und ich haben im Augenblick keinen guten Draht zueinander.«

Tja, wessen Schuld ist das wohl?, dachte Nancy, die mühelos in den biestigen Betrogene-Ehefrau-Modus schaltete, den sie so verabscheute und daher großteils vermieden hatte. Mit ruhiger Stimme sagte sie zu ihrem Exmann: »Ich bin mir sicher, dass die Mädchen liebend gerne die Brautjungfern spielen, aber das muss Louise entscheiden.«

»Glaubst du wirklich, Hope und Jazzy würden das übernehmen?« Seine Stimme wurde zuversichtlicher.

»Tatjana wünscht sich das volle Programm: Kirche, Brautjungfern – alles.«

»Wow. Klingt nach einer ziemlichen Herausforderung.«

Ihre eigene Hochzeit hatte im Rathaus von Marylebone stattgefunden, gefolgt von einem Mittagessen für zwanzig Personen. Der vielbeschäftigte Christopher hatte das so entschieden – er steckte inmitten der Vorbereitungen für eine Tournee durch Skandinavien und meinte, es würde vermutlich ohnehin kein besserer Zeitpunkt kommen –, und Nancy hatte sich gefügt. Es hatte ihr nichts ausgemacht, im Gegenteil: Sie war froh gewesen, dass ihr das ganze Brimborium erspart blieb. Was Frances ihr nie verziehen hatte.

Er besaß den Anstand zu lachen. »Tja, nun …«

Nancy sagte nichts, sie lächelte bloß in sich hinein.

»Ich habe mich lediglich gefragt, ob du so nett sein könntest, mit Louise zu reden. Uns sozusagen den Weg zu ebnen. Sie ist oft so furchtbar schnell beleidigt, und ich verstehe ja, dass das alles nicht leicht für sie war. Aber inzwischen sind vier Jahre vergangen, und ich finde, sie könnte sich ruhig etwas mehr Mühe geben, was Tatjana anbelangt.«

Er entnahm Nancys Schweigen, dass er womöglich unwillentlich gefährliches Terrain betreten hatte, also fuhr er eilig fort: »Ich wünsche mir wirklich, dass Louise mit ihrer Familie kommt, allerdings möchte ich keineswegs für zusätzliche Spannungen sorgen. Glaubst du, sie nimmt meine Einladung an?«

»Ich kann nicht für Louise sprechen, Christopher. Allerdings bin ich überzeugt davon, dass du einen Fehler machst, wenn du hoffst, ich könnte dir den Weg ebnen. Sie wird dich für einen Feigling halten.«

»Für einen *Feigling*?«, stieß ihr Exmann hervor. »Ist es das, was sie von mir denkt? Ich versuche, das Richtige zu tun, und zwar zum Wohle aller Beteiligten. Ich glaube kaum, dass es fair ist, mir das als Schwäche auszulegen.«

Nancy musste ein Kichern unterdrücken. Sie konnte sich nur zu gut sein Gesicht vorstellen, den beleidigt verkniffenen Mund. »Augenblick mal, Christopher. Bislang hat sie dir keinerlei Vorwürfe gemacht, aber du kennst unsere Tochter. Sie redet nicht gerade um den heißen Brei herum. Ich rate dir, dich nicht länger zu entschuldigen. Sag ihr einfach, du wünschst dir aufrichtig, dass sie, Ross und die Kinder an der Hochzeit teilnehmen, und warte ab, wie sie reagiert.«

»Hm … Hältst du das wirklich für das Beste?« Seine Stimme klang argwöhnisch, als fürchte er, sie würde ihn für dumm verkaufen.

»Ja, das tue ich. Ich hoffe übrigens, dass du mich ebenfalls einlädst.«

Sie konnte einfach nicht anders, auch wenn sie wusste, dass Christopher nie großen Sinn für Humor besessen hatte.

»Ich – ich dachte nicht, dass du kommen wolltest …«

»Scherz.«

Sein Lachen klang gezwungen. »Natürlich. Hab ich's doch geahnt.«

»Nun, wenn es sonst nichts mehr zu besprechen gibt …« Langsam ging ihr das Gespräch auf die Nerven.

»Geht es dir gut?« Jetzt, da er eines der seltenen Telefonate mit ihr führte, schien er plötzlich länger plaudern zu wollen. »Wie läuft's?«

Nancy war klar, dass er nichts anderes als »Sehr gut, danke« hören wollte, also sagte sie genau das, dann verabschiedete sie sich schnell.

Als sie den Hörer auflegte, stellte sie fest, dass Christopher sie zum ersten Mal nicht aus der Fassung gebracht hatte. Allein der Gedanke an seine Bilderbuchhochzeit brachte sie zum Lachen. Sie verspürte beinahe Mitleid mit ihm, weil er so hilflos Tatjanas Capricen ausgeliefert war – und weil es schrecklich sein musste, sich derart mit seiner Tochter überworfen zu haben.

Später kam Heather, die erste Schülerin des Tages. Insgesamt hatte Nancy sieben Schülerinnen. Heather war musikalisch und eifrig, es machte Freude, sie zu unterrichten. Ganz anders Sally, die Elf-Uhr-Schülerin. Sally war depressiv, und obwohl sie hervorragend vom Blatt spielen konnte und definitiv begabt war, äußerte sich diese Depressivität in der ernsten, beinahe schwerfälligen Art, mit der sie an die Musik heranging. Doch heute Morgen stellte selbst Heather eine Herausforderung für Nancy dar.

In zwei Tagen würde sie zu Jims nächstem Auftritt gehen und konnte kaum noch an etwas anderes denken, obwohl die Erinnerung an sein Äußeres und an die Verbindung, die sie zu ihm gespürt hatte, mittlerweile verblasst war. *Habe ich das Ganze zu sehr aufgebauscht?*

»Nancy?« Heather lächelte sie an. »Sie sind ja meilenweit weg.«

»Oh, Entschuldigung.« Nancy versuchte, sich zu konzentrieren, während ihre Augen über das leuchtend rosa Stretchoberteil des Mädchens wanderten, das sich über die große Oberweite spannte, und weiter zu dem ausladenden Blumenrock im Fünfzigerjahre-Stil, den silbernen Turnschuhen und dem hin- und herschwingenden blonden Pferdeschwanz. Wie wundervoll es doch wäre, so selbstbewusst, so sorglos zu sein!

Sie arbeiteten eine Weile an »Love Me Tender« – Heather erschloss sich ein breites Repertoire an Elvis-Songs, Musicals aus den Fünfzigern und Stücken von den Everly Brothers. Klassische Musik zu spielen interessierte sie nicht, obwohl sie das in der Schule gelernt hatte.

»Rechte Hand, Fis … Ais, Cis, E, Fis … *Love me …*«, soufflierte Nancy und sang Heather die Melodie vor, als diese innehielt, um die Stelle zu wiederholen.

»Ich liebe diesen Song«, sagte Heather mit einem zufriedenen Lächeln und fügte hinzu: »Sie haben eine gute Stimme. Singen Sie?«

»Nur in der Badewanne«, antwortete Nancy. Das stimmte nicht ganz, aber die Jahre mit Christopher und seiner Truppe von professionellen Sängern hatten ihre Gesangsstimme verstummen lassen.

»Was soll ich tun?«

Am darauffolgenden Tag begleitete Louise ihre Mutter zu deren wöchentlichem Kaffeeklatsch mit Frances in dem kleinen Café in der Church Road – eine umgebaute Metzgerei mit immer noch weiß geflìesten Wänden –, in dem es köstlichen Kaffee und grandiosen Kuchen gab. Nancy wusste, dass Frances glücklich war, wenn Louise sich ihnen anschloss: Sie liebte ihre Enkelin sehr und wirkte sehr viel lebhafter an diesem Nachmittag, was Nancys Sorgen um ihre Gesundheit ein wenig zerstreute.

»Mal ehrlich, Liebes, machst du nicht zu viel Aufhebens darum? Du kannst deinen Vater doch nicht ewig bestrafen.« Wie gewöhnlich stellte sich Frances auf Christophers Seite.

Louise furchte die Stirn. »Ich bestrafe ihn nicht. Ich verspüre lediglich keinerlei Bedürfnis, mich mit dem Miststück gutzustellen, das Mums Leben zerstört hat.«

»Ich bitte dich, Louise! Das sind harte Worte.«

»Mag sein, aber sie ist nun mal ein Miststück, Granny, daran lässt sich nichts ändern. Sie wusste, dass Daddy verheiratet war, doch es hat sie nicht im Geringsten interessiert. Wie würdest du denn eine solche Person bezeichnen?«

Nancy sah, wie ihre Mutter leicht die Lippen kräuselte.

»Als ›Flittchen‹?«, schlug sie vor, und beide brachen in Gelächter aus.

»Im Ernst«, schaltete sich Nancy dazwischen, »ich behaupte nicht, dass es leicht wird, Lou, aber vielleicht ist dies der Moment, in dem man Brücken schlagen sollte. Um deinetwillen und nicht zuletzt um deines Vaters willen. Es ist doch bloß ein einziger Tag!«

Louise stöhnte. »Herrgott, Mum, jetzt fang du nicht auch noch an! Dad will die Mädchen und mich präsentieren wie eine Trophäe – um sein öffentliches Ansehen zu retten. Ansonsten würde ihn jeder fragen, wo wir sind.«

Nancy musste zugeben, dass in Louise' Worten ein Körnchen Wahrheit steckte. »Mag sein, trotzdem bin ich überzeugt, dass er euch auch dabeihaben möchte, weil er euch liebt. Er hasst die Kluft zwischen euch.«

Louise schwieg.

»Tatsache ist doch, dass du Tatjana nicht mehr loswirst, mein Schatz«, sagte Frances an Louise gewandt, nachdem sie einen winzigen Bissen von ihrer Karamelltorte genommen hatte. Ihre Enkelin setzte einen finsteren Blick auf, doch sie widersprach nicht. »Wie denkt Ross darüber?«, hakte Frances nach.

»Er findet, wir sollten die Einladung annehmen. Anscheinend denken das alle. Seiner Meinung nach bin ich ziemlich kleinkariert, weil ich nicht hingehen will.«

Stille senkte sich über den kleinen Cafétisch; alle widmeten sich, die Köpfe über die Teller gebeugt, ihrem Kuchen oder rührten ihren Kaffee um. Man konnte förmlich spüren, wie viel Unausgesprochenes in der Luft lag.

»Wenn du nicht hingehst«, brach Frances nach einer Weile das Schweigen, »riskierst du, deinen Vater für immer zu verprellen.«

Die Worte, wenngleich leise gesprochen, klangen barsch, dennoch nickte Nancy beipflichtend. Christopher hatte ein riesiges Ego: Er war noch nie mit Zurückweisungen klargekommen.

»Du wirst nicht gewinnen, mein Schatz«, fuhr Frances fort. »Wenn man einen Mann vor die Wahl stellt, sich zwischen der Frau, die er liebt, und seiner Familie zu entscheiden, wird er stets die Frau wählen.«

Louise schaute sie bestürzt an. »Meinst du das ernst, Granny? Soll das heißen, du denkst, wenn es hart auf hart käme, würde Daddy Tatjana mir und den Mädchen vorziehen?«

Frances nickte, beide Augenbrauen in die Höhe gezogen. »Ich fürchte ja.«

Louise sah ihre Mutter an. »Glaubst du das auch, Mum?«

Nancy ließ sich ihre Frage durch den Kopf gehen. »Er will natürlich beides«, antwortete sie nach einem Augenblick bedächtig. »Trotzdem nehme ich an, dass Granny recht hat. Vor die Wahl gestellt würde er Tatjana nicht fallen lassen. Er ist besessen von ihr.«

Louise' Gesichtszüge verhärteten sich. »Wieso frage ich eigentlich? Er hat mich nie, wirklich *nie*, an die erste Stelle gesetzt.« Sie warf ihrer Mutter einen Blick zu. »Genauso wenig wie dich, Mum. Immer ging es nur um ihn, ihn, ihn – und um seine verdammte Musik!« Sie schüttelte verärgert den Kopf. »Nun, Tatjana soll ihn ruhig haben. Ich werde nicht zur Hochzeit gehen, ich werde diesem Miststück nicht meine Kinder zum Fraß vorwerfen. Und schon gar nicht werde ich Versöhnlichkeit heucheln, nur damit er vor seinen großkotzigen Freunden gut dasteht.«

Frances legte ihre Hand auf die ihrer Enkeltochter. »Bitte triff keine vorschnellen Entscheidungen, mein Schatz.«

Am Samstag hatte sich Nancy beinahe damit abgefunden, dass mit Sicherheit wieder etwas dazwischenkäme. Ganz gleich, ob die Mädchen, Louise oder ihre Mutter – irgendein Drama würde sie schon von dem Konzertbesuch abhalten. Sie dachte an Frances' Behauptung, dass ein Mann die Liebe stets seiner Familie vorziehen würde, und fragte sich, ob das für Frauen ebenfalls zutraf. Eher weniger, befand sie, zumal Frauen sich meist von Anfang an inniger ihrem Nachwuchs verbunden fühlten.

Nichtsdestoweniger machte sie sich rechtzeitig für den Abend fertig, entschied sich für die berüchtigte schwarze Jeggings – sie brachte ihre schlanken Beine zur Geltung, und Jim konnte ja nicht wissen, dass ihre Mutter die gleiche besaß –, dazu ein schwarzes Rundhals-T-Shirt mit den cremefarbenen Umrissen eines Schmetterlings auf der Vorderseite. Es war das trendigste Stück in ihrem Kleiderschrank, gekauft vor fünf Jahren an einem Stand in London, weil der Erlös an ein Rettet-den-Regenwald-Projekt ging und sie dem Charme des jungen Verkäufers erlegen war, der sich so leidenschaftlich engagierte. Jim hatte sie in den Sachen ihrer Tochter gesehen, und sie sorgte sich, dass ihre eigenen im Vergleich altbacken wirkten.

Sie hatte sich die Haare etwas kürzer schneiden lassen, um ihnen »mehr Volumen« zu verleihen. Laut Tess, ihrer Frisörin, stand ihr die Kinnlänge besser. Nancy trug nie viel Make-up – hauptsächlich aus Faulheit –, und sie war froh, ihre gute Haut von Frances geerbt zu haben. Heute Abend allerdings gab sie sich große Mühe, trug eine dünne Schicht Foundation und Rouge auf, tuschte sich die Wimpern und entschied sich für ein dezentes rosarotes Lipgloss. Sie überlegte, auch Lidschatten zu benutzen, doch dann entschied sie sich dagegen, weil dieser Versuch wahrscheinlich nicht gut ausgehen und sie am Ende eher schlechter als besser aussehen würde.

Mit Lindy kann ich ohnehin nicht mithalten, dachte sie, blickte in den Spiegel und schnitt eine Grimasse, obwohl die Person, die ihr daraus entgegenblickte, zu ihrer Überraschung gar nicht so schlecht aussah. Sie wiegte die Hüften, machte ein paar seitliche Tanzschritte, so wie Jim sie ihnen an Lindys Geburtstag beigebracht hatte, und spürte, wie sich ein aufgeregtes Flattern in ihrer Magengrube breitmachte.

Als sie das Haus verließ, kehrten Louise und die Mädchen gerade von einem Kindertreffen zurück. Hope sprang aus dem Wagen und rannte über den Kies auf ihre Großmutter zu, um ihr einen Kuss zu geben. »Wow, Nana, du siehst wirklich hübsch aus!«, stellte sie fest, während sie Nancy von Kopf bis Fuß musterte.

»Du trägst sogar Lippenstift.« Jazzy, die hinter ihrer großen Schwester hergerannt war, deutete fasziniert auf ihren Mund.

»Du siehst in der Tat umwerfend aus, Mum«, bekräftigte Louise, was Nancy erröten ließ. Man sagte ihr nur selten, dass sie gut aussah, wahrscheinlich, weil es in der Regel nicht zutraf. Doch nicht allein Louises Kompliment trieb ihr das Blut in die Wangen, sondern vor allem der Grund, weshalb sie sich so hübsch gemacht hatte.

»Gehst du mit Lindy aus?«, fragte ihre Tochter.

Nancy nickte.

»Was habt ihr denn Schönes vor?«

»Ach, wir wollen bloß in einem Pub in Brighton etwas trinken.«

»Genieß den Abend, Mum. Und komm nicht so spät zurück!«

Die Mädchen, die sie immer noch anstarrten, als seien ihr plötzlich Flügel gewachsen, sahen zu, wie sie zu ihrem Wagen ging, dann rief Louise die beiden ins Haus. Nancy erinnerte sich an die kindliche Aufregung, die sie befallen hatte, wenn ihre Mutter sich fertigmachte, um ihren Vater, einen Zahnarzt, zu einer Abendeinladung zu begleiten. Der Duft nach Parfüm und Puder, der sie umgab, das Rascheln von Taft, die leuchtenden Lippen und glänzenden Nägel, das ordentlich frisierte, dauergewellte Haar, die Fuchsstola über ihren Schultern. Sie selbst war ein klägliches Abziehbild der mondänen Frances, aber ihre Enkelkinder waren dennoch hingerissen gewesen.

Lindy sah wie immer umwerfend aus in ihrem schwarzen Bleistiftrock, zu dem sie ein weißes T-Shirt, einen silbernen Kettengürtel, angesagte Stiefeletten und eine schwarze Lederjacke trug. An ihrem Handgelenk prangten mehrere Armreifen, einschließlich dem, den Nancy ihr geschenkt hatte, ihre Fingernägel waren französisch manikürt, ihr langes blondes Haar wellte sich um ihr Gesicht. Trotzdem sah sie nicht billig aus. *Eher wie Goldie Hawn,* dachte Nancy, die sich vorkam wie achtzig. Würde Jim allein nach dem Äußeren urteilen, wäre ein Wettbewerb von vornherein ausgeschlossen.

Sie waren früh dran, es war erst kurz nach acht, aber es regnete schon wieder, und Lindy hatte keine Lust, noch weiter durch die Gegend zu laufen, um ein anderes Pub zu suchen.

»Setzen wir uns an einen Tisch weit vorn«, schlug

sie vor, »dann können wir vielleicht noch mit Jim reden, bevor er anfängt.«

Nancy fror, und sie war hungrig, auch wenn ihr Magen vor Nervosität Purzelbäume schlug. Sie hätte ein Sandwich essen sollen, bevor sie aus dem Haus gegangen war, allerdings war sie viel zu beschäftigt damit gewesen, sich aufzudonnern – reine Zeitverschwendung in Anbetracht von Lindys strahlender Erscheinung.

Der Club war ein Kellerlokal mit gedämpftem bläulichem Licht, das aus einem Gewirr von Metallrohren unter der Betondecke auf die kleinen Tische fiel. Es waren erst um die zehn Gäste da, die meisten davon zu zweit. Am hinteren Ende des Raums befand sich eine kleine, hell erleuchtete Bühne mit einem Mikrofon und einem Barhocker, der auf Jim wartete.

»Glaubst du, es kommen noch mehr Leute?«, flüsterte Nancy, obwohl die Musikanlage so laut aufgedreht war, dass selbst Lindy Schwierigkeiten hatte, sie zu verstehen.

»Hoffentlich. Könnte etwas peinlich sein, vor einem so kleinen Publikum zu spielen.« Sie bestellte zwei Glas Weißwein und erkundigte sich bei dem hochgewachsenen Mann hinter der Bar, ob Jim bereits eingetroffen sei.

Er warf einen Blick auf die Uhr, dann schüttelte er den Kopf. »Sollte aber bald aufkreuzen. Normalerweise ist er schon vor acht da.«

Sie wählten einen Tisch aus. Nancys Einwänden

zum Trotz bestand Lindy darauf, so nah wie möglich an der Bühne zu sitzen. Leicht verlegen warteten sie darauf, dass weitere Gäste eintrafen, nippten an ihrem kalten Wein und unterhielten sich über den Lärm der Musik hinweg.

»Dann bist du also tatsächlich einem neuerlichen Babysitter-Drama entkommen«, stellte Lindy fest.

»Ja, obwohl ich erst daran glauben konnte, als ich tatsächlich im Auto saß.«

»Das ist wirklich nicht fair. Deine Tochter sollte nicht erwarten, dass du von jetzt auf gleich alles stehen und liegen lässt, wenn sie dich braucht. Bei mir ist es das Gleiche. Selbst wenn ich arbeite, findet Cheryl, es sei okay, dass ich mir einen Tag freinehme und nicht sie, wenn es ein Problem mit Toby gibt.«

Lindy hatte ihren Job als Event-Veranstalterin aufgegeben, aber drei Tage die Woche jobbte sie in einem Antiquitätenladen in den Lanes.

»Normalerweise ist Louise nicht so«, sagte Nancy.

»Nicht? Nun, vielleicht merkst du's nur nicht, weil du nicht so oft ausgehst.«

Nancy lachte. »Das stimmt, aber wenn ich es täte, würde sie das auch hinnehmen. Letzten Samstag war ein Notfall – ihr blieb keine Wahl.«

»Ach, es ist immer ein Notfall.« Lindy nickte weise. »Aber he – wir lieben es, gebraucht zu werden, hab ich recht? Ich kümmere mich schließlich gern um meinen Enkel … meistens zumindest.«

Nancy kam nicht dazu, etwas zu erwidern, denn in dem Moment sah sie Jim, seinen schwarzen Gitarrenkoffer in der Hand, hinter Lindys Stuhl den Raum in Richtung einer Tür gleich neben der Bühne durchqueren. Der Club hatte sich gefüllt, sodass er sie nicht bemerkte. Nancy hielt den Atem an. Ihr Gesichtsausdruck verriet sie, denn ihre Freundin fuhr herum, um zu sehen, wen oder was Nancy da anstarrte. Aber Jim war bereits hinter der Tür verschwunden.

»Was ist?«, fragte Lindy.

»Nichts … ich dachte nur, ich hätte Jim gesehen. Doch, das muss er gewesen sein. Er ist durch die Tür dort drüben gegangen.«

»Mein Gott, Nancy! Warum hast du denn nicht Hallo gesagt?«

»Ich – ich war mir nicht sicher, ob er es war«, stammelte sie verlegen, »und dann war er auch schon wieder weg.«

Lindy seufzte frustriert. »Na ja, wir können ihn später noch abfangen.« Sie schlug die Beine übereinander. »Heute Abend soll er mich nüchtern sehen, also versprich mir, dass du mich nicht mehr als zwei Gläser trinken lässt.«

Nancy versuchte zu lachen, aber das Geräusch, das aus ihrer Kehle kam, glich eher dem erschrockenen Aufjaulen einer Katze, der man auf den Schwanz getreten hatte.

»Alles in Ordnung?« Lindy beäugte sie argwöhnisch.

»Ja danke. Ich habe mich nur am Wein verschluckt.« Sie trank zu schnell: Das große Glas war schon fast leer.

»Das meinte ich nicht. Ich finde, du wirkst heute Abend etwas nervös.«

»Tatsächlich?« Nancy bemühte sich, ein verblüfftes Gesicht aufzusetzen. »Wahrscheinlich liegt es daran, dass ich nicht viel ausgehe, wie du richtig bemerkt hast.«

Lindy lachte und streckte die Hand aus, um den kleinen Metallanhänger am Reißverschluss ihrer Stiefelette zu richten. »Entspann dich, Mädchen. Lass die Seele baumeln. Musik, Wein, süße Cowboys … Genieße einfach den Augenblick und vergiss all den Mist in deinem Leben.«

»Ich werde es versuchen«, murmelte Nancy, die sich plötzlich wünschte, sie wäre niemals gekommen. Als sie Jim vorhin kurz gesehen hatte, war ihr wieder klar geworden, dass er ein völlig Fremder war, der ihr nur deswegen vertraut vorkam, weil sie in den zwei Wochen seit ihrer ersten Begegnung jede Menge Fantasien auf ihn projiziert hatte. Und jetzt war sie hier, im echten Leben, zusammen mit der wunderbaren Goldie Hawn. Welche Chance hatte sie schon, selbst wenn es ihnen gelänge, nach dem Gig mit ihm zu sprechen?

Kapitel sieben

Jim war schlecht gelaunt. Wieder einmal. Nein, im Grunde wie immer seit dem Abend, an dem ihm klargeworden war, dass Nancy nicht auftauchen würde, um ihn singen zu hören. Chrissie und er standen miteinander auf Kriegsfuß, weil er zwei Immobilienmakler gebeten hatte, den Wert des Hauses zu schätzen. Seine Noch-Ehefrau flippte ziemlich aus und er ebenfalls. Sie schafften es nicht mehr, vernünftig miteinander zu reden, ohne Vorwürfe und Tränenausbrüche.

»Du belügst mich!«, hatte Chrissie vorhin behauptet, als er gerade zum Gig aufbrechen wollte. Sie stand im Flur vor ihrem Schlafzimmer, die Arme in die Hüften gestemmt. Die zweite Maklerin war vor einer knappen halben Stunde gegangen, nachdem sie sich gründlich umgesehen, sich Notizen auf ihrem Klemmbrett gemacht und jede Menge lächerliche Fragen gestellt hatte. Chrissie sah aus, als habe sie geweint. Ihr orangenmarmeladenfarbenes Haar stand in alle Richtungen ab. »Du hast eine andere und willst mir nichts sagen.«

»Ich habe keine andere Frau, das schwöre ich.« Was durchaus der Wahrheit entsprach.

»Und warum versuchst du dann mit einem Male, mich loszuwerden?« Ihre Stimme klang schrill, dünn, verletzt.

»Du weißt, warum«, sagte er erschöpft. Diese Diskussion hatten sie während der vergangenen Tage ständig geführt.

Sie trat zu ihm, schlang ihre Arme um seine Taille und legte den Kopf an seine Brust. »Ach Jim«, seufzte sie, »ich wollte dich nicht verletzen.« Sie sah mit ihren grünen Katzenaugen zu ihm auf. »Benji hat mich anscheinend mit einem Zauber belegt – mehr kann ich dazu nicht sagen. Ich war nicht mehr ich selbst.« Sie streckte sich und drückte ihm einen flüchtigen Kuss auf den Mundwinkel, als traue sie sich nicht, ihn auf die Lippen zu küssen. »Du weißt, dass ich dich liebe … immer geliebt habe.« Ihre Augen füllten sich wieder mit Tränen. »Für mich hat es nie einen anderen Mann als dich gegeben.«

Jim seufzte erneut. Wäre es nicht besser, einfach weiterzumachen, als ihr Ehemann, Benji zu vergessen und das Haus, in dem sie über zwanzig Jahre gelebt hatten, zu behalten? War er nicht zu alt für einen solchen Bruch? Chrissie bekäme mühelos einen Kredit, um sich eine neue Bleibe zu kaufen – sie war erst fünfundfünfzig und arbeitete beim Ministerium für Umwelt, Ernährung und Landwirtschaft, wo sie für die Lebensmittelsicherheit zuständig war –, er dagegen war selbstständig und über sechzig. Man würde ihn auslachen, wenn er versuchte, sich Geld zu leihen.

Chrissie und er waren vor Benji ganz gut miteinander klargekommen, das konnte er nicht bestreiten, auch wenn er bei seiner Frau nie eine Art Seelenverwandtschaft verspürt hatte. Sie harmonierten auf oberflächlicher Ebene miteinander, führten eine seichte, meist unbekümmerte Ehe, die zusammengehalten wurde von gutem Sex. Als sie sich nun an ihn drängte, spürte er lediglich eine jahrzehntealte Vertrautheit mit ihrem Körper, dem Duft ihrer Haut, dem mädchenhaften Ton ihrer Stimme. Liebe oder auch Zärtlichkeit empfand er nicht, nur die Erinnerung daran. Was ihn schockierte. War er wirklich der »kaltherzige Mistkerl«, als den sie ihn in letzter Zeit beschimpfte?

Vorsichtig befreite er sich aus ihrer Umarmung und griff nach seiner Gitarre. »Wir müssen nach vorn blicken, Chrissie.«

Er zog seine Lederjacke an und trat hinaus in den Regen, während sie im Haus zurückblieb, stumm, die Augen weit aufgerissen vor Schmerz.

Die Gitarre in der Hand holte er nun tief Luft und öffnete die Tür zu einem kleinen Nebenraum, den Steve, der Geschäftsführer des Blue Door, gerne als »Green Room« bezeichnete, womit im Musikerjargon der Aufenthalts- und Aufwärmbereich gemeint war. Hier allerdings gab es nur einen Schrank mit einem Spiegel, außerdem einen Stuhl und gerade genug Platz für die Künstler, um sich umzuziehen. Heute Abend war er wegen Chrissies tränenreichem Auftritt zu spät eingetroffen, um sich vor Beginn der Show noch einen Drink zu gönnen, und so waren seine Nerven bis zum Zerreißen gespannt.

Er stieg die drei wackligen Holzstufen zur Bühne hinauf und setzte sich auf den Barhocker. Die Gitarre auf dem Schoß richtete er das Mikro aus, drehte wie immer den Wirbel der E-Saite, dann ließ er die Augen über sein Publikum schweifen. Der Club war heute Abend gut besucht, was seine Laune hob. Das Blue Door wurde ihm langsam zur zweiten Heimat, und Steve freute sich, weil die älteren Gäste, die Jim anzog, mehr Geld in der Tasche hatten als die Studenten, die den ganzen Abend vor einem einzigen Glas Bier hockten.

Und da war sie. Jim musste zweimal hinsehen. Bildete er sich das nur ein? Nein, da saß definitiv Nancy mit ihrer blonden Freundin. Plötzlich fiel ihm auf, dass es still geworden war. Alle sahen ihn erwartungsvoll an.

Er musste unbedingt etwas sagen, also schluckte er mühsam, riss seinen Blick von den beiden Frauen am Tisch vor der Bühne los und schlug ein paar Akkorde an, bis er sich sicher war, dass er seine Sprache wiedergefunden hatte. Ihm wollte partout der Titel des ersten Songs nicht einfallen. Was zum Teufel hatte er als Eröffnungslied gewählt? Und warum musste sie so dicht vor der Bühne sitzen, direkt in seinem Blickfeld?

»Guten Abend und herzlich willkommen«, krächzte er schließlich und brachte ein schiefes Lächeln zustande. »Schön, euch hier zu sehen. Ich werde heute mit einem meiner alten Lieblingssongs beginnen …« Verblüfft stellte er fest, dass ihm wie von allein ein Titel einfiel, obwohl es ganz sicher nicht der war, den er sich zuvor überlegt hatte. »Geschrieben hat ihn Don Schlitz, berühmt gemacht Kenny Rogers. Ihr kennt ihn bestimmt alle.«

Es folgten vereinzelter Applaus und Gejubel, als er den ersten D-Akkord von »The Gambler« anschlug und überrascht feststellte, wie leicht ihm die Worte zur Musik über die Lippen kamen. Er sah Nancy nicht an.

Während des gesamten Gigs hielt er sich nicht an die vorab festgelegte Reihenfolge, sondern »fühlte« sich von Titel zu Titel, entschied intuitiv, was er als Nächstes spielen wollte – Nummern, die ihm etwas bedeuteten, die er aus ganzem Herzen sang. Ob es ihr gefiel? Er wusste es nicht. Bei den wenigen Malen, bei denen er es wagte, einen Blick in ihre Richtung zu werfen, hatte er durchaus den Eindruck, aber vielleicht war sie auch einfach nur zu höflich, um ein gelangweiltes Gesicht zu machen. Ganz anders als ihre Freundin ließ sich Lindy mit der üblichen Begeisterung von der Musik mitreißen, klatschte und schmetterte den Text der Lieder mit, die sie kannte, wiegte sich im Takt und stampfte mit den Füßen. Ganz abgesehen davon, dass sie versuchte, seinen Blick einzufangen, wann immer er in ihre Richtung sah.

Jim endete mit einem Song, den er selbst geschrieben hatte, »Don't Pretend You Love Me«. In den frühen Achtzigern, als er noch mit den Bluebirds aufgetreten war, hatte er damit einen kleinen Hit gelandet, aber echtes Geld floss erst, als sich eine Coverversion ein Jahrzehnt später wochenlang in den Top-Ten-Charts behauptete – Geld, das er in das Haus mit Chrissie gesteckt hatte. Noch heute kassierte er Tantiemen für diesen Song.

»*I know you want to mean it, but your eyes tell the lie…*« Er sang den letzten schwermütigen Refrain, und seine Fans im Publikum jubelten enthusiastisch, so lange, bis er eine Zugabe spielte. Er hätte glücklich sein müssen, doch die einzige Person, die im Augenblick für ihn zählte, war Nancy. Ihm war bloß wichtig, dass ihr sein Lied gefiel. Wenn sie seine Musik nicht mochte, würde sie sich niemals zu ihm hingezogen fühlen.

Er verließ die Bühne, die Gitarre fest umklammert, und spürte, wie sein Herz gegen den Brustkorb hämmerte. Die übliche Wirkung des Adrenalins, doch heute Abend war diese noch intensiver als sonst.

»Mein Lieber, du warst sensationell!« Lindy stand vor ihm. Die Arme weit ausgebreitet küsste sie ihn auf beide Wangen, wobei sie ihre Brüste gegen seinen Oberkörper drückte. Sie duftete aufdringlich nach einem Moschusparfüm, das ihm irgendwie bekannt vorkam.

»Hi«, sagte Jim. »Schön, dass du es geschafft hast.«

»Nancy ist auch hier«, sagte Lindy und zog ihn am Arm zu ihrem Tisch.

Er lächelte Nancy an, die auf der Kante ihres Stuhls saß. Als er ihr die Hand schüttelte, stellte er fest, dass sie sich kühl anfühlte, genau wie in der Nacht auf dem Parkplatz.

»Hi«, begrüßte sie ihn.

»Setz dich doch!« Lindys Stimme klang weniger nach einer Einladung als nach einem Befehl. »Ich besorge dir etwas zu trinken.«

»Nein, nein, das mache ich schon«, protestierte Jim, der erst einmal Abstand gewinnen wollte, um seine Gedanken zu sortieren.

»Ganz bestimmt nicht!« Lindy zog einen Hocker heran. »Du hast gerade einen Wahnsinns-Auftritt hingelegt, da ist es doch das Mindeste, dass ich dir einen Drink spendiere.«

Eine junge Frau näherte sich ihrem Tisch, offenbar wollte sie Jim sprechen. Sie war jung, unbändige Locken umrahmten ihr Gesicht. Jim hatte sie noch nie bei einem seiner Auftritte gesehen.

»Entschuldigung …« Er lehnte seine Gitarre gegen die Bühne und ging zu der jungen Frau hinüber.

»Was möchtest du?«, rief Lindy, und er bestellte einen Jim Beam. Am liebsten hätte er um einen Maker's Mark gebeten, aber der war teurer, und er wollte nicht unhöflich erscheinen.

Die junge Frau erzählte ihm, dass sie seinen Song gecovert hätte und sich nun von ganzem Herzen wünschte, er würde sich ihre Version einmal anhören.

Wenn er einverstanden wäre, würde sie ihm einen Link schicken. Die ganze Zeit über war er sich bewusst, dass Nancy hinter ihm am Tisch saß und bislang nicht einmal die Gelegenheit gehabt hatte, ihm zu sagen, ob ihr sein Auftritt gefallen hatte oder nicht.

Lindy, die sich dicht neben Jim an den Tisch gesetzt hatte, hielt Hof und erzählte ihm mit beeindruckender Fachkenntnis, dass sie den amerikanischen Sänger Tyler Farr für ziemlich geschickt hielt, weil er es geschafft hatte, die heikle Kurve von Country zu Rock und wieder zurück zu nehmen, ohne dabei an Glaubwürdigkeit zu verlieren.

»Bei ihm funktioniert das«, sagte Jim, der sich wünschte, Nancy würde sich am Gespräch beteiligen, auch wenn ihm klar war, dass sie dazu kaum eine Chance hatte.

»Farr hält einerseits an düster-emotionalen Stücken fest«, fachsimpelte Nancy, »während er gleichzeitig auf satten, klaren, kräftigen Sound setzt. Und er ist sexy, das spielt natürlich auch eine Rolle.«

Nancy saß stumm daneben, trank in kleinen Schlucken ihren Wein und hörte zu. Jim hatte während der vergangenen halben Stunde kaum die Gelegenheit gehabt, sie auch nur anzusehen, aber wenn doch, hatte er sie immer dabei ertappt, wie ihr Blick auf ihm ruhte, bevor sie rasch fortsah.

Er war verlegen, weil Lindy das Gespräch derart an sich riss. Ihm entging nicht, dass sie ständig ihre Hand auf den Ärmel seines weißen Baumwollhemds legte, wenn sie ein Argument vorbrachte. Doch der Bourbon entspannte ihn, und es war schwer, sich nicht begeistert zu zeigen, wenn es um sein Lieblingsthema ging. *Hoffentlich meint Nancy nicht, dass ich auf Lindy stehe,* dachte er und erinnerte sich an die qualvollen Momente seiner Jugend, wenn das Mädchen, in das er verliebt war, sich statt für ihn für seinen Kumpel entschied.

Endlich stand Lindy auf und ging zur Toilette, sodass er allein mit Nancy am Tisch saß. Die Augenbrauen in die Höhe gezogen schenkte er ihr ein schiefes Lächeln und nickte in die Richtung, in die Lindy verschwunden war. »Wow, deine Freundin kennt sich ja richtig aus.«

»Stimmt. Mir war auch nicht klar, dass sie eine solche Kennerin ist.«

Schweigen.

Dann: »Darf ich dir noch etwas zu trinken bestellen?«

Er sah, wie sie einen Blick auf ihr Glas warf.

»Ähm, nein … ich habe noch, danke.«

Neuerliches Schweigen.

Er beugte sich zu ihr vor. »Letzte Woche dachte ich, ich würde dich nie wiedersehen«, sagte er leise. Wahrscheinlich konnte Nancy ihn kaum verstehen, denn die Musik war laut, aber er wollte nicht schreien. Er hielt Nancys Blick fest und ließ seine Augen sprechen, fest entschlossen, ihr zu verstehen zu geben, dass sie ihm gefiel, nicht ihre Freundin.

»Ich musste auf meine Enkelinnen aufpassen.«

Jim nickte. »Ich war mir nicht sicher, ob Country überhaupt dein Ding ist.«

Er sah Lindy von der Toilette zurückkommen.

»Doch, doch, es hat mir wirklich gefallen«, stieß sie hastig hervor, als wollte sie die Worte aussprechen, bevor Lindy wieder bei ihnen war. »Ich finde, du hast eine sehr schöne Stimme … und du trägst die Lieder mit sehr viel Gefühl vor. Sie drücken wirklich etwas aus.«

»Danke.« Jim, der die Aufrichtigkeit in ihrer Stimme hörte, lehnte sich zurück und lächelte strahlend. »Vielen herzlichen Dank.« Als Lindy an ihrem Tisch ankam, stand er auf und rückte ihren Stuhl zurecht.

Lindy schickte ihn los, um weitere Getränke zu bestellen. Von der Bar aus sah er, wie die beiden Frauen am Tisch miteinander tuschelten. Herrgott, fühlte er sich ausgelaugt! Würde er tatsächlich eine weitere Runde von Lindys dreisten Flirtversuchen überstehen – die aufblitzende Haut, wenn »zufällig« ihr Rock nach oben rutschte, die Hand auf seinem Arm, das dutzendfach zurückgeworfene blonde Haar? Je weniger er darauf reagierte, desto entschlossener schien Lindy, ihre Verführungskünste zu steigern. Er wünschte, sie würde damit aufhören. Es war beschämend. Sie schien eine intelligente Frau, eine angenehme Gesellschafterin zu sein – sie hatte es gar nicht nötig, sich so aufzuführen, um die Aufmerksamkeit eines Mannes zu erregen. Jim hatte sich noch nie gern anmachen lassen, doch jetzt erst recht nicht, da er sich nichts mehr wünschte, als einen ruhigen Abend mit Nancy zu verbringen und herauszufinden, ob da tatsächlich mehr zwischen ihnen war oder ob er sich das bloß eingebildet hatte.

Widerwillig brachte er die Getränke an den Tisch. Er hatte das Gefühl, dass Nancy sich unwohl fühlte, als er sich wieder setzte, und fragte sich, was Lindy hinter seinem Rücken wohl zu ihr gesagt hatte. Allerdings bekam er keine Gelegenheit, Genaueres herauszufinden, denn Lindy machte genau da weiter, wo sie aufgehört hatte, und beanspruchte Jims Aufmerksamkeit erneut ganz für sich.

»Ich glaube, ich mache Schluss für heute.« Es war noch nicht besonders spät, trotzdem schob Nancy entschlossen ihren Stuhl zurück und stand auf.

»Du gehst schon?« Lindy schnitt eine Grimasse. »Es ist erst halb zwölf!«

Sie scheint ja nicht sehr unglücklich darüber zu sein, dass ihre Freundin aufbrechen will, dachte Jim und traf rasch eine Entscheidung. »Ja, ich sollte mich ebenfalls auf die Socken machen.«

»Nein! Ach, kommt schon! Was ist bloß los mit euch? Die Nacht ist noch jung.« Lindy hielt ihn am Ärmel fest, als er aufstehen wollte. »Bitte bleib … nur noch auf einen einzigen Drink!«

Jim lachte, um seine Zurückweisung abzumildern, und löste vorsichtig seinen Arm aus ihrem Griff.

»Nein, Lindy. Es war ein wundervoller Abend, aber ich muss früh aufstehen.«

»An einem Sonntag?«, schmollte die.

»Ja. Ich habe … einen Termin.« Das stimmte, aber er wusste genau, dass das wenig überzeugend klang.

»Wie bitte? Was ist so wichtig, dass du nicht eine weitere halbe Stunde mit mir verbringen kannst?«

Ich verstehe, warum sie als Event-Managerin so erfolgreich war, dachte Jim. *Sie akzeptiert einfach kein Nein.* Lindy hatte die letzte halbe Stunde damit verbracht, ihm von ihrer Arbeit zu erzählen, von den Leuten, die sie getroffen, und den Situationen, die sie bewältigt hatte. Man musste schon ziemlich tough sein, um eine internationale Konferenz, ein Festival oder eine Party reicher Leute zu organisieren.

»London. Ich fahre nach London zu Freunden, wenn du es genau wissen willst.«

Lindy wedelte abschätzig mit der Hand, dann fasste sie wieder nach seinem Arm. »Du kannst im Zug schlafen.«

Doch Jim ließ sich nicht beirren. Er drehte sich um und nahm seine Gitarre. »Ich muss wirklich los, Lindy. Wir können uns ein andermal weiterunterhalten.«

Lindy seufzte theatralisch, dann hob sie resigniert ihre Handtasche vom Fußboden auf. »Das ist schon okay, mach, was du willst. Blöde Spaßbremsen. Heutzutage hat wirklich keiner mehr Stehvermögen.«

Jim hörte, wie Nancy verlegen lachte – offenbar

war ihr die Stimmung ihrer Freundin unangenehm. Lindy stand auf, schüttete den restlichen Wein in sich hinein und folgte den beiden zwischen den Tischen hindurch Richtung Ausgang.

Draußen regnete es noch immer.

»Mist«, knurrte Lindy. »Da wird man ja klatschnass!« Sie standen unter dem Vordach des Pubs, Lindy hielt sich ihre große schwarze Ledertasche über den Kopf.

»Kann ich dich zu deinem Wagen bringen?«, fragte Jim.

»Nein danke – ich bin ein großes Mädchen.« Sie lachte gezwungen, dann beugte sie sich vor, um Nancy auf die Wange zu küssen. »Gute Nacht, Süße. Komm gut nach Hause.«

»Sicher. Gute Nacht, Lindy.«

»Ruf mich morgen an, ja?« Lindy wandte sich Jim zu. »Danke für den wundervollen Abend.« Sie versuchte nicht, ihn zu küssen oder seine Hand zu schütteln, stattdessen drehte sie sich um und rannte beinahe über den nassen Gehsteig in die dunkle Nacht hinein.

Jim und Nancy sahen ihr nach. »Ich fürchte, wir haben sie ziemlich sauer gemacht«, sagte Jim.

Nancy nickte. »Lindy liebt es zu feiern.«

Keiner von beiden rührte sich vom Fleck. Unwillig, sich zu verabschieden, starrte er in den Nieselregen und spürte den kühlen Wind, der während des Abends aufgefrischt hatte.

»Kann ich dich mitnehmen? Bei dem Wetter

kannst du unmöglich zu Fuß nach Hause gehen«, sagte Nancy schließlich.

Jim zögerte. »Ach, das geht schon … Das wäre ein meilenweiter Umweg für dich.«

»Woher weißt du das?«

Er grinste. »Ich weiß es doch gar nicht. War nur so eine Vermutung. Also, wohin fährst du?«

»Nach Norden, Richtung Ditchling.«

»Ich wohne im Osten, in Kemptown, also tatsächlich ganz woanders.«

»Es macht mir nichts aus.«

Und damit war die Sache entschieden. Jim nickte, und sie machten sich schweigend auf den Weg zu Nancys Wagen.

Er wartete, bis Nancy eine Flasche Wasser und eine Zeitung vom Beifahrersitz genommen und sie in den Fußraum vor der Rückbank geworfen hatte, dann stieg er ein. Der kleine Innenraum ihres Golfs wirkte sehr intim in der Dunkelheit. Regen prasselte gegen die Scheiben. Keiner sagte ein Wort, als Nancy aus der Parklücke setzte. Jim kam es vor, als würde er den Atem anhalten.

»Du musst mir sagen, wie ich fahren soll«, brach sie das Schweigen.

Er leitete sie durch die Stadt. Weil Samstag war, waren trotz des Regens viele betrunkene Nachtschwärmer unterwegs – dem Aussehen nach hauptsächlich Studenten.

»Die nächste Straße links.« Bestürzt stellte Jim fest, dass sie schon fast bei ihm zu Hause waren.

»Hier ist es. Du kannst mich an der Ecke rauslassen.« Abgesehen von der Wegbeschreibung hatten sie während der ganzen Fahrt kein Wort miteinander gesprochen, weswegen er sich am liebsten geohrfeigt hätte. Gleich würde diese Frau davonfahren, und er hatte keinerlei Vorstoß unternommen, sie näher kennenzulernen.

»Danke für den schönen Abend«, sagte Nancy und wandte ihm ihr Gesicht zu, das vom gelben Schein einer Straßenlaterne erhellt wurde. Den Motor stellte sie nicht ab.

Jim nickte. »Danke fürs Mitnehmen.« Er wusste, dass er hölzern und unbeholfen klang, aber er konnte nichts dagegen tun.

»Gute Nacht«, sagte sie, als er ausstieg und seinen Gitarrenkoffer vom Rücksitz nahm.

»Gute Nacht«, sagte er durch die offene Beifahrertür, dann schlug er sie fest zu und blieb einen kurzen Moment im strömenden Regen stehen, während Nancy den Gang einlegte und vom Bordstein wegfuhr. Doch plötzlich kam Bewegung in ihn. Er rannte den Gehsteig entlang, um den Wagen einzuholen, dann klopfte er aufs nasse Dach. Sofort blieb der Golf stehen, das Fenster fuhr hinab, und Nancy sah fragend zu ihm auf.

»Hast du etwas vergessen?«

Jim legte seine Hand auf das offene Fenster. »Ähm … ich wollte bloß wissen, ob du Lust hast, mal einen Kaffee mit mir trinken zu gehen.« Er spürte den kalten Regen auf seinem Kopf, die Tropfen, die ihm in den Nacken liefen, während er auf ihre Antwort wartete. Seine Worte hatten geklungen, als sei es ihm ziemlich egal, ob sie seine Einladung annahm oder ablehnte, lässig auf eine Art und Weise, die er nicht beabsichtigt hatte. Es kam ihm vor wie eine Ewigkeit, bis sie endlich zu sprechen begann.

»Sehr gern«, antwortete sie, und er stieß hörbar die Luft aus, dann versetzte er dem Wagen leise lachend einen triumphierenden Klaps. Sie lächelte, und er wünschte sich inbrünstig, sie säßen wieder im Blue Door, einen starken Drink vor sich, und er würde ihr in die Augen blicken und ihr klar zu verstehen geben, wie sehr sie ihm gefiel.

»Ich habe deine Karte«, sagte Nancy, bevor sie das Fenster wieder hochfuhr und in der Dunkelheit verschwand.

Nass bis auf die Knochen blieb Jim an der Ecke stehen und sah die Rücklichter des Golfs den Hügel hinauf verschwinden, dann überquerte er langsam die Straße zu seiner Haustür. Behutsam steckte er den Schlüssel ins Schloss und warf einen besorgten Blick zum Schlafzimmerfenster seiner Frau. Hoffentlich würde er Chrissie nicht wecken.

Kapitel acht

»Du wirkst ja putzmunter, Mum.« Louise hatte am Morgen nach Jims Gig an Nancys Tür geklopft.

Nancy lächelte ihre Tochter an. Sie fühlte sich gar nicht »putzmunter«, da sie fast nicht geschlafen und stattdessen immer wieder überlegt hatte, wann sie Jim anrufen und was sie Lindy sagen sollte. »Tatsächlich?«

»Dann habt ihr also Spaß gehabt?«

»Ähm, ja. Lindys Freund hat gesungen. Countrymusic. Der Mann von der Party.«

»Ist er mit ihr zusammen?« Louise ließ sich auf einen der Küchenstühle fallen, pickte einen verirrten Krümel von dem Croissant auf, das Nancy sich zum Frühstück aufgebacken hatte, und steckte ihn in den Mund.

»Nein, sie haben sich kennengelernt, als sie ihn fürs Line Dancing engagiert hat. Möchtest du einen Kaffee?« Nancy winkte mit einer Tasse, die sie aus dem Regal genommen hatte. »Ich habe gerade welchen aufgesetzt.«

Louise nickte. »Danke, Mum. Ich habe den Vormittag frei – Ross ist mit den Mädchen zum Schwimmen gefahren. Ein Wunder, auch wenn ich ihm ehrlich gesagt keine große Wahl gelassen habe.« Sie nahm die Tasse, die Nancy ihr entgegenstreckte. »Erzähl mir von diesem Sänger.«

»Ich weiß nicht viel über ihn, aber Lindy behauptet, er sei eine Mischung aus Willie Nelson und Kris Kristofferson. Er hat eine schöne Stimme.«

Louise runzelte die Stirn. »Ross liebt Country. Er hat mich im Laufe der Jahre zu mehreren Festivals mitgenommen. Ist manchmal ein bisschen schmalzig, findest du nicht?«

»Da hast du sicher recht, allerdings finde ich, dass die guten Sänger über das singen, was wirklich zählt …« Sie zögerte, dann fügte sie hinzu: »Du weißt schon: Liebe, Tod, gebrochene Herzen.«

»Das erinnert mich an Madrigale«, sagte Louise mit unbewegtem Gesicht.

»Ach, du liebe Güte, nein!« Nancy lachte. »Auch wenn ich zugeben muss, dass in der Tat eine entfernte Ähnlichkeit besteht – der Countrysong als modernes Äquivalent zum Madrigal, aber lass das bloß nicht deinen Vater hören. Er würde einen Anfall bekommen.« Sie setzte sich ihrer Tochter gegenüber und schenkte zwei Tassen Kaffee ein. Bob, der mit Louise gekommen war, strich durch die Küche und schlabberte das Wasser, das Nancy stets in einer Schüssel neben dem Kühlschrank stehen hatte. »Hast du schon mit ihm gesprochen?«

Louise' Gesicht wurde ernst. »Ich weiß nicht, wie

ich es ihm beibringen soll, Mum. Ich kann doch nicht einfach anrufen und sagen: ›Ich komme nicht zu deiner bescheuerten Hochzeit, weil ich dein Flittchen nicht ausstehen kann.‹ – wie Granny es so brillant auf den Punkt bringt.« Sie warf Nancy einen resignierten Blick zu.

»Bist du sicher, dass es nicht leichter ist, einfach hinzugehen?«

»Leichter wäre es allemal, so viel steht fest. Außerdem würde mir Ross dann nicht mehr im Nacken sitzen. Allerdings weiß ich, dass ich kotze, wenn ich Tatjana und Dad in ihrer selbstgefälligen Verliebtheit sehe. Es ist so peinlich, wie sie ihn die ganze Zeit über betatscht. Väter sollten keinen Sex haben, verdammt noch mal!« Sie lachte.

Nancy dachte an Jim und antwortete nicht. Sie fragte sich, ob die Zölibatsregel ihrer Tochter auch für Mütter galt. Vermutlich schon.

»Hier spricht Nancy …« Ihr Herz hämmerte so fest gegen ihre Rippen, dass sie überzeugt war, er könne es am anderen Ende der Leitung hören. Sie hatte mit ihrem Anruf bis nach sechs Uhr gewartet, weil sie das für eine anständige Zeit hielt.

»Hi … Nancy.« Er klang zögerlich, zurückhaltend, und plötzlich wünschte sie sich, sie hätte sich nicht die Mühe gemacht. Sie hatte den ganzen Sonntag gebraucht, um all ihren Mut zusammenzunehmen, und jetzt klang es so, als sei er alles andere als begeistert, mit ihr zu sprechen.

»Ich hatte dir versprochen, mich zu melden.«

Sie hörte ein Geräusch, als würde eine Tür geschlossen.

»Ja, sicher … ich war mir allerdings nicht sicher, ob du wirklich anrufen würdest.« Er zögerte noch immer.

»Ist es gerade ungünstig?«

»Nein … nein, ganz und gar nicht. Es ist … ähm … schön, von dir zu hören.«

Nancy schnürte sich vor Enttäuschung der Magen zusammen. *Ich bin zu alt für so etwas,* dachte sie. »Du klingst aber gar nicht erfreut.«

Er antwortete nicht sofort. Dann räusperte er sich und sagte heiser: »Du hast keine Ahnung, wie glücklich ich bin, deine Stimme zu hören.«

Auf ihrem Gesicht breitete sich ein verblüfftes Lächeln aus. »Ach … na dann …«

»Dann treffen wir uns auf einen Kaffee?«

»Von mir aus gern.«

»Gleich morgen, am Montag? Ich kann rund um die Uhr, vom Morgengrauen bis zur Abenddämmerung und darüber hinaus.«

Sie lachte. »Du machst es einem ja wirklich schwer …«

»Willst du gelten, mach dich selten«, pflichtete Jim ihr bei. Jetzt lachten beide, obwohl Nancy gar nicht genau sagen konnte, was an seinen Worten so lustig war.

Nachdem sie sich für den morgigen Tag verabredet hatten, legte sie auf, aber eine Minute später klingelte ihr Telefon erneut. Ihr summte noch der Kopf von dem Gespräch mit Jim, deshalb meldete sie sich, ohne zuvor aufs Display zu schauen, da sie dachte, er würde noch einmal anrufen. »Hallo?«

»Hi, Nancy«, sagte Lindy. »Ich fürchtete schon, du würdest nach gestern Abend nicht mehr mit mir sprechen.« Die Stimme ihrer Freundin klang reuevoll.

Nancy lachte. »Und warum nicht?«

»Weil ich mich wie ein verzogener Rotzlöffel aufgeführt habe, als ihr gesagt habt, ihr wollt heimgehen.«

»Ach, das meinst du. Ich verstehe dich – nichts ist schlimmer als eine Spaßbremse.«

»Dass du gehen wolltest, habe ich ja kapiert, aber Jim ist Sänger, der bleibt doch ständig bis in die Puppen auf. Ich nehme an, ich war sauer, weil das bedeutete, dass er nicht auf mich steht.«

Nancy wollte gerade etwas erwidern, als Lindy fortfuhr: »Aber vielleicht gehört er zu den Typen, die etwas länger brauchen, bis sie warm werden. Vielleicht hat er sich beim letzten Mal die Finger verbrannt, was weiß ich? Bei meiner Party hatte ich nämlich schon den Eindruck, dass er sich für mich interessiert.«

Sag's ihr, forderte eine Stimme in Nancys Kopf energisch. *Sag es ihr jetzt. Später wird es sehr viel schwieriger.*

Doch Lindy kam ihr zuvor: »Ich hab es ihm zwar erst nicht geglaubt, aber möglich ist es schon, dass er früh aufstehen musste. Außerdem bin ich nicht der Typ Mensch, der sich kampflos geschlagen gibt. Er scheint fast jede Woche aufzutreten. Bist du bereit für einen weiteren Gig? Es wäre etwas traurig, wenn ich allein hingehen müsste.«

»Ähm … okay.«

»Oh, diese Begeisterung!« Lindy lachte. »Ich dachte, es hätte dir gestern Abend gefallen?«

»Ja, ja, das hat es auch.«

»Na dann.« Nancy hörte Wasser rauschen. Nur zu telefonieren kam für Lindy nicht in Frage, sie erledigte stets etwas nebenbei, den Hörer zwischen Ohr und Schulter geklemmt. »Ich rufe dich an, sobald ich Genaueres weiß.«

Nancy verfluchte sich dafür, dass sie so ein Feigling war. Jetzt würde sie lügen müssen, ein Szenario erfinden, behaupten, sie sei in Brighton aus heiterem Himmel Jim Bowdry über den Weg gelaufen und er habe sie spontan auf einen Kaffee eingeladen. Zum Glück war Lindy ziemlich hart im Nehmen, was Männer anbetraf – und an Angeboten schien es ihr nie zu mangeln –, sodass sie sich vielleicht einfach ein neues Opfer suchte, redete sich Nancy ein, nahm ihr Fertiggericht – Käsemakkaroni – aus dem Backofen und grinste bei dem Gedanken daran, wie entsetzt ihr Schwiegersohn reagieren würde, wenn er sehen könnte, wie tief sie in kulinarischer Hinsicht gesunken war.

Der kleine Coffeeshop war rappelvoll, die Luft abgestanden und stickig. Vor dem Tresen drängten sich die Leute, die auf ihre To-go-Bestellungen warteten, sämtliche Tische waren besetzt. Nancy entdeckte Jim in der Ecke beim Fenster, eine leere Kaffeetasse vor sich auf dem roten Resopaltisch, den Kopf über eine Zeitung gebeugt. Es war ein Schock, ihn wiederzusehen, fast so, als hätte sie nicht geglaubt, dass er tatsächlich hier sein und sie sich mit ihm treffen würde.

Er wirkte so cool wie immer, und Nancy fühlte sich plötzlich schrecklich schüchtern. Als sie sich zwischen den Tischen hindurchschlängelte, fing es in ihrem Bauch an zu flattern, und sie bekam ein komisches Gefühl im Magen. Sie hatte eine schlaflose Nacht hinter sich, hin- und hergerissen zwischen Furcht und Erwartung. *Ihr geht zusammen Kaffee trinken, mehr nicht,* beharrte die Stimme der Vernunft. *Er ist ein Mann, und du stehst auf ihn,* widersprach ihr Herz. Was immer der Wahrheit entsprach – als sie vorhin auf der Zufahrt Louise begegnet war, hatte sie kein Wort über Jim verlauten lassen, als sei es eine Schande, sich mit ihm zu treffen.

Er sah auf, als sie zu ihm trat, fing an zu lächeln und sprang auf. Nancy streckte die Hand aus, und er nahm sie und schüttelte sie förmlich, keiner von beiden machte Anstalten, den anderen auf die Wange zu küssen.

»Hi … toll, dass du gekommen bist«, sagte er, immer noch stehend. Plötzlich wirkte er schlaksig und unbeholfen. »Entschuldige, hier ist heute Morgen ziemlich viel los.« Er rückte ihren Stuhl zurecht. »Für gewöhnlich wird es montags erst später voll.«

Sie nahm Platz und sah ihm nach, als er zum Tresen ging und ihre Bestellung aufgab. Es war offensichtlich, dass er Stammgast war, denn die Barista plauderte mit ihm und lachte über etwas, das er sagte, als würde sie ihn gut kennen.

»Gefällt es dir?«, fragte Jim in das Schweigen hinein, das sich zwischen ihnen breitmachte, nachdem er Nancys Cappuccino und einen schwarzen Americano für sich auf dem Tisch abgestellt hatte.

»Ja, aber es ist ein Albtraum, einen Parkplatz zu finden.«

»Das ist Brighton.«

Nancy fiel partout nichts ein, was sie sagen konnte, also rührte sie mit gesenktem Kopf den schokobesprenkelten Milchschaum in ihren Kaffee und betete inbrünstig um Inspiration.

»Ich bin es nicht gewohnt, mich mit fremden Frauen in Coffeeshops zu treffen«, räumte Jim schließlich ein. Seine blauen Augen blitzten amüsiert, genau wie an ihrem ersten Abend. »Und ein Held in Sachen Smalltalk bin ich auch nicht gerade, tut mir leid.«

»Dann sind wir verloren«, sagte Nancy. »Ich bin nämlich ebenfalls ganz schlecht darin.«

»Vielleicht solltest du mir etwas erzählen, was nicht *small* ist – etwas über dich, zum Beispiel. Das dürfte uns für eine Weile beschäftigen.«

Sein Vorschlag stürzte Nancy in Verlegenheit, zumal sie sich viel zu überdreht fühlte, um ihm jetzt ihre Lebensgeschichte aufzutischen. Es war ihr peinlich, wie Jim sie ansah. Er schien sie zu kennen, noch bevor sie ein einziges Wort gesagt hatte.

»Mein Gott, wo soll ich bloß anfangen? Ich bin einundsechzig und geschieden, vor vier Jahren hat mich mein Ex wegen einer blonden lettischen Diva sitzenlassen. Ich bin Einzelkind, mein Vater war Zahnarzt und ist mittlerweile seit zwanzig Jahren tot, meine Mutter lebt noch. Ich wohne neben meiner Tochter, meinem Schwiegersohn und meinen beiden Enkelinnen, neun und sechs Jahre alt. Haustiere habe ich keine, obwohl Bob, die Katze meiner Tochter, im Grunde bei mir wohnt. Ich wollte Konzertpianistin werden, habe aber stattdessen einen Musiker mit einem großen Ego geheiratet.« Sie hielt inne und zuckte die Achseln. Auf einmal kamen ihr ihre Worte klischeehaft und leicht verbittert vor. »Du bist dran.«

»Ich wusste es.« Er grinste.

»Was wusstest du? Dass ich eine Musikerin bin oder dass ich einen Musiker geheiratet habe?«

»Ich wusste, dass du eine Seelenverwandte bist.«

»Ich trete mit meiner Musik nicht auf. Ich spiele nur für mich selbst und unterrichte ein bisschen.« Er schien darauf zu warten, dass sie fortfuhr. »Dennoch könnte ich ohne Musik nicht leben«, fügte sie daher hinzu.

»Ich auch nicht. Musik ist mein Leben.« Jim stieß langsam die Luft aus. »Schwer vorzustellen, dass Menschen ohne zurechtkommen.«

Nancy schmunzelte. »Ich weiß, was du meinst,

aber mein Schwiegersohn Ross hegt die gleiche Leidenschaft für Essen. Kochen ist sein Leben.«

Jim überdachte ihre Worte, dann sagte er: »Kochen ist wohl um einiges nützlicher als Musizieren. Leider beschränken sich meine Fähigkeiten auf diesem Gebiet darauf, die Folie von einer Single-Portion Cottage Pie zu entfernen.«

»Hm … Rinderhack, überbacken mit Kartoffelpüree … köstlich! Käsemakkaroni sind aber auch gut!«

»O ja!« Lachend griff Jim nach seiner Tasse. Nancy sah, dass er sie mit der ganzen Hand umschloss, anstatt sie an dem kleinen Henkel hochzunehmen. Seine Hände waren gebräunt, die Finger lang, unterhalb des rechten Zeigefingerknöchels war eine kleine, sichelförmige Narbe zu erkennen.

»Du bist dran«, wiederholte sie und wandte den Blick ab.

Jim schnitt eine Grimasse, strich sich eine verirrte Strähne aus seinem Pferdeschwanz hinters Ohr und setzte sich aufrecht, doch es dauerte noch ein, zwei Minuten, bevor er anfing zu sprechen.

»Also gut. Nun, ich bin vierundsechzig, seit drei Jahren von meiner Frau getrennt. Meine Ex hat mich wegen eines schmierigen Barkeepers sitzenlassen – was nicht ganz so viel Klasse hat wie deine Diva. Ich habe einen Sohn, Tommy, vierundzwanzig, keine Enkel, keine Haustiere, aber einen Bruder. Stevie betreibt ein Gästehaus in Südfrankreich – bis vor knapp zwei Jahren zusammen mit seinem Partner

Pascal, der leider verstorben ist. Meine Eltern sind beide tot, mein Vater war Braumeister. Ich bin Countrysänger und Komponist und habe eine Band, die sich ›The Bluebirds‹ nennt. Vor über zwanzig Jahren haben wir einen Hit gelandet – nein, stimmt nicht, das ist mittlerweile noch länger her. Ich erteile jedem, der mich bucht, Gitarrenunterricht, und ich habe aufgehört zu rauchen.«

»Das ist großartig.«

»Was genau meinst du?«

»Dass du aufgehört hast zu rauchen. Hast du das wirklich geschafft?«

Jim grinste sie verlegen an. »So halbwegs. Um ehrlich zu sein, habe ich eher reduziert. Ich wünschte, ich hätte schon ganz damit aufgehört. Ich bin mir sicher, du verabscheust rauchen.«

Sie verkniff sich, das Offensichtliche zu kommentieren. Inzwischen lief ihre Unterhaltung ganz mühelos und ungezwungen, und Nancy beschlich das seltsame Gefühl, sie könne diesem Mann alles anvertrauen, obwohl sie ihn doch kaum kannte. Sie war sich außerdem der Energie bewusst, die zwischen ihnen floss, eine vibrierende Vorfreude, die ihr Herz schneller schlagen ließ. Gedanken schwirrten durch ihren Kopf, die sie gern mit ihm teilen würde – am liebsten alle.

»Mein Ex heiratet die Diva im September«, hörte sie sich sagen.

Jim legte die Stirn in Falten. »Und das macht dir zu schaffen?«

»Aber nein, es macht mir ganz und gar nichts aus«, wehrte sie rasch ab, aber seine Augen sagten ihr, dass er ihr nicht glaubte. Sie seufzte. »Also gut … es macht mir doch etwas aus. Ich habe mich daran gewöhnt, dass er mit ihr zusammen ist, aber eine Hochzeit hebt die Beziehung auf eine völlig neue Ebene.«

»Hattest du gehofft, er würde zu dir zurückkehren?«

»Nein. Das ganz bestimmt nicht. Ich möchte definitiv nicht mehr mit Christopher zusammen sein.« Nancy lächelte gequält. »Ich nehme an, ich bin immer noch sauer, dass er mich betrogen und anschließend abserviert hat.« Sie zögerte. »Seine Neue ist sehr jung und hübsch … Sie erinnert mich daran, wie alt ich bin.« Albernerweise schossen ihr Tränen in die Augen. Sie schluckte mühevoll.

»Es ist schwer, betrogen zu werden, ganz gleich, wie alt man ist.«

Nancy hörte den Schmerz in seinen Worten. »Diese Kränkung trotzt jeglicher Vernunft, findest du nicht? Ich meine, es geht mir gut, ich führe ein angenehmes Leben, dennoch sitzt der Schmerz tief.«

»Ja, dabei weiß man genau, dass man nach vorn blicken sollte – zumal es das ist, was einem jeder rät.« Jim lachte leise auf. »Meist hat man den Eindruck, man blicke tatsächlich nach vorn, aber immer wieder verspürt man eine Art Stachel im Fleisch, auch wenn das keinerlei Sinn ergibt.«

»Lebt deine Ex mit dem schmierigen Barkeeper zusammen?«

»Nein … Es hat kein Jahr gedauert, da hat sich der Kerl eine andere gesucht.«

»Und du hast sie nicht zurückgenommen?«

»Das konnte ich nicht, Nancy. Es war mir einfach nicht möglich. Sie wollte zu mir zurückkommen, und vielleicht hätte ich großzügiger sein sollen, aber jedes Mal, wenn ich sie angesehen habe …« Er zuckte die Achseln und verstummte. »Wenn man betrogen wird, ist es, als würde einen der Schmerz kontrollieren. Und jedes Mal, wenn man versucht, sich davon zu befreien, nimmt er einen erneut in Geiselhaft.«

»Was schlägst du vor – was sollen wir tun?«, fragte Nancy nachdenklich.

Sie sahen einander einen sehr langen Moment an.

»Ich weiß es nicht«, sagte Jim schließlich. »Ich gehe davon aus, dass wir eine Lösung finden.« Schalk blitzte in seinen blauen Augen auf, und Nancy fühlte sich plötzlich sehr schwach.

Kapitel neun

An der Tür des Coffeeshops verabschiedete sich Jim von Nancy. Er hatte mit ihr im Sonnenschein spazieren gehen wollen, aber sie hatte behauptet, sie müsse nach Hause, um eine Unterrichtsstunde zu geben – zum Schluss hatte sie leicht nervös gewirkt. Jetzt, da er allein über die schmalen Gehsteige von Brighton schlenderte und den anderen Fußgängern auswich, die in dieser quirligen Stadt ihren täglichen Geschäften nachgingen, machte er sich im Stillen Vorwürfe.

Warum zum Teufel bist du nicht ehrlich zu ihr gewesen, du Dummkopf? Warum hast du ihr nicht erzählt, dass du im Grunde noch immer verheiratet bist, dass du mit deiner Frau zusammenwohnst? Natürlich kannte er die Antwort. Eine Frau wie Nancy würde sich schlichtweg weigern, sich mit ihm zu treffen, wenn sie wusste, dass er verheiratet war. Und wie sollte er ihr, ohne sich lächerlich zu machen, erklären, dass er mit Chrissie zusammenlebte, ohne mit ihr zusammen zu sein? Sie würde sich ihren Teil denken, und er hätte es umgekehrt genauso getan.

Nancy war einfach umwerfend. Er liebte ihre intelligenten Augen, die in der einen Minute komplett grau wirkten und in der nächsten in einem hellen Gold erstrahlten, als falle Sonnenlicht auf stilles Wasser. Chrissies Augen waren grün, aber sie hatten stets dieselbe Farbe, zumindest hatte er nie einen Wechsel bemerkt. Und erst einmal Nancys Lächeln! Ein bisschen schief, ein bisschen argwöhnisch: Es lag auf der Hand, dass sie sich nichts vormachen ließ. Vermutlich hatte sie zu viel von ihrem betrügerischen Ex einstecken müssen. Er hatte sie zum Lachen gebracht, was ein gutes Zeichen war, und sie hatten sich stundenlang über alles Mögliche unterhalten, hatten sich wirklich gut verstanden. Sie verströmte definitiv eine gewisse Sinnlichkeit, vor allem, wenn sie sich ein wenig entspannte. Doch was brachte es, sie anzumachen, wenn ohnehin bald alles wie ein Kartenhaus in sich zusammenstürzte – spätestens wenn sie herausfand, dass er mit Chrissie unter einem Dach wohnte.

Beim nächsten Mal werde ich ihr reinen Wein einschenken, nahm er sich vor. Obwohl sie gar kein nächstes Mal geplant hatten. Hätte er gleich etwas ausmachen sollen? Vielleicht würde er ihr nachher eine SMS schicken. Oder war das zu aufdringlich? Und wenn schon. Sie waren keine Kinder mehr, obwohl er sich im Augenblick genauso unsicher fühlte wie damals als Teenager. Er seufzte leise. *Ich habe keine Ahnung, wie ich es anstellen soll. Hatte ich ja noch nie.*

Eine merkwürdige Mischung aus Furcht und Erregung stieg in ihm auf. Dieses Flattern im Magen, diese Spannung – alles unwirklich, nichts festgelegt, nichts vertraut, die Möglichkeiten schienen unendlich zu sein.

Es war noch viel zu früh, aber er empfand etwas für Nancy, etwas Starkes, Überwältigendes. Vielleicht gelänge es ihm diesmal, etwas über die erste Erregung Hinausreichendes zu finden, etwas, das tiefer reichte und befriedigender war als das, was er mit Chrissie geteilt hatte.

Während er weiterging, den Kopf voll mit all den Dingen, die er in Angriff nehmen musste, um sein Leben von dem seiner Frau zu trennen, verspürte er das dringende Verlangen nach einer Zigarette. Allerdings hatte er die beiden Schachteln, die er noch in der Schublade gehabt hatte, weggeworfen und sein Feuerzeug zu Hause gelassen. Er kam an allen möglichen Läden vorbei, wo er welche bekommen hätte, aber er befolgte das Schritt-für-Schritt-Prinzip, mit dem sein Freund Jimmy P. es geschafft hatte, vom Alkohol loszukommen, und redete sich ein, er könne ja immer noch am nächsten Geschäft halten, dann am übernächsten oder am überübernächsten, bis er zu Hause ankam, ohne eine neue Schachtel gekauft zu haben. Ein kleiner Triumph, doch wenig später waren alle Gedanken an Nikotin oder an Nancy vergessen, ausgeblendet von dem dichten Wust von Maklern, Juristen, Banken, Sachverständigen und Immobilien-Websites – vor allem aber von Chrissies Angst.

Der gestrige Sonntag war die Hölle gewesen. Der ewig gleiche, langweilige Streit hatte schon beim Frühstück begonnen. Chrissie hatte bereits vor Monaten geplant, dass sie den Tag in London verbringen würden, um sich mit ihren Freunden Mick und Jen zu treffen. Zusammen wollten sie zu einem Gig in Camden gehen, bei dem einer von Micks Freunden spielte. Mick war ein Bassgitarrist, der ab und zu für Jimmy P. bei den Bluebirds eingesprungen war, wenn Jimmys Trinkerei aus dem Ruder lief. In Jims Augen war er ein verdammt guter Gitarrist – um nicht zu sagen brillant –, aber er hatte eine lausige Stimme und konnte nicht einen einzigen Ton halten.

Wie dem auch sei – Jim hatte Chrissie beim Frühstück mitgeteilt, dass er nicht mit nach London kommen würde.

»Warum nicht? Bist du krank?«, hatte sie gefragt und von ihrem ekelerregenden Müsli mit Saaten, Joghurt und Bananen aufgeschaut, auf das sie morgens unter keinen Umständen verzichten wollte. Aus dem Radio dröhnte die schmalzige Schlagermusik, die sie so mochte. Jim stellte das Radio aus.

»Nein. Ich möchte einfach nicht. Fahr du allein hin, es wird bestimmt lustig.«

Chrissie runzelte die Stirn. »Aber sie rechnen mit uns beiden, und ich dachte, du magst Micky! Wir haben ihn seit Ewigkeiten nicht mehr gesehen.«

Er zog sich einen der Barhocker heran, die vor der »Frühstückstheke« standen, wie Chrissie die Anrichte nannte, obwohl sie ihr Frühstück immer am

Küchentisch aß. »Genau das ist der Punkt, Chrissie. Das ist das, was ich dir immer wieder sage: Wir sind nicht mehr zusammen, und wir sollten auch nicht länger so tun, als ob. Mick und Jen ahnen nicht einmal, dass es ein Problem gibt. Deshalb rechnen sie ja auch mit uns beiden.«

Das Gesicht seiner Frau verfinsterte sich. »Wovor hast du Angst, Jimmy? Vor ein paar Wochen sind wir zusammen zu Lisas Party gegangen, und ich komme ständig zu deinen Auftritten. Was hat sich geändert?« Sie hörte auf zu essen und kniff die Augen zusammen, den Löffel noch immer in der rechten Hand. »Als würdest du plötzlich fürchten, mit mir zusammen gesehen zu werden …« Als er nicht antwortete, wurde ihr Blick noch durchdringender. »Wer ist sie? Dieser ganze Quatsch mit dem Hausverkauf und der Scheidung … dahinter steckt eine Frau. Ich kenne dich, Jim Bowdry.«

Jim dachte daran, wie er Nancy gebeten hatte, ihn an der Ecke abzusetzen, damit Chrissie nicht sehen konnte, dass er aus ihrem Auto stieg, wie er verstohlen in sein Schlafzimmer geschlichen war und dabei das Gefühl nicht loswurde, dass er beide Frauen betrog. »Der Hausverkauf und die Scheidung sind kein Quatsch.«

»Das kommt auf die Perspektive an, das habe ich dir schon eine Million Mal gesagt. Ich finde die Vorstellung furchtbar, dieses Haus zu verkaufen und Gott weiß welche Summen für Scheidungsanwälte rauszuwerfen, wenn keiner von uns vorhat, sich anderweitig zu binden. Das wäre doch vollkommen verrückt! Es sei denn …« Sie zog die Augenbrauen in die Höhe. »… es sei denn, ich habe recht.«

Jim wusste nicht, was er sagen sollte, also hielt er den Mund. Was sich als Fehler herausstellen sollte. Chrissie knallte den Löffel auf die Tischplatte, sprang auf und beugte sich vor in seine Richtung. Ihre blasse Haut glühte vor Zorn, ihr weißer Baumwollmorgenrock klaffte auf und gab den Blick auf ihre kleinen Brüste frei.

»Du hast eine andere, oder? Du mieser, hinterhältiger Mistkerl, du triffst dich hinter meinem Rücken mit einer Frau! Antworte mir, Jim! Stimmt das? Herrgott, du elender, verlogener Bastard!«

Jim war ebenfalls aufgesprungen. Mit so ruhiger Stimme wie möglich erwiderte er: »Du tust so, als würde ich dich betrügen, Chrissie. Ich weiß nicht, ob es dir aufgefallen ist, aber wir haben nicht mehr miteinander geschlafen, seit Benji dich abserviert hat und du nach Hause zurückgekrochen bist. In meinen Augen kann man da nicht mehr von ›Ehe‹ sprechen. Ich brauche dein Einverständnis nicht. Ich kann verdammt noch mal tun und lassen, was ich will.«

Tränen der Wut stiegen in ihre grünen Augen. »Ich glaube dir nicht, Jim. Ich glaube dir nicht, dass du mich nicht mehr liebst.« Sie stand auf und riss grob am Gürtel ihres Morgenmantels. Der feine Baumwollstoff rutschte ihr von den Schultern und glitt auf den Küchenboden. Splitterfasernackt stand sie vor ihm, die Hände an den Seiten, das Kinn trotzig vorgereckt. Ihr schlanker, straffer, immer noch jugendlicher Körper strahlte eine schmerzliche Verletzlichkeit aus.

»Das ist der Körper, den du zu lieben und zu ehren gelobt hast, Jim, bis dass der Tod uns scheidet.« Sie stemmte die Hände in die Hüften, nahm eine verführerische Pose ein und streckte ihm ihre kleinen Brüste entgegen, die Lippen zu einem Schmollmund verzogen. »Ich weiß, dass du mich begehrst. Du bist bloß zu stur, um es zuzugeben.«

Sie ging um den Küchentisch herum auf ihn zu. Zu seinem Entsetzen stellte Jim fest, dass er tatsächlich erregt war. Sie hatten immer guten Sex gehabt, und ihre Nacktheit erinnerte ihn augenblicklich an ihre intensiven Liebesspiele, daran, wie sie sich unter ihm bewegt hatte, die Beine um seine Mitte geschlungen, an den Geschmack ihrer Brustknospen auf seiner Zunge, an ihre feuchten Lippen, die nach dem Orgasmus noch rosiger wurden. Das alles war so lange her.

Er sagte kein Wort, rührte sich nicht vom Fleck, als sie näher kam und ihren Körper gegen seinen drückte, das Gesicht zu ihm erhoben, die grünen Augen sprühend vor Verlangen.

»Küss mich«, flüsterte sie. »Na los, ich weiß, wie sehr du dich danach verzehrst.«

Kapitel zehn

Louise stützte sich auf die Bar im Lime Kiln, eine Tasse Espresso in der Hand. Das Restaurant war in einem Flachbau aus Kalkstein – auch Sussex-Marmor genannt – untergebracht und hatte quadratische Flügelfenster, durch die nur wenig Licht fiel. Es lag etwas zurückversetzt von der Straße und hatte an der Rückseite eine hübsche gepflasterte Terrasse, die auf ein Feld und die dahinterliegende hügelige Kreidelandschaft hinausging. Der Blick auf die Downs war ausgesprochen idyllisch. Bevor Ross und Louise vor vier Jahren das Lime Kiln eröffnet hatten, war hier ein Pub gewesen. Die Inneneinrichtung hatte Louise übernommen: Farbenfrohe Federzeichnungen mit maritimen Themen hingen an den cremefarbenen Wänden, hohe Spiegel, ein mit Steinplatten gefliester Fußboden, ein großer gemauerter Kamin, Holztische und azurblaue Kissen auf Treibholzbänken und niedrigen Armsesseln sorgten für eine luftige, moderne Atmosphäre. Ross hatte zunächst Bedenken, hielt das Ambiente für zu strandlastig und nicht seriös genug für seinen Kochstil. Er stellte sich etwas Gediegeneres vor, schwarz-weiß, gestärkte Tischwäsche. Aber Louise zog da nicht mit. »Wir sind in den Sussex Downs, Schatz. Die Leute lieben die Strandatmosphäre – sie wollen sich entspannen!«

Es war noch früh. Louise hatte die Mädchen gerade zur Schule gebracht, Ross, in blauem T-Shirt und Jeans, füllte Weinflaschen in den mit Glastüren versehenen bodentiefen Kühler, der über die ganze Wand zwischen Bar und der dahinterliegenden Küche reichte.

»Irgendwas stimmt nicht mit Mum«, sagte Louise.

Ross hielt inne und wartete darauf, dass sie fortfuhr.

»Sie ist … anders als sonst. Ich kann es nicht genau erklären, aber sie benimmt sich irgendwie seltsam.«

»Das ist mir gar nicht aufgefallen. ›Seltsam‹ … inwiefern?« Ross zog die dunklen Brauen zusammen und stellte die Flasche Meursault, die er in der Hand hielt, auf die Bar, um Louise seine volle Aufmerksamkeit zu schenken.

»Na ja, sie hört in letzter Zeit nicht mehr richtig zu, als wäre sie ständig mit etwas anderem beschäftigt. Außerdem schaut sie immer wieder auf ihr Handy. Neulich Morgen hab ich sie gefragt, wohin sie fährt, und sie ist tatsächlich rot geworden und hat mir die lahme Ausrede aufgetischt, sie würde sich mit Lindy treffen.«

»Warum sollte sie sich nicht mit ihrer Freundin verabreden?«

»Das kann sie ja, aber sie ist nie und nimmer zu Lindy gefahren. Sie hat geflunkert, davon bin ich felsenfest überzeugt.«

Ross lachte leise. »Hm. Vielleicht hat sie jemanden kennengelernt?«

»Ross!« Louise war aufrichtig schockiert.

»Warum nicht? Deine Mutter ist eine attraktive Frau. Außerdem hat dein Dad ja auch seinen Spaß.«

»Mum und ein Freund? Das glaubst du doch wohl selbst nicht!«

»Ich verstehe nicht, warum dir das so unmöglich erscheint, Lou. Sie ist erst sechzig oder kurz darüber … Es gibt keinen Grund, warum sie für den Rest ihres Lebens Single bleiben sollte.«

Louise schwieg. Es war ihr in der Tat nie der Gedanke gekommen, dass ihre Mutter einen Mann kennengelernt haben könnte.

»Hast du sie gefragt?«, erkundigte sich Ross.

»Ähm, nein … nein, natürlich nicht.« Stirnrunzelnd sah sie ihren Ehemann an. »Glaubst du wirklich, sie hat einen Neuen? Das würde ihre seltsame Stimmung erklären.«

»Vielleicht hat sie ihn über eine Dating-App oder ein Internet-Forum kennengelernt.«

»Ach, um Himmels willen, Ross. Kannst du dir meine Mutter wirklich bei einer Online-Partnervermittlung vorstellen?«

Ihr Ehemann zuckte die Achseln. »Ich glaube, du

verschließt, was Nancy angeht, die Augen. Alle tun so was heutzutage, warum also nicht auch deine Mutter?«

»Aber ist das nicht gefährlich? Ich meine, was für Männer lernt sie online kennen? Da könnte wer weiß wer dahinterstecken!«

Ross wandte sich wieder seinen Weinflaschen zu. »Die Gefahr besteht in einem Weinlokal genauso! Du klingst, als seist du *ihre* Mutter, nicht andersherum. Es ist wirklich besser, du fragst sie, anstatt voreilige Schlüsse zu ziehen.«

»Das stimmt, auch wenn es etwas vertrackt ist. Wie stelle ich das bloß am geschicktesten an?«

»Herrgott, Lou, das ist doch nicht schwer!« Er schmunzelte. »Wie wär's mit der schlichten Frage: ›Hast du jemanden kennengelernt, Mum?‹«

»Schon gut, schon gut! Hör auf, dich über mich lustig zu machen. Meine Mutter und ich reden nun mal nicht über Sex.«

Ross prustete los. »Wer redet denn gleich von Sex? Aber vielleicht hast du recht: Vermutlich ist es besser, wenn du nicht darauf zu sprechen kommst, ganz gleich, in welchem Stadium ihre Beziehung steckt.«

Louise trank ihren Espresso aus, während Ross die leeren Weinkartons zerriss und sie zur Recyclingtonne an der Seite des Restaurants brachte. *Mum und ein Liebhaber?* Die Vorstellung gefiel ihr gar nicht, noch weniger als die von ihrem Vater und Tatjana. Sie hoffte inständig, dass Ross sich irrte.

Louise wartete bis nach dem Mittagsbetrieb, bevor sie Ross zur Rede stellte. Wenn alle Gäste gegangen waren und Jason und Maja – die polnische Bedienung, die sie gerade erst eingestellt hatten – aufräumten und das Restaurant für den Abend herrichteten, setzte sie sich für gewöhnlich mit ihrem Mann an einen Tisch neben der Bar, um bei einer Tasse Lapsang-Tee und einem von Ross' geliebten Orangenplätzchen zu besprechen, wie es gelaufen war. Er erinnerte sie dann stets an einen Künstler nach einer Show: Übersprudelnd von dem, was geklappt hatte oder was schiefgelaufen war, voller Begeisterung für ein neues Gericht gab er die Kommentare der Gäste wieder und berichtete ihr mit gesenkter Stimme jede einzelne Dummheit, die der Souschef oder Maja begangen hatten – und Ross, Perfektionist, der er war, fand immer etwas.

Louise hatte ihre Mutter angerufen und sie gebeten, die Mädchen von der Schule abzuholen. Sie hatte ein ernstes Gespräch mit Ross zu führen, und sie wollte dabei nicht unter Zeitdruck stehen.

Ihr Mann wischte sich mit dem Handrücken den Schweiß von der Stirn und ließ sich schwer auf einen Armsessel fallen, nachdem er das azurblaue Kissen auf einen anderen Platz geschleudert hatte.

»Nicht schlecht für einen Donnerstag«, sagte er und schenkte ihnen Tee ein.

»Nein …«

Er schaute sie fragend an. »Höre ich ein Aber?«

»Ich habe den ganzen Vormittag über den Büchern

gesessen.« Louise war gelernte Buchhalterin, doch sie hatte ihre Stelle bei einer Brightoner Firma aufgegeben, um sich stattdessen um die geschäftliche Seite ihres Restaurants zu kümmern.

Ross hob die Hand. »Bitte, Lou, jetzt nicht. Ich ertrage kein weiteres Gejammer über Gewinnspannen.«

»Tja, das wirst du aber müssen. Es sieht schlecht aus, Ross, sehr schlecht. Ich muss die Preise anheben – sogar die der Mittagsangebote –, weil du viel zu viel für hochpreisige Zutaten ausgibst. Dabei entscheiden sich die Gäste eher für die günstigeren Gerichte, das habe ich überprüft. Sie bestellen Fischfrikadellen, Salate, Makrele oder zwei Vorspeisen. Hummer, Steinbutt und Rinderfilet laufen dagegen gar nicht.«

Ross zuckte seine breiten Schultern. »Fürs Mittagessen geben die Leute nie so viel aus wie fürs Abendessen. Was soll ich deiner Meinung nach tun? An den Zutaten sparen? So baue ich mir kaum einen Ruf auf!«

»Das sollst du auch gar nicht. Trotzdem ist eine gewisse Balance vonnöten, sonst hast du bald kein Restaurant mehr.«

Eine Augenbraue wanderte skeptisch in die Höhe. »Das glaube ich nicht, Lou. Du willst mir bloß Angst machen und mich kontrollieren, weil du so verflucht vorsichtig bist. Schau dir doch mal den heutigen Tag an: Wir waren zwar nicht ausgebucht, aber wir haben mindestens dreißig Gerichte verkauft.«

»Einundzwanzig.«

»Tatsächlich?«

»Ja.«

»Na ja, es war Mittag und ein Donnerstag. Morgen wird mehr rausgehen.«

»Ich habe mir die Reservierungen angeschaut – so viele sind es nicht.«

»Herrgott noch mal, was soll ich denn tun? Ich kann meine Gäste wohl kaum von der Straße ins Lokal zerren!« Er sah sie grollend an.

Louise war den Tränen nahe. Sie wusste nicht, was Ross tun sollte, nur, dass sich etwas ändern musste. »Du könntest zum Beispiel aufhören, mir den Schwarzen Peter zuzuschieben. Ich verstehe nicht, wieso du dir keine Sorgen machst! Es gibt uns jetzt fast vier Jahre, da sollten wir endlich Gewinn machen, und sei es auch nur ein kleines Plus. Stattdessen schreiben wir immer noch rote Zahlen.«

Er wandte den Blick ab, das Kinn trotzig vorgereckt. Er würde nicht einlenken, so viel stand fest.

»Ross?«

Endlich sah er sie wieder an. »Du hast nie an das Restaurant geglaubt, stimmt's? Oder an mich.« Seine Stimme war kalt. »Immer hast du nur schwarzgesehen, schon von Anfang an – ›Das ist zu teuer‹, ›Das funktioniert nicht‹, ›Das kannst du nicht machen‹. Negativ, negativ und noch mal negativ. Dir wäre es lieber gewesen, ich hätte meinen sicheren Posten im Maison Verlet nicht aufgegeben, stimmt's? Eine ruhige Kugel schieben, mein festes Gehalt einstreichen und jemand anders das Risiko tragen lassen – ist es das, was du willst?« Er zerknüllte die Serviette, die vor ihm auf dem Tisch lag. Es sah aus, als wollte er das gestärkte weiße Leintuch erwürgen.

Louise schnappte nach Luft. »Das ist so unfair, Ross! Ich habe dich hundertprozentig unterstützt, habe mir alle erdenkliche Mühe gegeben, damit dieses Unternehmen läuft, und das weißt du.« Ihr Herz hämmerte gegen ihren Brustkorb. »Ich weiß allerdings auch, welche Risiken die Eröffnung eines Restaurants birgt. Etwa ein Drittel muss innerhalb der ersten Jahre wieder schließen, und ich möchte nicht, dass wir zu diesem Drittel gehören. Deshalb setze ich dir so zu.« Er beschäftigte sich weiterhin mit der Serviette, den Kopf gesenkt. »Also gut, wenn du meinst, ich übe einen negativen Einfluss auf dich und das Geschäft aus, dann werde ich mich eben zurückziehen. Führ dein Restaurant allein, ich suche mir einen anderen Job.«

Das war zwar ganz und gar nicht Louise' Absicht, aber sie hatte es so satt, ständig mit dem Kopf gegen die Wand zu laufen. Sie hasste den Druck, den das Geschäft auf ihre Ehe ausübte. Und Buchhalter wurden immer gesucht.

Ross' Kopf fuhr ruckartig in die Höhe. »Sei nicht albern, Lou. Du weißt, dass ich den Laden ohne dich nicht schmeißen kann.« Er streckte den Arm aus, um ihre Hand zu nehmen, doch sie zog sie rasch zurück. »Es tut mir leid.« Er seufzte tief. »Ich bin krank vor Sorge, und ich hab's nicht so gemeint. Ich weiß, wie sehr du mich unterstützt. Es ist bloß so, dass ich die Vorstellung nicht ertrage, Kompromisse eingehen zu müssen. Die Qualität der Zutaten ist das A und O, und auch das weißt du. Wenn ich die Messlatte tiefer lege, habe ich keine Chance mehr!«

»Das ist mir doch absolut klar! Aber du stellst dich so stur, was deine Lieferanten betrifft. Mindestens zwei von denen ziehen dich über den Tisch – Johnsons zum Beispiel –, aber du willst partout nicht, dass ich mich umhöre und günstigere Anbieter auftue.«

Sie stritten sich noch eine ganze Weile, ohne den eigentlichen Kern des Problems anzusprechen, doch im Augenblick fühlte sich Louise nicht in der Lage, mit ihrem Mann über das Speisenangebot zu diskutieren. Sie waren beide aufgebracht, es wäre daher besser, dieses Thema zu einem anderen Zeitpunkt auf den Tisch zu bringen. Aber aufgeschoben war nicht aufgehoben.

Als Louise nach Hause kam, saßen ihre Mutter und die Mädchen draußen in der gestreiften Hollywoodschaukel. Die Sonne schien, aber es war nicht besonders warm. Ungeachtet dessen trug Jazzy ihr Ballerinakostüm, und zwar ohne Strumpfhose. Hope hatte sich an ihre Großmutter gekuschelt und knabberte vorsichtig die Schokolade von einem Jaffa Cake, um an die Füllung aus Orangengelee heranzukommen. Beide Mädchen sprangen auf, um ihre Mutter zu umarmen.

»Wir haben schon gelesen!«, sagte Hope, als sie sah, dass Louise misstrauisch den Jaffa Cake in ihrer Hand beäugte. Ein Keks nach den Hausaufgaben war erlaubt, mehr nicht. Louise war sehr streng, was Zucker anbetraf. Das musste sie sein, denn Ross fütterte die Mädchen mit jeder Menge ungesundem Zeug, angefangen von süßen Sandwiches über Pfannkuchen mit Sirup bis hin zu Marshmallows – weil ihn das, wie er behauptete, an seine Kindheit erinnerte.

Lächelnd schwang Nancy vor und zurück.

»Danke, dass du die beiden abgeholt hast, Mum«, sagte Louise und schüttelte Jazzy ab, die ihre Hand gefasst hatte und nun versuchte, mit ihr zu tanzen. »Bitte hör auf damit, Jazzy!« Sie hörte den scharfen Unterton in ihrer Stimme.

»Möchtest du eine Tasse Tee?« Nancy stand auf und ging in die Küche.

Die Mädchen stürmten von der Terrasse in den Garten, wo Hope Purzelbäume auf einer blauen Plastikmatte schlug und Jazzy auf dem Rasen Pirouetten drehte, einen Feenstab in der Hand.

Louise folgte ihrer Mutter, ließ sich an den Küchentisch sinken und brach in Tränen aus.

Kapitel elf

Nachdem sie sich im Coffeeshop getroffen hatten, hatte Jim Nancy noch am selben Abend angerufen.

»Hi, Nancy«, sagte er zögerlich. »Hier spricht Jim.«

Als hätte sie das nicht gewusst! Allein der Klang seiner tiefen Stimme ließ ihren Puls in die Höhe schnellen. Sein Anruf überraschte sie. Sie hatte gedacht, es würde Tage dauern, bis er wieder anrief, und überlegte schon, ob es gegen die gängige Etikette verstoße, wenn sie selbst zum Hörer griff. Sie wusste es nicht. Die jungen Leute schienen nicht mehr miteinander zu reden: Sie schrieben sich Textnachrichten, kommunizierten über Facebook oder Twitter miteinander, doch sie riefen nicht an, um ein echtes Gespräch zu führen, was mit Sicherheit für jede Menge Missverständnisse sorgte. Sie fürchtete bereits den Tag, an dem ihre Enkelinnen alt genug waren, um eigene Smartphones zu bekommen.

»Ich versuche, auf supercool zu machen, daher habe ich vor meinem Anruf bei dir einen ganzen Nachmittag verstreichen lassen«, sagte er.

»Ist seit unserem Treffen erst ein Nachmittag verstrichen? Es kommt mir vor wie hundert Jahre!«

Es entstand eine verlegene Pause nach ihren scherzhaft gemeinten Worten.

»Was machen wir jetzt?«, fragte Jim schließlich.

»Ich bin mir nicht sicher.«

»Wir könnten noch einmal Kaffee trinken gehen … oder aber einen Zahn zulegen und es wagen, uns am Abend auf einen Drink zu verabreden.«

»Wow – du gehst ja ran.«

»Vielleicht am Donnerstag?«

»Ja, der Donnerstag passt mir gut.« Nancy hatte nicht überlegen müssen: Sie wusste, dass sie diese Woche nichts vorhatte. Genau wie nächste Woche und übernächste Woche.

»Prima. Ich lasse mir was Schönes einfallen. Ist es okay für dich, wenn du nach Brighton kommst, oder sollen wir uns lieber in deiner Nähe treffen?«

»Brighton ist in Ordnung«, hatte sie rasch erwidert, da sie nicht im hiesigen Pub von Louise' Freundinnen gesehen werden wollte.

Heute *war* Donnerstag. Nancy warf einen Blick auf die Küchenuhr. Sie und Jim wollten sich um achtzehn Uhr dreißig in einem Weinlokal in Brighton treffen, aber es war schon siebzehn Uhr fünfundvierzig, und Louise und die Mädchen waren immer noch da. Nancy hatte sich verpflichtet gefühlt, das Abendbrot für Hope und Jazzy zu richten, da ihre Tochter noch immer aufgewühlt wirkte, obwohl sie nicht viel gesagt hatte, seit die Mädchen aus dem Garten gekommen waren.

Ich schicke ihm besser eine SMS, überlegte sie und suchte ihr Handy. Sie wäre gern unter die Dusche gegangen und hätte sich in Ruhe fertig gemacht, aber nun bliebe ihr kaum Zeit, sich umzuziehen.

»Wonach suchst du, Mum?«, wollte Louise wissen.

»Mein Handy…« Sie durchwühlte erneut ihre Handtasche. Supermarktgutscheine, ihre Busfahrkarte, ein Portemonnaie voller Kleingeld, eine Bürste, Kopfhörer, ein Kugelschreiber, ein kleines Notizbuch, ein gebrauchtes Taschentuch und Lippenbalsam kamen zum Vorschein. Kein Handy.

»Ich rufe mal an«, schlug Louise vor und zog ihr eigenes Smartphone aus der Gesäßtasche ihrer Jeans, doch es war kein Klingelton zu hören.

»Ich muss es im Auto vergessen haben.« Nancy wurde nervös. Sie wollte nicht, dass Jim dachte, sie würde nicht kommen. Hastig ging sie nach draußen zu ihrem Wagen und fand das verdammte Ding in der Ablage unter dem Armaturenbrett. Bevor sie ins Haus zurückkehrte, tippte sie eilig eine SMS an Jim: *Bin aufgehalten worden, können wir auf sieben Uhr verschieben?*

Als sie vom Display aufschaute, stellte sie fest, dass Louise sie aus der offenen Eingangstür beobachtete. Nancy wusste, dass sie verlegen wirkte, als sie auf »Senden« drückte.

Als sie wieder im Haus war, drehte sich Louise, die vorangegangen war und die Teller vom Abendessen abräumte, zu ihr um und sah ihr direkt ins Gesicht. »Mum, ich möchte dich etwas fragen.« Sie hielt inne. Nancy wartete unbehaglich ab. Der Tonfall ihrer Tochter war unerwartet zögerlich. »Ähm, es ist nur so, dass du dich in letzter Zeit etwas merkwürdig verhalten hast. Ross hat sich gefragt … ich meine, nicht nur Ross, sondern auch ich … ob du dich vielleicht mit jemandem triffst. Mit einem Mann, um genau zu sein.«

Nancy hielt den Atem an. *Es gibt keinen Grund, um den heißen Brei herumzureden,* sagte sie sich. »Das kommt darauf an, wie du ›treffen‹ definierst. Ich war mit jemandem Kaffee trinken.«

Louise starrte sie verblüfft an. »Ach, du liebe Güte! Ross hatte recht!«

Hope saß mit ihrer Schwester im Wohnzimmer und schaute fern. »Womit hatte Daddy recht?«

»Mit nichts!«, rief Louise schnell zurück, dann murmelte sie: »Das Kind hat Ohren wie eine Fledermaus.«

Nancy nickte und versuchte, die Reaktion ihrer Tochter auf ihre Worte einzuschätzen.

»Wer ist er?«, fragte Louise mit gesenkter Stimme, ein Auge Richtung Wohnzimmer gerichtet.

»Der Countrysänger, von dem ich dir erzählt habe.«

»Der von Lindys Party?« Louise' Gesicht nahm einen wissenden Ausdruck an. »Da hab ich dich gefragt, ob er mit Lindy zusammen ist, dabei ist er in Wirklichkeit dein Freund! Warum hast du nichts gesagt?«

»Er ist nicht mein *Freund*, Lou, wir sind nicht zusammen. Ich habe bloß am Montag einen Kaffee mit ihm getrunken … und ich treffe mich heute Abend mit ihm auf einen Drink, deshalb muss ich mich beeilen.«

Ihre Tochter sah sie perplex an. »Heute Abend? Ach. Na, dann bringe ich die Mädchen jetzt lieber mal nach Hause.«

»Das macht dir doch nichts aus, oder?«, fragte Nancy.

»Ob mir das etwas ausmacht? Nein, natürlich nicht. Warum auch? Ich bin doch nicht deine Aufseherin. Aber du hättest es mir sagen können, Mum. Ich habe den Eindruck, du vertraust mir nicht.«

Nancy zuckte innerlich zusammen. Sie wurde nicht schlau aus Louise, war noch nie schlau aus ihrer Tochter geworden. Die meiste Zeit über wirkte sie tough und selbstbewusst, aber unter der Oberfläche lauerte eine Fülle von Unsicherheiten. Ross hatte ihr einen schweren Schlag versetzt mit seinem Vorwurf, sie würde nicht hinter seinem Unternehmen stehen. Das Schlimmste aber war, wie Nancy nur zu gut wusste, dass vermutlich mehr als nur ein Körnchen Wahrheit in seinem Vorwurf steckte. Louise war von Natur aus risikoscheu, und ohne ihren Ehemann, der sie dazu angestachelt hatte, wäre sie nie im Leben darauf gekommen, ein Restaurant zu eröffnen. Jetzt jedoch, da sie sich dazu durchgerungen hatte, schuftete sie wie ein Pferd, um den Laden zum Erfolg zu führen.

»Selbstverständlich vertraue ich dir«, sagte sie. »Bis jetzt gibt es allerdings nichts zu erzählen. Ich habe einen Kaffee mit ihm getrunken, das ist alles. Ich kenne den Mann doch kaum!«

»Aber du denkst schon länger an ihn, das kannst du nicht bestreiten. Ich hab's in deinen Augen gesehen, Mum. Das meinte ich, als ich sagte, du würdest dich merkwürdig benehmen. Und am Montag hast du auch gelogen, als ich dich fragte, wohin du fährst.«

Nancy seufzte. »Ich weiß, und es tut mir leid. Du hast mich auf dem Sprung erwischt, und ich war etwas verlegen.«

»Du musst dich beeilen, sonst kommst du zu spät«, drängte Louise mit weicherer Stimme. »So, Mädels, Nana geht aus, und wir gehen nach Hause.«

»*Nein! Bitte nicht!* Wir wollen das erst noch zu Ende sehen«, kreischte Hope, die Augen auf den Fernseher geheftet. Jazzy steckte stumm den Daumen in den Mund und überließ es ihrer großen Schwester, die Dinge zu regeln.

»Sie können ruhig weiterschauen, während ich mich umziehe.« In dem Moment meldete Nancys Handy den Eingang einer SMS. Unter dem wachsamen Blick ihrer Tochter las sie Jims Nachricht und musste unweigerlich lächeln: *Ich warte bis zum Ende aller Zeiten. Oder bis 7, wie auch immer.*

Louise zog eine Augenbraue hoch. »Nicht nötig. Kommt schon, ihr zwei, ab nach Hause. Amüsier dich gut, Mum. Ich freue mich auf einen detaillierten Bericht morgen früh.«

Was genau der Grund dafür war, dass Nancy ihrer Tochter nichts von Jim erzählt hatte.

Das Weinlokal war etwa zur Hälfte gefüllt, als Nancy eintraf. An den dunklen Wänden des großen Gastraums hingen schwarz-weiße Architekturfotografien, hohe runde Tische mit Barhockern standen auf der freien Fläche vor der Bar mit dem glänzenden Marmortresen, der sich über die gesamte rückwärtige Wand zog. Ein großes Fenster, durch das man über Eck das Meer sehen konnte, ging auf die Zufahrt hinaus. Die Atmosphäre war cool, die Klientel jung – sie und Jim waren mit Abstand die Ältesten. Jim saß auf einem Hocker an der Theke und unterhielt sich mit dem Barmann.

Als Nancy auf ihn zuging, fiel ihr Blick auf die Uhr über der Bar. Fünf vor halb acht. »Mein Gott, es tut mir so leid! Du musstest tatsächlich ›bis ans Ende aller Zeiten warten‹, nicht bloß bis sieben Uhr!«

Jim stand auf und küsste sie auf die Wange. Die Berührung seiner Lippen raubte ihr fast den Atem. Seine Haut duftete köstlich – frisch und irgendwie holzig, vielleicht nach Zedern –, von Zigarettenqualm keine Spur. Sein dünnes blaues Baumwollhemd fühlte sich angenehm weich an unter ihren Fingern.

»Ihr Freund fürchtete schon, Sie hätten ihn versetzt.« Der junge Barmann grinste verschmitzt. Sein gefärbtes schwarzes Haar stand in langen Stacheln von seinem Kopf ab und erinnerte an einen Punk aus den Achtzigern.

»Danke, Kumpel. Warum solltest du auch nicht mein dunkelstes Geheimnis verraten?« Jim verdrehte die Augen. »Was möchtest du trinken, Nancy? Unser Sid hier mag zwar indiskret sein, aber er mixt höllisch gute Cocktails.«

»Cocktails? Ich dachte, das wäre ein Weinlokal … Ähm, was trinkst du?«

»Einen Manhattan. Whiskey und Wermut und Gott weiß, was sonst noch.«

»Dann nehme ich auch so einen«, sagte sie schnell, obwohl sie keine Ahnung hatte, wie der Drink schmecken mochte. Allerdings wollte sie vor Jim nicht allzu unentschlossen wirken, auch wenn sich ihr Cocktail-Repertoire auf eine gelegentliche Bloody Mary zur Mittagszeit beschränkte. Christopher trank nur Glenfiddich oder einen guten Rotwein – was dies anbetraf, war er ein leidiger Snob.

Jim balancierte ihre randvollen Gläser vorsichtig zu einem Fenstertisch. »Ist es hier okay für dich?«

Sie nickte und kletterte auf ihren Barhocker, um mit ihm anzustoßen.

»Auf einen Neuanfang«, sagte er und hob lächelnd das Glas.

Der Manhattan war kalt, mild und süß und hatte einen leicht bitteren Nachgeschmack.

»Ein bisschen wie Hustensaft, stimmt's?«, fragte Jim, als sie nicht sofort einen Kommentar abgab.

»Hm …« Er hatte recht, aber der Cocktail schmeckte trotzdem absolut köstlich. Am liebsten hätte sie ihn in einem Zug hinuntergestürzt, um ihre Nerven zu beruhigen. »Es tut mir so leid, dass ich mich verspätet habe«, sagte sie. »Erst haben mich meine Enkelinnen in Beschlag genommen, dann musste ich meiner Tochter erklären, dass ich mich mit dir auf einen Drink treffe.«

Er hob die Augenbrauen. »War das ein Problem?«

»Nein, das nicht gerade. Aber Louise – so heißt meine Tochter – war sauer, weil ich neulich Morgen geflunkert habe, als ich mit dir zum Kaffee verabredet war. Ich habe behauptet, ich würde mich mit Lindy treffen.«

»Warum hast du gelogen?«

Sie zuckte die Achseln. »Keine Ahnung. Das war dumm von mir. Ich nehme an, ich wollte nicht, dass sie von etwas erfährt, woraus sich etwas entwickeln könnte oder auch nicht, und dann womöglich ein Riesentamtam darum macht.«

»Klingt nachvollziehbar.«

»Schon, aber ich hätte trotzdem nicht lügen dürfen.«

»Das tun wir doch alle manchmal … Im jeweiligen Moment kommt es uns einfacher vor, und dann bereuen wir es ewig!« Jim wandte den Blick ab, und sie fragte sich, was er wohl bereute.

»Louise hasst die Freundin von Christopher, meinem Ex. Zumindest verabscheut sie die Tatsache, dass es sie gibt. Sie hat Tatjana nie wirklich kennengelernt.«

»Dann ist das also ein heikles Thema.«

Nancy zuckte die Achseln. »Seit der Scheidung bin ich nicht oft ausgegangen, und noch nie mit einem *Mann.*«

Jim lachte leise. »Wir sind aber auch zwei ruchlose Gestalten, keine Frage.«

Sie schwiegen einen kurzen Augenblick. Die Bar hatte sich gefüllt, draußen vor dem Fenster wurde es langsam dämmrig. Nancys Nerven entspannten sich, was entweder dem Alkoholgehalt des Manhattan zu verdanken war oder Jims Gelassenheit, die sich in dem warmen, dunklen Lokal auf sie übertrug. Jetzt verspürte sie nur noch dieses angenehme Flattern in ihrem Magen, eine Vorfreude, wie sie sie seit Jahren nicht empfunden hatte. »Bei dir ist das etwas anderes«, sagte sie. »Männer haben ein längeres Haltbarkeitsdatum – zumindest geht man im Allgemeinen davon aus. Frauen meines Alters dagegen haben dieses Datum längst überschritten.«

Jim zog erneut die Augenbrauen in die Höhe, doch er sagte nichts, seine Augen blitzten amüsiert, was sie einen Moment lang verwirrte.

»Du weißt, was ich meine«, legte sie daher rasch nach. »Ich fühle mich einfach … nun, vielleicht ist ›verunsichert‹ das richtige Wort. Du zum Beispiel könntest dich mühelos mit einer Frau zusammentun, die halb so alt ist wie du, ohne dass auch nur ein einziger Hahn danach kräht, aber wenn ich Barkeeper Sid schöne Augen machen würde …«

Jim schnitt eine Grimasse. »Willst du damit sagen,

dass ich zu alt für dich bin? Dass du einen jugendlichen Liebhaber vorziehst?«

Beide prusteten los.

»Du siehst so hübsch aus«, sagte Jim, woraufhin sie abrupt aufhörte zu lachen, aus der Fassung gebracht von dem unerwarteten Kompliment. Verlegene Röte stieg in ihre Wangen. Rasch wandte sie das Gesicht ab und sah aus dem Fenster.

»Entschuldige.« Er runzelte die Stirn. »Ich … warum zum Teufel entschuldige ich mich eigentlich? Es ist doch die Wahrheit!«

»Danke sehr.« Nancys Mutter hatte ihrer Tochter schon früh beigebracht, dass es ausgesprochen unhöflich war, ein Kompliment abzutun: »Wenn jemand etwas Nettes zu dir sagt, Nancy, musst du dich höflich bedanken. Alles andere ist unverschämt.« Dennoch war sie eher verlegen als dankbar. Zögernd sah sie ihn an. Sein Blick war immer noch auf sie gerichtet, seine Augen voller Verlangen. Sie konnte nicht wegschauen, doch die vorherige Panik wich einer langsam aufsteigenden Lust, die sich von ihrem Kopf auf ihren Körper ausweitete und wie eine gewaltige Welle über sie hereinzubrechen drohte. Einen Augenblick ließ sie sich von dem mächtigen Sog der Begierde mitreißen, genoss es, wie ihr Herz in ihrer Brust tanzte.

»Hm …« Jim schüttelte sich, als stehe er genauso neben der Spur wie sie, und rutschte von seinem Hocker. »Keine Ahnung, was Sid in den Drink gemixt hat.« Er grinste. »Noch mal das Gleiche?«

Sie nickte, da sie ihrer Stimme nicht traute. Als er zur Bar ging, atmete sie erleichtert durch, froh, ein paar Minuten für sich zu haben, um die Fassung wiederzugewinnen.

Als er zurückkehrte, war die Stimmung gelöster, das Gespräch wurde unverfänglicher, der Ton leichter. Dennoch meinte sie die Funken zwischen ihnen zu spüren, ein verhaltenes, verführerisches Glühen.

»Wie geht es Lindy?«, fragte Jim, als sie sich nach dem zweiten Manhattan eine Tüte Chips teilten.

Nancy fühlte sich ziemlich beschwipst. »Sie … ich hab diese Woche noch nicht mit ihr gesprochen.« Noch während sie die Worte aussprach, erinnerte sie sich schuldbewusst daran, dass vor ein paar Tagen eine SMS von ihrer Freundin eingegangen war, auf die sie immer noch nicht geantwortet hatte, weil sie nur noch an Jim Bowdry dachte. »Sie hat vorgeschlagen, dass wir nächsten Samstag zu deinem Gig kommen.«

»Das wäre großartig. Ich kann dich den Bluebirds vorstellen – der Band. Wir haben schon eine ganze Weile nicht mehr zusammen gespielt; Mal, der Schlagzeuger, war lange krank, aber jetzt geht es ihm anscheinend wieder besser.«

Nancy zögerte, dann sagte sie: »Die Sache ist die: Ich glaube, ich bin Lindy auf die Zehen getreten, was dich anbetrifft.«

Jim sah sie fragend an.

»Sie hat ein Auge auf dich geworfen.«

»Das habe ich bemerkt. Dann war sie also sauer auf dich, als du ihr von uns erzählt hast?«

Schweigen. Dann: »Das habe ich nicht. Noch nicht.«

»Na klar.« Jim grinste. »Sieht ganz so aus, als wolltest du mich unterschlagen – und zwar an allen Fronten.«

»Das stimmt nicht.« Nancy fühlte sich in die Defensive gedrängt, doch Jim hatte recht: Sie hatte tatsächlich nicht gewollt, dass irgendwer von ihm erfuhr. Das Ganze war ihr viel zu neu erschienen, viel zu privat, viel zu unsicher. »Es kommt mir bloß so hinterhältig vor, sich mit jemandem auf einen Kaffee zu treffen und jetzt auch noch einen Cocktail zu trinken, auf den die beste Freundin steht. Trotzdem finde ich nicht den richtigen Moment, um es ihr zu sagen.« Ihr war klar, dass ihre Worte ziemlich feige klangen, und wünschte, sie könnte sie zurücknehmen. »Ich wusste doch gar nicht, wie es weitergehen würde.«

»Du meinst, zwischen uns?«

»Ja.«

Jim schüttelte den Kopf. »Ich kann mir nicht vorstellen, dass Lindy sich die Augen ausweint, nur weil sie bei mir nicht landen kann. Eine attraktive Frau wie sie hat doch mit Sicherheit jede Menge Angebote.«

»Darum geht es auch nicht – das Problem ähnelt eher dem, das ich mit Louise hatte: Ich habe es ihr nicht sofort erzählt. Sie wird mich für ein Miststück halten, das sie skrupellos hintergeht.«

»Dann erzähl's ihr halt gar nicht. Kommt einfach am Samstag zu unserem Auftritt, und ich werde mich vor allen Leuten auf dich stürzen und dich abknutschen bis zur Besinnungslosigkeit. Lindy wird denken, ich sei ein durchgeknallter Vollidiot und nichts mehr mit mir zu tun haben wollen.«

»Das könnte dir so passen! Ich will gar nicht bis zur Besinnungslosigkeit abgeknutscht werden.« Sie seufzte, erneut von Schuldgefühlen überwältigt. »Warum muss alles so kompliziert sein?«

»Du könntest sie einfach anrufen und ihr alles erklären«, schlug Jim vor, offenbar amüsiert über ihre missliche Lage.

Sie sollte nicht dazu kommen, etwas zu erwidern, denn plötzlich entstand hinter ihnen Tumult. Ein großer junger Mann mit Stiernacken und Tattoos auf beiden Unterarmen packte einen erschrockenen Rotschopf mit einem Gesicht wie ein Frettchen am T-Shirt und hob ihn mit einem bedrohlichen Knurren vom Fußboden hoch. »Du verfluchtes Arschloch! Du miese kleine Schwuchtel! Glaubst du wirklich, du kannst hier reinspazieren und so tun, als sei nichts passiert? Ich sollte dich umbringen, verdammt noch mal!«

»Komm schon, Frankie, lass ihn los. Er ist es nicht wert«, mischte sich ein anderer junger Mann ein, um den bulligen Kerl zu beruhigen. Er versuchte, ihn am Arm, dann am Bund seiner Jeans zurückzuziehen, aber Frankie, außer sich vor Zorn, stieß ihn einfach mit dem Ellbogen zur Seite, ohne von dem Rotschopf abzulassen.

Entsetzt sah Nancy, wie weitere Männer dazwischengingen, auf Frankie einschrien und versuchten, das Frettchen von seinem Angreifer loszureißen. Der Stiernacken holte mit der freien Hand aus und schlug einem von ihnen gegen die Schläfe. Der Mann ging taumelnd zu Boden. Alle in der Bar waren aufgesprungen und wichen zurück von dem Kampf, der nur ein, zwei Meter von Nancys und Jims Tisch entfernt stattfand. Über die Köpfe der Menge hinweg sah Nancy, dass Sid telefonierte, wahrscheinlich mit der Polizei, während ein Mädchen neben ihr die Szene mit ihrer Handykamera aufnahm, vermutlich, um sie später auf Instagram zu posten.

»Geh. Warte draußen auf mich.« Jim schob sie zur Tür, doch sie war noch nicht weit gekommen, als sie sah, wie er mit großen Schritten auf Frankie zuging und sich nur wenige Zentimeter vor ihm aufbaute. Der Rotschopf zappelte zwischen ihnen.

Mit ruhiger, tiefer Stimme sagte Jim so laut, dass man ihn über das Rufen und Schreien der anderen Gäste hinweg verstehen konnte: »Lass ihn los, Kumpel. Sofort. *Sofort, habe ich gesagt.*«

Der bullige Jugendliche schien vor Verblüffung zweimal hinzuschauen, dann runzelte er die Stirn und ließ den Rothaarigen los, der augenblicklich von seinen Freunden aus der Gefahrenzone gezerrt wurde. Sein Gesicht leuchtete genauso rot wie seine Haare, als er mit heiserer Stimme laut zu lamentieren begann.

Frankie richtete seine Aufmerksamkeit auf Jim. »Und wer zum Teufel bist du?«, knurrte er.

Jim wich keinen Millimeter zurück. »Sieh einfach zu, dass du hier rauskommst, bevor du weiteren Schaden anrichtest.« Als der Kerl sich nicht vom Fleck rührte, trat er noch ein Stück näher heran. »Sieh zu, dass du rauskommst, habe ich gesagt. *Hau einfach ab!*«

Frankie starrte ihn mit blutunterlaufenen, vom Alkohol benebelten Augen drohend an, aber Nancy sah, dass ihm die Lust auf einen Kampf vergangen war. Mit einem letzten finsteren Blick in Richtung seines Opfers drehte er sich um und taumelte hinaus auf die Straße, bewacht von seinem Freund, der die Hand fest auf seine Schulter gelegt hatte. Als der Rüpel das Lokal verlassen hatte, brachen die verbliebenen Gäste in spontanen Applaus aus, diejenigen, die in Jims Nähe standen, klopften ihm auf den Rücken und gratulierten ihm.

Jim winkte Sid, der merklich nervös hinter der Bar stand, und trat zu Nancy, nahm sie bei der Hand und zog sie zum Ausgang. »Ich hab doch gesagt, du sollst draußen warten«, murmelte er, als sie den Gehweg entlanggingen. »Du ahnst gar nicht, wie schnell solche Auseinandersetzungen aus dem Ruder laufen können. Es muss bloß einer von diesen Idioten ein Messer bei sich haben.«

»Du warst großartig«, stellte Nancy voller Ehrfurcht fest. Was für eine Autorität Jim im Umgang mit diesem brutalen Schläger ausgestrahlt hatte!

»Das war doch nur ein Jugendlicher, der zu viel getrunken hatte.« Jims Gesicht spiegelte noch die

Anspannung der vergangenen fünf Minuten. »So, was machen wir jetzt?«

»Keine Ahnung«, sagte sie. Es war ihr ohnehin alles egal, solange sie nur seine Hand halten und seine Kraft, seine Wärme spüren konnte.

»Ein paar Straßen von hier ist ein kleiner Italiener. Hast du Lust auf Pasta?«

»Hast du dich nach deiner Trennung öfter mit Frauen verabredet?«, wollte Nancy wissen, als sie vor einem Teller scharf gewürzter *penne all'arrabbiata* in dem gut besuchten, typisch italienischen *ristorante* saßen, das Jim vorgeschlagen hatte.

Jim schüttelte den Kopf. »Nein, kein einziges Mal.«

»Ach, wirklich nicht?«, fragte sie verblüfft.

»Hältst du mich für einen Casanova?« Er sah sie beinahe verletzt an.

»Nein … aber du musst bei deinen Auftritten doch viele Mädchen – Frauen – kennenlernen, die auf dich stehen.«

»Aber das heißt doch noch lange nicht, dass ich sie abschleppen will!«

»Vermutlich nicht. Ist Chrissie mit einem neuen Partner zusammen?«

»Nicht, dass ich wüsste.«

Es gefiel Jim anscheinend gar nicht, über seine Exfrau zu sprechen, denn sein Ton verbot jede weitere Nachfrage. Nancy fragte sich, ob er immer noch etwas für Chrissie empfand.

Später standen sie schweigend vor dem Restaurant und warteten auf das Taxi, das Jim bestellt hatte – Nancy hatte zu viel getrunken, um selbst nach Hause zu fahren, und würde ihren Wagen am nächsten Morgen abholen. Sie war froh über die kühle Aprilbrise auf ihren heißen Wangen und atmete tief die frische Nachtluft ein. Sie fühlte sich müde und benommen – der Abend war eine wahre Achterbahnfahrt gewesen.

»Telefonieren wir morgen?«, fragte er.

»Ich denke, wir sehen uns am Samstag.«

»Das hoffe ich.«

Stille breitete sich zwischen ihnen aus, die immer angespannter wurde, je näher der Abschied rückte, als wüsste keiner von ihnen, wie sie den Abend beenden sollten. Dann nahm er wieder ihre Hand.

»Ich würde dich so gerne küssen«, sagte er leise. »Aber nicht hier.«

Sie nickte. Ihr Herz machte einen Purzelbaum, als er ihr tief in die Augen sah und ihr Verlangen erneut aufflackerte, nahezu greifbar zwischen ihnen stand.

In diesem Moment traf das Taxi ein. Der Fahrer beugte sich aus dem offenen Fenster. »Taxi für Bowie?«

»Schön wär's«, scherzte Jim und öffnete die Fondtür für Nancy.

»Mum?« Am nächsten Morgen wurde Nancy von einem Anruf ihrer Tochter Louise geweckt. »Wäre es möglich, dass du die Mädchen für mich zur Schule bringst? Die Alarmanlage im Restaurant ist losgegangen, und Ross ist schon auf halbem Weg dorthin, um sich mit einem Lieferanten zu treffen.«

»Ähm … ja, sicher.« Desorientiert sah sie auf die Uhr. Viertel vor acht. Sie müsste um acht Uhr fünfzehn losfahren, damit die Mädchen pünktlich um halb neun an der Schule eintrafen. Mit hämmerndem Kopf stieg Nancy aus dem Bett und schnappte sich Jeans, T-Shirt und eine türkisfarbene Baumwollstrickjacke. Ihr Mund war staubtrocken. Als sie in ihre Leinen-Slipper schlüpfte, fiel es ihr wieder ein. Voller Panik rannte sie über die Auffahrt zum Haus ihrer Tochter. Louise stand in der Küche und strich Butter auf mehrere Scheiben Vollkorntoast, die vor ihr auf dem Schneidebrett lagen, Hope und Jazzy saßen am Tisch vor ihren Schüsseln mit Vollkorn-Flakes und einem Glas Orangensaft. Die zwei trugen bereits ihre Schuluniformen.

»Ich hab ganz vergessen, dass ich gar kein Auto habe«, stieß Nancy keuchend hervor. »Ich musste es gestern Abend in Brighton stehen lassen.«

Louises Augenbrauen schossen in die Höhe. »Ach …«

»Hi, Nana«, nuschelte Hope mit vollem Mund.

»Hallo, Schätzchen.« Nancy wartete darauf, dass ihre Tochter etwas erwiderte.

»Nun, da kann man nichts machen«, sagte Louise schließlich. »Kommt, Mädels, wir müssen gleich los.«

»Aber ich hatte noch gar kein Toast!«, beklagte sich Jazzy.

»Du darfst im Auto essen«, bot ihre Mutter an.

Weder Jazzy noch Hope regten sich.

»Jetzt kommt schon! Ich muss mich um den Alarm im Restaurant kümmern. Steht auf und zieht eure Schuhe an. Beeilt euch!«

»Was ist mit unseren Haaren?«, fragte Hope, die sich von der Nervosität ihrer Mutter anstecken ließ.

»Ich kümmere mich darum.« Nancy holte Bürste und Haargummis aus der Schachtel auf dem Vorsprung neben der Eingangstür.

»Ich will keinen Pferdeschwanz! Ich will Haarspangen an den Seiten.« Jazzy zuckte zusammen, als ihre Oma die Bürste durch ihre blonden Locken zog.

»Heute Morgen muss ich dir einen Pferdeschwanz machen, mein Schatz. Ich habe keine Haarspangen«, widersprach Nancy. Ihre Enkelin sah aus, als wolle sie Einspruch erheben, ließ es aber doch bleiben. Anscheinend spürte sie die Anspannung im Raum.

Louise stürmte los, um die blauen Schulranzen, Anoraks und Hopes Schwimmtasche zu holen, während Nancy sich mit Knoten und spitzen Schreien plagte, bis beide Mädchen ordentlich genug für die Schule aussahen.

»Bis später«, murmelte Louise, als sie alle im Familienkombi saßen.

Nancy sah dem Wagen nach, wie er die Auffahrt hinunter zur Straße rollte, dann kehrte sie zurück in ihr Cottage, wo sie sich einen starken Kaffee kochte und ein großes Glas Wasser trank. Das Hämmern hinter den Schläfen wollte nicht aufhören. Solche Kopfschmerzen hatte sie schon lange nicht mehr gehabt. Ihr letzter Kater lag Jahre zurück. *Das ist nicht meine Schuld,* redete sie sich ein. *Ich konnte doch nicht wissen, dass dieser blöde Alarm losgehen würde.* Trotzdem fühlte sie sich auf unerklärliche Weise schuldig.

Während sie benommen am Tisch saß, die Hände um die Kaffeetasse geklammert wie um einen Rettungsanker, ging sie in Gedanken den vergangenen Abend durch. *Jim … Jim.* Sie ließ sich den Klang seines Namens auf der Zunge zergehen. *Was für ein wundervoller Name.* Er war so cool gewesen, so couragiert, hatte sich diesem Rüpel entgegengestellt, als sei dieser bloß ein verzogenes Kind – was er vermutlich tatsächlich war. Nichtsdestoweniger hätte das Ganze, wie Jim richtig bemerkt hatte, böse ins Auge gehen können.

Sie dachte an die Worte, die er zum Abschied zu ihr gesagt hatte – »Ich würde dich so gerne küssen« –, und spürte, wie sie vor Freude am ganzen Körper zu zittern begann. Wie würde es sich anfühlen, Jim Bowdry zu küssen? Nancy hatte seit über dreißig Jahren niemand anders als Christopher geküsst. Sie kicherte, als sie sich vorstellte, wie sich ihr Exmann in einer Situation wie der in der Bar verhalten hätte. Er wäre aus dem Lokal gestürmt wie ein Greyhound beim Rennen aus seiner Box. Aber vielleicht war das unfair – die meisten Männer hätten genau das getan.

Nancy seufzte. Erstaunt über die Intensität ihrer Gefühle für Jim – sie war verliebt wie ein Teenager –, stieg sie die Treppe hinauf, um unter die Dusche zu gehen.

Kapitel zwölf

Der Junge gab sich alle Mühe, das musste Jim zugeben. Er hatte die Griffe drauf, die meisten zumindest, konnte gut Noten lesen, und der Wechsel zwischen den einzelnen Akkorden gelang ihm inzwischen wesentlich flüssiger. Trotzdem fehlte es Tanner an Musikalität, und das war eine Sache, die Jim ihm nicht beibringen konnte. Im Stillen drängte er ihn loszulassen, sich von der Magie der Musik davontragen zu lassen, anstatt sich stur von Note zu Note zu hangeln, von Akkord zu Akkord.

»Gut … gut«, sagte Jim, als der Junge »Take Me Home, Country Roads« zu Ende gespielt hatte. Tanner, achtzehn Jahre alt, sah gut aus, wenn auch auf eine unauffällige, etwas farblose Art und Weise, und war fest entschlossen, nach seinem College-Abschluss Musiker zu werden. Er studierte irgendein Medienzeug, mit dem er es Jims Meinung nach zu nichts bringen würde, schon gar nicht zu einem Job. Sein großes Vorbild, sein Held, war John Denver. »Kennst du den Text?«, fragte er.

Tanner nickte. Jim versuchte nun schon seit Wochen, den Jungen zum Singen zu überreden.

»Dann mal los«, forderte er ihn auf und lächelte ihn ermutigend an.

Tanner errötete, dann schüttelte er den Kopf. »Ich kann nicht.«

»Du kannst nicht, oder du willst nicht?«

Der Junge grinste verlegen. »Ich nehme an, eher Zweiteres.«

»Okay, aber wie soll das funktionieren, wenn du zwar auftreten, aber nicht singen willst?«

»Es gibt doch genügend Sänger, oder etwa nicht?«

»Klar, die gibt es. Aber die meisten können auch Gitarre spielen. Du schränkst dich da unnötig ein!«

Tanner sackte über seiner Gitarre zusammen.

»Versuch's einfach mal. Es bin doch bloß ich, der dir zuhört«, drängte Jim, der überlegte, ob der Schlüssel zum Talent des Jungen in seiner Stimme lag.

Endlich nickte Tanner, holte tief Luft und legte seine Finger auf die Gitarrensaiten. Am Anfang klang seine Stimme krächzend und zittrig, doch dann fing er sich, fand den Rhythmus, hielt die Melodie. Die Töne saßen perfekt, trotzdem klangen sie atemlos und gepresst. Als er fertig war, strahlte er Jim erleichtert an.

»Siehst du, das war gar nicht so schlecht, oder?«

»Keine Ahnung«, erwiderte der Junge.

»Du hast eine gute Stimme«, versicherte ihm Jim, »du musst sie nur benutzen. Um ehrlich zu sein, solltest du dir lieber einen Gesangslehrer suchen, anstatt zu mir zu kommen.«

Gerade als Tanner aufbrach, klingelte Jims Handy. In der Hoffnung, es wäre Nancy, nahm er es vom Tisch. Doch es war nicht Nancy, sondern Greg, der Immobilienmakler.

»Ich habe gute Nachrichten! Das Paar, das am Mittwoch das Haus besichtigt hat, hat ein Angebot gemacht. Zehntausend unter dem geforderten Preis, aber ich bin mir sicher, wir können noch etwas drehen. Sie scheinen fest entschlossen zu sein, und es gibt keinen Haken. Ich *liebe* unerfahrene Käufer!«

»Großartig«, sagte Jim, wenngleich er am liebsten geflucht hätte. »Wie geht es jetzt weiter?«

»Ich werde ihnen sagen, dass Sie das Angebot ablehnen – mal sehen, welche Summe sie mir dann nennen. Risiko, Mr Bowdry, es geht stets darum, hoch zu pokern. Bis der Erste blinzelt.«

»Nun, ich hab's nicht eilig, deshalb werde ich nicht einknicken.«

»Genau das wollte ich hören«, sagte Greg. »Ich melde mich bei Ihnen, sobald ich etwas Neues weiß.«

Jim stöhnte leise. Und jetzt? Es wurde langsam ernst mit der endgültigen Trennung von Chrissie. Aber das hatte auch sein Gutes. Je früher er Abstand zwischen sich und seine Frau brächte, desto wohler würde er sich fühlen, wenn er sich mit Nancy traf.

Einen Augenblick blieb er sitzen, das Handy in der Hand. Seit Chrissie ihren Morgenmantel auf den Küchenboden hatte fallen lassen, um ihn zu verführen, war ihre Beziehung alles andere als angenehm. Er erschauerte bei der Erinnerung daran, wie sie ihren Körper gegen seinen gepresst hatte, an die Herausforderung in ihren Augen, sein sich unwillkürlich einstellendes Verlangen. Er hatte seine Hand auf ihren nackten Rücken gelegt und sie über ihre nackte Haut bis zu ihrem Po gleiten lassen – genau wie früher. Er hörte, wie sie leise nach Luft schnappte und nach unten griff, um ihn zu berühren. Es wäre so verdammt einfach gewesen, doch der Gedanke an Nancy hatte ihn davon abgehalten. Selbst im kopflosen Zustand der Erregung spürte er, dass er ihr nie wieder hätte gegenübertreten können, wenn er Chrissie nachgegeben hätte. Doch als er sich vorsichtig aus der Umarmung befreit hatte, war Chrissie komplett zusammengebrochen. Er hatte das Haus verlassen müssen, um ihrem zornigen Tränenausbruch zu entkommen.

Nun wartete er voller Unruhe darauf, dass sie von der Arbeit nach Hause kam. Er hatte den ganzen Tag unterrichtet und war todmüde, aber er wusste, dass er ihr von dem Kaufgebot auf das Haus erzählen musste.

»Okay«, sagte Chrissie eine Weile später überraschend munter, streifte ihre marineblauen Pumps ab und ließ sich mit geschlossenen Augen in der Wohnküche im Souterrain aufs Sofa fallen.

Jim hatte ihr in weiser Voraussicht einen Tee gekocht, um die Wogen zu glätten, und die Ingwernüsse auf den Tisch gestellt. Er reichte ihr eine Tasse und bot ihr die Plätzchen an. »Wenn wir das Angebot akzeptieren, werden wir ein Datum für unseren Auszug festlegen müssen.«

Chrissie verdrehte die Augen. »Tatsächlich!«, erwiderte sie sarkastisch.

»Ich will dich nur vorwarnen.«

»Stell dir vor, Jim: Ich weiß, was passiert, wenn man ein Haus verkauft.«

»Und was wirst du tun?«

Chrissie warf ihm einen finsteren Blick zu, tauchte die Ingwernuss in den heißen Tee, nahm einen Bissen und kaute nachdenklich. »Als würde dich das interessieren.«

»Natürlich interessiert mich das«, widersprach Jim, und das entsprach der Wahrheit, auch wenn sich ein Teil von ihm danach sehnte, sich endlich von ihr zu befreien.

»Weil du mich endlich loswerden willst«, sagte sie, als könne sie seine Gedanken lesen.

Jim seufzte. Warum versuchte er bloß, nett zu dieser Frau zu sein? Ihre Beziehung hatte sich schon vor Monaten, wenn nicht gar vor Jahren totgelaufen. Die endgültige Trennung war nicht mehr als eine Formalität. Trotzdem war sie nach wie vor seine Ehefrau.

»Ich habe gestern mit Tommy gesprochen«, sagte Chrissie. »Er denkt das Gleiche wie ich: Du hast eine andere Frau.«

Jim liebte seinen Sohn sehr, aber Chrissie hatte

den Jungen zu sehr verwöhnt, verzogen, indem sie ihn eher wie einen Freund als wie einen Sohn behandelt hatte. Jim wusste, dass er sich mehr um Tommy bemühen sollte, aber sie hatten so wenig gemeinsam, außerdem sahen sie sich in letzter Zeit kaum noch. Tommy interessierte sich für nichts anderes als für Computer und dafür, Geld zu scheffeln – ausgesprochen erfolgreich, das musste Jim ihm lassen. Sein Sohn war auch nicht gerade ein Countryfan, er stand mehr auf die Musik von Kayne West.

»Er findet, du verhältst dich wie ein absoluter Mistkerl.«

Jim zog die Augenbrauen in die Höhe. »Das hat er gesagt?«

»Nicht wörtlich, aber er ist stinksauer, weil du mich einfach so auf die Straße setzen willst. Er sagt, ich soll nach Edinburgh ziehen und neu anfangen. Und dich in deinem eigenen Saft schmoren lassen.«

Jim bezweifelte, dass sein Sohn tatsächlich so etwas gesagt hatte. Tommy war ein freundlicher, sanftmütiger Mensch, selbst wenn er sich schon immer auf die Seite seiner Mutter geschlagen hatte, vor allem, was ihre Ehe anbetraf. Aber welches Kind wollte schon, dass seine Eltern sich scheiden ließen?

»Und das willst du tun? In Schottland leben?«

»Vielleicht. Er bietet mir an, eine Weile bei ihm zu wohnen, während ich wieder auf die Beine komme. Er sagt, sein neues Apartment sei umwerfend und gleich bei den Docks von Leith. Ich werde so bald wie möglich hinfahren, um mir selbst einen Eindruck zu verschaffen.«

»Ja, er hat mir von der Wohnung erzählt«, erwiderte Jim, nur um klarzustellen, dass auch er von Zeit zu Zeit mit seinem Sohn sprach. »Wirst du nicht deine Freunde vermissen, wenn du so weit weg ziehst?« Chrissie hatte seit ihrer Geburt kaum einen Fuß aus Brighton herausgesetzt.

Sie stieß einen übertriebenen Seufzer aus, die grünen Augen weit aufgerissen vor Selbstmitleid. »Doch, vermutlich schon. Aber diese Stadt bedeutet mir nichts mehr. Was bringt es mir denn noch, hier zu wohnen? Ich habe einen Scheißjob und niemanden, der mich liebt. Ich muss mal raus, Abstand gewinnen, woanders neu beginnen, bevor es zu spät ist …«

Herrgott, ihre Worte klingen, als stammten sie direkt aus einem schlechten Countrysong, dachte Jim und gab sich Mühe, ein Grinsen zu unterdrücken. Er würde später in Edinburgh anrufen und die Sache mit seinem Sohn klären.

Kapitel dreizehn

Lindy nahm nach dem zweiten Klingeln ab. »Hi, Nancy. Ich dachte schon, du seist gestorben. Was gibt's?«

»Entschuldige …«

»Ich hab mich gefragt, ob es wohl bei unserer Verabredung für Samstag bleibt.«

»Ich freue mich schon«, log Nancy, deren Herz vor lauter Schuldgefühlen doppelt so schnell zu schlagen begann, aber sie wollte nicht schon wieder einen feigen Rückzieher machen. »Mir ist etwas Lustiges passiert«, stieß sie daher hastig hervor. »Ich war neulich Abend in der Stadt und bin Jim begegnet. Wir sind auf einen Drink ins Pub gegangen.«

Wer einmal lügt, dem glaubt man nicht, und wenn er auch die Wahrheit spricht, erinnerte sie sich an das warnende Sprichwort ihrer Mutter, das diese seit Nancys frühester Kindheit unzählige Male mit hoch erhobenem Zeigefinger zitiert hatte. *Das ist doch gar keine richtige Lüge,* beschwichtigte sie sich sogleich und krümmte sich innerlich ob dieser neuerlichen Flunkerei.

»Nein! Was für ein Zufall. Wo wart ihr?«

»In der Nähe der Lanes.«

»Warum habt ihr mich nicht angerufen? Ich hätte euch gerne Gesellschaft geleistet.«

»Musst du nicht donnerstags auf Toby aufpassen?«

»Diese Woche nicht. Cheryls Yogalehrer ist im Urlaub.«

»Ach …«

»O Mann, ich bin total eifersüchtig! Na los, du musst mir alles erzählen.«

»Da gibt's nicht viel zu erzählen, nur dass plötzlich zwei junge Kerle aneinandergeraten sind und Jim dazwischengegangen ist.«

»Wow!«, stieß Lindy voller Anerkennung hervor. »Habt ihr über mich geredet?«

»Ich habe ihm erzählt, dass wir am Samstag zu seinem Gig kommen.«

»Und? Was hat er gesagt?«

»Er freut sich darauf, uns seine Band vorzustellen.«

Hast du noch alle Tassen im Schrank, Nancy de Freitas? Sie hatte sich bislang stets für einen aufrichtigen Menschen gehalten, doch seit sie Jim kennengelernt hatte, war sie Familie und Freunden nur noch mit Ausweichmanövern begegnet. War es wirklich so peinlich, so schändlich, sich mit einem Mann zu treffen?

»Wenn seine Bandkollegen vom selben Format sind wie Jim, können wir uns auf einen interessanten Abend freuen«, bemerkte Lindy.

Nancy seufzte im Stillen, verabschiedete sich von ihrer Freundin und legte auf.

Louise hatte ausgesprochen frostig gewirkt, als sie aufgebrochen war, um die Kinder zur Schule zu fahren. Als Nancy später am Tag den Wagen ihrer Tochter die Auffahrt hinaufrollen hörte, ging sie hinüber, um sich bei ihr zu entschuldigen.

»Konntest du herausfinden, was es mit dem Alarm auf sich hatte?«, fragte sie und folgte Louise in die Küche.

»Ja.« Louise ließ ihre große Einkaufstasche auf die Arbeitsfläche fallen und setzte den Wasserkessel auf.

»Es tut mir so leid, dass ich dir nicht helfen konnte. Ich hatte etwas zu viel getrunken und wollte nicht das Risiko eingehen, mit dem Wagen nach Hause zu fahren.«

Ihre Tochter drehte sich zu ihr um, die Stirn besorgt in Falten gelegt. »Findest du, dass das klug war?«

»Ich wollte nur vorsichtig sein – du kennst doch die Verkehrspolizisten in Sussex.«

»Das meine ich nicht. War es klug, sich in Gegenwart eines Mannes volllaufen zu lassen, den du kaum kennst?«

»Ich habe mich nicht ›volllaufen lassen‹, wie du es ausdrückst«, protestierte Nancy empört. »Wir haben bloß ein paar Gläser zusammen getrunken.«

Louise reichte ihrer Mutter eine Tasse Tee. »Mum, du musst vorsichtig sein. Du hast doch keine Ahnung, wer der Kerl eigentlich ist. Es könnte alles passieren – vor allem, wenn du deine fünf Sinne nicht beisammen hast.«

»Ich war nicht betrunken«, beharrte Nancy, verärgert über die bevormundende Art ihrer Tochter. »Ich bin lediglich unter die Leute gegangen. Hast du nicht selbst gesagt, ich sollte das öfter tun? Jim ist übrigens ein sehr netter, anständiger Mann.«

»Das mag ja sein, auch wenn ich bezweifle, dass du das beurteilen kannst, denn so lange kennst du ihn ja gar nicht. Es wäre besser, du lässt es langsam angehen, triffst dich tagsüber mit ihm, ohne Alkohol.«

»Ich bin kein Kind, Lou, und ich billige mir durchaus eine gewisse Menschenkenntnis zu. Jim ist ganz sicher kein Fiesling, der mich nur ins Bett kriegen will.«

»Mum!«

»Nun, du tust gerade so, als sei ich ein naives Kind.«

Louises Gesichtsausdruck wurde milder. »Ja, schon gut, entschuldige. Ich klinge wie deine Mutter. Das hat Ross auch schon gesagt.« Sie schmunzelte, wenn auch nur flüchtig. »Es ist bloß so, dass du dich, seit du Dad kanntest, nie mehr mit einem anderen Mann verabredet hast. Du hast keine Ahnung, wie grausam die Welt da draußen sein kann und wie viele Leute nur darauf warten, Menschen wie dich auszunutzen.«

Nancy wusste nicht recht, wie sie die Bemerkung ihrer Tochter interpretieren sollte. Was meinte sie mit »Menschen wie dich«? Wahrscheinlich bezog sich das auf ihr Alter, wenngleich sie davon ausging, dass der Kommentar nicht wirklich persönlich gemeint war. Das war eben die Weltsicht ihrer Tochter – in Louise' Augen lauerte hinter jeder Ecke Gefahr. »Ich verspreche dir, ich werde vorsichtig sein. Wenn ich mich weiterhin mit ihm treffe, bringe ich ihn mit nach Hause, damit du ihn gründlich unter die Lupe nehmen kannst.«

Louises Blick wurde skeptisch, und Nancy sah ihr an, dass sie nicht daran glaubte, die Beziehung ihrer Mutter – wenn man es denn so nennen wollte – könne eine Zukunft haben.

»Sie sehen genauso aus, wie ich sie mir vorgestellt habe«, flüsterte Lindy Nancy zu, als sie die anderen Bandmitglieder entdeckten. Schlagzeuger Mal war klein, drahtig und hatte eine starke Ausstrahlung, wenngleich er noch ziemlich blass wirkte von seiner erst kürzlich überstandenen Erkrankung. Sein krauses graues Haar stand in alle Richtungen von seinem Kopf ab. Seine nackten Arme unter der schwarzen Lederweste waren muskulös, an einem prangte ein Tattoo. Jimmy P. machte einen vergleichsweise entspannten Eindruck. Übergewichtig und leicht verschwitzt in seinem labberigen weißen Jimi-Hendrix-T-Shirt schien er sich ganz in seiner eigenen Welt zu befinden. Die meiste Zeit über hatte er den Kopf über seine Gitarre gebeugt, nur gelegentlich schaute er auf und schenkte seinen Fans im Publikum ein träges Lächeln.

Nancy war fasziniert von Jims Freunden, doch sie konnte den Abend nicht so recht genießen. Sie freute sich riesig darauf, Jim wiederzusehen – sie hatte an nichts anderes mehr gedacht –, aber sie konnte sich nicht entspannen, war sich permanent der Tatsache bewusst, dass sie ihre Freundin hinterging.

Lindy hatte darauf bestanden, dass sie eine Flasche Pinot bestellten, anstatt »Geld für einzelne Gläser zu verschwenden«, und Nancy kippte den Wein entgegen dem guten Rat ihrer Tochter in sich hinein. Mit jedem Schluck wurde ihr gleichgültiger, was wohl passieren würde. Sie wollte nur, dass der Abend endlich vorbei war.

Nach der Show – die bei dem kleinen Publikum sehr gut ankam –, trat Jim mit Mal und Jimmy P. zu Nancy und Lindy und stellte Nancy und Lindy seine Freunde vor.

»Schön, dass es euch gefallen hat«, sagte Jimmy P. und ließ sich mit einem erfreuten Grinsen auf einen Stuhl fallen. »Für mich bitte bloß Lime Soda«, bat er, als Nancy sich erkundigte, was er trinken wolle.

»Entschuldigt, Ladys, ich würde liebend gern bleiben und ein bisschen plaudern«, sagte Mal und lehnte den Stuhl ab, den Lindy ihm hingeschoben hatte, »aber meine Frau hat mich nur rausgelassen, weil ich ihr versprochen habe, vor dreiundzwanzig Uhr zu Hause zu sein.«

Jim lachte. »Wir wollen Sonia schließlich nicht verärgern.«

Mal nickte, die Augen schreckgeweitet.

Jim folgte Nancy zur Bar und wartete, während sie ihre Bestellung aufgab. Nervös blickte sie zum Tisch. Jimmy P. und Lindy schienen nicht sonderlich angetan voneinander zu sein.

»Was hast du ihr gesagt?«, flüsterte Jim.

Nancy stöhnte. »Ich habe behauptet, wir seien uns zufällig begegnet und spontan auf einen Drink gegangen.«

»Du hast einen Rückzieher gemacht?«

»Ja, das kann man wohl sagen.« Sie bezahlte für die Getränke, die der Barmann auf ein Blechtablett gestellt hatte.

»Dann ist die Bahn also frei für wildes Geknutsche?« Jim trat näher. Sie konnte sein frisches, holziges Aftershave riechen.

»Stopp!«, rief Nancy leicht hysterisch und sah rasch zu ihrer Freundin hinüber. »Ich kann das nicht«, erklärte sie atemlos.

In diesem Moment drehte Lindy sich um. Ihr Blick schweifte über die Menge vor der Bar, bis er an Nancy und Jim hängen blieb. Sie winkte ungeduldig, als wollte sie sagen: »Warum zum Teufel braucht ihr so lange?«

Nancy riss sich zusammen.

»Ich dachte schon, ihr zwei hättet das Weite gesucht«, bemerkte Lindy schmallippig, als sie an den Tisch zurückkehrten.

Jim setzte sich neben seinen Freund, Lindy gegenüber.

»He, komm doch zu mir!«, rief sie und legte die Hand auf den Stuhl neben sich, damit Nancy sich nicht darauf setzte, genau wie es damals die Mädchen in der Schule getan hatten.

Jim zögerte.

»Lindy? Kann ich dich mal kurz sprechen?«, fragte Nancy, wobei sie Jims Blick auswich.

Lindy runzelte die Stirn. »Jetzt? Na schön.« Sie stand auf und folgte Nancy zur Damentoilette. Um dorthin zu gelangen, musste man einen kleinen Hof durchqueren, bevor man zu einer kalten Außentoilette mit zwei engen Kabinen gelangte, in denen es unangenehm scharf nach Desinfektionsmittel roch.

Nancy wartete, bis sie den kleinen Raum betreten hatten, dann wandte sie sich ihrer Freundin zu und sah ihr direkt ins Gesicht. Lindy schlang bibbernd die Arme um den Körper und lehnte sich mit der Kehrseite ans Waschbecken. »Was ist denn?«, fragte sie ungeduldig. »Ich hoffe, es dauert nicht allzu lange – hier drinnen stinkt's.«

»Ich war nicht ganz ehrlich zu dir«, begann Nancy zögerlich. »Ich … als ich Jim neulich nach Hause gebracht habe, haben wir uns zu einem Kaffee verabredet. Und dann sind wir abends etwas trinken gegangen. Ich bin ihm nicht zufällig begegnet.«

Lindy sah sie verwirrt an. »Aha …«

»Ich hätte es dir sagen müssen«, fuhr Nancy fort, verzweifelt auf eine Reaktion wartend. »Aber ich mag ihn nun mal sehr.«

Die Verblüffung wich einem Stirnrunzeln. »Du ›magst ihn nun mal sehr‹?«

Nancy nickte. Vor Aufregung krampfte sich ihr Magen zusammen.

»Warum hast du mir das nicht gesagt?«

»Weil es schäbig ist, jemandem nachzustellen, den eigentlich die Freundin an Land ziehen will.«

Lindy senkte schweigend den Kopf, die blonden Haare fielen ihr vors Gesicht. *Herrgott noch mal*, dachte Nancy, *nun sag doch etwas!*

Als Lindy wieder aufsah, bemerkte sie kühl: »Ich wollte bloß mit ihm ins Bett, Süße, ich wollte ihn nicht heiraten.« Sie lächelte nicht, ihre großen Augen wirkten wie versteinert. »Du kannst ihn haben. Allerdings darfst du mich nie wieder so demütigen. Das ist wirklich schäbig.«

»Es tut mir leid«, flüsterte Nancy.

Lindy starrte stur geradeaus, die Lippen geschürzt. Nancy wusste nicht, was sie sagen, geschweige denn, was sie tun sollte. Der durchdringende Gestank nach Desinfektionsmitteln ließ sie würgen.

Endlich hellte sich das Gesicht ihrer Freundin auf. Sie schüttelte den Kopf und fing an zu lachen. »Verflixt noch mal, Nancy! Ich hätte nie im Leben gedacht, dass du einer anderen Frau den Mann ausspannen würdest!«

»Ich auch nicht.«

»Du musst ihn wirklich sehr mögen.«

Nancy nickte schwach.

»Nun, dann mal los, Süße. Schnapp ihn dir und

hab ein bisschen Spaß. Meinen Segen hast du.« Sie verpasste Nancy einen freundschaftlichen Klaps, der auf ihrer nackten Haut brannte. »Aber warte, bis ich gepinkelt habe – dieses Klo ist echt unheimlich.«

Nancy und Jim schlenderten über den dunklen Gehsteig. Er hatte den Gitarrenkoffer in einer Hand, die andere fest um ihre geschlossen, während sie zusammen zu ihrem Wagen gingen, den sie eine Straße weiter geparkt hatte. Endlich befreit von der erdrückenden Atmosphäre im Pub und ihren gleichermaßen erdrückenden Schuldgefühlen Lindy gegenüber hüpfte Nancys Herz voller Vorfreude, als sie neben ihm herging und das Salz in dem kühlen Wind schmeckte, der vom Meer zu ihnen herüberwehte.

»Erst war sie sauer, weil ich sie so gedemütigt habe«, erzählte Nancy ihm. »Dann hat sie zugegeben, dass sie nur mit dir ins Bett steigen wollte, ohne dich gleich zu heiraten.«

»Ha! Sie wollte also lediglich mit meinen Gefühlen spielen! Ihr Frauen beschwert euch ständig, dass ihr für uns reine Lustobjekte seid, und dann so was. Wo bleibt da der Respekt?«

Nancy lachte. »Das sagt der Richtige! Wolltest du mich nicht ›abknutschen bis zur Besinnungslosigkeit‹?«

Sie hörte Jim in der Dunkelheit kichern. »Ja, aber ich bin bei dem Ganzen ja wohl ganz schlecht weggekommen. Nicht nur, dass man mir aufs Übelste mitgespielt hat – abknutschen konnte ich dich auch nicht.«

Nancy spürte, wie eine Woge des Glücks in ihr aufstieg, als sie so zusammen scherzten. Christopher – auch wenn er klug und auf vielerlei Gebieten ausgesprochen bewandert war – hatte sie selten zum Lachen gebracht.

»Kannst du wirklich fahren?«, fragte Jim, als sie bei ihrem Wagen ankamen.

»Es geht mir gut, glaub mir. Ich hab nur zwei, drei Gläser Wein gleich zu Beginn des Abends getrunken, aber dann hab ich mich Jimmy P. angeschlossen und nur noch Lime Soda bestellt.«

»Ja, unser Jimmy ist ein braver Junge. Du hättest ihn erleben sollen, als er noch gesoffen hat. Er war ein absolutes Wrack.«

»Er spricht nicht viel, oder?«

»Nein, sonderlich gesprächig war er nie. Dafür ist er unglaublich musikalisch und kann jede Melodie singen, ohne groß zu überlegen. Das ist das, was für mich zählt.«

»Du musst mir den Weg zu deinem Haus noch mal erklären«, sagte Nancy, als sie den Schlüssel ins Zündschloss steckte.

Aber Jim hatte etwas anderes vor. Er streckte den Arm aus, nahm ihre Hand, die am Lenkrad lag, und führte sie an seine Lippen. Für einen Augenblick verharrte sie vollkommen reglos, dann drehte sie sich zu ihm. Er legte seine Hand in ihren Nacken, streichelte sanft mit dem Daumen ihr Kinn, ohne den Blick von ihrem Gesicht zu wenden. Sie hielt seinen Blick fest, verlor sich in seinen Augen, ihr Puls schnellte in die Höhe. Sie konnte kaum atmen, als er sich vorbeugte und sie zärtlich küsste – ein vorsichtiges Streifen ihrer Wange, dann berührte er ihre Lippen. Sein Mund fühlte sich warm an, sein Kuss nicht drängend, sondern wie selbstverständlich und vertraut, als hätte er sein ganzes Leben darauf gewartet, sie zu küssen.

Sie schienen aufeinander zuzutreiben, wenngleich sie sich kaum regten, die Spannung zwischen ihnen entlud sich beim Küssen in ein wahres Heer knisternder Funken. Als sie sich endlich voneinander lösten, zitterte sie unkontrolliert. Das Pochen in ihrem Schritt war so stark, dass sie meinte, binnen einer Sekunde zum Orgasmus zu kommen, wenn sie sich berührte.

Jim sah genauso verstört aus, wie sie sich fühlte. »Wow«, murmelte er.

Sie stieß die Luft aus, nicht in der Lage zu sprechen.

»Ich denke, das haben wir schon mal gemacht«, sagte Jim schließlich mit heiserer Stimme.

»In einem früheren Leben?«, scherzte sie.

»Vielleicht. Du liebe Güte, Nancy!« Er nahm wieder ihre Hand und umschloss sie fest mit seinen Fingern.

»Was sollen wir jetzt tun?«

»Hm … Tja, abgesehen von dem Offensichtlichen, wäre es vermutlich das Beste, irgendwo auf einen Absacker einzukehren. Ich will nicht, dass du schon fährst.«

Es war fast zwei Uhr morgens, als Nancy nach Hause kam. Jim hatte sie in eine kleine holzvertäfelte Bar mit schummriger Beleuchtung und Jazzmusik geführt, deren Besitzer er offenbar gut kannte. Sammi – ein Mann in den Sechzigern mit gefärbten, zurückgegelten welligen Haaren, die ihm bis an den Kragen reichten, schwarzem T-Shirt und Hängebacken – thronte auf einem Barhocker. Er stand auf, als sie hereinkamen, und führte sie in eine Ecke der überfüllten Bar. Anscheinend waren diese Plätze fest für seine Kumpel reserviert.

Jim hatte einen Arm um ihre Schultern gelegt und sie eng an sich gezogen. Und dort waren sie sitzen geblieben, manchmal redend, manchmal schweigend. Nancy genoss die Intimität des Augenblicks, immer noch verblüfft über das sexuelle Verlangen, das der Kuss in ihr ausgelöst hatte. Die Zeit verstrich, ohne dass sie darauf achteten, und obwohl es schon sehr spät war, als sie sich endlich verabschiedeten, empfand sie es als nahezu schmerzhaft, sich von ihm loszureißen.

Nun bog sie langsam, sehr langsam in ihre Auffahrt ein und schaltete die Scheinwerfer aus in der Furcht, ihre Familie zu wecken. Doch der verräterische Kies hatte einen eigenen Willen: Er knirschte und spritzte unter den Reifen des Golfs auf – ein Geräusch, als peitschten Schüsse durch die Nacht.

Als sie Richtung Eingangstür huschte, ein Auge auf das große Haus gerichtet, teilten sich die Wolken. Dahinter kam der Vollmond zum Vorschein, rund, silberweiß, der milchige Lichtkranz breitete sich am Nachthimmel aus wie ein seidiger Schleier. Einen Augenblick lang blieb sie stehen, den Kopf in den Nacken gelegt. Der Zauber des Nachthimmels war überwältigend und schien den Zauber der vergangenen Stunden, die sie mit Jim Bowdry verbracht hatte, widerzuspiegeln.

Noch bevor sie die Stufen zur Tür hinaufsteigen konnte, zerriss das Klingeln ihres Handys die Stille. Gleichzeitig schaltete sich die Außenbeleuchtung ein, die über einen Bewegungsmelder gesteuert wurde. Im grellen Schein der Wandlampe durchwühlte sie ihre Handtasche. Endlich hatte sie das Telefon gefunden. Auf dem Display blinkte Jims Nummer auf. »Bleib kurz dran«, flüsterte sie, öffnete die Haustür und betrat eilig ihr Cottage.

Drinnen drückte sie wieder den Hörer ans Ohr. »Entschuldige, ich habe versucht, ins Haus zu kommen, ohne die gesamte Familie zu wecken, aber meine mit einem sehr leichten Schlaf geschlagene Tochter wird trotzdem hundertprozentig aufgewacht sein.«

Jim lachte. »Ups! Ich wollte dir keine Schwierigkeiten bereiten.«

»Keine Sorge, dich trifft keine Schuld. Ich hab die Autotür zugeknallt, der Kies hat höllisch laut geknirscht, und der Bewegungsmelder hat eine wahre Lichtshow ausgelöst. Das Handyklingeln war also bloß das Tüpfelchen auf dem i.«

»Ich wollte dir nur eine gute Nacht wünschen«, sagte er leise.

Nancy seufzte. »Gute Nacht, Jim. Ich vermisse dich jetzt schon.«

»Ich vermisse dich auch.«

Zunächst wusste Nancy nicht, was sie geweckt hatte, dann stellte sie fest, dass es der Regen war, der auf das Dachfenster über ihrem Bett prasselte. Ein Fehler des Architekten in dem ansonsten wohldurchdachten Umbau, hatte sie oft gedacht.

Es war noch früh, also blieb sie im Bett liegen, schwelgte in den Erinnerungen an die zurückliegende Nacht, pflückte alles auseinander, was Jim gesagt hatte, dachte über ihre Antworten nach, erinnerte sich, wie sie zusammen gelacht hatten, und – das Bedeutendste von allem – an die körperliche Erregung, die seine Berührung in ihr hervorgerufen hatte. *Alles scheint heute Morgen irgendwie außergewöhnlich*, dachte sie. *Die Decke ist besonders kuschelig, das Kissen außergewöhnlich weich. Sogar der Regen auf dem Dachfenster sieht schöner aus als sonst, das Licht, das sich durch die Maiwolken kämpft.*

Dann fiel es ihr wie Schuppen von den Augen: *Ich bin verliebt.* Dieses Eingeständnis war überwältigend. Nicht weil sie an ihrer Erkenntnis oder gar an Jim zweifelte, sondern wegen der schieren Unmöglichkeit dieser Situation.

Kapitel vierzehn

Jim kam sich vor wie ein Krimineller, als er nach rechts und links schaute, bevor er die Kanzlei Butler & Sitter, Scheidungsanwälte, betrat. Zwar hatte er nichts zu verbergen – er hatte Chrissie schon vor Wochen zu verstehen gegeben, dass er die Scheidung wollte –, aber in letzter Zeit war seine Frau so außer sich gewesen, dass er erst einmal die Lage sondieren wollte, bevor er erneut auf das Thema zu sprechen kam.

Andrew Sitter war um die fünfzig, schätzte Jim, ein korpulenter, blasser, ungepflegt wirkender Mann in einem schlecht sitzenden Anzug. Auf seinem staubigen Schreibtisch türmten sich wahre Berge von Akten, obendrauf standen vier halb leere Kaffeebecher, die dunkle Ringe auf dem Papier hinterließen. Sein Büro machte nicht gerade einen vertrauenerweckenden Eindruck.

»Damit ich das richtig verstehe«, sagte Andrew und schob seine randlose Brille den Nasenrücken hinauf, nachdem er und Jim mit einem weiteren Becher Kaffee Platz genommen hatten. »Sie und Christine leben zusammen in einem Haus, aber Sie haben beide Ihre eigenen Räumlichkeiten, kaufen getrennt voneinander ein, essen getrennt und haben keinerlei Geschlechtsverkehr miteinander. Sie haben getrennte Bankkonten, keine unterhaltsberechtigten Kinder, und Sie verkehren in getrennten Kreisen.«

»Ähm, das ist richtig, nur dass wir uns gelegentlich mit gemeinsamen Freunden getroffen haben … aber auch diese Treffen habe ich jetzt unterbunden. Ach ja, sie bietet mir von dem Brot an, das sie backt, aber das ist auch schon alles.«

»Sie backt Brot? Wow. Ich hätte mich nicht von meiner Frau scheiden lassen, wenn sie Brot gebacken hätte. Ich wäre schon zufrieden gewesen, wenn sie ab und zu eines gekauft hätte.« Sein feistes Gesicht nahm einen finsteren Ausdruck an. Dann fuhr er fort: »Sie sagen, der Seitensprung Ihrer Frau liegt drei Jahre zurück?«

»Ungefähr drei Jahre. Sie ist vor zwei Jahren zu mir zurückgekommen, aber wir waren seitdem kein Ehepaar mehr.«

»Hm.« Andrew kratzte sich an der Nase. »Und das wird sie nicht bestreiten?«

»Ich denke nicht.«

»Das ist ein entscheidender Punkt, Mr Bowlby. Sie sollten sich da ganz sicher sein.«

»Bowdry, und ja, ich bin sicher. Chrissie wird es nicht bestreiten.«

»Handelt es sich bei dem Haus um Eigentum?«

»Ja.«

»Gemeinsames Eigentum?«

»Ja.«

»Kinder?«

»Ein Sohn, aber er ist bereits von zu Hause ausgezogen.«

»Rentenansprüche?«

»Ich nicht, sie vermutlich schon.«

»Dann brauchen Sie eine Vermögensaufstellung.«

»Tatsächlich? Können wir nicht einfach halbehalbe machen?«

»Das ist genau das, was man mit einer Vermögensaufstellung bezweckt.«

»Aber das kostet doch mehr, oder?«

Andrew seufzte. »Ja, etwas. Haben Sie es eilig, bald wieder zu heiraten?«

»Nein, nicht unbedingt.«

»Nun, dann schlage ich vor, Sie verkaufen das Haus und suchen sich jeder eine eigene Wohnung. Anschließend dividieren Sie Ihr Vermögen auseinander und lösen noch vorhandene gemeinsame Konten auf. Wenn Sie über zwei Jahre unter verschiedenen Adressen gelebt haben, können Sie online die Scheidung einreichen. Sämtliche Informationen finden Sie auf der Regierungs-Website. Das ist die günstigste Variante bei einer einvernehmlichen Scheidung – vorausgesetzt, Sie wollen nicht gleich wieder heiraten.«

»Bringen Sie sich nicht gerade um ein Mandat?«

Andrew lächelte. »Das tue ich oft. Ich bin mir einfach nicht sicher, ob bei Ihnen wirklich eine Scheidung nötig ist, Mr Bowdry. Sie und Ihre Frau scheinen recht gut miteinander klarzukommen.«

»Trotzdem möchte ich nicht mehr mit ihr verheiratet sein.«

Was Andrew Sitter zu amüsieren schien. »Ich fürchte, das ist ein allgemein verbreitetes Problem. Hören Sie, Mr Bowdry, wenn Sie möchten, übernehme ich selbstverständlich das Mandat, doch es ist immer schwieriger, beweisen zu müssen, dass Sie nicht mehr zusammenleben, wenn Sie es doch tun. Ist der Richter ein Prinzipienreiter, könnte es Schwierigkeiten geben, und das wird teurer.«

Jim seufzte. »Die Sache mit dem Brot, ich verstehe. Nun, vielen Dank für Ihren Rat. Ich werde jetzt gehen und darüber nachdenken. Ich melde mich wieder bei Ihnen.«

Er war froh, aus dem muffigen Büro herauszukommen, verließ die Kanzlei und ging mit schnellen Schritten den Gehsteig entlang, um mit seinem Freund Mal am anderen Ende der Stadt einen Kaffee zu trinken. Er brauchte Zeit zum Nachdenken, und ein schneller Spaziergang half ihm dabei immer.

Der Scheidungsanwalt hatte recht. Er musste sich nicht auf Teufel komm raus scheiden lassen. Das zwischen Nancy und ihm musste nicht zwangsläufig auf eine Ehe hinauslaufen. Trotzdem ärgerte es ihn, dass er noch *zwei* weitere Jahre mit Chrissie verheiratet bleiben musste, was ihm erschien wie eine Ewigkeit. Eine Ewigkeit, die er mit Nancy teilen wollte. Wäre es nicht seltsam, mit Nancy zusammen und mit Chrissie verheiratet zu sein? Was bedeutete das wirklich?

Ich muss das verfluchte Haus verkaufen, dachte er. Wenn das geschafft ist, kriege ich den Rest auch noch hin. Mein Gott, wie sehr er sich danach gesehnt hatte, Nancy am letzten Samstag mit zu sich nach Hause zu nehmen! Natürlich war es dafür noch viel zu früh, das wusste er. Eine Frau wie Nancy würde niemals mit einem Mann ins Bett gehen, den sie erst seit ein paar Wochen kannte. Obwohl sie im Grunde schon Sex miteinander gehabt hatten, denn genau so hatte sich der Kuss im Auto angefühlt. Er verzehrte sich noch immer nach ihr, als habe sich die physische Erinnerung an ihre Lippen in sein Gehirn eingebrannt. Es würde Monate, zumindest aber Wochen dauern, bis Chrissie und er den Hausverkauf über die Bühne gebracht und neue Wohnungen gefunden hätten. Würde sein dringender Wunsch, mit Nancy zu schlafen, so lange warten müssen? Es klang nämlich ganz danach, als sei deren Tochter, die jegliche neue Beziehung ihrer Mutter zu missbilligen schien und noch dazu gleich nebenan lebte, ein wahrer Lustkiller für sie beide. Was also sollte er tun?

Als Jim bei dem Coffeeshop ankam, in dem er sich mit Mal verabredet hatte, saß sein Freund bereits am Tisch, eine Tasse Tee und die Reste eines Wurstbrötchens vor sich. Er trug eine Lederjacke, die nach seinem rapiden Gewichtsverlust viel zu groß für ihn wirkte.

»He«, begrüßte er Jim grinsend, als dieser sich zu ihm setzte.

»Wie geht's? Schön, dass du endlich wieder raus kannst.«

»Ja, das tut wirklich gut«, pflichtete Mal ihm bei, auch wenn Jim sich nicht sicher war, ob das wirklich stimmte. Er bestellte sich eine Tasse schwarzen Kaffee und berichtete seinem Freund, was der Scheidungsanwalt gesagt hatte.

»Sieht so aus, als hättest du dich ganz schön in die Zwickmühle gebracht, was diese Nancy angeht, Kumpel.« Mal zog scharf die Luft ein. »Du hättest es ihr gleich erzählen müssen, du Trottel.«

»Denkst du, das wüsste ich nicht?«, blaffte Jim gereizt. »Aber jetzt ist es zu spät.«

»Es ist nie zu spät, ehrlich zu sein.«

»Sie wird die Beine in die Hand nehmen, das kannst du mir glauben. Selbst der Anwalt war alles andere als überzeugt davon, dass ich mich scheiden lassen soll, weil Chrissie mir immer noch von ihrem verdammten Brot anbietet!«

Mal lachte. Sein Lachen klang wie ein Kläffen, und wie immer drehten sich die Leute an den anderen Tischen zu ihnen um. »Das klingt für Uneingeweihte natürlich nach trauter Zweisamkeit.«

»Ach komm schon! Du kennst doch Chrissie. Sie ist in vielerlei Hinsicht eine großartige Frau, aber ich möchte nicht mehr mit ihr zusammen sein. Du hättest Sonia schon vor Jahren rausgeschmissen, wenn sie sich so aufgeführt hätte wie Chrissie.«

»Ha, ich wünschte, sie würde mir einen Vorwand liefern«, behauptete Mal, aber Jim wusste, dass er seine Frau niemals verlassen würde, auch wenn er immer so tat, als stünde er unter ihrem Pantoffel. »Dein Problem ist«, fuhr Mal fort, »dass du einfach zu soft bist. Du hättest sie nie zurücknehmen sollen, nicht nach ihrer Affäre mit diesem Typen. Ich hab's dir damals gesagt.«

Jim seufzte. »Ja, das weiß ich. Aber ich *wollte* sie zurückhaben. Dachte ich zumindest. Erst als sie wieder da war und mir versprach, sie würde *nie* mehr fremdgehen, wurde mir klar, dass ich ihr das nicht abkaufe. Nicht mehr.« Er zuckte die Achseln. »Ich hab's versucht, Mal. Ehrlich.«

Die Freunde schwiegen, bedrückt, wenn auch aus ganz unterschiedlichen Gründen.

»Die Wahrheit ist doch«, sagte Mal schließlich, »dass du nicht gelogen hast. Du bist so gut wie geschieden. Wenn du Nancy das nächste Mal triffst, solltest du diese Tatsache wie nebenbei erwähnen, als gebe es gar kein Problem. ›Ich würde dich wahnsinnig gern mit zu mir nach Hause in mein Bett nehmen, geliebte Nancy, aber leider wohnt meine Ex ein Stockwerk tiefer, was kompliziert werden könnte‹ – so was in der Art.«

Jim prustete unwillkürlich los. »Da ist bloß ein Haken, Kumpel: Sie ist nicht meine *Ex.*«

Mal schüttelte den Kopf. »Tja. Na, dann weiß ich auch nicht weiter.«

Jim, der ohnehin keine Hoffnung gehabt hatte,

dass sein Freund eine Lösung aus dem Ärmel zaubern würde, nickte. Alles, woran er denken konnte, war Nancys schönes Gesicht, der ruhige, beinahe schüchterne Ausdruck in ihren umwerfenden Augen. Wie verärgert, wie verletzt sie dreinblicken würde, wenn sie herausfand, dass er ihr nicht die Wahrheit gesagt hatte!

»Was ist mit Tommy?«

»Ich hab noch nicht mit ihm gesprochen. Ich möchte ihm nicht von Nancy erzählen, bevor Chrissie von ihr weiß, und er soll auch nicht wissen, dass ich mich bereits wegen der Scheidung schlaugemacht habe. Chrissie behauptet, er sei sauer wegen des Hausverkaufs, allerdings vermute ich, dass sie ihn nur vorschiebt, um mich aus dem Konzept zu bringen. Wäre ja nicht das erste Mal.«

»Dann rede mit ihm, Jim. Sorg dafür, dass sie dir nicht zuvorkommt.«

»Das werde ich.« Jim fühlte sich jetzt schon elend genug in dem Durcheinander von Halbwahrheiten, das er angezettelt hatte – das Letzte, das er jetzt brauchte, war Ärger mit seinem Sohn.

»Ich hätte mich für ihre Freundin entschieden«, sagte Mal nachdenklich. »Sie ist ein echter Knaller.«

»Nicht mein Typ«, befand Jim und warf seinem Freund einen scharfen Blick zu. »Ich meine es ernst mit Nancy, Mal. Wirklich ernst. Ich glaube, ich liebe sie.«

Mals Augen weiteten sich. »Machst du Witze?«

Jim schüttelte den Kopf. »Nein. Und genau deshalb will ich's nicht vermasseln.«

Mal begann mit seiner kratzigen Tenorstimme den Anfang von »Love Hurts« zu singen.

Jim konterte mit einer Kris-Kristofferson-Nummer, »Loving Her Was Easier«. Die beiden Mädchen am Nebentisch warfen ihnen amüsierte Blicke zu.

»Es könnte schlimmer sein«, sagte Mal schließlich.

»Inwiefern?«

»Keine Ahnung, aber schlimmer geht immer.«

Jim grinste. »Ja, Mal, ich nehme an, du hast recht.« Und wenn er darüber nachdachte, dann hatte Mal wirklich recht. Er war verliebt – jetzt war es heraus und damit offiziell. Das war sicherlich nicht das Schlechteste, was ihm passieren konnte.

Kapitel fünfzehn

Frances weinte schon wieder. Warum, konnte sie selbst nicht sagen: Sie hatte nie zu den Menschen gezählt, die zu Tränenausbrüchen neigten. In letzter Zeit allerdings hatte sie immer wieder diese grauenvollen Angstgefühle, die sie befielen, sobald sie allein war. Sie waren wie ein weicher, dunkler Mantel, der sich um ihre Schultern legte und sie zu ersticken drohte. Ihr Herz fing an zu rasen, als wolle es sich überschlagen – als würde sie gleich sterben. Sie hatte keine Ahnung, was sie tun sollte, wenn das Gefühl sie überkam. Tief durchzuatmen half, aber manchmal war sie derart aus der Fassung, dass ihr nicht einmal das gelang: Ihre Lunge schien drastisch zu schrumpfen, sodass sie verzweifelt nach Luft ringen musste.

Es war zwei Uhr morgens, sie saß, eingehüllt in ihren rosa Morgenmantel, im Wohnzimmer, eine Tasse Tee auf dem Tisch neben sich, und erholte sich von einem ebensolchen Anfall. Ihre Füße froren in den dünnen Frotteepantoffeln, die sie im Sommer trug. Sie hatte den Fernseher eingeschaltet, um sich nicht ganz so allein zu fühlen, und sah sich eine Folge von *Der Aufpasser* an, den Ton auf leise gestellt. Sie hatte die Serie nie gemocht, selbst damals in den frühen Achtzigern nicht, aber George Cole und seine schlitzohrigen Schurkereien hatten Kenny stets zum Lachen gebracht. Der Gedanke an ihren verstorbenen Mann trieb ihr erneut die Tränen in die Augen.

Sie griff nach ihrer Tasse und nahm einen Schluck Tee. Nur einen kleinen, da sie in letzter Zeit Probleme mit dem Schlucken hatte. Und wenn es ihr gelang, etwas hinunterzuzwingen, hatte sie anschließend schreckliche Verdauungsprobleme. Nancy war das natürlich nicht entgangen, aber Frances verabscheute jeglichen Rummel um ihre Person, deshalb hatte sie nichts gesagt und die Bedenken ihrer Tochter zerstreut. Sie würde bald Dr. Henderson konsultieren, aber dann, wann sie es wollte, und ohne dass ihre Familie etwas davon mitbekam. Ansonsten gerieten doch nur alle in helle Aufregung – und die liebe Louise würde sich schreckliche Sorgen machen. So wie immer.

»*In Ihrem Alter* müssen Sie mit derlei Problemen rechnen«, versuchte Dr. Henderson ihr seit Jahren weiszumachen, aber Frances sah nicht ein, warum. War es wirklich zwingend nötig, dass ihre Knie den Dienst versagten, ihre Finger anschwollen und steif wurden vor Arthritis, ihr Herz Statine benötigte und ihre Ohren unablässig klingelten? Konnte denn niemand etwas dagegen tun? Sie hatte Kenny oft beneidet, weil er zeitig genug gegangen war – und sie war immer noch sauer, dass er sie diesen Leidensweg allein beschreiten ließ.

Der Schmerz in ihrem Magen war wie ein stechender Krampf, der schubweise kam und ging, sobald der heiße Tee ihre Speiseröhre passiert hatte. Frances hielt die Luft an; sie fühlte sich elend. Im Haus war es kühl, aber sie würde ganz bestimmt nicht die Heizung anstellen, nicht im Mai. Was sie jetzt brauchte, war eine Wärmflasche, aber sie brachte nicht die Kraft auf, aufzustehen und sich eine zu machen.

Wie satt sie es hatte, allein zu sein. Sie war ziemlich gut darin, das Gegenteil zu heucheln, gab sich beschäftigt mit ihrem Bridge-Club, Theater- und Galeriebesuchen und den tödlich langweiligen Gartenshows, nach denen ihre Freundinnen so verrückt waren. Sie war gut darin, so zu tun, als führte sie ein großartiges Leben, und sie unternahm in der Tat wesentlich mehr als die meisten anderen Menschen über achtzig, weil sie wusste, dass sie sonst verrückt werden würde. Letzte Woche, als sie bei der Familie zum Mittagessen eingeladen gewesen war, hatte sie den überwältigenden Wunsch verspürt, einfach zu bleiben, nie mehr nach Hause zu fahren, nie mehr von dem hässlichen grünen Sofa aufzustehen, mit Bob an ihrer Seite in Nancys Gästezimmer unter dem Dach mit den fröhlichen blauen Blümchengardinen zu schlafen und die anderen ihr Leben für sie in Ordnung bringen zu lassen.

Die Vorstellung dieser Alternative löste eine überwältigende Sehnsucht in ihr aus. Im Fernsehen rannten George Cole und sein Kumpel Dennis Waterman den Gehsteig entlang, auf der Flucht vor einem durchtriebenen Verbrecher in maßgeschneidertem Anzug, wobei George verzweifelt seinen Filzhut festhielt. Sie fragte sich, wie viele ältere Leute in diesem Moment wie sie auf dem Sofa saßen und genau denselben Traum teilten. Mit Sicherheit tausende. Es war unnatürlich, in ihrem Alter allein zu sein. Früher hätte sie darauf zählen können, im Schoß ihrer Familie zu leben und all die Weisheit weitergeben zu können, die sie sich im Laufe der Jahre angeeignet hatte – auch wenn sie momentan nicht in der Lage war, auch nur eine einzige weise Entscheidung zu treffen.

Vielleicht fände Nancy es schön, nicht allein zu sein, überlegte Frances. Sie schien nicht viel auszugehen. *Ich könnte für mich bleiben, »meine Unabhängigkeit bewahren«* – die herablassende Phrase, die ständig für Menschen in ihrem Alter bemüht wurde –, *könnte mich wie bisher mit meinen Freundinnen treffen, ich würde Nancy nicht stören, wenn sie ihre Schüler unterrichtet. Das Gästezimmer ist groß genug für mich, und einen Fernseher hätte ich dort oben auch.* Louise und die Mädchen wären gleich nebenan, und wenn sie und Nancy einander auf die Nerven gingen, könnte sie einfach zu ihnen hinübergehen, um niemandem zur Last zu fallen. Ihre Freundin Joyce hatte vor kurzem ihr Cottage verkauft und war zu ihrem

Sohn in einen zauberhaften »Oma-Anbau« gezogen. Dabei hatte Joyce nicht gerade die beste Beziehung zu ihrer Schwiegertochter, um es freundlich auszudrücken – Frances würde nicht gern so eng mit dieser herrischen Person zusammenleben. Aber wenn Joyce das konnte …

Sie seufzte, wohlwissend, dass sie lieber sterben würde, als Nancy zu bitten, sie bei sich aufzunehmen.

Als sie erwachte, fiel Licht durchs Wohnzimmerfenster, die Vögel gaben geräuschvoll ihr Morgenkonzert. Frances warf einen Blick auf die Uhr auf dem Kaminsims und stellte fest, dass es kurz vor halb sechs war. Ihr ganzer Körper war eiskalt und starr. Ihr war übel, und als sie versuchte aufzustehen, wollten ihre steifen Glieder nicht gehorchen. Sie spürte, wie die vertraute Panik von ihr Besitz ergriff.

Atme, befahl sie sich, doch sie konnte nicht atmen. Bekam keine Luft mehr. Galle stieg in ihrer Kehle auf. Sie beugte sich vor, nach Atem ringend, und erbrach sich auf den Teppich. Tränen strömten über ihr Gesicht, als sie würgte und würgte, bis nur noch Flüssigkeit und Schleim kamen. Dennoch konnte sie nicht aufhören.

Als sie endlich in die geblümten Sofakissen zurücksackte und sich mit einem Taschentuch, das sie in der Tasche ihres Morgenmantels gefunden hatte, den Mund abwischte, wusste sie, dass sie Hilfe brauchte. Mit zittriger Hand griff sie zum Telefon und rief ihre Tochter an.

»Mum …« Nancys verschlafene Stimme klang eine Spur gereizt.

»Entschuldige, Liebling … es tut mir so leid. Es geht mir nicht gut … kannst du kommen?« Frances zwang die Worte über ihre ausgedörrten Lippen.

»Was ist denn los? Was ist passiert?« Jetzt klang sie gar nicht mehr verschlafen.

»Mir war schlecht … ich weiß auch nicht …« Die Anstrengung, den Telefonhörer zu halten, war zu viel für Frances. Sie spürte, wie eine neue Welle der Übelkeit in ihr aufstieg. »Bitte …« Sie legte auf und würgte, voller Abscheu die schleimige Sauerei auf dem Teppich betrachtend.

Es kam ihr vor wie eine Ewigkeit, bis sie Nancys Schlüssel in der Tür hörte.

»Du liebe Güte, Mum, was ist passiert?«

Nancy war an ihrer Seite: Sie war in Sicherheit. Frances lehnte sich zurück und schloss die Augen, die Hand ihrer Tochter so fest umklammert, als hinge ihr Leben davon ab.

Als sie wieder zu sich kam, lag sie im Bett, warm und sauber, eine Wärmflasche neben ihr, ein Glas Wasser auf dem Nachttisch, eine gelbe Plastikschüssel auf dem Fußboden neben dem Bett, den unangenehmen Geschmack nach Galle im Mund. Sie griff nach dem Wasser und nahm einen Schluck, dann zog sie die Decke enger um ihre Schultern.

»Du bist wach.« Nancys besorgtes Gesicht erschien im Türrahmen. »Wie geht es dir?«

Frances schenkte ihr ein mattes Lächeln. »Ganz gut, glaube ich. Ich muss etwas Falsches gegessen haben.«

Nancy setzte sich zu ihr auf die Bettkante und nahm vorsichtig ihre Hand. »Was hast du denn zu Abend gegessen?«

»Ähm … ein Ei, Brot und Butter. Und ein paar Kekse.« Das Ei war geflunkert, genau wie das Brot und die Butter, aber sie hatte immerhin einen halben Keks zu ihrem Tee geknabbert.

Ihre Tochter runzelte die Stirn. »Vielleicht war es das Ei. Hoffentlich hast du keine Salmonellenvergiftung.«

Frances schüttelte den Kopf. »Das wäre bestimmt sehr viel schlimmer. Jetzt ist mir nicht mehr übel.«

»Gott sei Dank. Dr. Henderson kommt trotzdem heute Nachmittag vorbei, um nach dir zu sehen.«

»Ach, Liebes. Du hättest ihn nicht extra bemühen müssen. Es geht mir doch wieder gut.«

»Wirklich, Mum? Du siehst fürchterlich aus.«

Frances zog die Augenbrauen in die Höhe.

»Du weißt, was ich meine.« Nancy stand auf. »Kann ich dir etwas bringen? Eine Tasse Tee vielleicht?«

»Nein danke. Aber wenn der Doktor kommt, gib mir doch bitte meine Bürste und die Gesichtscreme.«

Kapitel sechzehn

»Es tut mir leid, Jim, ich kann mich heute Morgen nicht mit dir treffen – Mum ist krank. Ich bin bei ihr und möchte sie nicht allein lassen.«

»Nein, natürlich nicht. Was fehlt ihr denn?«

»Sie hat sich übergeben und kommt mir schrecklich schwach vor. Der Arzt ist gerade gegangen.«

»Was hat er gesagt?«, fragte Jim.

»Er schien keinen blassen Schimmer zu haben, was mit ihr los ist …« Nancy senkte die Stimme, da sie nicht wollte, dass ihre Mutter, die oben lag, etwas mitbekam. »Ich hatte mich so darauf gefreut, dich zu sehen.«

»Und ich mich erst! Ruf mich an, wenn du kannst, und lass mich wissen, sobald es etwas Neues gibt.«

Nancy setzte sich aufs Sofa und überlegte, was sie tun sollte. Dr. Henderson hatte ihre Mutter kaum untersucht, hatte lediglich ihren Puls gefühlt, die Temperatur gemessen und sich erkundigt, ob sie etwas Falsches gegessen habe, doch auch er hatte bemerkt, dass sie ziemlich abgemagert wirkte.

»Ihre Mutter wird eben alt, Mrs de Freitas«, hatte er unten an der Haustür zu ihr gesagt und dabei mitfühlend den Kopf schief gelegt, die blonden Augenbrauen in seinem jungen Gesicht leicht in die Höhe gezogen.

»Sie ist doch erst vierundachtzig«, hatte Nancy ein wenig schroff erwidert, doch der Allgemeinmediziner schien ihre Skepsis nicht zu bemerken. Früher war sie davon ausgegangen, die Ärzte wüssten, wovon sie redeten, doch mittlerweile kam es ihr vor, als seien sie alle erst zwölf, und ihr Vertrauen in ihre Fähigkeiten nahm rapide ab.

»Ältere Leute werden nun mal plötzlich gebrechlich, dafür gibt es nicht zwingend einen ernsten Grund.«

»Glauben Sie nicht, Sie sollten sie gründlich durchchecken? Ein paar Untersuchungen vornehmen?«

Der Arzt schien einen Augenblick über ihre Worte nachzudenken. Nancy war klar, dass er sie nur bei Laune halten wollte. »Das können wir natürlich machen. Warum vereinbaren Sie nicht einen Termin für Ihre Mutter, wenn es ihr ein bisschen besser geht? Dann können wir sehen, wie es um sie steht.«

Na toll, du Blödmann, dachte Nancy insgeheim.

»Mum, der Doktor möchte, dass du einen Termin bei ihm ausmachst und ein paar Dinge abklären lässt«, sagte sie zu ihrer Mutter, als sie das nächste Mal nach oben ging.

»Selbstverständlich, mein Schatz«, erwiderte Frances und wedelte wegwerfend mit der Hand.

Nancy blieb über Nacht bei ihrer Mutter, zusammengekauert in dem hohen, schmalen Gästebett mit Metallrahmen und einer Matratze, die so hart war wie der Steinstrand in Brighton. Auch das kleine Gästezimmer war vollgestellt mit alten Truhen, Kisten, Schachteln und viel zu wuchtigen dunklen Möbeln – genau wie der Rest des Hauses. Es roch muffig, aber Nancy konnte das Fenster nicht öffnen, weil der Sicherheitsschlüssel verschwunden war.

Was würde passieren, wenn es ihrer Mutter am Morgen nicht besser ging? Leichte Panik stieg in Nancy auf, als sie fröstelnd in der Dunkelheit lag. Sie wusste natürlich, was sie zu tun hatte. Sie würde Frances mit zu sich nach Hause nehmen müssen. Dort war genug Platz. Trotzdem spürte sie, wie sehr sie sich innerlich dagegen sträubte – ganz gleich, wie selbstsüchtig das sein mochte. *Jim.* Sie wollte Jim.

Sie hatten sich Anfang der Woche erneut getroffen, diesmal zum Mittagessen in einem Dorfpub in den Downs. Es war ein schöner Tag gewesen, und sie hatten draußen an einem verwitterten Holztisch gesessen mit Blick auf die Felder und Hügel, hatten geredet und geredet – jedes neue Detail, und sei es auch noch so unbedeutend, entlockte ihnen ein verklärtes Grinsen. Als sie zum Wagen zurückschlenderten, hatte er ihr den Arm um die Schultern gelegt und sie an sich gezogen.

»Der Kuss …«, sagte er leise, »hat mich umgehauen.«

Sie sah zu ihm auf. »Mich auch.«

»Zu viele Leute, zu viel Licht«, sagte er. Begierde funkelte in seinen blauen Augen, als er sein Gesicht so nahe an ihres brachte, dass sie seinen warmen Atem auf ihrer Haut spüren konnte. Sie stand kurz davor, ihn zu sich nach Hause einzuladen, doch dann fiel ihr ein, dass Frühlingsferien waren und die Mädchen Freunde zum Spielen dahatten.

Wenn sie nun ihre Mutter bei sich einquartierte, könnte sie sich davon verabschieden. Sie konnte sich nicht vorstellen, mit Jim auf dem Sofa zu schmusen, während ihre Mutter im Haus war.

Vielleicht lädt er mich zu sich nach Hause ein, wenn wir uns das nächste Mal in Brighton treffen, dachte sie. *Allerdings ist es womöglich besser, wenn ich den Vorschlag mache – nicht dass er fürchtet, zu schnell vorzupreschen.* Es ging nicht nur um Sex. Nancy wusste, dass das ein großer Schritt war. Allein wenn sie daran dachte, zuckte sie unweigerlich zusammen. Dennoch wäre es so schön, mit ihm allein zu sein, in einer privaten Umgebung, die Chance zu haben, eine Wahl zu treffen.

Sie umschlang ihren kalten Körper mit den Armen, sah zu, wie langsam das Licht der Morgendämmerung durch die Baumwollvorhänge fiel, und kämpfte gegen das überwältigende klaustrophobische Gefühl an, das von ihr Besitz ergreifen wollte. Nicht nur von ihr, sondern von ihrem ganzen Leben.

»Sie ist noch immer sehr schwach«, berichtete Nancy Jim später, »auch wenn ihr bislang nicht wieder übel geworden ist. Ich kann sie aber trotzdem nicht allein lassen. Sie würde ohne mich nicht klarkommen.«

»Dann bleibst du also ein paar Tage bei ihr?«

»Entweder das, oder ich nehme sie mit zu mir nach Hause. Louise kommt gleich vorbei, dann entscheiden wir, was zu tun ist.«

»Es ist schlimm, wenn die alten Leute ihr Leben nicht mehr allein bewältigen können.«

»Sprichst du aus eigener Erfahrung?«

»Meine Großmutter, Mums Mutter, hat jahrelang bei uns gewohnt. Sie ist bei uns eingezogen, nachdem sie sich die Hüfte gebrochen hatte, und bis zum Schluss geblieben. Sie hat meine Mutter fast in den Wahnsinn getrieben, trotzdem glaube ich, dass es die richtige Entscheidung war.«

Nancy seufzte. »Genau das macht mir Sorgen. Am besten verstehe ich mich mit meiner Mutter, wenn wir uns nur häppchenweise begegnen – uns zum Kaffee oder Mittagessen verabreden. Auf lange Sicht würden wir uns umbringen.«

»He, nun mach dich mal nicht verrückt. Vielleicht ist es gar nicht so schlecht um sie bestellt … Du klingst erschöpft, Nancy.«

»Ich konnte nicht schlafen, das Gästebett ist ein Albtraum.« Es war so tröstlich, Jims Stimme zu hören. Zu wissen, dass er sie wirklich verstand, trieb ihr die Tränen in die Augen. Es war lange her, dass sie sich an jemanden hatte anlehnen können. Christopher hatte sich nicht für ihre Probleme interessiert, es sei denn, sie betrafen ihn selbst.

»Ruf mich später an«, schlug er vor. »Und wenn es etwas gibt, was ich für dich tun kann ...«

»Ich denke nicht, dass wir sie zu dir verfrachten sollten«, sagte Louise, als sie, gegen die Anrichte gelehnt, eine Tasse Instantkaffee in der Hand, in Frances' kleiner Küche standen. »Sie kommt mir viel zu zerbrechlich vor.«

Nancy antwortete nicht gleich. Nach einer Weile sagte sie leise: »Ich nehme an, ich werde bei ihr bleiben müssen.«

»Ach Mum, ich würde so gerne helfen«, sagte Louise schuldbewusst, »aber ich muss mich um die Kinder kümmern, es sind Ferien, und dann ist da noch das Restaurant.«

»Ich weiß, Lou. Ich erwarte das doch auch gar nicht von dir. Es ist hier bloß so deprimierend. Ich hasse dieses Haus, und ich war noch nie eine gute Krankenpflegerin. Mir fehlt einfach die Geduld.«

Ihre Tochter schmunzelte. »Ich weiß noch, als ich die Windpocken hatte und du darauf bestanden hast, das sei nur ein Ausschlag, eine allergische Reaktion auf die Nylonblusen, die ich in der Schule tragen musste. Du wolltest es einfach nicht wahrhaben, weil du die Vorstellung, mich wochenlang zu Hause behalten zu müssen, nicht ertragen konntest.«

»Das ging den anderen Müttern genauso.« Nancy lachte. »Aber es stimmt schon: Krankenpflege ist nicht meine Stärke.«

Sie schwiegen einen Augenblick lang.

Dann fragte Louise: »Möchtest du sie wirklich zu dir nehmen?«

»Ich dachte nur, das wäre vielleicht einfacher. Ich könnte meine Sachen erledigen, weiter unterrichten …« Sie zögerte. »Und wenigstens könnte ich schlafen.« Sie fühlte sich erschöpft und angeschlagen nach der unruhigen Nacht.

»Ross und ich könnten dich sicher besser unterstützen, wenn sie gleich nebenan ist.«

Wieder senkte sich Schweigen über die Küche herab, plötzlich durchbrochen von Frances, die von oben nach ihrer Tochter rief. Nancy stieß sich von der Anrichte ab, schüttete den Rest ihres nach nichts schmeckenden Kaffees in die Spüle, wusch die Tasse aus und stellte sie umgekehrt aufs Abtropfbord. »Ich komme, Mum!«

Jim schlang die Arme um Nancy, als sie zusammen in der kleinen Diele von Frances' Haus standen. Es war schon spät, ihre Mutter schlief oben in ihrem Zimmer. Nancy war mittlerweile seit drei Tagen bei ihr, und wenngleich es Frances besser zu gehen schien und sie am Nachmittag sogar aufgestanden war, hatte Nancy kein gutes Gefühl, sie allein zu lassen. Obwohl sie langsam, aber sicher durchdrehte, eingesperrt in dem beengten Häuschen, ohne etwas zu tun, ohne Klavier, mit dem sie ihre angespannten Nerven beruhigen konnte.

Sie schaute Jim an, der seltsam bleich im Licht der Energiesparlampe an der Decke wirkte.

Er drückte sie an sich. »Das tut gut«, flüsterte er.

Sie erwiderte nichts, schloss einfach die Augen und gab sich seiner Umarmung hin, genoss die Wärme, den frischen Duft seiner Haut, die freudige sexuelle Erregung, die seine Nähe in ihr hervorrief – so stark, dass ihr beinahe schwindelig wurde.

Sie schob ihn ins Wohnzimmer und schloss die Tür. Jim zog fragend eine Augenbraue hoch. »Wenigstens sind wir jetzt allein«, stellte er mit einem vielsagenden Lächeln fest.

»Bis auf Mum oben in ihrem Zimmer«, korrigierte Nancy, doch sie leistete keinen Widerstand, als er sie zu sich auf den chintzbezogenen Zweisitzer zog.

»Aber sie schläft doch, oder?«, murmelte Jim und strich ihr zärtlich die Ponyfransen aus dem Gesicht.

Nancy konnte kaum atmen. »Ja, aber sie könnte jeden Augenblick aufwachen und die Treppe herunterkommen.«

»Das hören wir«, sagte Jim, beugte sich vor und küsste sie. Seine Lippen suchten die ihren mit einer Gier, die ihr eigenes Verlangen widerspiegelte, seine Zunge schickte beinahe unerträgliche Schauder der Lust durch ihren Körper. Seine Hand glitt zu ihrer Brust, strich behutsam über die Spitze, die andere tastete sich ihren Oberschenkel hinauf, höher und immer höher. Nancy fühlte sich einer Ohnmacht nah. Es kümmerte sie nicht länger, dass ihre Mutter in dem Zimmer über ihnen lag, nichts kümmerte sie mehr, nichts außer Jims Händen und seinem Mund, der ihre Lippen nicht freigab. Bebend verlangte ihr Körper nach mehr.

Da hörte sie ihre Mutter.

»Nancy … Nancy …«

Sie erstarrten, dann brachen sie in leises Gelächter aus. Vor Erregung schaudernd holte Nancy tief Luft, zupfte ihre Kleidung zurecht, strich ihr zerzaustes Haar zurück und stand auf, um einen neutralen Gesichtsausdruck bemüht.

»Sehe ich einigermaßen anständig aus?«, fragte sie.

Jim lehnte sich in die Sofakissen zurück und musterte sie. »Anständig? Hm. Du siehst umwerfend aus!«

Sie lachte. »Ich meinte natürlich, ob ich normal aussehe?«

Er runzelte die Stirn, als müsse er erst über die Antwort nachdenken, doch es gelang ihm nicht, sein Grinsen zu verbergen. »Tja, du siehst aus, als hättest du gerade Sex gehabt – ich weiß ja nicht, ob das ›normal‹ für dich ist.«

Nancy boxte ihn gegen die Schulter. In dem Moment rief ihre Mutter noch einmal, diesmal ungeduldiger.

»Sie wird ahnen, dass etwas nicht stimmt«, flüsterte sie, als sie die Wohnzimmertür öffnete und die Treppe hinauf rief: »Ich komme schon, Mum!«

»Sie wird wohl kaum damit rechnen, dass du Petting auf ihrer Couch machst.«

»Damit hätte ich selbst nie gerechnet.« Nancy eilte nach oben, immer noch damit beschäftigt, mit dem

Fingern durch ihre Haare zu fahren und sich das verklärte Grinsen vom Gesicht zu wischen.

Ihre Mutter saß im Bett, scheinbar hellwach.

»Ist es nicht schon spät?«, fragte sie mit einem Blick auf Nancys Kleidung.

»Ziemlich, aber ich war nicht müde«, flunkerte Nancy.

»Ich hoffe, das Bett ist bequem genug. Es hat deinem Vater gehört, als er noch jung war.«

»Es ist schon in Ordnung, Mum. Brauchst du etwas?« Sie trat nicht zu dicht an ihre Mutter heran, besorgt, sie könne Jims Geruch an ihr wahrnehmen.

»Nein, ich dachte nur, ich hätte etwas rumpeln gehört. Ich fürchtete, jemand sei unten.«

Das werden Jims Stiefel gewesen sein, die vom Sofa auf den Boden gefallen sind, dachte Nancy und unterdrückte ein Lächeln.

»Das war ich. Und jetzt leg dich hin, Mum, und schlaf ein bisschen. Dein Wasser steht dort an der Seite. Ich bin im Haus, du musst dir keine Sorgen machen.«

Frances' Gesichtsausdruck entspannte sich. Sie ließ sich zurück aufs Kissen sinken und zog die Decke um ihre Schultern, bis nur noch ihr zerzauster weißer Haarschopf darunter hervorschaute. »Danke, mein Liebling. Ich weiß es zu schätzen, dass du dich so um mich kümmerst.«

»Soll ich das Licht ausmachen?«

»Wenn es dir keine Umstände macht.«

Nancy ging ums Bett herum und kämpfte mit

dem schwergängigen Messingschalter, der sich ihren Bemühungen hartnäckig zu widersetzen schien. Endlich wurde es dunkel im Zimmer. Ihre Mutter drehte den Kopf zur Seite, und plötzlich verspürte Nancy das dringende Bedürfnis, einen Kuss auf ihr gequältes Gesicht zu drücken. Da sie jedoch wusste, dass Frances derlei Zärtlichkeiten verabscheute, tat sie es nicht.

»Schlaf gut«, sagte sie stattdessen leise und wartete einen Moment, um sicherzugehen, dass ihre Mutter tatsächlich die Augen schloss.

Jim saß noch genauso da, wie sie ihn zurückgelassen hatte, gegen die Sofakissen gelehnt, die langen Beine mit den strumpfsockigen Füßen ausgestreckt und an den Knöcheln übereinandergeschlagen. Sie setzte sich neben ihn.

»Alles in Ordnung?«, fragte Jim.

»Sie ist ein bisschen nervös. Meinte, sie habe etwas rumpeln gehört, und hatte anscheinend vergessen, dass ich hier bin.«

»Es muss schrecklich sein, an einen Punkt zu gelangen, an dem einem selbst die kleinste Kleinigkeit Angst macht. Hoffentlich sterbe ich, bevor es mit mir so weit ist.«

»Ja. Alle reden uns ein, wir sollen uns bewegen und viel Gemüse essen, um so das ewige Leben zu pachten, aber keiner garantiert uns, dass dieses Leben lustig wird.«

Er legte seinen Arm um sie, und sie lehnte dankbar den Kopf an seine Schulter. »Wir müssen das Beste aus dem Moment machen«, verkündete er, plötzlich voller Leidenschaft. »Ehe wir's uns versehen, sind wir wie deine Mutter – voller Angst und komplett abhängig von anderen Menschen.«

Nancy schauderte. »Findest du, ich sollte in den sauren Apfel beißen und sie zu mir nehmen?«

»Ich habe sie noch nicht kennengelernt, Nancy. Ich kann nicht beurteilen, wie schlecht es um sie bestellt ist.«

»Es ist nicht ›schlecht um sie bestellt‹, sie ist nur schwach. Allerdings bin ich mir nicht sicher, ob ich es schaffe, rund um die Uhr für ihre Pflege zuständig zu sein.«

Sie spürte, wie er die Achseln zuckte. »Kommt drauf an. Könnte sein, dass es leichter ist, als dir ständig Sorgen zu machen, weil du nicht in ihrer Nähe bist.«

Aber, wollte Nancy einwenden, *was ist mit uns?* Doch die Worte blieben in ihrer Kehle stecken.

Schweigend saßen sie auf dem Sofa. Der Raum fühlte sich plötzlich kalt an, deprimierend.

»Ich sollte wohl besser nach Hause fahren«, sagte Jim schließlich, wenngleich er keinerlei Anstalten machte aufzustehen. Stattdessen legte er die Hand an Nancys Wange. Seine Berührung fühlte sich wunderbar warm und zärtlich an. »Dann wirst du wohl eine Weile nicht wegkommen?«

Nancy seufzte. »Wenn Mum bei mir zu Hause ist, kann ich Louise als Babysitterin einspannen, dennoch wird es die nächste Woche wohl schwierig werden.«

Er sah ihr tief in die Augen. »Ich vermisse dich, sobald ich die Tür hinter mir zugezogen habe.«

»Ich dich auch.« Sie lächelte. »Es kommt mir vor, als sei ich wieder sechzehn.«

»Als *ich* sechzehn war, habe ich nie so empfunden. Bei mir ging es um reine Lust, die meist unerwidert blieb, weil für gewöhnlich mein Kumpel Marty die scharfen Schnitten abschleppte. Er war potthässlich, aber das hielt ihn nicht auf. Die Mädchen rissen sich förmlich um seine Aufmerksamkeit.«

»Ich kann nicht glauben, dass sie sich nicht um dich gerissen haben, Jim.« Nancy sah ihn skeptisch an.

»Ha! Nett, dass du das sagst, aber ich war damals ziemlich schüchtern und unbeholfen, wusste nie, was ich zu einem Mädchen sagen sollte.« Er grinste schief. »Bei dir ist das anders. Wenn ich mit dir zusammen bin, kann ich gar nicht mehr aufhören zu reden.«

»Ich …« Nancy brach ab und holte tief Luft. »Vielleicht könnten wir uns das nächste Mal bei dir treffen? Wenn meine Mutter da ist …«

Die lastende Stille, die auf ihren Vorstoß folgte, überraschte Nancy. Sie spürte, wie Jim sich verspannte.

»Es muss nicht sein, wenn du das für keine gute Idee hältst.«

Sie sah auf und stellte fest, dass er die Stirn in Falten gelegt hatte.

»Ich würde dich liebend gern mit zu mir nach Hause nehmen, Nancy«, erklärte er mit seltsam nachdrücklicher Stimme. »Ich brenne förmlich darauf. Aber Tommy ist für eine Weile zu Besuch …«

»Ach so … das macht nichts.«

Er seufzte tief, als trage er die Last der ganzen Welt auf den Schultern. Sie fragte sich, ob er Probleme mit seinem Sohn hatte, aber er schien nicht näher auf das Thema eingehen zu wollen, also bedrängte sie ihn nicht. »Es war bloß eine Idee«, wiegelte sie stattdessen rasch ab.

»Glaubst du, sie muss länger bei dir bleiben?«, wollte Lindy wissen, als sie auf dem Spielplatz der Schule auf ihre Enkel warteten. Es war genau die Art Grundschule, von der die meisten Eltern träumten: an einem idyllischen Fleckchen in East Sussex gelegen, hinter einer schönen Dorfwiese, die von einer großen Eiche beschattet war. Die Rektorin war eine dynamische Frau, die ihre Schule mit starker Hand führte und jedes Kind beim Namen kannte. Entsprechend hoch waren die Standards für alle Beteiligten, angefangen bei Lehrern und Schülern bis hin zu Eltern und Großeltern. Wehe dem, der aus der Reihe tanzte!

»Ich weiß es nicht. Sie ist schon wieder etwas munterer, aber sie isst immer noch nicht viel. Ich glaube nicht, dass sie sich allein versorgen kann.«

Ihre Mutter wohnte inzwischen gut zehn Tage im Gästezimmer, und heute ließ Nancy sie zum ersten

Mal für ein Stündchen allein. Louise war zu Hause und würde ein Auge auf ihre Großmutter haben, während Nancy in die Stadt fuhr und anschließend die Mädchen abholte.

»O mein Gott, Nancy, du hast ein echtes Problem, wenn sie nicht mehr nach Hause kann.« Lindy sah so bezaubernd aus wie immer in ihrem marineblauen Jerseykleid, das ihren Kurven schmeichelte, der klotzigen Silberkette und den Lederpumps mit Keilabsatz.

»Ich weiß.« Allein darüber zu reden rief Widerwillen in ihr hervor. »Aber sie ist absolut pflegeleicht, wirklich, zumal sie viel schläft. Es ist nur so, dass …«

Lindy zog die Augenbrauen hoch und legte Nancy mitfühlend die Hand auf den Arm. »Du musst mir nichts erzählen, Süße. Ich hab's nie geschafft, länger als zehn Minuten nett zu meiner Mutter zu sein – Gott hab sie selig.«

Nancy lachte. »Ich dachte, das ginge mir genauso, aber ihre Hilflosigkeit berührt mich zutiefst.«

»Hm, du bist wirklich ein sehr viel netterer Mensch als ich.« Lindy zog Nancy von einer Gruppe Mütter fort, die sich neben ihnen zusammengefunden hatte. »Aber lass uns über das eigentliche Thema reden.« Sie senkte die Stimme. »*Unseren Jim.* Du bist verdächtig verschlossen, was das Thema angeht. Ich will alle pikanten Details erfahren.« Sie sah Nancy erwartungsvoll an, ein anzügliches Grinsen auf den Lippen.

»Nun …« Nancy zögerte. Ihr war klar, dass Lindy

sich nicht mit Auszügen zufriedengeben würde, aber sie würde ihr bestimmt nicht alles erzählen. »Wir haben uns öfter verabredet, zumindest bis letzte Woche.« Sie erwähnte nicht, dass sie gerade mit Jim eine Tasse Kaffee getrunken hatte. Die Stimmung zwischen ihnen war seltsam befangen gewesen, und sie konnte sich bis jetzt nicht erklären, warum.

»Wow! Dann bist du also mit ihm ins Bett gestiegen?«

»Pscht! Nein, bin ich nicht.«

»*Du hast nicht mit ihm geschlafen?* Aber warum nicht? Was stimmt nicht mit ihm?«, erkundigte sich Lindy mit einem theatralischen Flüstern.

»Wo sollen wir denn hingehen, jetzt, da Mum bei mir zu Hause wohnt?«

»Wieso geht ihr nicht zu ihm?«

»Weil er anscheinend seinen Sohn zu Besuch hat.«

Lindy runzelte die Stirn. »Das klingt ein bisschen nach fauler Ausrede. Ich hoffe, er hält dich nicht aus einem anderen Grund hin.«

»Zum Beispiel?«

»Nun, er ist schon älter, Nancy. Womöglich hat er gewisse Hydraulikprobleme und fürchtet, dich zu vergraulen.«

»Wovon um alles auf der Welt redest du?«, fragte Nancy und starrte ihre Freundin, deren Gesicht einen besorgten Ausdruck angenommen hatte, perplex an.

»Impotenz ist weit verbreitet bei Männern über

sechzig. Vor allem bei Rauchern. Hat etwas mit verengten Blutgefäßen zu tun.«

Nancy war beinahe schockiert über Lindys Vermutung, nicht zuletzt deshalb, weil sie sich nach ihrem Treffen am Morgen gefragt hatte, ob Jim ihr womöglich etwas verschwieg. »Jim ist ganz bestimmt nicht impotent«, zischte sie und warf einen verstohlenen Blick in alle Richtungen, um sich zu vergewissern, dass keine von den umstehenden Müttern zuhörte.

Lindy lachte nur. »Aha! Dann bist du also doch ein bisschen weiter gegangen, als du es mir weismachen willst, Miss Unschuldig!«

»Du bist unverbesserlich«, murmelte Nancy mit flammend roten Wangen.

»Ach, genieß es, Süße.« Sie winkte, als sie sah, dass Toby auf sie zukam. »Ruf mich später an, dann können wir etwas ausmachen. Wir haben schon seit einer Ewigkeit nichts mehr unternommen. Das ist natürlich toll für dich und deinen umwerfenden Gespielen, aber was ist mit mir? Du musst mir unbedingt helfen, einen Jim für mich zu finden.«

»Dürfen wir uns auf dem Heimweg einen Cupcake kaufen, Nana?«, fragte Hope zaghaft, als die Mädchen sich mit ihren Taschen in den Golf gezwängt hatten. Gleich außerhalb der Stadtgrenze, direkt auf ihrer Route, gab es einen Cupcake-Laden, und gelegentlich gab Nancy nach und hielt dort an.

»Warum nicht?«, fragte sie und erntete begeistertes Gekreische. Louise würde sauer sein, so viel stand fest, aber sie brauchte jetzt selber etwas Süßes. Immer noch irritiert über Jims Benehmen bog sie auf den Parkplatz ein, hielt an und betrat geistesabwesend den kleinen Laden. Jim hatte launisch gewirkt und angespannt, irgendwie abwesend, auch sein amüsiertes, flirtendes Lächeln war wie weggewischt gewesen. Doch als sie endlich wagte, ihn zu fragen, ob etwas nicht stimmte, hatte er ihr förmlich den Kopf abgerissen.

»Nichts«, blaffte er, dann schien ihm aufzufallen, wie grob er war, denn er fügte hinzu: »Es tut mir leid, Nancy. Zu Hause ist es momentan etwas schwierig.«

»Wegen deines Sohnes?«, fragte sie, aber er hatte ihr keine Antwort gegeben, hatte lediglich den Kopf geschüttelt und finster auf die Tischplatte gestarrt. Sie spürte die gewaltige Spannung zwischen ihnen, die nur darauf wartete, sich zu entladen. Er schleppte etwas mit sich herum, das ihn zu erdrücken schien – und er stand kurz davor, damit herauszuplatzen, was immer es sein mochte. Doch dann hatte er sie nur angesehen, die Augen voller Kummer.

»Ich möchte, dass alles perfekt ist, Nancy«, sagte er leise.

Sie war nicht in der Lage gewesen, etwas zu erwidern. Ihr Herz raste, sie konnte kaum atmen.

»Kann ich den mit Smarties haben?«, riss Jazzy sie abrupt aus ihren Gedanken und deutete mit dem Zeigefinger auf ihren Lieblingscupcake.

Nancy nickte. »Bitte.«

»Bitte«, echote Jazzy.

»Was möchtest du, Hope?«

Ihre ältere Enkelin schlenderte an der Auslage entlang, den Kopf schräg gelegt, gefangen in ekstatischer Unentschlossenheit. »Ich weiß nicht, welchen ich nehmen soll: Schokotaler oder Schokosplitter.«

Nancy wählte den, der auf Anhieb am meisten ins Auge stach: eine Schoko-Trüffel-Kombi mit zentimeterdicker Buttercreme, verziert mit Schokotropfen und -stückchen, was ihr garantiert noch nächste Woche einen erhöhten Blutzuckerspiegel bescheren würde. Genau das, was sie jetzt brauchte.

Sie setzten sich auf die Bank vor dem Laden, Nancy zwischen den beiden Mädchen, und verspeisten genüsslich ihre Cupcakes.

»Nana …« Hope leckte sich einen Klecks Buttercreme vom Daumen und fragte, ohne Nancy anzusehen: »Hast du dich mit Grandy gestritten?«

»Ja, ab und zu schon, aber nicht oft. Warum?«

»Dann habt ihr euch also nicht scheiden lassen, weil ihr Streit hattet?«

»Nein, damit hatte das nichts zu tun«, antwortete Nancy. »Ich denke, bei uns war einfach die Luft raus. Die Ehe ist kompliziert, mein Schatz, Menschen verändern sich.« Sie wusste, dass ihre Worte für ein neunjähriges Mädchen nicht viel Sinn ergaben. Jazzy, fiel ihr auf, war sehr still geworden und hatte ihre Augen fest auf das leere Wachspapier ihres Cupcakes geheftet.

»Warum verändern sie sich?«, fragte Hope hartnäckig weiter.

»Nun, das hat vielerlei Gründe.« Nancy war plötzlich klar, wohin das hier führen würde. »Kann es sein, dass Mummy und Daddy sich ein bisschen gestritten haben?«

»Nicht nur ein bisschen«, murmelte Jazzy.

Hope warf ihrer Schwester einen verärgerten Blick zu.

»Oje. Erzählt mir davon.«

Die Kinder senkten die Köpfe, sagten jedoch kein Wort.

»Hope?«

Als ihre Enkelin aufblickte, standen Tränen in ihren braunen Augen. »Sie schreien sich jeden Abend an, Nana, so laut, dass wir davon aufwachen.«

»Ach, Schätzchen.« Nancy legte den Arm um Hope. Jazzy starrte ihre große Schwester an.

»Es klingt, als würden sie sich hassen.« Tränen rollten über Hopes Wangen. Schnell wischte sie sie mit dem Handrücken ab. »Sie werden sich doch nicht scheiden lassen, oder?«

»Wir haben Angst«, mischte Jazzy sich ein. »Gestern Abend haben sie gestritten. Daddy klang schrecklich wütend, er hat Mummy zum Weinen gebracht!«

Nancy zog auch Jazzy in ihre Arme. »Das ist furchtbar für euch, aber alle Menschen geraten ab und zu aneinander, Schatz. Ihr zwei zum Beispiel, ihr streitet ständig, und manchmal werdet ihr dabei sehr böse … und bringt euch gegenseitig zum Weinen.«

»So nicht«, widersprach Jazzy.

»Nein, das weiß ich. Wenn Erwachsene streiten, klingt das mitunter tatsächlich furchteinflößend«, räumte Nancy ein. »Aber Mummy und Daddy lieben sich sehr. Sie arbeiten bloß beide momentan sehr hart, um das Beste aus dem Restaurant zu machen, und ich denke, sie sind erschöpft und daher leicht reizbar – ihr wisst schon: so wie ihr, wenn ihr müde seid.«

»Dann lassen sie sich also nicht scheiden?«, drängte Hope.

»Nein, ganz bestimmt nicht«, bestätigte Nancy mit fester Stimme und hoffte inständig, dass sie recht behalten sollte.

Ihre beiden Enkelinnen schwiegen, und sie spürte, wie sie sich in ihren Armen etwas entspannten. Sie selbst dagegen war alles andere als entspannt.

Als Nancy nach Hause kam, machte ihre Mutter oben im Gästezimmer ein Nickerchen. Unten auf dem Sofa döste ihre Tochter, die grüne Überdecke bis zum Kinn hochgezogen, das Gesicht vor Müdigkeit verkniffen.

»Ross hat ihr zum Mittagessen Hühnerbrühe gemacht«, berichtete Louise später, als sie bei einer Tasse Tee zusammensaßen. Sie wirkte angegriffen und niedergeschlagen. »Granny hat ein bisschen davon gegessen, den Rest habe ich für später in den Kühlschrank gestellt. Sie scheint immer noch sehr erschöpft zu sein.«

Draußen war es schwül und bewölkt, den grauschwarzen Wolken und Gewitterwürmchen nach zu urteilen braute sich ein Sturm zusammen. Die Mädchen gingen zum Fangenspielen in den Garten, voller Energie von der halben Tonne Zucker, die sie vorhin zweifelsohne zu sich genommen hatten.

Nancy nickte. »Ich habe am Freitag einen Termin bei Dr. Khan ausgemacht. Dieser Allgemeinmediziner hilft uns nicht weiter. Irgendetwas stimmt definitiv nicht mit Granny.«

Louise nickte. »Wie kommst du mit ihr zurecht, Mum?«

»Ach, eigentlich läuft es gar nicht so schlecht.« Das antwortete sie immer, wenn sich jemand danach erkundigte, obwohl es nicht der Wahrheit entsprach. Doch hätte sie eingestanden, wie es ihr in Wirklichkeit ging, hätte man sie für das größte Miststück auf Gottes Erden gehalten – selbst ihre eigene Tochter. Was sie aufrecht gehalten, ihr Kraft gegeben hatte, freundlich zu ihrer Mutter zu sein und sie bei sich zu Hause aufzunehmen, war der Gedanke an Jim gewesen. Ihr Glück mit diesem Mann. Und genau dieses Glück schien jetzt bedroht. Sie sehnte sich danach, allein zu sein, um sich darüber klar zu werden, was schiefgelaufen war, doch ganz bestimmt würde sie ihn nicht anrufen und danach fragen.

Schweigen breitete sich zwischen den beiden Frauen aus. Nancy warf einen raschen Blick in den Garten, um sich zu vergewissern, dass die Mädchen außer Hörweite waren, dann sagte sie: »Lou, die Kinder machen sich Sorgen. Sie haben die Auseinandersetzung zwischen Ross und dir gestern Abend mitbekommen.«

Louise' Augen weiteten sich. »Wie bitte? Die zwei würden doch den Dritten Weltkrieg verschlafen! Obwohl – Hope hat Ohren wie ein Luchs.«

Nancy berichtete ihrer Tochter, was die Mädchen ihr erzählt hatten. Als Louise nicht gleich reagierte, fragte sie: »Was ist los zwischen euch, Lou?«

Louise seufzte. »Nichts, Mum. Ehrlich nicht, so schlimm ist es nicht. Ja, wir haben in letzter Zeit häufiger gestritten. Ross kommt ständig spät nach Hause, wir sind beide total geschafft – die Sache mit dem Restaurant läuft irgendwie aus dem Ruder.«

Nancy sah ihrer Tochter fest in die Augen. »Bitte sei ehrlich zu mir. Die Mädchen denken sich das nicht aus.«

Louise saß zusammengekauert am Tisch, die Hände so fest verschränkt, dass die Knöchel weiß hervortraten.

»Okay. Ich nehme an, letzte Woche war alles etwas zu viel. Wir haben einen Lieferanten verloren, weil ich nicht länger dessen exorbitante Preise bezahlen wollte, und Ross ist an die Decke gegangen. Wie du weißt, hat Maja uns völlig überraschend im Stich gelassen, und die junge Frau, die sie ersetzen soll, ist absolut unfähig. Außerdem war die Damentoilette verstopft – der berühmte letzte Tropfen, der das Fass zum Überlaufen brachte.« Sie warf Nancy einen verzweifelten Blick zu. »Und jedes Mal, wenn es ein Problem gibt, schiebt Ross mir die Schuld zu.«

»Das ist nicht fair.«

»Das stimmt, aber ich teile zurzeit auch ganz schön aus. Momentan bringen wir uns ständig gegenseitig auf die Palme.«

Eine Weile sagten beide kein Wort.

»Die Mädchen denken, dass ihr euch scheiden lassen wollt, Lou, das dürft ihr nicht so stehen lassen. Ihr solltet euch mit ihnen zusammensetzen und ihnen die Situation erklären, damit sie nicht länger verunsichert sind.«

»Du hast recht – obwohl mir eine Scheidung unter den momentanen Umständen nicht die schlechteste Idee zu sein scheint.«

»Darüber macht man keine Scherze, Lou …« Ihr Handy klingelte.

»Hi.« Jims tiefe Stimme klang erschöpft. »Es tut mir leid, Nancy. Ich war mies drauf, aber ich hätte meine schlechte Laune nicht an dir auslassen dürfen.«

»Schon gut«, beschwichtigte sie unter Louise' durchdringendem Blick.

»Kannst du reden?«

»Louise und die Kinder sind zum Tee hier.«

»Dann rufe ich dich später an«, sagte er knapp und legte auf.

»Alles okay?«, erkundigte sich ihre Tochter.

»Ja«, antwortete Nancy mit Nachdruck.

»Du solltest ihn am Sonntag zum Mittagessen einladen. Ich brenne darauf, ihn kennenzulernen.«

»Ist das nicht etwas zu früh?«

»Zu früh? Wofür? Es ist doch bloß ein Mittagessen.« Louise grinste. »Keine Sorge, wir beißen nicht. Und Ross könnte männliche Gesellschaft gut brauchen.«

»Na schön, vielleicht werde ich ihn später fragen.«

Kapitel siebzehn

Jim wartete, bis Chrissie das Haus verließ, bevor er Nancy erneut anrief. Seine Frau hatte einen Tag blaugemacht, wohl um ihm die schlechten Neuigkeiten zu eröffnen.

»Ich will das Haus nicht verkaufen«, hatte sie gesagt. »Ich habe den Immobilienmakler angewiesen, es vom Markt zu nehmen.« Ihr Ton klang herausfordernd.

Sie saßen wie üblich in der Wohnküche, der einzige Ort, an dem sie einander begegneten, es war schon nach zehn. Um halb elf kam ein Schüler, daher war ihr Timing nicht gerade günstig: Es bliebe ihnen kaum Zeit, eine vernünftige Diskussion zu führen, bevor Brian – ein Mann in Jims Alter, der sein Ruhestandshobby pflegte – oben an der Haustür klingeln würde.

»Das kannst du nicht machen«, hatte Jim protestiert.

»Doch, das kann ich. Mir gehört das Haus genauso wie dir. Es steht dir nicht zu, den Verkauf ohne mein Einverständnis zu veranlassen.« Sie wirkte ungewöhnlich ruhig, was ihn nur noch mehr reizte.

»Aber du hast doch gesagt, du seist einverstanden!«

»Nun, das bin ich aber nicht. Ich liebe dieses Haus, und ich lasse nicht zu, dass du mich rausschmeißt, nur weil du mit deiner neuen Tussi zusammen sein willst.«

»Sie ist keine Tussi.« Jim hatte Chrissie vor ein paar Tagen von Nancy erzählt, da er fand, er solle wenigstens zu einer der Frauen in seinem Leben ehrlich sein, doch das war ein Fehler gewesen. Obwohl seine Frau schon seit geraumer Weile vermutete, dass es eine andere gab, hatte sie es nicht so leicht weggesteckt, als sich diese Vermutung bestätigte. Und das war ihre Rache.

»Wie dem auch sei: Mein Arbeitskollege Phil sagt, du hast kein Recht, das Haus zu verkaufen, wenn ich nicht zustimme.«

Verfluchter Arbeitskollege, dachte Jim. *Der dämliche Wichtigtuer soll seine Nase gefälligst nicht in anderer Leute Angelegenheiten stecken.*

»Dann musst du eine Hypothek aufnehmen und mich auszahlen«, schlug er vor. »Was erwartest du von mir? Dass ich für den Rest meines Lebens an dich gefesselt bleibe?«

»So siehst du das also! Du bist ›an mich gefesselt‹? Du bist ein solches Arschloch geworden, Jim Bowdry.«

»Jaja«, sagte er. »Doch das ändert nichts an der

Tatsache, dass wir nicht länger zusammenleben können, Chrissie. Das musst du doch einsehen!«

Doch ob sie es einsah oder nicht – sie genoss diesen Augenblick der Macht, so viel stand fest.

»Ich muss mich nur von dir scheiden lassen«, sagte er, »unsere Trennung rechtsgültig machen. Eigentlich wollte ich das zum jetzigen Zeitpunkt vermeiden, weil eine Scheidung teuer ist und wir beide nicht viel Geld auf die Kante legen können, aber es sieht ganz danach aus, als bleibe mir nichts anderes übrig.«

Er dachte, sie damit umstimmen zu können, da er wusste, dass Chrissie notorisch klamm war, doch sie zuckte nur die Achseln.

»Ich werde nichts bezahlen müssen.« Sie funkelte ihn herausfordernd an. »Mach, was du willst, Jim. Es kümmert mich nicht mehr.«

Was ganz offensichtlich nicht stimmte, denn sonst hätte sie dem Hausverkauf wie vereinbart zugestimmt und nach vorn geblickt.

Und um das ganze Dilemma noch zu toppen, war er grob zu Nancy gewesen. Er hatte sie angeblafft und sich schrecklich elend gefühlt, als er die Überraschung in ihren Augen sah. Am liebsten wäre er mit der Sprache rausgerückt und hätte ihr alles erzählt, doch er brachte kein Wort über die Lippen. Sobald er wieder zu Hause gewesen war, hatte er Andrew Sitter angerufen und einen weiteren Termin vereinbart. Der Scheidungsanwalt schien nicht überrascht zu sein, so schnell von ihm zu hören. Was Jim am meisten aufregte, war, dass keinerlei Aussicht bestand, seine Frau in nächster Zeit loszuwerden. Sich scheiden zu lassen dauerte eine Ewigkeit, und je tiefer seine Beziehung mit Nancy ging, desto schlimmer wurde der Betrug.

Aus diesem Grund griff er nun widerstrebend zum Telefon, seine Lüge drastisch vor Augen. Nancy ging beim ersten Klingeln dran.

»Hi, Jim.«

»Kannst du jetzt reden?«

»Ja. Mum ist ins Bett gegangen. Uff, war das ein Tag.«

»Möchtest du, dass ich für einen Moment zu dir komme?« Nancy hatte ihn bislang noch nicht zu sich nach Hause eingeladen. Wegen ihrer Mutter, vermutete er.

Sie seufzte. »Danke für das Angebot, aber ich bin müde. Ich denke, ich werde früh ins Bett gehen.«

Er hörte zu, als sie ihm von den Problemen ihrer Tochter berichtete. »Könnte es sein, dass dein Schwiegersohn ein ganz schöner Mistkerl ist?«

»Nein. Selbstsüchtig, das vielleicht, und besessen. Meine Tochter ist allerdings auch nicht immer einfach.«

»Er ist aber nicht gewalttätig, oder?«

»Mein Gott, ich hoffe nicht. Lou hat ihre Probleme heruntergespielt und darauf bestanden, dass alles halb so wild ist.« Er hörte sie erneut seufzen. »Es ist schwierig, so eng zusammenzuwohnen, da man unweigerlich in alles hineingezogen wird.

Ich möchte ja nicht den Teufel an die Wand malen …«

»So ist das eben in einer Familie, nicht wahr?«

Sie lachte leise. »Ja, ständig ist etwas anderes. Wie läuft's mit deinem Sohn?«

»Gut.«

»Bleibt er noch lange bei dir?«

Jim wusste nicht, was er antworten sollte. Er hatte vergessen, welchen Grund – wenn überhaupt – er ihr für Tommys Besuch genannt hatte. »Das hat er nicht gesagt.« Er zuckte innerlich zusammen bei seiner neuerlichen Lüge und hoffte inständig, dieses Durcheinander aus Unwahrheiten irgendwie entwirren zu können.

»Du bist am Sonntag übrigens zum Mittagessen eingeladen«, sagte Nancy.

»Mit der Familie?«

»Jawohl. Louise und Ross werden da sein, außerdem die Mädchen und Mum. Könnten noch mehr Personen werden – Ross liebt es, für viele zu kochen. Glaubst du, du schaffst das?«

Jim lachte nervös. »Keine Ahnung. Vor allem nicht nach dem, was du mir gerade erzählt hast. Klang ein bisschen nach Hornissennest!«

»Vorsicht, du bezeichnest meine Familie als Hornissen!«

»Oje, tut mir leid.« Er zögerte. »Möchtest du denn, dass ich komme?«

»Einerseits ja, andererseits nein.«

»Das nenne ich eine hilfreiche Antwort.«

Sie kicherte. »Liebend gerne, weil ich mir wünsche, dass du sie alle kennenlernst und weil ich weiß, dass sie dich gerne kennenlernen möchten. Ich fände es schön, wenn du das Haus siehst, in dem ich wohne. Andererseits möchte ich es nicht, weil dich jeder von Kopf bis Fuß mustern und sich eine Meinung über dich bilden will.«

»Und du befürchtest, ich könnte nicht gut dabei wegkommen?«

»Um Himmels willen, nein! Es könnte unangenehm für dich werden, das ist alles, was ich sagen möchte. Aber irgendwann muss es ja sein, ich kann dich ja nicht ewig verstecken, wenn wir …«

Er wagte es nicht, den Satz für sie zu beenden.

Es schüttete, als Jim am Sonntagmorgen in den Wagen stieg, den er sich mit seiner Frau teilte, und aus der Stadt hinaus in nördliche Richtung fuhr. Ein Platzregen trommelte auf Dach und Windschutzscheibe, was Jim daran erinnerte, dass er die abgenutzten Scheibenwischer ersetzen musste, die relativ erfolglos quietschend übers Glas strichen. Er benutzte den Wagen kaum, trotzdem hatte Chrissie Wartung und Pflege stets ihm überlassen.

Er hielt sich nicht für einen Menschen, der im Umgang mit anderen leicht nervös wurde, aber jetzt spürte er, wie sich ihm der Magen verknotete bei der Vorstellung, vor Nancys Familie auf dem Prüfstand zu stehen. Er wusste nicht viel über ihren Exmann – sie sprach nicht oft von ihm –, aber sie hatte erwähnt, dass er ein hochqualifizierter, hochangesehener Musiker war, ein Meister der klassischen Musik. Was würde die Familie von einem armseligen Countrysänger halten, der in Pubs und Clubs auftrat, um über die Runden zu kommen? Er konnte sich nicht vorstellen, dass man ihn mit offenen Armen willkommen heißen würde. Weitaus schlimmer war jedoch die Frage, ob dieses Mittagessen Nancys Perspektive verschieben und sie ihn anschließend mit den Augen ihrer Familie betrachten würde.

Er kam viel zu früh bei der angegebenen Adresse an. Da er Nancy nicht einfach so überfallen wollte, stellte er den Wagen neben dem Gatter zu einem Feld ab und hörte zwanzig Minuten auf seinem iPod Musik, was seine Nerven allerdings kaum beruhigte. Bei seinem Auftritt gestern Abend war es spät geworden, und er war müde. »Mist«, sagte er laut und schlug ärgerlich aufs Lenkrad. *Reiß dich zusammen, Jim Bowdry.* Jetzt würde eine Zigarette helfen, dachte er – seit seiner Auseinandersetzung mit Chrissie war er eingeknickt und hatte gleich mehrere geraucht, aber auf gar keinen Fall wollte er Nancy treffen und nach Qualm riechen.

Sein Handy klingelte. Tommy. Er hatte seinem Sohn mehrere Nachrichten hinterlassen und wusste, dass er die Gelegenheit beim Schopf packen und mit ihm reden musste.

»Was ist los, Dad?«, fragte Tommy nach einer knappen Begrüßung. Er klang eher verunsichert als vorwurfsvoll. Sein Sohn, ein schlanker, blasser junger

Mann mit einer Haarfarbe wie Orangenmarmelade, kam ganz nach seiner Mutter. Er sah gut aus, wenn auch etwas streberhaft, und war ohne viel Aufhebens durch seine Kindheit gegangen, in der seine Mutter stets die Hauptbezugsperson dargestellt hatte. »Hast du wirklich eine andere?«

»Ja … ja, ich denke schon.«

»Es wäre schön gewesen, das von dir zu erfahren«, sagte Tommy verhalten.

»Ich weiß. Entschuldige. Ich hätte dich früher anrufen sollen. Es tut mir leid, dass ich Mist gebaut habe. Anscheinend verscherze ich es mir momentan mit jedem.«

Er hörte seinen Sohn leise lachen. »Scheint so. Mum flippt total aus.«

»Du weißt, dass wir … schon lange nicht mehr zusammen sind, deine Mutter und ich. Zumindest nicht richtig.« Er war sich nicht sicher, wie viel sich Tommy über den Zustand der Ehe seiner Eltern zusammenreimen konnte – zumal der Großteil seiner Informationen von Chrissie stammte.

Sein Sohn schwieg einen Augenblick lang, dann: »Erzähl mir von dieser Frau, Dad.«

»Nancy, ihr Name ist Nancy. Ich …« Er verstummte. Wie sollte er seinem Sohn beibringen, dass er jemanden mehr liebte als seine Mutter? »Sie ist … ach, ich hoffe, du wirst sie bald kennenlernen. Sie ist in meinem Alter, eine Pianistin …« Ihm fiel nichts anderes ein, was er über Nancy sagen konnte, ohne den Eindruck zu erwecken, er vergleiche sie mit

Chrissie. Jetzt begriff er, warum es Nancy so schwergefallen war, ihrer Tochter von ihm zu erzählen. Tommy sagte nichts, also fuhr er fort: »Sie bedeutet mir sehr viel, und …«

»Okay, Dad«, unterbrach ihn sein Sohn. »Zu viel möchte ich gar nicht wissen. Mum wird's wohl schlucken müssen, aber geh bitte behutsam mit ihr um, sie klingt ziemlich angeschlagen.«

»Sicher. Du kennst deine Mutter, Tommy, sie neigt dazu, aus allem ein Drama zu machen.« Was offensichtlich die falschen Worte waren, wie er dem hörbaren Räuspern seines Sohnes entnehmen konnte.

»Mensch, Dad, du kannst ihr kaum verübeln, wenn sie eure Trennung als ›Drama‹ empfindet.« Tommys Stimme klang plötzlich spitz. Vorwurfsvoll. »Es muss megabelastend für Mum sein, in ihrem Alter auf einmal allein dazustehen. Bei dir ist das etwas anderes, du hast ja schon eine Neue gefunden, aber Mum verliert alles.«

Am liebsten hätte Jim seinen Sohn daran erinnert, dass nicht er der Auslöser für diese Trennung gewesen war, sondern Chrissies Untreue. Stattdessen sagte er: »Ich weiß, dass es schwer für sie ist. Es ist schwer für uns beide.«

»Mag sein«, räumte Tommy zögernd ein, »trotzdem solltest du dich um sie kümmern. Selbst wenn ihr euch trennt, musst du sicherstellen, dass es ihr gutgeht. Versprich mir das, Dad.«

Jim versprach es ihm. »Tommy, all das tut mir leid. Es tut mir leid, dass ich mich so selten bei dir gemeldet habe. Es war eine schwierige Zeit, trotzdem rechtfertigt das nicht mein Verhalten.«

»Ist schon okay. Es wäre schön, wenn du mich ab und zu mal anrufen würdest, okay?«

Der Abschied fiel eher verhalten aus, und Jim war klar, dass das Gespräch nicht besonders gut verlaufen war. Er hätte die Situation besser im Griff haben müssen. Als er auf die Uhr sah und merkte, dass er zu spät kommen würde, fragte er sich, ob er überhaupt irgendetwas im Griff hatte.

Als er in Nancys Auffahrt einbog, verspürte er leichte Kopfschmerzen und eine zunehmende Unsicherheit. Hätte er die Wahl gehabt, wäre er auf der Stelle umgekehrt, und zwar mit Vollgas.

Der Anblick von Nancy, die aus ihrer Haustür kam, um ihn zu begrüßen, zauberte ihm ein Lächeln aufs Gesicht. Sie schlang die Arme um ihn.

»Ich bin so froh, dass du hier bist«, sagte sie.

»Entschuldige, dass ich zu spät komme«, flüsterte er und sah zu dem großen Haus hinüber. »Ich habe riesigen Schiss.«

Sie lachte, die grauen Augen so voller Liebe, dass ihn pure Freude durchströmte, die all seine Sorgen um Tommy und das bevorstehende Mittagessen vertrieb.

»Sei einfach du selbst«, riet sie ihm und musterte ihn von Kopf bis Fuß – seine schwarze Jeans, extra für diese Gelegenheit gekauft, das gebügelte weiße Hemd mit der schwarzen Bordüre und den passenden Knöpfen, den Ledergürtel mit der kunstvollen Silberschnalle. »Du siehst großartig aus.«

Er schmunzelte. »Das muss reichen, hat mich ganz schön viel Zeit gekostet.«

Es fing gut an. Ross, bemerkte Jim, lief zur Höchstform auf, als er die Zutaten seiner Paella in einer riesigen Edelstahlpfanne mit einem gewaltigen Holzpfannenheber vermengte. Schweiß strömte ihm übers Gesicht, sein Lachen hallte in der überhitzten Küche wider.

»Nehmen Sie sich ein Glas, Jim – schön, dass Sie kommen konnten. Sie müssen diesen wunderbaren Rioja Blanco probieren, den ich im Internet entdeckt habe, es sei denn, Sie bevorzugen Rotwein.« Er klopfte Jim zur Begrüßung auf den Rücken. »Endlich – ein Mann, der mich vor der Übermacht der Weiber rettet!«

»Ja, du bist wahrhaftig zu bemitleiden«, hielt Louise gutmütig dagegen.

Jim nahm den ersten Schluck von dem köstlichen Wein, dankbar, dass alle bei bester Laune schienen. Sogar die alte Dame machte einen weit besseren Eindruck, als er nach Nancys Schilderung erwartet hatte – und war auffallend adrett gekleidet. Obwohl er meinte, dass sie ihn mit einem gewissen Argwohn musterte.

Eine ganze Weile und mehrere Gläser Rioja und ein Glas ausgesprochen süffigen Tempranillo später nahmen sie endlich Platz. Ross platzierte die köstlich aussehende, farbenprächtige Paella wie einen

Ehrengast in der Mitte des großen Landhaustisches: Safrangelb, Orange, Rosa, das glänzende Schwarz der Muschelschalen und das kräftige Grün der Petersilie strahlten um die Wette, blassgelbe Zitronenschnitze reihten sich ordentlich rings um den Pfannenrand. Jim atmete den intensiven Duft der Paella ein und glaubte, vor Hunger ohnmächtig zu werden. Er hatte heute aufs Frühstück verzichtet, um Chrissie nicht in der Küche zu begegnen.

Louise reichte ihm den langstieligen Servierlöffel. »Bedienen Sie sich, Jim.«

Er warf einen schnellen Blick auf die Portionen, die sich die anderen aufgefüllt hatten, und widerstand dem Drang, sich einen Berg bis zur Decke auf den Teller zu schaufeln.

»Mum sagt, Sie sind Countrysänger«, begann Louise das Gespräch, nachdem sich alle genommen hatten. Jim konnte Nancy nicht in ihrer Tochter erkennen: Louise' Gesicht war schmal und scharf geschnitten und hatte etwas Knabenhaftes, ihre Augen waren nicht grau wie Nancys, sondern blassblau, doch ihm fiel auf, wie attraktiv sie war, wenn sie lächelte.

»Ähm, ja.« Er verstummte, unfähig, irgendetwas halbwegs Intelligentes zusammenzubringen. Nancys Tochter schien darauf zu warten, dass er weitersprach, denn sie schwieg ebenfalls. Er schluckte einen Bissen Hühnchen, das ihm plötzlich groß und zäh im Mund vorkam, und versuchte es erneut. »Ich habe eine Band, die Bluebirds, aber meistens singe ich Solo und schreibe Songs. Einer davon ist sogar in den Top-Ten gelandet, auch wenn das schon eine Weile her ist.«

»Großartig – wie hieß er denn?« Louise lächelte ihn ermutigend an.

»Oh, Sie kennen ihn bestimmt nicht«, wehrte er ab.

»Aber ich. Ich liebe Countrymusic«, meldete sich Ross am anderen Ende des Tisches zu Wort.

»›Don't Pretend You Love Me‹«, sagte Jim.

»Ist der nicht von den Judd Brothers?«

»Ganz richtig. Sie haben ihn gecovert und sind damit in die Charts gekommen. Aber ich habe den Song geschrieben.«

»Wow, großartig.« Ross strahlte. »Louise hat keinen blassen Schimmer, wovon Sie reden. Sie hält Country & Western für primitiv und schmalzig, nicht wahr, Schatz?«

Jim sah, wie Nancys Tochter die Lippen zusammenpresste.

»Ich kenne mich nicht besonders gut damit aus«, räumte sie ein.

»Keine Sorge, die wenigsten Menschen geben zu, dass ihnen die Musik gefällt – selbst wenn sie große Fans sind. Es ist ja auch nichts einzuwenden gegen ein kleines Geheimnis«, versicherte ihr Jim.

»Ich stehe durchaus zu dem, was mir gefällt«, erklärte Louise steif.

»Davon bin ich überzeugt«, sagte Jim und stellte überrascht fest, dass seine Antwort schroffer klang als beabsichtigt. Er sah, wie Louise die Stirn in Falten legte, aber sein Kopf war benommen vom Alkohol, und plötzlich konnte er nicht mehr klar denken. Verstohlen warf er Nancy einen Blick zu. Ihr Gesicht wirkte angespannt.

»Ich wollte nicht …« Er verstummte, als Louise vom Tisch aufstand und einen Krug voll Wasser aus dem Kühlschrank nahm.

»Wissen Sie, dass Nancys Ehemann einen eigenen Madrigalchor, die Downland Singers, aufgebaut hat?«, ließ sich Frances, die neben Jim saß und bislang kaum ein Wort gesagt hatte, vernehmen. Jetzt richtete sie ihren Blick auf ihn, in ihren wässrig blauen Augen stand Herausforderung.

»Ich bin nicht mehr mit Christopher verheiratet, Mum«, stellte Nancy klar.

Frances schien sie nicht zu hören. »Ein großartiger Chor, Sie sollten ihn sich einmal anhören.«

»Ich kann mir nicht vorstellen, dass Jim sonderlich an Madrigalen interessiert ist, Granny«, sagte Louise.

»Das kann man ihm wohl kaum zum Vorwurf machen«, murmelte Ross, suchte Jims Blick und zog in brüderlichem Einvernehmen die buschigen Augenbrauen in die Höhe, dann wandte er sich ab und konzentrierte sich darauf, die Teller nachzufüllen.

»Ich interessiere mich für jede Art von Musik«, wandte sich Jim an Louise. »Aber Sie haben recht, ich verstehe nicht viel von Madrigalen.«

»Jim hat eine schöne Stimme«, warf Nancy ein.

Er zwinkerte Nancy zu, dankbar für ihre Unterstützung.

»Tatsächlich? Nun, dann müssen Sie bald mal für uns singen.« Gnädiger gestimmt schenkte ihm Frances ein königliches Lächeln.

Herrgott noch mal – das Ganze hier entpuppt sich als unaufhaltsame Katastrophe, dachte Jim. *Du musst unbedingt das Thema wechseln!*

Ross griff nach Jims Teller.

»Es schmeckt fantastisch«, lobte der, streckte den Arm aus, um ihm den Teller zu reichen, und stieß dabei mit dem Ellbogen sein Glas um. Rotwein ergoss sich in einem Schwall auf die Tischplatte und floss direkt weiter auf Frances' Schoß.

»Scheiße!« Das Wort war heraus, bevor er es zurückhalten konnte. Hastig griff er nach dem Glas und stellte es aufrecht, dann unternahm er mit seiner blütenweißen gestärkten Baumwollserviette den unbeholfenen Versuch, den Strom aufzuhalten – vergeblich. Frances hatte ihren Stuhl zurückgeschoben und hob den Rock ihres cremefarbenen Leinenkleids, um die Flüssigkeit abperlen zu lassen, wortlos, das Gesicht verkniffen.

»Scheiße! Scheiße! Scheiße!«, wiederholte Jazzy mit verträumtem Stimmchen am anderen Ende des Tisches.

»Schluss damit, Jazzy!«, schrillte Louise' Stimme durchs Zimmer. »Das ist ein ganz böses Wort. Das darfst du *nie* wieder in den Mund nehmen.«

Jim sah, wie sich Hopes Augen vor Vergnügen

weiteten. Er warf ihr einen verzweifelten Blick zu und stammelte: »Entschuldigung – es tut mir so leid, dass mir das rausgerutscht ist.« Unbeholfen tupfte er den Wein auf, bis Louise ihm die Serviette aus der Hand riss und die Tischplatte mit einem gelben Spüllappen abwischte.

»Alles okay, Granny?«, fragte sie mit zusammengebissenen Zähnen, ohne Jim zu beachten.

Das Schlimmste befürchtend schaute Jim zu Nancy hinüber und stellte erstaunt fest, dass sie sich Mühe gab, ein Grinsen zu unterdrücken. Um ein Haar hätte er ebenfalls gegrinst.

Unbehagliches Schweigen senkte sich über die Tischgesellschaft.

»Ich sehe mal nach dem Nachtisch«, verkündete Ross mit ungerührtem Gesicht und kam etwas schwerfällig auf die Füße. Im Vorbeigehen klopfte er Jim auf die Schulter, was Louise auf die Palme zu bringen schien, denn eine Sekunde später ließ sie ihre Großmutter mitsamt gelbem Spüllappen allein und zog ihren Ehemann am Hemdsärmel Richtung Tür. Die Tür fiel hinter ihnen zu, dann eine weitere. Gedämpfte Stimmen drangen zu den am Tisch Verbliebenen herüber.

»Es tut mir schrecklich leid wegen Ihres Kleids«, wandte sich Jim an Frances, die anstelle einer Antwort die Augenbrauen in die Höhe zog.

Nancy stand auf. »Sollen wir rasch rübergehen, damit du dich umziehen kannst, Mum?«, schlug sie vor.

Jim wusste nicht, was er tun oder sagen konnte, um die Situation zu retten, also schwieg er und wünschte sich inbrünstig, er hätte niemals die Einladung zu diesem vermaledeiten Mittagessen angenommen. Er hatte gewusst, dass es keine gute Idee war, und er war sich ziemlich sicher, dass Nancy es auch gewusst hatte, trotzdem hatten sie sich beide eingeredet, es würde schon gutgehen.

Durchs Fenster sah er, wie Nancy langsam über den Kies ging, die Hand unter dem Ellbogen ihrer Mutter. Jim blieb allein mit den beiden Mädchen zurück, die ihn erwartungsvoll anstarrten, gespannt darauf, was er als Nächstes tun würde.

»Das läuft gar nicht gut, oder?«, fragte er mit einem entschuldigenden Lächeln.

»Wenn wir etwas umstoßen, wird Mummy auch immer böse«, sagte Hope.

Jazzy nickte. »Sie sagt, wir sollen aufpassen, was wir tun.«

»Eure Mum hat recht.«

»Spielst du Klavier, wenn du singst?«, wollte Hope wissen.

»Ich kann nicht Klavier spielen … zumindest nicht so gut wie eure Großmutter. Dafür kann ich Gitarre spielen.«

»Kannst du ›Ich lass los‹ singen?« Jazzy wurde plötzlich lebhaft.

Jim runzelte die Stirn. »Ich glaube, das Lied kenne ich gar nicht.«

»Du hast nicht *Die Eiskönigin* gesehen?«, fragte

das jüngere Mädchen verblüfft. »Es handelt von einer Prinzessin namens Elsa, die alles mit ihren Zauberkräften in Eis verwandeln kann. Aus Versehen verletzt sie ihre Schwester, aber am Ende wird alles wieder gut.«

»Es tut mir leid, den Film muss ich wohl verpasst haben.«

Hope schüttelte leicht herablassend den Kopf. »Der ist für *Kinder*, Jazzy.«

»Sing mir das Lied vor, dann finden wir heraus, ob ich es kenne«, schlug Jim vor und erntete verlegenes Gekicher. »Na los, zier dich nicht!«

Jazzy bedachte ihn mit einem finsteren Blick und schüttelte den Kopf, Hope dagegen zögerte peinlich berührt, doch nach etwa einer Minute holte sie tief Luft und fing zu Jims Freude an zu singen.

Sie sang – Jim nahm an, dass es sich um den Refrain handelte – mit echter Leidenschaft, ihre junge Stimme gewann an Kraft und wurde klar und melodisch. Kurz darauf fiel Jazzy ein, theatralisch mit den Armen wedelnd.

Als sie endeten, die Wangen gerötet, klatschte er begeistert Beifall. »Brillant! Das war einfach brillant, Mädels! Es ist nicht leicht, ohne Instrumentalbegleitung zu singen.«

Beide strahlten von einem Ohr zum anderen. »Wir haben das Lied mit unserer Theatergruppe einstudiert, die wir nach der Schule besuchen«, erzählte Hope. »Jazzy hat den Film ungefähr hundertmal gesehen.«

In dem Moment kehrte Ross in die Küche zurück. Jim hörte Louise die Treppe hinaufrennen. »Entschuldigung.« Er trat an die Kücheninsel, rieb die Handflächen aneinander und grinste seine Töchter und Jim angespannt an. »Wer möchte Baiser und selbstgemachtes Erdbeereis zum Nachtisch?«

Kapitel achtzehn

»Grundgütiger Himmel.« Mit einem langen Seufzer sackte Jim auf Nancys Sofa. »Hätte ich es noch königlicher vermasseln können?«

Nancy kicherte. Es war schon nach sechs. Sie waren gerade erst von Louise zurückgekehrt, wo sie mit den Kindern nach dem missglückten Mittagessen »Mensch ärgere dich nicht« gespielt hatten. Frances hatte sich nicht wieder zu ihnen gesellt, sondern sich unter dem Vorwand, sie sei müde, mit einer Schale Brühe und einem Schinkensandwich in ihr Zimmer verzogen, wo sie – extrem laut – fernschaute. Louise hatte den widerwilligen Ross zu einem ausgedehnten Spaziergang gezwungen; seit dem Missgeschick mit dem verschütteten Rotwein hatte sie kaum ein Wort mit Nancy oder Jim gesprochen.

»Ach, was soll's … die Mädchen lieben dich, und Ross mag dich auch – er darf bloß nicht.«

Jim fuhr sich mit den Händen durchs Haar. »Aber Frances und Louise halten mich für einen wandelnden Albtraum.«

»Es war vermutlich nicht die beste Kennenlern-Taktik, Wein auf Mums Schoß zu gießen.«

Beide lachten. Nancy setzte sich neben ihn, und er zog sie in seine Arme.

»Und dann war da noch das ›Scheiße!‹.«

»Ja, das wäre dir besser nicht rausgerutscht.«

Nancy schlang ihren Arm um Jims Brust, legte den Kopf gegen seine Schulter und schloss die Augen, um die Spannungen in ihrer Familie für eine Weile zu verdrängen.

»Du weißt doch, wie das ist: Etwas geht schief, und ganz gleich, was man dagegen unternimmt – es wird nur noch schlimmer.«

Nancy hob den Kopf und sah ihn an. »Louise ist momentan in ausgesprochen schlechter Verfassung. Du bist lediglich in ihre Schusslinie geraten.«

»Hm. Da bin ich mir nicht sicher. Anscheinend läuft es nicht gut zwischen ihr und Ross, aber ich denke, sie konnte mich von Anfang an nicht leiden …«

»Meine Tochter ist schwierig, doch am Ende bleibt sie fair – sie wird einlenken, das weiß ich.« Sie verstummte, dann fuhr sie nachdenklich fort: »Ich hatte angenommen, dass sie dir freundlich gesinnt ist angesichts des ganzen Ärgers mit ihrem Vater und seiner Diva.«

»Ich nehme an, sie ist nur vorsichtig im Umgang mit einem Kerl, der ihrer Mum nachstellt.«

Nancy erwiderte nichts. Sie war enttäuscht und verlegen über die *froideur*, die ihre Tochter Jim entgegenbrachte. Sie hatte gehofft, die beiden würden gut miteinander klarkommen – im Grunde hatte sie sich nicht vorstellen können, dass jemand nicht mit Jim klarkam, lässig und charmant, wie er war. Allerdings war er heute nicht gerade in Bestform gewesen.

»Das war eindeutig zu viel Rioja«, sagte er. »Alkohol auf nüchternen Magen ist immer ein Fehler. Es tut mir leid, Nancy, ich habe den Eindruck, dass ich dich im Stich gelassen und dir sogar noch weitere Probleme verursacht habe.«

»Unsinn. So etwas kommt in Familien nun mal vor. Was hält dein Sohn davon, dass du wieder mit jemandem zusammen bist?«

»Ähm, er ist hin- und gerissen. Einerseits will er seine Mutter beschützen, genau wie Louise, andererseits weiß er, dass wir uns schon seit Jahren nicht mehr nahestehen …« Er verstummte, plötzlich betroffen.

Nancy fragte sich, warum er jedes Mal so nervös wurde, wenn sie auf seine Ex zu sprechen kamen. Sie wartete darauf, dass er fortfuhr, aber er sagte nichts. Spannung, ganz ähnlich der im Café, senkte sich auf sie beide herab.

Als Jim nach einer Weile immer noch schwieg, gedankenverloren, zerstreut, löste sie sich aus seinen Armen, um ihn richtig anzusehen. Sein Blick wirkte gequält.

»Was ist los? Ist etwas passiert?« Sie spürte, wie sich ihr Herz zusammenzog.

»Nichts, nichts ist passiert.« Nancy sah, wie er sich zusammenriss, was ihn einige Mühe zu kosten schien. »Man sollte meinen, in unserem Alter sei es einfach, zusammen zu sein«, stieß er mit rauer Stimme hervor, »aber mitunter fühlt es sich so an, als wären wir begraben in unserer Vergangenheit und könnten uns nicht befreien.«

»Wie meinst du das genau?«

Er seufzte und zwang sich zu einem Lächeln. »Ich wollte doch nur, dass deine Familie mich mag, Nancy. Und jetzt habe ich Angst, dass du mich fallenlässt, weil sie mich nicht mag.«

Sie prustete los, erleichtert, dass seine Sorgen keinen ernsteren Grund hatten. »Es braucht schon einiges mehr als Louise' Launen, damit ich dich fallenlasse, Jim Bowdry.« Sie lehnte sich zurück und schmiegte sich an ihn.

Eine Zeitlang sagte keiner von ihnen ein Wort. Nancys Herz schlug doppelt so schnell wie sonst. »Willst du über Nacht bleiben?«, stieß sie unvermittelt hervor, dann hielt sie den Atem an, als ihr bewusst wurde, was sie ihn gerade gefragt hatte. In den letzten Wochen hatte sie an kaum etwas anderes denken können, hatte sich gefragt, wie es wohl sein mochte, wieder mit jemandem zu schlafen, ihren gealterten Körper einem Mann zu präsentieren, sich Jim auf eine so bedeutende Art und Weise hinzugeben. Christopher war ihr erster und einziger Partner gewesen, beim Liebesspiel zeigte er sich verhalten, kontrolliert, auf sein eigenes Vergnügen bedacht. Er hatte ihr sehr konkret zu verstehen gegeben, was ihm gefiel und was nicht, und er hatte sich nur selten nach Nancys Wünschen erkundigt. Wahre Leidenschaft war nie zwischen ihnen aufgeflammt, auch nicht am Anfang. Sie wusste, dass dies bei Jim anders wäre – selbst seine Küsse waren Lichtjahre von denen ihres Ehemanns entfernt. *Es gibt keinen perfekten Zeitpunkt. Womöglich bleibt Mum für immer hier,* dachte sie, während sie innerlich zitternd auf Jims Antwort wartete.

Jim verharrte vollkommen reglos, dann fragte er: »Was ist mit deiner Mutter?«

»Sie ist oben unterm Dach.«

Sie sahen einander an.

»Was denkst du?« Nancys Herz hämmerte gegen ihren Brustkorb. »Wir müssen nicht ... du weißt schon ...« Plötzlich kam sie sich schrecklich dreist vor.

Jim lachte und drückte sie an sich. »Nein, das müssen wir nicht. Andererseits ...«

Sie tranken jeder ein Bier, das Nancy im Kühlschrank hatte, und sie bereitete ein Käse-Omelett zu, das sie mit grünem Salat servierte. Doch als sie zusammen am Küchentisch saßen, um die Mahlzeit gemeinsam zu genießen, konnte sich keiner aufs Essen konzentrieren. Nancy spürte, wie sich ihr gesamter Körper anspannte, als halte sie lange Zeit die Luft an, was sie wiederum schwindelig machte, albern werden ließ. Jim suchte ständig ihren Blick, sah ihr tief in die

Augen und flirtete mit ihr. Es war, als seien sie beide in einem fiebrigen Sturm gefangen, nur sie zwei – ihre Mutter war vergessen, die Familie war vergessen, der Rest der Welt existierte nicht länger.

Als sie aufgegessen hatten, streckte Jim den Arm aus und nahm ihre Hand, die Augenbrauen leicht in die Höhe gezogen. »Bereit?«, fragte er leise. Sie standen auf und schlichen zur Treppe.

Hand in Hand blieben sie am Absatz stehen und lauschten, doch aus Frances' Zimmer war kein Geräusch zu hören, selbst der Fernseher dröhnte nicht länger durchs Haus. Wortlos schlichen sie hinauf und den Flur entlang zu Nancys Eckzimmer – einem großen Raum mit Fenstern an zwei Seiten und einem Dachfenster. Tagsüber war es hier hell und lichtdurchflutet, doch jetzt war es draußen dunkel, und Nancy zog die schweren grau-blau gemusterten Vorhänge vor. Sie hatte die Möblierung schlicht gehalten und das Zimmer nur mit dem Notwendigsten ausgestattet: ein weiß lackierter Einbauschrank, Bett, gepolsterter Schalensessel, ein Flickenteppich auf dem nackten Holzfußboden neben dem Bett und ein Tisch in der Ecke, auf dem ein Spiegel und die wenigen Cremes und Kosmetikprodukte standen, die Nancy für ihre Gesichtspflege benötigte. Auf dem Bett lag eine schöne Tagesdecke aus den Fünfzigern in blassen Blau-, Grün- und Rosétönen, die sie letztes Jahr auf einem Antiquitätenmarkt erstanden hatte. Nichts in dem Zimmer erinnerte an ihre Ehe, wofür sie im Augenblick ausgesprochen dankbar war.

Sie standen am Fußende von Nancys Bett und sahen einander an, keiner schien zu wissen, was er als Nächstes tun sollte.

»Bist du dir ganz sicher?«, flüsterte Jim.

Sie nickte, ohne zu zögern, innerlich bebend, unfähig, ein Wort über die Lippen zu bringen.

Er zog sie an sich, fuhr mit dem Finger ihre Lippen nach, strich ihr eine Haarsträhne von der Wange – so sanft, dass sie die Berührung kaum spürte, auch wenn jede Zelle ihres Körpers auf ihn reagierte wie auf einen Weckruf.

Jim zögerte, beinahe als glaube er nicht, dass er wirklich weitermachen sollte, doch als ihre Lippen sich trafen, war es wie an jenem Abend im Auto: Es fühlte sich absolut richtig an, sämtliche Zweifel lösten sich in Luft auf.

»Ich möchte dich ansehen«, flüsterte er und schob ihr T-Shirt hoch, bis sie die Arme hob, es über den Kopf zog und zu Boden gleiten ließ. Er streifte die Träger ihres BHs von den Schultern und entblößte ihre kleinen Brüste, die er mit den Händen umschloss, während er sich vorbeugte, um erst die eine, dann die andere Spitze zu küssen. Seine Zunge umspielte ihre Knospen, bis sie vor Lust beinahe explodierte.

Er drückte sie behutsam aufs Bett, kniete sich vor sie und streichelte mit den Fingern ihren ganzen Körper, von Kopf bis Fuß, dann drückte er zärtliche Küsse auf ihre Schenkel, ihren Bauch, ihre Brüste und ihren Hals, bis er wieder bei ihrem Mund landete und zunehmend ungeduldig ihre Lippen liebkoste.

»Mein Gott, bist du schön«, murmelte er.

Sie stöhnte vor Wonne. Sämtliche Ängste wegen ihrer Figur, ihrem alternden Körper, ihrer Fähigkeit, einem anderen Mann ihren Körper zu schenken, schienen wie weggeblasen, als sie nun die Knöpfe von Jims Hemd öffnete, die Jeans von seinen Hüften streifte und seine harte Erektion in ihren Händen spürte.

Für eine Weile machten sie nichts anderes, als die Nähe des anderen zu genießen, ihre Nacktheit, einen endlosen Kuss. Wie in Trance begannen sie, sich zu lieben, das alles verzehrende Verlangen zu stillen, welches sie von Anfang an verspürt hatten.

Doch plötzlich war es vorbei. Jims Erektion fiel in sich zusammen, und eine Minute später rollte er sich mit einem leisen Stöhnen zur Seite.

»Was ist denn?«, fragte sie in der Annahme, er habe ihre Mutter rufen hören. Das Blut schoss ihr in die Wangen. Benommen von unerwarteter Begierde lag sie da und wartete auf seine Antwort.

»Es tut mir leid … ich weiß nicht, was mit mir los ist.« Er vergrub das Gesicht in den Händen.

»Das macht doch nichts«, versicherte sie ihm eilig.

»Doch! Das macht sehr wohl etwas!« Jim richtete sich auf und setzte sich auf die Bettkante, den nackten Rücken ihr zugewandt.

Sie streckte die Hand aus und streichelte ihn.

»Nein, macht es nicht. Komm zurück ins Bett… bitte.«

Er drehte ihr das Gesicht zu, eine Strähne seines grauen Haars löste sich aus dem Pferdeschwanz und fiel ihm in die Stirn. Sie lächelte. »Komm«, drängte sie, und endlich legte er sich wieder neben sie und zog die Bettdecke hoch.

Das Schweigen wog schwer. »Heute war einfach nicht mein Tag«, durchbrach Jim nach einer Weile die Stille. Er rollte sich auf die Seite, um sie anzusehen, und fügte hinzu: »Ich hatte schon so lange keinen Sex mehr, dass ich anscheinend aus der Übung bin. Es tut mir so leid.«

»Stopp, Jim. Hör auf damit. Wie ich schon sagte: Das macht nichts.«

»Aber ich habe alles ruiniert. Das erste Mal… So lange habe ich mir alles ganz genau ausgemalt… Es sollte perfekt werden.«

Sie hob den Kopf, um ihn sanft auf die Lippen zu küssen. »Es war ein stressiger Tag«, sagte sie. »Und dass Mum hier schläft, ist auch nicht gerade hilfreich.«

Sein Gesicht hellte sich etwas auf. Er lächelte schief. »Nein, aber…«

Nancy legte ihm einen Finger auf die Lippen. »Kein Aber.«

»Vielleicht sollte ich lieber gehen.«

»Nein, bitte nicht. Bleib bei mir. Lass uns zusammen schlafen. Lauf nicht weg.«

Eine ganze Weile hielten sie einander in der

Dunkelheit in den Armen, keiner sagte ein Wort. Nancys Körper entspannte sich langsam. Sie schloss die Augen und gab sich dem Gefühl der Nähe hin, das Jims warmer Körper ihr vermittelte. Langsam dämmerte sie hinüber in den Schlaf, den sie so dringend brauchte.

Sie erwachte im Dämmerlicht des aufziehenden Spätfrühlingsmorgens, Jims Hand zwischen ihren Beinen. Diesmal sprachen sie nicht, küssten sich nicht voller Sehnsucht, sondern liebten sich mit einer wilden, beinahe gierigen Leidenschaft, als würde die vorherige Unterbrechung diese Zusammenkunft nur noch süßer machen. Als es vorbei war, lagen beide auf dem Rücken, ein glückseliges Lächeln auf den Lippen.

»Das war perfekt«, murmelte Nancy.

»Es klingt vielleicht platt, aber ich habe mir nie vorstellen können, jemals so für einen anderen Menschen zu empfinden.« Er rollte sich auf die Seite, um sie zu betrachten. »Du raubst mir buchstäblich den Atem, Nancy.«

Überrascht stellte sie fest, dass ihr die Tränen in die Augen traten. »Es ist wirklich unglaublich.«

»Vielleicht sollte ich mich langsam auf die Socken machen«, flüsterte Jim und wiegte sie in seinen Armen. »Ich weiß nicht, ob ich es schaffe, deiner Mutter bei einem Schälchen Cornflakes gegenüberzusitzen.«

»Wenn du jetzt fährst, weckst du alle auf, einschließlich der Mädchen. Der Kies ist der übelste Verräter der Welt.«

Er lachte. »Was schlägst du dann vor?«

»Nun, wir könnten einfach weiterschlafen und abwarten, was auf uns zukommt. Mum steht nie früh auf. Für gewöhnlich bringe ich ihr gegen acht eine Tasse Tee.«

»Louise und die Kinder werden meinen Wagen sehen, wenn sie zur Schule fahren«, gab er zu bedenken.

»Dann sehen sie ihn eben. Wir haben nichts Falsches getan, Jim.«

»Nein, aber ich möchte deine Tochter nicht noch mehr gegen mich aufbringen.«

»Zu spät«, sagte Nancy und stellte fest, dass ihr das völlig egal war. Im Augenblick war sie einfach nur rundum zufrieden und glücklich. »Hör auf, dir Sorgen zu machen«, sagte sie und zog ihn erneut in ihre Arme.

»Ich habe diesen Mann heute Morgen das Haus verlassen hören«, verkündete Frances, den Mund zu einer gefährlich schmalen Linie der Missbilligung verkniffen, als Nancy ihr den Morgentee brachte. Die alte Dame saß aufrecht im Bett, gegen die Kissen gelehnt, einen sehr alten Krimi von Dick Francis, die Seiten an den Kanten schon vergilbt, aufgeschlagen in den Händen.

»Es tut mir leid, dass er dich gestört hat.« Nancy wappnete sich. Jetzt, da Jim fort war, verebbte die

Euphorie, Erschöpfung machte sich an ihrer Stelle breit. Für einen Moment kam sie sich vor wie ein ungezogenes Kind, doch ihr Körper schwelgte in den köstlichen Nachwirkungen ihres Liebesspiels mit Jim und erinnerte sie daran, dass sie eine erwachsene Frau war. Sie konnte noch immer kaum glauben, dass sie so weit gegangen, geschweige denn zu derart starker Sinnlichkeit fähig war. Jims Berührungen hatten alles so einfach gemacht.

»Hm«, sagte ihre Mutter. »Ich hoffe, du weißt, was du tust.«

»Ja«, verkündete Nancy und wandte sich zur Tür. »Ich werde dir ein Ei kochen.« Es bestand keinerlei Notwendigkeit, die Diskussion über Jim zu führen, die ihre Mutter so offensichtlich anstrebte. »Ich bring's dir gleich hoch.«

»Das musst du nicht«, entgegnete Frances in leidendem Ton. »Ich bin gleich unten.«

Mit bebenden Nerven tappte Nancy die Treppe hinunter.

Als ihre Mutter etwa zwanzig Minuten später bereits fertig angezogen in der Küche erschien, war ihrem frostigen Lächeln und ihrer ungewöhnlich aufrechten, steifen Körperhaltung zu entnehmen, dass es dringend etwas zu besprechen gab.

»Ich denke, ich sollte heute nach Hause zurückkehren«, teilte Frances ihr mit, sobald sie Platz genommen hatte.

Nancy stellte das Ei und Knäckebrot vor sie, das ihre Mutter so gern mochte. »Wegen Jim?«

»Nein. Ich würde einfach lieber wieder zu Hause sein. Ich bin nicht mehr krank, deshalb besteht keinerlei Grund, noch länger hierzubleiben.«

»Bitte, Mum, du musst nicht gehen.«

Frances' Lächeln wirkte unterkühlt, als sie erwiderte: »Das weiß ich, Liebling. Dennoch habe ich das Gefühl, es wäre besser.«

»Es ist also doch wegen Jim, hab ich recht?«

Ihre Mutter schüttelte den Kopf. »Wie du dein Leben führst, ist deine Sache, Nancy. Du bist viel zu alt, als dass ich dir sagen könnte, was du zu tun hast.«

»Aber du billigst es nicht.«

Es entstand eine lange Pause, in der Frances dünn Butter auf ihr Knäckebrot strich, sorgfältig darauf bedacht, alle Kanten auszufüllen. Als sie endlich aufsah, waren ihre Augen noch kälter als ihr Lächeln. »Dieser Mann – du kennst ihn doch kaum! Er trinkt zu viel, vergreift sich vor den Mädchen gewaltig im Ton ... das ist nicht Christophers Liga, mein Schatz.«

Nancy hielt die Luft an und versuchte, den Zorn unter Kontrolle zu halten, der sich in ihrem Magen bemerkbar machte wie ein stechender körperlicher Schmerz. »›Christophers Liga‹? Meinst du den Mann, der es für richtig hält, eine Affäre mit einer Frau zu beginnen, die halb so alt ist wie er selbst, und seine Ehefrau nach vierunddreißig Jahren Ehe mir nichts, dir nichts sitzenzulassen? Findest du wirklich, das hat Klasse?«

Frances zog die Augenbrauen hoch. »Das finde ich nicht, und das weißt du.«

»Ich weiß, dass du ein Snob bist, Mum. Deine Bemerkung über den Madrigal-Chor gestern beim Mittagessen hat das bewiesen.«

»Tja, Christopher ist nun mal ein hochtalentierter, kultivierter Musiker, das kannst du nicht leugnen.«

»Na und? Christopher hat mich verlassen, Mum! *Er hat mich verlassen*. Er ist nicht mehr mein Ehemann, weil *er mich abserviert hat.*« Unwillkürlich erhob sie die Stimme.

»Ich bin mir sicher, er hatte seine Gründe«, befand ihre Mutter leise.

Entgeistert stellte Nancy fest, dass sie mit einem Schlag in ihre Kindheit zurückkatapultiert war. Sie wusste, dass sie nie die Tochter gewesen war, die ihre Mutter sich gewünscht hatte. Kein Kind hätte Frances' völlig überzogenen Ansprüchen gerecht werden können, deren Credo von jeher »Sei das Beste«, nicht »Tu das Beste« lautete. Ein entscheidender Unterschied.

»Es spielt keine Rolle mehr«, entgegnete Nancy überdrüssig.

Doch Frances war noch nicht fertig. »Ich weiß, dass Christopher dich furchtbar verletzt hat, und selbstverständlich heiße ich nicht gut, was er getan hat. Wie könnte ich auch? Das bedeutet jedoch nicht, dass du dich mit dem Erstbesten zufriedengeben sollst. Ich mache mir Sorgen um dich, mein Liebes.«

Als Nancy schwieg, weil sie Angst hatte vor dem, was sie sagen könnte, fügte Frances hinzu: »Ich bin mir sicher, dass Louise meiner Meinung ist, was diesen Jim anbetrifft.«

Als ihre Tochter immer noch schwieg, stand Frances vom Tisch auf. »Ich werde jetzt hinaufgehen und meine Sachen zusammenpacken. Es wäre schön, wenn du mich nachher nach Hause fahren könntest.«

Nancy blieb allein in der Küche zurück, erschöpft vor Zorn. Eigentlich hätte sie erleichtert sein sollen, dass ihre Mutter nach Hause wollte, aber das war sie nicht. Frances hatte Dinge gesagt, die sich nur schwer vergessen ließen, aber sie war alt und krank, und ganz gleich, was sie gesagt hatte – Nancy konnte sich nicht vorstellen, wie sie allein zurechtkommen sollte. Daher fühlte sie sich insgeheim schuldig, weil ihre Mutter in ihr eigenes Haus zurückkehren wollte, doch das Schuldgefühl ging einher mit dumpfer Wut – beides begründet in ihrer Kindheit und auch heute nicht minder stark, eine schmerzhafte Erinnerung daran, was ihre Mutter wirklich von ihr hielt.

Dennoch durfte sie sich nicht mit Frances entzweien, also holte sie tief Luft und quälte sich die Treppe hinauf.

»Bitte, Mum, geh nicht. Das ist doch albern.«

»Ich werde schon klarkommen, Schatz.« Die Gesichtszüge ihrer Mutter waren weicher geworden, wahrscheinlich wurde ihr bewusst, was sie da eben gesagt hatte. »Deine Gastfreundschaft war wundervoll, aber jetzt möchte ich wirklich gern zurück nach Hause.«

Nancy hatte keine Ahnung, ob sie ihre Worte ernst meinte oder nicht, aber sie widersprach nicht länger. Stattdessen ging sie die Treppe hinunter, um Heather anzurufen, ihre Zehn-Uhr-dreißig-Schülerin.

Kapitel neunzehn

»Dad, hi.« Louise stöhnte innerlich. Der letzte Mensch, mit dem sie an diesem Morgen reden wollte, war ihr Vater. Allerdings hatte sie versäumt, aufs Display zu schauen, bevor sie den Hörer abnahm – sie war viel zu beschäftigt mit der gewaltigen Zutatenliste, die sie für Ross bestellen musste.

»Ich habe noch gar keine Rückmeldung wegen der Hochzeit von dir bekommen, Louise. Hast du unsere Einladung erhalten? Wir haben sie schon vor ein paar Wochen abgeschickt.«

»Unsere«, »wir« – Louise war schlagartig genervt. Hauptsächlich, weil sie bei all dem Trubel um sie herum vergessen hatte, ihrem Vater eine Absage zu schicken.

»Ähm, ja, ich habe die Einladung bekommen. Entschuldige, es war sehr viel los, ich hatte noch nicht die Zeit zu antworten.«

Sie hörte ihn am anderen Ende der Leitung atmen.

»Ich hoffe wirklich, dass ihr kommen könnt.«

Louise hatte sich schon vor längerer Zeit eine

Ausrede zurechtgelegt – angeblich heiratete ihre Freundin am selben Wochenende in Schottland –, aber jetzt, da der Augenblick gekommen war, wusste sie, dass diese Lüge nicht funktionieren würde.

»Dad …«

»Ich weiß nicht, ob deine Mutter dir mitgeteilt hat, dass ich mir wünsche, die Mädchen könnten unsere Brautjungfern sein.«

»Oh. Nein, das hat sie nicht.« Diese Lüge ging ihr mühelos über die Lippen.

»Wäre das nicht lustig?«

Lustig?, dachte sie. *Macht er Witze?* Sie zögerte. Jetzt, da sie tatsächlich mit ihrem Vater sprach, wollte sie nicht grausam sein. »Ach Dad … ich halte es für keine gute Idee, dass wir dabei sein sollen.«

Schweigen am anderen Ende der Leitung. Dann: »Ach. Und warum nicht?«

»Ich weiß nicht …«

Christophers Ton wurde schärfer. »Hat deine Mutter dir das eingeredet?«

»Nein! Selbstverständlich nicht. Mum hat uns sogar geraten, die Einladung anzunehmen.«

Ihr Vater seufzte tief. »Louise, ich weiß, dass du immer noch sauer auf mich bist. Ich bin nicht dumm, und ich verstehe auch, warum. Trotzdem werden Tatjana und ich heiraten. Daran wird sich nichts ändern.«

Sie wartete.

»Ich wünsche mir doch nur, dass du und die Mädchen … und natürlich Ross, den Tag mit uns verbringt. Es würde uns sehr viel bedeuten.«

Louise bezweifelte stark, dass es dem »Flittchen«, das er heiratete, irgendetwas bedeutete, aber die ruhige, beinahe untertänige Bitte ihres Vaters berührte eine Saite in ihr. Er war niemals bescheiden, geschweige denn untertänig. »Du behauptest, du verstehst mich, Dad, aber kannst du dir vorstellen, wie es für mich sein wird, wenn ich dir dabei zusehe, wie du mit einer Frau herumschmust, die nicht meine Mutter ist? Wie du eine Hochzeit in Weiß zelebrierst, als seist du ein naiver, liebestoller Zwanzigjähriger? Als habe Mum nie existiert?« Sie achtete darauf, dass ihre Stimme ruhig blieb, aber sie wusste, dass ihn ihre Wortwahl treffen würde.

Er antwortete nicht gleich, aber als er zu sprechen begann, klang er erschöpft, nicht etwa verärgert oder gereizt. »Ich weiß, dass es schwer für dich war.«

»Das ist es immer noch.« Louise spürte den Schmerz ihrer eigenen Uneinsichtigkeit. »Lass es dabei bewenden«, hatten ihr alle wiederholt geraten. »Er wird sich nicht ändern.« Sie wusste, dass das stimmte. »Ich weiß noch nicht, ob wir die Einladung annehmen, Dad. Ich muss noch darüber nachdenken.«

»Euer Kommen würde mir alles bedeuten, Louise. Ihr seid meine Familie.«

Das stimmte. *Tatjana mag zwar seine Frau sein, aber seine Familie sind die Mädchen und ich.* »Ich rufe dich an und gebe dir Bescheid«, versprach sie, »ganz gleich, wie meine Entscheidung ausfällt.«

»Großartig.« Offenbar ging ihr Vater davon aus, er

habe sie bereits überredet. Und er hatte recht. Sie würde an seiner Hochzeit teilnehmen, selbst wenn es sie große Überwindung kostete, denn sie glaubte ihm, dass es ihm sehr viel bedeutete. Allerdings würden die Mädchen nicht Tatjanas Brautjungfern sein – das ging einen Schritt zu weit.

Ross streckte den Kopf in das kleine Büro im hinteren Teil des Restaurantgebäudes. »Hast du alles bestellt?«

»Fast.« Sie sah ihm an, dass er noch etwas hinzufügen wollte, aber dann hielt er inne und nickte nur. Sie hatten am Abend zuvor lange miteinander geredet. Louise hatte ihm erzählt, dass die Mädchen ihre Auseinandersetzungen mitbekommen hatten, und er war natürlich entsetzt und beschämt gewesen. Also hatten sie einen vorübergehenden Waffenstillstand beschlossen. Einen Waffenstillstand, den Louise als schwer einzuhalten empfand, nachdem sie vorhin ihre Kontoauszüge überprüft hatte. »Dad hat angerufen. Ich habe angedeutet, dass wir zur Hochzeit kommen.«

Ross trat ins Zimmer und schloss die Tür hinter sich. Kim, die Reinigungskraft, saugte den Flur. »Richtig – die Hochzeit. Ich halte das für eine gute Entscheidung. Ist das in Ordnung für dich?«

Sie schüttelte den Kopf. »Nicht wirklich. Aber er wünscht sich so sehr, dass wir kommen. Ich habe es einfach nicht fertiggebracht, ihm eine Ausrede aufzutischen.«

Ross lachte. »Das ist dein Problem, Louise – du bist zu ehrlich.«

»Kann sein. Was Mum betrifft – ich hab inzwischen den Eindruck, es ist ihr völlig gleich, ob wir hingehen oder nicht. Sie hat mit Dad abgeschlossen. Ist dir aufgefallen, dass Jims Wagen heute Morgen noch immer auf dem Kiesweg parkte?«

»Ja … das hat mich auch gewundert.« Ross war früh zum Hafen von Shoreham aufgebrochen, um Fisch für eine Bouillabaisse zu kaufen, deshalb hatte Louise noch nicht mit ihm sprechen können.

»Sie ist anscheinend verrückt geworden!«, schimpfte Louise. »Er ist schrecklich.«

»Das ist ein bisschen hart, Liebling. Auf mich machte er einen ganz netten Eindruck.«

Louise funkelte ihn empört an. »Ein netter Kerl, mit dem man sich freitagabends auf ein paar Bier im Pub trifft, das mag ja sein, aber ganz bestimmt nicht gut genug für meine Mutter. Er war betrunken!«

»Angeheitert, Louise, nicht betrunken. Er hat sich amüsiert, was ist schon dabei?«

»Glaubst du … glaubst du, sie hatten letzte Nacht Sex miteinander?«, fragte seine Frau vorsichtig.

Ross schmunzelte. »Tja, das passiert für gewöhnlich, wenn ein Mann über Nacht bei einer Frau bleibt, Liebling.«

»Das ist nicht komisch! Es ist ekelhaft. Und die arme Granny hat im Gästezimmer womöglich alles mitbekommen!«

»Ja, ich muss seine Standfestigkeit bewundern. Mir wäre wahrscheinlich alles vergangen, wenn sie oben schläft.«

»Ross! Wir reden hier von *meiner Mutter*!«

Ihr Mann beugte sich vornüber, seine breiten Schultern bebten vor unterdrücktem Lachen. Louise hätte ihn am liebsten umgebracht. »Das ist brillant!«, keuchte er, mühsam nach Atem ringend. »Deine Mum ist anscheinend bis über beide Ohren in ihn verliebt, ich hab die Blicke gesehen, die sie sich über die Paella hinweg zugeworfen haben. Sie hat ein bisschen Spaß verdient, findest du nicht?«

»Nicht mit diesem Mann.«

»Du bist manchmal so prüde, Lou«, sagte Ross milde. »Nur weil man Mutter ist, muss man doch nicht sein Sexleben einstellen.«

Louise sah ihn skeptisch an. »Ach? Das wusste ich ja gar nicht.«

Ross' Gesicht verfinsterte sich. »Herrgott, du weißt wirklich, wie man Schläge unter die Gürtellinie austeilt.« Damit stapfte er aus dem Büro und knallte die Tür hinter sich zu.

Louise verschränkte die Arme vor sich auf der Schreibtischplatte und ließ den Kopf darauf sinken. Sie hätte nicht sticheln dürfen, das war klar. Aber ihr Vater machte aus seiner Leidenschaft für Tatjana eine wahre Staatsaffäre, ihre Mutter ließ diesen fürchterlichen Cowboy bei sich übernachten, und ihr eigener Mann hatte sie seit einer Ewigkeit nicht mehr angerührt. Es fühlte sich verkehrt an, wenn ihre nicht mehr ganz jungen Eltern mehr Spaß im Bett hatten als sie selbst.

Ross und sie hatten ein reges Sexleben – bis Jazzy auf die Welt kam. Die Geburt war schwierig, eine Zangengeburt. Anschließend hatte Louise mit unzähligen Stichen genäht werden müssen und noch Wochen danach nicht ohne Gummiring sitzen können. Lange Zeit hatte es ziemlich wehgetan, mit Ross zu schlafen, aber sie waren auf dem richtigen Weg gewesen, und alles lief fast wieder normal, bis Ross letzten Winter anscheinend das Interesse an ihr verloren hatte. Er hatte behauptet, er sei müde, stehe zu sehr unter Druck, was mit Sicherheit stimmte, aber Louise spürte, dass noch etwas anderes dahintersteckte. Nicht *jemand* anders, sondern *etwas* – sie dachte nicht eine Minute, dass er eine Affäre hatte, zumal Ross seine wertvolle Zeit niemals für etwas anderes als für Kochen verschwenden würde. Dennoch nahm sie eine gewisse Feindseligkeit ihr gegenüber wahr. Vielleicht war sie paranoid, doch sie hatte den Eindruck, Ross wolle sie für etwas bestrafen. Sie hatte es aufgegeben, ihn verführen zu wollen: Es war einfach zu demütigend, wenn er sie abwies. Und im Zusammenspiel mit all den anderen Konflikten, die momentan zwischen ihnen schwelten, tat dies ihrer Laune nicht gerade gut.

Ihr Handy klingelte erneut. Diesmal war ihre Mutter dran. *Warum lasst ihr mich nicht einfach alle in Ruhe?*, dachte Louise voller Überdruss.

»Ich wollte dir nur mitteilen, dass Granny beschlossen hat, heute nach Hause zurückzukehren«, sagte ihre Mutter.

»Ach. Und warum?«

Nancy seufzte. »Wir hatten eine kleine Auseinandersetzung. Ich glaube, sie möchte in ihren eigenen vier Wänden sein. Sie war fest entschlossen, obwohl ich versucht habe, sie zum Bleiben zu überreden. Du weißt, wie sie ist, wenn sie sich etwas in den Kopf gesetzt hat.«

»Und ob. Worum ging es denn bei eurer Auseinandersetzung?«

»Ach, um nichts Bestimmtes. Wahrscheinlich ist es besser, wenn sie weg ist. Ansonsten würden wir vielleicht richtig aneinandergeraten.«

»Glaubst du, sie kommt allein zurecht?«

»Ich weiß es nicht … wir werden sehen. Wie dem auch sei, ich habe sie nach Hause gebracht und werde heute Abend noch einmal hinfahren und mich vergewissern, dass alles in Ordnung ist.«

»Okay.« Louise wollte ihre Mutter nach Jim fragen, wollte herausfinden, ob es bei dem Streit zwischen Frances und ihr in Wirklichkeit darum gegangen war, dass Jim bei Nancy übernachtet hatte. Die Vermutung lag nahe. Granny hatte ihn auch nicht gemocht. Doch Louise fand die Vorstellung schrecklich, dass ihre Mutter ihr womöglich nicht die Wahrheit sagen könnte, also hakte sie nicht weiter nach.

Als sie das Telefon zurück auf den Schreibtisch legte, liefen ihr vor lauter Frust die Tränen übers Gesicht. Sie war stolz darauf, dass sie eine starke Frau war, aber sie hatte sich stets an ihre Mutter wenden können, wenn sie Rat oder Hilfe brauchte. Jetzt drohte dieser verfluchte Mann einen Keil zwischen sie zu treiben. Wie konnten sie einander nahe sein, wenn weder Nancy noch sie selbst bereit schienen, in Bezug auf Jim Bowdry ehrlich miteinander zu sein?

Kapitel zwanzig

Es war schon später Nachmittag, als Nancy dazu kam, Jim anzurufen. Sie hatte den ganzen Tag bei ihrer Mutter verbracht, um alles für die nächste Zeit zu regeln, hatte in der abwegigen Hoffnung, Frances würde etwas essen, Lebensmittel eingekauft, die Heizung angestellt – es war kühl für die Jahreszeit –, das Bett frisch bezogen und sich vergewissert, dass alles da war, was ihre Mutter brauchte. Die war sehr still gewesen, doch sie schien froh, wieder in ihren eigenen vier Wänden zu sein. Nancy hatte den Termin am letzten Freitag, den sie bei ihrer eigenen Ärztin vereinbart hatte, abgesagt und würde sich stattdessen mit der Diagnose des nicht sonderlich kompetent wirkenden Allgemeinarztes zufriedengeben.

»Ich habe dir für nächsten Donnerstag einen Termin bei Dr. Henderson ausgemacht«, teilte sie Frances mit, die schläfrig unter einer weichen Decke auf dem Sofa saß.

Ihre Mutter riss die Augen auf. »Muss das sein, Liebes? Es geht mir doch rundherum gut.«

»Er möchte dich untersuchen, weil er sich Sorgen um dein Gewicht macht, Mum.«

Frances schüttelte gereizt den Kopf. »Es hat keinen Sinn, einen Arzt aufzusuchen, nur damit er mir erzählen kann, wie dünn ich bin. Das weiß ich selbst.« Sie seufzte entnervt und schloss die Augen.

»Dr. Henderson möchte den Grund dafür herausfinden«, erklärte Nancy, aber ihre Mutter tat so, als würde sie sie nicht hören, und Nancy wollte sie nicht noch mehr aufregen.

Jetzt war sie wieder zu Hause, und obwohl sie es genoss, wieder allein zu sein, machte sie sich doch Gedanken um ihre Mutter.

»Sie ist so verdammt stur«, erzählte sie Jim am Telefon. »Sie weiß, dass mit ihr etwas nicht stimmt, aber sie weigert sich, etwas zu unternehmen.«

»Es ist ihr Leben, Nancy.«

»Willst du damit sagen, dass ich tatenlos zusehen soll? Dass ich nicht dafür sorgen soll, dass sie sich untersuchen lässt?«

»Ich will gar nichts sagen … aber vielleicht möchte sie keine Tests, Scans, OPs und was sonst noch alles über sich ergehen lassen. Es ist ihre Entscheidung.«

»Dann lasse ich sie also einfach sterben.«

»He, Nancy, reg dich doch nicht auf!«

Sie schluckte angestrengt und wischte sich die Tränen von den Wangen. »Vielleicht ist es ja bloß eine Kleinigkeit, etwas, das man ohne großen Aufwand beheben kann, sodass es ihr anschließend wieder gutgeht.«

»Vielleicht.« Jim schien nicht überzeugt.

»Wir hatten einen Streit, weil du über Nacht geblieben bist. Deshalb wollte sie wieder nach Hause.«

»Aha. Das tut mir leid.«

Nancy schniefte. »Das muss es nicht. Es war wundervoll.«

Jim schwieg einen Moment. »Allerdings scheinst du nun die Quittung dafür zu bekommen.«

Sie hörte ihn am anderen Ende der Leitung atmen und seufzte tief. »Kommst du morgen zu mir?«

»Liebend gern.«

»Wir haben das Haus für uns.«

»Fantastisch. Ich habe um vier Uhr einen Schüler, anschließend setze ich mich sofort ins Auto.«

Sie verabschiedeten sich und legten auf. Nancy fühlte sich zum ersten Mal seit einer geraumen Weile entspannt. Der Klang seiner Stimme, die Zärtlichkeit darin, seine Sorge um sie und ihre Probleme waren Balsam auf ihrer Seele. Das Telefon noch in der Hand lehnte sie sich auf dem Sofa zurück und schloss die Augen.

Das Klingeln ihres Handys weckte sie. Nancy warf einen Blick auf die Uhr und stellte fest, dass es schon fast sieben war. Sie musste eingedöst und gleich einige Stunden am Stück geschlafen haben.

»Lindy, hi.« Mit steifem Nacken kämpfte sie sich hoch in eine sitzende Position. Sie fror.

»Wie geht es dir?« Lindy klang anders als sonst, irgendwie seltsam.

»Gut. Und dir?«

»Auch gut, danke.« Ihre Freundin zögerte, dann fragte sie: »Macht es dir etwas aus, wenn ich kurz vorbeikomme?«

»Jetzt?« Darauf hatte Nancy so gar keine Lust.

»Nur für ein paar Minuten. Ich würde in einer Viertelstunde losfahren. Ich muss unbedingt etwas mit dir besprechen.«

»Ja, natürlich. Komm vorbei, und wir trinken zusammen ein Glas … was immer du magst.«

»Ich werde nicht lange bleiben.«

Nancy fragte nicht, was Lindy mit ihr so dringend zu besprechen hatte, doch als sie nun auf ihre Freundin wartete, beschlich sie ein mulmiges Gefühl. Lindy war ständig auf Achse, daher war es durchaus möglich, dass sie nur schnell vorbeischauen wollte, aber sie hatte außergewöhnlich ernst geklungen, als sie sagte, sie müsse mit Nancy reden. Vielleicht wollte sie sie um einen Gefallen bitten. Doch für gewöhnlich redete Lindy nicht um den heißen Brei herum. Wenn sie etwas von Nancy wollte, würde sie sie unverblümt darum bitten.

Nancy ging nach oben, wusch sich das Gesicht und bürstete sich die Haare, dann zog sie ein frisches T-Shirt an und trug etwas Lippenpflege auf. Sie war den ganzen Tag unterwegs gewesen und fühlte sich angespannt und trotz ihres Nickerchens immer noch müde. Allerdings, dachte sie mit einem feinen Lächeln, hatte sie gestern Nacht auch nicht viel Schlaf bekommen. Die Auseinandersetzung mit ihrer Mutter hatte sie abgelenkt, doch jetzt saß sie auf ihrem Bett und ließ sich von ihren Erinnerungen einholen. Ihre Gefühle für Jim kamen ihr vor wie ein Wunder … genau wie die Tatsache, dass diese Gefühle erwidert wurden. Es war nicht nur Sex, so fantastisch der auch gewesen war: Sie konnten miteinander reden, zu jeder Zeit, in jeder Situation. Ihr wurde bewusst, dass sie Jim in den zwei Monaten, die sie sich nun kannten, mehr erzählt hatte als Christopher in den vierunddreißig Jahren ihrer Ehe. Immer noch lächelnd träumte sie davon, ihn morgen wiederzusehen, als sie Lindys Wagen auf der Auffahrt hörte und nach unten ging, um ihre Freundin zu begrüßen.

Lindy zog sie in eine feste Umarmung. Dann fasste sie Nancy kurzerhand bei den Armen und führte sie rückwärts in die Küche, wo sie sie auf einen Küchenstuhl drückte.

»Süße, ich muss dir etwas sagen, was dir nicht gefallen wird.«

Die Stirn in Falten gelegt sah Nancy ihre Freundin an. »Wie meinst du das?«

»Kann ich uns erst ein Glas Wein holen?« Lindy ging bereits auf den Kühlschrank zu, nahm eine eingekühlte Flasche heraus und schraubte sie auf. »Gläser?«

Nancy deutete auf den Schrank über der Spülmaschine. Ihr Herz fing an zu hämmern.

»So«, sagte Lindy, als sie eingeschenkt hatte, setzte sich neben Nancy ans Kopfende des Tisches und reichte ihr ein Glas. »Es fällt mir nicht leicht, dir das beizubringen, aber Jim ist verheiratet.«

Nancy starrte ihre Freundin an. »Er war verheiratet … aber jetzt ist er geschieden.«

»Nein, das ist er nicht. Er ist verheiratet und lebt mit seiner Frau zusammen.«

Nancy spürte ein Flattern in der Brust und stellte fest, dass sie verzweifelt nach Luft schnappte. »Unsinn«, stieß sie hervor. »Sie haben sich vor drei Jahren getrennt, als Chrissie mit einem Barkeeper durchgebrannt ist.«

Lindy sah Nancy direkt in die Augen. »Nein, Nancy. Sie wohnen zusammen in einem Haus in der Sutherland Road. Das ist Tatsache.«

»Ich glaube dir nicht. Wer hat dir das erzählt?«

Lindy lehnte sich seufzend zurück. »Das ist eine lange Geschichte. Chemmy, mein Chef, kennt Jim über seinen Sohn. Tanner nimmt bei ihm zu Hause Gitarrenunterricht.« Sie schürzte die Lippen und musterte Nancy aufrichtig besorgt. »Tanner kennt Chrissie, Süße, sie macht ihm oft die Tür auf.«

»Und das hat Chemmy dir erzählt? Warum? Warum sprecht ihr über Jim?«, fragte Nancy verwirrt. Sie hatte das Gefühl, ihr Kopf sei voller Sand, und wusste nicht, worauf sie sich zuerst konzentrieren sollte.

»Also gut. Ich war bei der Arbeit im Antiquitätenladen, und mein Chef war ebenfalls dort. Tanner hat nach dem Gitarrenunterricht vorbeigeschaut.« Als sie Nancys Gesichtsausdruck bemerkte, hielt Lindy inne, streckte spontan den Arm aus und drückte ihre Hand. »Soll ich weiterreden?«

Nancy nickte wie betäubt und zog hastig ihre Hand zurück.

»Tanner hat seinem Vater erzählt, Jim habe ihn ermutigt zu singen, und nun würde er gern zusätzlich zu dem Gitarrenunterricht ein paar Gesangsstunden nehmen. Chemmy war nicht sonderlich begeistert, da er nicht möchte, dass sein Sohn Musiker wird. Seiner Meinung nach soll Tanner erst einmal ›einen anständigen Beruf‹ erlernen. Wie dem auch sei – ich hab all das mitbekommen und gefragt: ›Kann es sein, dass ihr von Jim Bowdry sprecht?‹«

Nancy nahm einen Schluck Wein. Er schmeckte säuerlich und war viel zu kalt, weshalb sie das Glas hastig auf dem Holztisch abstellte.

»Tanner bejahte. ›Was für ein Zufall‹, bemerkte ich. ›Ich kenne ihn, meine Freundin ist mit ihm zusammen.‹ Daraufhin sagte Chemmy, er dachte, Jim sei verheiratet. Es stellte sich heraus, dass Chemmys Schwägerin mit Jims Frau im Ministerium zusammenarbeitet. Die Welt ist klein, nicht wahr?«

Als Nancy nicht antwortete, fuhr sie fort: »Chrissie hat Jim als Gitarrenlehrer für Tanner vorgeschlagen.«

Nancys Gedanken wirbelten wild durcheinander. Sie wurde nicht schlau aus dem, was Lindy ihr da erzählte. Tanner, Chemmy, eine Schwägerin beim Ministerium … Sie schüttelte den Kopf. »Ich verstehe nicht …«

Ihre Freundin holte tief Luft. »Nun, da kann ich

dir keinen Vorwurf machen.« Sie füllte ihr Glas nach. »Aber es ergibt einen Sinn, oder nicht? Du hast gesagt, Jim hätte dich nie zu sich nach Hause eingeladen, was ziemlich merkwürdig ist – zumindest kommt es mir nach so langer Zeit merkwürdig vor. Wie lange kennt ihr euch jetzt? Sieben Wochen? Wäre er alleinstehend, würde er dich doch als Erstes dorthin mitnehmen, erst recht, wenn sich hier bei dir deine ganze Familie um dich drängt.«

»Er hat behauptet, sein Sohn sei auf unabsehbare Zeit bei ihm zu Besuch.«

Anstelle einer Antwort zog Lindy eine Augenbraue in die Höhe.

Nancy gab sich alle Mühe, ihre Gedanken zu ordnen und all die Gespräche durchzugehen, die sie mit Jim geführt hatte. *Hat er wirklich behauptet, er sei geschieden?* »Er wollte nie über seine Frau reden«, sagte sie und erinnerte sich, wie angespannt er war, sobald sie auf seine Familie zu sprechen kam.

Lindy nickte nur.

»Aber er hat definitiv behauptet, sie wären getrennt. Er hat sie stets als seine Ex bezeichnet.«

»Nun, das stimmt offensichtlich nicht.«

»Das weißt du doch gar nicht!« Nancy schwieg verunsichert und starrte auf die bunten Filzstiftzeichnungen ihrer Enkelinnen, die sie mit Magneten an der Kühlschranktür befestigt hatte.

»Sei froh, dass du noch nicht mit ihm im Bett warst«, tröstete Lindy, wie immer praktisch denkend.

»Doch. War ich. Gestern Nacht.«

»Ach, Süße!« Lindys Lippen wurden schmal. »Dieser Bastard!«

»Er ist kein Bastard!«, stieß Nancy hervor. »Du hast ihn kennengelernt, Lindy. Jim ist kein Bastard.«

»Ich muss zugeben, ich habe ihn auch nicht dafür gehalten.«

»Es muss eine Erklärung geben«, sagte Nancy.

»Was hast du vor?«

»Ich werde ihn anrufen und herausfinden, was Sache ist.«

Jim meldete sich beim zweiten Klingeln. Lindy war längst gegangen; sie hatte gezögert, Nancy allein zu lassen, obwohl diese ihr versichert hatte, es gehe ihr gut. Am Ende hatte Nancy ihre Freundin förmlich zur Tür hinausschieben müssen, verzweifelt darauf bedacht, endlich allein zu sein, weg von Lindys freundlich gemeintem, mitleidigem Blick. Anschließend hatte sie eine lange Zeit einfach nur dagesessen und zugesehen, wie es immer dunkler im Zimmer wurde, wie vor den Kopf geschlagen von dem, was sie gehört hatte. Sie zermarterte sich das Hirn, suchte Verrat in Jims Augen, seinen Worten, seinen Berührungen, aber sie konnte nichts finden. Er sprach nicht gern über seine Exfrau – Frau? –, aber das war nichts Ungewöhnliches: Auch sie redete nicht gern über Christopher.

Und die Tatsache, dass er sie nie zu sich nach Hause eingeladen hatte … warum sollte er, wenn sein Sohn bei ihm zu Besuch war?

»He, Nancy.«

Jims tiefe Stimme ließ ihr Herz schneller schlagen. »Hi.« Sie schluckte. Nein, sie würde nicht weinen.

»Nach gestern Nacht laufe ich wie benebelt durch die Gegend«, sagte er.

Sie wischte seine Worte beiseite und holte tief Luft. »Lindy war gerade bei mir. Sie hat mir erzählt, dass du verheiratet bist und mit deiner Frau zusammenlebst.« Ihre Worte klangen aggressiv, barsch. Am liebsten hätte sie sie zurückgenommen. Am anderen Ende der Leitung entstand verblüfftes Schweigen. »Sie arbeitet für Tanners Vater.«

»Ach ...«, hörte sie Jim flüstern.

»Stimmt das?«

»Nancy ...«

»Stimmt das, Jim?«

Er seufzte. »Ja, ich bin noch mit Chrissie verheiratet. Und ja, wir leben noch immer in ein und demselben Haus. Trotzdem sind wir schon seit drei Jahren kein Ehepaar mehr – genau, wie ich es dir gesagt habe.«

»Du hast mir erzählt, ihr seid getrennt.«

»Das sind wir auch. Wir bewohnen verschiedene Teile des Hauses. Sie lebt hauptsächlich unten, ich oben. Wir haben nichts mehr miteinander zu tun, das schwöre ich.«

»Lindy sagt, Chrissie habe dir Tanner als Schüler vermittelt. Und Tanner wiederum behauptet, sie würde ihm oft die Tür öffnen. Das ist nicht gerade nichts.«

»Sie öffnet, weil sie meist schneller ist. Und ja, ich gebe zu, dass wir ab und an miteinander reden. Herrgott, Nancy – du musst mir glauben, wenn ich sage, dass es aus zwischen uns ist. Wir schlafen nicht miteinander, unternehmen nichts miteinander – schon seit Jahren nicht mehr. Seit Benji.«

Nancy hörte die Verzweiflung in seiner Stimme. »Warum hast du mir das nicht erzählt?« Diese Frage war die, auf die sie wirklich eine Antwort brauchte. Es waren nicht Jims Lebensumstände, die ihr schier das Herz brachen, sondern die Tatsache, dass er sie so dreist belogen hatte.

»Das … das war unglaublich dumm von mir, aber als wir uns das erste Mal trafen, dachte ich, wenn ich sage, dass ich noch immer mit Chrissie verheiratet bin und sogar noch mit ihr zusammenwohne, würdest du mir nicht glauben, dass es längst aus und vorbei ist. Männer behaupten doch ständig, sie seien getrennt, nur um eine Frau ins Bett zu kriegen.« Er hielt kurz inne. »Gib's zu: Du hättest die Beine in die Hand genommen, stimmt's?«

»Warum seid ihr nicht geschieden, wenn ihr euch schon vor drei Jahren getrennt habt?«

»Der schnöde Mammon. Es kostet jede Menge Geld, sich scheiden zu lassen, und bevor ich dir begegnet bin, war mir eine Scheidung nicht wichtig. Weder Chrissie noch ich hatten einen neuen Partner.«

Beide schwiegen.

»Es tut mir so leid, Nancy«, fuhr Jim nach einer

Weile fort. »Ich könnte mir in den Hintern treten, weil ich dir nicht von Anfang an die ganze Geschichte erzählt habe. Es hat mir das Herz zerrissen. Ein paarmal stand ich kurz davor, dir reinen Wein einzuschenken, aber dann fürchtete ich, du würdest mich verlassen … und je länger ich mich davor gedrückt habe, desto tiefer wurde die Grube, die ich mir selbst geschaufelt habe.«

Nancy erwiderte nichts. Sie wusste nicht, was sie davon halten sollte.

»Aber das ändert nichts, schon gar nicht meine Gefühle für dich, Nancy. Bitte, bitte glaub mir. Meine Frau bedeutet mir nichts mehr. Gar nichts. Und das weiß sie. Wir haben keine Beziehung mehr, wir haben uns nur noch nicht die Mühe gemacht, alles auseinanderzudividieren.«

»Das ändert nichts?« Nancy war fassungslos. »Wie kannst du behaupten, das würde nichts ändern? Selbstverständlich ändert das alles. Du bist ein verheirateter Mann, Jim, der mit seiner Frau zusammenlebt. Du hast mich belogen.«

Jim stöhnte gequält. »Bitte, Nancy, darf ich zu dir kommen und es dir richtig erklären, von Angesicht zu Angesicht?«

In jenem Moment wünschte sie sich nichts mehr, als ihn zu sehen, in seinen Armen zu liegen, zu hören, wie er ihr so lange versicherte, seine Lüge würde nichts an den Tatsachen ändern, bis sie ihm glaubte. »Nein. Komm nicht.«

»Aber … wir müssen darüber reden. Wir dürfen

uns das, was zwischen uns ist, nicht kaputtmachen lassen. Ich habe die Scheidung eingereicht – ich war gestern bei einem Scheidungsanwalt. Es ist bloß eine Frage der Zeit …«

»Ich lege jetzt auf.« Sie drückte das Gespräch weg, ohne sich zu verabschieden.

Es war, als hätte die Welt plötzlich aufgehört, sich zu drehen. Sie schauderte, fühlte sich desorientiert. Christophers Betrug war irgendwie bezeichnend, obwohl er sie damals tief getroffen hatte, und als er sie verließ, war ihre Beziehung schon lange nicht mehr als reine Routine gewesen. Eine Gewohnheitsehe. Aber Jim … Jim war ihr Seelenverwandter. Jim war … war …

Am nächsten Morgen um kurz vor acht stand Louise auf ihrer Schwelle. »Hi, Mum.« Sie musterte ihre Mutter eindringlich. »Mein Gott, du siehst schrecklich aus. Hast du schlecht geschlafen?«

Nancy nickte und wartete, dass ihre Tochter ihr den Grund für ihr frühes Erscheinen nannte.

»Ich habe dir mehrere SMS geschickt, aber anscheinend hast du dein Handy ausgeschaltet.«

»Ja.« Sie hatte es kurz nach dem Gespräch mit Jim abgestellt, weil er sie immer wieder anrief, was sie nicht ertragen konnte.

»Ich möchte nur wissen, ob ich heute früh bei Granny vorbeifahren soll oder ob du das übernimmst.« Sie drehte sich zu den Mädchen um. Hope stand mit ihren Schulsachen auf dem Kies und starrte auf etwas am Boden. »*Steig endlich ein,* Hope! Ich könnte einen kurzen Abstecher zu ihr machen, sobald ich die Mädchen an der Schule abgeliefert habe.«

»Danke, Lou, aber ich wollte heute Morgen ohnehin bei ihr vorbeifahren. Ich weiß, wie beschäftigt du bist.«

»Lass mich wissen, wenn du Hilfe brauchst.« Louise machte ein paar Schritte auf ihren Wagen zu, dann schien sie es sich anders zu überlegen. »Vielleicht solltest du noch mal ins Bett gehen, Mum. Du siehst wirklich nicht gut aus.«

»Mit mir ist alles in Ordnung«, versicherte sie ihrer Tochter. Sie wollte Louise nichts von Jim erzählen, da sie genau wusste, was diese sagen würde, Wort für Wort, genau wie Frances.

Als sie die Haustür schloss, fiel Nancy auf, dass sie noch immer die Sachen vom Vortag trug. Nach ihrem Anruf bei Jim war sie weder ins Bett gegangen, noch hatte sie sich umgezogen oder gewaschen. Sie war sich nicht sicher, ob sie geschlafen hatte, wenngleich sie es vermutete, da die Stunden ziemlich schnell vergangen waren. Sie hatte die ganze Nacht auf dem Sofa verbracht, vor Bestürzung wie gelähmt.

Sie wusste, dass Jim die Wahrheit gesagt hatte. Sie glaubte ihm, dass die Beziehung mit seiner Frau vorbei war – zumindest hatte sie sich eingeredet, dass sie ihm glaubte. Nichtsdestoweniger war das Fundament ihrer Beziehung in tausend Scherben zersprungen, zerschmettert wie Glas. Sie wagte nicht, daran zu rühren, weil sie wusste, wie schmerzhaft das sein würde. Sie konnte nichts anderes tun, als sich behutsam an ihre gemeinsame Zeit zu erinnern und zu versuchen zu verstehen, was schiefgelaufen war, warum sie ihm so sehr vertraut hatte, obwohl sie ihn kaum kannte. Offenbar hatte er keine Schwierigkeiten damit, sie trotz seiner gewaltigen Lüge zu lieben. Was würde sie noch entdecken, wenn sie erst einmal genauer hinschaute?

Kapitel einundzwanzig

Um sieben Uhr morgens war Jim so wütend, dass er nicht mehr wusste, was er tun sollte. In erster Linie war er wütend auf sich selbst, weil er so ein Idiot gewesen war und Nancy nicht die Wahrheit gesagt hatte. Dann auf Chrissie, wegen ihrer bloßen Existenz, gefolgt von Lindy, die ihre Nase in Dinge steckte, die sie nichts angingen, und schließlich auf Nancys versnobte Tochter, die ihn in diesem Augenblick vermutlich vor Nancy schlechtmachte und ihre Meinung bekräftigte, er sei ein ganz übler Kerl.

Und er konnte nichts dagegen tun. Er hatte keine einzige Minute geschlafen, hatte bloß dagesessen, Whiskey in sich hineingeschüttet, sich mit Selbstvorwürfen gequält und die Welt verflucht. Gleich nachdem Nancy aufgelegt hatte, hatte er mindestens fünfmal versucht, sie zu erreichen, aber seine Anrufe waren direkt an die Mailbox weitergeleitet worden. Er hatte keine Nachricht hinterlassen, denn er hatte schon alles gesagt. Er durfte sie nicht verlieren – das würde er einfach nicht ertragen. Er spürte noch immer ihre weiche Haut unter seinen Fingern, roch den frischen Duft ihrer Haare, sah vor seinem inneren Auge das Lächeln, das sie ihm geschenkt hatte, als sie sich liebten, so zärtlich, so offen, so voller Vertrauen.

Laut Andrew Sitter, seinem Anwalt, dauerte eine Scheidung mindestens vier, fünf Monate, wenn eine Partei das Procedere in die Länge zog. Oft sogar länger, das kam darauf an, wie schnell die »Antragsgegnerin«, in diesem Falle Chrissie, die Papiere zurückschickte. So wie Jim seine störrische Frau kannte, konnte das eine Ewigkeit dauern. Fünf Monate! Und wenn sie nicht bereit wäre, das Haus zu verkaufen, konnte es Gott weiß wie lange dauern, bis er wirklich frei war – nach Nancys Maßstäben. Bis dahin hätte sie ihn vermutlich längst vergessen oder einen anderen Mann gefunden.

Ich muss Chrissie überreden, in den Hausverkauf und in die Scheidung einzuwilligen, sagte er sich immer wieder, auch wenn er wusste, dass das eine gewaltige Herausforderung war, da sie sämtliche Trümpfe in der Hand hielt. Und würde es am Ende wirklich einen Unterschied machen? Nancy war empört, weil er sie getäuscht hatte – selbst wenn er seine Lebensumstände änderte, ließe sich daran nicht rütteln. Sein Kopf war schwer vor Verzweiflung, Frust und zu viel Bourbon. Wie gern hätte er sich mit Nancy getroffen, damit er ihr alles erklären konnte, damit sie verstand. Wenn allerdings ihre Familie ihm zuvorkam, war ohnehin alles verloren. Sollte er einfach auf ihrer

Schwelle aufkreuzen? Doch die Vorstellung, dass sie ihm die Tür vor der Nase zuschlug oder gar nicht erst öffnete, war einfach zu demütigend.

Er nahm seine Gitarre, die er die ganze Nacht wie eine tröstende Decke umklammert gehalten hatte, und verbrachte die nächste Stunde damit, gedankenverloren halb fertige Songs anzuspielen, bis er das Instrument auf den Schreibtisch knallte und die Treppe hinunterstürmte in dem verzweifelten Verlangen nach einer Zigarette. Wen kümmerte es jetzt noch, ob er rauchte oder nicht?

In der Küche traf er auf Chrissie. Er warf ihr einen bösen Blick zu. Sie aß friedlich ihr Vogelfutter-Frühstück und las dabei eine Zeitschrift. Aus dem Radio plärrte irgendeine dämliche Werbung, die Sonne schien durch die offene Glastür, die in den Garten führte.

»Ist jemand gestorben?«, fragte sie und musterte Jim, der völlig derangiert und unrasiert Richtung Glastür schlurfte.

»Kann man wohl sagen.« Er trat auf die Terrasse, um sich eine Zigarette anzuzünden.

»Streit mit deiner Tussi?« Chrissies selbstgefällige Stimme folgte ihm bis hinaus in den Garten. Es war verdammt ärgerlich, wie gut sie ihn kannte. Er gab keine Antwort, sondern zog kräftig an seiner Zigarette, in der Hoffnung, dass das Nikotin seine Nerven beruhigte. Als er wieder hineinging, setzte er Wasser für einen Kaffee auf und schaufelte jede Menge Pulver in die Glascafetière, füllte sie dann jedoch nur halb mit Wasser auf. Mit ein bisschen Glück würde ihn das Gebräu umbringen.

Er atmete tief durch und setzte sich seiner Frau gegenüber, dann sagte er: »Ich habe gestern die Scheidung eingereicht.«

Chrissies Augen weiteten sich. »Ohne mir etwas davon zu sagen?«

»Ich hatte dich informiert.«

»Nein, hast du nicht. Du hast gesagt, du müsstest dich scheiden lassen, wenn ich nicht einverstanden sei, das Haus zu verkaufen. Du hast nicht gesagt, dass du diesen Schritt tatsächlich tun würdest.«

Jim krampfte die Finger um den braunen Keramikbecher. »Habe ich aber. Der Anwalt reicht die Scheidungsklage diese Woche ein, sodass du die Papiere in ungefähr ein, zwei Wochen zum Unterzeichnen bekommst.«

Chrissie kaute geräuschvoll. »Und wenn ich beschließe, nicht zu unterschreiben?«

»Das musst du, und zwar innerhalb einer Woche, sagt Andrew. Du kannst bei Gericht die Abweisung der Klage beantragen, aber das soll heutzutage nicht so einfach sein.« Er fühlte den Kick des Koffeins zusätzlich zum Nikotin und der schlaflosen Nacht, dann erlebte er einen surrealen Moment, in dem er aus sich heraustrat und die Situation sozusagen von außen erlebte. Wie bei einem Theaterstück verfolgte er, was er zu Chrissie sagte und wie sie auf seine Worte reagierte. »Du solltest dir selbst einen Anwalt nehmen«, schlug er vor.

»Und Geld ausgeben, das ich nicht habe?«

Jim antwortete nicht. Chrissie bekam vom Ministerium ein gutes Gehalt, aber wenn man sie reden hörte, hatte man den Eindruck, sie stehe so gut wie auf der Straße. »Es muss sein, Chrissie, das weißt du.«

Er wartete darauf, dass sie ihm widersprach, wartete auf ihren Tränenausbruch, aber seine Frau zuckte nur die Achseln. »Du hast vermutlich recht«, sagte sie leise.

Jim hätte sich beinahe verschluckt. Er musterte sie eindringlich. Irgendetwas hatte sich verändert. Um nicht unnötig Staub aufzuwirbeln, sagte er nichts, sondern wartete darauf, dass sie weitersprach. Doch das tat sie nicht, daher sagte er: »Das Haus wird selbstverständlich verkauft werden, sobald die Scheidung durch ist.«

Sie nickte, legte den Löffel in die leere Müslischüssel, griff nach ihrem Becher mit grünem Tee und rührte ihn behutsam um, ihre Miene wirkte versonnen. »Selbstverständlich.«

Ihre grünen Augen blickten heute Morgen träge drein, beinahe lasziv. Wann hatte er diesen Ausdruck schon einmal gesehen?

»Ich habe nachgedacht«, teilte sie ihm mit. »Wir sollten den verdammten Kasten wieder auf den Markt bringen. Ich möchte hier nicht ohne dich leben, das wäre irgendwie unheimlich.«

Jim hielt den Atem an. »Wenn du dir sicher bist, rufe ich den Makler an.«

»Einverstanden.«

Plötzlich fiel ihm ein, woher er diesen Gesichtsausdruck kannte. Chrissie sah immer so aus, wenn sie Sex gehabt hatte. Das war das erste Warnzeichen bei Benji gewesen. »Hattest du gestern einen schönen Abend?«, fragte er, bemüht, sein Grinsen unter Kontrolle zu halten. Am liebsten hätte er laut gejubelt.

Chrissie sah ihn scharf an, dann wandte sie sich rasch ab, aber nicht schnell genug, um die Röte zu verbergen, die ihr in die blassen, sommersprossigen Wangen stieg. *Ach, du liebe Güte,* dachte er. *Ich habe recht.*

»Tatsächlich war es ganz nett«, erwiderte sie, beinahe schüchtern.

»Phil hat's also geschafft«, schlussfolgerte er. Er hatte es selbst nicht gewusst, bis er den Namen ihres Arbeitskollegen aussprach.

Chrissie lachte tatsächlich. »Herrgott, Jim. Wir kennen einander so verdammt gut – wir würden ein hervorragendes Ehepaar abgeben.«

Für einen Moment schwiegen sie beide. Er sah, wie sich ein Schatten auf das Gesicht seiner Frau legte, und verspürte einen Stich der Traurigkeit, denn in jenem Augenblick wusste er, dass ihre Ehe endgültig vorbei war. Eine Ehe, die anfangs sehr gut gewesen war, anschließend ganz okay und dann nicht mehr so gut. Zu jener Zeit hatten ihre Seitensprünge begonnen, aber im Grunde war es nicht schlimmer gewesen als bei den meisten anderen Paaren. Plötzlich wollte er sie umarmen, sie ein letztes Mal an sich drücken und ihr sagen, dass er sie geliebt hatte, aufrichtig geliebt, früher einmal. Aber er tat es nicht. Ihre Waffenruhe war noch zu frisch, zu unsicher, und Chrissie war ausgesprochen wankelmütig. Ein falscher Schritt, und sie rastete erneut aus. Also verharrte er reglos.

Chrissie stand auf. »Schauen wir nach vorn«, sagte sie, trug Schüssel und Becher zur Spüle und wusch sie aus.

Zurück in seinem Zimmer wartete Jim auf seinen Zehn-Uhr-dreißig-Schüler. Anfangs war er völlig euphorisch gewesen, weil Chrissie und er nun dieselben Interessen verfolgten, dass er die Scheidung vorantreiben und ohne ihren Widerstand das Haus verkaufen konnte, ohne weitere hysterische Anfälle oder Gehässigkeiten befürchten zu müssen. Doch während er hier saß, erkannte er nach und nach, dass das keinen großen Unterschied bezüglich der Situation mit Nancy machte. Sie vertraute ihm nicht mehr, Ende. Dabei hatte sie gerade erst angefangen, sich von den Lügen und dem Betrug ihres großkotzigen Exmanns zu erholen. Seine Laune sank. Unwillkürlich stimmte er »Stupid Boy« von Keith Urban an, so wütend, dass fast die Saiten rissen. Der Song brachte genau auf den Punkt, was er empfand.

Er griff zum wohl hundertsten Male zum Telefon, hoffte wider jede Vernunft, dass sie angerufen hatte, doch er hatte nur eine SMS von Mal bekommen, der wissen wollte, wann sie sich treffen konnten. Er würde sie nicht noch einmal anrufen, aber er tippte eine kurze Nachricht für sie ein. Die würde sie bestimmt lesen. *Es tut mir leid. Ich hab's vermasselt, aber das ändert nichts an meinen Gefühlen für dich.* Er betrachtete die Worte einen Moment lang, dann löschte er sie und schrieb stattdessen: *Es tut mir so leid. Ich weiß, dass ich's ganz furchtbar vermasselt habe, aber meine Frau und ich SIND so gut wie geschieden.* Wieder starrte er auf seine Nachricht, dann änderte er sie erneut. Ein schlichtes *Es tut mir leid* blieb übrig. Als er endlich auf »Senden« drückte, hatte er jegliche Hoffnung verloren, dass diese Nachricht irgendetwas ändern würde.

Kapitel zweiundzwanzig

Nancy las die Nachricht tatsächlich, und sie änderte nichts. Sie wusste, dass es ihm leidtat. Aber sie fragte sich plötzlich: *Hätte ich womöglich dasselbe getan?* Sie saß in ihrem parkenden Golf, ohne Anstalten zu machen, auszusteigen und nach ihrer Mutter zu sehen. *Hätte ich nicht auch gelogen, wenn ich mich in seiner Situation befunden hätte? Wie er schon sagte: Ich hätte die Beine in die Hand genommen, hätte er mir erzählt, dass er noch verheiratet ist und mit seiner Frau unter einem Dach lebt.*

Zögernd verließ sie den Wagen und ging den schmalen Weg zur Haustür ihrer Mutter, sperrte auf und trat ein. Die Luft roch schal, abgestanden.

»Mum?«

»Hier!«, rief Frances aus dem Wohnzimmer.

Trotz ihrer verzweifelten Stimmung war Nancy erfreut über die äußere Erscheinung ihrer Mutter. Mit der üblichen Sorgfalt gekleidet, hatte sie zum ersten Mal seit ihrer Rückkehr in ihre eigenen vier Wände Make-up aufgelegt und wirkte überraschend munter, die Lesebrille auf der Nase, den *Daily Telegraph* aufgeschlagen vor sich, eine halb leere Kaffeetasse auf dem Beistelltisch.

»Es scheint dir sehr viel besser zu gehen«, stellte Nancy fest und setzte sich in den Sessel ihr gegenüber.

Frances musterte sie mit einem selbstgefälligen Lächeln. »Was man von dir nicht gerade behaupten kann, meine Liebe. Brütest du etwas aus?«

»Nein, zum Glück nicht. Ich habe nur schlecht geschlafen.«

Ihre Mutter bedachte sie mit einem prüfenden Blick und schien etwas sagen zu wollen, doch dann hielt sie inne und räusperte sich. »Hast du dich wieder mit diesem Mann getroffen?«

»Nein, obwohl ich nicht wüsste, was dich das angeht.« Ihre Müdigkeit überwog ihre Höflichkeit.

»Anscheinend macht er dich krank.« Die Erwiderung ihrer Mutter klang gleichermaßen scharf.

»Keine Sorge, Mum, ich treffe mich nicht mehr mit ihm.«

Frances runzelte die Stirn. Offenbar wusste sie nicht, was sie mit der Bemerkung ihrer Tochter anfangen sollte. »Ist etwas passiert?«

Nancy hörte einen Anflug von Besorgnis aus der Frage ihrer Mutter heraus, was sie überraschte. Tränen stiegen in ihre Augen, als sie sagte: »Er ist verheiratet, Mum, und er lebt noch immer mit seiner Frau zusammen.«

»Nein!«

»Nicht so, wie du denkst. Sie bewohnen verschiedene Teile des Hauses und führen keine eheliche Beziehung, trotzdem hat er mich belogen – getrennt geht anders.«

Es fühlte sich gut an, ihren Kummer herauszulassen, anstatt im Kopf immer wieder denselben elenden Monolog zu führen.

Frances räusperte sich erneut. »Männer. Warum fällt es ihnen so schwer, die Wahrheit zu sagen?«

»Ich glaube nicht, dass das ein typisch männliches Problem ist, Mum.«

»Oh, das ist es definitiv, meine Liebe. Männern fällt es schwer, Dinge miteinander in Beziehung zu setzen. Es kommt ihnen gar nicht in den Sinn, dass die Geliebte früher oder später auf die Ehefrau treffen wird, dass der Arbeitskollege mit dem Chef sprechen könnte, dass auf zu hohe Ausgaben rote Zahlen folgen und Sandwiches mit Schinkenspeck zu einem Herzinfarkt führen. Sie zuckeln fröhlich durchs Leben, bis jemand kommt und Zusammenhänge herstellt.«

Nancy musste schmunzeln ob dieses für ihre Mutter völlig untypischen philosophischen Vortrags. »Vielleicht hast du recht. Aber du hattest Glück. Dad war nicht so.«

Frances hob sardonisch die Augenbrauen. »*Alle* Männer sind so.«

Obwohl ihr Kopf voll war von den Gedanken an Jim, stand Nancy kurz davor, ihre Mutter zu fragen, was sie meinte, aber Frances war bereits vom Sofa aufgestanden, hatte ihre Brille abgenommen und faltete ordentlich die Zeitung zusammen.

»Ich hole dir eine Tasse Kaffee, mein Liebling«, sagte sie, und der Moment war verstrichen.

»Das reicht, Hope.« Nancy streckte die Hand nach dem Siruplöffel aus, den ihre Enkelin ableckte.

»Kann ich jetzt den Hafer dazuschütten?« Jazzy nahm die mit Hafer gefüllte Chromschale von der Waage und wartete darauf, sie in die Teigschüssel zu leeren.

»Nana hat gesagt, *ich* darf das machen.« Hope versuchte, Jazzy die Schale aus den Händen zu reißen. »Du durftest schon beim letzten Mal.«

»*Nein!*«, kreischte Jazzy und drückte die Schale an ihre Brust. Hope zerrte am Rand.

»Hört auf, ihr zwei, sonst darf keine von euch.«

»Aber Nana, du hast doch gesagt …« Hopes große braune Augen richteten sich anklagend auf ihre Großmutter.

Nancy lachte. »Komm schon, Jazzy, reich deiner Schwester die Haferflocken.«

Mit finsterem Blick knallte die Kleine die Schale auf den Tisch. »Dann will ich aber umrühren«, sagte sie, sobald die Haferflocken zusammen mit der Butter und dem Sirup in der Teigschüssel waren, und schnappte sich Hopes Holzlöffel. Doch ihre Schwester war schneller und riss ihn ihr aus der Hand.

Nancy seufzte. Das hier sollte eigentlich Spaß machen und nicht zum Kriegsschauplatz geraten.

»Lass Jazzy auch mal, Hope«, sagte sie. »Ich hole einen zweiten Löffel.«

»Jim hat gesagt, er bringt uns das Gitarrespielen bei«, verkündete Jazzy, als sie die Haferflockenmischung auf dem Blech verteilten und mit der Rückseite ihrer Löffel glattstrichen.

»Und zur Musik zu singen«, fügte Hope hinzu.

»Ach? Tatsächlich? Nun, wir werden sehen«, sagte Nancy.

»Heißt das nein?«, fragte Hope.

»Nein, es heißt ›Mal sehen, was daraus wird‹.« Nancy spürte, wie ihr das Herz schwer wurde. Sie war völlig erschöpft. Sie hatte ihrer Mutter Gesellschaft geleistet, bis es Zeit war, die Mädchen von der Schule abzuholen. Frances war guter Laune gewesen und ausgesprochen freundlich zu Nancy in ihrem Triumph, dass Jim abserviert war. Nancy dagegen hätte am liebsten stumm in einer Ecke gesessen und geweint. Oder Jim angerufen. Oder sich mit Jim getroffen. Oder mit Jim geschlafen. Spielte es wirklich eine so große Rolle, dass er sie belogen hatte?

»Nana?« Hope sah sie fragend an.

»Ja?«

»Ist alles in Ordnung mit dir?«

»Ja, natürlich, was soll denn mit mir sein?«, fragte sie zurück und schob das Blech in den Backofen, doch es liefen ihr bereits die Tränen über die Wangen. Entsetzt wischte sie sie ab und schenkte ihren erschrockenen Enkelinnen das strahlendste Lächeln, das sie zustandebrachte. »Ich bin heute bloß ein bisschen müde«, flunkerte sie, was selbst in ihren eigenen Ohren nach lahmer Ausrede klang. Die Mädchen allerdings schienen sich damit zufriedenzugeben und stellten keine weiteren Fragen, während sie ungeduldig darauf warteten, dass ihre Haferkekse fertig backten.

Louise ließ sich nicht so leicht abspeisen. Als sie kam, um ihre Töchter nach dem Tee bei Nancy abzuholen, scheuchte sie die beiden hinaus mit den Worten: »Geht schon mal nach Hause und stellt den Fernseher an, ich muss noch rasch ein Wörtchen mit Nana reden.«

»Er ist verheiratet?«, fragte sie, sobald die Luft rein war. »Ich habe mit Granny gesprochen.«

»Richtig: Schlechte Nachrichten verbreiten sich schnell.«

»Ich fasse es nicht, Mum. Was für ein …«

»Bitte, Lou, könntest du damit aufhören? Ich bin in einer ziemlich schlechten Verfassung, und ich verkrafte es nicht, wenn du mir jetzt auch noch erzählst, was für ein Mistkerl er ist oder dass du ihn von Anfang an nicht leiden konntest und dass du es mir ja gesagt hast. Bitte lass es einfach, okay?«

Louise schürzte schweigend die Lippen.

»Auch wenn all das vermutlich stimmt«, fügte Nancy hinzu.

Die Augen ihrer Tochter waren voller Sorge – genau wie Lindys –, als sie sagte: »Es tut mir leid für dich, Mum, dass es nicht geklappt hat.«

»Ich nehme an, es sollte nicht sein. Nicht in meinem Alter.«

»Sag das nicht. Dein Alter hat damit nichts zu tun. Jim war bloß nicht der Richtige für dich. Du hast Glück, dass du rechtzeitig aus der Sache rausgekommen bist.«

Auch das hatte Nancy nicht hören wollen. Unter »Glück« stellte sie sich etwas anderes vor. Sie biss die Zähne zusammen.

»Wie hast du es herausgefunden?«, wollte Louise wissen.

»Lindy hat es mir erzählt.« Nancy öffnete den Geschirrspüler und räumte die Schüsseln, Schalen und Löffel ein, die sie für die Haferkekse gebraucht hatten. Als sie damit fertig war, richtete sie sich auf und sah ihrer Tochter ins Gesicht. »Können wir jetzt bitte über etwas anderes reden?«

Louise zuckte die Achseln. »Von mir aus. Du solltest dir das nicht allzu sehr zu Herzen nehmen, Mum. Es ist das erste Mal seit der Trennung von Dad, dass du mit einem Mann ausgegangen bist – wie stehen da die Chancen, dass du sofort deinen Traumprinzen findest, ohne zuvor ein paar Frösche zu küssen?« Sie lächelte ihre Mutter ermutigend an. »Betrachte es als Probelauf.«

Gab es einen noch unsensibleren Menschen als ihre Tochter?, fragte sich Nancy. »Ich mochte Jim wirklich«, sagte sie leise.

Etwas in ihrem Tonfall schien Louise aufmerken zu lassen, denn sie ging um den Tisch herum, legte eine Hand auf Nancys Schulter und streichelte sie. »Entschuldige, Mum, ich bin taktlos. Aber nur, weil ich so erleichtert bin.«

»Das freut mich für dich.«

Louise furchte die Brauen. »Nun sei doch nicht so. Ich – ich habe mir Sorgen um dich gemacht, das ist alles. Es ging so schnell, und ich fürchtete, er sei nicht aus den richtigen Gründen mit dir zusammen.«

»Aus den richtigen Gründen?«

»Du weißt, was ich meine …« Louise wirkte verlegen. »Ich dachte, er sei womöglich nicht an einer langfristigen Beziehung interessiert.«

Nancy konnte ihr nicht in die Augen sehen.

»Er hat dich belogen, Mum – das war eine richtige Lüge, keine Schwindelei. Wie hättest du ihm je wieder vertrauen können?« Louise vertrat ihren Standpunkt mit einer Unbarmherzigkeit, die ihrem Vater zur Ehre gereicht hätte.

»Ich denke, ich gehe jetzt hoch und lege mich in die Badewanne«, sagte Nancy, um ihre Tochter abzuwimmeln. Noch eine weitere Bemerkung über Jims Untauglichkeit, und sie würde in Versuchung geraten, Louise eine Ohrfeige zu verpassen.

»Gute Idee«, stimmte Louise zu, ohne zu bemerken, wie sehr sie ihrer Mutter auf die Nerven ging. »Danke, dass du auf die zwei kleinen Nervensägen aufgepasst hast. Ich hoffe, sie haben sich benommen.«

»Tadellos. Nimm die restlichen Haferkekse mit.« Nancy zog ein Stück Frischhaltefolie aus dem Spender neben der Spüle, legte sie über den Plätzchenteller und zog sie straff, dann reichte sie sie Louise. »Ich werde sie ohnehin nicht essen.«

In jener Nacht schlief Nancy wie eine Tote, unfähig, auch nur eine einzige weitere Minute an Jim zu denken. Doch als sie am nächsten Morgen aufwachte, war sie sofort wieder in Bann gezogen von der alles entscheidenden Frage, mit der sie sich auseinandersetzen musste: Konnte sie ihm jemals wieder vertrauen?

Sie zog eine graue Trainingshose und ein altes T-Shirt an – heute würde sie nirgendwohin gehen. Nach zwei Tassen Kaffee und einem Happen Toast – mehr konnte sie nicht hinunterbringen –, verbrachte sie den Vormittag am Klavier. Es war tröstlich, die glatten Tasten zu berühren und sich von den Melodien, die sie spielte, davontragen zu lassen. Die Musik ließ sie aus sich heraustreten, bremste ihren Gedankenfluss, und ihr erschöpftes Gehirn fing an, sich zu entspannen. Nach einer Weile stellte sie fest, dass sie wieder atmen konnte, wieder zu sich fand, ein klein wenig Ruhe verspürte.

Ein Anruf von Lindy störte den Frieden. »Wie geht es dir, Süße?«

»Ganz gut.« Nancy versuchte, so normal wie möglich zu klingen.

»Ich hab ein paar Sachen zu erledigen, aber das dauert nicht lange, und anschließend habe ich Zeit. Warum treffen wir uns nicht auf einen Kaffee in der Stadt?«

»Ich weiß nicht …« Nancy zögerte. »Um vier kommt eine Schülerin.«

»Bis vier ist es doch noch eine Ewigkeit! Sollen wir uns um halb zwei in dem verrückten Café mit der kitschigen Einrichtung treffen? Dem in der Ship Street, das ein bisschen so aussieht wie ein Trödelladen aus den Fünfzigern?«

»Nein. Ehrlich, Lindy, ich habe zu viel zu tun. Vielleicht ein andermal.«

Aber Lindy ließ nicht locker. »Was hast du denn zu tun? Nach Jim Bowdry zu schmachten? Keine gute Idee. Komm schon, Nancy, gib dir einen Ruck! Wir treffen uns in der Stadt, und ich heitere dich auf. Das bin ich dir schuldig.«

Sie saßen draußen vor der Rückwand des Backsteingebäudes an einem wackeligen Holztisch, der aussah, als sei er aus einer alten Tür gefertigt. Die Stühle waren ein buntes Sammelsurium – Nancy saß auf einem Korbgartenstuhl, der dringend repariert gehörte, mit einem rot geblümten Sitzkissen, das eine Reparatur genauso nötig hatte. Das Wetter war umgeschlagen, die frühe Junisonne strahlte hell und heiß vom Himmel, beide Frauen trugen Sonnenbrillen. Auf Lindys prangte unübersehbar das Chanel-Logo mit glitzernden Strasssteinchen und Perlen, Nancy hatte ihre für fünfzehn Pfund bei Boots gekauft.

Als der Kaffee und ein großes Stück Schokoladenkuchen für Lindy serviert wurden, erörterte Nancy ihrer Freundin die Jim-Geschichte, bemüht, aus seinem Verhalten schlau zu werden. Lindy hörte eine Weile zu, dann warf sie ihr einen verlegenen Blick zu. »Ich fühle mich so schlecht, weil ich es dir erzählt habe«, sagte sie kleinlaut. »Es ging mich nichts an, ich hätte den Mund halten sollen.«

Nancy schüttelte den Kopf. »Ich musste es wissen.«

»Ja, aber vermutlich hätte Jim dir früher oder später ohnehin reinen Wein eingeschenkt, und dann hätte er wenigstens die Chance gehabt, sein Verhalten zu erklären.«

»Das macht doch keinen Unterschied, Lindy. Er hat mich die ganze Zeit über belogen.«

Lindy seufzte. »Hast du noch einmal mit ihm gesprochen?«

Sie nickte.

»Aber du hast ihm seine Version nicht geglaubt.«

»Doch, das habe ich. Es hat nur nichts genützt.«

»Warum nicht?«

»Ich nehme an, weil ich mir nicht sicher bin, ob er wirklich über seine Frau hinweg ist – auch wenn er das behauptet. Es ist seltsam, dass sie so lange nach der Trennung noch in einem Haus leben, wenn sie einander nichts mehr bedeuten, findest du nicht?«

»Was sagtest du – wie lange sind sie schon nicht mehr zusammen?«

»Über drei Jahre.«

»Hm ... Wie äußert sich Jim dazu?«

»Sie sind aus finanziellen Gründen dort wohnen geblieben – und weil keiner von ihnen einen neuen Partner hatte.«

»Nun, das ist durchaus möglich …«

»Aber warum hatten sie beide keinen neuen Partner?« Nancy nahm einen Schluck Kaffee und stellte fest, dass das ein Fehler war: Sie hatte heute schon mehr als genug Koffein zu sich genommen und nicht genügend gegessen. »Steckt womöglich dahinter, dass sie einander in Wirklichkeit noch lieben?«

Lindy lachte. »Diese Schlussfolgerung ist Unsinn, Nancy. Sie müssen sich doch nicht mehr lieben, nur weil sie keine neuen Partner gefunden haben! Der Markt da draußen ist hart umkämpft!«

»Ja, aber …«

»Wenn Jim Chrissie noch lieben würde, warum um alles auf der Welt sollte er dann dir nachstellen?«

»Vielleicht wissen sie gar nicht, dass sie noch Gefühle füreinander haben. Die Menschen flüchten sich oftmals in Affären, um herauszufinden, was ihnen ihre Ehe noch bedeutet.«

»Das mag ja sein, aber in deinem Fall ergibt das keinen Sinn, Nancy. Wenn Jim dich benutzt hat, um Chrissie zurückzugewinnen, warum sollte es ihn dann kümmern, dass du von seiner Situation erfahren hast? Er würde sich einfach zurückziehen, anstatt dich mit Anrufen und Textnachrichten zu bombardieren, in denen er dir versichert, wie leid es ihm tut.«

»Christopher war blitzschnell verschwunden, nachdem er mir sein Verhältnis mit Tatjana gebeichtet hatte.«

»Genau, denn er war in diese Frau verliebt. Doch

wäre eure Ehe zerbrochen, und es hätte niemand anders gegeben, wäre er wahrscheinlich geblieben und hätte euch beide unglücklich gemacht.«

Nancy dachte an ihre Ehe zurück. Sie hatten einander nicht unglücklich gemacht, auch wenn sie schon seit Jahren keine wirkliche Freude mehr über die Gesellschaft des anderen empfunden hatten. Dennoch wäre es ihr niemals in den Sinn gekommen, Christopher zu verlassen.

»Dann findest du es also nicht merkwürdig, dass sie noch zusammenwohnen?«

»Das habe ich nicht gesagt«, ruderte Lindy zurück. »Ich halte es für ungewöhnlich, aber ich glaube nicht, dass man daraus ableiten kann, Jim würde seine Frau immer noch lieben.«

»Er war offenbar ziemlich angefressen, als sie ihn betrogen hat.«

»Ja, das mag das Ende seiner Liebe gewesen sein. Männer kommen nicht annähernd so gut mit Untreue klar wie Frauen.«

Nancy war zu erschöpft, um über dieses Thema nachzudenken. »Im Zweifel also für den Angeklagten, meinst du?«

Lindy rieb sich mit der Handfläche die Nase. Die zahlreichen Silberreifen an ihrem Handgelenk klirrten. »Diese Frage kann ich dir nicht beantworten, Nancy. Kommt darauf an, ob du das Gefühl hast, er sei das Risiko wert.«

»Das Risiko besteht darin, dass er mich womöglich sitzenlässt …«

Ihre Freundin nickte. »Das ist ein Risiko, das jeder Mensch in einer Beziehung eingehen muss.«

»Ich bin zu alt, um mir das Herz brechen zu lassen.«

Lindy musterte Nancy einen Moment lang. »Willst du mir tatsächlich weismachen, es wäre dir lieber, du hättest Jim nie getroffen?«

»Nein, natürlich nicht«, antwortete Nancy, ohne zu zögern. Der Gedanke, Jim nie begegnet zu sein, war beinahe genauso schmerzhaft wie die Vorstellung, ihn nie mehr wiederzusehen.

Als sie das Café verließen, ertappte sich Nancy dabei, wie sie sich verstohlen umsah. Wenn sie ihm jetzt zufällig über den Weg lief? Hoffentlich nicht, denn sie sah furchtbar aus. Außerdem würde ein Blick seiner magischen blauen Augen genügen, und sie wäre verloren. Obwohl es leicht wäre, ihm in die Arme zu fallen und die Sache mit der angeblichen Exfrau zu vergessen, wusste sie, dass sich die Dinge zwischen ihnen unwiderruflich verändert hatten. Also hastete sie mit gesenktem Kopf und wild hämmerndem Herzen durch die schmalen Straßen zu ihrem Wagen. Ihr Herzschlag beruhigte sich erst, als sie unterwegs war und in nördlicher Richtung stadtauswärts nach Hause fuhr.

Kapitel dreiundzwanzig

Frances lächelte den Arzt an. Er war wirklich sehr nett, auch wenn Nancy behauptete, er tauge nicht viel. Ihr machte das nichts aus, denn sie hatte ihn ohnehin nicht konsultieren wollen. Dies war der dritte Termin, den ihre Tochter für sie ausgemacht hatte. Vor den ersten beiden hatte sie sich drücken können, indem sie so tat, als fühle sie sich nicht recht wohl. Sie wollte nicht in Dr. Hendersons Praxis und erst recht nicht zu Nancys Hausärztin Dr. Khan. Doch genau da war der Haken: Wenn sie behauptete, sich zu krank zu fühlen, würde Nancy Dr. Henderson wieder zu ihr nach Hause bestellen, was noch schlimmer war. Deshalb hatte sie schließlich klein beigegeben.

»Mrs Havers …«

Dr. Henderson sagte etwas, und sie bemühte sich, ihm zuzuhören. Während der letzten zehn Minuten hatte er an ihr herumgedrückt und getastet, was gar nicht angenehm gewesen war. Ihre Kleidung war verrutscht, und sie sehnte sich danach, endlich wieder zu Hause zu sein.

»Mrs Havers«, versuchte er es erneut und legte den Kopf schräg. »Ich mache mir Gedanken wegen der Druckempfindlichkeit an Ihrem Unterleib. Ich würde mir das gerne genauer ansehen, um herauszufinden, ob womöglich etwas nicht in Ordnung ist. Wären Sie bereit, sich einigen Untersuchungen in der Klinik zu unterziehen?«

»Was für Untersuchungen?«

»Nun …« Wieder rutschte sein Kopf zur Seite. *Ob er wohl ein Problem mit dem Nacken hat?*

»Ich würde gerne eine Gastroskopie sowie eine Koloskopie vornehmen lassen – eine Magen-Darm-Spiegelung. Dabei wird ein kleiner Schlauch mit einer Kamera am Ende über die Speiseröhre in den Magen-Darm-Trakt eingeführt, mit deren Hilfe wir Ihre Organe überprüfen können. Ein solcher Eingriff ist nicht schmerzhaft.«

Frances sah zu Nancy hinüber. Nicht ich, sondern sie sollte zum Arzt gehen, dachte sie. Seit dieser fürchterliche Mann sie wegen seiner Frau belogen hatte, war ihre Tochter immer blasser geworden; inzwischen sah sie regelrecht elend aus. Frances machte sich Sorgen um sie. Man sollte eben nie etwas überstürzen, wenn es um Männer ging. Schon gar nicht, wenn Sex mit im Spiel war. Männer waren einfach zu unzuverlässig, vor allem wenn es darum ging, ihre Bedürfnisse zu befriedigen. Frances hatte Sex nie sonderlich gemocht. Hatte nicht den Sinn von all dem Gestöhne und Gezucke erkennen können, von der … Sauerei. Kenny hatte es scheinbar nichts ausgemacht, dass sie nach Nancys Geburt ihre Schlafzimmertür vor ihm verschlossen hatte. Zwar hatte er sich später mit der kleinen, unschuldigen Julie, seiner devoten Zahnarzthelferin, vergnügt, die einen Hintern hatte wie ein Ackergaul. Frances hatte das aber nicht weiter interessiert – es ging ja bloß um Sex, und Kenny war stets ausgesprochen diskret. Sie wusste, dass er sie vergötterte.

»Ich weiß, was eine Gastroskopie ist«, teilte sie Dr. Henderson mit scharfer Stimme mit, »und ich möchte keine.« *Kleiner Schlauch? Dass ich nicht lache!* Ihre Freundin Barbara hatte eine Magen-Darm-Spiegelung vornehmen lassen, und sie hatte ihr berichtet, sich habe sich eher an einen Gartenschlauch erinnert gefühlt. Das Valium, das man ihr gegeben hatte, hatte nicht gewirkt, und sie hatte so stark gewürgt, dass der Arzt schließlich aufgab. Angeblich war ihr Hals mehr als vierzehn Tage wund gewesen. Frances schauderte bei der Vorstellung.

»Mum, das ist albern. Du musst das kontrollieren lassen.«

»Mir fehlt nichts«, versicherte sie, nicht zum ersten Mal.

»Sie haben mir erzählt, Sie hätten keinen großen Appetit«, schaltete sich der Arzt ein, »außerdem leiden Sie nicht selten an Schmerzen und Verdauungsstörungen. Warum sollten wir nicht mal einen Blick darauf werfen? Vielleicht können wir Ihre Probleme beheben.«

»Beheben? Wie wollen Sie das denn anstellen?«

Sie wusste mit absoluter Gewissheit, dass sie Magenkrebs hatte, und zwar schon seit einer geraumen Weile. Die Symptome waren genau dieselben wie bei dem armen Richard, Joyce' Ehemann – sie hatte ihre Freundin neulich danach gefragt.

»Das kommt darauf an, womit wir konfrontiert sind«, antwortete Dr. Henderson ausweichend. »Bevor wir keine genauen Ergebnisse haben, sollten wir nicht über mögliche Behandlungsmethoden spekulieren.«

»Ich möchte keine weiteren Untersuchungen vornehmen lassen.« Noch während sie sprach, spürte Frances, wie sich die Panik in ihr breitmachte. Ihr Herz schlug doppelt so schnell wie sonst. *Bitte jetzt keine Angstattacke*, flehte sie innerlich und konzentrierte sich auf ihre Atmung. *Tief einatmen und wieder ausatmen, ein, aus, ein, aus …*

Nancy griff nach ihrer kalten Hand. »Bitte, Mum, sei nicht so stur. Vielleicht lässt es sich ganz leicht beheben, und du kannst anschließend besser leben!«

»Vorausgesetzt, es lässt sich beheben«, gab Frances zu bedenken.

»Solange nichts anderes nachgewiesen ist, sollten wir das in der Tat voraussetzen.«

Frances sah, dass Dr. Henderson einen tiefen Seufzer ausstieß. *Ein weiterer renitenter Patient, der seine kostbare Zeit verschwendet, denkt er vermutlich. Sein Problem. Mir stehen acht Minuten zur Verfügung, und er hat schon zehn damit zugebracht, auf meinem Bauch herumzudrücken und mir alberne Fragen zu stellen.*

»Warum fahren Sie nicht erst einmal nach Hause und denken in Ruhe über alles nach?«, schlug er mit einem leicht herablassenden Lächeln vor.

»Können Sie meine Mutter nicht einfach anmelden?«, fragte Nancy bittend. »Dann kann sie eine Entscheidung treffen, während wir auf den Termin warten.« Sie wirkte angespannt und besorgt, und Frances verspürte Gewissensbisse, weil sie ihrer Tochter so viel Kummer bereitete. Trotzdem würde sie sich keiner Gastroskopie oder Koloskopie unterziehen, so viel stand fest.

»Ohne Mrs Havers' Einwilligung kann ich nichts unternehmen.«

Nancy warf ihrer Mutter einen flehenden Blick zu. »Bitte lass Dr. Henderson die Anmeldung vornehmen, Mum. Du kannst deine Meinung später immer noch ändern.«

Plötzlich fühlte sich Frances zu erschöpft, um noch länger zu widersprechen. »Na schön«, gab sie klein bei. »Macht doch, was ihr wollt!«

Die beiden strahlten, als hätte sie sich soeben einen goldenen Stern verdient. Erleichtert hoffte sie, dass sie sie nun in Ruhe lassen würden. Bis sie einen Termin bekam, würde es noch Wochen dauern – Wochen, in denen jede Menge passieren konnte.

»Gut gemacht, Mum«, sagte Nancy, als sie zum Wagen zurückgingen.

»Freu dich nicht zu früh«, sagte sie.

Nancy erwiderte nichts, öffnete die Autotür und half ihrer Mutter beim Einsteigen.

»Soll ich noch ein bisschen dableiben?«, fragte Nancy, als Frances es sich zu Hause auf dem Sofa bequem gemacht hatte.

»Nein, nein, fahr nur. Du hast doch bestimmt viel zu tun.« Sie wollte allein sein. Wenn ihre Tochter blieb, würde sie wie immer ein Riesenaufhebens ums Mittagessen veranstalten, und dann ginge wieder der Kampf los, dass sie auch ja genug aß. Das konnte sie jetzt nicht ertragen. Frances musste nachdenken, musste eine Entscheidung treffen wegen ihrer Krebserkrankung.

Frances hatte keine Angst vor dem Tod. Wenn es den Gott, zu dem sie jeden Sonntag in der Kirche betete, tatsächlich gab, würde er sie zu sich in den Himmel holen. Und wenn es ihn nicht gab, würde sie einfach aufhören zu existieren, was für sie ebenfalls in Ordnung war. Der Prozess des Sterbens war es, der ihr Angst machte. Sie hatte sich stets geschworen, ihrer Familie niemals zur Last zu fallen. So angenehm es auch wäre, sich einfach zu fügen und das zu tun, was die anderen ihr rieten, so war ihr doch klar, dass weder Nancy noch Louise den Mumm hatten, ihr durch grauenvolle OPs und die lange, pflegeintensive Rehabilitationszeit nach der Chemo zu helfen, genauso wenig wie sie den Mumm hatte, diese auf sich zu nehmen. Und obwohl es wundervoll gewesen war, im Haus ihrer Tochter umsorgt zu werden, ohne sich um irgendetwas kümmern zu müssen, war ihr nicht entgangen, welche Belastung ihre Anwesenheit für ihre Tochter darstellte. Nancy war ausgesprochen lieb und hilfsbereit gewesen, trotzdem hatte Frances ihre Ungeduld gespürt und geahnt, dass sie insgeheim am liebsten geschrien hätte. Wäre ihre eigene Mutter auf unbestimmte Zeit bei ihr eingezogen, hätte Frances mit Sicherheit nicht an sich halten können. Sie *hätte* geschrien, und zwar nicht nur insgeheim.

Kapitel vierundzwanzig

Siebenundzwanzig Tage waren vergangen, seit Nancy das letzte Mal mit Jim gesprochen hatte – sie hatte sie gezählt. Siebenundzwanzig Tage, die ihr vorkamen wie eine Ewigkeit. Noch immer erschien seine Nummer auf ihrem Display, obwohl er nie eine Nachricht hinterließ und die Anrufe von Tag zu Tag seltener wurden.

Sie ertappte sich dabei, jeden Tag fast jede Minute an ihn zu denken: Sie ging zu Bett und fragte sich, wie es ihm wohl gehen mochte, sie erwachte aus Träumen, in denen sie sein Gesicht vor sich sah. Das Schlimmste war, dass alle davon ausgingen, ihre Liaison sei beendet, aus und vorbei, und jeder trug ein breites Lächeln der Erleichterung zur Schau. Was einen Schatten vor allem auf ihre Beziehung zu Louise warf, denn ihre Mutter – obwohl sie derselben Meinung war wie Louise – hatte das Thema seit ihrer Auseinandersetzung nicht mehr angeschnitten.

»Weißt du was, Mum? Du solltest einem Fitnessstudio beitreten«, sagte Louise jetzt, als sie mit ihrer

Mutter im Garten stand, die Hände in die Hüften gestützt, und dabei zusah, wie Nancy die welken Blüten der Rosen auspflückte und den Bambus zurückschnitt, der überall dort wucherte, wo er nichts zu suchen hatte.

Es war zur Abwechslung mal richtig heiß, das schlechte Wetter zu Sommerbeginn, durchbrochen nur von vereinzelten schönen Tagen, war einem wolkenlosen blauen Himmel gewichen. Louise zog die zweite Gartenschere aus dem Leinenbeutel auf dem Rasen und sah sich nach etwas um, was zurückgeschnitten gehörte.

»Dort drüben.« Nancy deutete mit ihrer Schere auf den Efeu, der durch die Hecke an der Seite des Hauses rankte.

»Hast du gehört, was ich gesagt habe?«, fragte Louise und schob mit dem Handrücken ihre Sonnenbrille die Nase hinauf. Sie trug Shorts und ein knappes gelbes Top, worin sie viel jünger aussah als dreiunddreißig.

»Ich soll ins Fitnessstudio gehen.« Nancy hielt inne und hielt den langen Bambusstiel in der Hand, den sie gerade hinter einem Rosenstrauch am Zaun aus der Erde gezogen hatte. »Warum sollte ich?«

Louise lachte. »Aus den üblichen Gründen. Um fit zu werden. Und um Leute kennenzulernen.«

»Ich bin fit. Ich mache zweimal die Woche Yoga mit meiner iPad-App.«

»Haha. Auf dem Weg zum Restaurant bin ich an einem neuen Studio vorbeigekommen. Ich hab's mir kurz angeschaut – alles ganz schick mit viel Hightech. Ich dachte, es könnte dir gefallen.«

»Ich kann mir nichts Schrecklicheres vorstellen, als auf Fitnessgeräten zu sitzen, die feucht sind vom Schweiß anderer Leute, und zu ohrenbetäubender Discomusik Gewichte zu stemmen.« Sie klang schnippischer, als sie beabsichtigt hatte, da sie wusste, was Louise mit ihrem Vorschlag bezwecken wollte. Dasselbe wie mit all den anderen ach so subtilen Vorschlägen, die sie seit Nancys Trennung von Jim gemacht hatte. Diese reichten von einem Kochkurs, den Ross' Freund Mark in Lewes gab, über einen Filmclub in Brighton bis hin zu einem Wanderverein, der Wochenende für Wochenende durch die South Downs streifte.

Louise zog wortlos die Efeuranken aus der Hecke und legte sie auf den ordentlichen Haufen mit Gartenabfällen.

»Hör mal, Lou, ich weiß, dass du es gut meinst, aber bitte hör damit auf. Ich bin rundherum glücklich mit meiner momentanen Situation.«

Ihre Tochter drehte sich zu ihr um und riss sich die Brille von der Nase. »Tatsächlich? Kannst du aufrichtig behaupten, du seist ›rundherum glücklich‹? Das kommt mir nämlich gar nicht so vor. Seit Wochen schleichst du mit einer wahren Leichenbittermiene durch die Gegend!«

»Danke.«

Sie standen einander auf dem Rasen gegenüber. »Ich nehme an, das Ganze hat etwas mit Jim zu tun, aber du musst einfach nach vorn schauen! Ich meine, im Grunde wart ihr doch keine fünf Minuten zusammen!«

Nancy spürte, wie sie sich vor Wut und Verletztheit versteifte. Reagier nicht darauf, dachte sie. Und wenn sie ehrlich war, wusste sie auch gar nicht, was sie hätte erwidern sollen.

»Granny macht sich ebenfalls Sorgen. Sie war diejenige, die vorgeschlagen hat, du solltest mehr ausgehen – dich beschäftigen.«

»Ach, um Himmels willen.« Nancy konnte sich nicht länger beherrschen. »Könnt ihr zwei bitte damit aufhören, mich zu behandeln, als sei ich nicht mehr ganz zurechnungsfähig? Ihr habt doch keine Ahnung, was Jim mir bedeutet! Glaubt ihr wirklich, daran wird sich etwas ändern, wenn ich ein paar Abende mit einer Handvoll Filmfreaks in Brighton verbringe und dabei warmen Wein trinke?« Sie unterdrückte ihren Wunsch, zu schreien und zu toben und auf ihre Tochter einzuhacken.

Louise sah sie verdattert an. »He, entschuldige, dass ich mir Gedanken um dich mache.« Sie bückte sich, hob die Gartenabfälle auf und stopfte sie in den Sack, den Nancy mitten auf dem Rasen platziert hatte. Anschließend wischte sie sich die Hände ab und stolzierte hinüber zu ihrem Haus.

Nancy seufzte. »Lou!«, rief sie ihrer Tochter halbherzig hinterher. Wenn sie ehrlich war, wünschte sie sich nicht unbedingt, dass Louise kehrtmachte. Sie setzte sich auf die Hollywoodschaukel, zog ihre

Gartenhandschuhe aus und legte sie neben sich aufs Polster. Ihr war klar, dass sie hinterhergehen und sich entschuldigen musste. Louise versuchte nur, ihr zu helfen. Trotzdem war es schwer, sich immer wieder anzuhören, dass Jim nicht mehr als ein unglücklicher Fehler gewesen sei und als solcher nicht weiter von Belang – obwohl er ihr so viel bedeutete.

Während sie im Sonnenschein vor und zurück schaukelte und all ihre Kraft zusammennahm, um mit Louise zu reden, sah sie Ross mit seinem Auto die Auffahrt hinaufrollen. Da sie nicht mit ihm sprechen wollte, stand sie auf und streifte wieder ihre Handschuhe über, um mit ihrer Gartenarbeit weiterzumachen, aber er stieg aus, winkte und kam über den Rasen auf sie zu. »Hi, Nancy. Wie geht es dir?«

Sie fand, dass er fröhlicher wirkte als sonst, und fragte sich, was wohl der Grund dafür sein mochte. Louise hatte ihr erzählt, dass sich im Restaurant trotz der Sommersaison nicht viel verändert hatte.

Nancy lächelte ihren Schwiegersohn an. »Nicht so gut – ich hatte gerade Streit mit Lou.«

Er runzelte die Stirn. »Worüber?«

»Zweimal darfst du raten.«

»Nicht schon wieder wegen Jim.«

Sie nickte.

»Was hat sie gesagt?«

»Nichts Schlimmes, nur dass ich nach vorn blicken soll.«

»Ich hasse es, wenn Leute das sagen.« Er warf ihr ein mitfühlendes Lächeln zu, nahm den fast vollen

Sack und trug ihn zu der grünen Bioabfalltonne am Rand des Kieswegs, um das Schnittgut zu entsorgen. Energisch presste er die Äste und Blätter zusammen und schloss den Deckel. Als er mit dem leeren Sack zurückkam, fragte er: »Was empfindest du eigentlich bei der ganzen Sache?«

Seine Frage entwaffnete Nancy. Bislang hatte sich niemand nach ihren Gefühlen erkundigt, stets war es nur darum gegangen, was für ein Mistkerl Jim doch war und wie froh sie sich schätzen konnte, noch einmal davongekommen zu sein. »Ich fühle mich, als hätte ich einen Arm verloren«, sagte sie leise und sah, wie sich seine Augen weiteten.

»So schlimm?«

»Wenn nicht schlimmer.«

»Das wusste ich nicht.« Ross wirkte betroffen. »Auf die Gefahr hin, als Häretiker dazustehen …« Er senkte die Stimme. »Hast du mal daran gedacht, ihn wiederzusehen? Ich meine, wenn er dir so viel bedeutet, solltest du es vielleicht noch mal versuchen.« Er schaute sie an, die Mundwinkel herab-, die Augenbrauen in die Höhe gezogen. »Dumme Idee?«

»Er hat mich belogen«, wiederholte sie zum x-ten Mal. Wie abgedroschen der Satz inzwischen klang.

Ross zuckte die breiten Schultern. »Allem Anschein nach aus gutem Grund.« Er hielt kurz inne, dann fügte er hinzu: »Wenn du mich fragst: Ich mochte den Kerl, und jeder macht mal einen Fehler. Louise wird mich umbringen, weil ich dir das so offen sage, also verpetz mich bitte nicht, aber was hast du zu verlieren, wenn du ihm eine zweite Chance gibst?«

»Mein Herz?«

»So wie's klingt, hast du das doch längst verloren!« Er klopfte ihr aufmunternd auf die Schulter und marschierte von dannen, die Hände in den Taschen seiner khakifarbenen Cargoshorts vergraben.

Es war, als habe jemand einen schweren Deckel angehoben und Licht in die Dunkelheit gelassen. Nancy setzte sich wieder auf ihre Hollywoodschaukel. Was hatte sie zu verlieren, wenn sie sich noch einmal mit Jim traf, mit ihm redete? Nichts, dachte sie, wirklich gar nichts könnte schlimmer sein als die Qualen, die sie momentan durchstand. Wenn sie ihn wiedersah und feststellte, dass es nicht funktionierte, dann war das eben so. Zumindest hätte sie sich nach Kräften bemüht.

Sie stand auf, wie eine Irre grinsend, und verstaute Handschuhe und Gartenschere zusammen mit dem Plastiksack in dem kleinen Gartenschuppen. Sollte sie ihn anrufen, oder sollte sie ihm eine SMS schicken?

Als sie endlich ihr Telefon auf der gefliesten Ablage im oberen Badezimmer fand, entschied sie sich für die Textnachricht, weil das die am wenigsten aufregende Variante war. Schließlich konnte es durchaus sein, dass er »nach vorn geschaut« hatte – um die verhasste Phrase zu bemühen – und sie gar nicht mehr sehen wollte. Gut möglich, dass er die Nase voll und das Interesse an ihr verloren hatte. Seit seiner letzten SMS waren immerhin ganze neun Tage vergangen. Sein Schweigen hatte sie fast genauso sehr gequält wie seine vorherigen Anrufe, die sie jedes Mal an den Rand eines Abgrunds gezerrt hatten. Jetzt Ablehnung oder – schlimmer noch – Gleichgültigkeit in seiner Stimme zu hören würde sie in diesen Abgrund hinabstürzen lassen. Zitternd setzte sie sich aufs Bett und tippte in ihr Smartphone: *Morgen um zehn im Café? Nancy*

Ihr Finger schwebte eine Ewigkeit über dem Display, bevor sie auf »Senden« drückte.

Es war fast Mittag, und es war Sonntag. Gab er sonntags Unterricht? Sie war sich nicht sicher. Vielleicht war er unterwegs, traf sich mit seinen Freunden. Es gab hundert Gründe, ihr nicht zu antworten.

Sie wartete. Sie tigerte im Zimmer auf und ab. Sie versuchte, Klavier zu spielen. Sie blätterte das Magazin durch, das Louise ihr auf den Küchentisch gelegt hatte. Die Seite mit den näheren Informationen über den Filmclub hatte ein Eselsohr. Louise schien wirklich viel daran zu liegen, ihre Mutter zur Mitgliedschaft zu bewegen. Sie nahm die Wäsche aus der Maschine und hängte sie auf die Wäschespinne an der Seite des Hauses. All diese Handlungen wurden immer wieder unterbrochen von ängstlichen Blicken auf ihr Handy, obwohl sie doch wusste, dass es ein lautes *Ping! Ping!* von sich geben würde, sobald eine neue Nachricht einging.

Nichts.

Als der Nachmittag voranschritt, schwand ihre Hoffnung allmählich und ihre zuvor so euphorische

Stimmung wich einer bleiernen Mattigkeit, die ihr jegliche Energie raubte, sodass sie nichts anderes tun konnte, als zusammengekauert auf dem Sofa zu liegen, die Augen geschlossen.

Sie schlief ein, wachte wieder auf, blickte auf ihr Smartphone, das sie noch immer fest in der Hand hielt.

Ich kann es kaum erwarten. Kuss, Jim stand auf dem Display, und über Nancys Wangen strömten Tränen.

Nancy hatte vor, einfach nur mit Jim zu reden. Seine Version zu hören. Das war sie ihm schuldig. *Wenn diese Sache jemals einen Abschluss finden soll,* dachte sie, *muss ich dieses Gespräch führen.* Die Sorgfalt, mit der sie ihre Garderobe wählte, sich schminkte und frisierte, strafte ihre rationale Haltung Lügen.

Als sie an dem Café eintraf, in dem sie sich zum ersten Mal verabredet hatten, stellte sie fest, dass sie zehn Minuten zu früh dran war. Um sich die Zeit zu vertreiben, schlenderte sie einmal um den Block, spazierte durch die kleinen Gassen und vertrödelte ein paar Minuten im Drogeriemarkt, um am Teststand verschiedene Lippenstifte auszuprobieren. Das Wetter hatte umgeschlagen, es war jetzt kühler, die grauen Wolken am Horizont verhießen nichts Gutes. Sie wünschte, sie hätte sich einen Pulli mitgebracht, ihre nackten Arme in dem weißen T-Shirt waren mit einer Gänsehaut überzogen. Immer wieder warf sie einen Blick auf ihre Uhr, nur um festzustellen, dass kaum zwei Minuten verstrichen waren. Ihr Herz flatterte in ihrer Brust, ihr leerer Magen brannte vor freudiger Erwartung und gleichzeitiger Furcht.

Es kam ihr vor wie eine Ewigkeit, dass sie sich zum letzten Mal gesehen hatten – an dem Morgen, an dem sie sich geliebt hatten. Sie erinnerte sich an sein Lachen, als er sich in der Früh aus dem Haus gestohlen hatte, um nicht ihrer Mutter oder Louise zu begegnen. Wie würde er reagieren, nachdem sie seine Anrufe und Nachrichten so vehement zurückgewiesen hatte? Sie hatten Grund, aufeinander sauer zu sein, aber Ärger war das Letzte, was Nancy empfand, als sie um Punkt zehn endlich die Tür des Cafés aufstieß.

Es waren nur drei Tische besetzt – und Jim war nicht da. Unentschlossen, wo sie Platz nehmen sollte, entschied sie sich für einen Fenstertisch in der Nähe der Tür, von wo aus sie den Eingang im Blick behalten konnte, dann schwankte sie zwischen Tee und Kaffee. Oder sollte sie warten, bis er da war? Vielleicht würde er gar nicht kommen, überlegte sie, obwohl es erst vier Minuten nach zehn war. Sie setzte sich, wartete, stand wieder auf, bestellte einen Cappuccino, nahm ihn mit an ihren Tisch, dazu ein Exemplar der gestrigen *Racing Post,* das auf der Fensterbank lag, und las einen Artikel über Pferdezucht, ohne ein einziges Wort zu verstehen. Der Kaffee war eine gute Idee gewesen, das Koffein tat ihren Nerven gut. Seltsam. Jim kam nur selten zu spät …

Plötzlich wurde die Tür aufgestoßen, das Glöckchen klingelte, und Jim stürmte herein, völlig außer Atem sah er sich im Coffeeshop um. Als er sie entdeckte, zeichneten sich gleichzeitig Erleichterung und Besorgnis auf seinem Gesicht ab. Nancy sprang auf, um ihn zu begrüßen, völlig aus der Fassung, weil er nun tatsächlich da war.

»Mein Gott, Nancy, es tut mir so leid. Ich musste den Immobilienmakler reinlassen, und der kam viel zu spät!«

Sie standen einander gegenüber, jeder auf seiner Seite des Tisches, die Nerven bis zum Zerreißen gespannt, und wussten nicht, was sie tun oder sagen sollten.

»Ist schon okay«, stieß sie schließlich hervor. Er sah dünn aus, erschöpft und längst nicht so selbstsicher wie sonst, dachte sie, als er seine Lederjacke auszog und über die Stuhllehne hängte. Darunter kam sein vertrautes Jeanshemd zum Vorschein.

Während er zögernd ihre halb leere Tasse beäugte, spürte Nancy, wie ihr das Herz schmolz. Sein Blick begegnete ihrem. Lächelnd kam sie um den Tisch herum auf ihn zu. Unsicher erwiderte er ihr Lächeln, dann öffnete er die Arme, und sie spürte seinen warmen Körper an ihrem, den Druck seiner Arme auf ihrem Rücken, als er sie an sich zog. Sie atmete den Duft seines holzigen Aftershaves ein und spürte die kühlen Metallknöpfe seines Hemdkragens an ihrer Wange. Ein Seufzer drang über seine Lippen. Nancy schloss die Augen. Als sie endlich zu ihm aufblickte, sah sie Tränen in seinen klaren blauen Augen.

»Ich dachte, ich würde nie wieder solches Glück empfinden dürfen«, sagte er leise.

»Das dachte ich auch.«

Widerwillig lösten sie sich voneinander, um einem Gast Platz zu machen, der an ihnen vorbeiwollte. Die Anspannung des vergangenen Monats fiel von Nancy ab, löste sich in Luft auf, genau wie der Grund für ihre vorübergehende Trennung. Ohne die Augen von Jim zu wenden, sackte sie auf ihren Stuhl. Er lächelte, nun etwas weniger unsicher, pure Erleichterung spiegelte sich auf seinem schönen Gesicht.

»Möchtest du noch einen Kaffee?«

Sie nickte. »Ja bitte. Dieser hier ist kalt.«

Sie sah, wie er mit der jungen Frau hinter der Kaffeebar sprach und seine abgewetzte Geldbörse aus der Gesäßtasche zog. Während er auf seine Bestellung wartete, drehte er sich zu ihr um, als fürchte er, sie könne sich heimlich aus dem Staub machen.

»Wie ist es dir so ergangen?«, erkundigte er sich, nachdem er die Tassen zu ihr an den Tisch gebracht hatte. Nancy antwortete nicht gleich, stattdessen hielt sie seinen Blick fest, der unablässig auf ihr ruhte, und genoss das Wunder, dass sie wieder zusammen waren.

»Ich habe mich hundeelend gefühlt, wenn du's unbedingt wissen willst.«

Er lachte, doch sein Lachen klang leicht schrill. »Auch wenn das bestimmt kein Wettbewerb sein soll – ich kann dich definitiv übertrumpfen. Seit ich dich das letzte Mal gesehen habe, konnte ich kaum noch atmen.« Er lächelte, bemüht, seine Worte locker klingen zu lassen, aber offensichtlich empfand er genau das, was er sagte.

»Ich war so geschockt …«

Er nickte. »Ich wusste, dass du so reagieren würdest. Du ahnst nicht, wie leid mir das tut.«

»Das ist doch jetzt egal.« Sie sprach die Worte, ohne nachzudenken, doch gleichzeitig wurde ihr klar, dass sie trotz ihrer Impulsivität der Wahrheit entsprachen. Ihre Sorge, ob sie Jim jemals wieder vertrauen konnte, war in dem Moment gestorben, in dem sie ihm in die Augen geschaut hatte. Sie waren völlig frei von Arglist, das hatte sie immer gewusst, auch nachdem er sie belogen hatte.

»Tatsächlich?«, fragte er. Seine Stimme klang besorgt. »Bist du dir sicher? Habe ich nichts zwischen uns zerstört?«

Nancy grinste. »Nein, mal abgesehen davon, dass ich dich für perfekt gehalten hatte …«

»Na, so ein Mist!« Sein Lächeln wurde verschmitzt, dann nahm sein Gesicht einen ernsten Ausdruck an. »Ich bin dabei, alles zu regeln, Nancy. Die Scheidung ist eingereicht – Chrissie ist bereit, die Papiere zu unterschreiben, sobald sie ihr zugestellt werden. Für das Haus haben sich potentielle Käufer gefunden, man hat uns ein recht gutes Angebot gemacht. Anscheinend haben sie es eilig und möchten die Formalitäten binnen vier Wochen erledigen.« Er schüttelte leicht den Kopf, als könne er es selber noch nicht so ganz fassen.

»Und Chrissie ist damit einverstanden?«

»Ja, sie hat gewissermaßen eine Kehrtwende vollzogen – weil sie jetzt mit ihrem Arbeitskollegen zusammen ist. Das lässt die Sache für sie natürlich in einem anderen Licht erscheinen.«

Nancy musterte ihn. »Wie denkst du darüber?«

Ihre Frage schien Jim zu überraschen. »Es geht mich nichts an, mit wem sie zusammen ist, nicht mehr. Allerdings – das muss ich gestehen – bin ich überglücklich, dass sie mir nicht länger Steine in den Weg legen will. Wir hätten das Ganze schon vor Jahren hinter uns bringen sollen.«

»Wow. Bei dir war letzten Monat ja einiges los!«

»Die vielen organisatorischen Fragen haben mich davon abgehalten, deinetwegen völlig durchzudrehen, Nancy. Der Gedanke, dich zu verlieren, hat mich schier in den Wahnsinn getrieben. Das war das Schlimmste, was ich mir vorstellen konnte, und dass deine Familie mich für eine abgedroschene Witzfigur hält, war auch nicht gerade hilfreich.«

Nancy lachte. »Nun, zumindest an Letzterem hat sich nichts geändert. Ich habe keine Ahnung, wie ich ihnen verkaufen soll, dass wir wieder zusammen sind.« Sie mochte sich die Reaktion ihrer Tochter gar nicht erst vorstellen, wenn sie ihr von Jim erzählte. »Allerdings ist es *mein* Leben.«

»Das finde ich auch.«

»Wohin wirst du ziehen, wenn das Haus verkauft ist?«, fragte sie ihn. »Vier Wochen sind eine kurze Zeit.«

Er zuckte die Achseln. »Keine Ahnung. Wahrscheinlich miete ich etwas in der Gegend. Eine Immobilie zu kaufen werde ich mir vermutlich nicht leisten können, zumindest nicht gleich. Ich halte bereits im Internet nach etwas Passendem Ausschau, aber bislang war da nichts Ernstzunehmendes dabei.« Er schaute aus dem Fenster. Die Sonne schien wieder, die dunklen Wolken am Horizont waren verschwunden. »Aber jetzt will ich nicht daran denken. Komm, lass uns gehen und frische Luft schnappen. Es ist stickig hier drinnen.« Jim sprang auf, und sie folgte ihm. Draußen auf dem Gehsteig nahm er ihre Hand. »Zum Meer?«, fragte er, und sie nickte glücklich.

Kapitel fünfundzwanzig

Louise saß ihrem Ehemann im Lime Kiln gegenüber, erschöpft nach der Freitagabendschicht. Vor ihnen auf dem Tisch standen zwei Gläser Rotwein. Das Personal war schon gegangen, sodass sie sich endlich in Ruhe unterhalten konnten. Im Restaurant mussten sie wenigstens nicht befürchten, dass kleine Ohren jedes einzelne Wort aufschnappten, das eigentlich gar nicht für sie bestimmt war.

»Und deine Mum würde uns nicht unter die Arme greifen?« Ross, noch immer in seiner weißen Chefkochkleidung, das Gesicht gerötet vom Kochen und vom Wein, trug seine Frage so selbstverständlich vor, als wäre sie das Naheliegendste auf der Welt.

Louise furchte die Brauen. »Du kapierst es nicht, oder? Wie können wir Mum um Geld bitten – das sie vermutlich nicht hat –, um uns aus der Patsche zu helfen, wenn die Zukunft des Restaurants so düster aussieht?«

»Düster? Mein Gott, Lou, warum musst du immer so negativ sein?«

»Hör auf, mir den Schwarzen Peter zuzuschieben, Ross. Sei lieber mal ehrlich: So wie die Dinge jetzt stehen, kommen wir nicht einmal über den Winter!«

»Es ist Juli, verdammt noch mal. Der Winter ist noch eine Ewigkeit entfernt.« Ross nahm einen großen Schluck Wein, das Gesicht finster vor Verdruss. »Du suchst dir wahrhaftig immer den richtigen Zeitpunkt aus. Ich habe gerade vierzehn Stunden Knochenarbeit in der Küche hinter mir, und du erwartest, dass ich mich auf die verfluchten Rechnungen konzentriere?«

»Ach, und wann wäre deiner Meinung nach ein passender Zeitpunkt? Du willst morgens nicht darüber reden, weil du die Tageskarte ausarbeitest. Nach dem Mittagessen bist du fix und fertig, vor dem Abendessen zu beschäftigt, nach dem Abendessen völlig ausgepowert. Zu Hause können wir nicht miteinander sprechen, weil wir es nicht schaffen, uns wie zivilisierte Menschen zu benehmen, sodass die Mädchen unsere Auseinandersetzungen mitbekommen. Dasselbe gilt für deine seltenen freien Tage. Wann zum Teufel *kann* ich dir denn mitteilen, dass unser Restaurant langsam, aber sicher den Bach runtergeht?«

Zu ihrem Entsetzen streckte Ross die Arme aus und umfasste ihre Handgelenke so fest, als wolle er sie brechen. »Halt die Klappe, Frau. Halt einfach den Mund, okay? Dieses ständige Lamento um Geld – das Essen interessiert dich doch einen Scheißdreck, genauso wenig wie mein Ruf als Koch. Geld, Geld,

Geld – das ist das Einzige, worum es dir geht.« Er brachte sein Gesicht dicht an ihres, und sie konnte sich nicht zurücklehnen, weil er eisern ihre Hände festhielt. Seine dunklen Augen funkelten so mörderisch, dass ihr Herz einen Schlag aussetzte. *»Halt einfach die Schnauze!«*, schrie er sie an, dann ließ er sie los, sackte auf seinem Stuhl zusammen und fuhr sich mit seiner großen Hand über die Glatze, die Augen geschlossen, einen Ausdruck totaler Erschöpfung auf dem Gesicht.

Louise, zutiefst erschüttert, sagte kein Wort. Sie stand auf, rieb sich die Handgelenke, dort, wo er sie gepackt hatte, Tränen schossen ihr in die Augen. Als sie sich umdrehte, um zu gehen, hörte sie Ross sagen: »Lou … Lou, bitte, es tut mir leid.« Und plötzlich stand er neben ihr, den Arm um ihre Schultern gelegt, und versuchte, sie an sich zu ziehen.

»Hau ab!«, fauchte sie zornig.

»Bitte … mein Gott, ich weiß nicht, was in mich gefahren ist. Ich bin so schrecklich müde.«

»Du bist müde?«, ging Louise auf ihren Ehemann los. »Erzähl mir was Neues! Ich kann's nicht mehr hören – wie müde du bist, wie schwer du schuftest, wie viele Gedanken du dir um deine ach so kostbaren Speisen machst, um deinen ach so kostbaren Ruf. Scheiße! Das ist keine Entschuldigung für das, was du mir gerade angetan hast!«

Ross setzte ein betretenes Gesicht auf. »Ich wollte bloß, dass du mir zuhörst.«

»Du hast mich körperlich angegriffen, Ross. Du

hast mir wehgetan.« Sie streckte ihm ihre Handgelenke entgegen. Die roten Spuren auf ihrer blassen Haut waren deutlich zu erkennen. »Wenn du mich noch einmal so anfasst, dann werde ich dich verlassen, das verspreche ich dir!«

»Lou! Bitte sag das nicht. Es tut mir aufrichtig leid. Außerdem mache ich mir auch Sorgen. Ich weiß, dass du glaubst, das Ganze schere mich einen Scheißdreck, aber das stimmt nicht.« Seine braunen Augen sahen sie flehentlich an. »Seit ich ein Kind war, habe ich von meinem eigenen Restaurant geträumt. Ich kann den Gedanken nicht ertragen, das Lime Kiln zu verlieren.«

Louise war nur selten in der Lage, hart zu bleiben, wenn ihr Mann auf bedauernswerter kleiner Junge machte, aber ihre Handgelenke brannten, und sie stand noch immer unter Schock. »Wir können den Kopf nicht länger in den Sand stecken, Ross. Die Lage ist ernst. Es geht nicht nur ums Restaurant, sondern auch um das Haus. Wenn wir den Kredit nicht bedienen können …«

Sie standen in dem halbdunklen leeren Gastraum, der sowohl für ihr Versagen als auch für ihr Potential stand, umgeben von den vertrauten quadratischen Tischen und Armsesseln, den Bildern an den Wänden, den Weinflaschen in den Regalen hinter der Bar, dem schwachen Kaffeeduft, der noch in der Luft hing.

»Was ist mit deiner Mutter?«, fragte Ross, um einen neutralen Ton bemüht.

Louise seufzte. »Ich kann sie nicht fragen. Sie ist momentan wegen des Jim-Fiaskos in ausgesprochen schlechter Verfassung, und außerdem ist sie nicht reich. Sie kann sich die Finanzspritze nicht leisten, die wir bräuchten, um diesem Lokal hier eine echte Chance zu geben.«

»Könntest du sie nicht wenigstens fragen?«, beharrte Ross schamlos, als hätte er das, was er vor ein paar Minuten getan hatte, schon wieder vergessen. »Es wäre auch für sie nicht gut, wenn wir das Haus verkaufen müssten …«

Lustlos ging Louise die Kleiderbügel an der Chromstange durch, ohne die Kleider, Röcke und Jackets daran wirklich wahrzunehmen. Sie wusste, dass sie sich darauf konzentrieren sollte, ein passendes Kleid für die Hochzeit ihres Vaters zu finden, doch Ross' brutales Verhalten hatte sie das ganze Wochenende über nicht losgelassen, der feindliche, verächtliche Ausdruck, den sie in seinen Augen gesehen hatte – als würde er sie hassen. *Liebt er mich eigentlich noch?*, fragte sie sich. *Oder betrachtet er mich und Mum lediglich als Unterstützer bei der Ausübung seiner wahren Leidenschaft?*

»Wie wär's mit dem hier?«, riss Nancy sie aus ihren Gedanken und wedelte mit einem ärmellosen kobaltblauen Kleid mit schwarzem Spitzen-Overlay.

Louise nickte. »Ja … das könnte vielleicht etwas sein.«

»Probier's doch mal an«, schlug ihre Mutter vor.

Die Shoppingtour war Nancys Vorschlag gewesen, und Louise hatte den Olivenzweig dankbar angenommen. Seit ihrem Wortgefecht im Garten hatten die beiden Frauen kaum miteinander gesprochen. Heute Morgen wirkte Nancy glücklicher, und Louise bemerkte ein Leuchten in ihren Augen, das sie schon seit Wochen nicht mehr gesehen hatte. *Zum Glück kommt sie langsam über den verdammten Kerl hinweg,* dachte sie.

»Oder das hier.« Nancy hielt ein blassblaues Wickelkleid aus einem anschmiegsamen Material in die Höhe, ebenfalls ärmellos.

»Hm … ist das nicht ein bisschen kurz?«

»Unsinn. Du hast schöne Beine.«

Louise, bemüht, wenigstens ein bisschen Begeisterung zu zeigen, nahm ihrer Mutter beide Kleider ab und verschwand damit in einer Umkleide.

»Lass doch mal sehen!«, drang Nancys Stimme in die Kabine, als sie gerade das zweite anprobierte.

Louise zog den Vorhang beiseite und streckte die Arme aus, um die Reaktion ihrer Mutter zu sehen, aber Nancy starrte auf ihr Handgelenk, nicht auf das Kleid. »Was ist denn mit deinem Arm passiert? Das ist ja ein ordentlicher blauer Fleck.«

Louise versteckte schnell die andere Hand hinter dem Körper. »Ach, das … ich hab mich vor ein paar Tagen im Restaurant an einer Tischkante gestoßen.« Sie brachte ein bemühtes Lachen zustande. »Der verfluchte Laden bringt mich noch um!«

Ihre Mutter musterte sie argwöhnisch, und Louise wandte ihr rasch den Rücken zu.

»Gefällt dir das Kleid?«, fragte Nancy.

»Es ist ganz okay.«

Nancy lachte. »Es würde sehr viel besser aussehen, wenn du nicht diese Leichenbittermiene zur Schau tragen würdest. Hör zu, Louise, lass uns das verdammte Ding kaufen, und dann sehen wir zu, dass wir irgendwo einen Kaffee trinken gehen. Wenn du zu Hause feststellst, dass es dir doch nicht gefällt, kannst du es immer noch umtauschen.«

Und damit schob sie ihre Tochter mitsamt dem blassblauen Kleid in die Kabine und zog den Vorhang hinter ihr zu.

Louise warf einen Blick auf die Uhr, die an der Wand des Cafés hing, und stellte fest, dass sie zu spät kommen würde. Sie umarmte ihre Mutter, dann hetzte sie zum Cannon Place, wo sie ihren Wagen im Parkhaus abgestellt hatte. Der silberne Nissan Micra stand auf der zweiten Ebene. Als sie aus dem Fahrstuhl trat, steckte sie die Hand in ihre Tasche und tastete nach dem Schlüssel, dann durchsuchte sie die Taschen an ihrer Kleidung, nur um anschließend erneut ihre Handtasche zu durchwühlen, diesmal hektisch. Nichts. Panik stieg in ihr auf. Louise holte tief Luft und zwang sich zur Ruhe. Sie leerte den Inhalt ihrer Handtasche auf den Betonboden des Parkhauses aus, dann tastete sie mit der Hand die Innenseiten der Tasche ab. Kein Schlüssel. Kein verdammter Schlüssel. Am liebsten hätte sie geweint. In ihrem Leben ging momentan aber auch gar nichts mehr glatt!

Aber Louise war von Natur aus praktisch veranlagt. Sie dachte einen Augenblick nach, dann schrieb sie Ross eine SMS. Er würde wütend sein – die Mittagsschicht allein mit dieser transusigen Evie zu bewältigen, die sie als Ersatz für Maja eingestellt hatten, war wahrhaft kein Zuckerschlecken. Trotzdem müsste er in den sauren Apfel beißen, bis sie da wäre. Ross antwortete nicht, also rief sie ihre Mutter an. Vielleicht war der Schlüssel in eine der Einkaufstaschen gefallen, die Nancy mit nach Hause nehmen wollte. Die Leitung war besetzt.

Nach einem weiteren Versuch gab sie auf, stopfte ihre Sachen in die Handtasche und rannte zurück zum Café in der Hoffnung, dass ihre Mutter noch dort war. Mit einem Seufzer der Erleichterung entdeckte sie ihre Mutter am Fenstertisch. Sie sprach angeregt in ihr Handy, lachte, wirkte lebendig und voller Esprit, als würde sie – Louise hatte keine Mühe, das richtige Wort zu finden –, nun ja, als würde sie flirten.

Als sie Louise entdeckte, änderte sich ihr Gesichtsausdruck, wurde verlegen, als habe man sie bei etwas Unerlaubtem ertappt. Sie winkte ihrer Tochter zu und beendete hastig das Gespräch, als diese das Café betrat.

»Lou! Was ist los?«

»Ich habe meinen Autoschlüssel verloren. Vielleicht ist er in eine der Einkaufstaschen gefallen.«

Ein paar Minuten durchwühlten die beiden Frauen die Tüten, aber den Schlüssel fanden sie nicht.

»Kann sein, dass er mir in einer der Umkleidekabinen aus der Jeanstasche gerutscht ist«, überlegte Louise verzweifelt. Sie hatte in mindestens vier verschiedenen Geschäften Kleider anprobiert.

»Komm, ich bringe dich ins Restaurant«, sagte ihre Mutter, stand auf und griff nach den Taschen. »Das kannst du nach der Mittagsschicht klären.«

Als sie aus der Stadt hinausfuhren, warf Louise Nancy einen Blick zu. »Mit wem hast du telefoniert, als ich ins Café gekommen bin? Du sahst so glücklich aus.« Doch noch während sie sprach, wurde ihr klar, dass sie nur bestätigt wissen wollte, was sie längst wusste: mit Jim.

Kapitel sechsundzwanzig

Jim hatte soeben die letzte Gitarrenstunde hinter sich gebracht – in diesem Sommer würde er nicht mehr unterrichten. Nun verspürte er Erleichterung, aber auch Sorge, denn konkret bedeutete das, dass er im nächsten Monat ohne Einkünfte dastand. Allerdings bliebe ihm ohnehin keine Zeit für seine Schüler. Jetzt saß er im Schneidersitz auf dem mexikanischen Teppich in seinem Wohnzimmer, einen braunen Pappkarton vor sich, den er langsam mit CDs füllte, nicht ohne diese zuvor einer genauen Prüfung zu unterziehen. Er würde sie ohnehin nicht mehr abspielen, das wusste er. All seine Musik war auf seinem iPhone – oder in seinem Kopf. Trotzdem fiel es ihm schwer, sich von einer so großen Sammlung zu trennen, aber Mal meinte, er könne einiges dafür verlangen. Aus Gründen, die Jim in dieser Download-Welt offenbar entgangen waren, gab es Menschen, die tatsächlich gutes Geld für CDs zahlten. Und im Augenblick konnte er jeden Penny brauchen.

Chrissie und er hatten beide in den letzten Tagen

mit der Vergangenheit aufgeräumt – in drei Wochen würden sie ausziehen müssen – und unendlich viele Plastiksäcke für Wohltätigkeitsläden und die Müllkippe gefüllt, alles, was sich in den vergangenen Jahrzehnten so angesammelt hatte. Dabei hatten sie diese ganzen Sachen nicht einmal bewusst gehortet – sie hatten sie einfach in den Schränken verstaut und dann vergessen. Beide widmeten sich dieser Aufgabe mit ruhiger Entschlossenheit, und sie fanden zueinander wie schon seit Jahren nicht mehr – lachten über Dinge, die sie an eine glücklichere Vergangenheit erinnerten, diskutierten, wer was behalten sollte, und sprachen über ihre jeweiligen Zukunftspläne.

Arbeitskollege Phil macht sie anscheinend glücklich, dachte Jim, nicht ohne einen merkwürdigen Stich der Eifersucht zu verspüren, als er sich die beiden zusammen vorstellte. Obwohl er ganz sicher nicht mehr mit Chrissie zusammen sein wollte, war der Schmerz, den er wegen ihrer Affäre mit Benji verspürt hatte, nie ganz vergangen, hatte eine Narbe hinterlassen. Er war froh darüber, dass sie einen anderen Mann gefunden hatte, trotzdem ließ ihn ihr verschlafenes, zufriedenes Gesicht, wenn sie morgens von Phil zurückkam, um sich für die Arbeit umzuziehen, nicht ungerührt.

Plötzlich fiel ihm auf, dass der Holzfußboden steinhart war und er kaum noch die Beine ausstrecken konnte. Stöhnend rappelte er sich hoch und schmiss die CD, die er in der Hand hielt – ein Tom-

Waits-Album aus den Achtzigern, das er nie wirklich gern gehört hatte –, in den Karton.

Einen Moment blieb er stehen, sah aus dem Fenster auf den dahinterliegenden Garten und war beinahe erschrocken darüber, dass er sein Leben zurückbekommen hatte. Immer wieder ging er im Geiste den Augenblick durch, in dem Nancy um den Tisch herumgekommen war und er seine Arme um sie geschlungen hatte. Die köstliche Wärme ihres Körpers, der mit seinem verschmolz. Ein himmlisches Gefühl, schmerzhaft süß. Trotzdem war die Situation nach wie vor kompliziert. In seinen Augen wurde Nancy viel zu sehr von ihrer Familie belagert. Alle trugen ihre Probleme an die arme Nancy heran, die sie lösen sollte. Ihm kam das unfair vor, schließlich hatte sie ihre mütterliche Pflicht schon vor Jahren erfüllt. Er wollte durch seine Anwesenheit ihren Kummer nicht noch zusätzlich vergrößern, aber wenn sie tatsächlich eine gemeinsame Zukunft planten – wozu er fest entschlossen war –, dann müsste sich etwas ändern.

Er ließ sich in einen Sessel fallen und griff nach seinem Handy.

Nancy nahm das Gespräch sofort an. »Hi, Jim.«

»Wie geht's?«

Sie hatten sich gestern Abend auf einen Drink getroffen, und beide hatten sich danach gesehnt, miteinander zu schlafen. Allerdings hielt Nancy es für nicht sonderlich klug, ihn über Nacht zu sich einzuladen, bevor sie die Sache mit ihrer Familie geklärt hatte. Jim dagegen war die Vorstellung, Nancy mitzunehmen, wenn Chrissie da war, auch nicht ganz geheuer, deswegen hatten sie in dem Pub in Applecroft in der Nähe von Nancys Cottage gesessen, eng umschlungen, und sich gefühlt, als habe man sie aus ihrem eigenen Leben verbannt.

»Ich habe Louise gesagt, dass wir wieder zusammen sind. Sie hatte es sich ohnehin zusammengereimt.« Sie erzählte ihm von dem Kleiderkauf für Christophers Hochzeit, dem verlorenen Autoschlüssel und davon, wie ihre Tochter sie beim Telefonieren mit ihm ertappt hatte.

»Wie hat sie es aufgenommen?«

»Nicht unbedingt gut.«

»Was genau hat sie denn gesagt?«

Er hörte, wie Nancy tief Luft holte. »Ach, nur das Übliche: Du wärst nicht der Mann, der mich glücklich machen könnte, das Ganze sei ein Fehler …«

Jim spürte, wie sich Ärger in seiner Magengrube zusammenbraute. »Sie sieht mich in einem völlig falschen Licht! Es ist nicht fair, mich aufgrund eines einzigen Mittagessens zu beurteilen!«

»Lou würde immer irgendwelche Fehler finden, Jim, ich denke, es geht ihr gar nicht wirklich um dich. Sie versucht vermutlich nur, mich zu beschützen.«

Hm. Tut sie das tatsächlich? In seinen Augen wollte Louise nicht, dass Nancys Aufmerksamkeit etwas anderem als der Familie galt. Sie wollte ihre Mutter nicht teilen. Mit niemandem. Vielleicht machte sie sich auch Sorgen, Jim könne hinter Nancys Geld her sein – falls sie denn welches hatte.

»Und was hast du darauf erwidert?«, fragte er, um eine neutrale Stimme bemüht. Er durfte auf keinen Fall den Eindruck erwecken, er wolle ihre Tochter kritisieren.

»Ich habe ihr mitgeteilt, dass ich ihre Kritik zur Kenntnis genommen habe, dass dies allerdings nichts an meinen Gefühlen für dich ändert.«

»Wie hat sie reagiert?«

»Resigniert im Sinne von ›Na schön, Mum, aber auf deine Verantwortung‹. Ich habe mich ziemlich mies gefühlt, weil ich auf all das, was sie im Augenblick zu bewältigen hat, noch eins draufsetze.«

»Aber das tust du doch gar nicht, Nancy. Du führst einfach nur dein Leben.« Er sprach ruhig, obwohl er am liebsten geschrien hätte vor Frust über Nancys Einstellung.

»Ja, aber du weißt, was ich meine.«

Das tat er – und gleichzeitig auch wieder nicht. »Sollen wir uns heute Abend treffen? Klingt so, als könntest du etwas Spaß vertragen.«

»Darf ich dich später anrufen? Ich möchte diese Sache erst mit Lou klären, sonst kann ich mich nicht entspannen. Ich mache den Mädchen das Abendessen, und gegen sechs kommt Louise vorbei. Ist das zu spät?«

»Ich bin dabei, einen riesigen Berg alter CDs durchzusehen. Kein Zeitpunkt ist ›zu spät‹.«

»Ach Jim, es tut mir so leid wegen Louise. Es muss schrecklich sein, sich als *persona non grata* zu fühlen, wenn man nichts Falsches getan hat.«

»Du hast recht, das ist kein tolles Gefühl, aber ich muss mir wohl selbst einen Vorwurf machen. Ich hätte niemals so viel Wein trinken dürfen.«

»Tja, der böse Wein«, frotzelte Nancy. »Hast du eigentlich schon eine Wohnung gefunden?«

»Ich glaube schon. Es ist zwar bloß ein Ein-Zimmer-Apartment, aber es ist recht groß und hell mit hohen Decken. Oberstes Stockwerk und nicht weit von meiner jetzigen Adresse entfernt.«

Die Wohnung war um einiges teurer, als er ursprünglich hatte ausgeben wollen, aber die meisten Angebote waren so deprimierend – im Souterrain, feucht, dunkel, viel zu beengt, abgewohnt oder aber alles auf einmal. Nichts, wohin er Nancy mitnehmen wollte. Also hatte er beschlossen, dass ihm sein Seelenfriede die Zusatzausgabe wert war. Das Problem war nur, dass das Apartment erst drei Wochen nach dem festgelegten Auszugstermin frei wurde. Aber darüber würde er sich später Gedanken machen. Genau wie über alles andere.

Als sie aufgelegt hatten, blieb er noch eine ganze Weile in seinem Sessel sitzen und wog seine Möglichkeiten ab. Wie könnte er Louise und ihre Großmutter für sich gewinnen? Er war nun mal er selbst – und bislang hatte das auch immer genügt. Bestimmt hätte Nancy irgendwann genug von dem permanenten Konflikt, genug davon, zwischen den Stühlen zu sitzen – und würde am Ende womöglich ihm die Schuld dafür zuschieben.

KAPITEL SIEBENUNDZWANZIG

»Es gibt keinen Grund, erneut darüber zu diskutieren«, sagte Louise. Nancy zuckte zusammen, als sie den Gesichtsausdruck ihrer Tochter bemerkte – unbeugsam in ihrer Missbilligung.

Die Mädchen waren draußen, lagen kichernd auf der Hollywoodschaukel und stießen sich mit den Füßen ab, jede Minute dieses warmen Sommerabends genießend.

Die beiden Frauen standen drinnen in der Küche vor der Spüle und beobachteten die zwei. »Wir müssen darüber reden, Lou«, beharrte Nancy. »Ich werde Jim auch hierher einladen, und vielleicht bleibt er über Nacht. Du wirst die Augen auf Dauer nicht davor verschließen können.«

Louise, die Arme fest vor der Brust verschränkt, wandte mit hochgezogenen Augenbrauen den Blick ab. »Du musst dein Leben führen, Mum, ich führe meins.«

Nancy streckte die Hand aus und strich ihrer Tochter über den nackten, gebräunten Arm. »Komm schon, Liebling, das ist doch albern. Wir leben praktisch in ein und demselben Haus – wir können es uns nicht leisten, uns zu entzweien.«

Louise seufzte und sah ihre Mutter endlich wieder an. »Ich weiß … und das ist auch das Letzte, was ich will. Deine Unterstützung ist das Einzige, was mich noch aufrecht hält, Mum.« Sie seufzte erneut. »Trotzdem habe ich ein Problem mit Jim. Bislang hat er nichts als Scherereien gemacht, und ich verstehe nicht, weshalb du ihm eine zweite Chance gibst.«

»Das ist deine Perspektive, aber du kennst ihn nicht. Du beurteilst ihn nach diesem einen Mittagessen, das zugegebenermaßen ein Desaster war. Aber Jim ist ein guter Mensch.«

»Abgesehen davon, dass er dich belogen hat.«

»Ja, abgesehen davon.«

Angespanntes Schweigen senkte sich über die beiden Frauen, die reglos vor der Spüle standen.

»Es ist mir einen Versuch wert, Lou. Ich habe deine Warnungen verstanden, aber ich möchte Jim in meinem Leben haben. Und wenn's schiefgeht, kannst du immer noch behaupten, du hättest es ja gewusst.«

Louise erwiderte nichts, daher fuhr Nancy fort: »Ich würde mich sehr freuen, wenn du ihm ebenfalls eine zweite Chance gibst.«

Ihre Tochter sah sie lange durchdringend an, dann sagte sie: »Okay.« Mehr nicht. Zwei Silben, über ihre sturen Lippen gepresst.

»Danke.« Nancy schenkte ihr ein Lächeln, das Louise zögernd erwiderte. »Freunde?«

»Ach Mum, natürlich sind wir Freunde.« Louise machte einen Schritt auf ihre Mutter zu und umarmte sie. »Aber sei bitte vorsichtig. Auf mich wirkt er wie ein Herzensbrecher.«

»Nun, mein Herz hat er bereits gebrochen, aber auf eine positive Art und Weise.« Sie löste sich von ihrer Tochter und schaute ihr direkt ins Gesicht. »Das hier ist keine flüchtige Liebschaft, Lou. Ich empfinde wirklich etwas für ihn.« Sie brachte es nicht über sich, vor ihrer Tochter das Wort »Liebe« in den Mund zu nehmen.

Trotzdem musste Louise ihrem Ton genau das entnommen haben, denn sogleich kniff sie voller Argwohn die Augen zusammen und schürzte die Lippen, als müsse sie sich eine Erwiderung verkneifen, worüber Nancy sehr dankbar war.

Früh am Donnerstagmorgen holte Nancy ihre Mutter ab, um sie zu der Magen-Darm-Spiegelung zu begleiten, die Dr. Henderson veranlasst hatte. Sie fühlte sich etwas angeschlagen, weil Jim über Nacht geblieben war. Sie hatten sich geliebt, geredet und sich erneut geliebt, stundenlang. Beide waren derart ausgehungert, dass sie nicht voneinander lassen konnten. Erst in den frühen Morgenstunden waren sie eingeschlafen. Als Nancys Wecker sie hochschrecken ließ, sahen sie einander ungläubig an, ein Lächeln auf dem Gesicht.

Jetzt fühlte sich Nancy, als ginge sie auf Wolken, eine angenehme Benommenheit begleitete jeden ihrer Schritte. Sie betete, dass ihre Mutter keinen Ärger machen würde wegen des anstehenden Krankenhausbesuchs – ein Gedanke, der sie mit Furcht erfüllte.

Doch ihre Mutter war ohnehin noch nicht fertig. Immer noch im Nachthemd saß sie erschöpft im Bett, die übliche Tasse Kaffee neben sich, und schaute in ohrenbetäubender Lautstärke eine Frühstücksfernsehsendung. »Oh. Hallo, Liebes.«

»Mum, hast du den Termin vergessen?«

»Welchen Termin?«

»Den Gastroskopietermin in der Klinik um zehn. Wir müssen spätestens in einer Dreiviertelstunde los.«

Frances winkte abwehrend mit der Hand – eine altbekannte Geste, die nichts Gutes verhieß. »Ich habe gestern dort angerufen, weil ich mich nicht recht wohl fühle«, erklärte sie.

»Du hast den Termin *abgesagt*?«

Frances riss den Blick vom Fernseher los, wo ein aufgeregter Moderator einen Riesenwirbel um eine Frau in Nancys Alter veranstaltete, die künstliche schwarze Wimpern und eine Art Hochzeitskleid trug.

»Ich dachte, ich hätte dir das gesagt, Liebes.« Sie schlug die Hand vor die Stirn. »Es tut mir so leid, dass du den Weg umsonst gemacht hast, aber ich könnte schwören, ich hätte deswegen mit dir gesprochen.«

Nancy glaubte ihr kein Wort. Sie hätte die Überweisung mit dem von der Klinik zugeteilten Termin niemals bei ihrer Mutter lassen dürfen.

Ich werde ihr nicht länger zusetzen, beschloss sie und bereitete sich eine Tasse Kaffee zu. *Wenn sie das Problem nicht lösen will, muss ich das akzeptieren.* Doch der Entschluss fiel ihr nicht leicht. Es bestand immerhin die Chance, dass das, was immer ihre Mutter quälte, behandelbar war, auch wenn diese Chance von Woche zu Woche, die ungenutzt verstrich, geringer wurde. Hinzu kam ihre Furcht, wie sie sich um ihre Mutter kümmern sollte, wenn diese ein Pflegefall würde.

»Die Jungs und ich treten am Samstag bei einem kleinen Festival in Derbyshire auf«, berichtete Jim, als sie eine Woche später in dem Pub in der Nähe von Nancys Haus zu Abend aßen. Das gemütliche Lokal war inzwischen zu ihrem Lieblingstreffpunkt geworden. Der schummrige Raum mit den massiven, alten Holzbänken war gemütlich, vor allem, wenn es draußen kalt war oder regnete. Hinter dem Pub war ein schöner Garten, in dem man bei schönem Wetter die Aussicht auf die Downs genießen konnte. Heute Abend zog ein Sommergewitter auf, der Donner grollte bereits, weshalb sie drinnen blieben. »Hast du Lust mitzukommen?«

»Am Samstag?« Sofort machte sich Nancy Sorgen wegen ihrer Mutter. Louise wäre nicht da, sie war letztes Wochenende zusammen mit den Mädchen für eine Woche zu ihrer Freundin Sarah nach Brixham gefahren, die dort ein kleines Haus am Meer besaß – sollte das Wetter mitspielen, würden sie noch ein paar Tage länger bleiben.

»Wir fahren frühmorgens los und kommen am Sonntag wieder zurück«, sagte Jim. »Es gibt allerdings einen Haken.«

Nancy sah ihn fragend an. Seit Louise weg war, hatte Jim fast jede Nacht bei ihr verbracht, und obwohl sie es nur ungern zugab, verspürte sie eine gewaltige Erleichterung darüber, den kritischen Blicken ihrer Tochter vorübergehend zu entkommen. Nancy genoss ihre Freiheit.

»Camping.«

Sie prustete los. »Na klar!«

»Es hat keinen Sinn, Geld für ein Bed & Breakfast auszugeben, wenn wir ohnehin die halbe Nacht lang auf den Beinen sind. Mal ist absolut campingerprobt, er besitzt eine komplette Ausrüstung. Es ist verdammt unbequem, aber du wirst ohnehin nicht zum Schlafen kommen.«

»Ähm …« Nancy wusste, dass sie skeptisch klang, dabei war es lediglich die Sorge um ihre Mutter, die ihre Begeisterung bremste.

»Du scheint nicht gerade überzeugt …« Jim lachte. »Findest du es nicht toll, in einem schimmeligen Zelt auf einer Luftmatratze zu schlafen, mitten auf einem matschigen Feld bei strömendem Regen? Anscheinend hast du bislang ein sehr behütetes Leben geführt.«

»Pah«, sagte sie. »Allerdings stimmt es, dass ich

noch nie gezeltet habe. Vielleicht sollte ich es einfach mal ausprobieren.«

»Heißt das ja?« Seine Augen leuchteten triumphierend, als er sich über den kleinen Pubtisch beugte und ihr einen dicken Kuss auf den Mund drückte, als würde er damit eine Abmachung besiegeln.

Am Samstagmorgen fuhr sie zu ihrer Mutter. Voller Bedauern dachte sie an Jim, der ohne sie auf dem Weg zum Festival war, und spürte, wie sie sauer auf Frances wurde, weil diese ihre Unterstützung brauchte. Denn obwohl sie sich zunächst bereiterklärt hatte, ihn zu begleiten, hatte sie gewusst, dass sie sich die ganze Zeit über nur Sorgen machen würde. Jim hatte sehr lieb reagiert, hatte behauptet, sie zu verstehen, aber sie wusste, dass er enttäuscht über ihre Kehrtwende war. Also war sie gereizt und schnippisch ihrer Mutter gegenüber, bis sich diese mit gerunzelter Stirn erkundigte: »Stimmt etwas nicht, Liebes? Du scheinst heute Morgen nicht gerade bester Laune zu sein.« Dann wurden ihre Augen schmal. »Ich hoffe, dieser Mann bereitet dir keinen neuerlichen Kummer.«

Bis zu diesem Augenblick hatte sich Frances jeglichen Kommentar zu der Tatsache verkniffen, dass ihre Tochter wieder mit Jim zusammen war, was Nancy überraschte: Ihre Mutter ließ sich niemals die Chance entgehen, andere zu schulmeistern. »Wenn du von Jim sprichst, nein, er bereitet mir keinerlei Kummer – im Gegenteil.«

Frances zog die Augenbrauen in die Höhe, doch sie erwiderte nichts.

»Er ist mit seiner Band zu einem Musikfestival gefahren. Sie treten heute Abend auf.«

»Und du begleitest ihn nicht?«

»Das Festival findet in Derbyshire statt.«

Das Gesicht ihrer Mutter nahm einen entrückten Ausdruck an. »Dein Vater und ich haben Livemusik geliebt«, sagte sie. »Wir sind auf sämtliche Festivals gegangen … Cheltenham, Three Choirs, Aldeburgh und nach Glyndebourne, wenn wir es uns leisten konnten.« Sie lächelte Nancy an. »Ich weiß, dass du denkst, nur dein Vater habe Musik geliebt und ich sei längst nicht so begeistert gewesen wie er, aber eine Liveveranstaltung ist unglaublich spannend. Es ist nie das Gleiche … alles hängt vom jeweiligen Moment ab, vom jeweiligen Anlass …« Ihre Worte verebbten.

Nancy war verblüfft. Sie hatte stets gedacht, ihre Mutter sei lediglich aus Pflichtgefühl mit auf diese Veranstaltungen gegangen, weil das damals von einer Ehefrau eben erwartet wurde. Ihr Vater dagegen war tatsächlich ein ausgemachter Musikfan gewesen, er liebte alles von Bach bis hin zu Andrew Lloyd Webber, ihr Elternhaus war stets erfüllt gewesen von Musik. Er war es gewesen, der das Klavierspiel der kleinen Nancy gefördert hatte, der sich über sie beugte, wenn sie übte, der ihr das Radfahren verbot aus Furcht, sie könne ihre Hände verletzen. Er brachte sie zu den Klavierstunden, saß bei Schulkonzerten in der ersten Reihe, er sah sich mit ihr verschiedene Musik-Colleges an. Er hegte so große Hoffnungen, ihre Karriere betreffend, bis Christopher ihm seine Tochter wegnahm.

»Ich vermute, Country & Western ist nicht ganz das Gleiche«, ließ sich Frances vernehmen.

Nancy seufzte. *Ich hätte wissen müssen, dass sie diesen Moment zerstört.*

Sie sah, wie ihre Mutter den Kopf gegen das Sofapolster lehnte und die Augen schloss. »Ich würde jetzt gern ein kleines Nickerchen machen, Liebes. Ich bin mir sicher, du hast noch einiges zu erledigen.«

Ja, das hatte sie, beschloss Nancy plötzlich. Sie musste sich vergewissern, dass ihre Mutter genug zu essen im Kühlschrank hatte und dass alles im Haus in Ordnung war. »Ich komme morgen Abend zurück, Mum«, sagte sie anschließend. »Kommst du bis dahin zurecht?«

Ihre Mutter bedeutete ihr lächelnd zu gehen. »Selbstverständlich. Danke, Liebes, das ist sehr nett von dir.«

Zu Hause angekommen warf Nancy ein paar Sachen in eine Reisetasche und hängte sich ans Telefon. »Ross, könntest du heute Abend bei Mum anrufen, um sicherzugehen, dass alles okay ist? Ich bin morgen gegen Mittag wieder zu Hause. Sollte es ein Problem geben, ruf mich an, und ich komme sofort zurück.«

»Klar, mach dir keine Sorgen«, erwiderte Ross. »Ehrlich gesagt bin ich ein bisschen eifersüchtig. Ich kann mich schon gar nicht mehr daran erinnern, wann ich das letzte Mal auf einem Festivalplatz campiert habe.« Sie hörte ihn lachen. »Fahr los, Nancy, und amüsier dich gut!«

Sie lachte ebenfalls und spürte, wie ihr Herz vor lauter kindischer Vorfreude beinahe platzte, als sie sich von ihrem Schwiegersohn verabschiedete.

Kapitel achtundzwanzig

»Ich nehme an, das Wort ›Camping‹ hat sie abgeschreckt«, sagte Mal, als Jim und er begannen, das verwitterte grüne Zelt, in dem Jim schlafen sollte, auf dem Festivalgelände aufzubauen. Als alter Hase hatte Mal die Leinwand bereits sorgfältig auf einem ebenen Grasfleck ausgebreitet. Es war ein brennend heißer Tag Mitte Juli, und die Fahrt nach Derbyshire war die Hölle gewesen – Stau auf der M1 ab Loughborough, und das in einem Van ohne Klimaanlage. Jim war jetzt schon total erschöpft und wünschte sich, er wäre zu Hause bei Nancy.

»Meinst du?«, fragte er, reichte Mal einen Zelthering und sah zu, wie dieser ihn mit dem Holzhammer in einem Fünfundvierzig-Grad-Winkel in die weiche Erde schlug. »Sie scheint so vereinnahmt von ihren Familienpflichten zu sein, dass ich mich langsam frage, wo da noch Platz für mich ist.«

Mal drückte ihm eine Aluminiumstange in die Hand. »Die kommt ans hintere Ende.«

Jim nickte.

»Was hat die Tochter eigentlich gegen dich?« Mal trat einen Schritt zurück, um sein Werk zu begutachten. »Kommt schließlich nicht oft vor, dass dein Charme nicht zieht, Jim-Boy.« Schmunzelnd schleuderte er den Hammer ins Gras neben das größere Zelt, in dem Jimmy P. und er übernachten wollten. »Anscheinend lässt du nach, Kumpel.«

Jimmy P. traf erst am späten Nachmittag ein. Inzwischen war der Platz auf dem Festivalgelände voller Zelte in allen möglichen Größen und Farben – leuchtend blau und orange, lila, verschiedenste Grüntöne, A-Formen, Kuppel- und aufblasbare Zelte, Tunnelzelte, Hauszelte und ein einzelnes Tipi. Dazwischen wuselten die Festivalbesucher in Shorts und T-Shirts, eifrig damit beschäftigt, sich für die Nacht einzurichten, bevor das Abendprogramm begann.

Heute war Kindertag, und zahlreiche Familien waren gekommen, viele davon mit kleinen Kindern, die wie die Wilden lachend und schreiend über den Zeltplatz tollten. Grillgeruch hing in der Luft, von der noch abgehängten Bühne auf der gegenüberliegenden Seite des Festivalplatzes wehten Musikfetzen zu ihnen herüber.

Mal hatte beide Zelte mit Heringen gesichert, die Bodenplanen fixiert, die Luftmatratzen aufgepumpt, Campingkocher und -geschirr ausgepackt und die Klappstühle aufgestellt. *Völlig überflüssig, dieser Campingquatsch,* dachte Jim, dem es jetzt schon vor der kalten Nacht auf einer wabbeligen Luftmatratze in

Mals Nylonschlafsack graute, obwohl der zwar glitschig und schweißtreibend, dank Sonias Bemühungen aber wenigstens sauber war.

Endlich konnten sich die drei Männer entspannen und in einem Kreis um den Campingkocher sitzen. Mal hatte für sich grünen Tee gekocht, Jimmy P. gönnte sich ein alkoholfreies Becks, das er aus der gut gefüllten Kühltasche in seinem Kofferraum gezogen hatte, und Jim hatte ein Glas Whiskey im Gras neben seinen nackten Füßen stehen. Auf seiner Gitarre klimpernd überlegte er sich die Reihenfolge für ihre Songs.

»Bleibt es bei ›Walk the Line‹ nach ›Remember When‹?«, wollte Mal wissen.

»Ich würde lieber ›For the Good Times‹ anstatt ›Remember When‹ spielen«, sagte Jim. »Ich hasse den Song.«

Jimmy P. lachte. »Ja, ja, das sagst du jedes Mal, aber die Leute lieben ihn.«

»Sie lieben auch ›For the Good Times‹.«

»Wir müssen aufpassen, dass wir keine Kris-Kristofferson-Tribute-Band werden«, warnte Mal. »Wenn du jetzt auch noch ›Help Me Make It‹ als Schlusslied vorschlägst, stehe ich hinter Jimmy P.«

Eine Weile stritten sie weiter. Bei jedem Song, der in Erwägung gezogen wurde, schlug Jim ein paar Takte an und sang ein, zwei Verse, bis sie endlich eine Liste zusammengestellt hatten, mit der alle zufrieden waren. Es fühlte sich gut an, mit Freunden zusammenzusitzen und ein Glas Whiskey zu trinken, während die bernsteinfarbene Sonne, verschleiert vom Rauch der zahllosen Barbecues, langsam hinter den Hügeln von Derbyshire versank.

»Schaut mal.« Jimmy P.s Blick war plötzlich auf einen Punkt hinter Jims Rücken fixiert.

Jim sah, wie sich Mals Augen weiteten. Ein breites Grinsen trat auf das Gesicht seines Freundes. Er drehte sich um und entdeckte voller Verblüffung Nancy, die sich einen Weg zwischen den Zelten hindurch bahnte und nach ihm Ausschau hielt. *Eine schöne Frau,* dachte er und betrachtete bewundernd ihre schlanke Gestalt in Jeans, Sandalen und einer schlichten weißen indischen Tunika, mit Spitze besetzt. An ihrem Handgelenk baumelten silberne Armbänder.

»Ich freue mich so, dass du gekommen bist«, flüsterte Jim Nancy ins Ohr und legte ihr den Arm um die Schultern, um sie an sich zu ziehen. Sie schlenderten nach dem Auftritt in der von Flutlichtern und Scheinwerfern erhellten Dunkelheit über das Feld zu ihrem Zelt zurück. Es war spät, schon nach Mitternacht, aber immer noch lagen Gruppen von Festivalbesuchern im Schein kleiner Lampen und Windlichter vor ihren Zelten, tranken und lachten. Der süße, durchdringende Geruch nach Marihuana hing in der kühlen Nachtluft.

Mal und Jimmy P. waren noch im Getränkezelt, zusammen mit ein paar Nachzüglern, aber Jim wollte allein mit Nancy sein.

»Das Publikum liebt dich«, sagte sie. »Du warst großartig, Jim. Ehrlich, ich hab mir gewünscht, du würdest gar nicht mehr aufhören zu spielen.«

Er grinste erfreut. »Danke. Doch kommen wir nun zur eigentlichen Herausforderung des Abends.«

Nancy blickte auf das Zelt, während sich Jim an der kleinen Laterne zu schaffen machte, die Mal außen aufgehängt hatte. »Ich habe dich gewarnt«, sagte er, als er ihre Unsicherheit bemerkte. »Zu den Toiletten geht's dort entlang.« Er deutete auf eine Reihe von Kabinen am anderen Ende des Campinggeländes.

»Ganz schön weit, mitten in der Nacht«, stellte sie mit einem verlegenen Lachen fest.

»Ja, aber immerhin ist es bereits mitten in der Nacht«, gab er schmunzelnd zurück. »Gegen sechs müssen wir aufstehen, und bis dahin wirst du ohnehin kein Auge zutun.«

Sie zögerten, unsicher, ob sie sich in das enge Zelt quetschen sollten, das komplett von der Luftmatratze ausgefüllt wurde.

»Wir haben nur einen Schlafsack. Am besten wird es sein, ich klappe ihn auf, und wir benutzen ihn als Bettdecke … zum Glück ist es nicht kalt.«

Zehn Minuten später lagen sie Seite an Seite auf der kühlen, rutschigen Gummimatratze unter dem Nylonschlafsack, beide voll bekleidet.

»Gemütlich?«, fragte Jim, drehte sich auf die Seite und legte sein Bein über sie, während er sie gleichzeitig in seine Arme zog. Er fing an zu lachen und hörte Nancy kichern. Während seines Auftritts hatte sie neben der Bühne im Gras gesessen, die Knie angezogen, die Augen so voller Glück, dass sie ihn beinahe aus dem Konzept gebracht hatte. Und das gelang so schnell niemandem.

»Sehr.« Ihr blieb gerade noch Zeit, dieses eine Wort hervorzustoßen, bevor er ihre Lippen mit seinen verschloss und mit der Hand nach ihrer weichen Brust unter der Tunika tastete. Er hörte sie nach Luft schnappen und spürte ihre Hand an seiner Hose, die sich ungeduldig an seinem Gürtel zu schaffen machte.

Eine Weile kämpften sie mit der Kleidung des anderen, küssten und streichelten sich wie liebeshungrige Teenager und lachten atemlos, als sie auf der wabbeligen Matratze auf und ab hüpften.

Noch immer erregt von der Show, dem Zuspruch der Menge, dem Whiskey, den sie anschließend getrunken hatten, der frischen Nachtluft und dem Gefühl, endlich einmal völlig frei zu sein von Nancys Familie, widmeten sie sich ihrem Liebesspiel.

Er wusste nicht, wie lange sie sich geliebt hatten, aber als sie endlich fertig waren und erschöpft auf die Luftmatratze zurücksackten, waren von draußen Applaus und Jubel zu vernehmen wie nach einem gelungenen Auftritt.

Nancy sah ihn entsetzt an. »Haben wir so einen Lärm gemacht?«

Er grinste. »Scheint so.«

Muckmäuschenstill blieben sie in der Dunkelheit

liegen, um ihr ungebetenes Publikum nicht noch weiter zu amüsieren, und stellten zu ihrem Entsetzen fest, dass ihre Luftmatratze nicht länger wabbelig, sondern beinahe platt war. Ein leises Zischen verkündete ihnen, dass sie gleich auf dem harten, kalten Boden landen würden.

»O Gott, was haben wir bloß angerichtet?«, sagte sie, aber keiner von ihnen konnte wirklich sprechen vor Lachen, bis sie abrupt von Jimmy P.s Knurren aus dem Zelt nebenan unterbrochen wurden.

»Kann man denn hier wirklich kein Auge zutun?«

Doch sein unwirscher Kommentar dämpfte ihre Heiterkeit nicht, auch wenn sie sich nun alle Mühe gaben, ihr Gekicher zu ersticken – wobei ihnen der fadenscheinige Nylonschlafsack allerdings nur wenig nutzte.

Es wurde eine lange Nacht. Da auf dem unbequemen Untergrund an Schlaf nicht zu denken war, redeten Nancy und Jim leise miteinander oder lauschten auf die Geräusche draußen vor dem Zelt – Camper auf dem Weg zur oder von der Toilette, weinende Kinder, Betrunkene, die zwischen den Zelten hindurchstolperten, ein Hund, der in der Ferne bellte –, bis Jim, eng an Nancys Rücken gedrückt, ihrem plötzlich ruhigen, gleichmäßigen Atem entnahm, dass sie letztendlich doch eingedämmert war. Jim machte das nichts aus. Er wollte wach bleiben, jedes Detail dieser magischen Nacht in sich aufnehmen, angefangen von dem modrigen Geruch des alten Zelts über

Nancys kitzelnde Haare in seinem Gesicht bis hin zu dem postkoitalen Kribbeln in seinen Lenden. Er wollte seine Geliebte in seinen Armen halten, seine schmerzende Hüfte spüren, die sich in den harten Boden bohrte. Doch schließlich übermannte auch ihn der Schlaf, gerade als das erste Morgenlicht durch die dünne Zeltwand sickerte.

»Ich bin echt zu alt für so was«, grummelte Jim, als Nancy und er einige Zeit später mit steifen Gliedern aus dem Zelt auf das taunasse Gras krabbelten, geblendet von der strahlenden Frühmorgensonne. Seine müden Augen schmerzten, genau wie jeder einzelne Knochen in seinem Körper.

»Nicht nur du«, pflichtete Nancy ihm bei, streckte die Arme aus und wandte das Gesicht der Sonne zu, dunkle Ringe unter den großen Augen, die Haare so sexy zerzaust, dass er am liebsten gleich wieder über sie hergefallen wäre.

Von Mal und Jimmy P. war nichts zu sehen, der Reißverschluss ihrer Zeltklappe zugezogen.

»Lass uns von hier abhauen«, flüsterte er. »Irgendwohin, wo es einen starken Kaffee und ein ordentliches Waschbecken gibt.«

»Es ist noch früh, die Cafés öffnen erst in ein paar Stunden, erst recht an einem Sonntag«, gab Nancy zu bedenken.

»Dann fahren wir eben so lange, bis wir eins finden.«

Kapitel neunundzwanzig

»Wie schön«, verkündete Nancy munter, obwohl ihr alles andere als froh zumute war.

»Wir sind in ungefähr einer halben Stunde da«, brüllte Maria, ihre alte Freundin aus Suffolk, in ihr Handy, obwohl es keinen Grund gab zu schreien: Nancy konnte sie sehr gut verstehen.

Sie war noch müde von dem Festivalwochenende in Derbyshire, erschöpft von zu viel Liebe und zu wenig Schlaf, ausgelaugt von der permanenten Aufregung und dem Trubel, die Jim in ihr Leben brachte. Am Montag hatte sie sich ausruhen wollen. Jim war damit beschäftigt, seine Sachen für den Umzug Ende nächster Woche zusammenzupacken, und sie waren übereingekommen, dass er nicht über Nacht bleiben würde, weil Louise und die Mädchen aus dem Urlaub zurückkehren sollten. Und jetzt wollten Maria und Hugo sie überfallen.

Zerstreut legte sie auf, rannte die Treppe hinauf und zog sich ein rosa Shirt und eine saubere Jeans an. Ein Blick in den Spiegel zeigte ihr, dass ihre

Haare dringend gewaschen gehörten, aber dazu blieb keine Zeit. Sie schob das Bett zusammen, stürmte die Treppe wieder hinunter, räumte das Frühstücksgeschirr ab, wischte Krümel rund um den Toaster auf, fegte den gefliesten Boden, schüttelte die Sofakissen auf und warf die verwelkten Rosen weg, die Jim im Garten geschnitten hatte. Sie trug einen Stapel alte Zeitungen zur Altpapiertonne und nahm den Filter aus der Kaffeemaschine. Bob die Katze hatte die Nacht an ihrem Lieblingsplatz im Sessel verbracht, also strich sie die Haare vom Polster und leerte das Katzenklo. Sie war kaum fertig, als sie das Knirschen von Reifen auf dem Kies hörte. Eilig ging sie zur Haustür und öffnete.

Hugo Olorenshaw war Dirigent, ein alter Freund von Christopher. Groß, hager und blass, das eisengraue Haar bis über die Ohren reichend, war er ein rastloser, anstrengender Mensch, in dessen Gegenwart sich Nancy nie wirklich wohlgefühlt hatte. Es war, als würde er im Kopf unablässig Musik hören; entsprechend abwesend wirkte er.

Maria, seine Frau, war das absolute Gegenteil von ihm: Klein, mollig, vollbusig, das braun gefärbte Haar zu einer nachlässigen Banane aufgesteckt, trug sie heute ein gestreiftes Matrosenhemd und – genau wie ihr Mann – Jeans. Doch während Hugos Jeans zu gebügelt, zu sauber, zu steif wirkte, um als Jeans durchzugehen, sah Marias aus, als hätte sie mindestens einen Monat darin geschlafen – voller undefinierbarer Flecken und Hundehaare von ihrem dämlichen Cavalier-King-Charles-Spaniel, der jetzt durch den Garten rannte.

»Meine Liebe, wie schön, dich zu sehen!« Maria umarmte Nancy herzlich. »Unser letztes Treffen liegt schon Jahre zurück!«

Tatsächlich? Überrascht stellte Nancy fest, dass Maria recht hatte. Als sie nach Brighton gezogen war, hatte sie sich darum bemüht, die Freundschaft zu Maria und Hugo in Suffolk aufrechtzuerhalten, aber es war schmerzhaft gewesen mitzuverfolgen, wie sorgfältig die beiden ihren Exmann aus den Gesprächen ausklammerten, außerdem fürchtete sie, Christopher und Tatjana zu begegnen – Aldeburgh war ein sehr kleines Städtchen.

»Wir vermissen dich«, sagte Maria.

Sie setzten sich mit einer Tasse Kaffee und ein paar Keksen, die Nancy eigentlich für die Mädchen gekauft hatte, an den Küchentisch. Sofort griff Hugo zu, stopfte sich zwei Kekse nacheinander in den Mund und kaute so energisch, als habe er seit einer Woche nichts zu essen bekommen, dann nahm er sich einen dritten Keks. Nancy bemerkte, dass Maria ihm einen tadelnden Blick zuwarf, den er geflissentlich ignorierte.

»Weißt du, dass Sally Brustkrebs hatte?«, fragte Maria. »Jetzt ist alles wieder okay, aber es mussten mehrere Lymphknoten entfernt werden. Sie war ziemlich fertig.«

Während der nächsten halben Stunde brachte Maria ihre Freundin auf den neuesten Stand – Menschen betreffend, die längst nicht mehr Teil von Nancys Leben waren. Obwohl sie noch gar nicht so lange aus Suffolk fortgezogen war, verblassten sie in ihrer Erinnerung bereits. Hugo mischte sich gelegentlich ein, um seine Frau in einem unbedeutenden Detail zu korrigieren – eine Angewohnheit, an die Nancy sich nur zu gut aus den Jahren mit ihrem eigenen pedantischen Ehemann erinnerte. Keiner von beiden erwähnte Christopher oder Tatjana, obwohl sie unterschwellig die ganze Zeit über präsent waren – bis Nancy es nicht mehr ertragen konnte.

»Wie geht es Christopher? Die Hochzeit scheint ja eine ziemlich große Sache zu sein«, sagte sie daher, um einen unbefangenen Tonfall bemüht.

Sie sah, wie Marias offene Gesichtszüge wachsam wurden. »Es scheint ihm gutzugehen«, antwortete sie ausweichend.

»Abgesehen von der Sache mit dem Baby«, mischte sich Hugo ein. »Das findet Christopher nicht so toll.«

Nancy verspürte einen dumpfen Schmerz, als habe sie jemand in die Magengrube geboxt. »Was für ein Baby?«

Maria, die Nancys Gesichtsausdruck bemerkte, sah aus, als wolle sie ihren taktlosen Ehemann auf der Stelle umbringen. Aber Hugo, wie immer völlig unsensibel für die Atmosphäre um ihn herum, fuhr unbekümmert fort: »Man kann ihm deswegen wohl kaum einen Vorwurf machen. Er ist in meinem Alter, und jetzt soll er sich mit einem schreienden Säugling herumschlagen, die halbe Nacht wach bleiben und sich in einem Haus voll Babykram zurechtfinden. Eine entsetzliche Vorstellung, wenn man bedenkt …«

»Hugo!« Marias Stimme traf ihn wie eine Gewehrkugel.

»Was ist denn?«

»Tatjana ist schwanger?«, fragte Nancy benommen.

Hugo blinzelte, als er begriff. »Du hast es nicht gewusst?«

»Ich dachte, Christopher hätte dir das längst gesagt.« Marias Stirn war gefurcht vor Sorge.

»Wieso ›längst‹? Wie schwanger ist sie denn?«

»Das kann ich dir nicht mit Sicherheit sagen, aber sie ist mindestens im fünften Monat, wenn nicht weiter. Das ist doch der Grund, weshalb sie heiraten!« Maria schnaubte verärgert. »Man sollte meinen, er hätte den Anstand besessen, es dir zu sagen, bevor du es von jemand anderem erfährst.«

»Entschuldige, Nancy.« Ungewöhnlich kleinlaut und ohne ihr in die Augen zu blicken, fummelte Hugo am Henkel seiner Kaffeetasse.

»Zum Glück geht mich das nichts mehr an.« Nancy hoffte, dass ihre Stimme überzeugter klang, als sie sich fühlte.

»Nun ja – dich nicht mehr, wohl aber Louise«, gab Maria zu bedenken. »Christopher hat gesagt, dass sie zur Hochzeit kommt. Will er etwa warten, bis sie die Kugel unter dem Kleid der Braut entdeckt?«

Nancy seufzte. Das würde ihre ohnehin angespannte, überlastete Tochter nur zusätzlich aufregen.

Aber nicht nur sie – auch Nancy nahm die Nachricht keineswegs gelassen auf. Es war so schmerzhaft, so hinterhältig, so … *vorhersehbar*, dass die zwei ein Baby bekamen. Obwohl sie selbst es nicht vorhergesehen hatte. Sie hatte Christopher für viel zu selbstsüchtig und Tatjana für viel zu ehrgeizig gehalten, aber ganz offensichtlich fügte er sich sklavisch ihren Launen. Tatjana bekam alles, was sie wollte.

»Ich hoffe, es gibt keinen Ärger, weil ich die Katze aus dem Sack gelassen habe«, sagte Hugo in die Stille hinein.

»Ich denke schon«, blaffte Maria. »Vielleicht solltest du lernen nachzudenken, bevor du den Mund aufmachst.«

»Es ist nicht Hugos Schuld«, verteidigte ihn Nancy.

»Der alte Knabe hat sich einfach übernommen.« Hugo lächelte sie entschuldigend an. »Er hätte es wissen müssen.«

Maria nickte zustimmend.

»Aber er ist doch glücklich mit ihr, oder?«

Hugo zuckte die Achseln. »Er *war* glücklich. Der Lack ist ab, wenn du mich fragst. Da hätte er sich nichts Neues suchen müssen.« Seine Frau räusperte sich hörbar und stand auf, um die leeren Tassen mit einem Knall auf dem Abtropfbrett abzusetzen, dann fragte sie in betont munterem Ton: »Gibt es denn in deinem Leben jemand Neuen, Nancy?«

Nancy stand ebenfalls auf und wandte sich von ihren Freunden ab, um den Deckel von dem großen Einmachglas zu schließen, in dem sie den Kaffee aufbewahrte – nur für den Fall, dass sie plötzlich rot wurde. Auf einmal schoss ihr das Bild von Jim durch den Kopf, der mit der Zunge ihre Brustspitze umspielte. Pure Lust blitzte in ihr auf und ließ sie erbeben, was ihr Schicksal besiegelte. Sie konnte fühlen, wie hitzige Röte in ihre Wangen stieg.

Hugo, längst wieder in seine eigenen Gedanken versunken, schien nichts davon zu bemerken, das leichte Zucken von Marias Augenbrauen zeigte ihr dagegen, dass ihrer Freundin nichts entgangen war. Lächelnd warf sie Nancy einen fragenden Blick zu, scheuchte ihren Ehemann zur Tür hinaus und rief nach ihrem Hund, der am anderen Ende des Gartens am Zaun schnupperte und keinerlei Anstalten machte zu gehorchen. »Ruf mich an«, sagte sie und umarmte Nancy zum Abschied.

»Nana! Nana!« Hope, dicht gefolgt von Jazzy, warf sich in Nancys Arme, als diese zur Tür hereinkam. Beide Mädchen sahen so erholt und glücklich aus, die Haare sonnengebleicht, die Haut leicht gebräunt. Jazzy rannte los, um einen blauen Eimer voller Muscheln und Strandkiesel zu holen, den sie auf Nancys Schoß stellte, sobald diese auf dem grünen Sofa in Louise' Küche Platz genommen hatte.

Nancy sah die Ausbeute durch und zeigte angemessene Begeisterung über Jazzys Sammlung von Schwertmuscheln, dann schaute sie zu ihrer Tochter auf. »Wie war's?«

»Es war herrlich, Mum. Wir haben nichts anderes

gemacht, als an den Strand zu gehen, zu schwimmen, im Sand zu spielen, Felsenbecken zu erforschen und Eis zu essen. Ein wundervoll altmodischer Strandurlaub – was für eine Wonne.«

»Ich bin ohne Schwimmflügel im Meer geschwommen«, fiel Jazzy ihrer Mutter ins Wort.

»Das ist ja fantastisch! Gut gemacht, Schätzchen!« Nancy küsste ihre Enkelin auf den Scheitel und atmete den salzigen Geruch des Meeres ein, der in ihrem vollen blonden Haar hing, dann stand sie auf und stellte sich zu Louise, die eben den Teekessel füllte, an die Arbeitsfläche. »Und die Kinder sind gut miteinander klargekommen?«

Louise nickte. »Sarahs Kids sind fantastisch. Zac ist jünger als Jazzy und ab und zu ein bisschen quengelig, aber insgesamt haben sie sehr schön miteinander gespielt, wodurch wir Zeit zum Lesen und Plaudern hatten.«

»Dann hattest du also auch Urlaub.«

»Ja. Es war perfekt.« Die Züge ihrer Tochter verfinsterten sich leicht, als sie sich die dunklen Haare aus dem Gesicht strich. »Zu perfekt. Um ehrlich zu sein, wäre ich am liebsten gar nicht zurückgekommen.«

Nancy wusste nicht, was sie sagen sollte. Das Geheimnis, dass Christopher erneut Vater werden würde, brannte ihr fast ein Loch in die Zunge. Nachdem Maria und Hugo gefahren waren, hatte sie ihn angerufen, aber er reagierte ausgesprochen bissig. »Hör auf, mich zu schulmeistern, Nancy«, blaffte er.

»Louise geht nie ans Telefon, wie du sehr gut weißt, weshalb es verflucht schwierig ist, ihr eine derart heikle Neuigkeit zu überbringen. Was zum Teufel soll ich denn tun? Ihr eine SMS schicken?«

»Schon gut, schon gut, reg dich nicht auf!« Sie war es so überdrüssig, dass er die Schuld stets auf die anderen schob. »Es wird trotzdem nicht gut ankommen, wenn du vor der Hochzeit kein Wort davon erwähnst, während alle anderen Bescheid wissen.«

»Das weiß ich, ich bin schließlich nicht dumm. Ich habe lediglich noch nicht den richtigen Zeitpunkt gefunden.«

Louise reichte ihr eine Tasse Tee, verscheuchte Bob und setzte sich zusammen mit Nancy aufs Sofa. In dem Augenblick klingelte ihr Handy.

»Das wird Ross sein«, sagte sie, zog das Telefon aus der Tasche und warf einen Blick aufs Display. »O nein, es ist Dad.« Sie zögerte einen Augenblick, doch am Ende schnitt sie eine Grimasse und sagte: »Ich gehe mal besser dran, Mum. Wahrscheinlich ruft er an, weil er durchsetzen will, dass die Mächen rote Rosenblätter vor Tatjanas heilige Füße streuen oder sonst einen Unsinn.«

Kapitel dreissig

Louise hatte gehofft, dass die zehn Tage, in denen sie von zu Hause fort gewesen war, die Spannung zwischen Ross und ihr mindern und ihnen zu einem Neuanfang verhelfen könnten, aber eher das Gegenteil war der Fall. Ihr Ehemann begegnete ihr ausgesprochen missmutig, als er nach Mitternacht endlich nach Hause kam.

»Hattet ihr einen schönen Urlaub?«, fragte er ohne jede Begeisterung. Er wirkte so erschöpft, dass Louise sich sofort schlecht fühlte, weil sie sich eine Pause gegönnt hatte.

»Es war großartig. Die Mädchen hatten einen Riesenspaß.«

»Das ist schön.« Er öffnete eine Flasche Rotwein und schenkte sich ein großes Glas ein, ohne ihr eins anzubieten. Sein T-Shirt war durchgeschwitzt, die Jeans am Hintern ausgebeult. Müde warf er sich auf das Sofa in der Küche.

»Wie läuft's mit Kyla?«, fragte sie und setzte sich eine Tasse Fencheltee auf. Jasons Freundin hatte angeboten, während Louise' Abwesenheit auf Abruf bereitzustehen und einzuspringen, wenn viel los war, da die transusige Evie einfach nicht nachkam. Es war spät, und auch sie war müde, aber sie hatte nicht zu Bett gehen wollen, ohne ihren Mann gesehen zu haben. Außerdem musste sie ihm von dem Baby erzählen. Sie war immer noch erschüttert über die Neuigkeit, obwohl sie sich nicht recht erklären konnte, warum. Irgendwie hatte sie damit gerechnet, obwohl ihre Mutter dies immer für ausgeschlossen gehalten hatte. Instinktiv spürte sie, dass dieses kleine Wesen sie noch weiter aus dem Fokus ihres Vaters herausrücken würde. Sie hatte die Hoffnung nie aufgegeben, dass sie eines Tages wie durch ein Wunder näher zueinanderfinden würden, doch seit Tatjana im Weg stand, schien das genaue Gegenteil der Fall zu sein. Wenn es stimmte, was man über die sogenannte »Altersmilde« sagte, hatte dieses Baby weitaus größere Chancen, die Vaterliebe zu bekommen, die ihr versagt geblieben war.

Sie sah, wie Ross die Achseln zuckte. »Ganz okay. Sie ist keine gelernte Kraft, aber sie kann arbeiten, das muss ich ihr lassen.«

»Und die Reservierungen?«

Ihr Mann lehnte sich zurück und schloss die Augen, das Weinglas in den großen Händen. Ohne die Augen zu öffnen, sagte er: »Hat ja nicht lange gedauert, bis du wieder anfängst zu nörgeln.«

Verletzt starrte Louise ihn an. »Ich hab doch nur gefragt.«

»Ja, ja. Du hast ›nur gefragt‹, damit du wieder den Kopf schütteln und mir vorhalten kannst, dass die ganze Sache eine einzige Katastrophe ist, stimmt's? Was für ein Segen, dass ich deine unheilverkündende Stimme ein paar Tage nicht hören musste!«

»Was für ein Segen, dass ich mir dein verfluchtes Gejammer nicht anhören musste, geschweige denn die Anrufe von den Leuten, denen wir Geld schulden! Was für ein Segen, dass man mich nicht ständig für jeden noch so kleinen Mist verantwortlich gemacht hat!« Sie holte tief Luft. »Wäre ich bloß nie zurückgekommen.«

Ross sah sie schockiert an, dann setzte er sich auf. »Richtig. Vielleicht wärst du besser dortgeblieben, wäre doch nett und bequem gewesen bei deiner tollen Freundin in ihrem Luxusstrandhaus, wo du nichts anderes tun musstest, als dummes Zeug zu schwafeln und dich über deinen nutzlosen Ehemann zu beschweren. Vielleicht ginge es mir besser, wenn du mir nicht ständig im Nacken sitzen würdest.« Sein Gesicht war dunkelrot angelaufen, seine Stimme triefte vor Sarkasmus.

»Wenn es das ist, was du denkst, dann solltest du es vielleicht ohne mich versuchen«, gab Louise mit vor Zorn schriller Stimme zurück. »Weil ich diesen Scheiß nämlich nicht länger ertrage!«

»Mummy?«

Als sie Hopes Stimme hörte, fuhr Louise zusammen und wirbelte erschrocken herum. Ihre Tochter stand in der Küche, das Gesicht starr vor Bestürzung.

Ross sprang auf und eilte auf sie zu, um die Kleine in ihrem zartlila Schlafanzug in seine Arme zu ziehen.

»Entschuldige, Liebling«, sagte er und barg sein Gesicht an ihrer Schulter. »Es tut mir leid. Mummy und Daddy haben sich bloß ein bisschen gestritten. Nichts, worüber du dir Sorgen machen müsstest.«

Schlaftrunken suchte Hope über die Schulter ihres Vaters hinweg das Gesicht ihrer Mutter. Ihr Blick war zutiefst besorgt. Louise trat zu den beiden und streichelte Hopes Hand. »Entschuldige, dass wir dich geweckt haben. Alles ist gut … alles ist in Ordnung.« Sie wusste, dass sie nicht gerade überzeugend klang, aber sie hatte keine Ahnung, was sie sonst sagen sollte. Sie hoffte, das Kind sei zu verschlafen, um zu begreifen, was sie gerade eben zu Ross gesagt hatte. »Geh wieder ins Bett, Schatz … Daddy bringt dich hoch.« Sie küsste Hopes Wange, strich ihr das zerzauste Haar aus dem Gesicht und bemühte sich um ein tröstendes Lächeln. Hope nickte müde und ließ sich von ihrem Vater die Treppe hinauftragen.

Als Ross wieder nach unten kam, waren sie beide kleinlaut. Einen Moment lang sagte keiner ein Wort.

»Das dürfen wir nicht mehr tun. Die Mädchen sind schon verunsichert genug wegen unserer ständigen Streitereien.«

Ross blickte sie aufgebracht an. »Du hast angefangen.« Er nahm seinen Wein und trank einen großen Schluck, dann drehte er ihr den Rücken zu und schüttelte bedächtig den Kopf, als könne er selbst nicht verstehen, was er da hörte. Mit großen Schritten durchquerte er die Küche und warf sich wieder aufs Sofa. Louise fehlte schlichtweg die Kraft für weitere Worte. Sie hob resigniert die Hand und wandte sich zur Treppe, um ihn allein vor sich hin brodeln zu lassen.

Oben sah sie zuerst nach den beiden Mädchen, dann fiel sie erschöpft ins Bett. Angespannt lag sie in der Dunkelheit, voller Furcht und gleichzeitiger Sehnsucht, ihr Mann würde sich zu ihr legen. Sie war erfüllt von dem dringenden Wunsch, etwas zu klären, was ungeklärt bleiben würde, und der Hoffnung, dass Ross so schockiert über Hopes Bestürzung war, dass sie einen Weg fänden, vernünftig über das Restaurant zu reden. Und über ihre Ehe. Beides schien unentwirrbar miteinander verbunden, und beides trieb mehr und mehr einem ungewissen Ende entgegen.

Ross kam nicht ins Bett. Als Louise gegen fünf aus einem unruhigen Schlaf erwachte, war seine Hälfte immer noch leer. Sie schlich nach unten und fand ihn genau dort, wo sie ihn zurückgelassen hatte: auf dem grünen Sofa, seitlich zusammengekauert, die Hände zwischen den Knien, das Gesicht schlaff im Schlaf. Sein Bauch ragte unter der lila Kunstfelldecke hervor, die sie eigentlich für die Mädchen gekauft hatte. Sie stand da und betrachtete ihn, doch sie störte ihn nicht – sie wollte nicht wieder den feindseligen Ausdruck in seinen Augen sehen, wenn er sie anblickte. Nach einer Weile huschte sie auf Zehenspitzen die Treppe hinauf und legte sich wieder ins Bett, entsetzt über diese Entwicklung – sie hatten noch nie getrennt geschlafen –, bis sie Jazzy um kurz nach sieben verschlafen zur Toilette tappen hörte. Sie hatte nicht einmal ansatzweise die Chance gehabt, mit ihrem Mann über das Baby ihres Vaters zu sprechen.

Kapitel einunddreissig

Jim stand am Küchentisch, umgeben von braunen Umzugskartons, und starrte auf die Berge von Geschirr, die sich vor ihm stapelten. Er hatte keine Ahnung, wo er anfangen sollte. Auf der anderen Seite des Raumes leerte Chrissie die Regale des Tellerbords.

»Und – wie ist der Sex mit Nancy?«, erkundigte sich Chrissie wie beiläufig, während sie einen großen Becher in Papier einschlug, aber Jim ließ sich nicht täuschen.

»Komm schon, Chrissie«, erwiderte er lachend. »Als würde ich mit dir mein Sexleben diskutieren.«

»Oh, mir macht das nichts aus. Phil ist ein bisschen pervers, steht auf Rollenspiele. Er liebt es, mich zu fesseln …«

»Stopp«, fiel Jim ihr ins Wort und unterdrückte ein Schaudern. »Das will ich gar nicht wissen.«

Chrissie sah ihn mit hochgezogenen Augenbrauen an, ein dreistes Grinsen auf den Lippen. »Du warst nicht immer so prüde. Ich erinnere mich an gewisse Dinge …«

»Es reicht!« Jim konzentrierte sich auf seine Aufgabe, zumal der Geschirrstapel nicht kleiner zu werden schien.

»Du weißt schon, dass deine Beziehung mit dieser Frau in Tränen enden wird?«, schallte Chrissies Stimme sanft, beinahe freundlich durch die Küche. »Sie benutzt dich, weil du gut aussiehst und eine Kanone im Bett bist, Jimmy. Wahrscheinlich hat ihr Ex sie sträflich vernachlässigt. Doch mach dir nichts vor: Sobald die erste Verliebtheit verflogen ist, wird sie auf Abstand gehen und ihr Glück woanders suchen. Ältere Frauen sind so – sie wollen keine feste Bindung. Sie suchen Freunde mit gewissen Vorzügen.«

Jim antwortete nicht sofort: Er spürte, wie der altbekannte Zorn über die Manipulationsversuche seiner Frau in ihm aufstieg, gepaart mit der tiefen Furcht, an ihren Worten könne etwas dran sein. Hatte sie recht? Spielte Nancy nur mit ihm?

Seine zukünftige Exfrau bedachte ihn mit einem süffisanten Blick – sie wusste, dass sie einen Treffer gelandet hatte.

Jm räusperte sich. »Ich wusste gar nicht, dass du dich mit den sexuellen Wünschen älterer Frauen so gut auskennst. Gibt es da etwas, das du mir all die Jahre über nicht verraten hast?«

Chrissie warf den Kopf zurück und lachte schallend. »*Touché*, Jim, *touché*! Es freut mich, dass du deinen Sinn für Humor nicht völlig verloren hast.«

»Mich freut es, dass du den Wunsch, mich auf die

Palme zu bringen, nicht völlig verloren hast«, parierte er.

Eine Weile beschäftigten sie sich schweigend mit dem Inhalt der Küchenschränke. Die Stille wurde nur unterbrochen von dem nervenden Lamento seiner Frau, woran sie dieses oder jenes Stück erinnerte. »Weißt du noch, wie wir die hier in der Türkei gekauft haben? Bei einer Frau am Straßenrand?« Sie hielt eine blau gemusterte Schüssel in die Höhe. »Die Alte muss mindestens hundertfünfzig Jahre alt gewesen sein.« Als Nächstes nahm sie eine weiße Espressotasse zur Hand: »Erinnerst du dich, wie Tommy seinen Finger zwischen Griff und Tasse eingeklemmt hat?« Wäre es nach Jim gegangen, hätte er das meiste in eine Kiste gepackt und auf den Stufen des hiesigen Wohltätigkeitsladens abgestellt.

Endlich setzten sie sich mit einer Tasse Tee an den Tisch. Während der letzten Stunde war Chrissie immer schweigsamer geworden und hatte am Schluss kaum noch etwas gesagt. Jetzt nahm sie die Tasse, die er ihr entgegenstreckte, und stieß einen melodramatischen Seufzer aus. »Du und ich ... das ist wirklich das Ende, nicht wahr?« Sie blinzelte, die grünen Augen traurig auf ihn gerichtet. »Wie dumm das alles ist. Wir beide landen in schäbigen möblierten Zimmern, werden alt, allein. Phil wird mich verlassen, Nancy wird dich verlassen. Dabei hätten wir uns weiterhin dieses gemütliche Haus teilen können, das wir lieben, hätten uns umeinander kümmern können. Was für einen Sinn hat die Trennung?«

Jim wollte sich dieses trostlose Szenario nicht ausmalen, denn es entsprach genau dem, was er am meisten fürchtete, und Chrissie mit ihrer untrügerischen Kenntnis seiner Schwächen wusste das.

»Wann ziehst du ein?«, fragte er.

»Die Schlüsselübergabe ist nächste Woche Freitag, bis dahin wohne ich bei Phil. Doch das ist nur eine Übergangslösung. Eigentlich halte ich Ausschau nach einer Eigentumswohnung.«

»Ich bleibe bei Mal und Sonia, bis in drei Wochen mein Apartment frei wird.«

Chrissie schmunzelte. »Da hast du dir ja etwas vorgenommen! Ich denke, du wirst es keine drei Tage dort aushalten, geschweige denn drei Wochen unter Sonias Fuchtel. Du wirst den Kopf zum Fenster herausstrecken müssen, um Luft zu holen – du weißt doch, welch panische Angst sie vor Bazillen hat –, du wirst deine Unterwäsche bügeln und deinen Teller abwaschen, bevor du überhaupt zu Abend gegessen hast. Um neun wird das Licht ausgemacht ... nicht gerade prickelnde Aussichten.«

»Ja.« Er lachte. »Es wird nicht leicht werden, aber ich finde es sehr nett von ihnen, dass sie mich bei sich aufnehmen.«

»Warum will Nancy dich nicht in ihrem Haus haben? Liegt es an deinem Schnarchen?«

»Ich schnarche nicht.«

»Wie bitte? Machst du Witze, Jim? Man hat den Eindruck, direkt neben einem Rasenmäher zu liegen – selbst unten im Souterrain.«

»Unsinn«, widersprach er, inständig hoffend, dass sie maßlos übertrieb. Hatte er Nancy tatsächlich in der Lautstärke eines Elektromähers ins Ohr geschnarcht? Sie hatte sich nicht beschwert. »Wir zwei haben doch schon seit Jahren getrennte Schlafzimmer. Außerdem habe ich das Rauchen aufgegeben, seit ich mit Nancy zusammen bin.«

Sie lächelte hämisch. »Das macht erwiesenermaßen kaum einen Unterschied, weil es etwas mit der Halsmuskulatur zu tun hat. Die lässt in deinem Alter stark nach.«

»Ja, ja, red du nur. Wenn ich all den Mist glauben würde, könnte ich mich gleich erschießen.«

»Du kennst mich, Jimmy. Ich sage immer die Wahrheit.«

Später ging Jim nach oben und machte es sich mit seiner Gitarre im Sessel bequem. In letzter Zeit war er zu sehr mit dem Umzug beschäftigt, um viel zu spielen, und er vermisste den beruhigenden Einfluss, den die Gitarre auf ihn hatte. Doch heute brachte er kaum mehr als ein paar Akkorde zustande. Er fühlte sich nervös und unausgeglichen – als Gewohnheitsmensch fiel es ihm schwer, mit dem Umbruch in seinem Leben zurechtzukommen. Es war nicht nur der Umzug an sich oder die Zeit, die er unter Sonias neurotischem Blick im Haus seines Freundes verbringen musste – es war Nancy und seine Beziehung zu ihr, die ihm zu schaffen machte. Wenn er bei ihr war, glaubte er fest daran, dass sich alles zum Guten wenden würde. Gemeinsam würden sie sämtliche Turbulenzen durchstehen. Er liebte sie, und er war sich ziemlich sicher, dass sie ihn ebenfalls liebte. Doch sobald sie sich trennten, kamen die Zweifel. War er wirklich nur gutaussehend und »eine Kanone im Bett«, wie Chrissie behauptete? Würde Nancy seiner tatsächlich bald überdrüssig? Louise war aus ihrem Strandurlaub mit den Mädchen zurückgekehrt, und Nancy steckte bereits wieder bis über beide Ohren in den Dramen ihrer Tochter – wobei ihr am meisten das Baby zu schaffen machte, das zu erwähnen ihr Ex offenbar völlig vergessen hatte.

Kapitel zweiunddreissig

Sobald sich die Haustür schloss, fielen Nancy und Jim einander in die Arme und hielten sich eine lange Zeit fest.

»Hallo«, murmelte er ihr ins Haar.

»Ich habe dich vermisst«, erwiderte sie, benommen von seiner Nähe.

Sie machten sich nicht die Mühe, sich etwas zum Abendbrot zuzubereiten, sondern setzten sich einfach mit einer Flasche Wein und einer Schüssel Chips aufs Sofa. Jim legte den Arm um ihre Schultern, und sie redeten und redeten, obwohl sie die Woche über mehrfach telefoniert hatten.

»Spiel für mich«, bat Jim plötzlich und zog Nancy vom Sofa hoch. »Ich habe dich millionenmal gebeten, und du hast dich immer geweigert. Das ist nicht fair, zumal ich für dich so viel gespielt habe.«

Sie schnitt eine Grimasse. »Eines Tages werde ich für dich spielen, versprochen.« Christopher hatte sie verunsichert, was ihr Können anbetraf, und sie wollte Jim nicht enttäuschen.

»Nein«, widersprach Jim, »jetzt. Bitte, Nancy.«

Der Wein musste ihren Widerstand gemindert haben, denn sie gestattete ihm widerstrebend, sie ins Klavierzimmer zu führen, wo sie auf ihrem Hocker Platz nahm.

»Was soll ich spielen?«

»Was immer du magst.«

Sie überlegte einen Moment, dann legte sie die Finger auf die Tasten und fing an, Liszts berühmten »Liebestraum« zu spielen. Zunächst war sie nervös, dann vergaß sie, dass Jim hinter ihr stand, konzentrierte sich auf ihr Spiel und ließ sich von dem gefühlvollen Liebeslied davontragen. Die erste schnelle Kadenz verpatzte sie – sie hatte sie schon eine ganze Weile nicht mehr geübt –, doch schon die zweite gelang ihr wesentlich besser. Nach ungefähr fünf Minuten unterbrach sie ihr Spiel.

»Wow«, sagte er mit feuchten Augen. »Wow, Nancy. Das war wunderschön.«

Verlegen erläuterte sie: »Das war Liszt, ein Liebeslied.«

Er nickte. »Du spielst sensationell.«

»Nun bleib mal auf dem Teppich. So gut bin ich nun auch nicht. Nicht mehr. Ich übe nicht genug.«

Jim runzelte die Stirn. »Was bloß zeigt, wie brillant du bist.«

Sein Lob ließ sie innerlich jubeln.

Eine Weile spielte Nancy nur für ihn – und er ließ sie einfach nicht aufhören. Am Ende hatte sie ihre

Solo-Darbietung satt und versuchte, ihn zu einem Duett zu überreden.

»Nein«, sagte er prompt.

»Aber du spielst doch auch Klavier.«

»Nicht wie du. Das wäre so, als würde man eine Blechtasse mit Dresdner Porzellan vergleichen.«

»Ich liebe Blechtassen.«

»Ich auch, aber sie spielen einfach nicht in derselben Liga.«

In jener Nacht summte er ihr nach dem Liebesspiel mit seinem rauchigen Bariton die Melodie von Liszts »Liebestraum« ins Ohr, während sie langsam in den Schlaf hinüberdämmerte.

»Du musst nicht bei Mal wohnen, du könntest hier unterkommen, bis dein Apartment frei wird.« Es war früher Morgen, aber Nancy lag schon eine Weile wach und hatte nachgedacht.

Auf der anderen Seite des Betts blieb es still, aber sie wusste, dass er nicht mehr schlief.

»Nein … nein, das könnte ich nicht, Nancy.«

Seine Ablehnung klang beinahe schroff. »Warum nicht?« Es war das erste Mal, dass sie ihm diesen Vorschlag unterbreitete, dabei war der Gedanke nicht neu. Sie hatte sich fest vorgenommen, ihn zu fragen – schon seit er ihr gesagt hatte, dass er vorübergehend zu Mal und Sonia zöge –, doch ihr war bewusst, dass dieses Angebot weit mehr implizierte als für drei Wochen ein Dach über dem Kopf zu haben.

»Weil … weil das bedeutet, dass ich hier wohnen würde«, sagte er.

Sie wandte sich ihm zu und sah ihn an. »Und das wäre nicht gut?«

Er lächelte. »Es wäre großartig, Nancy. Aber was würde deine Tochter denken? Und deine Mutter? Wären sie nicht der Ansicht, dass wir die Dinge überstürzen?«

»Es kommt darauf an, was *wir* denken, oder nicht?« Sie war gespannt, was er darauf erwidern würde. Die Vorstellung, dass er tatsächlich bei ihr wohnte, machte ihr Angst, das musste sie zugeben, aber er verbrachte ohnehin die meisten Nächte bei ihr – wo wäre da der Unterschied?

Jim hatte sich auf die Seite gedreht und sich auf den Ellbogen gestützt. »Da bin ich mir nicht sicher. Ich möchte nicht, dass Louise mir das Gefühl gibt, ein nichtsnutziger Gigolo zu sein.«

»Es ist doch nur vorübergehend – so lange, bis deine Wohnung frei ist. Wir haben in der letzten Zeit ohnehin fast jede Nacht gemeinsam verbracht.«

»Ja, aber du wusstest, dass ich jederzeit nach Hause hätte zurückkehren können. Das hier wäre etwas anderes, eine wirkliche Verpflichtung. Drei Wochen sind eine lange Zeit.«

Sie lachte. »Nun, die Entscheidung liegt bei dir. Ich hätte dich liebend gern hier, aber wenn du denkst, es ist zu früh, verstehe ich das.«

Jim streckte den Arm aus und legte seine Hand liebevoll an ihre Wange. Während der Nacht hatte sich sein graues Haar aus dem Pferdeschwanz gelöst, was sein Gesicht weicher erschienen ließ und irgendwie verletzlicher. »Ich liebe dich, Nancy.«

Ihre Augen füllten sich mit Tränen bei diesen unerwarteten Worten. Das hatte er noch nie zu ihr gesagt. »Ich liebe dich auch.«

Sie hielten sich an den Händen und blieben schweigend liegen, jeder in seine eigenen Gedanken versunken.

»Wirst du mit deiner Tochter reden und die Lage sondieren, bevor wir eine Entscheidung treffen?«

»Das werde ich, aber wir wissen beide, dass sie alles andere als begeistert sein wird. Allerdings sagt mir mein Gefühl, dass sie sich wieder einkriegt, sobald sie dich etwas besser kennengelernt hat.«

»Wenn du meinst…« In Jims Stimme schwang Zweifel mit. »Was ist mit deiner Mum? Vielleicht musst du sie wieder zu dir nehmen. Und wenn ich dann auch noch da bin…«

»Mum kommt mir im Moment überraschend munter vor. Als ich das letzte Mal nach ihr gesehen habe, hat sie mir mitgeteilt, sie würde wieder zum Bridge gehen. Ich habe keine Ahnung, was passiert ist, ob sie bloß auf tapfer macht, damit ich sie nicht länger mit der Gastroskopie bedränge, aber ich denke nicht, dass in den nächsten Wochen ein ernsthaftes Problem auf mich zukommt.«

Jim schwieg, dann räusperte er sich. »Ähm, Nancy… überstürzen wir die Dinge wirklich nicht, wenn wir so viel Zeit miteinander verbringen?«

»Für mich fühlt sich das nicht so an«, sagte sie langsam.

»Für mich auch nicht. Trotzdem …«

»Trotzdem machst du dir Sorgen, wir könnten das, was wir haben, in den Sand setzen, wenn wir uns auf unbekanntes Terrain vorwagen.«

Er nickte nicht, und er schüttelte auch nicht den Kopf – er wartete einfach nur ab, dass sie weitersprach.

»Wir sind nicht mehr die Jüngsten, der Luxus, jahrelang umeinander herumzuscharwenzeln, ist uns nicht vergönnt.« Sie hielt inne, dann fügte sie hinzu: »Wenn wir scheitern, dann ist das eben so.« Die Vorstellung war schrecklich, aber sie wusste, dass das, was sie sagte, der Wahrheit entsprach. Keine noch so lange Kennenlernzeit würde ihre Beziehung stabiler machen. Sie wollten schließlich keine Familie gründen. In ihrem Alter sollte man nur noch ans eigene Glück denken.

Lindys Augen weiteten sich. »Wow! Er ist bei dir *eingezogen*?«

»Nur bis sein Apartment frei wird … allerhöchstens für einen Monat.«

Nancy war mit Hope und Jazzy bei ihrer Freundin und deren Enkel Toby.

Die Kinder sprangen kreischend in ihren Badesachen auf dem Trampolin in Lindys Garten, die Gesichter gerötet und verschwitzt an diesem sonnigen, warmen Augusttag. Daneben stand ein aufblasbares Plantschbecken voll Wasser, auf dem Gras, kleine Zweige und ein paar tote Fliegen trieben, zur Abkühlung bereit.

Lindy und Nancy hatten es sich mit einer Tasse Tee in der Hand auf zwei Polsterliegen bequem gemacht und sahen den Kindern zu.

»Mein Gott ...« Nancy hielt sich die Augen zu, als Toby und Jazzy ineinanderkrachten und lachend in einem kunterbunten Haufen aus Armen und Beinen auf die Sprungmatte stürzten. Zum Glück war das Trampolin mit einem elastischen Fangnetz geschützt. »Ist es auch sicher, wenn alle gleichzeitig springen?«

»Keine Ahnung«, erwiderte Lindy, »aber was ist heutzutage schon sicher? Abstriche muss man immer machen.«

Nancy war nicht überzeugt, dass Louise einen gebrochenen Arm oder ein verstauchtes Bein genauso gelassen hinnehmen würde, daher rief sie: »Springt nicht so dicht zusammen – ihr tut euch noch weh!« Ihre Warnung stieß bei den drei Kindern auf taube Ohren.

»Wie ist es, wenn er die ganze Zeit bei dir ist?«, wollte Lindy wissen.

»Bislang ganz schön«, antwortete Nancy grinsend, »aber er ist ja auch erst seit vorgestern Abend da.«

Lindy nickte, doch Nancy sah, wie die Freundin die Stirn runzelte. »Dann habt ihr also nicht vor, fest zusammenzuziehen?«

»Er hat sich ein eigenes Apartment genommen, doch das wird erst in ein paar Wochen frei.«

»Richtig.« Lindy schürzte die Lippen. »Hat er vor, etwas zu kaufen, oder will er zur Miete wohnen?«

»Zur Miete.«

»Hm …«

Nancy warf ihr einen fragenden Blick zu. »Was ist?«

»Zur Miete zu wohnen ist nicht so endgültig wie etwas zu kaufen, stimmt's? Ein Mietvertrag kann schnell platzen …«

»Warum sollte ein Mietvertrag schneller platzen als ein Kaufvertrag?«

Lindy streckte ihre gebräunten Beine in der türkisfarbenen Siebenachtel-Hose aus, ihre makellos gepflegten Füße mit den pflaumenlila lackierten Zehennägeln glänzten golden im Sonnenlicht. »Nun, vermutlich tut er das auch nicht …« Sie schaute zu den Kindern hinüber, während sie sprach, als wolle sie Nancy nicht direkt ansehen.

»Was willst du mir sagen, Lindy?«

Lindy stieß scharf die Luft aus, schwang ihre Beine von der Liege und schaute Nancy ins Gesicht. Die Ellbogen auf die Knie gestützt, die Hände verschränkt beugte sie sich zu ihrer Freundin hinüber. »Du weißt, dass ich Jim sehr mag, Süße, aber diese Geschichte mit seiner Frau … ich frage mich nur, wie gut du ihn wirklich kennst. Es wird ziemlich schwer, ihn wieder loszuwerden, wenn sich die Dinge anders entwickeln, als du es dir erhoffst, und er keine andere Bleibe hat …«

Nancy spürte, wie sich Zorn in ihrer Magengrube zusammenbraute, und versuchte, tief durchzuatmen, genau wie sie es im Yogaunterricht in Suffolk gelernt hatte. Wie hatte ihre Lehrerin immer gesagt? »Atmet den Ärger aus. Umhüllt ihn mit einem sanften Hauch, dann atmet ihn aus. Ohne Zwang, ohne Kraft. *Wiuuu*, lasst ihn einfach raus.«

»Ich bin mir sicher, wir werden miteinander klarkommen.«

Lindy legte ihr eine Hand auf den Arm. »Sei nicht sauer, Nancy. Ich lasse mir im Leben immer ein Hintertürchen offen. Und ich weiß, dass du schrecklich verliebt bist in Jim, weshalb du womöglich nicht klar denken kannst.«

»Willst du andeuten, dass er mich ausnutzt?«

Lindy nickte. »Ja, genau das befürchte ich. Ich halte ihn zwar nicht für jemanden, der sich gern an Rockschöße hängt, aber Männer können nicht gut allein sein. Für Jim ist das eine großartige Situation – er wird sich pudelwohl fühlen, wenn du ihn bemutterst. Aber willst du ihn wirklich den ganzen Tag um dich haben – wenn er nur Gitarre spielt, den Klodeckel aufgeklappt lässt, von dir erwartet, dass du seine Unterhosen wäschst, und dir ständig vor den Füßen herumläuft –, wenn die sexuelle Anziehung nachlässt?«

Ohne es zu wollen, prustete Nancy los. »Meine Güte, Lindy, du malst ja ein schwarzes Bild! Aber vielleicht hast du recht. Vielleicht treiben wir einander in der Tat in den Wahnsinn. Und wenn der Fall tatsächlich eintritt, werde ich einen Plan B brauchen.«

Lindy klopfte sich mit den Handflächen auf die Schenkel. »Gut. Ich habe gesagt, was ich zu sagen hatte. Wenn es nicht läuft, ruf mich einfach an, und ich bin ruck, zuck mit meiner Schrotflinte bei dir und jage den armen Kerl aus dem Haus, ehe er weiß, wie ihm geschieht.«

»Du hast eine Schrotflinte?«

»Klar. Sie hat Ronnie gehört, aber er hat vergessen, sie bei der Scheidung mitzunehmen, und er hat nie danach gefragt.«

Nancy schmunzelte. »Weißt du denn, wie man damit umgeht?«

»Selbstverständlich. Mein Vater war ein Wilderer, wenn er nicht gerade die Blumenbeete anderer Leute umgegraben hat. Ich konnte schon schießen, bevor ich acht war … er hat Kaninchen und Fasane abgeknallt, damit die Familie etwas zu essen hatte – ganz anders als dieses schwer bewaffnete Gesocks, das heutzutage aus Allradfahrzeugen auf alles ballert, was sich bewegt.«

Ein Schrei aus dem Plantschbecken setzte ihrem Gespräch ein jähes Ende. Toby hatte anscheinend eine tote Wespe aus dem Wasser gefischt und wedelte damit vor Jazzys Gesicht herum. Die beiden Frauen eilten ihr zu Hilfe, aber es dauerte eine Weile, bis sich das Chaos legte. Jazzy wollte nicht aufhören zu schluchzen, Lindy erteilte ihrem Enkel eine Lektion, und Hope stand bibbernd in ihrem Badeanzug daneben, über beide Ohren grinsend, weil sie nichts mehr liebte als eine gute Show. Schließlich stapfte

Toby ins Haus, nasse Fußabdrücke auf den Küchenfliesen hinterlassend. Lindy, Nancy und die Mädchen folgten ihm.

Nancy war erleichtert über die Ablenkung. All die Dinge, die Lindy genannt hatte, waren selbstständlich auch ihr durch den Kopf gegangen, aber sie war zu dem Schluss gekommen, dass ihre Freundin und sie über grundverschiedene Ansichten verfügten, wenn es um Männer ging. Lindy wollte einen Geliebten in Reichweite haben, jemanden, der ihrem eigenen Leben nicht im Weg stand, doch stets zu Willen war, wenn er gerufen wurde – ein Arrangement, das Nancy sich niemals für sich selber vorstellen konnte.

Als sie etwas später in Lindys Küche an der Anrichte lehnte und zusah, wie Lindy für die drei Kinder Spaghetti in kochendes Wasser gab, freute sie sich schon darauf, endlich nach Hause zu fahren, wo sie Jim treffen würde. Sie freute sich darauf, mit ihm zusammen am Küchentisch zu sitzen, die Würstchen zu essen, die er gekauft hatte, ein Glas Wein zu trinken und ihm von dem Wespen-Desaster zu berichten, während sie darauf wartete, dass er ihr erzählte, was er an diesem Tag erlebt hatte. Um ehrlich zu sein, sehnte sie sich förmlich danach.

Kapitel dreiunddreissig

»Das ist alles, was ich finden konnte. Beim Umzug habe ich den Großteil seiner Medikamente entsorgt.« Joyce stellte eine kleine Einkaufstasche neben Frances auf den Tisch.

Sie waren in Joyce' Haus – ein hübscher neuer, weißgestrichener Bungalow mit einem Schlafzimmer, einem Bad und einem großen, hellen, kombinierten Wohn- und Küchenbereich. Joyce' Schwiegertochter Fiona hatte die Räume in geschmackvollen gedämpften Farben ausgestattet. Die Möbel waren allesamt neu, elegant und bequem – alles in allem, so dachte Frances, sah es hier aus wie in der Zeitschrift *Wohnen & Garten.* Sie konnte nicht verstehen, warum Joyce nicht darauf bestanden hatte, ihre alten Sachen zu behalten. Aber ihre Freundin ging ihrer Schwiegertochter gegenüber stets in die Defensive. Fiona war die Freundlichkeit in Person, wenngleich extrem auf Äußerlichkeiten bedacht. Obwohl Frances zugeben musste, dass Joyce' Einrichtung ausgesprochen geschmackvoll wirkte.

Frances warf einen Blick in die kleine Einkaufstasche.

»Auf den Packungen sind Dosierungsanleitungen aufgedruckt. Richards Arzt war ein Freund der Familie, deshalb war er so dreist, ihm weit mehr zu verschreiben, als er brauchte, weil Richard wegen jedem bisschen in Panik geriet«, sagte Joyce. »Allerdings finde ich, dass du nichts davon nehmen solltest, ohne zuvor einen Arzt zu konsultieren, Frances. Das hier sind hochdosierte Schmerzmittel – damit darf man nicht leichtfertig umgehen.«

Joyce war jünger als Frances, noch keine achtzig, aber sie litt seit Jahren an rheumatischer Arthritis, die schubweise kam und ging und sie mitunter drastisch einschränkte. Trotzdem war ihr grauer Bob stets akkurat geschnitten und umrahmte ein fülliges, lachendes, intelligentes Gesicht. Joyce zählte nicht zu den Menschen, die sich beklagten.

»Danke«, sagte Frances. »Ich bin dir so dankbar, Joyce. Es ist auch nur für alle Fälle.«

Joyce rückte ihre Brille zurecht und musterte ihre Freundin durchdringend. »Wie meinst du das: ›Es ist auch nur für alle Fälle‹?«

Frances, der der besorgte Ausdruck ihrer Freundin nicht entging, lächelte. »Keine Angst, ich habe nicht vor, mich damit umzubringen. Ich möchte bloß etwas in petto haben, sollten die Schmerzen zu stark werden.«

»Dafür gibt es Ärzte!«, rief Joyce aufgebracht. »Warum lässt du nicht einfach feststellen, was genau dir fehlt? Die moderne Medizin kann wahre Wunder bewirken!«

Frances legte die Stirn in Falten. »Ach, so wie bei Richard?« Sie sah, wie ihre Freundin zusammenzuckte, aber auf dieses Argument würde sie nicht hereinfallen, genauso wenig wie sie auf Nancy oder diesen Jungspund von Doktor hören würde. »Ich weiß, dass Richard sich für diesen Weg entschieden hat, aber war es das wert? All die grauenhaften OPs, die schrecklichen Nebenwirkungen der Chemo, der Haarausfall, die Mundfäule … Er konnte doch nicht mal eine Tasse Tee in der Hand halten wegen dieser Nervengeschichte … und am Ende litt er furchtbare Schmerzen.«

»Daran musst du mich nicht erinnern«, presste Joyce mit schmalen Lippen hervor.

»Nein, und ich hatte auch nicht die Absicht, dich aufzuregen, aber ich kann nicht begreifen, wieso du nicht hinter mir stehst. Ich weiß, dass ich Magenkrebs habe …«

»Woher?«

»Ich bin in die Bibliothek gegangen und habe die Bibliothekarin gebeten, mir am Computer die Seiten mit den Gesundheitsportalen aufzurufen. Ich weise sämtliche Symptome auf.«

Joyce seufzte. »Wann schaffst du dir endlich einen eigenen Computer an, Fran? Dann könntest du dich wenigstens in deinen eigenen vier Wänden davon überzeugen, dass du Krebs hast.« Sie grinste schief.

»Ja, ja, fang nicht schon wieder damit an.« Die

zwei kabbelten sich ständig deswegen. Joyce bildete sich jede Menge ein auf ihren Durchblick, was den Umgang mit ihrem schicken silbernen Laptop und das Internet anbetraf – und genau das schmierte sie Frances permanent aufs Butterbrot. »Die Anschaffung eines Computers ändert nichts an der Tatsache, dass ich an Krebs erkrankt bin.«

»Dann hast du also vor, diese Tatsache zu ignorieren, bis jede fachliche Hilfe zu spät kommt?«

»Exakt. Du kannst mich gerne einen Feigling nennen – ich weiß, dass ich einer bin –, aber ich will einfach nicht das durchmachen, was der bedauernswerte Richard durchgemacht hat. Und er hatte dich an seiner Seite. Du warst ein Engel, Joyce, Richard konnte sich glücklich schätzen.« Sie hielt inne, als sie Tränen in die Augen ihrer Freundin treten sah.

»Manchmal frage ich mich ...« Joyce verstummte, rückte ihre Brille zurecht und wischte sich mit einem Baumwolltaschentuch, das sie aus dem Ärmel ihrer marineblauen Strickjacke zog, die Augen. »Ja«, fuhr sie nach einem kurzen Augenblick fort, »er hat dadurch etwas länger gelebt, doch die meiste Zeit davon war grauenhaft für uns beide. Aber die meisten Leute entscheiden sich eben für eine Behandlung, wenn sie sich mit der Wahl zwischen Behandlung und Tod konfrontiert sehen.« Sie schaute aus dem Fenster. »Wenn er hätte geheilt werden können, wäre unsere Entscheidung selbstverständlich richtig gewesen.«

»Richard war jünger als ich. Vergiss nicht, ich bin

vierundachtzig. Wie viel Zeit habe ich denn noch, so oder so?«

Die beiden Frauen verfielen in nachdenkliches Schweigen.

»Was sagt Nancy dazu?«, wollte Joyce wissen.

Frances zuckte die Achseln. »Sie möchte, dass ich eine Magen-Darm-Spiegelung vornehmen lasse, aber sie wird alles andere als begeistert sein, wenn diese eine größere OP mit anschließender Chemotherapie nach sich zieht … die ständige Hin- und Herfahrerei, die Sorge, die ganze Zeit über nach mir sehen zu müssen. Sie hat einfach nicht zu Ende gedacht, was das für die Familie bedeuten würde.«

Wieder schwiegen die Freundinnen, gegen die weichen Polster der teuren Sessel gelehnt. Eine leichte Sommerbrise wehte durch die offene Küchentür und ließ die Blätter der verblühenden rosa Rosen auf den Couchtisch schweben.

»Dann trifft sie sich also wieder mit diesem Cowboy?«

Frances nickte und seufzte tief. »Sie trifft sich nicht nur mit ihm, sie hat ihn laut Louise sogar bei sich einziehen lassen.«

»Dann wohnt er jetzt tatsächlich in Applecroft?«

Frances nickte erneut. »Sie besteht darauf, dass es sich um ein vorübergehendes Arrangement handelt – nur so lange, bis er in sein neues Apartment einziehen kann –, aber ich fürchte, das sagt sie nur, um Louise zu beruhigen.«

»Tja, vielleicht ist er ja sehr viel netter, als du

denkst, Frances. Ich habe Nancy immer für eine vernünftige Frau gehalten – ich bin mir sicher, sie weiß, was sie tut.«

Frances wusste, dass Joyce Nancy schon immer sehr gemocht hatte. »Normalerweise würde ich dir beipflichten, aber dieser Kerl hat ihr den Kopf verdreht. Sie macht einfach die Ohren zu, wenn jemand ein Wort gegen ihn sagt. Ich habe es aufgegeben. Ich tue so, als wüsste ich nichts, und basta.«

»Ach, die Glückliche«, sagte Joyce, ein entrücktes Lächeln auf dem Gesicht. »Es muss wundervoll sein, sich noch einmal zu verlieben.«

Frances hatte schon eine bissige Bemerkung über die Torheit der Liebe im Allgemeinen und der Liebe im Alter im Speziellen auf der Zunge, doch sie schluckte sie hinunter, als sie plötzlich von der Erinnerung an die erste Zeit mit ihrem geliebten Kenny überwältigt wurde. Dieses verrückte Gefühl, als würden sich sämtliche Zellen ihres Körpers neu zusammenfügen. Daher war alles, was sie zustande brachte, ein schwaches Nicken.

Frances schlenderte langsam zurück zu ihrem Haus, das nur drei Straßen vom Bungalow ihrer Freundin entfernt lag, die schicke Einkaufstasche mit den schwarzen Kordelgriffen, in der sich Richards alte Medikamente befanden, fest an sich gedrückt. Sobald sie zu Hause wäre, würde sie ein paar Schmerztabletten nehmen. Der Druck in ihrem Magen war schon den ganzen Tag über schlimm, aber sie hatte

Joyce nicht beunruhigen wollen, indem sie vor den Augen der Freundin Tabletten schluckte. Die arme Frau hatte genug mit ihrem eigenen Schmerz zu tun.

Sie fühlte sich erschöpft, konnte es kaum erwarten, sich eine Wärmflasche zu machen und ins Bett zu kriechen, obwohl es noch nicht einmal siebzehn Uhr war. Sie musste ihre Kräfte zusammenhalten: Louise hatte sie morgen zum Mittagessen eingeladen – Nancy würde sie am späten Vormittag abholen. *Der Cowboy wird vermutlich auch da sein*, überlegte Frances und verspürte plötzlich eine unerwartete Vorfreude auf das, was der Tag wohl so bringen würde. Denn sosehr sie ihre Empörung über den verschütteten Wein auf ihrem Kleid hochgespielt hatte, sosehr hatte sie das Melodram genossen. Und Jim sah gut aus, das musste sie ihm lassen. Ein Taugenichts mit einer Vorliebe für Alkohol, das stand zweifelsfrei fest, dennoch hatte er ein ausgesprochen charmantes Lächeln.

Kapitel vierunddreissig

Die Dinge hatten sich für Jim geändert. Als er bei Nancy eingezogen war, bis sein Apartment frei wurde, hatte er nur seine Gitarre und eine kleine Reisetasche mitgebracht. Drei Wochen waren keine lange Zeit, er würde nicht viel brauchen. Doch heute war das anders. Er zog richtig bei ihr ein, nicht nur »vorübergehend«, nein, er *wohnte* jetzt hier. Von jetzt an wäre dies sein Zuhause.

Der Grund war folgender: In der Woche vor der Unterzeichnung des befristeten Mietvertrags hatte es eine Reihe von Verzögerungen sowie jede Menge Hin und Her um das Apartment gegeben, bis eines frühen Morgens der Immobilienmakler anrief und ihm unter tausend Entschuldigungen mitteilte, dass nichts daraus werden würde. Der Vermieter sei bei der Renovierung auf ein größeres Problem mit dem Dach gestoßen, und die Wohnung lag nun mal im Dachgeschoss.

Als er die Nachricht voller Panik Nancy überbracht hatte, erwiderte diese schlicht: »Dann bleibst du eben hier.«

»Geht das? Bis ich etwas anderes finde?«

»Ja. Obwohl es im Grunde Unsinn ist, ein Vermögen für ein eigenes Apartment auszugeben, wo wir ohnehin die meiste Zeit zusammen verbringen. Findest du nicht?«

»Was sagst du da, Nancy?«, fragte er und sah, wie sich ein zögerliches Lächeln auf ihr Gesicht stahl.

»Ach, ich weiß auch nicht. Ich glaube, ich möchte sagen … warum ziehen wir nicht einfach zusammen? Probieren das mal aus?« Sie wartete auf seine Reaktion, doch als Jim nicht antwortete, weil er nicht wusste, was er erwidern sollte, fuhr sie fort: »Wo du jetzt schon mal da bist …«

Ein paar Tage überlegten sie hin und her, doch am Ende überwogen Nancys Argumente. Irgendetwas sagte ihm, dass es keine gute Idee war, fest bei ihr einzuziehen, doch am Ende fügte er sich ihrer Begeisterung. Es war schließlich nicht so, dass er nicht bei Nancy sein wollte – außerdem hatte sie recht: Es war reine Verschwendung, ein Vermögen für eine Wohnung hinzublättern, in der er sich kaum aufhalten würde. Trotzdem …

Also wartete er heute nervös auf die Umzugsleute, die seine Sachen aus der Lagereinheit holen sollten, die er vorübergehend angemietet hatte. Es war erst halb acht. Nancy war oben unter der Dusche, und Jim wollte den Tag einfach nur hinter sich bringen. Erstaunt stellte er fest, wie sehr es ihm widerstrebte, seine Sachen in ihrem Haus unterzubringen. Schon bevor sie geliefert wurden, wusste er, dass sie hier nicht recht hineinpassen würden. Also hatte er die Anzahl der Kartons auf ein Minimum beschränkt und würde sich lediglich einige persönliche Dinge kommen lassen: Kleidung, Unterlagen, Noten, ein paar Bücher. Sämtliche Möbel – zum Beispiel sein geliebter abgewetzter Lederstuhl und der Retro-Couchtisch aus Teakholz und Glas – blieben im Lager, bis er entschieden hatte, was er damit anfangen wollte.

Er spürte die Anspannung, die seit ein paar Tagen in der Luft lag – seit sie auf das Eintreffen seiner Sachen warteten. Nicht nur er war nervös, sondern auch Nancy. Sie hatte das Gästezimmer unter dem Dach ausgeräumt, das Bett zur Seite geschoben und den Kleiderschrank geleert. Ein Sessel und ein kleiner Schreibtisch standen im Raum. Das wäre sein »Arbeitszimmer«, der Ort, an den er sich zurückziehen und Gitarre spielen könnte. Obwohl er sich das irgendwie nicht vorstellen konnte in diesem von weiblicher Hand geprägten Zimmer – nicht zuletzt deshalb, weil er sich beim Aufstehen jedes Mal den Kopf an der Dachschräge stieß. *Hoffentlich geht das gut*, sagte er sich immer wieder, während er zum wohl tausendsten Male die Auffahrt entlangblickte.

Die beiden Südafrikaner mit dem weißen Van – breitschultrige Rugby-Fans, die sich mit rollendem Akzent über das letzte Spiel unterhielten – hatten in weniger als einer Stunde alle Sachen unterm Dach verstaut. Er gab ihnen gerade ein Trinkgeld, als Louise zurückkehrte, die die Mädchen zur Schule gefahren hatte. Der Van blockierte die Auffahrt, und Jim sah durchs offene Fahrerfenster, wie sich ihr Gesicht vor Ärger anspannte, während sie darauf wartete, dass der Wagen den Weg frei machte.

Nancys Tochter hatte sich ihm gegenüber in den vergangenen Wochen ausgesucht höflich verhalten, doch sie hatte sich nie um ein persönliches Gespräch mit ihm bemüht, als würde sie seine Anwesenheit lediglich dulden.

Was schade war, denn eigentlich war sie ganz okay, diese Louise. Jim stellte fest, dass er ihre nüchterne, direkte Art sogar mochte. Sie war ausgesprochen zugeknöpft, aber das war verständlich, schließlich hatte sie jede Menge um die Ohren – kein Wunder bei einem Laden, der den Bach runterging, und einem Ehemann, der nicht über seine Töpfe hinausblickte. Dennoch hatten sie sich einander nicht gerade angenähert, und Jim wurde den Eindruck nicht los, dass Louise ihn für unter ihrer Würde hielt. Was ihn in ihrer Gegenwart nervös machte, sodass er sich keineswegs von seiner besten Seite präsentieren konnte.

»Schon fertig?«, erkundigte sie sich, als sie aus dem Wagen stieg.

»Ja. Ich habe nicht viel mitgebracht.«

»Wo ist Mum?«

»Sie setzt Kaffee auf. Komm doch rein und trink eine Tasse mit.« Ein Wunder, dass er sie duzen durfte – wofür Nancy gesorgt hatte.

Er sah, wie sie zögerte. »Danke, aber ich muss weitermachen.«

Jim seufzte innerlich. »Louise …« Er sah zur Haustür hinüber, senkte die Stimme und trat einen Schritt auf sie zu. »Ich weiß, dass du nicht glücklich über meine Anwesenheit bist, aber ich verspreche dir, dass ich deiner Mutter gegenüber nur die besten Absichten hege.«

Louise sah ihn an. Ihr schmales, verkniffenes Gesicht wirkte trotz der verblassenden Sommerbräune abgespannt, ihre blauen Augen blickten gequält. Als Jim ihren Blick erwiderte, schien dieser ungewollt von feindselig zu resigniert zu wechseln. »Das weiß ich, Jim«, sagte sie, und zum ersten Mal klang ihre Stimme freundlich. Nicht herzlich, davon war sie weit entfernt, aber doch versöhnlicher als sonst. Noch bevor er die Chance hatte, etwas zu erwidern, drehte sie sich um und marschierte eilig davon.

Am späteren Vormittag stand Nancy in der Tür zu dem kleinen Dachgeschosszimmer. »Glaubst du, du kannst alles unterbringen?«

Im Gästezimmer herrschte Chaos: offene Kartons, auf dem Fußboden verstreute Sachen, Jim, der vor einem Haufen Bücher kniete und sich fragte, an welcher Wand er sie stapeln sollte. Er wünschte sich, er hätte den ganzen Krempel nie mitgebracht.

»Ich weiß, dass es nicht gerade optimal ist«, fuhr Nancy angespannt fort, »aber ich möchte, dass du dich hier zu Hause fühlst.«

Und genau das wollte er. Nicht nur um seinetwillen, sondern auch wegen Nancy. Er brachte nicht den Mut auf, ihr zu sagen, dass er nicht glaubte, in ihrem Haus heimisch zu werden, und das deprimierte ihn. *Kopf hoch!*, redete er sich ein und kam sich auf einmal sehr selbstsüchtig vor.

Jim löffelte gemahlenen Kaffee in den Filter und füllte Wasser in die Maschine. Er vermisste seine Cafetière, vermisste das starke Gebräu, das er sich sonst zubereitet hatte – vier gehäufte Esslöffel, nur bis zur Hälfte mit Wasser aufgeschüttet. Nancy dagegen mochte keinen Kaffee, in dem buchstäblich der Löffel stecken blieb, also musste er sich dem fügen. Es war noch früh am Morgen, der nebelige Septembersamstag so strahlend schön, dass ihm das Herz schmerzte. Er hatte nicht schlafen können, also hatte er es irgendwann aufgegeben und war die Treppe hinuntergeschlichen, um sich draußen vor dem Cottage für eine Weile auf die feuchte Holzbank zu setzen und, eingepackt in seine Lederjacke, die Sonne auf dem Gesicht zu genießen. Wäre er bei sich zu Hause gewesen, hätte er jetzt Gitarre gespielt, aber er wollte Nancy nicht wecken.

Er stieß einen langgezogenen Seufzer aus. Obwohl er nun schon seit fünf Wochen hier wohnte, fühlte er sich noch immer unbehaglich und längst nicht so entspannt wie in seinem alten Haus. Er vermisste sein altes Zimmer, vermisste seinen abgewetzten Ledersessel, die Abende, an denen er mit einem Whiskey – oder zwei oder drei – alle viere von sich streckte, vermisste es, mit seiner Gitarre allein zu sein. Es war lange her, dass er sein Leben mit jemandem geteilt hatte, egal, was die anderen dachten. Ja, er hatte mit Chrissie unter einem Dach gelebt, aber er hatte jetzt jahrelang an niemand anders denken müssen als an sich selbst.

Doch das hier war Nancys Haus, ihre Enklave, ihr Rückzugsort von der Familie, die auf der anderen Seite der gekiesten Zufahrt wohnte. Und wie befürchtet passte er definitiv nicht in diese Familie hinein. Sogar wenn er wie vorhin auf der Bank im Sonnenschein saß, war er sich des Hauses von Louise auf unangenehme Weise bewusst. Die Fenster gingen auf den Garten hinaus, und er fragte sich, ob einer von ihnen ihn beobachtete, ob es Louise noch immer ein Dorn im Auge war, dass er nun hier wohnte. Vielleicht war das reine Paranoia, trotzdem …

Das Gute an dieser neuen Situation war definitiv Nancy. Es war unglaublich, was er in ihrer Gegenwart empfand. Ein einziger Blick aus ihren grauen Augen, und er hätte sein Glück am liebsten von den Dächern geschrien.

Er hörte sie auf der Treppe und nahm die großen weißen Kaffeetassen aus dem Schrank. Sie sah umwerfend aus, verschlafen, wie sie war, also ging er zu ihr, schlang die Arme um sie und küsste sie auf den Scheitel.

»Wo warst du?«, fragte sie, setzte sich an den Tisch

und nahm die Tasse, die er ihr reichte, dann strich sie sich das Haar aus dem Gesicht und zog ihren blauen, an einen Kimono erinnernden Morgenmantel enger zusammen.

»Ich konnte nicht schlafen, deshalb habe ich mich ein bisschen vor die Tür in die Sonne gesetzt – es ist so schön hier draußen. Über den Feldern hinter dem Haus hing eine dicke Nebelschicht.« Er lehnte sich gegen die Spüle, nippte an seinem schwarzen Kaffee und sah Nancy an.

»Warum konntest du nicht schlafen? Hast du dir Sorgen gemacht?«

»Ähm, nein, nicht wirklich.« Er zögerte, dann beschloss er, ihr nichts von seinen Gefühlen zu erzählen.

Doch sie wusste es ohnehin. »Jim«, sagte sie. »Ich spüre, dass wir im Augenblick wie auf Eierschalen umeinander herumschleichen.« Sie wartete einen Augenblick, bevor sie weitersprach. Ihre Blicke trafen sich, dann schaute Jim zur Seite, weil er sich nicht sicher war, was er antworten sollte. »Ich weiß, dass es nicht leicht für dich war, dein Zuhause zu verlieren.«

Er holte tief Luft. »Das ist eine merkwürdige Situation für uns beide, nicht wahr? Wir haben beide schon eine ganze Weile nicht mehr mit einem anderen Menschen zusammengelebt. Wahrscheinlich haben wir uns ans Alleinsein gewöhnt.«

Sie sah aus, als wolle sie protestieren, doch dann lachte sie und entspannte sich. »Ja, das kann sein.

Lindy meinte, ich würde es bald satt haben, deine Unterhosen zu waschen und dich ständig vor den Füßen zu haben!«

»Hm, diese dreiste Pute! Habe ich dich je gebeten, etwas für mich zu waschen? Tatsache ist, dass ich gestern *deine* Höschen in die Maschine gesteckt habe, zusammen mit dem schwarzen BH, der mich so anmacht.«

Nancy schenkte ihm ein so sexy Lächeln, dass er sie am liebsten auf der Stelle hinauf ins Bett geschleift hätte.

»Chrissie hat behauptet, du hättest mein Schnarchen bald satt«, sagte er stattdessen, ohne die Vorstellung von einem morgendlichen Liebesspiel aus dem Kopf zu bekommen, doch wenn sie schon über ihre häuslichen Gewohnheiten sprachen, wollte er zunächst das Thema Schnarchen vom Tisch haben. Es machte ihm zu schaffen, seit seine Frau es erwähnt hatte.

Nancy schnitt eine Grimasse. »Hm, ja, du schnarchst. Tun das nicht die meisten Männer über vierzig?«

Er stöhnte. »Ist es wirklich so schlimm? Chrissie hat behauptet, ich klinge wie ein Rasenmäher, man könne mich sogar noch ein Stockwerk tiefer hören.«

Sie stand auf und trat zu ihm, legte ihre Hände auf seine Brust und spürte seine Wärme durch sein abgetragenes weißes T-Shirt, dann sah sie ihm direkt ins Gesicht. »Wahrscheinlich liebe ich dich, weil mir das irgendwie gefällt. Es klingt eher wie ein Dieselmotor als wie ein Rasenmäher, würde ich sagen. Eher wie ein Schnurren als wie ein Surren.«

»O Gott! Ich hasse es, ganz gleich, wie es klingt. Es tut mir so leid.«

»Sei nicht albern«, sagte Nancy und drückte ihm, um das Thema zu beenden, einen festen Kuss auf den Mund.

Doch der Kuss wurde unterbrochen von einem hastigen Klopfen, dann öffnete sich auch schon die Haustür, und Louise steckte den Kopf zur Küche herein. Jim und Nancy fuhren auseinander, als wären sie schuldbewusste Kollegen, die man im Besenschrank erwischt hatte.

»Hi.« Louise, der offenbar dämmerte, in was sie da hineingeplatzt war, schaute unbehaglich zur Seite. »Entschuldigung, ich wollte nicht stören.« Sie mied Jims Blick und konzentrierte sich stattdessen auf ihre Mutter, als wäre er gar nicht da. »Mum, ich fahre jetzt zu Granny, aber Hope ist leicht erkältet, daher wollte ich dich bitten, ein Auge auf sie zu werfen, während ich weg bin. Ich möchte nicht, dass Granny sich ansteckt.«

Das war's mit der Liebe am Morgen, dachte Jim bedauernd und lenkte sich ab, indem er das Brot aus dem Kasten nahm und mehrere Scheiben abschnitt, die er anschließend in den Toaster stecken wollte. Auch der geplante Ausflug zu den Lanes, gefolgt von einem gemeinsamen Mittagessen im Pub, fiele damit flach.

»Selbstverständlich, bring die Mädchen rüber«, sagte Nancy zu ihrer Tochter.

»Ich bringe Gran etwas von Ross' Hühnerbrühe vorbei.« Louise blieb unschlüssig an der Tür stehen. »Möchtest du, dass ich sie mir noch einmal wegen der Gastroskopie vorknöpfe?«

Nancy seufzte. »Du kannst es versuchen, aber um ehrlich zu sein, halte ich das für vergebliche Liebesmüh.«

»Wir können das nicht einfach auf sich beruhen lassen, Mum.« Louises verkniffenes Gesicht drückte nun wirkliche Sorge aus. Störrisch vergrub sie die Hände in ihren Jeanstaschen. »Sie ist krank, das liegt auf der Hand. Können wir sie *zwingen,* einen Arzt aufzusuchen?«

»Nein, das muss sie selbst wollen.«

»Das ist doch lächerlich!«

»Ich empfinde genauso wie du, Lou, aber wie Jim richtig sagt: Es ist ihr Leben.«

Louise presste die Lippen zusammen. »Das weiß ich«, zischte sie dann, an ihn gewandt, »aber einfach rumzusitzen und darauf zu warten, dass sie stirbt, ist für mich keine Option.« Sie wandte sich zum Gehen. »Ich bringe die Mädchen in einer Viertelstunde, wenn das für dich okay ist, Mum.« Und damit war sie fort.

Jim schnitt eine Grimasse. »Das ist ja toll gelaufen.«

»Entschuldige, ich hätte dich da nicht mit hineinziehen dürfen.«

»Aber es stimmt: Es *ist* Frances' Leben.«

Nancys Gesicht wurde traurig. »Während der vergangenen Wochen schien es ihr etwas besser zu gehen … ich nehme an, ich habe mir vorgemacht, dass das, was sie quälte, verschwunden sei, aber das ist offensichtlich nicht der Fall.«

Kapitel fünfunddreissig

Nancy zweifelte nicht an ihren Gefühlen für Jim, genauso wenig wie an seinen Gefühlen für sie, dennoch hatte sich ein gewisses Unbehagen in ihr Zusammenleben eingeschlichen. Sie wünschte sich so sehr, dass er sich zu Hause fühlte, und wusste gleichzeitig genau, dass er das nicht tat. Also behielt sie ihn ständig im Blick, um sich zu vergewissern, dass es ihm gutging. Sobald sie feststellte, dass das nicht der Fall war, setzte sie alles daran, das Problem zu lösen. Wie gestern Abend.

»Darf ich Tommy vom Festnetz aus anrufen?«, hatte Jim gefragt.

»Selbstverständlich – jederzeit. Du musst doch nicht fragen.«

Trotzdem griff er nicht zum Hörer, sondern blieb unsicher neben dem Apparat stehen. »Wir sollten darüber reden, Nancy«, sagte er. »Du trägst sämtliche Kosten. Wenn ich hier wohne, möchte ich mich daran beteiligen.«

Im Nachhinein war ihr klar, dass sie einfach hätte

nicken sollen. Stattdessen hatte sie abgewehrt: »Um Himmels willen, nein, das musst du nicht!«, weil sie wusste, dass er nicht viel Geld hatte. Die Scheidung kostete, und noch war die Vermögensaufteilung nicht abgewickelt.

»Ich kann dir anbieten, die Hälfte zu übernehmen. Ich *möchte* die Hälfte übernehmen.« Er schien sich bevormundet zu fühlen, denn sein Gesicht verfinsterte sich. »Dann behandelst du mich wenigstens nicht länger wie einen Gast.«

Das saß. Sie hatte doch mit allen Mitteln versucht, genau das zu vermeiden. »Na schön«, erwiderte sie verletzt, »ich würde mich freuen, wenn du die Hälfte bezahlst. Ich rechne alles zusammen, damit wir wissen, wie viel das ist.«

Er hatte genickt, doch für etwa zwei Minuten war die Stimmung im Raum eisig gewesen. Keiner von ihnen rührte sich oder sagte ein Wort. Dann kam er mit großen Schritten auf sie zu und zog sie in seine Arme. »Entschuldige, Nancy. Bitte, bitte lass uns nicht über solche unsinnigen Dinge streiten.« Und dann hatten die körperliche Nähe, die Freude an den gegenseitigen Liebkosungen ihre Gemüter besänftigt … bis zum nächsten Mal.

Heute allerdings war Nancy schlecht gelaunt aus Gründen, die nichts mit Jim zu tun hatten. Heute war Christophers und Tatjanas Hochzeitstag.

»Ich gehe schnell rüber, um Louise zu verabschieden«, sagte sie zu Jim, der am Küchentisch saß und die Zeitung las.

Er schaute auf. »Alles okay?«

»Ja«, murmelte sie, auch wenn das nicht stimmte. »Ich bin in einer Minute zurück.«

Im Haus ihrer Tochter herrschte Chaos. Louise, noch immer im Nachthemd, fuhr Hope an, dass keine Zeit mehr für Frisuren-Extrawünsche bleibe. Jazzy weigerte sich, die weiße Spitzenstrumpfhose zu tragen, die Louise ihr zusammen mit ihrem rosa geblümten Festkleid herausgelegt hatte, da diese angeblich kratzte. Ross, der Einzige, der bereits fertig angezogen war – in dunklem Anzug und blauem Hemd, beides eine Nummer zu klein –, zog ein Blech mit Croissants aus dem Ofen. Wie immer hatte er den Kopf für nichts anderes frei als fürs Kochen und Backen, von ihm konnte Louise keinerlei Hilfe erwarten.

»Mach dich fertig, Lou. Ich kümmere mich um die Mädchen«, bot Nancy ihrer Tochter an.

Louise warf ihr einen dankbaren Blick zu und eilte die Treppe hinauf.

»Möchtest du ein Croissant, Nancy?« Ross deutete auf das Blech mit dem warmen, lockeren Gebäck.

»Croisies!«, quietschte Jazzy und flitzte zur Arbeitsfläche, um den köstlichen Duft einzuatmen. »Gibt es jetzt Frühstück?«

»Erst mal kommst du her. Wir werden dir eine andere Strumpfhose anziehen.« Nancy nahm die Kleine bei der Hand und zog sie Richtung Treppe. »Und wenn ich wieder runterkomme, mache ich dir die Haare«, sagte sie zu Hope.

Als die Mädchen fertig waren und sie Ross klargemacht hatte, dass er einen sehr langsamen, quälenden Tod sterben würde, wenn eines der Mädchen später auch nur einen winzigen Fleck Erdbeermarmelade auf dem Kleid hätte, eilte sie die Stufen hinauf, um nach Louise zu sehen.

Aber Louise war noch nicht angezogen. In BH und Unterhöschen saß sie auf dem Bett neben dem blassblauen Kleid, das sie im Sommer gekauft hatten, und weinte.

»Ach, Liebes …« Nancy setzte sich und legte den Arm um ihre Schultern.

»Ich hasse das Kleid – ich sehe darin aus wie eine von den *Real Housewives* aus Beverly Hills oder sonst wo. Aufgetakelt und billig.« Sie schniefte laut und wischte sich unwirsch mit dem Handrücken die Augen.

»Sei nicht albern, Lou! Du siehst nie billig aus.«

»Doch. Aber ich habe ohnehin nichts anderes. Alle werden herausgeputzt sein wie die Zirkuspferde! Diese Frau wird sich über mich lustig machen und mich für einen armseligen Möchtegern halten.«

Nancy lächelte. »Unsinn. Sie ist wahrscheinlich sehr viel mehr von dir eingeschüchtert als du von ihr.«

Louise erwiderte nichts. Stattdessen ließ sie sich einfach auf den Rücken fallen, auf das blassblaue Kleid, und schloss die Augen. »Glaubst du, er hätte mir von dem Baby erzählt, wenn du nicht durch Zufall davon erfahren hättest?«, fragte sie.

Nancy seufzte. »Er behauptet, er hätte es versucht.«

Louise riss die Augen auf und fuhr abrupt hoch. »Ich werde nicht hingehen, Mum. Ich sehe nicht ein, warum ich das tun sollte.«

Nancy versuchte herauszufinden, ob ihre Tochter es ernst meinte oder nicht. Einem Teil von ihr – dem bösartigen – gefiel die Vorstellung, Christopher durch den Rückzieher seiner Tochter aus der Fassung zu bringen. Trotzdem tat sie das Richtige, nahm Louise' Hand und zog sie vom Bett. »Komm, zieh das Kleid an. Ich möchte es sehen.«

Mit exakt demselben Gesichtsausdruck wie zuvor Jazzy wegen ihrer Strumpfhose fügte sich Louise widerstrebend und zog das Kleid an, um es mit gerunzelter Stirn und hängenden Schultern ihrer Mutter zu präsentieren. »Siehst du?«

»Jetzt richte dich mal auf, zieh die Schuhe an und hör auf, ein Gesicht zu machen, als gingest du zu deiner eigenen Beerdigung«, wies Nancy sie an, die unwillkürlich über den melodramatischen Gesichtsausdruck ihrer Tochter schmunzeln musste. »Hier, die Kette ... perfekt.« Sie schob Louise vor den großen Spiegel an der Innenseite der Kleiderschranktür.

Mit unbewegter Miene strich sich ihre Tochter die frisch gewaschenen Haare hinter die Ohren. *Wenigstens hat sie sich heute keinen Pferdeschwanz gemacht*, dachte Nancy und glättete die glänzenden dunklen Strähnen, die Louise bis auf die Schultern fielen und ihre strengen Gesichtszüge weicher machten.

»Es ist fast zehn, Lou. Wenn ihr jetzt nicht aufbrecht, werdet ihr die ganze verfluchte Chose ohnehin verpassen.«

Louises Stimmung heiterte sich schlagartig auf. »Tatsächlich?«, fragte sie, und beide fingen an zu lachen.

»Mein Gott, ich weiß nicht, was sie ohne mich tun würden«, sagte Nancy, als sie in ihr Cottage zurückkehrte. Die Familie war unterwegs nach Suffolk, ohne Marmeladenflecken, Louise in ihrem blassblauen Kleid, Hope mit Franzosenzopf, Jazzy mit einer marineblauen Strumpfhose, die zwar nicht optimal zu ihrem Kleid passte, aber eine Alternative gab es nicht, es sei denn, Louise wollte die Kleine den ganzen Tag über quengeln hören.

Jim hatte eine weitere Kanne Kaffee aufgesetzt und saß in einem breiten Streifen Sonnenlicht, der durchs Fenster hereinfiel, am Küchentisch. Er sah so gut aus in der Sonne, die sein markantes, gebräuntes Gesicht und sein silbernes Haar einem wechselnden Spiel von Licht und Schatten aussetzte. Doch Nancy konnte seinen Anblick nicht recht genießen. Sie fühlte sich seltsam ausgeschlossen von der Familienfeier. *Dabei würde ich mir lieber die Augen ausstechen, als zu dieser lächerlichen Hochzeit zu fahren,* redete sie sich ein. Doch die Veranstaltung zog sie unwillkürlich zurück in die Vergangenheit mit all den alten, unguten Gefühlen des Betrugs, des Nicht-gehört-, Nicht-wertgeschätzt-Werdens. Wie leichtfertig, wie mühelos Christopher sie abserviert und eine neue

Familie gegründet hatte. Wie wenig sie ihm bedeutet haben musste.

»Ich habe gerade mit meinem Bruder Stevie telefoniert«, sagte Jim. »Er schlägt vor, dass wir ihn besuchen, jetzt, da die Hauptsaison vorbei ist. Noch ist es sonnig und warm, wenn auch nicht mehr so glühend heiß wie im August.«

Jims Bruder betrieb ein kleines Gästehaus in Südfrankreich, in der Nähe von Apt.

»Du meinst für ein Wochenende?« Sie versuchte, ihre Verunsicherung abzuschütteln und sich aufs Hier und Jetzt zu konzentrieren.

»Warum bleiben wir nicht länger? Wir könnten eine ganze Woche hinfahren. Stevie lässt uns völlig in Ruhe, ich könnte dir die Gegend zeigen, oder wir setzen uns einfach in die Sonne, lesen, machen ein bisschen Musik ... leider haben wir die Lavendelblüte verpasst – die ist im Juli und August und verschlägt einem glatt den Atem, wenn man auf dem Balkon steht und nichts anderes sieht als Reihe für Reihe dunkellila Lavendel, soweit das Auge reicht. Trotzdem ist es dort zu jeder Jahreszeit schön«, schwärmte er, davongetragen von seiner Erinnerung. »Ich kann's kaum erwarten, dir alles zu zeigen.«

»Eine ganze Woche?« Nancy verspürte einen Anflug von Panik. »Was ist mit Mum? Und mit meinen Schülern?«

»Könnte nicht Louise Frances im Auge behalten? Du sagst doch selbst, dass es ihr im Moment recht gut zu gehen scheint. Und deine Schüler werden schon

Verständnis haben, glaubst du nicht? Bei meinen bin ich mir sicher, dass sie problemlos eine Woche ohne mich überleben werden.« Jetzt, da Jim das Haus verkauft hatte, hielt er seine Unterrichtsstunden in Mals Schuppen ab, da seine Schüler – von denen die wenigsten ein Auto hatten – nicht die Strecke von Brighton nach Applecroft zurücklegen wollten.

Nancy nickte zögernd. »So lang ist eine Woche ja auch wieder nicht. Wenn Louise einverstanden ist …«

Jim wirkte plötzlich ernüchtert. »Ich will dich nicht zwingen.«

»Ich möchte gerne fahren, Jim, ich muss nur überlegen, wie ich mich für eine Woche losmachen kann.« Sie versuchte abzuschätzen, welchen zusätzlichen Druck ihre Abwesenheit für Louise mit sich brächte. Was, wenn Frances' gesundheitlicher Zustand sich abrupt verschlechterte? Das Dilemma kam ihr so quälend vertraut vor, dass sich das leichte Stechen in ihrem Kopf, das sie seit heute früh verspürte, zu echtem Schmerz auswuchs.

»Ich denke, ich fahre so oder so hin«, sagte Jim. »Ich war seit dem Frühjahr nicht mehr dort, und Stevie hat mir erzählt, es sei ihm zwischenzeitlich nicht gutgegangen. Ich mache mir ein bisschen Sorgen. Die Ärzte haben ihm kürzlich mitgeteilt, dass seine Blutwerte auf schweren Diabetes schließen lassen.«

»Das klingt in der Tat gar nicht gut. Ich würde dich liebend gern begleiten.« Nancy ärgerte sich über das Zögern, das in ihrer Stimme mitschwang. »Es wäre toll, deinen Bruder kennenzulernen.«

»Mach dir keinen Druck.«

Nancy schüttelte den Kopf. »Ich kann nicht immer hier sein und darauf warten, dass die Familie mich braucht.«

Jim sah sie schweigend an. Sie bemerkte, dass er auf seine Unterlippe biss, als wolle er etwas sagen, was er sich schlussendlich doch verkniff.

»Du findest, dass ich mich zu sehr von ihnen einspannen lasse, stimmt's?« Bilder von Christopher und Tatjana traten ihr vor Augen und verschwammen: das glückliche Brautpaar, das strahlend vor Glück die Ringe tauschte, sich küsste und einander vor seinen – nein, vor *Nancys* – Freunden seine unsterbliche Liebe erklärte. Über dreißig Jahre war sie mit Christopher verheiratet gewesen …

Jim holte tief Luft und strich mit seinen langen Fingern über die Zeitung, die vor ihm auf dem Tisch lag, als wolle er die Seite umblättern. Am liebsten hätte sie ihm einen Klaps auf die Hand verpasst, damit er aufhörte.

»Es ist deine Familie, Nancy«, sagte er schließlich.

»Ich glaube, du verstehst nicht. Sie waren mir in den vergangenen Jahren eine unglaubliche Hilfe. Ich weiß nicht, was ich ohne sie gemacht hätte, als Christopher mich verlassen hat.« Energisch schob sie die Gedanken an jenen schrecklichen Tag vor vier Jahren beiseite. »Und jetzt geht es Mum nicht gut, und auch Louise hat ordentlich zu kämpfen …«

»Ich verstehe das«, wiederholte er.

»Du wirkst sauer.«

»Bin ich aber nicht.«

»Doch.«

»Nein, ehrlich nicht.«

Schweigen.

»Es ist bloß so …« Jim seufzte, die Augenbrauen leicht in die Höhe gezogen. »Ich bin mir einfach nicht sicher, ob ich hier reinpasse.«

Nancys Magen zog sich zusammen. »Ob du hier reinpasst? Wie meinst du das?«

Seine blauen Augen blickten sie durchdringend an. »Ich meine, dass das hier dein Zuhause ist, Nancy. Ich weiß, dass du dich förmlich überschlägst, damit ich mich wohlfühle, und das weiß ich wirklich zu schätzen, aber gleich auf der anderen Seite des Kieswegs lebt deine Tochter mit ihrer Familie, und ich weiß, dass Louise mich nicht akzeptiert … auch wenn sie das nicht laut ausspricht.« Er verstummte, doch ihm brannte offenbar noch mehr auf der Seele, daher wartete sie darauf, dass er fortfuhr, während sie gleichzeitig immer gereizter wurde. »Wenn wir etwas planen, zum Beispiel einen Kinobesuch, ein Treffen mit Freunden oder einen Drink im Pub, weiß ich nie, ob dir etwas mit deiner Familie dazwischenkommt und du alles stehen und liegen lässt, um es ihnen recht zu machen.«

Genau das war am vergangenen Wochenende der Fall gewesen. Jim war mit der Band mittags in einem Pub in Eastbourne aufgetreten. Nancy hatte sich dort mit Lindy verabredet, die ihr unbedingt einen Mann vorstellen wollte, der Termin stand seit einer Woche fest. Allerdings gab es plötzlich eine Krise im Restaurant – Jasons Mutter war gestorben, und Louise musste während der Mittagsschicht die Aufgaben des Souschefs übernehmen, daher hatte Nancy eingewilligt, die Mädchen zu betreuen. Sie hatte gewusst, dass Jim sauer sein würde, aber was sollte sie tun? Bislang hatte er es stets gelassen hingenommen, wenn sie eine Verabredung abgesagt hatte.

»Was erwartest du von mir?«, blaffte sie, nicht in der Stimmung, ein Grundsatzgespräch zu führen. »Dass ich meine kranke Mutter im Stich lasse? Sollen meine Enkelinnen im Restaurant im Büro warten, weil Louise keinen Babysitter finden kann?«

Jim zuckte die Achseln.

»Nun?«

»Natürlich nicht. Du musst tun, was du für richtig hältst«, antwortete er ruhig. »Ich sage nur, dass ich mitunter den Eindruck habe, dass für mich kein Platz ist in deinem Leben … für irgendwen – außer deiner Familie.« Sein Ton war vorsichtig, wachsam.

»Oh, ich schenke dir also nicht genug Aufmerksamkeit, ist es das, was dir zu schaffen macht?« Ihre Stimme wurde schrill.

»Das klingt, als sei ich ein verzogenes Kind, Nancy. Das ist nicht fair.« Er saß da, die Arme fest vor seinem schwarzen T-Shirt verschränkt, während sie in ähnlich abwehrender Haltung vor ihm stand, gegen die Arbeitsfläche gelehnt.

Nancy spürte, wie ihr die Tränen in die Augen traten. »Es ist nicht fair, dass du mich vor die Wahl stellst«, sagte sie.

»Ich stelle dich nicht vor die Wahl.«

»Doch, das tust du. Du willst, dass ich ihre Hilferufe ignoriere, damit wir zusammen Spaß haben können.«

Die Luft zwischen ihnen vibrierte förmlich vor Spannung. Nancys Herz hämmerte hart und schnell in ihrer Brust. Jim stand auf und lehnte sich gegen die Rückseite des Holzstuhls, auf dem er gerade eben gesessen hatte.

»Wie würde Louise zurechtkommen, wenn du nicht gleich nebenan wohnen würdest?«

»Sie würde vermutlich anderweitig Unterstützung organisieren. Aber ich wohne nun mal gleich nebenan, und ich wohne gern dort.«

Er seufzte. »Das weiß ich, trotzdem … Ich will ja gar nicht behaupten, dass sie dich ausnutzt …«

»Tust du aber.«

»Na schön, vielleicht tue ich das. Allerdings weiß ich auch, dass keine Absicht dahintersteckt. Ich finde nur …« Er hielt inne.

»Was findest du?«

Jim schüttelte den Kopf. »Ach, ich weiß nicht.« Der Blick, mit dem er sie nun bedachte, war sanft geworden und flehend. »Bitte lass uns nicht streiten. Es tut mir leid, vielleicht bin ich selbstsüchtig und kindisch, aber …«

Nancy stellte fest, dass sie den Atem anhielt. »Was

willst du sagen?«, fragte sie ihn, ihre Stimme kaum mehr als ein Flüstern.

Er gab keine Antwort, stattdessen kam er um den Tisch herum und zog sie in seine Arme. »Komm her.« Er drückte ihr einen Kuss aufs Haar. »Ich sage nichts anderes, als dass ich finde, dass wir zwei ein gemeinsames Leben verdient haben. Ich sehe, dass du dir ständig Sorgen machst und alles stehen und liegen lässt, sobald deine Familie dich braucht – mitunter sogar, wenn es sich nicht wirklich um einen Notfall handelt, dass du alles sausen lässt, worauf du dich gefreut hast, und das erscheint mir nicht fair … nicht für dich und – wie ich widerstrebend zugeben muss – auch nicht für mich.«

Sie schmiegte sich an seine Brust und umarmte ihn fest. »Wenn sie mich um etwas bitten, denke ich nicht lange nach – ich bin es einfach gewohnt, für sie da zu sein.« Sie bemerkte die Anspannung in seinem Blick und wusste, dass sie ähnlich nervös wirkte. »Bevor du am Horizont aufgetaucht bist, dachte ich, das sei jetzt mein Leben – meine Familie sei mein *raison d'être.* Ich war glücklich, sie so nah bei mir zu haben und die Mädchen aufwachsen zu sehen.«

»Du *bist* glücklich, und es würde mir nicht im Traum einfallen, dir das wegnehmen zu wollen. Das könnte ich gar nicht, selbst wenn ich es versuchte.«

»Aber?«

Er zögerte mit seiner Antwort, dann: »Ich frage mich, ob wir nicht zu voreilig waren. Vielleicht ist es doch besser, ich suche mir eine eigene Wohnung, gebe dir Raum zu tun, was du tun musst.«

»Ist es das, was du willst?« Nancy, den Kopf an seiner Brust geborgen, hörte mehr, als Jim tatsächlich sagte. Sie hörte, dass er der Situationen überdrüssig war, ihrer überdrüssig war, dass er aussteigen wollte. »Mich verlassen?« Der vertraute, qualvolle Schmerz des Verlassenwerdens zerriss ihr schier die Brust. *Nicht auch du …*

Doch als sie aufblickte, sah sie nichts als Bestürzung in seinen Augen.

»Nein, Nancy, sei doch nicht albern. Natürlich möchte ich dich nicht verlassen. Das ist ein völlig absurder Gedanke! Ich frage mich nur, ob es besser wäre, wir gingen die Dinge langsamer an. Ich frage mich, ob es das ist, was *du* willst, und ob du vielleicht nur zu höflich bist, mir das zu sagen.«

Jim nahm ihre Hand und zog sie hinter sich her zum Sofa. Seite an Seite saßen sie da und hielten einander an den Händen wie Ertrinkende. Lange Zeit sagte keiner von ihnen ein Wort. Nancys Gehirn brodelte. Glaubte sie ihm, dass er sie nicht verlassen würde? Denn wie sie Jim und die Familie unter einen Hut bringen sollte, war ihr schleierhaft.

»Lass uns nach Frankreich fahren, eine Auszeit nehmen«, schlug Jim vor. »Danach können wir immer noch sehen, wie es weitergehen soll.«

Kapitel sechsunddreissig

»Glaubst du, dein Dad wird uns unter die Arme greifen?« Ross und Louise lagen im Bett. Es war Samstagmorgen, von unten drangen die leisen Klänge einer Zeichentrickserie zu ihnen herauf. Die beiden Mädchen saßen zusammengekuschelt vor dem Fernseher und sahen sich eine uralte *Tom-und-Jerry*-Folge an.

Louise runzelte die Stirn. »Unter die Arme greifen? Wie meinst du das?«

Ross blickte stur an die Decke. »Er wirkte aufrichtig interessiert, als ich bei der Hochzeit mit ihm geredet habe. Sagte, er könne nachvollziehen, dass es länger dauere, ein Restaurant wie meins zu etablieren.«

Bestürzt fragte sie: »Schlägst du gerade ernsthaft vor, dass Dad ins Lime Kiln investieren soll?« Sie setzte sich im Bett auf, das Kissen zwischen Rücken und Kopfteil gestopft.

»Nun ja …«

»Du hast ihn doch nicht etwa um Geld gebeten?«,

fiel sie ihm scharf ins Wort. »Bitte sag, dass du das nicht getan hast, Ross.«

Sie sah, wie er die Lippen schürzte und verächtlich von Seite zu Seite bewegte, wie er es immer tat, wenn er in Verlegenheit geriet. Auch er setzte sich nun auf, dann warf er ihr einen verstohlenen Seitenblick zu. »Natürlich nicht. Wofür hältst du mich, Lou?«

Die Bemerkung, sie halte ihn für einen Mann, der seine eigenen Kinder verkaufen würde, um sein Restaurant zu retten, lag ihr auf der Zunge, aber sie hielt sich zurück. Gerade noch.

Die Hochzeit lag inzwischen über eine Woche zurück, aber sie verfolgte Louise immer noch. Tatjana war durch die Gegend geschwebt wie eine Göttin, in einem griechisch anmutenden austerngrauen Seidenkleid, das ihren runden Bauch deutlich zur Geltung brachte, als sei ihre Schwangerschaft eine ganz besondere Auszeichnung, die vor ihr noch keiner Frau zuteilgeworden war. Ihr Vater erinnerte mit seinem marineblauen Gehrock mit dem lila Samtkragen an einen in die Jahre gekommenen Teddy Boy aus den Fünfzigern. Das Outfit hatte zweifelsohne Tatjana ausgesucht, auch wenn Louise zugeben musste, dass ihr Vater schon immer etwas Dandyhaftes an sich gehabt hatte.

Unter den Gästen waren zahlreiche Leute, die Louise aus ihrer Kindheit kannte. Sie alle begrüßten sie mit vorsichtiger Zurückhaltung, vielleicht weil sie sich hinter ihre Mutter gestellt hatte und sie nicht.

Viele Gäste hatte sie noch nie gesehen: extravagante Bühnensänger, jüngere Frauen mit üppigen Mähnen, dramatischen Dekolletés und rotem Lippenstift, die wohl zu Tatjana gehörten. Sie hielten sich fern von dem kleinen, reservierten Kreis ihrer lettischen Familie, die sich wiederum von den Downland Singers, dem von Christopher gegründeten Madrigalchor, fernhielt, dessen Mitglieder mit anderen Musikern und Freunden von Christopher zusammenstanden, die Herren allesamt in dezente, maßgeschneiderte Anzüge mit Boutonnièren am Revers gekleidet.

Louise war sich vorgekommen, als wäre sie versehentlich in das Leben eines Fremden spaziert. Keiner der Gäste stand in irgendeiner Beziehung zu ihr, und sie musste sich mehrfach daran erinnern, dass der alte Herr, der vor den Altar trat, tatsächlich ihr Vater war. Ein Moment hatte sie allerdings überrascht. Ross, Hope, Jazzy und sie hatten im Garten des Pubs gestanden, wo das Festzelt aufgebaut war, als sich Christopher zu ihnen gesellte. Louise machte höfliche Bemerkungen über den schönen Tag, um die Verlegenheit zu überspielen.

»Wie geht es deiner Mutter?«, hatte sich ihr Vater erkundigt.

»Es geht ihr gut«, erwiderte Louise, dann fügte sie, ohne nachzudenken, hinzu: »Sie hat einen Freund.«

Ihr Vater sah sie eigenartig schockiert an. »Nancy? Einen Mann?«, fragte er überflüssigerweise. »Du meinst, sie geht mit einem Mann aus?«

»Sie lebt mit ihm zusammen«, korrigierte Ross.

»Nancy lebt mit einem Mann zusammen?«

Louise fand, dass ihr für gewöhnlich so blitzgescheiter Vater ziemlich lange brauchte, um den Sinn dieser Worte zu begreifen. *Vielleicht hat er zu viel getrunken?*, überlegte sie.

»Jim ist Sänger«, berichtete Hope ihrem Großvater schüchtern, an den Ärmel ihres Vaters geklammert. »Er spielt Gitarre und bringt Jazzy und mir bei, zweistimmig zu singen.«

Ihr Vater schüttelte befremdet den Kopf. »Wie lange geht das schon so?« Er klang wie ein Lehrer, der üble Missetäter maßregelte. Als würde ihn Nancys Privatleben etwas angehen.

Louise, die langsam anfing, sich zu amüsieren, erwiderte: »Ach, so ungefähr sechs Monate. Wir mögen ihn alle sehr gern.« Sie wagte nicht, Ross anzuschauen, der lautstark in sein Champagnerglas prustete.

»Nancy hat nie ein Wort gesagt.« Ihr Vater setzte ein gequältes Gesicht auf. Ihm gefiel das Gespräch ganz offensichtlich nicht. »Was für ein Sänger?«, bohrte er nach. Seine Eifersucht war so offensichtlich, dass Louise beinahe Mitleid mit ihm empfand.

»Country & Western. Er ist brillant.«

Ihr Vater wurde von seiner nervtötenden, ekelhaft selbstgefälligen Frau vor weiteren Bosheiten bewahrt. Louise war überrascht, wie viel er anscheinend immer noch für ihre Mutter empfand.

Als sie am Ende des Tages zu ihrem Wagen zurückkehrten, brach Ross in dröhnendes Gelächter aus. »Dann mögen wir Jim also alle ›sehr gern‹?«

Sie musste auch lachen. Solche Momente zwischen ihnen waren selten geworden. »Nun ja, du magst ihn, und die Mädchen mögen ihn ebenfalls. Verglichen mit der schrecklichen Tatjana, schneidet er gar nicht so schlecht ab …«

»Obwohl dein Dad kaum merklich die Nase gerümpft hat, als du ›Country & Western‹ gesagt hast, kommt er mir extrem eifersüchtig vor. Vielleicht herrscht doch nicht nur eitel Sonnenschein im Paradies.«

Jetzt sagte ihr Mann: »Er hat angedeutet, er würde sich gern mit mir über das Restaurant unterhalten, sobald sie aus Lettland zurück sind.« Die Hochzeitsfeier in Lettland war Teil ihrer Flitterwochen, hatte Tatjana erzählt.

»Dann hast du ihn also doch um Geld gebeten.«

»Das habe ich nicht – ich schwöre, Lou. Ich habe ihm lediglich erzählt, dass wir Schwierigkeiten haben, die uns gebührende Aufmerksamkeit zu bekommen. Das hat er verstanden.« Er sah sie an. »Das schadet doch nichts, oder?«

»Ich werde auf keinen Fall auch nur einen einzigen Penny von meinem Vater annehmen …« Louise kam nicht dazu, ihren Satz zu Ende zu sprechen, da in diesem Moment ihr Handy klingelte.

»Granny?«

Ihre Großmutter antwortete nicht sofort, aber Louise konnte ihr flaches, schnelles Atmen am anderen Ende der Leitung hören.

»Granny? Ist alles okay?«

»Es geht mir gut, Liebes«, antwortete Frances endlich, aber ihre Stimme klang ausgesprochen schwach. »Ich hatte bloß einen kleinen Unfall …«

»Einen Unfall? Was für einen Unfall?«

»Ach, nichts Dramatisches. Allerdings ist es ziemlich peinlich. Ich bin ausgerutscht, als ich aus dem Bett gestiegen bin, und jetzt … Nun, jetzt kann ich nicht mehr aufstehen … Mein rechtes Bein will mir nicht gehorchen. Ich … ich war auf dem Weg zur Toilette, als ich gestürzt bin …« Sie hielt inne, und eine kurze Weile hörte Louise wieder nur ihr Atmen.

»Liegst du noch immer auf dem Fußboden, Granny?«

»Leider ja. Es tut sehr weh, wenn ich mich bewege.«

»Ich bin schon unterwegs. Versuch, dich warm zu halten, bis ich da bin. Zieh die Decke vom Bett und deck dich zu. Kommst du dran?«

»Ich glaube ja.«

»Gut. Ich beeile mich.« So schnell sie konnte, zog Louise sich an.

»Solltest du nicht lieber einen Krankenwagen rufen?«, fragte Ross vom Bett aus. »Wenn sie nicht aufstehen kann, hat sie sich vielleicht etwas gebrochen.«

Louise streifte sich einen Pulli über und band ihre Haare zum Pferdeschwanz. »Zuerst will ich sehen, wie es ihr geht. Granny fände es furchtbar, ohne Grund ins Krankenhaus eingeliefert zu werden.« Sie schnappte sich ihr Handy. »Kümmere dich bitte um die Mädchen. Ich habe keine Ahnung, wann ich zurück sein werde.«

Frances hatte sich eingenässt.

»Es tut mir leid, Liebes … es tut mir so furchtbar leid«, wiederholte sie unablässig. Louise war entsetzt, wie zerbrechlich sich der Körper ihrer Großmutter anfühlte, als sie ihr vom Fußboden aufs Bett half.

»Das ist nicht schlimm, Granny. Bitte mach dir deshalb keine Gedanken.«

Sie nahm die Plastikschüssel aus dem Wäschetrockenschrank und füllte sie mit warmem Wasser, dann reichte sie ihrer Großmutter einen Waschlappen und drehte sich um, damit diese sich waschen und abtrocknen konnte. Als die alte Dame fertig war, half sie ihr, sich ein frisches Nachthemd anzuziehen.

»Zeig mir, wo dein Bein schmerzt«, bat sie, nachdem sie Frances ein Kissen in den Rücken gesteckt hatte.

Ihre Großmutter deutete vage auf den Knöchel. Ihre dünnen, spinnenartigen Finger zitterten – anscheinend konnte sie sie nicht richtig kontrollieren. Abgesehen von ein paar älteren blauen Flecken auf der papierenen Haut war äußerlich keine Verletzung an ihrem stockdürren, mit hervorstehenden blauen Krampfadern überzogenen Bein zu erkennen, aber das musste nichts heißen.

»Glaubst du, du hast dir etwas gebrochen?«, fragte Louise.

»O nein, bestimmt nicht. Höchstens geprellt.

Morgen wird das Bein vermutlich grün und blau sein.« Sie brachte ein schwaches Lächeln zustande. »Es tut mir so leid, dass du herkommen musstest, Liebes. Mir ist bewusst, wie viel du um die Ohren hast, aber ich wusste einfach nicht, was ich tun soll, jetzt, da Nancy nicht da ist.«

»Schon gut, Granny – bitte entschuldige dich nicht.«

»Man sollte besser nicht alt werden, das ist einfach zu peinlich.«

Louise lachte. »Vor mir muss dir nichts peinlich sein!«

Frances zuckte die Achseln. »Es ist nett, dass du das sagst.«

»Ich finde, du solltest im Bett bleiben, Granny. Ich bringe dir eine Tasse Tee und eine Scheibe Toast.«

»Nein, nein, nichts zu essen. Und bitte denk nicht, du müsstest bei mir bleiben. Ich werde jetzt ein kleines Nickerchen machen, und anschließend fühle ich mich wieder quietschfidel – da bin ich mir ganz sicher.« Sie schloss die Augen. »Ich bin ziemlich müde.«

Louise ging nach unten und zog ihr Handy aus der Tasche.

»Ich werde den Arzt anrufen«, sagte sie zu Ross. »Ihr Bein sieht gut aus, aber ich möchte sichergehen. Womöglich hat sie sich einen Splitterbruch zugezogen oder ist mit dem Kopf aufgeschlagen. Ich wünschte, Mum wäre hier. Sie wüsste, was zu tun ist.«

»Was ist mit den Mädchen?«, fragte Ross, ohne

auf ihre Worte einzugehen. »Ich muss in ein paar Minuten ins Restaurant fahren.«

»Nun, dann nimmst du sie eben mit«, erwiderte Louise gereizt.

»Aber wenn du noch länger dableiben musst …«

»Sie werden schon brav sein.«

»Sie können nicht den ganzen Tag im Restaurant hocken, Lou. Dort gibt es keinen Fernseher, und sie haben nichts, womit sie spielen könnten.«

»Herrgott noch mal, Ross! Granny ist krank! Kannst du dich nicht ein einziges Mal selbst um etwas kümmern? Neben dem Telefon in der Küche hängt eine Liste mit Telefonnummern von den Müttern ihrer Schulkameradinnen. Probier es bei Patricia – sie ist ausgesprochen hilfsbereit, wenn es sich um einen Notfall handelt. Und wenn du niemanden findest, müssen die zwei eben draußen spielen oder im Büro – es wird sie nicht umbringen, wenn sie sich mal für ein paar Stunden mit sich selbst beschäftigen.«

Sie hörte ihn seufzen. »Okay. Was glaubst du denn, wie lange es bei dir noch dauert?«

»*Ich weiß es nicht, verdammt noch mal!* Das hängt davon ab, in welchem Zustand die arme Granny ist. Ich kann sie nicht allein lassen, wieso verstehst du das nicht?«

»Doch, doch, das verstehe ich ja.« Ein weiterer Seufzer. »Also gut, dann versuche ich mal, die Kinder unterzubringen. Was für ein Albtraum …«

Louise verfrachtete ihre Großmutter ins Auto und

legte ihr eine Decke um die Schultern und eine zweite über die Knie, obwohl es ein warmer Tag war. Der Arzt, den sie gerufen hatte, hatte nicht viel gesagt, außer dass seiner Meinung nach nichts gebrochen war und dass Frances sich dringend einigen Untersuchungen in der Klinik unterziehen müsse wegen der Verhärtung, die er in ihrem Bauchbereich ertastet habe. Dort solle sie auch ihren Knöchel röntgen lassen. Frances hatte ihn wie immer kurzerhand abgewimmelt – und zwar so vehement, dass der arme Kerl tatsächlich eingeschüchtert wirkte. Also hatte Louise entgegen dem Protest ihrer Großmutter eine Entscheidung getroffen. Sie würde sie mit zu sich nach Hause nehmen, sie in dem Gästezimmer in Nancys Haus unterbringen und sie im Auge behalten, bis ihre Mutter von ihrer Reise zurückkam.

»Sollten wir Nancy nicht informieren?«, hatte Ross gefragt, als sie ihn anrief, um ihn auf den neuesten Stand zu bringen.

Aber Louise wollte ihrer Mutter nicht unnötig den Urlaub verderben. Jim und sie würden ohnehin in zwei Tagen wieder zu Hause sein.

»Du weißt, dass Jim jetzt bei Mum wohnt, oder?«, fragte Louise, als sie langsam durch die Straßen fuhr, um ihren zerbrechlichen Passagier so wenigen Erschütterungen wie möglich auszusetzen. Sie stellte fest, dass das, was sie ihrem Vater gegenüber behauptet hatte, gar nicht so weit von der Wahrheit entfernt war: Bei näherer Betrachtung erwies sich Jim tatsächlich als weitaus ruhiger und intelligenter, als sie ihm anfangs nach jenem desaströsen Mittagessen zugebilligt hatte. Die Mädchen mochten ihn sehr. Louise vertraute ihrer reinen, unverstellten Menschenkenntnis – sie musste nur daran denken, wie sie auf Tatjana reagiert hatten. Bevor Nancy und er nach Frankreich abgereist waren, hatte Jim Gitarre gespielt und Lieder mit ihnen gesungen, und die zwei hatten jede Minute genossen. Doch vor allen Dingen schien er ihre Mutter glücklich zu machen. Sie würde nicht so weit gehen zu behaupten, sie vertraue ihm, aber es kostete sie einige Mühe, etwas Negatives an ihm zu entdecken.

Frances nickte bedächtig. »Dazu sage ich nichts.«

»Dann hältst du das also für einen Fehler? Ich war ziemlich überrascht, als sie mir mitteilte, dass er nicht länger nach einer eigenen Wohnung sucht.«

Ihre Großmutter zog die Augenbrauen hoch. »Zu meiner Zeit haben die Menschen geheiratet, auch wenn sie erheblich weniger voneinander wussten als deine Mutter und Jim.«

Louise wusste nicht recht, wie sie die Worte ihrer Großmutter deuten sollte. »Dann billigst du also ihre Entscheidung?«

Die alte Dame antwortete nicht, woraus Louise schloss, dass sie auf dem Beifahrersitz eingedämmert war.

»Deine Mutter hat leider kein Händchen für Beziehungen«, sagte Frances plötzlich in die Stille hinein, dann verfiel sie wieder in Schweigen.

Kapitel siebenunddreissig

Nancy erwachte von den hellen Sonnenstrahlen, die draußen vor dem Fenster durch die Pinien fielen. Die Holzfensterläden waren weit geöffnet. Jim, in Boxershorts, lehnte sich auf die gemauerte Fensterbank und tankte mit geschlossenen Augen die morgendliche Wärme. Er musste gehört haben, dass sie sich regte, denn er drehte sich zu ihr um, ein träges Lächeln auf den Lippen, und gab einen langen, zufriedenen Seufzer von sich. Sie hatte ihn noch nie so entspannt erlebt.

»Ist das nicht himmlisch hier?«

Sie ließ sich in die Kissen zurücksinken und sah ihn strahlend an. »Absolut himmlisch.« Das war es in der Tat. Das *Maison Lavande* – das Lavendelhaus – war ein Bauernhof aus dem achtzehnten Jahrhundert in den Hügeln oberhalb von Apt. Mit seinem Ausblick von der Terrasse über das spektakuläre Calavon-Tal mit seinen ausgedehnten Lavendelfeldern, den Olivenhainen und den Bergen des Luberon in der Ferne war Stevies Gästehaus eine Art Paradies.

Jims Bruder hatte den alten Hof in den Achtzigerjahren zusammen mit seinem französischen Partner Pascal gekauft und nach und nach liebevoll in ein Gästehaus mit vier zur Vorderseite gelegenen Schlafzimmern und zwei Bädern sowie privaten Räumlichkeiten auf der Rückseite umgebaut – allesamt ebenerdig. Oben befanden sich die große Küche und ein Aufenthaltsbereich, damit sie auch Frühstück und auf Wunsch Abendessen anbieten konnten. Es war ausgesprochen gut gelaufen; Pascal liebte es zu kochen und sich mit den Gästen zu unterhalten. Stevie, der weniger gesellig war, konnte alles reparieren – angefangen von der Pumpe über die Boiler bis hin zu den Elektrogeräten.

Dann war Pascal im Oktober vor zwei Jahren plötzlich verunglückt. Er war an einem ähnlich schönen Herbstmorgen um kurz nach acht mit seinem Fahrrad zum *mas* unterwegs gewesen, den Gepäckträger beladen mit Baguettes und Croissants für die Gäste, als ein Müllwagen hügelabwärts gerast kam, um eine Kurve schoss, sein Vorderrad streifte und ihn von der Straße fegte. Er war am späteren Vormittag im Krankenhaus seinen Verletzungen erlegen, ein paar Tage vor seinem fünfzigsten Geburtstag. Laut Jim hatte sich Stevie davon nicht erholt. Er führte das Gästehaus weiter, aber ohne Pascal fehlte dem Ort ein Großteil seines Zaubers, und die Gäste blieben aus.

»Ich dachte, wir besuchen heute Morgen den Markt in Apt«, schlug Jim vor und tappte über die

Terrakottafliesen zurück zum Bett. »Der ist riesig und ziemlich berühmt. Er wird dir gefallen. Wir könnten uns heute ums Abendessen kümmern, bestimmt finden wir etwas, was nicht allzu viel Kocherei erfordert …« Er setzte sich auf die Bettkante und grinste.

Nach Pascals Tod hatte Stevie während der Hauptsaison eine Köchin beziehungsweise Hauswirtschafterin engagiert, Madame Laverne, aber jetzt, da die Saison vorüber und es ruhiger geworden war, kam sie nur noch ein-, zweimal die Woche.

Nancy nahm Jims Hand. »Ich kenne Stevie kaum, aber er kommt mir sehr verschlossen vor. Mitunter ist es sogar so, als gingen von einer Sekunde auf die andere die Lichter bei ihm aus, und er würde sich völlig in sich selbst zurückziehen. Nimmt er Antidepressiva?«

Jim seufzte. »Ich weiß, dass er eine Zeitlang Tabletten genommen hat, aber ich stimme dir zu, dass er in keiner guten Verfassung ist. Ich mache mir Sorgen wegen des Winters. Von November bis März nimmt er keine Gäste und ist ganz allein hier. Pascal und er haben es geliebt, den *mas* für sich zu haben, aber ohne Pascal …«

»… ist es hier sehr einsam.«

»Ja. Im Haus ein Stück hügelabwärts wohnt Izzy, du weißt schon, dort, wo draußen die Skulptur mit dem Holzdelfin steht. Sie ist momentan nicht da, aber Stevie sagt, sie kommt morgen zurück, dann wirst du sie kennenlernen. Sie stammt ursprünglich aus Neuseeland und ist meiner Meinung nach ein bisschen verrückt, aber sie war Stevie seit Pascals Tod eine sehr gute Freundin.«

»Ist das ihre Skulptur?«

»Nein, ihr Freund hat sie gemacht ... Exfreund mittlerweile. Izzy macht irgendwas mit Lebensberatung – Life-Coaching, wie man so schön sagt –, sie hat eine Niederlassung in Avignon und ist, soweit ich weiß, auch online aktiv. Vermutlich hat sie noch andere Geldquellen, denn sie scheint nie knapp bei Kasse zu sein, und ich kann mir nicht vorstellen, dass sie so viel verdient.«

»Life-Coaching kann ziemlich lukrativ sein.«

»Hm, mag sein, aber wenn du sie kennenlernst, wirst du feststellen, dass sie eher an einen Hippie erinnert. Trotzdem ist es gut zu wissen, dass sich jemand um Stevie kümmert.«

Stevie war nicht mal ansatzweise so, wie Nancy ihn sich vorgestellt hatte, und abgesehen von seinen leuchtend blauen Augen sah er seinem Bruder nicht im Mindesten ähnlich. Gute zehn Zentimeter kleiner als Jim und um einiges schwerer, hatte es den Anschein, als gehe sein Kopf mit dem Doppelkinn unmittelbar in seinen Körper über. Er trug sein graues, spärliches Haar nicht lang wie Jim, sondern hatte es zu einer Art Caesar-Frisur schneiden lassen, was aussah, als trage er eine Perücke. Der signifikanteste Unterschied zwischen den beiden Brüdern aber lag in ihrer Ausstrahlung. Während Jim sprühte vor

Lebensfreude und Energie, was sich in seinen geschmeidigen, kraftvollen Bewegungen widerspiegelte, schleppte sich Stevie mühsam von Ort zu Ort, stemmte nur widerwillig seinen massigen Körper aus dem Sessel, geriet bei der kleinsten Anstrengung außer Atem und sackte anschließend mit einem schweren Seufzer in sich zusammen, was für Nancy ein klares Signal dafür war, dass er mit der Situation, in der er sich befand, nicht fertigwurde.

»Geht ihr nur, ich bin heute Morgen nicht in der Stimmung für den Trubel auf dem Markt«, ließ sich Stevie vom Küchenbalkon aus vernehmen, als sie zum Frühstück nach oben kamen. Er saß in der Sonne und machte keinerlei Anstalten aufzustehen.

»Ach nein, komm doch mit uns«, drängte Jim. »Wir können ein bisschen herumschlendern, Nancy die Stände zeigen und anschließend einen Kaffee trinken. Wenn wir bald aufbrechen, geht es noch nicht so zu.«

Stevie antwortete nicht gleich, sondern nippte an seiner weißen Milchkaffeeschale, die er mit seinen großen Händen fest umschlossen hielt, während er aufs Tal hinabblickte. Auf dem Tisch vor ihm standen eine italienische Aluminium-Espressomaschine, ein Teller mit goldbraunen Croissants, ein Glas hausgemachte Aprikosenmarmelade – Madame Lavernes Spezialität – sowie ein kleines Stück Honigwabe auf einem blauen Unterteller, außerdem Geschirr, Besteck und zwei sorgfältig gebügelte senfgelbe Baumwollservietten für Nancy und Jim.

»Na ja, ich könnte schon mitkommen.« Er wandte sich Nancy zu. »Es ist ziemlich beeindruckend, den Markt gibt es angeblich schon seit neunhundert Jahren.«

Nancy lächelte ihn ermutigend an. »Dann komm doch mit uns.«

Sie setzte sich, genoss die unglaubliche Aussicht und holte tief Luft. So viel Schönheit machte eigentlich glücklich, aber vielleicht erinnerte sie Jims Bruder lediglich an das, was er verloren hatte. Plötzlich verspürte sie den Drang, Stevie zu umarmen, ihm etwas von der Kraft, Energie und Liebe weiterzureichen, die sie in diesem Augenblick empfand. Es war ein unfaires Verhältnis – sein dumpfes Elend gegen ihr tiefes Glück. Sie sah Jim an, der sich gegen das Balkongeländer lehnte und ebenfalls die Aussicht genoss. Sie waren sich in diesem Urlaub sehr nahe, beide entspannt und mit ausreichend Zeit, einander zu genießen, ohne die Befangenheit, die durch die häusliche Situation daheim in England entstand. Der *mas* – weder ihr Zuhause noch seins – war ein neutraler Ort, an dem sich Nancy nicht für Jim verantwortlich fühlte. Hier gab es keinerlei Druck zu entscheiden, wie sie ihre Zeit verbringen sollte. Am Montag würden sie die Heimreise antreten, und Nancy spürte jetzt schon, wie ihr Magen bei dem Gedanken daran vor Unruhe zu flattern begann.

Stevie hatte zwei traditionelle französische Einkaufskörbe mitgenommen – helle geflochtene Palmblätter mit Ledergriffen –, und einen davon Jim gegeben. Alle paar Minuten wurde er von jemandem begrüßt, tauschte drei Küsschen und ein, zwei Sätze auf Französisch aus, dann schlenderte er weiter. Auch Touristen befanden sich unter den Marktbesuchern, aber es hatte den Anschein, als würde es sich vorwiegend um Einheimische handeln.

Nancy sprach recht gut Französisch, im Alter von fünfzehn und sechzehn Jahren hatte sie zweimal die Sommerferien in Paris bei der Familie eines Musikers verbracht – alle vier Kinder spielten verschiedene Instrumente, sodass den ganzen Tag nur geübt, komponiert und vorgespielt wurde. Allerdings fehlte ihr nach so langer Zeit der Mut, viel zu sagen. Jim dagegen kannte diesbezüglich keinerlei Hemmungen; obwohl seine Grammatik und sein Vokabular eher rudimentär waren, behauptete er, es bestehe definitiv eine Verbindung zwischen musischer und sprachlicher Begabung, und erprobte unerschrocken seine Fähigkeiten an jedem, der ihm zuhörte.

Nancy kaufte zwei kleine kunterbunte Taschen mit Provence-Mustern für Hope und Jazzy, gewebte Tischsets für Louise, einen Topf Senf für Ross und ein mit Spitze eingefasstes Lavendelsäckchen aus Organza für ihre Mutter.

»Ziege?«, fragte Jim und zeigte auf die verführerische Käseauswahl, die an einem der Stände auf dem Hauptplatz auf Strohmatten angeboten wurde.

»Der *banon* ist gut«, Stevie deutete auf einen kleinen runden Rohmilchkäse, der sorgfältig in die braunen Blätter einer Esskastanie eingepackt war, »und den mit Asche bedeckten mag ich auch.«

Am Ende kauften sie bergeweise Lebensmittel ein: reife, saftige Tomaten, die nach Erde dufteten, Friséesalat, Salami, Käse, ein warmes Grillhähnchen, dicke grüne Bohnen, *rillettes* – ein französischer Brotaufstrich aus in eigenem Saft und Fett gekochtem Fleisch –, Sellerieremoulade, goldene Birnen, frische Eier und Baguettes. Sie verstauten ihre Ausbeute in den Körben und schlenderten weiter zu Stevies Lieblings-*tabac*, das versteckt in einer kühlen Gasse abseits des Trubels lag. Dort setzten sie sich draußen in den Schatten auf harte Aluminiumstühle und seufzten erleichtert auf. Nancy bestellte sich einen *café crème*, die beiden Männer einen *café noir*.

Nachdem sie ein paar Minuten über Belanglosigkeiten geplaudert hatten, verstummte Jim und biss sich auf die Lippe.

»Wie stellst du dir den Winter vor?«, fragte er seinen Bruder nach einer Weile.

Stevie, das runde Gesicht gerötet und verschwitzt, zog schwer atmend die Schultern hoch. »So wie den letzten Winter. Den hab ich schließlich auch überlebt.«

»Muss ziemlich einsam werden dort oben.«

Stevie blinzelte. Nancy zuckte zusammen, als sie die Tränen in seinen Augen bemerkte. An das Haus gegenüber gewendet sagte er: »Es ist die ganze Zeit über ziemlich einsam. Ob Sommer oder Winter – das macht keinen Unterschied.«

Jim sah Nancy fragend an. »Warum kommst du nicht über Weihnachten nach Hause, triffst dich mit ein paar Freunden …?« Er verstummte, als sei er selbst nicht recht von seinem Vorschlag überzeugt.

»Das hier ist mein Zuhause«, erwiderte Stevie leise und sah seinen Bruder mit tränennassen Augen an.

»Ich weiß. Aber du wirkst so unglücklich, Stevie. Findest du nicht, du solltest eine neue Therapie beginnen, vielleicht andere Tabletten nehmen … oder die Dosis erhöhen?«

»Es gibt auf der ganzen Welt keine Tabletten, die mir helfen könnten.«

»Aber sind Antidepressiva nicht genau dazu da?«

Stevie zuckte die Achseln und wandte den Blick ab.

»Du nimmst doch welche, oder?«

Als Stevie seinen Bruder diesmal ansah, bemerkte Nancy Verärgerung in seinen blauen Augen. »Lass es, Jim. Ich weiß, dass du es gut meinst, aber halt dich da raus … bitte.« Er stand auf, wischte sich mit einem Taschentuch den Schweiß von der Stirn und griff anschließend in die Tasche seiner beigefarbenen Cargohose, um sein Portemonnaie zu zücken. Doch gerade, als er es hervorzog, taumelte er plötzlich nach hinten, stolperte über seinen Stuhl und krachte gegen die Glasfront des Bistros. Blitzschnell sprang Jim auf, hievte seinen massigen Bruder hoch und führte ihn am Arm zu einem freien Stuhl. Ein Passant, der gerade vorbeikam, nahm Stevies anderen Arm.

Nancy hob den umgestürzten Aluminiumstuhl auf.

»*Merci, merci… je vais bien maintenant. La chaleur…*«, hörte sie Jims Bruder atemlos zu dem Franzosen sagen. Er gab sich alle Mühe, seine Worte glaubwürdig erscheinen zu lassen, auch wenn sie ihm nicht abkaufte, dass sein Schwindelanfall nur an der Hitze lag und es ihm jetzt wieder gutging.

Jim beugte sich besorgt über ihn. »Was ist los, Kumpel?«

Stevie schob ihn zur Seite. »Zu viel Koffein, nehme ich an. Manchmal passiert mir das eben. Mach nicht so einen Wirbel darum, okay?« Sein Blick schweifte zu Nancy. »Entschuldige.«

»Warst du beim Arzt?«, wollte Jim wissen.

Ohne die Frage seines Bruders zu beantworten, stand Stevie auf. »Kommt, lasst uns heimgehen.«

Damit war die Sache erledigt, zumindest für Stevie. Auf dem Weg durch die überfüllten Straßen zum Parkplatz warf Jim seinem Bruder immer wieder skeptische Seitenblicke zu und fragte ihn, wie er sich fühle, nur um sich eine brüske Abfuhr einzuhandeln.

Ihre letzte Nacht in Südfrankreich brach an. Nancy und Jim saßen auf dem Balkon und betrachteten den Sonnenuntergang. Ein Glas kalten Weißwein in der Hand, nahmen sie schweigend den wundervollen Ausblick in sich auf. Die Sonne verschwand hinter den Hügeln und tauchte die Olivenbäume und Lavendelfelder – nach der Ernte grün-braune Reihen – in ein sanftes Indigoblau. Eine kühle Brise minderte die Hitze des Tages, und Nancy spürte, wie sie ein ungewohnt friedliches Gefühl übermannte. Jim bemerkte ihren Blick und griff nach ihrer Hand.

»Es gefällt dir hier«, stellte er fest.

Sie nickte. »Ich kenne die Gegend zwar nicht so wie du, dennoch fühle ich mich hier irgendwie zu Hause.« Sie lächelte ihn an. »Vielleicht weil du hier bist.«

»Keine Ahnung … es ist einfach einer von diesen magischen Orten. Ich verstehe, warum Stevie nicht von hier fort will.«

»Hast du noch einmal mit ihm über die Antidepressiva gesprochen?« Nancy senkte die Stimme und warf einen Blick in Richtung Küche, doch von Stevie war nichts zu sehen.

Jim seufzte. »Ich hab's versucht, aber er wiederholt immer wieder, es gehe ihm gut. Ich kann ihn nicht zwingen, sich mir zu öffnen.« Er hielt kurz inne. »Stevie war immer schon ein Eigenbrötler – er hat meine Mum damit in den Wahnsinn getrieben, als wir Kinder waren.«

Sie schwiegen.

»Vielleicht ist es wie bei meiner Mutter«, bemerkte Nancy nach einer Weile. »Wir müssen respektieren, dass es sein Leben ist.«

Jim schenkte ihr ein schiefes Lächeln. »Tja, das ist leicht gesagt, solange es nicht die eigenen Angehörigen betrifft.«

Nancy lachte. »Stimmt. Hör zu, wir könnten doch bald noch einmal herkommen… vorausgesetzt, Stevie ist damit einverstanden. Vielleicht im Winter. Das würde mir gefallen!«

Jim drückte dankbar ihre Hand. »Gute Idee.«

An jenem Abend war Stevie ein anderer Mensch. Frisch geduscht, in einer hellen Baumwollhose und einem gebügelten blau-weiß gestreiften Hemd bereitete er das Abendessen zu, als Nancy und Jim nach oben kamen. Es war schon nach neun und ziemlich dunkel, im Tal glitzerten in verschiedenen Mustern Hunderte von Lichtern. Groß wie Stecknadelköpfe erinnerten sie Nancy an Edelsteine in einem Collier.

»He, da seid ihr ja! Nehmt euch etwas zu trinken. Weißwein steht im Kühlschrank, Rotwein auf der Anrichte, im Gefrierfach liegt Wodka – Pascals Lieblingssorte.« Er verzog die Lippen zu einem ungewöhnlich heiteren Lächeln, als er den Namen seines Geliebten erwähnte.

»Lass mich das machen«, sagte Jim und nahm seinem Bruder das Messer ab, mit dem dieser Tomaten schnitt. »Heute Abend machen wir das Abendessen.«

Stevie widersprach nicht. »Großartig. Dann lehne ich mich einfach zurück und lasse mich volllaufen.« Er nahm die Flasche Rotwein von der Anrichte und füllte sein Glas, dann ging er zum Sofa hinüber und machte es sich mit einem behaglichen Seufzer bequem. Seine blauen Augen, die für gewöhnlich so traurig dreinblickten, schienen plötzlich voller Leben. »*Santé*, ihr Lieben!«

»Bist du so munter, weil du uns endlich loswirst?«, wollte Jim wissen.

»Aber sicher doch! Ich kann euren Anblick kaum ertragen!«

»Schade, Nancy und ich haben nämlich beschlossen, im Winter wiederzukommen.«

Stevies Brauen schossen in die Höhe. »Damit ihr euch vergewissern könnt, dass ich mir nicht heimlich die Kehle durchgeschnitten habe?«

»So ungefähr. Ganz bestimmt nicht, weil wir dich mögen und Zeit mit dir verbringen möchten.«

Stevie schmunzelte. »Man sollte fast meinen, ihr mögt mich tatsächlich.«

Nancy wunderte sich über diese Verwandlung. Hatte er irgendwelche Stimulantia genommen? Oder war dieses Auf und Ab typisch für seine Depression?

Die Sticheleien der Brüder wurden unterbrochen von einem Rufen. »Hi! Jemand zu Hause?«, hörten sie eine Stimme von unten, dann tappte jemand die Stufen der Holztreppe herauf. In der Küchentür erschien eine Frau.

»Darling! Ich habe dich erst morgen zurückerwartet.« Stevie rappelte sich auf die Füße, während sie durch den Raum auf ihn zustürmte, die Arme weit geöffnet, um ihn so fest zu drücken, dass er um Gnade flehte und beide atemlos lachend aufs Sofa fielen.

»Jim! Welch ein Vergnügen!«, rief sie dann und unterzog diesen der gleichen Behandlung. Die Hand mit dem Tomatenmesser schwenkte gefährlich hinter ihrem Rücken hin und her.

»Wie schön, dich kennenzulernen, Nancy«, sagte sie, als Jim die beiden Frauen einander vorstellte, und schüttelte herzlich Nancys Hand. »Ich wusste gar nicht, dass du eine neue Frau an deiner Seite hast, Jim.« Sie lächelte breit. »Was hast du mit Chrissie gemacht?«

»Halt die Klappe, Izzy«, befahl Stevie mit liebevoller Stimme und ging zum Geschirrschrank, um seinem Gast ein Glas zu holen.

»Hab ich etwas Falsches gesagt?«

»Nein, nein, nur dein üblicher Mangel an Taktgefühl.«

Nancy musterte Izzy fasziniert. Groß und schlank, in einem weißen Leinenkleid mit Spaghettiträgern, einer kurzen mintgrünen Strickjacke und Sandalen, bestach sie mit ihrer natürlichen, unbefangenen Schönheit. Ihr volles weizenblondes Haar fiel ihr bis über die Schultern, ihre großen hellbraunen Augen strahlten in einem Gesicht, das gesegnet war mit einer makellosen goldenen Sonnenbräune. Sie trug keinerlei Make-up, blonde Augenbrauen und Wimpern fügten sich nahtlos in ein perfektes Ganzes ein. Nancy nahm an, dass sie etwas über vierzig war, nicht älter, und es fiel ihr schwer, den leisen Anflug von Neid auf Izzys Schönheit und Jugend zu unterdrücken, den sie unwillkürlich verspürte.

Izzy brachte willkommenen Schwung in die Party, berichtete ausschweifend von ihrem Trip nach Mailand, wohin sie zu einem vermögenden, einflussreichen Klienten bestellt worden war, der zu Panikattacken neigte und auf der Stelle Hilfe brauchte.

»Das Hotelpersonal muss mich für ein Flittchen gehalten haben«, erzählte sie, als sie alle bei Kerzenschein am Eichentisch saßen und dicke Stücke *pissaladière* verspeisten – eine köstliche südfranzösische Zwiebelkuchenspezialität mit goldbraun gedünsteten Zwiebeln, schwarzen Oliven und salzigen Anchovis –, dazu gab es einen Tomatensalat, Sellerieremoulade und gekühlten Rosé. »Ich wurde zu sämtlichen Tages- und Nachtzeiten in Didiers Zimmer gerufen, wann immer seine Nerven zu flattern begannen.«

»Vermutlich hat er gehofft, du würdest tatsächlich mit ihm ins Bett steigen«, scherzte Stevie.

»Da liegst du gar nicht so falsch. Er hat mich immer wieder gefragt, ob ich auch Massagen anbiete, der dreckige Halunke!« Sie lachte. »Schon seltsam, womit man sich seine Brötchen verdienen muss!«

Nancy fiel es schwer, die Frau nicht zu mögen. Stevie schien sie sehr viel zu bedeuten, denn seine Augen leuchteten beinahe zärtlich, wann immer Izzy etwas sagte. Doch je weiter der Abend voranschritt, desto mehr schien er das Interesse an den Menschen um ihn herum zu verlieren. Er schob seinen Stuhl ein Stück vom Tisch zurück, schüttete Wein in alarmierenden Mengen in sich hinein, seine vorherige Lebendigkeit verpuffte und wich missmutigem, betrunkenem Selbstmitleid. Sie sah zu Jim hinüber, der neben Izzy auf der anderen Seite des Tisches saß, aber er hatte sich abgewandt, die langen Beine übereinandergeschlagen, und lauschte gebannt einer Geschichte, die Izzy in leisem, vertraulichem Ton zum Besten gab.

»Weißt du«, Stevie griff nach Nancys Arm und drückte ihr die Finger ins Fleisch wie ein Ertrinkender, »Pascal war Lebenskraft pur. Er hatte diese besondere Ausstrahlung, diesen Mut … ich wünschte, du hättest ihn kennengelernt …« Er verstummte, sein Griff lockerte sich.

Stevie sprach nur selten über seinen Geliebten, aber er schien immer an ihn zu denken, egal was er sagte.

»Er muss dir furchtbar fehlen«, sagte Nancy leise.

Stevies Augen füllten sich mit Tränen. »Ich sehe einfach keine Möglichkeit, ohne ihn zu leben«, gestand er ihr, was Nancy fast das Herz brach. Kurz darauf sah er sie an, ein feines Lächeln auf den Lippen. »Liebst du ihn?«, fragte er mit gesenkter Stimme und neigte den Kopf in Richtung seines Bruders.

Sie nickte.

»Ihr scheint einander gutzutun«, befand er, dann schloss er die Augen und holte tief Luft. Als er sie wieder öffnete, schien er seine Lebensgeister wiedergefunden zu haben. »Hör auf, mit meiner Freundin zu flirten!«, rief er über den Tisch. Izzy fuhr zusammen. Jim grinste nur.

»Schon gut, schon gut. ›Deine Freundin‹, wie du Izzy nennst, hat mir gerade von diesem Schlagzeuger aus Avignon erzählt.«

»Bruno?«, fragte Stevie. Izzy nickte. »Ja, der ist gut. Nächstes Mal, wenn ihr kommt, könnt ihr ihn kennenlernen.«

Stevie stand auf, durchquerte die Küche, nahm eine weitere Flasche Rotwein aus dem Regal neben dem Kühlschrank, suchte nach dem Korkenzieher, zog die Manschette ab und warf sie auf den Boden. Die anderen sahen ihm zu, wie er den Metallkorkenzieher in den Korken schraubte. Ermattete Stille legte sich über das Zimmer, die Kerzen flackerten im Luftzug, der durch die offenen Balkontüren hereinströmte. Nancy fühlte sich plötzlich erschöpft und verspürte das dringende Bedürfnis, sich in die Horizontale zu begeben. Sie schaute zu Jim hinüber, der ein kaum merkliches Nicken andeutete. Dennoch machte keiner von ihnen Anstalten aufzustehen.

»Ich mache mich jetzt mal lieber auf den Heimweg.« Izzy schob ihren Stuhl zurück, richtete sich auf und streckte mit katzengleicher Anmut die Arme über den Kopf, während sie ausgiebig gähnte. »Lass die Flasche zu, Stevie, das wäre reine Verschwendung.«

Jim nickte, kam im selben Moment wie Nancy auf die Füße und fing an, zusammen mit ihr den Tisch abzuräumen. Nancy nahm die Käseplatte und die Schüssel mit den kleinen goldgelben Pflaumen, die Madame Laverne auf die Anrichte gestellt hatte, als sie auf dem Markt gewesen waren. Izzy griff nach den Gläsern, und Jim blies die Kerzen aus, rollte die senfgelben Servietten zusammen und steckte sie in die Holzringe, dann platzierte er sie ordentlich nebeneinandergelegt am Kopfende des Tisches.

Niemand achtete auf Stevie, der sich schwer atmend gegen die Arbeitsfläche lehnte, die Weinflasche mit dem herausstehenden Korken in der kraftlosen rechten Hand, doch alle fuhren herum, als sie plötzlich einen erstickten Schrei vernahmen. Stevie schwankte, dann landete er mit einem dumpfen Aufprall auf den Fliesen. Die Flasche zerschmetterte, Wein spritzte in alle Richtungen und ergoss sich über Stevies massigen, reglosen Leib.

»Um Himmels willen!« Jim stürzte zu seinem Bruder, kniete neben ihm nieder, ohne auf den tiefroten Wein und die Scherben zu achten, und schrie: »Stevie! *Stevie!*« Er nahm Stevies volles Gesicht in die Hände, aber Stevie, die Augen weit aufgerissen, der Ausdruck darin leer, rührte sich nicht.

Nancy war starr vor Schreck. Sie wagte kaum zu atmen, als Jim zu ihr aufsah und panisch nach dem Puls an Stevies Hals tastete.

»Ich weiß nicht, ob ich seinen Puls fühle … ich weiß es nicht …« Er wandte sich wieder seinem Bruder zu. »Stevie! Um Gottes willen, wach auf – *wach auf*!«

Nancy erwachte aus ihrer Starre und bückte sich, um nach Stevies Handgelenk zu greifen. Vielleicht fand sie dort seinen Puls, aber sie wusste nicht genau, was sie tun sollte, und konnte das lebensverheißende Pochen nicht ertasten.

Sie hörte Izzy telefonieren: *»Allô … aidez-moi s'il*

vous plaît, aidez-moi. Une ambulance! J'ai besoin d'une ambulance … Vite, vite – il ne respire pas!« Mit atemloser Stimme gab sie die Adresse des *mas* durch. »*Vite, vite! Dépêchez-vous!*«

Jim hatte derweil seine Hände verschränkt und bearbeitete rhythmisch Stevies Brust, wobei er abgehackt flüsternd zählte: »Fünf, sechs, sieben, acht, neun, zehn!«, bevor er die Prozedur wiederholte.

»Mach Mund-zu-Mund-Beatmung«, befahl er, ohne aufzublicken, und Nancy kniete sich hinter Stevies Kopf und überstreckte seinen Nacken, wie sie es über die Jahre hinweg in verschiedenen Erste-Hilfe-Kursen gelernt hatte, dann presste sie ihren Mund auf seinen. Seine Lippen waren kalt und schmeckten nach Wein. Jim hörte auf zu drücken. Nancy holte tief Luft und blies sie in Stevies Mund, dann drückte Jim erneut. »Fünf, sechs, sieben, acht, neun, zehn!« Er hielt inne, und Nancy setzte erneut zur Mund-zu-Mund-Beatmung an. Aber Stevie reagierte nicht.

»Wann kommt der Notarzt?«, fragte Nancy an Izzy gewandt, die neben ihr stand und ihr Handy umklammerte, die Augen auf den leblosen Körper am Boden geheftet. Sie wusste, dass das eine dämliche Frage war, auf die es keine Antwort gab, aber sie hatte das Gefühl, unbedingt etwas sagen zu müssen. In ihrem peripheren Blickfeld nahm sie Izzys Füße in den Leder-Flip-Flops wahr, lang, schmal und gebräunt, die Zehennägel in einem dunklen Karminrot lackiert, alle zehn Zehen verkrampft, als würde sie an einer Klippe hängen. *Wir alle hängen an einer Klippe*, dachte Nancy, als sie sich erneut über Stevies Mund beugte.

»Ich weiß es nicht … keine Ahnung«, wisperte Izzy. »Geh mal zur Seite, Jim, ich löse dich ab.« Sie schob ihn aus dem Weg und beugte sich über Stevie, dann begann sie mit der Herzmassage, genau wie Jim es getan hatte. Jim rappelte sich hoch, die Knie voller Wein, und krümmte sich vornüber, als müsse er sich übergeben. Die Zeit stand still, hielt die drei gefangen in einem einzigen albtraumhaften Augenblick, der sie bis an ihr Lebensende nicht mehr loslassen sollte. Denn Stevies Leben *war* zu Ende.

Kapitel achtunddreissig

Jim wachte auf und verspürte eine bleierne Last in seiner Brust, als ihm alles wieder einfiel. Er war allein und das Haus voller Geister. Benommen zog er sich Jeans und T-Shirt über und tappte die Treppe hinauf, um Wasser für seinen Kaffee aufzusetzen. Wohin er auch blickte – überall sah er Stevie. In den drei gelben Pflaumen in der Schale mitten auf dem Tisch, die jetzt verfault und umschwirrt waren von kleinen Obstfliegen; in den Flaschen mit Stevies Lieblings-Bordeaux, die aus dem Weinregal ragten; auf dem Foto von seinem Bruder und Pascal, die Arm in Arm auf dem sonnenbeschienenen Balkon standen, beide ein breites Grinsen auf dem Gesicht. Der Franzose war ein gutaussehender, schlanker, eher dunkler Typ gewesen, ganz anders als Jims fülliger Bruder. Das Buch, das Stevie zuletzt gelesen hatte, ein Taschenbuch von Harlan Coben, lag aufgeschlagen in einer Ecke des Ledersofas; auf der Anrichte stand die Espressomaschine, die immer in Stevies Nähe gewesen war.

Jim seufzte, löffelte viel zu viel Pulver in die Glaskanne der Cafetière und füllte kochendes Wasser ein, dann rührte er das Ganze rasch um und setzte den Filter auf. Er wusste nicht, was er tun sollte. Zehn Tage waren seit dem Tod seines Bruders vergangen, vier seit seiner Beerdigung, drei, seit Nancy nach Hause zurückgekehrt war. Nichts davon kam ihm auch nur ansatzweise real vor. Er öffnete die Schiebetür zur Terrasse und trat nach draußen. Es war ein weiterer wunderschöner Tag, der Herbst entfaltete seine volle Schönheit und ließ die Landschaft im diesigen Spätoktoberlicht in warmen Gelb-, Gold- und Rottönen leuchten.

Er wünschte, er hätte seine Gitarre bei sich, wünschte, er könnte hier sitzen und sich mit der Musik betäuben, wünschte sich … was? Dass er von den Herzproblemen seines Bruders gewusst hätte, dass er während der letzten Jahre mehr Zeit mit ihm verbracht hätte? Dass er ihn nach dem Zwischenfall nach dem Marktbesuch zum Arzt gebracht, dass er einige wenige entscheidende Sekunden früher bemerkt hätte, dass Stevie sich nicht wohlfühlte? Er fing an, sich Vorwürfe zu machen, mehr und immer mehr, bis sein Gehirn dichtmachte und komplett das Denken verweigerte.

Er entdeckte Izzys blonden Schopf auf dem Weg zum *mas*, aber er rief nicht nach ihr. Stattdessen lehnte er sich auf dem verwitterten Holzstuhl zurück und rührte sich nicht in der Hoffnung, dass sie einen Morgenspaziergang machte und nicht zu ihm wollte – er war nicht in der Stimmung zu reden. Während der vergangenen Tage hatte sie sich als nahezu unverzichtbar erwiesen, vor allem bei den Gesprächen mit dem Geistlichen – Stevie war schon vor Jahrzehnten wegen Pascal zum Katholizismus konvertiert –, dem Bestattungsunternehmer und bei der Benachrichtigung seiner engsten Freunde waren ihm ihre hervorragenden Sprachkenntnisse eine große Hilfe gewesen.

Doch obwohl sie ihn nicht sehen konnte, blieb sie stehen und rief leise zum Balkon hinauf: »Jim, bist du da?« Ihm war klar, dass ihm keine andere Wahl blieb als zu antworten.

Izzy trug eine schwarze Jogginghose, ein rosa Oberteil und Turnschuhe, die blonden Haare hatte sie zu einem Pferdeschwanz zurückgebunden. Sie hielt eine Plastikflasche mit Wasser und eine ausgefranste schwarze Kappe mit dem weißen Logo der All Blacks – der neuseeländischen Rugby-Nationalmannschaft – in der Hand.

Jim stand auf und spähte über die Brüstung. »Kaffee?«, fragte er, dann stand er auf, um in der Küche eine zweite Tasse aus der Spülmaschine zu nehmen.

»Für mich nicht, danke. Ich komme auch gar nicht rauf – ich will nur wissen, ob ich dich zu Fabrice begleiten soll.«

In den Tagen vor der Beerdigung hatten Jim und Nancy das alte Bauernhaus auf den Kopf gestellt auf der Suche nach Stevies Testament, aber sie waren nicht in seinen Computer gekommen, und unter den

Papieren in seinem Schreibtisch fanden sie nichts. Izzy hatte vorgeschlagen, Fabrice Royale zu kontaktieren, den Rechtsanwalt, mit dem Pascal sie bekannt gemacht hatte, als sie vor ein paar Jahren juristischen Rat benötigt hatte. »Er ist ein Freund, vielleicht weiß er etwas«, hatte sie gesagt. Und sie sollte recht behalten. Fabrice besaß eine Kopie des aktuellen letzten Willens, den er nach Pascals Tod auf Stevies Wunsch hin verfasst hatte.

»Danke, Izzy, aber ich glaube, das schaffe ich allein. Fabrice spricht sehr gut Englisch.«

Izzy zuckte die Achseln. »Wenn du meinst …«

Ja, das tat er. Stevies Nachbarin drohte ihn mit ihrer Fürsorge zu ersticken; vor allem seit Nancy abgereist war, mischte sie sich in alles ein, was seinen Bruder betraf. Jim kam sich absolut schäbig vor, weil er so empfand, und er war sich nicht sicher, was er ohne Izzys Hilfe bei der Beerdigung getan hätte, aber jetzt wünschte er sich, sie würde ein wenig zurückrudern, nicht ständig unangemeldet bei ihm vorbeischauen, um ewig zu bleiben. Außerdem hasste er es, dass sie ihm jedes Mal teilnahmsvoll über den Rücken streichelte, wenn sie an seinem Stuhl vorbeiging, und ihm weismachte, er müsse über seinen Bruder reden. Dabei wollte er eigentlich nur ein paar Tage allein sein, um seinen Kopf freizubekommen.

»Ich fahre heute Morgen zum Supermarkt. Soll ich dir etwas mitbringen? Wenn du Lust hast, koche ich uns heute Abend etwas. Ich habe dir noch gar nicht mein legendäres Ratatouille kredenzt.«

»Ähm, danke, Izzy, das ist nett, aber ich hatte vor, heute Abend Stevies Unterlagen zu sortieren. Ich muss da vor meiner Abreise unbedingt ein bisschen Ordnung reinbringen.« Sie lächelte freundlich, aber sie erwiderte nichts, daher fuhr er fort: »Wenn ich bei Fabrice war, bin ich bestimmt schlauer.« Der Gedanke an all das, was er zu erledigen hatte, bereitete ihm Kopfschmerzen. Er hatte keine Ahnung, was er tun sollte, und fühlte sich seiner Aufgabe nicht gewachsen. Er wollte nur seinen kleinen Bruder zurückhaben, konnte noch immer nicht begreifen, dass dieser nicht mehr da war.

»Kein Problem. Solltest du deine Meinung ändern, schick mir einfach eine SMS. Ich möchte nicht, dass du ganz allein hier herumsitzt und grübelst.«

Er lächelte. »Ich grüble nicht, versprochen.«

Izzy hob grüßend die Hand und wandte sich zum Gehen.

Als sie außer Hörweite war, griff Jim zum Telefon. Er wusste, dass es in England noch früh war, aber er musste mit Chrissie reden.

»Jim?« Seine Noch-Ehefrau klang verschlafen.

»Ich wollte mich nur mal melden«, sagte er. Mehr bekam er nicht heraus: Seine Kehle schnürte sich zusammen, und er fing an zu weinen.

»Oh, Jimmy, ist alles okay? Ich kann es nicht glauben. Der arme Stevie. Das ist so furchtbar …«

»Entschuldige …« Er versuchte, sich zusammenzureißen, aber die Tränen wollten nicht aufhören zu fließen. Es war, als walle in seinem Innern ein Tsunami auf, der den unerträglichen Schmerz durch seinen Körper spülte. Am liebsten hätte er gebrüllt wie ein verwundetes Tier.

»Jimmy … Jimmy …«, sagte Chrissie sanft, und nach ein paar Minuten gelang es ihm aufzuhören, wieder zu atmen. Sein Schluchzen verebbte. Er fühlte sich schwach, erschöpft.

»Bist du allein?«, fragte Chrissie.

Er stieß einen langen, zittrigen Seufzer aus und ließ sich auf einen der Balkonstühle fallen. »Ja … Nancy musste nach Hause fahren – ihre Mutter ist krank.« Er schwieg, dann fügte er hinzu: »Aber es geht schon.«

»Was hast du jetzt vor?«

»Ich treffe mich heute Morgen mit Stevies Anwalt wegen des Testaments. Anschließend sehen wir weiter. Um ehrlich zu sein, habe ich keinen blassen Schimmer, was ich dann tun soll.«

»Ich nehme an, das wird dir der Anwalt sagen können.«

»Wahrscheinlich.«

Sie schwiegen.

»Danke, dass du für mich da warst, Chrissie. Außer mir kannte ihn kaum jemand so gut wie du.«

»Ich habe ihn geliebt, das weißt du. Soll ich zu dir nach Frankreich kommen? Ich könnte mir Freitag freinehmen – krankfeiern – und übers Wochenende bleiben.«

Jim war gerührt. »Danke, das ist lieb, aber ich komme morgen nach Hause. Ich muss überlegen, was alles zu erledigen ist, dann fahre ich in ein paar Wochen noch einmal hierher. Im Augenblick halte ich es hier nicht länger aus.«

»Gut. Gib Bescheid, wenn du Hilfe brauchst.«

Nachdem er sich von Chrissie verabschiedet hatte, blieb Jim noch eine lange Zeit auf dem Balkon sitzen und dachte an die Zeit, in der sein Bruder bei ihnen in Brighton gewohnt hatte. Tommy war damals noch ein Baby gewesen. Es war ein Albtraum mit Stevie, der den ganzen Tag auf dem Sofa lag, zu viele Joints rauchte, dämliche, lärmige Videospiele spielte und sich zu waschen vergaß, bis Chrissie einen ihrer Wutanfälle bekam, sich schreiend auf seinen Bruder stürzte, ihm seinen geliebten Super Mario aus der Hand riss und in die Spüle schleuderte, die zu dem Zeitpunkt randvoll mit schaumigem Wasser war. Stevie hatte ausgesehen, als falle er gleich in Ohnmacht, aber es hatte gewirkt. Chrissie behauptete, sie habe den Eindruck gewonnen, das Videospiel würde ihn kontrollieren: Ohne riss er sich zusammen, suchte sich eine Arbeit und hörte auf zu gammeln. Sein erstes Outing hatte er vor Chrissie: Schon als Kind, so gab er zu, habe er gewusst, dass er homosexuell war. Jim war damals außer sich gewesen: Hätte nicht er derjenige sein müssen, dem Stevie sich anvertraute?

Und jetzt zählte nichts mehr von alldem.

Am Abend kehrte Jim auf den Balkon zurück, um eine lungenschädigende, aber exquisite Gitanes zu rauchen. Auf dem Rückweg von Fabrice' klimatisierter, fast zwanghaft ordentlicher Kanzlei in Apt hatte er sich eine Packung gekauft – er war so schockiert über das Testament gewesen, dass er nicht einmal erwogen hatte, der Versuchung zu widerstehen. Es wurde langsam dunkel, die Herbstluft war kühl, aber frisch mit ihrem Duft nach den tagsüber von der Sonne gewärmten Piniennnadeln. Die Stille wurde unterbrochen vom Tuckern einer Mobylette, die sich langsam den Berg hinaufkämpfte.

Er stützte sich auf das kalte Metallgeländer und nahm den Ausblick in sich auf, der jetzt ganz anders auf ihn wirkte als heute Morgen. Weil es von nun an *sein* Ausblick war. Unglaublicherweise hatte Stevie ihm das *Maison Lavande* hinterlassen, zusammen mit sämtlichen Einrichtungsgegenständen und der nicht unbeträchtlichen Summe auf seinem Bankkonto – laut Fabrice stammte der Großteil des Geldes von Pascal. Madame Laverne wurde mit einem kleinen Anteil bedacht, Izzy bekam den Druck eines Chagall-Gemäldes mit dem Titel *Paris durch das Fenster gesehen.*

Es würden Steuern bezahlt werden müssen, aber Jim bliebe trotzdem noch genug Geld – und das wunderschöne Haus. Er konnte es nicht fassen. *Es gehört mir,* wiederholte er immer wieder. *Das Lavendelhaus gehört tatsächlich mir.* Das Unfaire dabei war, dass er sich bei niemandem bedanken konnte. Er würde seinen Bruder nie in seine Arme ziehen und ihm sagen können, wie sehr er dieses außergewöhnliche Geschenk zu schätzen wusste. Dennoch hob er jetzt den Blick in den sich verdunkelnden, sternenübersäten Himmel und flüsterte: »Danke … danke, danke, danke, Stevie.« Tränen traten in seine Augen, als er hinzufügte: »Ich vermisse dich, du blöder alter Mistkerl. Komm zurück! Kein Haus der Welt kann dich ersetzen.«

Er hinterließ zwei Nachrichten für Nancy, bevor sie ihn zurückrief.

»Wie geht's deiner Mutter?«, erkundigte er sich als Erstes, da er nicht mit seinen Neuigkeiten herausplatzen wollte, wenn Frances womöglich im Sterben lag.

»Nicht gut. Sie sieht aus wie ein Skelett, isst nicht – ach, im Grunde ist alles beim Alten.« Nancy senkte die Stimme. »Sie ist einfach zu schwach, um sich vernünftig um sich selbst zu kümmern.«

»Das tut mir leid … kommst du zurecht?« Es tat ihm so leid, dass sie eine solche Verantwortung tragen musste. Er erinnerte sich an den langsamen Verfall seiner demenzkranken Mutter und daran, wie er sich vor jedem seiner wöchentlichen Besuche im Pflegeheim hatte wappnen müssen, an sein erleichtertes Ausatmen, als es endlich vorbei war. »Ich werde da sein, um dir zu helfen«, versprach er.

»Ich vermisse dich«, sagte sie leise. »Wie war's bei dem Rechtsanwalt?«

»Gut.« Er schluckte. »Es ist etwas ganz Außerordentliches passiert … Stevie hat mir das Haus hinterlassen, seinen ganzen Besitz.« Er konnte es immer noch nicht glauben, selbst jetzt nicht, als er Nancy die Details erläuterte.

»Aber das ist wundervoll!«, rief diese, nachdem sie einen Moment lang verblüfft geschwiegen hatte. »Ich meine, die Sache mit Stevie ist furchtbar, aber es ist wundervoll für dich – du liebst diesen Ort!«

Jim lehnte sich zurück und legte sich eins der blau-gelben Sofakissen unter den Kopf. »Ich weiß. Aber es ist verdammt seltsam, ohne ihn hier zu sein und zu wissen, dass er dieses Testament gemacht hat, damit ich das alles hier bekomme. Ich meine, ich bin acht Jahre älter als er …: er muss sich ziemlich sicher gewesen sein, dass er vor mir sterben würde.«

»Sagtest du nicht, er habe auf den Termin für eine Herz-OP gewartet?«

»Er sollte eine neue Herzklappe bekommen, ja. Fabrice meinte, Stevie hätte das immer wieder vor sich hergeschoben.«

»Er litt an Depressionen. Vielleicht war die Anstrengung zu viel für ihn.«

»Wohl eher die Anstrengung zu leben.« Jim seufzte.

»Das ist so traurig. Ich wünschte, ich wäre bei dir.«

»Ich komme morgen nach Hause. Der Flieger landet dank der Zeitumstellung fast zur selben Zeit, wie er abhebt. Ich müsste gegen fünf bei dir sein, spätestens.«

Für eine Minute schwiegen beide.

»Ich fürchte, es wird hier nicht leicht werden mit Mum. Ich habe deine Sachen ins Klavierzimmer gebracht. Ich hoffe, es macht dir nichts aus.«

»Kein Problem. Du hattest keine andere Wahl.« Er gab sich alle Mühe, sich nicht seine wahren Gefühle anmerken zu lassen, aber die Vorstellung, mit Nancys kranker Mutter, die jeden einzelnen seiner Atemzüge missbilligte, unter einem Dach zu leben, machte ihm das Herz schwer. Mit betont zuversichtlicher Stimme wünschte er ihr eine gute Nacht und legte auf. Nachdenklich rückte er sein Kissen zurecht. Als er die Kanzlei des Anwalts verließ, war ihm eine Idee gekommen, die ihm nicht mehr aus dem Kopf gehen wollte. *Warum eigentlich nicht?*, fragte er sich und wischte die Stimme beiseite, die ihm klarzumachen versuchte, dass diese Idee nicht mehr war als ein Hirngespinst, reine Fantasterei, nicht umsetzbar im wirklichen Leben. Er schloss die Augen und gestattete sich, seine Gedanken treiben zu lassen.

Die ganze Sache war schwer zu begreifen. Heute Morgen noch war er als ganz normaler Mann aufgewacht, der gerade genug Geld hatte, um für den Rest seines Lebens über die Runden zu kommen, und keine zwölf Stunden später hatte er eine rosige Zukunft vor sich. Beinahe hätte er Nancy erneut angerufen, aber er hielt sich zurück. Jetzt war wirklich nicht der richtige Moment, mit ihr darüber zu sprechen, schließlich musste sie sich um ihre todkranke Mutter kümmern. Trotzdem blickte er nun positiver in die Zukunft.

Izzys Stimme weckte ihn. Sic kam die Treppe herauf und stieß die Küchentür auf, einen Korb in der

Hand, aus dem ein Baguette ragte, ein Fragezeichen im Gesicht.

»Hast du deine Meinung wegen des Abendessens geändert?«

Zwei Flaschen von Stevies Bordeaux, eine Pfanne extrem nach Knoblauch riechender Ratatouille, vier Gitanes und ein halbes Baguette später saß Jim seiner Nachbarin am Küchentisch gegenüber, die in Socken steckenden Füße auf die Querstrebe des neben ihm stehenden Stuhls gelegt, das Gewicht auf einen Ellbogen gestützt. Er wusste, dass er sehr betrunken war. Ein paarmal war er vor ihr in Tränen ausgebrochen und hatte ihr endlose Geschichten über Stevie erzählt, einschließlich der, in der sein Super-Mario-Spiel in der mit Wasser gefüllten Spüle gelandet war. Er hatte beinahe hysterisch über gar nichts gelacht und dann wieder lange geschwiegen. Jetzt wusste er nicht mehr, was er tun sollte.

»Ich sollte ins Bett gehen«, murmelte er und nippte ein letztes Mal an seinem längst leeren Glas. »Ich bin total kaputt.« Er schloss die Augen. Sein Kopf drehte sich.

»Ja, dann mache ich mich mal auf den Weg.« Izzy, die, wie er feststellte, ebenfalls betrunken war, stand auf und fing halbherzig an, den Tisch abzuräumen.

»Danke fürs Abendessen. Es hat gutgetan.«

Sie lächelte. »Das hat es.«

Jim erhob sich vorsichtig, um herauszufinden, ob

er gehen konnte. Es klappte, solange er sich nicht von einem haltgebenden Stuhl oder Tisch entfernte.

»Lass gut sein«, sagte er, »ich mache das morgen früh.« Er wollte nur noch ins Bett, doch der Weg dorthin erschien ihm unendlich mühsam.

»Wann geht dein Flieger?«

»Das Taxi kommt um zehn.«

»Wir sehen uns.« Izzy kam um den Tisch herum und schenkte ihm ihr typisches stilles Lächeln. »Komm, nimm mich in den Arm, Cowboy«, sagte sie. Sie war größer als Nancy und musste sich nur ein wenig recken, um ihre Wange an seine zu legen, und genau das tat sie jetzt: Sie presste ihre kühle, leicht nach Lavendel duftende Haut gegen sein heißes Gesicht und schlang die Arme um ihn, dann zog sie ihn näher zu sich heran und hielt ihn fest – lange, was Jim in seinem benebelten Zustand vorkam wie eine Ewigkeit. Ihm fehlte jedoch schlichtweg die Kraft, sich zu befreien. Izzy drückte ihm einen dicken Schmatzer auf die Wange, dann seufzte sie leise und ließ ihn endlich los.

Nachdem sie ihren Korb geholt und den pinkfarbenen Paschminaschal enger um sich gezogen hatte, hielt sie plötzlich inne und schaute ihn durchdringend an. »Wirst du das Haus verkaufen?«, fragte sie. »Entschuldige, das war taktlos. Es ist wahrscheinlich noch zu früh für eine Antwort.«

Er blinzelte, bemüht, sich zu konzentrieren. »Ja, noch viel zu früh.«

Als sie weg war, ging Jim nach draußen und atmete

erleichtert die kalte Nachtluft ein, während er ihren Schritten lauschte, die sich auf dem staubigen Pfad hügelabwärts zu ihrem Haus entfernten. Er schaute hinauf in die Sterne und suchte nach Stevie. »Wo bist du, du Blödmann?«, murmelte er. »Warum hast du mir nicht gesagt, dass du so krank bist?«

Izzys Frage hallte wie ein Echo in seinem Kopf nach, als er dort in der Dunkelheit stand, gegen das Balkongeländer gelehnt, und in der Hemdtasche nach seinen Zigaretten suchte. Das *Maison Lavande* verkaufen? Nein, das hatte Jim nicht vor. Es war keineswegs zu früh, das zu sagen, ganz und gar nicht. Und er würde das Lavendelhaus nicht nur behalten, er würde darin wohnen. Mit der Frau, die er liebte.

Kapitel neununddreissig

Nancys Küche war voll. Hope und Jazzy saßen am Tisch und aßen Käsemakkaroni mit Erbsen, ihre Mutter lehnte unbeholfen an der Arbeitsfläche, eine Tasse Tee in der Hand, einen leicht entrückten Ausdruck auf dem Gesicht, der Nancy verwirrte. Jim, die Gitarre in der Hand, stand neben der Tür – er war soeben von einem seiner Schüler zurückgekehrt, die er in Mals Gartenschuppen unterrichtete. Jazzy deutete auf das Instrument: »Jim, können wir nach dem Abendessen zusammen singen?«

Er schmunzelte. »Sicher, esst schnell auf, und dann gehen wir rüber ins Klavierzimmer.«

»Ja!«, riefen die Mädchen im Chor.

»Setz dich, Mum. Du scheinst dich nicht gerade wohlzufühlen.« Nancys Blick schweifte besorgt zwischen Jim und ihrer Mutter hin und her. Die beiden letzten Wochen seit Jims Rückkehr aus Frankreich waren ausgesprochen nervenaufreibend gewesen. Frances war reizend zu ihm gewesen, allerdings auf eine geflissentliche, wohldurchdachte Art und Weise.

Jim dagegen hatte sich zurückhaltend gezeigt, sorgsam darauf bedacht, nicht zu viel zu sagen und sich in nichts hineinziehen zu lassen. Trotzdem ließen die Spannungen zwischen den beiden nicht nach, und Nancy fühlte sich mitunter wie der Schiedsrichter bei einem Boxkampf. Sie war erschöpft von ihren Bemühungen, beide zufriedenzustellen, aber es schien keine andere Lösung zu geben, als abzuwarten, ob zunehmende Vertrautheit womöglich zu einer gewissen Zuneigung führte oder Frances' Aversion eher verstärkte.

»Tee?«, fragte sie Jim. Er sah so gut aus, wie er da stand, in seiner schwarzen Lederjacke, ein Lächeln auf den Lippen – nur für sie. Am liebsten hätte sie ihn auf der Stelle umarmt und geküsst, aber sie wollte sich keinen abschätzigen Blick von ihrer Mutter einhandeln. Als sie ihre blau-weiß gestreifte Porzellandose nach dem richtigen Teebeutel durchforstete, schoss ihr die Auseinandersetzung durch den Kopf, die Jim und sie am gestrigen Abend gehabt hatten. Sie hatten etwas zu viel getrunken, um sich nach dem anstrengenden Abendessen mit ihrer Mutter zu entspannen. Frances hatte darauf bestanden, die ganze Zeit über Christopher und seine verfluchten Downland Singers zu reden, bis Nancy sie in scharfem Ton aufgefordert hatte, endlich das Thema zu wechseln, was Frances zu einem beleidigten Rückzug ins Gästezimmer veranlasst hatte.

Jim und sie waren in düsterem Schweigen am Tisch sitzen geblieben, hatten sich noch ein Glas

Wein eingeschenkt und waren anschließend zu Bett gegangen, aber die Lust, die sie sonst aufeinander verspürten, war gedämpft, halbherzig, zumal das Bett bei jeder Bewegung quietschte, sodass Nancy die ganze Zeit über das missbilligende Gesicht ihrer Mutter vor Augen hatte, nicht Jims.

»*So* gut hört sie nun auch wieder nicht«, versuchte Jim sie zu beruhigen, schnappte sie und zog sie unter die Decke.

»Alte Menschen hören alles, was sie hören möchten«, hielt Nancy dagegen.

»Ich bin mir sicher, sie möchte nicht hören, was wir hier treiben.«

»O doch. Und wenn auch nur, damit sie sich darüber aufregen kann.«

»Das dürfen wir nicht an uns heranlassen, Nancy«, sagte er, zog gereizt die Decke zur Seite und setzte sich auf. Seit Frankreich hatten sie nicht mehr miteinander geschlafen. Sie hatten es versucht, ein einziges Mal, aber da war Jims Erektion genau wie in ihrer ersten gemeinsamen Nacht zusammengefallen, worüber er außer sich gewesen war.

»Das ist mir klar, aber ich komme nicht dagegen an. Ich weiß, dass sie lauscht.«

»Herrgott, Nancy! Das ist lächerlich. Sie ist alt, krank und fast taub und schläft in diesem Moment wahrscheinlich tief und fest. Dafür werden die Tabletten, die sie ständig nimmt, schon sorgen.«

»Welche Tabletten?«, fragte Nancy bissig.

»Keine Ahnung, was das für welche sind, aber auf

mich wirkt sie des Öfteren ziemlich benebelt. Sie bekommt nicht mit, wenn du mit ihr sprichst, und ihre Pupillen sind oft stark erweitert.«

»Sie nimmt keine Medikamente, Jim.«

»Na schön, dann habe ich eben etwas missverstanden. Sie erinnert mich lediglich mitunter an Jimmy P., wenn er was eingeworfen hatte.«

»Willst du damit andeuten, meine Mutter sei drogensüchtig?«

Jim lachte verhalten. »So würde ich das nicht ausdrücken. Ich vermute nur, dass der Arzt ihr etwas gegen die Schmerzen verschrieben hat.« Er beugte sich über sie und küsste ihre Brustspitze, aber sie schob ihn von sich.

»Das hat er aber nicht!«

»Entschuldige! Ich weiß nicht, warum dich das so aufregt. Komm zu mir, ich möchte dich küssen.«

Doch sie konnte einfach nicht, hatte sich völlig in das Thema verbissen, nicht zuletzt deshalb, weil sie selbst bemerkt hatte, dass sich ihre Mutter seltsam verhielt – sie hatte nur nicht nachforschen wollen. »Hör auf, Jim«, sagte sie daher und schob ihn erneut zur Seite, worüber er ziemlich sauer geworden war. Sie hatten sich jeder auf eine Bettseite gerollt, und Nancy hatte stundenlang wachgelegen. Sie war wütend auf Jim, und das ohne jeden Grund; gleichzeitig machte sie sich Sorgen um ihre Mutter.

Und so war es in letzter Zeit ständig. Nancy hatte den Eindruck, sich permanent selbst zu zensieren, außerdem war sie sorgfältig darauf bedacht, ja nichts

Persönliches in ihrer Gegenwart zu besprechen, damit ihre Mutter nichts von den Spannungen zwischen ihnen mitbekam. Stattdessen versuchte sie, Jim und Frances in belanglose Gespräche zu verwickeln. Sie konnte sich nicht wirklich auf Jim konzentrieren, lauschte stets mit einem Ohr auf ihre Mutter, Tag und Nacht.

Obwohl Frances hartnäckig darauf bestand, sie hasse es, wenn Nancy einen solchen Wirbel um sie veranstaltete, war nicht zu übersehen, dass sie Hilfe benötigte – in vielerlei Hinsicht, zum Beispiel beim Baden, beim Essen und manchmal sogar beim Aufstehen. Vor ein paar Tagen hatte Nancy noch einmal ihre eigene Hausärztin, Dr. Khan, angerufen, weil ihre Mutter ihr besonders kurzatmig erschien, in der Hoffnung, sie würde – anders als Dr. Henderson – zu Frances durchdringen, aber ihre Mutter hatte Dr. Khan genauso die kalte Schulter gezeigt und ihr unmissverständlich zu verstehen gegeben, sie vergeude hier nur ihre Zeit.

»Was passiert, wenn es ihr wirklich schlechtgeht?«, hatte Nancy die Ärztin gefragt, verzweifelt über die Uneinsichtigkeit ihrer Mutter.

»Ich habe mit Dr. Henderson gesprochen, er geht davon aus, dass Mrs Havers einen Tumor hat, aber ohne Gastroskopie und Koloskopie kann er dies nicht mit Sicherheit sagen. Wenn sie kollabiert, rufen Sie bitte einen Krankenwagen. Vielleicht ist sie bereit, sich einer entsprechenden Untersuchung zu unterziehen, wenn sie erst einmal im Krankenhaus ist.«

»Warte, Mum, ich helfe dir die Treppe hinauf«, sagte Nancy jetzt zu ihrer Mutter und brachte die alte Dame nach oben ins Gästezimmer.

»Iss deine Erbsen, Jazzy«, forderte sie ihre Enkelin mit einem Blick auf deren Teller auf, als sie wieder hinunterkam. »Du musst dich beeilen, sonst habt ihr keine Zeit mehr zum Singen. Eure Mutter wird bald hier sein.«

Louise war im Restaurant. Nancy hatte während der vergangenen Wochen jeden Tag nach der Schule auf die Mädchen aufgepasst, weil Jason sich wieder einmal freigenommen hatte, diesmal, um nach seinem Vater zu sehen, der nach dem Tod seiner Frau einen Zusammenbruch erlitten hatte.

Die Stimmen aus dem Klavierzimmer brachten Nancy zum Lächeln. Jim und die Mädchen sangen einen Countrysong mit dem Titel »Chicken Fried«. Die Kinder liebten dieses Lied, und sie wollten lernen, es mehrstimmig zu singen. Nancy hörte, wie Jim ihnen ihre Melodien vorsang und anschließend mit seiner tiefen, rauen Stimme seine eigene anstimmte. Es gab viel Gelächter, aber am Ende klappte es, und aus dem Klavierzimmer schallte lauter Jubel zu ihr herüber.

»Noch mal von vorn«, hörte sie Jim sagen, als spreche er mit Mal oder Jimmy P. »Eins, zwei, drei …«

»Warte, warte!«, rief Hope und räusperte sich.

»Alles klar? Eins, zwei, drei …«

Nancy klopfte mit dem Fuß den Takt mit, dann

steckte sie spontan den Kopf zur Tür herein. »Braucht ihr noch einen Klavierspieler?«, fragte sie. Die Mädchen drängten sich um Jim, der auf dem Klavierhocker saß, die Gesichter vor Freude gerötet.

»Einen Klavierspieler können wir immer brauchen.« Grinsend stand er auf und schob den Hocker vor den Stutzflügel. »Kennst du das Lied?«

»Ich hab's mitbekommen«, sagte Nancy, die kein Problem hatte, Jim zu folgen.

»Du musst auch singen, Nana!«, drängte Hope.

»Aber sicher doch … noch mal von vorn!« Und dann legten sie los, ein Durcheinander von Stimmen, bis Nancy schließlich die richtigen Töne fand und die Mädchen begleitete, die vor lauter Aufregung immer wieder aus dem Takt kamen und vor Kichern fast zusammenbrachen.

In jener halben Stunde vergaß Nancy all ihre Probleme, die Freude an der Musik, ihren Enkelinnen und Jim drängte alles andere in den Hintergrund.

Sie hätten noch ewig so weitermachen können, doch dann kam Louise herein.

»Klingt gut«, sagte sie grinsend. Die beiden Mädchen stürzten sich in die Arme ihrer Mutter und fingen beide gleichzeitig an, auf sie einzureden.

Endlich waren Nancy und Jim allein. Sie saßen zusammen auf dem Sofa, oben im Gästezimmer hörten sie den Fernseher laufen. Jim legte seinen Arm um Nancys Schultern und fing an zu sprechen. Sie spürte, dass er etwas Wichtiges zu sagen hatte, etwas, das er sich seit seiner Rückkehr aus Frankreich aufgespart hatte. Ein paarmal hatte er bereits einen Vorstoß unternommen, die Augen direkt auf ihr Gesicht geheftet, doch jedes Mal war ihm jemand aus ihrer Familie zuvorgekommen – entweder die Mädchen, die einen Keks wollten, Louise am Telefon oder ihre Mutter, die von oben nach ihr rief. Schließlich hatte er resigniert abgewinkt und behauptet, es sei nicht so wichtig, er werde später mit ihr darüber reden. Und sie hatte vergessen nachzufragen.

»Nancy, du weißt doch, das Haus, Stevies Haus …«, begann er zögernd.

Sie nickte.

»Nun, ich habe nachgedacht. Ich weiß, es wäre vernünftig, es zu verkaufen und das Geld hier in eine Immobilie zu investieren … aber das will ich nicht.« Er verstummte.

»Aha …«

Jim nahm seinen Arm von ihren Schultern und beugte sich vor, um ihr in die Augen sehen zu können; seine Knie streiften ihren Oberschenkel. Er griff nach ihrer Hand, sein Gesichtsausdruck war ernst, beinahe feierlich.

»Ich würde gerne dort leben … richtig leben, meine ich.«

»Oh.« Sie spürte, wie ihr Herz anfing zu flattern, doch bevor sie etwas sagen konnte, sprach er schon weiter.

»Und ich möchte, dass du mit mir kommst. Ich

möchte, dass wir zusammen dort wohnen. Uns unser eigenes Leben in Frankreich aufbauen.« Er sprach nun schneller, und ihr wurde klar, dass er bereits alles bis ins Detail durchdacht hatte. »Ich habe es dort immer geliebt, und du sagst selbst, dass das Lavendelhaus ein magischer Ort ist. Avignon liegt ganz in der Nähe – es gibt dort unzählige Musiker und Künstler … außerdem könnten wir das Gästehaus weiterbetreiben – was bestimmt Spaß macht, zumal der Betrieb auf ein paar Monate im Jahr beschränkt ist. Und wenn wir keine Lust dazu haben, dann lassen wir es eben bleiben. Es ist so schön dort, dieses Lebensgefühl … die Sonne …« Er unterbrach sich und hob die Hand, als er sah, dass sie die Stirn runzelte. »Ich weiß, dass du nicht sofort kommen kannst, vor allem wegen deiner Mutter, aber mal angenommen, die Dinge hätten sich geklärt – würdest du dann darüber nachdenken, Nancy? Mir ist klar, dass du nicht die ganze Zeit in Frankreich verbringen möchtest, aber du könntest hin- und herpendeln … ich bin überzeugt, dass wir dort sehr glücklich wären.«

Nancy wusste nicht, was sie sagen sollte. Sein Vorschlag klang so wundervoll. Am liebsten hätte sie geschrien, da sie genau wusste, dass er sich niemals realisieren ließe.

»Was denkst du?«, fragte er und musterte besorgt ihr Gesicht.

»Ich kann nicht«, antwortete sie schlicht. »Wie du siehst, ist mir das nicht möglich.« Ein Kloß bildete sich in ihrer Kehle. Würde er sie verlassen und ohne sie in Frankreich leben?

Er zog sie in seine Arme und barg ihren Kopf an seiner Brust. »Ich weiß, dass das im Moment nicht möglich ist, und ich würde dich auch nicht im Traum darum bitten. Aber sagen wir mal, deine Mutter … nun, du weißt, was ich sagen will, und ich möchte jetzt ganz bestimmt nicht die Pferde scheu machen, aber wir beide wissen, dass dieser Zustand nicht mehr lange andauern wird.« Er räusperte sich. »Wenn du nur Louise und die Mädchen zurücklassen würdest, könntest du dir dann vorstellen, mit mir zu kommen? Deinen Hauptwohnsitz in Frankreich einzurichten, auch wenn du das hier selbstverständlich behalten kannst? Würdest du mit mir kommen *wollen*?«

Sie spürte die Tränen auf ihren Wangen, aber sie wollte sich nicht aus seiner Umarmung lösen. Könnte sie ihre Familie tatsächlich in England zurücklassen? Sie würde die Mädchen dann nicht mehr jeden Tag sehen und müsste ihre Tochter mit Ross und all ihren Problemen allein lassen. Brächte sie das tatsächlich über sich?

»Ich halte das Ganze für eine fantastische Chance«, fuhr Jim fort. »Das ist *unsere* Zeit, Nancy. Wir haben uns unser Leben lang abgeplagt, und jetzt hast du ein bisschen Spaß verdient. Du hast es verdient, dein eigenes Ding zu machen.«

Sie löste sich widerwillig von ihm und wischte sich mit den Fingerspitzen die Augen. »Vielleicht ist das hier ja ›mein Ding‹«, sagte sie leise.

Jim biss sich auf die Lippe. »Tatsächlich?«

»Nein, nicht ganz.« Sie senkte die Stimme. »Nicht Mum, aber die Mädchen – ich möchte sie aufwachsen sehen. Und Louise. Wie soll sie zurechtkommen, wenn ich plötzlich alles stehen und liegen lasse und nach Frankreich gehe?«

Jim lächelte. »Das klingt so, als solltest du nach Timbuktu umziehen! Bis Marseille sind es nicht mal zwei Stunden. Louise und die Mädchen könnten uns in den Ferien besuchen, und du kannst jederzeit zu ihnen fliegen, wenn dir danach ist. Sie werden es dort lieben!«

Seine Argumente sprachen für sich, trotzdem war ihr diese Vorstellung nicht geheuer. Sie sah sich im Moment außerstande, sich vorzustellen, was für ein Leben sie in dem alten Bauernhaus führen würde. Nein, das war nicht ganz richtig: Sie gestattete es sich nicht. Auch wenn ihr der Gedanke, Jim könnte sie verlassen, eiserne Ringe ums Herz legte.

Jim gab einen langen Seufzer von sich. »Die Sache ist die, Nancy: Es wird nicht funktionieren, du und ich in diesem Haus. Nicht auf lange Sicht.« Seine Stimme klang sanft, aber er sprach eine Wahrheit aus, die bislang keiner von ihnen richtig artikuliert hatte.

Sie antwortete nicht, weigerte sich, seine Worte zu bestätigen. Ärger stieg in ihr auf. Sie rückte von ihm ab, sodass sich ihre Körper nicht länger berührten, und sagte: »Hältst du das wirklich für eine Option? Dass ich meine Familie im Stich lasse und mit dir komme? Denkst du im Ernst, dass ich das über mich bringe?«

»Aber nein, Nancy«, erwiderte Jim perplex. »Ich spreche doch gar nicht von sofort, sondern von der Zukunft. Ich möchte wissen, ob du dir das vorstellen kannst.«

»Wie denn, zum Teufel? Sag mir wie, Jim.« Ihre Stimme schwoll an. »Wie könnte ich die Mädchen zurücklassen, die es gewohnt sind, so viel Zeit mit mir zu verbringen? Wer soll auf sie aufpassen, wenn Lou im Restaurant ist? Und wie soll meine Tochter mit all dem Mist klarkommen, wenn ich sie hängen lasse?« Ihre Augen blitzten vor Zorn, aber genauso vor Frust darüber, dass sie sich diese Grube selbst gegraben hatte.

»Das weiß ich doch, Nancy, ich bin kein Dummkopf. Ich möchte nur wissen, ob du dir meinen Vorschlag zu gegebener Zeit durch den Kopf gehen lassen wirst – um mehr bitte ich dich doch gar nicht. Würde es dir *gefallen,* mit mir nach Frankreich zu gehen – die Familie einmal beiseitegelassen?«

Heiße Tränen strömten über ihre Wangen. »Ich kann die Familie nicht ›beiseitelassen‹, warum verstehst du das nicht?«

»Ach, Nancy.«

Jim wollte sie an sich ziehen, aber sie sträubte sich. Sie wollte nicht daran erinnert werden, wie sehr sie ihn liebte. »Ich kann nicht mit dir kommen, Jim. Schluss. Aus. Ich habe absolut keine Ahnung, wie es mit Mum weitergehen wird, und selbst ohne diese

Belastung würde ich meine Familie nicht im Stich lassen wollen.«

Sein Blick war fest und entschlossen, als er sie noch einmal fragte: »Ist mein Vorschlag etwas, das du dir vorstellen könntest … irgendwann?«

Für einen Moment erlaubte sie sich zu träumen. Das bezaubernde *Maison Lavande*, die unglaubliche Aussicht, das sanfte Morgenlicht, die Wärme, das köstliche französische Essen, die Spaziergänge im Pinienwald, *cafe crème* in dem kleinen *tabac* unten in der Stadt, der Friede … und Jim. Der Ausdruck auf ihrem Gesicht wurde weich.

»Ja … das kann ich mir definitiv vorstellen.«

»Ah«, sagte er, ein kleines Lächeln auf den Lippen. »Das ist alles, was ich wissen wollte.«

»Aber was soll das Ganze dann?«, fügte sie hinzu und bemerkte einen leicht gereizten Unterton in ihrer Stimme. Oder war es Enttäuschung, die darin mitschwang? »Warum soll ich davon träumen, wenn ich es doch nie umsetzen kann?«

»Es ist zumindest ein Anfang«, sagte Jim, und diesmal erlaubte sie ihm, ihre Hand zu nehmen und einen zärtlichen Kuss auf ihre Handfläche zu drücken.

Kapitel vierzig

Frances wusste, dass sie bald sterben würde. Sie konnte spüren, dass ihr Körper nach und nach aufgab, jeden Tag ein bisschen mehr. Vermutlich erreichte sie bald den Punkt, an dem es kein Zurück mehr gab, wenn sich die Talfahrt beschleunigte und sie völlig die Kontrolle verlor, aber dieser Punkt war noch nicht erreicht. Irgendetwas sorgte dafür, dass sie noch immer an ihrer lebenslangen Gewohnheit, »ein gewisses Niveau zu wahren«, festhielt – die Standardphrase ihrer Mutter, die diese ihr von Kindesbeinen an in jenem düsteren Haus an der walisischen Grenze eingetrichtert hatte, obwohl es dort nichts und niemanden gab außer unzähligen Schafherden.

Frances' Vater war im Krieg gefallen, als sie elf war; ihre Mutter, wenngleich am Boden zerstört, hatte einfach weitergemacht – eisern, unermüdlich –, hatte im angrenzenden Dorf regelmäßig die Kirche besucht, die Bibliothek, war am Freitag zum Markt gegangen und zum Tee zu Nachbarn und hatte einmal im Monat eine Einladung zum Abendessen vom

Großgrundbesitzer und seiner Frau angenommen, die gern viele Gäste um sich versammelten, damit sie sich gegenseitig unter den Tisch trinken konnten. Ihre Mutter machte dabei selbstverständlich nicht mit – sie trank ja nicht einmal ein Gläschen Sherry mit dem Vikar –, aber sie ging hin, um ein wenig Gesellschaft zu haben.

Und all die Jahre über – einschließlich der Kriegsjahre, in denen sich dort draußen auf dem Land nur sehr wenig veränderte, mit Ausnahme dessen, dass auf den Höfen die jungen Männer knapp wurden – hatte sie ihrer Tochter die ewig gleiche Litanei von Grundsätzen vorgebetet. *Trage stets einen Hut und Handschuhe, wenn du das Haus verlässt – auch, wenn du nur zur Apotheke gehst. Dein Händedruck sollte stets fest sein. Du solltest nie eine Einladung ausschlagen (es sei denn, du bist todkrank, und im Grunde auch dann nicht). Es ist wichtig, dass du zu allen höflich bist, auch zu den Bediensteten. Du darfst deine Erbsen nie mit der Gabel aufspießen.* Die Liste ließe sich endlos weiterführen. Inzwischen hatte Frances zahlreiche Details vergessen, aber die Hauptaussage war ihr in Fleisch und Blut übergegangen. Ja, sie war mitunter schnippisch zu ihrer Tochter, aber sie hatte stets darauf geachtet, sich hinterher zu entschuldigen. Und selbst wenn sie Schmerzen hatte wie in den letzten Tagen und sich nach einem ruhigen Morgen im Bett sehnte, zwang sie sich, sich ordentlich anzukleiden, ein wenig Make-up aufzulegen und sich die Haare zu bürsten.

Gott sei Dank hatte sie Richards Schmerztabletten. Ohne hätte sie die letzten Wochen sicher nicht überstanden. Sie hatte die Packungen sorgfältig vor Nancys neugierigen Blicken in ihrem Manikürebeutel versteckt, doch der Vorrat schwand bedenklich, nicht zuletzt, weil sie die Dosis ständig erhöhen musste. Was sollte sie tun?, fragte sie sich, als sie vor dem Schlafengehen eine weitere Tablette nahm. Nachgeben und sich den Ärzten ausliefern, die sie einer Vielzahl von Untersuchungen aussetzen würden, nur um ihr mitzuteilen, was sie schon lange wusste? Zumindest würden sie ihr weitere Schmerzmittel verschreiben. Frances stellte sich das langwierige Palaver vor und verwarf den Gedanken. Sie wünschte sich nur, sie könnte ein vernünftiges Gespräch mit Nancy und Louise führen, sie dazu bringen zu akzeptieren, dass sie sterben würde, ohne all die lächerlichen Diskussionen, die sie vom Gegenteil überzeugen sollten. Sie war vierundachtzig Jahre alt – was gab es da zu diskutieren? Sie hatte länger durchgehalten als die meisten, und trotzdem konnte sie nur mit Joyce und ihren älteren Freundinnen auf eine unsentimentale, realistische Art und Weise über den Tod sprechen.

Nein, sie würde es einfach durchstehen müssen: Wenn diese Packung leer war, würde sie keine Schmerztabletten mehr haben. Vielleicht könnte sie versuchen, die Einnahmezeiten etwas hinauszuzögern … und darauf hoffen, dass es nicht mehr allzu lange dauerte. Bei diesem Gedanken fühlte sie sich plötzlich sehr einsam.

Als sie ins Bett ging, den Fernseher auf leise, aber nicht ganz ausgeschaltet, weil sie ein wenig Gesellschaft wollte, fragte sie sich, was vorhin zwischen Nancy und Jim passiert sein mochte. Sie hatte aus dem Wohnzimmer erhobene Stimmen gehört, doch ohne die Gästezimmertür zu öffnen, konnte sie leider nicht verstehen, was gesagt wurde. Nancy hatte ziemlich aufgewühlt geklungen. Vielleicht machte ihr Jim erneut Kummer, obwohl er sich die meiste Zeit über ausgesprochen anständig verhielt.

Zwischen den beiden braute sich etwas zusammen, da war sich Frances sicher. Vielleicht würde er Nancy sitzenlassen, jetzt, da er das Haus von seinem bedauernswerten Bruder geerbt hatte. Denn trotz seines Charmes traute Frances dem Mann nicht.

Als sie unter der tröstlichen, schmerzlindernden Wirkung des Codeins in den Schlaf dämmerte, hatte sie das seltsame Gefühl, bereits tot zu sein und die Szene zwischen ihrer Tochter und ihrem Geliebten von einem bequemen Aussichtspunkt in der Nähe des Sofas zu beobachten.

Kapitel einundvierzig

Louise runzelte die Stirn. »Du machst Witze.«

»Er hat es dort immer geliebt, und er hat hier keine eigene Bleibe mehr. Ich verstehe ihn.«

Die beiden Frauen saßen im Auto vor der Schule und warteten auf die Mädchen. Zuvor waren sie in Hove bei Frances gewesen, hatten den Kühlschrank ausgeräumt, die Heizung heruntergedreht, den Müll rausgebracht, die Zeitungen abbestellt und die Post mitgenommen. Nancy und Louise glaubten nicht, dass Frances je wieder nach Hause konnte. Sobald sie zurück wären, würde Nancy das heikle Thema Vormundschaft ansprechen.

»Aber er wird doch nicht ohne dich dort leben wollen, oder?«, fragte Louise und warf ihrer Mutter einen verstohlenen Seitenblick zu. Nancy wirkte ziemlich blass und gestresst, aber Louise hatte das auf die belastende Situation mit Frances geschoben.

»Nein«, antwortete Nancy, auch wenn sie sich da gar nicht so sicher war. »Nein, er wird … nun, es ist noch zu früh, etwas Konkretes zu sagen, und im

Grunde habe ich keine Ahnung, was er tun wird.« Sie holte tief Luft. »Allerdings hat er mich gebeten, mit ihm zu kommen.«

Louise schnappte nach Luft. »Wie bitte? Du sollst in Frankreich leben? Was für ein Unsinn! Das würdest du doch niemals tun.« Plötzlich verunsichert schob sie nach: »Ich meine, das würdest du doch nicht wollen, oder, Mum?«

»Ich kann hier nicht weg, solange Granny so krank ist …«

Louise sah ihrer Mutter prüfend ins Gesicht. »Und was ist, wenn Granny … willst du sagen, du kannst dir vorstellen zu gehen, wenn Granny nicht mehr ist?«

Nancy seufzte und zog ihre dunkelgraue Strickjacke fester um sich. Louise wartete, aber ihre Mutter antwortete nicht.

»Entschuldige, Mum, ich fasse es nicht. Überlegst du ernsthaft, die Mädchen und mich zu verlassen und mit Jim nach Frankreich zu gehen? Das wäre der totale Albtraum! Wir würden dich nie wiedersehen!«

»Das würdet ihr ganz sicher, aber es wird wohl ohnehin nicht dazu kommen. Ich muss mich um Mum kümmern, deshalb werde ich nirgendwohin gehen.«

»Und Jim?«

»Ich weiß es nicht, Lou.« Sie klang so niedergeschlagen, dass Louise die Hand ausstreckte und den Arm ihrer Mutter streichelte.

Stille senkte sich über das Wageninnere herab. Louise warf einen Blick auf die Uhr: Die Schule wäre gleich aus. Sie öffnete die Wagentür.

»Soll ich mitkommen?«, fragte Nancy.

»Nein, bleib ruhig hier, ich bin gleich wieder da.«

Wie betäubt ging Louise Richtung Schulhof. Sie konnte es nicht fassen, dass ihre Mutter überlegte, sie im Stich zu lassen. *Dieser selbstsüchtige Bastard,* dachte sie. *Als hätte Mum nicht genug Probleme mit Granny! Da muss sie sich doch nicht auch noch emotional von diesem verfluchten Jim unter Druck setzen lassen!*

Als sie auf dem Schulhof stand und auf Hope und Jazzy wartete, wurde sie langsam ruhiger. Ihre Großmutter würde womöglich noch jahrelang leben, oder Jim würde sich einfach aus dem Staub machen oder, oder, oder ... was auch passierte – ihre Mutter an Jim Bowdry und Frankreich zu verlieren war keine Option.

Kapitel zweiundvierzig

In jener Nacht rollte sich Nancy im Bett herum und schlang ihren Arm um Jim. Er schlief, doch bei ihrer Berührung drehte er sich zu ihr und zog sie in seine Arme. »Meine Traumfrau«, murmelte er verschlafen.

»Jim …« Nancy legte ihre Wange auf seine Schulter und drückte ihre Oberschenkel gegen seinen. Sie hörte sein Herz schlagen, langsam und gleichmäßig, ganz anders als ihr eigenes, das in doppelter Geschwindigkeit hämmerte. »Jim, wegen Frankreich …«

Jetzt hatte sie seine volle Aufmerksamkeit, sein Körper spannte sich schlagartig an.

»Was ist damit?«

»Wirst du wirklich dort leben?« Sie spürte, wie er ihr mit der freien Hand sanft über den Arm strich. »Wenn du sagst, dass das hier für dich nicht funktioniert, heißt das, du wirst gehen?«

Er schwieg. Dann sagte er leise: »Mein Gott, Nancy. Ich weiß nicht, was ich tun soll. Hier habe ich den Eindruck, doch nur im Weg zu stehen. Dein Haus ist nicht groß, und du musst dich um deine

Mutter kümmern, ständig sind die Mädchen da… ich muss dir nicht auch noch vor den Füßen herumstolpern. Aber ich werde dich nicht mit alldem allein lassen, wenn du möchtest, dass ich hierbleibe. Ich liebe dich, das weißt du.«

Nancy hörte, dass er sie liebte, und sie glaubte ihm, aber sie hörte auch, dass er nicht hierbleiben wollte, in dem beengten Haus mit ihrer kranken Mutter, die mit jedem Tag fordernder wurde, griesgrämiger. In dem Haus, wo er sie so gut wie nie für sich allein haben konnte, zumal er genauso gut seine Freiheit in dem wunderschönen Bauernhaus in Frankreich genießen konnte.

In letzter Zeit hatte er begonnen, unter verschiedenen Vorwänden den ganzen Tag über fortzubleiben. Nancy wusste, dass es sich um Vorwände handelte, denn er gab nach und nach seine Schüler ab, da er das Geld nicht länger brauchte, und seine Auftritte fanden meist abends an den Wochenenden statt. Sie konnte ihm keinen Vorwurf machen: Es gab nichts, womit er ihr helfen konnte, und seine Anwesenheit schien ihrer Mutter gar nicht zu passen.

Sie spürte eine bleierne Last auf sich: die Last zu wissen, dass ihre Beziehung wahrscheinlich zu neu war, um diese schwere Prüfung zu überstehen. Was war Jim ihr schuldig? Wie Louise immer wieder betonte: Sie kannten einander kaum. Außerdem hatte er recht: Es war stressig im Haus, alle waren die meiste Zeit über angespannt, keiner war glücklich.

Ihr Körper versteifte sich in Erwartung des Schmerzes, den der bevorstehende Verlust mit sich brächte. Ohne ihn, das wusste sie, würde sie verkümmern, aufgeben. Bevor sie Jim kennenlernte, hatte ihr die Familie genügt, doch das hatte sich geändert. Sie hatte endlich jemanden gefunden – wundersamerweise in ihrem siebten Lebensjahrzehnt –, den sie als ihren Seelenverwandten erkannte.

»Vielleicht solltest du nach Frankreich gehen, Jim«, hörte sie sich sagen. »Vermutlich wäre das besser so. Du hast recht, du kannst mir mit Mum nicht helfen. So ist das eben, und wir können nichts tun, außer abzuwarten.«

Bei ihren Worten, die in ihrer Verzweiflung, ihn zu verlieren, beinahe kalt klangen, drehte Jim sich um und knipste die Nachttischlampe an.

»Nancy?« Er setzte sich im Bett auf, nackt, die langen Beine angezogen, und musterte sie durchdringend. Seine Haare fielen lose nach vorn, und er strich sie aus dem Gesicht, um sie besser betrachten zu können. »Willst du damit sagen, du *möchtest*, dass ich dich verlasse?«

Seufzend richtete sie sich auf und lehnte sich mit dem Rücken gegen das Kopfteil. »Ich wüsste nicht, wie es sonst gehen sollte.«

Schockiert sah er sie an. »Du wirfst mich also tatsächlich hinaus?«

»Nein, natürlich nicht. Aber vielleicht wäre es besser, du würdest für eine Weile nicht da sein, während Mum so krank ist, dann sehen wir, wie sich die Dinge für uns beide entwickeln. Man kann ja nie wissen:

Womöglich gefällt es dir in Frankreich auf Dauer gar nicht.« Nancy lächelte matt. Sie konnte selbst kaum glauben, was sie da sagte, aber es wollte ihr in ihrem aufgewühlten Zustand einfach keine andere Lösung einfallen.

»Moment mal, Nancy – ich möchte dort nicht ohne dich leben, das weißt du.«

»Ach Jim, ich kann einfach die Vorstellung nicht ertragen, dass wir uns streiten, aufeinander herumhacken, uns voneinander entfernen, nur weil es so schwer ist, hier, in diesem Haus, miteinander zu leben.«

Er starrte sie an. »Und dem willst du zuvorkommen, indem du mich fortschickst? Ich soll allein nach Frankreich gehen? Ha! Das hat doch keinen Sinn. Ich habe nicht die Absicht, ohne dich zu leben, Nancy.« Sein Gesichtsausdruck wurde mutlos. »Es sei denn, du willst mich loswerden.«

Nancy fühlte sich kalt und leer. »Natürlich nicht«, sagte sie leise, die Tränen wegblinzelnd, die ihr immer wieder in die Augen traten. »Dennoch *werden* wir einander in den Wahnsinn treiben, Jim, da bin ich mir ganz sicher. Denk nur mal an den dummen Streit von gestern Abend … und an Sex ist gar nicht zu denken, wenn Mum im Gästezimmer liegt. Eins kommt zum andern – und uns bleibt keine Zeit für uns allein.« Sie hielt kurz inne, rutschte zurück unter die Decke, dann fügte sie hinzu: »Das wird so lange dauern, bis Mum … bis sich die Dinge geklärt haben.«

Jim schwieg eine Weile, bevor er ruhig sagte: »Du hast dir das gut überlegt – du willst, dass ich gehe, oder?«

Sie nahm seine Hand. »Sei nicht albern. Wenn du mich verlässt, sterbe ich.« Diesmal ließ sie ihren Tränen freien Lauf, war viel zu erschöpft, dagegen anzukämpfen. Jim legte sich neben sie, zog die Decke bis unters Kinn und wiegte sie in seinen Armen.

»Es gibt keinen Grund, so weit zu gehen«, neckte er sie, und dann begannen sie leise, sehr leise, sich zu lieben.

»Herzlichen Glückwunsch zum Geburtstag!« Jim beugte sich über sie, als sie aufwachte, und drückte ihr einen zärtlichen Kuss auf die Lippen.

Nancy lächelte verschlafen. »Danke.«

Sie nahm an, dass eine Glückwunschkarte in dem Umschlag steckte, den er ihr reichte, aber als sie ihn öffnete, fielen zwei Eintrittskarten heraus: Brahms' Symphony Nr. 3 und ein Violinkonzert von Prokofjew, heute Abend im Brighton Dome.

»O Jim! Das ist fantastisch!« Sie lachte, glücklich und gerührt: Er wusste, wie sehr sie Brahms liebte. »Wie schön! Vielen, vielen Dank!«

»Ich dachte, du hast genug von meinem Geschrammel gehört – Zeit, sich etwas Anständiges zu gönnen.«

Ross hatte ihr einen Schokoladenkuchen gebacken,

den die Mädchen begeistert mit einem Herz aus Smarties, kunterbunten Zuckerstreuseln, gestreiften Kerzen, Schokotalern und rosa Zuckerrosen verziert hatten. Ihre strahlenden Gesichter, als sie ihr das Prachtstück zum Tee präsentierten, trieben Nancy die Tränen in die Augen. Als sie alle zusammen in ihrer Küche saßen – sogar ihre Mutter setzte sich für einen kurzen Moment dazu, bevor sie die Erschöpfung übermannte –, dachte sie, wie unglaublich glücklich sie sich schätzen konnte.

Am Abend kleidete sich Nancy mit ausgewählter Sorgfalt. Es kam ihr vor wie eine Ewigkeit, dass sie einen solchen Wert auf ihr Äußeres gelegt hatte. Sie freute sich so sehr darauf, mal rauszukommen, einen der seltenen Abende zu genießen, an denen sie sich nicht um ihre Mutter kümmern musste. Ein Blick auf die Uhr zeigte ihr, dass es schon halb sechs war. Vor dem Konzert wollten sie in der Stadt essen – Jim hatte einen Tisch bei dem Italiener reserviert, bei dem sie nach dem Tumult damals in der Bar gelandet waren.

»Wir müssen los!«, rief er von unten die Treppe hinauf.

Nancy warf einen letzten Blick in den Spiegel und ging ins Gästezimmer, um sich von ihrer Mutter zu verabschieden. Louise würde nach ihr sehen, sobald sie die Mädchen zu Bett gebracht hatte, und sich jede Stunde vergewissern, dass mit Frances alles in Ordnung war. Nancy hatte ihrer Mutter das Handy ans Bett gelegt für den Fall, dass sie Hilfe brauchte – sie würde fernsehen und ihre Tochter in den nächsten Stunden nicht vermissen.

Doch als Nancy das Gästezimmer betrat, saß ihre Mutter vornübergebeugt auf der Bettkante und weinte stumm, die Arme um den Leib geschlungen. Sie fuhr zusammen, als ihre Tochter hereinkam, schüttelte den Kopf und streckte abwehrend die Hand aus, als wollte sie, das Nancy das Zimmer wieder verließ.

»Mum?«

»Es ist nichts, Liebling. Es geht mir gut«, murmelte sie und setzte sich mühevoll auf. Ganz offensichtlich ging es ihr alles andere als gut.

»Sind die Schmerzen sehr schlimm?«, fragte Nancy, setzte sich neben sie aufs Bett, legte den Arm um ihre Schultern und spürte die knochige, zerbrechliche Gestalt unter dem Nachthemd. Ihre Mutter zuckte unter ihrer Berührung zusammen.

»Solltet ihr nicht langsam aufbrechen?« Sie sprach abgehackt, ihr Atem ging flach, stoßweise, als wagte sie nicht, tiefer Luft zu holen. Sie wandte sich Nancy zu, das Gesicht kalkweiß. »Es geht mir gut ... bitte ... fahrt jetzt ...«

Nancy ignorierte ihr Flehen. Sanft hob sie ihre Mutter ins Bett, zog die Decke über sie und steckte sie fest, dann strich sie ihr die Haare aus der Stirn, als wäre sie Hope oder Jazzy. Frances' Haut fühlte sich kalt an und klamm.

»Lass mich den Arzt rufen, Mum«, bat sie leise,

aber bei dem Wort »Arzt« riss ihre Mutter entsetzt die Augen auf.

»Ich brauche keinen Arzt. Das war bloß ein Krampf … das geht vorbei.« Sie legte ihre Hand auf Nancys und drückte sie kurz. »Ihr werdet zu spät kommen.«

Nancy hörte, wie Jim erneut nach ihr rief, während sie aufstand und auf ihre kranke Mutter hinabblickte, deren Gesicht verzerrt und ausgemergelt war vor Schmerzen.

Jim wartete in der Küche auf sie und tippte eine SMS in sein Handy. Als sie hereinkam, blickte er lächelnd auf. Er sah umwerfend aus, elegant in seinem marineblauen Hemd, der schwarzen Jeans und einem anthrazitfarbenen Wollsakko. Ihr Magen brannte, als sie hervorstieß: »Mum geht es nicht gut.«

»Was ist denn mit ihr?« Jim ließ das Handy stirnrunzelnd in die Sakkotasche gleiten.

»Ich weiß es nicht. Sie scheint heftige Schmerzen zu haben … sie bekommt nicht richtig Luft.«

Jim erwiderte nichts, warf lediglich einen Blick auf die Uhr. »Soll ich Louise holen? Wir werden zu spät kommen, wenn wir uns nicht beeilen.«

Schweigen senkte sich über die Küche.

»Ich kann sie nicht allein lassen, Jim. Lou muss die Mädchen ins Bett bringen – sie kann sich die nächste Stunde über nicht um Mum kümmern. Ich dachte, sie käme allein zurecht, aber du solltest sie mal sehen. Ich würde mir nie verzeihen, wenn ihr während meiner Abwesenheit etwas zustieße … weil ich sie allein gelassen habe.« Sie betete, dass Jim sie verstehen würde.

»Herrgott, Nancy, du willst doch nicht etwa den ganzen Abend absagen, unser gemeinsames Essen beim Italiener und das Konzert, obwohl deine Tochter problemlos in der Lage ist, ab und zu nach Frances zu sehen? Man kann doch ohnehin nichts für sie tun, solange sie sich weigert, zum Arzt zu gehen!«

Nancy starrte ihn an, schockiert über seinen Ton. »Es tut mir leid, ich kann nicht«, mehr brachte sie nicht über die Lippen, alles Übrige wäre ohnehin lediglich die Wiederholung dessen, was sie längst gesagt hatte. Sie wusste, dass sie Louise vertrauen konnte, aber darum ging es gar nicht. *Sie* war für ihre Mutter verantwortlich, nicht ihre Tochter. Sie würde keine einzige Minute des Abends genießen können, würde ständig daran denken, in welch elendem Zustand ihre Mutter im Bett lag, auch wenn es nichts gab, was sie für sie tun konnte. »Ich werde ihr eine Wärmflasche machen«, sagte sie, ohne Jim anzusehen, und setzte den Kessel auf.

»Das war's dann also?« Jims Stimme klang tief und verärgert. »Du wirst Louise nicht einmal um Hilfe bitten, obwohl du ihr jedes Mal aus der Patsche hilfst, wenn sie ein Problem hat? Du hast heute *Geburtstag*, Nancy.«

Nancy blitzte ihn an. »Es tut mir leid. Es tut mir wirklich leid, dass der Abend ruiniert ist.« Sie wusste, dass sie keineswegs so klang, als tue es ihr leid, obwohl dem tatsächlich so war. »Du hast dir so viel Mühe gegeben, die Karten zu bekommen …«

»Es geht mir nicht um die bescheuerten Eintrittskarten«, fiel Jim ihr ins Wort. »Es geht darum, dass du alles sabotierst, was dir im Leben Spaß macht.«

»Nur für den Fall, dass du es noch nicht bemerkt hast: Mit meiner Mutter, die oben im Gästezimmer im Sterben liegt, ist mein Leben momentan nicht gerade spaßig. Siehst du nicht, dass mir keine Wahl bleibt, Jim?«

Jim kam zu ihr und schloss sie in die Arme, dann sah er sie mit einer solchen Enttäuschung in den Augen an, dass sie am liebsten davongelaufen wäre.

»Du *hast* eine Wahl. Du könntest jetzt zu Louise hinübergehen und ihr erzählen, was passiert ist. Sie wird die Lage schon meistern. Frances ist ihre Großmutter, Herrgott noch mal!«

Nancy wandte den Blick ab. »Ich kann nicht«, wiederholte sie. »Es tut mir leid, ich kann das einfach nicht.«

Jim ließ sie los und wandte sich ab. Zitternd füllte sie das heiße Wasser in die Wärmflasche, vorsichtig, um sich nicht zu verbrühen, dann schraubte sie sie fest zu und drehte sie um, damit die danebengegangenen Tropfen ablaufen konnten.

»Tja, ich werde die Eintrittskarten nicht so einfach verfallen lassen. Bis später.« Und damit war er fort, stürmte aus dem Cottage und knallte die Haustür hinter sich zu, die kalte Luft, die hereinwehte, eine frostige Erinnerung an seinen heißen Zorn.

Einen Augenblick lang stand Nancy einfach nur da, die Wärmflasche an die Brust gepresst. Sie wusste, dass Jim recht hatte: Sie hätte Louise bitten können, für sie einzuspringen. Aber hatte sie nicht ebenfalls recht?

Nancy schlief nicht. Sie hörte Jim sehr spät nach Hause kommen und stellte ihn sich in einer der zahllosen Bars vor, die er besuchte – vielleicht die seines Freunds Sammi –, wie er seinen Kummer in Whiskey ertränkte. Das Verhältnis zwischen ihm und ihrer Familie war endgültig zerrüttet. Sie wünschte, sie wäre von Anfang an alles anders angegangen, aber sie wusste nicht, was sie hätte besser machen können.

Jim schlich ins Schlafzimmer und schlüpfte lautlos ins Bett, da er annahm, sie würde schlafen. Sie lauschte seinem Atmen, roch den Alkohol und die Nachtluft und hätte sich am liebsten zu ihm umgedreht, aber sie war immer noch sauer, weil er einfach so aus dem Haus gestürmt war. Am Ende siegte ihr Wunsch, den Streit zu beenden, anstatt die ganze Nacht über schmollend wach zu liegen, und sie rollte sich auf die Seite und schaute ihn an.

»Du bist wach, Nancy?«, flüsterte er, streckte die Hand nach ihr aus und berührte ihren Arm.

»Es tut mir leid, Jim.«

»Mir auch.«

»Wie war das Konzert?«

»Ich bin nicht hingegangen, bin nur ein bisschen

in der Gegend herumspaziert und habe in Selbstmitleid gebadet. Wie geht's deiner Mum?«

»Sie ist ziemlich schnell eingeschlafen. Ich hätte mitkommen können.«

Schweigend rückten sie zueinander, bis ihre Körper sich berührten und Nancy an Jims Brust lag. Er schlang den Arm um ihre Schultern. Seine Haut war immer noch kühl, aber sie verspürte eine fast greifbare Erleichterung, wieder in seinen Armen zu sein. Erleichterung, durchsetzt von einer dumpfen Traurigkeit, die von dem Wissen herrührte, dass er diesmal nicht bleiben würde.

Nach zwei Tagen, in denen sie ausgesprochen liebevoll und höflich miteinander umgegangen waren, verkündete Jim: »Ich werde nach Frankreich fliegen und nach dem Haus sehen.«

Sie saßen in der hell erleuchteten Küche und tranken Kaffee, selbst um acht Uhr an diesem feuchten Novembermorgen war es draußen noch dunkel. Jim betrachtete aufmerksam ihr Gesicht. »Ich dachte, ich bleibe ein paar Wochen, dann bin ich vor Weihnachten wieder zurück.«

Als sie nicht antwortete, fuhr er fort: »Ich muss die laufenden Verträge – Strom, Gas, Wasser und so weiter – auf meinen Namen umschreiben und tonnenweise Formalitäten mit Fabrice erledigen. Madame Laverne hat versprochen, sich um das Haus zu kümmern, aber ich möchte mich vergewissern, dass alles winterfest ist.«

Sie nickte und antwortete, seinem Blick ausweichend: »Das solltest du unbedingt tun.«

»Nancy?« Jim streckte den Arm aus und nahm ihre Hand, doch sie ließ ihre reglos unter seiner liegen, ohne seinen Druck zu erwidern. Sie konnte nicht anders – auch wenn sie sich für ihr eigenes Schmollen hasste. »Es ist doch nur für kurze Zeit, dann bin ich wieder da.«

»Nein, nein, ich verstehe das, wirklich.« Endlich sah sie zu ihm auf. »Es ist bloß so …« Sie zögerte. »Ich werde dich schrecklich vermissen.«

Sein Gesicht entspannte sich ein wenig. »Ich werde dich auch vermissen.«

»Aber du wirst wohl kaum das ganze elende Drumherum vermissen, hab ich recht?« Sie deutete mit dem Kopf Richtung Treppe, ein schiefes Lächeln auf den Lippen.

»Ich wünschte, ich könnte dich mitnehmen«, flüsterte er. »Ich hasse die Vorstellung, dass du hier feststeckst.«

Nancy zuckte überdrüssig die Achseln. »Und es gibt nichts, was man dagegen tun könnte.«

Am folgenden Morgen sah sie ihm zu, wie er ins Taxi stieg, die Gitarre und eine kleine Reisetasche auf der Rückbank, und eine Woge des Kummers schwappte über sie hinweg. Es war die Gitarre, die ihr schier das Herz zerriss. Jim hatte oft gesagt, seine Gibson sei Teil seiner Seele, seine Muse, sein ganzer Trost, und die Tatsache, dass er sie nun mitnahm, legte nahe, dass er nicht nur – wie sie beide vor einigen Wochen – auf einen Besuch nach Südfrankreich fuhr, sondern dass er vorhatte, im *Maison Lavande* zu *leben,* es mit seiner Musik zu erfüllen, es zu *seinem* Haus zu machen. Sie stellte sich die Aussicht auf die in der Ferne liegenden Hügel vor, die Wärme der Sonne, die selbst jetzt, im düsteren November, scheinen würde wie mitten im Sommer. Sie roch den Duft der Pinien in der klaren Luft, schmeckte den leicht säuerlichen provenzalischen Wein auf der Zunge, spürte die kühlen Bodenfliesen unter ihren Füßen.

Hier war es kalt, verregnet und schmerzlich. Ihre einzige Aussicht war es, ihre Mutter aus dem Bett zu holen – ein langwieriger, anstrengender Prozess –, in ihre dankbare, schmerzgepeinigte Miene zu blicken und zuzusehen, wie sie mit ein paar Toastkrümeln und einer Tasse kaltem Tee herumspielte. Ach nein, das stimmte nicht ganz: Sie musste sich außerdem Sorgen um Louise' und Ross' Ehe und Finanzen machen. Wo sollte sie da noch Freude finden? Ohne Jim wären die Tage endlos – es gäbe nicht einmal mehr ihre gemeinsamen Abende, an denen sie zu viel Wein tranken, Musik hörten und ihre geheimsten Gedanken austauschten – leise und eng umschlungen, damit Frances nur ja nichts mitbekam, statt wie früher voller erotischer Leidenschaft.

Kapitel dreiundvierzig

Jim konnte nicht anders, als vor Erleichterung zu seufzen, als sich das Taxi von Nancys Haus und der erdrückenden Anwesenheit ihrer kranken Mutter entfernte. Während sie Richtung A23 zum Flughafen fuhren, mischten sich Schuldgefühle in seine Erleichterung, und er empfand tiefstes Mitgefühl mit Nancy, die er bei ihrer komplizierten Familie zurückgelassen hatte. Doch ganz gleich, was sie behauptete – er wusste, dass er ihr keine Hilfe wäre, wenn er bei ihr blieb.

Nancy zählte zu den Menschen, die sich stets für das Glück der anderen verantwortlich fühlten, und er hatte es satt, so zu tun, als sei er glücklich, hatte es satt, sie leiden zu sehen, weil sie genau wusste, dass dem nicht so war. In ihrem Haus hatte er das Gefühl zu ersticken – und zwar im wahrsten Sinne des Wortes, nicht nur psychisch, sondern auch körperlich, denn wegen Frances lief die Heizung rund um die Uhr auf höchster Stufe. Er durfte nicht Gitarre spielen, wenn ihm der Sinn danach stand, durfte die

Räume nicht mit Musik erfüllen. Er fühlte sich zu groß, zu männlich, zu … viel. Er hatte sich alle Mühe gegeben, nett zu Frances und Louise zu sein, sich den beiden Frauen anzunähern, dennoch fühlte er sich in ihrer Gegenwart permanent beobachtet und abgeurteilt.

Jim ertappte sich bei dem Wunsch, Nancys Mutter würde bald sterben, auch wenn er sich deswegen schlecht fühlte. Dennoch: Frances war offensichtlich unglücklich und litt Schmerzen. Und Nancy ging es elend. Es wäre mit Sicherheit besser für alle Beteiligten, wenn die alte Dame friedlich einschliefe. Er begann, im Kopf Songs zu komponieren über den Tod und das alberne Tabu, so zu empfinden, wie er es tat. Wie von selbst fiel ihm eine Melodie ein, und er klopfte mit den Fingern auf den Oberschenkeln den Takt. *Wir alle müssen irgendwann sterben,* dachte er. *Warum können wir nicht sagen, wie es ist, anstatt immer darum herumzureden?*

Als er in der Abflughalle stand, rief Mal an.

»He«, sagte sein Freund. »Wo steckst du?«

Jim erzählte es ihm.

»Glückspilz. Ich wünschte, ich könnte dich begleiten.«

»Das kannst du. Setz dich in einen Flieger nach Marseille, und ich hole dich ab. Es gibt dort jede Menge Platz, fünf Gästezimmer.«

Er hörte Mal seufzen. »Als würde Sonia mich weglassen.«

»Bring sie mit«, schlug Jim vor und bereute es im

selben Augenblick. Obwohl sie einander respektierten, hatten Sonia und er in vielerlei Hinsicht doch ausgesprochen unterschiedliche Ansichten. Sonia hatte stets Jim und Jimmy P. für jeden von Mals Ausrutschern verantwortlich gemacht, obwohl Mal diesbezüglich nie einen Schubser gebraucht hatte.

»Haha! Schön wär's!«

»Izzy, Stevies Nachbarin, kennt eine Menge Musiker in Avignon. Sie sagt, es gibt dort eine große Musikszene, vielleicht kann sie uns ein paar Gigs verschaffen, dann müsstest du herkommen.«

»Gib mir einfach Bescheid.« Mal lachte leise vor Vorfreude.

Es entstand eine kurze Pause, dann: »Es ist dir also ernst, Jimmy. Du willst wirklich dort leben? Was ist mit Nancy?«

»Ich hab dir doch erzählt, dass ihre Mutter krank ist, oder? Nun, es geht ihr schlechter.«

»Du meinst, sie hat nicht mehr lange?«

»Ich denke, es wird schnell gehen. Sie sieht schon aus wie ein Geist, die arme Frau.«

»Aha … dann kommt sie also nach, sobald sie ihre Mum unter die Erde gebracht hat?«

Jim musste schmunzeln über die Direktheit seines Freundes, wenngleich er spürte, wie sich bei Mals Frage ein Schatten auf sein Herz legte. »Ich – ich hoffe es, Kumpel.«

»Das klingt ja nicht gerade überzeugt.«

»Nein. Nancy steht im Augenblick ziemlich unter Druck, kann nicht richtig planen.«

»Das ist verständlich.« Mal verstummte, dann fragte er zögernd: »Aber du bist doch immer noch in sie verliebt, oder?«

»Um Himmels willen, ja!«

»Mein lieber Schwan, wer hätte das gedacht? Du bist jetzt ein wohlhabender Mann, gehst mit deiner großen Liebe nach Frankreich und lässt deine besten Kumpel im Stich. Sonia denkt, du bist verrückt geworden.«

»Das dachte Sonia schon immer.«

Als er im Flugzeug saß und aus dem kleinen Fenster auf die sonnenbeschienene, flauschig-weiße Wolkendecke blickte, fragte er sich, ob Sonia recht hatte. Vielleicht war er ja tatsächlich verrückt geworden. Er würde seine beiden Kumpel vermissen, vor allem Mal. Jimmy P. nicht so sehr – sie standen sich in letzter Zeit nicht mehr so nahe. Doch all das würde nicht zählen, wäre nur Nancy an seiner Seite. Sie könnten jederzeit zu ihrer Familie, ihren Freunden nach England zurückkehren und ihnen einen Besuch abstatten – es könnte funktionieren, da war er sich ganz sicher. Wenn Nancy das doch nur begreifen könnte!

Izzy stand am Flughafen, mit einer bunten Strickjacke, Jeans und schwarzen Stiefeln bekleidet. Er hatte vergessen, wie schön sie war – erst jetzt fiel ihm auf, wie ihr die Männer um sie herum, ganz gleich welchen Alters, verstohlene Blicke zuwarfen. Als sie ihn sah, lief sie zu ihm und warf sich in seine Arme, als wären sie ein Liebespaar – offenbar war das ihre Art, Freunde zu begrüßen. Verlegen klopfte Jim ihr auf die Schulter und ging unauffällig auf Abstand.

»Ich freue mich so, dich zu sehen«, sagte Izzy strahlend, nahm seinen Arm und führte ihn über die Straße zum Parkplatz. »Ich habe Stevie sehr vermisst. Wir haben uns oft besucht.« Sie drückte auf die Fernbedienung und öffnete die Türen ihres Peugeot. »Ich habe heute Abend ein paar Freunde zum Essen eingeladen. Erinnerst du dich an den Schlagzeuger, von dem ich dir erzählt habe? Bruno? Er kommt mit seiner Freundin, einer Sängerin, und einem weiteren Freund. Hervé ist Bildhauer und wohnt etwas weiter unten am Hügel – er ist ein Kumpel meines Exfreunds.«

»Oh, das klingt gut.« Er hatte absolut keine Lust, den Abend mit Izzys Freunden zu verbringen, wollte sich einfach nur hinhauen, ein, zwei Whiskey trinken und ein bisschen Gitarre spielen. Und Nancy anrufen. Doch wenn er wirklich hier leben wollte, würde er Freunde brauchen. Er hoffte, dass Izzy in den nächsten Wochen beschäftigt wäre und ihn in Ruhe lassen würde. Er konnte und wollte ihr Stevie nicht ersetzen und wollte sie nicht dauernd um sich haben.

Jim hatte befürchtet, dass das Haus ohne Stevie leer und bedrückend wirken könnte, und war froh, dass es ihn so willkommen hieß wie immer – hell und einladend. Obwohl es jetzt kälter war, schien die Sonne und erfüllte die Räume mit Licht. Madame Laverne hatte den gusseisernen Ofen in der Ecke angezündet, ein paar Äpfel in eine Schale gelegt und ein kleines Glas mit Piniennadeln und -zapfen auf den Tisch gestellt. Stevies Geist war deutlich zu spüren, überall wurde Jim an seinen Bruder erinnert, aber er konnte sich jetzt schon vorstellen, wie er sich im Winter in Stevies bequemen, mit gelbem Chenille bezogenen Sessel setzte, den blau-gelben Teppich unter seinen Füßen, und im warmen Schein der verschnörkelten gusseisernen Stehlampe mit dem großen Kugelschirm über den Balkon hinweg auf die Hügel blickte.

»Wie war dein Flug?«

Jim rief Nancy an, bevor er zu Izzy hinüberging. In Sussex war es eine Stunde früher, und er wusste, dass sie wahrscheinlich gerade das Abendessen für die Mädchen zubereitete. »Ja, ganz okay. Izzy hat mich abgeholt, was sehr nett von ihr war.«

»Sehr nett, ja.«

Schweigen. Er merkte, dass sie nicht richtig zuhörte. »Ist alles in Ordnung bei dir?«

Er hörte Nancys Schritte, dann ein Geräusch, als würde die Kühlschranktür zuklappen, bevor sie mit gesenkter Stimme antwortete: »Nein, ich vermisse dich.«

»Ich vermisse dich auch.«

»Ich wünschte, du wärst hier.«

Jims Herz zog sich schmerzhaft zusammen. »Ich wünschte, *du* wärst hier. Es ist wunderschön.«

»Ja, ich weiß, Jim. Ich weiß, wie schön es dort ist, das musst du mir nicht auch noch unter die Nase reiben.« Ihre Stimme klang plötzlich scharf. »Es ist nicht fair, mir zu erzählen, wie fantastisch es in Frankreich ist, während ich im strömenden Regen sitze und mich verdammt noch mal um meine Mutter kümmern muss!«

»Entschuldige, ich wollte bloß …« Doch ihm fiel nichts ein, was sie nicht noch mehr auf die Palme gebracht hätte, also schwieg er.

»Entschuldige«, sagte sie einen Moment später, aber er spürte, dass sie noch immer aufgebracht war.

»Wenn du willst, komme ich zurück«, bot er an. »Im Ernst: Wenn du mich brauchst, setze ich mich in den nächsten Flieger.«

»Nein, das musst du nicht, das ist doch albern … ich bin albern. Heute war Joyce zum Mittagessen da. Die beiden alten Damen sind wie Schulmädchen – ständig werfen sie sich verschwörerische Blicke zu, stecken die Köpfe zusammen und verstummen, sobald ich hereinkomme. Keine Ahnung, was die zwei so Geheimnisvolles zu besprechen haben.«

»Vielleicht überlegen sie, wie sie ein bisschen Marihuana einschmuggeln können, jetzt, da deine Mum unter Hausarrest steht.« Jim hörte Nancy kichern und spürte, wie ihm leichter ums Herz wurde.

»Was für eine köstliche Vorstellung: Joyce, in ihrer beigefarbenen Strickjacke, trifft sich an der Ecke mit einem Kapuzenträger, der ihr ein Tütchen Dope vertickt.«

Sie lachten. Jim warf einen Blick auf die Küchenuhr und stellte fest, dass er zu spät zu Izzy kommen würde. »Ich mache jetzt mal besser weiter, Nancy. Ich rufe dich morgen an«, sagte er.

»Womit machst du weiter?«, wollte sie wissen.

»Ähm … nichts Besonderes … ich gehe Stevies Sachen durch …« Nancy musste nicht wissen, dass er bei Izzy zum Abendessen eingeladen war. Er hatte ein schlechtes Gewissen, dass er sich einen geselligen Abend machen würde. Wenn er Nancy davon erzählte, würde er alles nur noch schlimmer machen. Außerdem wollte er nicht, dass sie auf falsche Gedanken kam, was seine Nachbarin betraf.

»Ich liebe dich«, sagte er daher, und ihm stiegen Tränen in die Augen.

Kapitel vierundvierzig

Frances wusste, dass ihre Zeit gekommen war. Ihr Körper hatte endgültig den Punkt erreicht, an dem eine Umkehr unmöglich war – ihr fehlte die Kraft, sich dem Unausweichlichen noch länger zu widersetzen. Sie musste die Fassade nicht länger aufrechterhalten. Doch anstatt ihr Angst zu machen, brachte diese Erkenntnis eine ungeheure Erleichterung mit sich. Sie musste nichts mehr tun, durfte einfach hier liegen und warten.

Sie glaubte nicht wirklich daran, Kenny im Himmel wiederzusehen, nicht nach so langer Zeit: Vierundzwanzig Jahre waren seit seinem Tod vergangen, seine Seele hatte sich vermutlich längst mit irgendeinem göttlichen Wesen vereinigt – auch wenn Joyce davon überzeugt war, ihr Richard würde immer noch auf sie warten. Frances hoffte, Gott würde das Seine tun und nach all den endlosen Gottesdiensten, die sie durchgestanden hatte, ein gemütliches Fleckchen für sie finden. Es war leichter, an ihn zu glauben, denn die einzige andere Option wäre die Vergessenheit, und wer würde sich schon freiwillig für das Nichts entscheiden? Es gab ohnehin verdammt wenig, was sie tun konnte, daher hatte sie schon vor langer Zeit beschlossen, sich keine Sorgen zu machen. Die Menschen starben seit Menschengedenken, und genau das würde sie auch tun.

Jetzt, da sie Richards Schmerzmittel aufgebraucht hatte, wurde es schwierig. Sie war hart im Nehmen, wusste, wie sie die Schmerzen ertragen konnte, aber es war schwer, auf die segensreiche Atempause alle paar Stunden zu verzichten. Sie hatte ihren Vorrat bis Ende letzter Woche strecken können, aber jetzt war sie auf Paracetamol angewiesen, und da konnte ihr nicht einmal das Doppelte der Höchstdosis, die auf der Packung angegeben war, Linderung verschaffen.

Es sollte leichter sein, dachte sie, als sie im Bett lag und darauf wartete, dass Nancy zu ihr kam, um ihr beim Waschen zu helfen. Sie lebte in ständiger Furcht, sie könne zu schwach werden, sodass ihre Tochter nicht umhinkäme, sie in die Klinik zu bringen, wo sie das ganze furchtbare medizinische Procedere über sich ergehen lassen müsste. Jeden Morgen, wenn sie aufwachte, war sie enttäuscht, dass sie wieder eine Nacht überlebt hatte.

Frances setzte ein tapferes Lächeln auf, als Nancy den Kopf zur Tür hereinsteckte. Das einzig wirklich Schmerzhafte an dem Gedanken, bald zu sterben, war die Vorstellung, Nancy und die Familie zu verlassen, ihre geliebte Enkelin und die beiden süßen kleinen Mädchen nie wiederzusehen. Diese Vorstellung zerrte an ihrer Seele. Nancy war eine gute Tochter gewesen, auch wenn sie mehr an Kenny gehangen hatte als an ihr. Als Nancy noch ein Kind gewesen war, war sie eifersüchtig auf die enge Verbindung zwischen den beiden gewesen, hatte sich ausgeschlossen gefühlt, aber das zählte jetzt nicht mehr. Einer der Vorteile beim Sterben, stellte sie nun fest, war es, dass einem plötzlich all die Dinge, die im Leben eine so große Bedeutung eingenommen hatten, völlig unwichtig erschienen.

Obwohl Nancy ihr Bestes gab, ihre Gefühle zu verbergen, war ihr der Stress deutlich anzusehen, den die verdammte Krankheit mit sich brachte. Frances hätte ihr gern von Herzen dafür gedankt, dass sie so gut zu ihr war, hätte ihr, bevor sie starb, so gern gesagt, dass sie sie liebte. Aber sie brachte solche Worte nur schwer über die Lippen, und obwohl sie ihr so oft auf der Zungenspitze lagen, gelang es ihr einfach nicht, sie auszusprechen. Daher hoffte sie inständig, dass Nancy es wusste.

»Guten Morgen, mein Schatz«, sagte sie, als wäre dieser Morgen tatsächlich ein guter und obwohl ihr ganzer Körper förmlich danach schrie, in Ruhe gelassen zu werden. Sie wollte nur noch hier liegen und davontreiben. Sie wollte, dass es vorbei war.

Kapitel fünfundvierzig

Jim war seit über einer Woche weg. Sie telefonierten täglich miteinander, doch Nancy war sich unangenehm bewusst, dass sie dadurch die Kluft zwischen ihnen nur vergrößerten – das einzige Thema, worüber sie sprechen konnte, war die klaustrophobische Situation, die die Pflege einer todkranken Frau mit sich brachte, während Jim voller neuer Eindrücke war, die sich ihm in Frankreich erschlossen.

»Bruno – Izzys Schlagzeugerfreund – und ich treffen uns heute, um ein paar Dinge anzuleiern. Er tritt mit seiner Band in einem Club in Avignon auf, und er sagt, sie könnten immer frisches Blut brauchen.«

»Das klingt großartig«, sagte Nancy, um Begeisterung bemüht.

»Wie geht es deiner Mum?«, fragte Jim nach einem kurzen Augenblick des Schweigens.

»Sie ist jetzt ein bisschen ruhiger, nicht mehr ganz so kribbelig und nervös wie Anfang der Woche – ich weiß auch nicht, woran das lag –, allerdings fehlt ihr mittlerweile die Kraft, das Bett zu verlassen. Die meiste Zeit über schläft sie. Ohne den Arzt zu konsultieren, kann ich ihr keine Schmerzmittel besorgen, und du weißt ja, wie sie auf diesen Vorschlag reagiert. Es ist schrecklich, Jim.«

»Mein Gott – die arme Frau. Du Arme. Bist du dir sicher, dass ich nicht zurückkommen soll?«

»Nein, nein, du kannst mir ohnehin nicht helfen. Es ist besser, wenn ich allein bin.«

»Ich komme am Sonntag nach Hause.«

»Ja … schön. Jim, es tut mir leid, dass ich im Moment so ein Griesgram bin, der nichts anderes kann als jammern. Es gibt einfach nichts Interessantes zu berichten.«

»Um Himmels willen, Nancy, du gehst gerade durch die Hölle! Ich wünschte, ich könnte etwas tun, um dir zu helfen.«

Schweigen.

»Du würdest mir doch sagen, wenn du mich vor Ort haben möchtest?«

»Das würde ich, ganz sicher. Ehrlich, es gibt nichts, was man tun könnte.«

Sie verabschiedeten sich, und Nancy holte tief Luft, bevor sie die Treppe hinaufstieg, um zu sehen, wie es ihrer Mutter heute Morgen ging.

Sie klopfte an die Schlafzimmertür, doch es kam keine Antwort, also schob sie sie auf und trat ein.

»Hallo, Mum.«

Aber Frances antwortete nicht. Nancy ging zu ihrem Bett hinüber. Ihre Mutter sah aus, als würde sie schlafen, aber ihr Atmen klang angestrengt und rasselnd, als würde sie sich sehr quälen.

»Mum? Mum …« Nancy legte ihr eine Hand auf die Schulter und rüttelte sie sanft. »Mum?«

Ihre Mutter reagierte nicht, ließ nicht erkennen, ob sie ihre Tochter gehört hatte.

Mit zitternden Händen griff Nancy in ihre Jeanstasche, zog ihr Handy hervor und wählte den Notruf.

Sie stand mit Louise im Krankenhausflur und starrte durch halb geschlossene Jalousien in das Zimmer, in dem ihre Mutter lag, eine Sauerstoffmaske auf dem Gesicht, eine Injektionskanüle mit Tropfschlauch in einer Vene an ihrem ausgezehrten linken Unterarm, einen Clip am Finger, der ihre Vitalwerte an den leise piepsenden Monitor neben ihrem Bett übermittelte. Sie sah aus wie ein Skelett, kreideweiß, die Wangen eingesunken, die Lippen trocken. Ihre Augenlider flatterten, über ihren Brauen hatte sich ein feiner Schweißfilm gebildet. Sie war kaum noch am Leben.

»Was haben die Ärzte gesagt?«, wollte Louise wissen.

»Das, was wir erwartet hatten. Krebs im Endstadium …« Nancys Stimme war völlig emotionslos. Sie verspürte nicht das Bedürfnis zu weinen. Es war, als stünde ihr eigenes Leben vorübergehend still, als würde sie lange, lange den Atem anhalten.

»Was werden sie tun?«

»Nichts. Sie können nichts tun. Ihre Organe versagen bereits.«

Louise nahm ihre Hand und drückte sie. »Ach Mum. Warum hat sie sich nicht gleich behandeln lassen? Dann hätte sie vielleicht noch eine Chance gehabt!«

Nancy zuckte die Achseln. Die Frage, die sie während der letzten Monate unablässig beschäftigt hatte, war jetzt überflüssig.

»Und was nun ...? Haben sie gesagt, wie lange sie ihr noch geben?«

»Stunden ... höchstens ein paar Tage«, antwortete Nancy.

»*Stunden?*« Louise biss sich auf die Lippe, ihre Augen füllten sich mit Tränen. »Die arme Granny.«

»Ich hoffe um ihretwillen, dass es schnell geht«, sagte Nancy. »Und ich hoffe, dass sie hiervon schon nichts mehr mitbekommt.«

Die beiden Frauen betraten das erdrückende Sterbezimmer und setzten sich jede auf eine der hohen Bettkanten. Nancy nahm die kalte Hand ihrer Mutter und hielt sie leicht in ihrer, dann drückte sie sie, um Frances wissen zu lassen, dass sie nicht allein war. »Ich liebe dich, Mum«, flüsterte sie.

Ob ihre Mutter sie gehört hatte, wusste sie nicht. Eine Stunde später starb Frances, ohne das Bewusstsein wiedererlangt zu haben.

In jener Nacht lag Nancy im Bett, in sich das Gefühl von Leere, tiefer Ruhe und Ungläubigkeit. Nach einer Weile nahm die Erschöpfung überhand, ihre Gedanken verblassten, und sie sank wie im freien Fall immer tiefer in ihre weiche Matratze und glitt hinüber ins Reich des Vergessens. Als sie wieder erwachte, stellte sie fest, dass sie zehn Stunden durchgeschlafen hatte und noch nicht einmal aufgewacht war, um zur Toilette zu gehen.

Ihr erster Gedanke galt ihrer Mutter, ihr zweiter Gedanke Jim. Er würde sich in den ersten Flieger setzen, den er bekommen konnte, und gegen Mittag zu Hause sein.

Keiner von ihnen sagte ein Wort. Jim ließ seine Reisetasche zu Boden fallen, und sie stürzte sich in seine Arme. Eng umschlungen standen sie da, die Körper so fest aneinandergepresst, dass man nicht sagen konnte, wo ihrer aufhörte und seiner begann. Es war eine solche Erleichterung, von ihm gehalten zu werden. Sie fühlte seine Lippen auf ihrem Haar, atmete den Duft seines Körpers ein, seiner Kleidung – nicht mehr ganz frisch nach dem frühmorgendlichen Aufbruch und dem Flug, aber so tröstlich, so beruhigend. Zitternd holte sie Luft und atmete tief durch.

Kapitel sechsundvierzig

Louise füllte erneut den Kessel, stellte die Herdplatte an, nahm die vier Beutel aus der großen braunen Teekanne, drückte sie über dem Spülbecken aus und warf sie in den Müll. »Bitte bring die noch raus, mein Schatz.« Sie reichte ihrer Tochter die Platte mit den Räucherlachs-Sandwiches. Hope, die auf dem Weg ins Kinderzimmer war, wo sie mit Jazzy spielen wollte, seufzte, aber sie tat, worum ihre Mutter sie gebeten hatte.

Die Stimmen, die aus dem Wohnzimmer zu ihnen in die Küche wehten, waren überwiegend weiblich – die Entourage ihrer Großmutter, starke, unabhängige Frauen, wenn auch nicht mehr viele. Trotz des Verlustes ihrer geliebten Freundin lachten sie laut und viel. *Vielleicht muss man lachen, um nicht zu weinen,* dachte Louise, *vor allem wenn man sich fragen muss, ob man vielleicht die Nächste sein wird.*

Während sie darauf wartete, dass das Wasser anfing zu kochen, hörte sie, wie Ross die Klappe des Holzofens öffnete und ein weiteres Scheit hineinwarf, dann wurde die Klappe mit einem Quietschen wieder geschlossen. Sie hatte zu viel Wein getrunken. Hinter ihrer Stirn braute sich dumpfer Kopfschmerz zusammen, im Mund hatte sie den Geschmack von schalem Tee. Wenn sie doch nur endlich alle abhauen würden! Ross hatte den ganzen Vormittag gejammert, weil er das Restaurant über Mittag schließen musste – als würde das einen Unterschied machen –, und sie hatten seit Tagesanbruch gestritten.

Sie goss gerade Wasser über die frischen Teebeutel, als Jim in die Küche schlenderte und ans Spülbecken trat, wo er die Reste aus zwei Rotweingläsern ausleerte, die Gläser unter fließendes Wasser hielt und vorsichtig auf das Abtropfbord stellte.

»Wie geht's?«, fragte er und lächelte sie mitfühlend an.

»Ganz okay.« Louise hatte bislang kaum allein mit Jim gesprochen und kam sich in seiner Gegenwart ziemlich unbeholfen vor.

»Sind ja ganz schön viele Leute gekommen«, stellte er fest.

Sie nickte. »Weißt du, wie Mum mit dem Ganzen klarkommt?«

»Ich bin mir nicht sicher. Sie hat nicht viel gesagt, hat nicht mal viel geweint. Ich denke, sie ist einfach erschöpft.«

Louise nickte wieder. Beide schwiegen. »Hast du vor, wieder nach Frankreich zu fliegen?«, fragte sie schließlich. Sie fürchtete, er würde ihrer Mutter bereits in den Ohren liegen, ihn zu begleiten, jetzt, da Granny tot war.

Jim schüttelte leicht den Kopf. »Ich weiß noch nicht, wie's weitergehen soll.«

»Mum sagt, du liebst es dort.«

»Das stimmt. Aber ich liebe auch deine Mutter.« Sein Ton war entschieden, doch sein Gesichtsausdruck legte nahe, dass er sich nicht sicher war, wie sie seine Bemerkung auffassen würde.

Louise setzte den Deckel auf die Teekanne. »Sie möchte nicht in Frankreich leben, Jim, das solltest du wissen.«

Sie sah, dass er damit nicht gerechnet hatte, und wünschte sich, sie hätte den Mund gehalten. »Ich meine«, beeilte sie sich hinzuzufügen, »sie würde bestimmt nicht glücklich werden, so weit weg von uns.«

Jim nickte langsam. »Hat sie das gesagt?«, fragte er ruhig und schaute hinüber ins Wohnzimmer, wo Nancy im Türrahmen stand und sich mit Grannys Freundin Joyce unterhielt.

Louise zögerte. »Du solltest wohl besser selber mit ihr darüber reden.«

»Das werde ich … nein, das habe ich. Es würde mir allerdings helfen zu wissen, was sie dir gesagt hat.«

»Im Grunde hat sie nur gesagt, dass sie ganz sicher niemals nach Frankreich gehen wird.« Sie versuchte, sich an das letzte Gespräch zu erinnern, das sie mit ihrer Mutter über das Lavendelhaus geführt hatte, und sie meinte, dass Nancy ihr versichert hatte, sie würde sie auch ohne Granny niemals im Stich lassen.

Jim räusperte sich. »Das hat sie gesagt?«

Louise nickte. »Ich bin mir sicher, dass du ihren Standpunkt verstehst, Jim. Du weißt, wie sie Hope und Jazzy vergöttert. Wenn sie ginge, würde sie die gesamte Kindheit der Mädchen verpassen.«

Er erwiderte nichts, stand einfach nur da und blickte mit verschränkten Armen hinaus in den Garten, das Kinn vorgereckt, auf den Absätzen seiner Stiefel leicht vor und zurück rollend.

»Ich hätte nichts sagen sollen.« Louise empfand Mitleid mit ihm. Er wirkte am Boden zerstört.

»Nein«, sagte er nach einer Weile und sah sie mit seinen blauen Augen an. »Es ist besser, wenn ich das weiß.«

Es war in der Tat besser, davon war Louise überzeugt. Das Letzte, was ihre bedauernswerte Mutter nach all dem, was sie mit Granny durchgemacht hatte, brauchte, war in irgendein gottverlassenes Haus in Frankreich verfrachtet zu werden, wo sie keine Freunde, keine Familie hatte, nur einen Mann, den sie kaum kannte. Es war ja schön und gut, dass er sie liebte, aber genügte das, um sie von ihren geliebten Enkelinnen wegzureißen? Wenn er wirklich nur ihr Bestes im Sinn hatte, wie er stets behauptete, würde er das Haus verkaufen und hier etwas erwerben.

»Bitte verrate ihr nicht, dass ich etwas gesagt habe«, flüsterte Louise, als sie hörte, wie sich ihre

Mutter von Joyce verabschiedete. Als die alte Dame fort war, wandte Nancy sich zu ihnen um und strebte in ihrem schwarzen Kleid müde auf die Küche zu.

»Puh, das war anstrengend«, schnaufte sie und streckte die Hand nach Jim aus.

Louise sah, wie er ihrer Mutter automatisch den Arm um die Schultern legte und sie an seine Seite zog.

»Ich glaube, jetzt brechen sie langsam auf«, fügte Nancy mit einem Blick ins Wohnzimmer hinzu.

Jim antwortete nicht. Sein Gesicht war ausdruckslos.

Louise konnte ihn kaum ansehen. Hatte er die Nachricht verstanden? Würde er einen Rückzieher machen und endlich aufhören, ihre Mutter zu bedrängen?

»Vielleicht sollte ich keinen neuen Tee bringen?«, fragte sie Nancy.

»Besser nicht. Ich will sie nicht ermutigen, noch länger zu bleiben. Aber *ich* könnte eine Tasse vertragen.« Sie sah zu Jim auf und stieß einen langen Seufzer aus. »Nun, ich nehme an, das war's. Ich denke, es ist ganz gut gelaufen.«

Jim lächelte sie an. »Ja, ihr habt gute Arbeit geleistet. Frances hätte es bestimmt gefallen.«

Louise sah, wie sich die Augen ihrer Mutter mit Tränen füllten. »Das hätte es, ganz gewiss. Mum liebte Gesellschaft. Ich kann gar nicht glauben, dass sie nicht hier ist und mit uns feiert.«

Als sie sich später erschöpft auf dem grünen Sofa zurücklehnten, erzählte Louise ihrem Mann, was sie zu Jim gesagt hatte, da sie fürchtete, zu weit gegangen zu sein.

»Manchmal bist du ein echtes Miststück, Lou.« Ross' Worte klangen völlig nüchtern und wurden von einem gewaltigen Gähnen begleitet. Vielleicht war sie ihm inzwischen so egal, dass er sich nicht einmal über sie aufregte.

»Wieso?«

»Du mischst dich hinter dem Rücken deiner Mutter in etwas ein, das dich nichts angeht.«

»Ich muss sie beschützen, Ross! Jim mag ja ganz nett sein, ich hab auch nichts gegen ihn, aber es ist nicht fair, dass er Mum unter Druck setzt, mit ihm nach Südfrankreich zu ziehen. Ich bin froh, dass ich mit ihm geredet habe.«

»Deine Mum ist durchaus in der Lage, auf sich selbst aufzupassen, das weißt du. Du willst doch bloß dazwischenfunken.«

»Er wird ihr nichts von unserem Gespräch erzählen.« Louise war bewusst, dass Jim das so nicht bestätigt hatte, aber das stellte sie nicht klar.

»Lass sie einfach in Ruhe. Deine Mutter muss ihre eigenen Entscheidungen treffen«, beharrte Ross. »Wenn sie deine Hilfe braucht, wird sie dich sicher darum bitten.«

Doch Louise hörte ihm nicht mehr zu. Ihr Vater hatte ihr gerade eine SMS geschickt, in der er ihr mitteilte, dass das Baby, ein Junge – ihr Halbbruder, wie ihr plötzlich schockiert bewusst wurde –, vergangene Nacht zur Welt gekommen war. Sie wusste, dass sie zu müde sein würde, um mit angemessener Begeisterung auf diese Neuigkeit zu reagieren, also sendete sie ihm ihre Glückwünsche per SMS, spielte die »Bin total kaputt nach Grannys Beerdigung«-Karte aus und versprach, gleich am nächsten Morgen anzurufen.

Kapitel siebenundvierzig

Jim lag hellwach neben Nancy im Bett. Die Digitalanzeige des Weckers auf dem Nachttisch zeigte 04.11 Uhr an. Seit Frances' Beerdigung waren fast zwei Wochen vergangen – heute war Heiligabend –, doch noch immer gingen ihm unablässig Louise' Worte durch den Kopf, wie ein lästiges Mantra. Er wusste nicht, ob er ihr glauben sollte, und er hatte noch nicht den Mut aufgebracht, Nancy zu fragen, was an der Behauptung ihrer Tochter dran war. Er redete sich ein, es sei nicht der richtige Zeitpunkt, doch in Wirklichkeit schreckte er lediglich vor der Wahrheit zurück.

Also sagte er nichts, kümmerte sich um sie, sorgte dafür, dass sie sich erholte. Nancy spielte viel Klavier, und sie hörten zusammen Musik, nicht nur Klassik, sondern auch Country, Jazz, afrikanische Rhythmen – sein iPhone war voll von Stücken, die sie noch nie gehört hatte. Sie schlenderten zusammen durch Brighton, saßen in Cafés, gingen ins Kino und erledigten Weihnachtseinkäufe. Und obwohl Jim es liebte, mit ihr zusammen zu sein, kam ihm diese Zeit vor wie ein Schwebezustand, nicht wie das reale Leben, ein bisschen so, als warteten sie auf den nächsten Akt.

Er drehte sich auf die Seite und betrachtete die schlafende Nancy, wobei er ihr vorsichtig die Hand auf die Schulter legte. Ohne aufzuwachen, legte sie ihre darüber. Er lächelte in der Dunkelheit.

Louise hatte ihn als ausgesprochen selbstsüchtig hingestellt. War er das tatsächlich? Er wusste nur, dass ihre Beziehung eine so beengende Nähe zu Nancys Familie auch nach Frances' Tod nicht überstehen würde. Er würde in diesem kleinen Cottage niemals glücklich werden, wo es keinen Platz gab zum Atmen und er ständig die zweite Geige spielte. Louise und die Mädchen stünden immer an erster Stelle, das war ihm klar. *Ja,* dachte er, *das klingt in der Tat ziemlich selbstsüchtig.*

Dabei wollte er gar nicht unbedingt die erste Geige spielen. Es ging ihm vielmehr darum, eine Chance wahrzunehmen, das letzte Abenteuer seines Lebens zu leben, sich nicht mit den Gegebenheiten abzufinden. Er glaubte nicht, dass es lediglich in seinem eigenen Interesse war, Nancy zu überreden, mit ihm nach Frankreich zu gehen. Nein – er war fest davon überzeugt, dass auch sie im *Maison Lavande* glücklich sein würde, ein Leben führen könnte, das nicht ausschließlich um ihre Pflichten als Mutter und Großmutter kreiste. Vielleicht könnte sie ihren musikalischen Horizont erweitern – es machte ihn insgeheim wütend, dass sie ihre Karriere wegen ihres selbstverliebten Schwachkopfs von Exehemann aufgegeben hatte, talentiert, wie sie war. Jetzt war sie frei von ihrer Hauptverantwortung, sich um ihre kranke Mutter zu kümmern – hatte sie da nicht eine Pause verdient? Ja, es wäre in der Tat ein Einschnitt, und er war froh, dass er selbst noch keine Enkel hatte – vielleicht auch nie bekommen würde, da Tommy bislang nie länger als ein paar Monate mit einer Frau zusammengeblieben war –, denn so wusste er nicht, wie es sich anfühlte, diese Enkel in einem anderen Land zurücklassen zu müssen. Nichtsdestoweniger hatte Nancy das Recht auf ein eigenes Leben – wenn sie es denn wollte.

Und was, wenn nicht? Die Antwort auf diese Frage war im Augenblick zu komplex für Jim, deshalb drehte er sich auf die andere Seite und beschloss, am Morgen darüber nachzudenken.

Nancy und Jim standen nebeneinander, den Blick auf die Küchenarbeitsplatte geheftet. Jim hatte die Everly Brothers auf seinem iPhone aufgerufen, die Klänge von »All I Have to Do is Dream« erfüllten die Küche. Sie bereiteten die Mince Pies vor – köstliches, traditionelles Weihnachtsgebäck mit einer süßen Fruchtmischung und der einzige Beitrag zum Festessen, den Ross Nancy anvertraut hatte –, wiegten sich im Takt der Musik und schmetterten lautstark mit: Nancy übernahm Phils Part, Jim den von Don. Jim löffelte kleingehacktes Fruchtfleisch auf den Teig in den Förmchen, Nancy feuchtete mit dem Finger die Oberkanten der Pasteten an und bedeckte jede einzelne mit einem kleinen Deckel. Als das Lied zu Ende war, drehten sie sich lächelnd zueinander um.

»Wir sollten gemeinsam etwas komponieren«, schlug er vor und stellte die leere Schüssel auf die Arbeitsfläche.

»Einen Countrysong?« Nancy lachte. »Ich wüsste gar nicht, wie das geht.« Sie nahm ihm den Löffel ab, den er noch immer in der Hand hielt, und drückte ihm stattdessen einen Backpinsel in die Finger, damit er die fertigen Pies mit Milch bestrich.

»Natürlich weißt du das, Schatz. Du bist Musikerin, auch wenn du das mitunter anscheinend vergisst.«

Sie blies sich die Ponyfransen aus den Augen. Heute hatte sie ihr volles Haar zurückgebunden, und Jim fand, dass sie sehr jung wirkte. »Kann sein«, erwiderte sie zögernd.

Schweigend sah Jim zu, wie Nancy jeden einzelnen Pastetendeckel einschnitt, bevor sie die beiden Bleche in den vorgeheizten Ofen schob.

»Im Ernst … jetzt, da du mehr Zeit hast, sollten wir uns hinsetzen und es einfach probieren. Das wäre ein herrlicher Spaß!«

Nancy schloss die Ofentür und stellte die Küchenuhr auf fünfzehn Minuten ein, dann sah sie zu ihm auf, das Gesicht plötzlich ernst. »In Frankreich, meinst du?«

Jim erstarrte. Ja, in Frankreich. Genau das meinte er.

»Du hältst das also immer noch für eine gute Idee?« Sie verschränkte die Arme über ihrer blau-weißen Küchenschürze.

»Und du?«, gab er ihre Frage vorsichtig zurück.

Seufzend wandte sie den Blick ab.

»Komm doch wenigstens für eine Woche mit, wenn Weihnachten vorbei ist. Ganz ohne Druck, nur für eine kurze Auszeit.«

»Nach Weihnachten?«

Er nickte. »Bruno hat am achtundzwanzigsten einen Auftritt, und er hat mich gefragt, ob ich Lust habe mitzumachen. Ich dachte …« Ohne zu wissen, warum, hielt er den Atem an. Er bat sie doch nur, ihn ein paar Tage zu begleiten – was an und für sich keine große Sache war –, aber ihre Antwort erschien ihm auf einmal ungeheuer wichtig.

Sie sah ihn an, ohne ihn zu sehen, dann fokussierte sich ihr Blick. »Der achtundzwanzigste ist etwas früh. Wir gehen mit den Mädchen am siebenundzwanzigsten ins Märchentheater.«

»Du musst ja nicht unbedingt bei dem Gig dabeisein. Komm einfach, wann es dir passt, am besten vor dem einunddreißigsten. Dann könnten wir in Frankreich Silvester feiern. Was hältst du davon?«

Nancy lächelte. »Warum nicht?«

Jim hätte schreien mögen vor Glück.

Nach dem Auftritt fuhr Jim mit Izzy nach Hause. Er

war sehr viel nervöser gewesen als sonst – ein fremdes Land, ein anderes Publikum – und fühlte sich ziemlich erschöpft.

»Du warst umwerfend«, sagte Izzy und blickte ihn lächelnd von der Seite an. »Du hast eine schöne Stimme, so sexy … die Leute waren begeistert.«

»Ähm, danke. Ich war mir nicht sicher …« Er selbst hatte seine Darbietung für grauenvoll gehalten. Bruno hatte ihn großzügigerweise vier Lieder spielen lassen, aber Brunos Band spielte modernen Country – Songs wie die von Lady Antebellum –, mit sehr viel üppigerem Sound und stärkerem Bass. Er war an Mals und Jimmy P.s relaxtere Interpretationen gewöhnt und fühlte sich wie hundertfünfzig, als er da saß und seine Songs von Kristofferson und Cash zum Besten gab – obwohl Izzy vermutlich recht hatte: Dem Publikum schien es gefallen zu haben.

»Es war perfekt«, beharrte sie, und er sah ihr Lächeln im Licht entgegenkommender Scheinwerfer. »Und das war erst der Anfang.«

»Du kannst mich bei dir absetzen. Ich gehe den Rest zu Fuß«, sagte Jim, als der Peugeot den Hügel hinauffuhr.

»Sei nicht albern, ich bringe dich nach Hause – es ist eiskalt draußen.«

Doch Jim, der fürchtete, sie würde sich bei ihm einladen, wehrte entschieden ab. »Nein. Ich möchte noch ein Stück laufen – ich liebe die kalte Luft.«

Als der Wagen vor Izzys zweigeschossigem, weiß gestrichenem Haus mit den leuchtend blauen Fensterläden und dem geschwungenen, mit Terrakottafliesen gedeckten Dach hielt, stieg Jim aus und nahm seine Gitarre vom Rücksitz. »Danke, Izzy. Ich weiß das sehr zu schätzen.«

Sie stieg ebenfalls aus und streckte sich gähnend, ihr Atem wölkte sich wie Rauch im Licht der Außenlampe, die sich bei ihrer Ankunft via Bewegungsmelder eingeschaltet hatte. »Komm doch für eine Minute mit rein. Ich möchte dir etwas zeigen.«

Er zögerte, weil er nicht unhöflich sein wollte. »Ähm, kannst du mir das nicht morgen zeigen? Ich bin fix und fertig.«

Izzy lachte leise und kam um den Wagen herum. »Na schön. Ruf mich an, wenn du wach bist.« Sie schlang die Arme um ihn, wie sie es schon am Flughafen getan hatte, und drückte ihn viel zu fest an sich. »Ich habe den heutigen Abend wirklich genossen, Jim«, sagte sie.

Jim löste sich aus Izzys Umarmung. Nancy würde morgen eintreffen, er konnte es kaum erwarten. Er freute sich auf die Silvesternacht in Frankreich, freute sich darauf, in den kleinen Läden in der Stadt etwas zu essen zu kaufen, in den mit Raureif überzogenen Hügeln spazieren zu gehen, einen Kaffee in einem *tabac* zu trinken, sich mit einem Glas Champagner vor den Ofen zu kuscheln und sich zu lieben. Er hatte Izzy vorsorglich zu verstehen gegeben, dass er mit Nancy einen ruhigen Abend verbringen wollte, nur für den Fall, dass sie andere Pläne hatte. Er verspürte keinerlei Lust, mit seiner Nachbarin und ihren Freunden ins neue Jahr hineinzufeiern, schon gar nicht mit dem mürrischen Bildhauer, der sich anscheinend für ein gottverdammtes Genie hielt.

Ich muss klarstellen, dass es an der Sache mit Nancy nichts zu rütteln gibt, dachte er, als er sich endlich von Izzy verabschiedet hatte und über den knirschenden Weg zu seinem Haus hinaufstapfte, geleitet vom hellen Schein seiner Handytaschenlampe. Er war sich ziemlich sicher, dass seine Nachbarin ein Auge auf ihn geworfen hatte. Jedes Mal, wenn er heute Abend im Club in ihre Richtung geblickt hatte, hatte sie ihn mit ihren großen Augen auf eine für ihn irritierende Art und Weise angestarrt. Zu sämtlichen Tages- und Nachtzeiten kreuzte sie uneingeladen bei Stevies Haus auf, und das unter den fadenscheinigsten Vorwänden, zum Beispiel weil sie sich vergewissern wollte, dass er noch genug Holz für den Ofen hatte, obwohl sich die Scheite gut sichtbar für alle meterhoch in dem Holzschuppen neben dem Haus stapelten.

Am nächsten Morgen wurde er vom Klingeln seines Mobiltelefons geweckt.

»Hi, Nancy, was gibt's?«

Ihre Stimme klang zögernd. »Jim, ich weiß, dass du sauer sein wirst, aber mir ist etwas dazwischengekommen.«

Jim schnitt eine Grimasse, stieß einen Seufzer aus und wartete auf das Unvermeidliche. Nancy würde mal wieder Louise aus der Patsche helfen müssen.

»Das Restaurant bietet ein großes Silvestermenü an und ist komplett ausgebucht, was großartig ist, aber …«, er hörte sie ebenfalls seufzen, »aber Kyla hat einen bösen grippalen Infekt, und allein mit Evie, der Kellnerin, können Ross und Jason den Ansturm nicht bewältigen. Es ist niemand für den Empfang da, was bei einer solchen Veranstaltung katastrophal ist.«

»Dann wirst du also auf die Mädchen aufpassen, während Louise aushilft.« Warum hatte er auch gedacht, es würde diesmal anders sein?

»Ich sehe nicht, wie sie ohne mich zurechtkommen sollen.«

»Können sie denn niemand anders für den Abend finden?«

»Für Silvester?«

»Nein, vermutlich nicht.« Er schwieg einen kurzen Moment, dann sagte er: »Ach Nancy, ich bin so enttäuscht. Ich habe mich so darauf gefreut, dich bei mir zu haben.«

»Ich mich auch. Und ich bin ebenfalls schrecklich enttäuscht.« Sie klang aufrichtig, aber er blieb skeptisch. Vielleicht hatte sie nie vorgehabt zu kommen. »Es tut mir so leid, Jim. Wirklich.«

Das hatte er schon so viele Male zuvor gehört, und er war sich sicher, dass sie es auch so meinte. Allerdings bedeutete eine Entschuldigung nicht viel, wenn man nichts tat, um den Grund dafür zu ändern. »Macht nichts. Vielleicht nächstes Jahr«, sagte er zögernd.

Aus dem Hörer drang Schweigen.

»Möchtest du, dass ich zurückkomme?«, fragte er und spürte, wie sich ein dumpfer Kloß des Bedauerns in seinem Magen bildete.

»Das hat wahrscheinlich wenig Sinn. Die Mädchen werden den Großteil des Tages bei mir verbringen.«

»Ja, richtig.«

»Ich vermisse dich«, sagte sie, womit sie nur noch mehr Öl ins Feuer goss. Dann fügte sie hinzu: »Es tut mir so leid wegen Silvester, Jim. Ich weiß, dass du dir schon dachtest, dass ich absagen würde, aber ich sehe einfach keine andere Möglichkeit. Was soll ich denn tun?«

Er wollte keinen Streit anfangen, daher sagte er nur: »Nun quäl dich nicht deswegen.«

Als sie auflegten, war Jim den Tränen nahe. Hier ging es um weit mehr als um ein verpasstes Neujahr.

KAPITEL ACHTUNDVIERZIG

Nancy saß allein vor dem Fernseher, als Big Ben Mitternacht schlug und die Menschenmengen am Themseufer zu jubeln begannen. Feuerwerk explodierte am Londoner Himmel, der Moderator der Silvesterfeierlichkeiten schrie hysterisch in die Kamera. Hope hatte darum gebettelt, aufbleiben und mit ihrer Großmutter das Silvesterfeuerwerk anschauen zu dürfen, und Nancy war einen Moment lang versucht gewesen nachzugeben. Sie wusste, dass ihr die Gesellschaft der Kleinen guttäte, aber sie wusste auch, dass die Mädchen niemals so lange durchhalten würden. Das Feuerwerk in Brighton, das sie sich am früheren Abend angesehen hatten, hatte sie noch eine Weile munter gehalten, doch gegen zehn waren die zwei todmüde eingeschlafen.

Sie fragte sich, was Jim gerade machte. Er hatte gesagt, er wolle mit einer Flasche Bourbon und seiner Gitarre zu Hause bleiben, und sie stellte sich vor, wie er vor dem Holzofen saß, durchs Balkonfenster in den sternenklaren Nachthimmel blickte, ein paar

Chips oder Schokolade auf dem Tisch, auf seiner Gibson spielte und ab und zu einen Schluck Whiskey trank. Sie lächelte wehmütig. Wie gerne wäre sie jetzt bei ihm gewesen! Sie hatten abgemacht zu telefonieren, wenn es bei ihr Mitternacht war, weshalb sie nun zum Telefon griff.

Er ging nicht dran, ihr Anruf wurde an die Voicemail weitergeleitet.

»Komm schon, Jim«, murmelte sie, plötzlich besorgt, er könne schon schlafen. Diesmal nahm er nach dem zweiten Klingeln ab.

»Jims Handy?«, meldete sich eine verschlafene – oder betrunkene – Frauenstimme.

Nancy erstarrte. Sie wollte gerade auflegen, als die Stimme mit grauenvollem neuseeländischem Akzent »Frohes neues Jahr!« in den Hörer rief, dann: »Hier spricht Izzy, wer ist dran?«

»Hier ist Nancy.«

»He, Nancy! Frohes neues Jahr«, wiederholte Izzy.

»Kann ich bitte mit Jim sprechen?«

»Ähm …« Nancy hörte ein Rascheln, das verdächtig nach Bettdecke klang, dann: »Das ist etwas kompliziert. Er schläft, tut mir leid. Wir … er … wir haben ziemlich viel getrunken, und da ist er vor einer Weile umgekippt.« Nancy hörte Izzy betrunken kichern. »Wir haben ein bisschen gefeiert.«

Nancy hielt den Atem an. »Seid ihr in Stevies Haus?«

»Nein, in meinem.« Izzy gähnte.

Nancy schwieg.

»He, nicht dass du auf falsche Ideen kommst, Nancy. Jim war nicht mehr in der Lage nach Hause zu gehen, das ist alles. Deshalb hab ich ihn ins Bett gepackt. Es läuft nichts zwischen uns, das kann ich dir versichern. Ich glaube, es hat ihm sehr zu schaffen gemacht, dass du nicht kommen konntest.«

In jenem Moment wünschte sich Nancy nichts mehr, als der schönen Izzy einen Dolch ins Herz zu rammen. Stattdessen zwang sie sich zu einem rauen Lachen. »Kannst du ihn bitten, mich zurückzurufen, sobald er seinen Rausch ausgeschlafen hat?«

»Na klar, das mache ich. Ich hoffe, du bist gut ins neue Jahr gekommen. Wir haben dich vermisst.«

»Es war großartig, danke. Gute Nacht.«

»Gute Nacht, Nancy.«

Nachdem sie aufgelegt hatte, blieb sie noch lange auf dem Sofa sitzen, das Telefon fest umklammert. Sie zitterte; es wurde kalt im Haus. Als ihre Mutter krank gewesen war, hatte sie die Heizung die ganze Nacht über laufen lassen – Frances hatte ständig gefroren –, aber Nancy hatte in der stickigen Hitze kaum atmen können, und jetzt schaltete die Heizung automatisch um zweiundzwanzig Uhr dreißig ab.

Ich muss mir keine Sorgen machen, redete sie sich ein. *Jim findet Izzy nicht attraktiv – das hat er mir oft genug versichert. Wie Izzy schon sagte: Er war bloß verärgert, weil ich nicht da war, und hat sich betrunken. Geschieht mir recht.*

Doch sooft sie auch versuchte, sich mit diesem Gedanken zu beruhigen – es funktionierte nicht. Sie verspürte ein schmerzliches Stechen der Eifersucht in ihrer Brust, so heftig, dass sie beinahe einen Brechreiz bekam, als sie sich die beiden zusammen im Bett vorstellte, seine Hände auf Izzys attraktivem Körper, sein – Nein!, schrie sie stumm, stand vom Sofa auf und tigerte bebend durchs Zimmer, durchgefroren, die Arme um die Mitte geschlungen. Sie wusste nicht, wohin mit der Wucht ihrer Gefühle, doch instinktiv spürte sie, dass sie sich bewegen musste, um nicht davon erschlagen zu werden.

Hätten die Mädchen nicht schlafend oben im Gästezimmer gelegen, wäre sie aus dem Haus gestürmt, ins Auto gesprungen und so schnell sie konnte vor der Furcht davongerast, die sie aufzufressen drohte. Stattdessen setzte sie den Wasserkessel auf, um sich einen Tee zu machen. Bibbernd hüllte sie sich in die türkisfarbene Decke, die über der Sofalehne hing, und nahm eine Tasse und einen Beutel Kamillentee aus dem Schrank.

Da stand sie nun, gegen die Arbeitsplatte gelehnt, die in Socken steckenden Füße taub vor Kälte auf den eisigen Küchenfliesen, und verbrannte sich Zunge und Gaumen mit der heißen Flüssigkeit, aber sie brauchte die Wärme. Ohne, davon war sie überzeugt, würde sie auf der Stelle sterben.

Sie musste eine ganze Weile dort gestanden haben, denn das Nächste, was sie wahrnahm, war das Knirschen von Rädern auf dem Kies. Ross' Wagen kroch langsam die Auffahrt entlang. Sie wünschte sich, sie hätte das Licht ausgemacht: Das Letzte, was sie jetzt brauchte, war ein Gespräch mit ihrer Tochter. Doch wenn Louise und Ross das Licht bemerkt hatten, kamen sie nicht rüber – es war schon nach zwei. Eine Minute später hörte sie, wie sich drüben leise die Haustür schloss.

Nancy ging nicht dran, als Jim früh am nächsten Tag anrief. Eine halbe Stunde später probierte er es erneut und dann in regelmäßigen Abständen den ganzen Vormittag über. Nancy ging immer noch nicht dran. Sie konnte sich nicht entscheiden, wie sie reagieren sollte. Doch es fiel ihr zu schwer, nicht mit ihm zu sprechen, daher gab sie gegen Mittag nach und nahm das Gespräch entgegen.

»Nancy! Oh, Gott sei Dank! Ich dachte – Izzy hat mir erzählt, dass sie mit dir gesprochen hat …« Er brach ab.

»Izzy hat behauptet, du hättest in ihrem Bett gelegen.«

»Wie bitte? Das stimmt nicht! Ich habe in ihrem Gästezimmer geschlafen – obwohl es wohl eher ›Ich habe ohnmächtig in ihrem Gästezimmer gelegen‹ heißen müsste. Ja, ich weiß: Das klingt gar nicht gut …«

»Warum ist sie an dein Telefon gegangen, wenn sie nicht im selben Zimmer war wie du?«, fiel Nancy ihm ins Wort. Es gelang ihr nicht, die Schärfe aus ihrer Stimme herauszuhalten.

»Keine Ahnung.« Jim klang verwirrt. »Wie ich schon sagte: Ich habe nichts mehr mitgekriegt.« Er schwieg einen Moment, dann stieß er hervor: »Um Himmels willen, Nancy, du glaubst doch nicht im Ernst, dass ich etwas mit Izzy habe?«

»Ich weiß nicht, was ich denken soll. Du sagst, du bleibst zu Hause, allein, trinkst ein, zwei Glas Whiskey, und dann rufe ich dich gegen ein Uhr morgens französischer Zeit an, und diese Frau meldet sich, und ich höre … ich höre, wie sie sich im Bett umdreht, Jim.«

Ein frustriertes Seufzen drang durchs Telefon.

»Jetzt tu bitte nicht so, als würde ich viel Aufhebens um nichts veranstalten! Du warst bei ihr, obwohl du behauptet hast, du würdest nirgendwohin gehen, dann hast du mit ihr einen draufgemacht, und schließlich seid ihr zusammen im Bett gelandet. Was zum Teufel soll ich denn denken?«

»Bitte hör zu, Nancy. Ich war nicht in ihrem Bett, und sollte sie in meinem gewesen sein, ist gar nichts zwischen uns gelaufen. Als ich heute Morgen aufgewacht bin, war ich voll bekleidet, und Izzy war in ihrem eigenen Schlafzimmer. Ich schwöre, dass ich allein aus einer alkoholisierten Laune heraus zu ihr gegangen bin, weil du nicht da warst und ich dich vermisst habe.«

»Mach mich nicht verantwortlich für dein Verhalten, Jim. Wir sind keine Kinder mehr. Ich trage Verantwortung, muss meinen Verpflichtungen nachkommen, da kann ich doch wohl erwarten, dass du nicht gleich mit einer anderen ins Bett steigst, wenn wir mal für ein paar Nächte getrennt sind!«

»Ich *war nicht* mit Izzy im Bett!« Er stöhnte. »Herrgott, mir brummt der Schädel. Auch wenn es nicht gerade überzeugend klingt: Bitte glaub mir, Nancy. Ich habe mich betrunken, und das ist die einzige schlimme Sache, die ich gestern Nacht angestellt habe.«

Nancy wollte ihm glauben. Glaubte ihm. Was sie dagegen krank vor Eifersucht machte, war die grundsätzliche Vorstellung von ihm und Izzy – wie sie sich am Silvesterabend in Izzys schönem, weiß gestrichenem Haus mit den blauen Fensterläden amüsierten, aßen, tranken, lachten … Izzy im Kerzenschein, mit ihren langen, glatten, leicht gebräunten Beinen, dem jugendlichen Körper und ihren großen braunen Augen, die sie bewundernd auf Jim richtete. Blöde Kuh.

»Nancy?«

»Ich bin noch dran.«

»Bitte, es tut mir so leid wegen gestern Nacht. Du weißt, dass ich nicht auf Izzy stehe. Okay, ich hätte nicht zu ihr gehen dürfen, aber ich hatte schon ein paar Gläser Whiskey intus, und ich dachte doch nur …«

Lass einen Mann für zehn Sekunden allein, hatte ihre Mutter immer gesagt, *und du wirst sehen, dass nichts Gutes dabei herauskommt.* Mit einem schmerzlichen Stich wurde sich Nancy bewusst, dass Frances nicht mehr da war, um ihr mit ihren bitteren Lebensweisheiten auf die Nerven zu gehen. Und obwohl ihr vom Verstand her klar war, dass ihre Mutter nicht mehr lebte, ließ ihr Gefühl nur langsam los. Die gewohnte Sorge um Frances fing gerade erst an zu verblassen.

»Ist schon gut«, sagte sie, auch wenn das nicht ganz der Wahrheit entsprach. Sie spürte, dass sie sich im Kreis drehten und dass weiteres Streiten gar nichts brächte.

Jim schwieg.

»Lass uns später darüber reden«, fügte sie hinzu.

»Ja, das machen wir«, stimmte er ihr zu. Seine Stimme klang müde und lustlos.

Lindy hatte die Weihnachtstage in Antigua verbracht und sah unverschämt gut aus – noch mehr wie Goldie Hawn als Goldie Hawn selbst –, als Nancy sie zwei Tage später im Pub traf. Ihre blonden Haare wirkten noch blonder, und ihre Haut strahlte so sehr, dass sie das ganze dunkle Pub erhellte wie zuvor der Weihnachtsbaum, der gerade eben abgeschmückt wurde. Nancy sehnte sich danach, mit ihrer Freundin über Jim zu reden, aber sie hörte höflich zu, wie Lindy von der Karibik schwärmte, einem muskulösen Tauchlehrer und dem gutgekleideten, sexy Erben eines Schmuckimperiums, der eine riesige Jacht besaß.

Endlich richtete Lindy ihre Aufmerksamkeit auf Nancy, die Stirn leicht gerunzelt. »Nun mal raus mit der Sprache: Was ist mit Jim? Ich spüre doch, dass du mir etwas zu erzählen hast.«

Nancy fragte nicht, woher sie das wusste, sondern

legte einfach los und berichtete atemlos von den Ereignissen der Silvesternacht.

Als sie geendet hatte, brauchte Lindy einen Moment, um das Gehörte zu verdauen. »Ich halte ihn für unschuldig«, befand sie nach einer Weile.

»Wirklich?«

Lindy fing an zu lachen und nickte. »Ja. Er ist ein Mann, Nancy. Stell dir nur vor, wie er da sitzt, mutterseelenallein, ein Glas Whiskey trinkt, dann noch eins, und sich in Selbstmitleid badet, weil du nicht gekommen bist. Und dann ist da diese Nachbarin, nur ein kleines Stück den Hügel hinunter, auf die er so gar nicht steht …«

»Das hat er behauptet.«

»Und du glaubst ihm nicht?«

Nancy seufzte. »Doch, das tue ich. Aber sie sieht sehr gut aus, Lindy.«

Lindy zuckte die Achseln. »Schönheit macht nicht zwangsläufig begehrenswert, Süße. Das müsstest du doch inzwischen wissen. Aber das ist hier nicht der Punkt.«

»Nicht?«

»Nein. Der Punkt ist vielmehr, ob du ihn genug liebst, um nach Frankreich zu ziehen. Oder ob er dich genug liebt, um Frankreich aufzugeben und nach England zurückzukehren.«

»Ich kann Louise im Moment nicht allein lassen.«

Lindys Blick war skeptisch. »Siehst du, da hast du die Antwort.«

»Du findest, dass ich mich falsch verhalte?«

»Ich maße mir nicht an, das zu beurteilen. Aber wenn Frankreich für Jim so viel bedeutet, solltest du dich der Aussicht stellen, ihn zu verlieren.«

Nancys Herz zog sich zu einem kleinen, festen Knoten zusammen. »Kann er denn nicht einfach hier leben?«

Lindy legte erneut die Stirn in Falten. »Für mich klingt es so, als wolle er einen Schnitt machen, einen Neuanfang – mit dir an seiner Seite. Wie romantisch! Aber wenn du dich so sehr dagegen sträubst ...«

»Das tue ich doch gar nicht! Ich kann mir sehr gut vorstellen, mit ihm dort zu leben. Was ich mir allerdings gar nicht vorstellen kann, ist, meine Familie im Stich zu lassen. Vor allem, da Lou mit Ross momentan die Hölle durchmacht.«

»Das ist verständlich. Aber wie ich schon sagte: Es wird immer irgendein Drama mit der Familie geben. Und wenn du Jim permanent zu verstehen gibst, dass die Familie an erster Stelle steht und nicht er – nun, das ist für einen Mann nicht leicht zu verkraften.«

Nancy nickte erschöpft.

»Wie sehr liebst du ihn, jetzt, da der erste Sexrausch vorbei ist?« Ihre Freundin musterte sie durchdringend.

»Sehr«, antwortete Nancy leise, »aber meine Familie liebe ich auch.«

Lindy lachte. »Es geht doch auch gar nicht um ein Entweder-Oder, sondern um einen Kompromiss, der alle zufriedenstellt. Die Sache ist die: Sich ganz und gar der Familie zu verschreiben und kein eigenes

Leben mehr zu führen mag für manche Menschen funktionieren, vor allem, wenn es keine Alternative gibt. Du dagegen hast in Jim eine brillante Alternative.« Sie schüttelte beinahe mitleidig den Kopf. »Du hast deinen Beitrag geleistet, Nancy. Kannst du nicht einmal dein Pflichtbewusstsein in den Wind schießen und diese einzigartige Chance ergreifen?«

Kapitel neunundvierzig

In den vier Tagen, die seit Silvester vergangen waren, hatte Jim Nancy etliche Male angerufen, aber sie war weder ans Telefon gegangen, noch hatte sie auf seine Nachrichten reagiert. Er stellte fest, dass es ihm zunehmend widerstrebte, mit ihr in Kontakt zu treten, da er immer noch sauer auf sie war. Sauer, weil sie ihm so wenig vertraute und tatsächlich anzunehmen schien, er würde sie aus einer reinen Laune heraus betrügen. Noch dazu mit Izzy! Ja, er hatte sich betrunken, aber das war schließlich kein Verbrechen. Und ja, er war zu Izzy gegangen, obwohl er eigentlich vorgehabt hatte, zu Hause zu bleiben – na und? Es war Silvester, und Nancy hatte beschlossen, seine Einladung abzulehnen. Warum sollte er nicht mit jemand anders feiern?

Jim wusste nicht, was er tun sollte. Er sehnte sich danach, sie wiederzusehen, vermisste sie jede Sekunde – alles, was er tat, hätte er am liebsten gemeinsam mit ihr getan, selbst wenn er nur aus dem Balkonfenster über die winterliche Landschaft blickte oder mit einem Buch und einem Glas Wein vor dem Ofen saß. Doch seit Silvester hatte er die Hoffnung verloren, dass sie je ein Teil seines Lebens hier werden würde, nicht mal für einen Besuch. *Was bringt es, einen Flug für sie zu buchen, wenn ich genau weiß, dass ihr doch wieder etwas dazwischenkommen wird?*

Er sollte nach England zurückkehren, das wusste er. Und er wusste auch, dass es das Aus zwischen ihm und Nancy bedeutete, wenn er es nicht tat. Doch es war ein weiterer Gig angesetzt, und diesmal sollte er allein auftreten, in Brunos Club. Er hatte noch weitere Angebote bekommen, für ihn und die Bluebirds, aber dazu müsste er erst Mal und Jimmy P. überzeugen, den Hintern hochzukriegen und sich in den Flieger zu setzen. Er war glücklich hier, so glücklich wie schon seit Jahren nicht mehr, und obwohl er Nancy vermisste, fühlte er sich nicht einsam im Haus seines Bruders. Er hatte auch wieder damit begonnen, Songs zu schreiben, was er seit dem Debakel mit Chrissie nicht mehr getan hatte – anscheinend hatte ihm Benji, dieser Hohlkopf, nicht nur die Frau, sondern auch die Inspiration gestohlen.

Sein Telefon klingelte. Izzy.

»Hast du Lust auf einen Stadtbummel? Wir könnten auf ein Bier und einen Croque-Monsieur in Brazza einkehren. Oder wir fahren noch weiter raus nach Bonnieux. Das ist ein total süßer Ort!«

Seit seiner Alkoholeskapade hatte Jim Abstand zu Izzy gehalten. Noch bevor sie am Neujahrsmorgen aufgewacht war, war er schon den Hügel hinaufgewandert, hatte sich ins Auto gesetzt und eine große Spritztour unternommen, nur um ihr aus dem Weg zu gehen. Er hatte sich per SMS bei ihr entschuldigt, und sie hatte zurückgeschrieben, aber jetzt sprachen sie das erste Mal wieder persönlich miteinander.

»Ja, gern.«

»Um diese Jahreszeit ist es hier verdammt langweilig«, befand sie. »Nichts los bis nächste Woche. Da können wir gut und gerne etwas Spaß brauchen.«

Gut und gerne, dachte Jim.

Das Café war voll besetzt. Izzy und Jim quetschten sich an einen Tisch in der Ecke, froh, dem stürmischen Wind zu entkommen, der durch die an einem Hügel gelegene Stadt fegte. Sie bestellte für sie beide – zweimal Croque-Monsieur und zwei Kronenbourg.

»Wegen neulich Nacht – es tut mir so leid, Izzy.«

Sie lachte. »Kein Problem. Wir haben beide kräftig gebechert – aber he, es war Silvester!«

Jim nickte bedächtig. »Ja … trotzdem hätte ich nicht … Nancy sagt, du bist an mein Handy gegangen?«

»Du warst dazu ja leider nicht mehr in der Lage.« Izzys Augen weiteten sich. »Ich hoffe, sie ist nicht auf falsche Gedanken gekommen.«

»Natürlich nicht, aber … warst du mit mir im Bett?«

Izzy wandte den Blick ab, doch Jim bemerkte eine

leichte Röte auf ihrer makellosen Haut. Als sie sich wieder zu ihm drehte, wirkte sie beschämt. »Um die Wahrheit zu sagen, ja. Aber nur, weil ich mit dir auf die Matratze gesackt bin und es nicht mehr geschafft habe, mich hochzurappeln.« Sie grinste verschmitzt. »Ich habe die Situation nicht ausgenutzt, wenn es das ist, was dir Sorgen bereitet.«

Schweigend sahen sie zu, wie der Kellner ihre Bestellung vor sie hinstellte.

»Allerdings würde ich nicht Nein sagen«, fügte Izzy nach einer Weile hinzu.

»Wozu würdest du nicht Nein sagen?«, wollte Jim wissen und nahm einen Schluck Bier. Er hörte ihr nicht wirklich zu, wünschte sich stattdessen, Nancy würde ihm gegenübersitzen, nicht die nervige Freundin seines Bruders.

Izzy fing an zu lachen. »Herrgott, Jim, entweder bist du schwer von Begriff oder einfach nur total naiv.«

Jetzt war es an ihm zu erröten, als er endlich kapierte, worauf sie hinauswollte. *Verdammt dreist,* dachte er verblüfft.

»Tut mir leid, ich habe dich in Verlegenheit gebracht. Stevie war der Ansicht, ich hätte eine Spektrum-Störung, weil ich stets ungefiltert sage, was ich will, aber ich finde, der gerade Weg ist immer der richtige.«

Er war sprachlos. Sie flirtete nicht nur mit ihm, sie erhob Anspruch auf ihn mit einem Selbstbewusstsein, das ihm den Atem verschlug. Vielleicht war sie es nicht gewohnt, zurückgewiesen zu werden. »Du hast da offenbar etwas missverstanden, Izzy.«

Sie grinste. »Jetzt ist der Augenblick gekommen, in dem du mir einen Vortrag darüber hältst, wie sehr du Nancy liebst und so weiter.« Sie spreizte ihre Finger und sah sich theatralisch in dem Café um. »Aber wo ist Nancy?«

Als er vom Mittagessen nach Hause kam, rief er sofort Nancy an. Er wünschte sich, er könnte die Erinnerung an Izzys braune Augen abstreifen wie Schmutz von seiner Kleidung, denn er wusste jetzt, dass sie eine größere Gefahr darstellte, als ihm zunächst bewusst gewesen war. Beim Essen hatte sie ohne jede Hemmung oder Verlegenheit begonnen, über Sex zu sprechen, so wie man sich für gewöhnlich über Reisen oder musikalische Vorlieben unterhielt. Jim hatte sich gefühlt wie eine Fliege auf einer Nadel – unfähig, sich zu regen oder gar die Flucht zu ergreifen. Ihre Offenheit – zum Ausdruck gebracht in einem leisen, eindringlichen Monolog, damit die deutschen Touristen mittleren Alters am Nachbartisch nichts mitbekamen –, war faszinierend. So etwas hatte er noch nie erlebt. Als sie von ihren ehemaligen Liebhabern erzählte – sowohl Männern als auch Frauen –, von ihren erotischen Fantasien und den von ihr vorzugsweise praktizierten Sexspielchen, kam er sich vor, als schaue er einen Porno. Und genau wie bei einem Porno hatte Jim voller Entsetzen festgestellt, dass er erregt war, hier, in diesem überfüllten Café inmitten von nichtsahnenden Urlaubern. Noch schlimmer aber war, dass Izzy das wusste, dass sie offenbar genau das beabsichtigt hatte. Sie schien fest entschlossen, ihr Ziel zu erreichen.

Er hatte sich bemüht, cool zu wirken, ihre Enthüllungen herunterzuspielen, als würde er jeden Tag Unterhaltungen wie diese führen. Dennoch hatte Izzy die Zügel fest in der Hand gehalten. Es stand fest, dass sie nicht zum ersten Mal einen Mann auf diese Weise verführte.

»Nancy?«

»Hi, Jim. Wie geht's dir?«

Ihr förmlicher Ton entging ihm nicht, als sei sie nicht gerade erfreut, mit ihm zu sprechen. »Ganz gut …« Er wusste nicht recht, was er sagen sollte. »Ich hatte befürchtet, du wolltest nicht mehr mit mir sprechen, weil du noch sauer bist wegen neulich Nacht.«

»Nein, bestimmt nicht.« Sie klang erschöpft. »Bloß ein weiteres Drama mit Louise. Das Restaurant ist pleite.«

»Mein Gott! Seit wann weißt du das?«

»Seit gestern oder vorgestern … ich hab den Überblick verloren. Sie haben Gas und Strom abgestellt, weil Lou die Rechnung nicht bezahlen konnte. Es sieht so aus, als müssten sie dichtmachen.«

»Wie hoch ist die Rechnung denn?«

»Ziemlich hoch, aber das ist nicht alles. Louise sagt, sie kann auch die Angestellten nicht länger bezahlen. Und der Gipfel von alldem ist, dass der verdammte Ross auch noch spurlos verschwunden ist.«

»Spurlos verschwunden? Wie meinst du das?«

Er hörte sie seufzen, dann: »Lou hat ihn vor ein paar Tagen nach der Abendschicht mit den Rechnungen konfrontiert. Sie hat ihm klargemacht, dass die Energieversorger damit drohen, Gas und Strom abzustellen, hat ihm unmissverständlich mitgeteilt, dass sie am Ende sind. Das hat er gar nicht gut aufgefasst, wie du dir sicher vorstellen kannst. Sie hat ihn seit Monaten gewarnt, aber er hat ihr einfach nicht zugehört. Wie dem auch sei: Sie haben miteinander geredet – laut Louise haben sie noch nicht einmal gestritten –, und dann ist sie nach Hause gefahren. Er hat gesagt, er wolle mit seinem Auto nachkommen, aber er ist nie zu Hause eingetroffen. Hat seitdem nichts mehr von sich hören lassen. Louise ist völlig durch den Wind.«

»O mein Gott, Nancy… glaubst du, er hat eine Dummheit begangen?«

»Ich habe keine Ahnung. Sie hat all ihre gemeinsamen Freunde angerufen, aber keiner hat ihn gesehen. Lou meint, er habe sich einfach irgendwo eingeigelt, um seine Wunden zu lecken, aber das ist so ungeheuer selbstsüchtig – seit zwei Nächten weiß sie nicht, wo er steckt.«

»Sollte sie nicht besser die Polizei rufen? Vielleicht liegt er irgendwo verletzt in einem Graben.«

»Das möchte ich mir lieber nicht vorstellen.«

Sie schwiegen, beide in Gedanken versunken an das, was sie nicht denken wollten.

»Ich komme nach Hause«, sagte Jim.

Nancy reagierte nicht sofort. Dann fragte sie: »Trittst du nicht am Samstag in diesem Club auf?«

»Ja, aber das ist doch längst nicht so wichtig, Nancy.«

»Die Sache ist die: Ich habe sehr oft die Mädchen hier … es ist alles ein bisschen chaotisch. Ich versuche, ihnen Halt zu geben, aber die armen Dinger wissen, dass etwas nicht stimmt. Hope hört alles.«

»Willst du, dass ich lieber nicht zurückkomme?« Plötzlich brachte er die Worte »nach Hause« nicht mehr über die Lippen. Erst ihre Mutter, dann ihre Tochter, jetzt ihre Enkelinnen: Es gab immer eine Barriere zwischen ihnen, einen Grund, ihn auf Armeslänge zu halten.

»Ich weiß nicht … wahrscheinlich wäre es im Moment besser für dich, dort zu bleiben, wo du bist. Das Haus ist so klein.«

Im Hintergrund hörte er ihr Festnetztelefon klingeln.

»Ich muss aufhören. Das könnte Louise sein. Entschuldige, Jim.« Und damit legte sie auf.

Wie bitte? Jim starrte auf das Handy in seiner Hand. Er fühlte sich matt, als habe ihm jemand einen schweren Schlag verpasst, tappte zum Sofa hinüber und ließ sich in die Polster sinken. *Herrgott!*, dachte er.

Doch als er sich das Gespräch noch einmal durch den Kopf gehen ließ, empfand er genauso viel Mitleid mit sich selbst wie mit Nancy. Sie stand unter massivem Druck, so viel stand fest, und sie glaubte nicht, dass er ihr helfen konnte, auch das stand fest. Sie wollte ihn nicht an ihrer Seite haben. Sie wollte ihn aller Wahrscheinlichkeit nach gar nicht mehr haben.

Kapitel fünfzig

Christophers Stimme weckte Nancy am folgenden Morgen um kurz nach sechs. Sie hatte sich am Abend zuvor in den Schlaf geweint – so unfair, so ausweglos erschien ihr die Situation mit Jim. So hoffnungslos. Das Gespräch mit ihm war furchtbar gewesen. Sie hatte ihre Worte nicht so gemeint, aber es gab nichts, was sie ihm im Augenblick bieten konnte. Ihn bei sich zu haben, zu wissen, dass ihm die Decke auf den Kopf fiel, dass er im Grunde gar nicht hier sein wollte, würde alles zerstören. Es war ja schön und gut, dass Lindy der Ansicht war, sie müsse ihre Chance nutzen, aber sie würde niemals mit Jim glücklich werden, wenn sie ihre Familie in der Stunde der Not im Stich ließ. Auch wenn – wie Lindy richtig bemerkt hatte – eine Notsituation die andere ablöste, und das scheinbar unbegrenzt.

Louise war gestern bis spätabends bei ihr gewesen, die Mädchen schliefen oben bei Nancy unter dem Dach für den Fall, dass ihre Mutter einen dringenden Anruf bekäme – von der Polizei oder von Ross. Ihre Tochter war nicht länger außer sich, sondern stumm resigniert und völlig erschöpft. Nancy wusste nicht, was sie sagen sollte, denn obwohl sie ständig über Ross schimpfte, liebte Louise ihren Mann – ganz gleich, ob er es verdiente oder nicht.

»Nancy, ich versuche, Louise zu erreichen.« Die Stimme ihres Exmanns klang leidend.

»Dir auch einen guten Morgen, Christopher.«

»Ähm, entschuldige, aber ich habe wiederholt versucht, sie anzurufen, um ihr von Jasper, dem Baby, zu erzählen, aber sie ruft mich einfach nicht zurück. Ein paar klägliche SMS – mehr bekomme ich nicht von ihr. Tatjana und ich hatten gehofft, dass sie an Weihnachten mit den Mädchen zu Besuch kommen würde, um ihn kennenzulernen.«

»Nun, das wäre ohnehin nicht gegangen …« Nancy setzte ihn rasch ins Bild.

»Hm. Ich hatte schon auf der Hochzeit den Eindruck, dass es mit dem Restaurant den Bach runtergeht. Die arme Louise. Ross ist anscheinend ein ziemlicher Traumtänzer. Steht es denn tatsächlich so schlimm?«

»Das musst du Louise fragen«, sagte Nancy. Auch sie hielt ihren Schwiegersohn für einen Traumtänzer, trotzdem ärgerte es sie, dass Christopher so über ihn sprach. Sie wollte das Telefonat beenden, bevor sich ihr Exmann darüber auslassen konnte, wie perfekt Jasper doch sei, was für ein musisches Genie, obwohl er noch keinen Monat alt war. Genau das hatte

Christopher offenbar beabsichtigt, denn als sie sagte, sie müsse jetzt auflegen, wirkte er ausgesprochen enttäuscht.

Sie schlich die Treppe hinunter, um sich eine Tasse Kaffee zu machen, bevor die Mädchen auf der Bildfläche erschienen. Schläfrig blickte sie aus dem Fenster und fragte sich, was der Tag wohl bringen würde, als sie plötzlich einen dunklen Haufen auf der Schwelle vor Louise' Haustür bemerkte. Sie kniff die Augen zusammen und spähte in den dämmrigen Januarmorgen hinaus. Was war das?

Eilig zog sie ihre Jacke über den Schlafanzug, lief über das nasse Gras zum Haus ihrer Tochter hinüber, damit ihre Schritte auf dem Kies nicht knirschten, und näherte sich vorsichtig dem unförmigen Haufen. Die Außenbeleuchtung ging an, der helle Schein fiel auf eine schlafende Gestalt. Ihr Schwiegersohn. Er lag auf der Seite, mit dem Rücken zur Haustür, die Arme um die hochgezogenen Knie geschlungen. Auf seinem Kinn spross ein Drei-Tage-Bart, er trug keinen Mantel, und seine Kleidung war zerknittert. Als sie sich über ihn beugte, nahm sie den stechenden Geruch von Alkohol wahr.

»Ross … Ross, wach auf«, flüsterte sie, voller Sorge, die Mädchen könnten aus dem Dachfenster schauen und ihren Vater auf dem Boden erblicken.

Ross öffnete die Augen, starrte Nancy an, ohne sie zu sehen, blinzelte und schloss die Lider wieder.

Nancy rüttelte fest an seiner Schulter. »Bitte, Ross, wach auf!«

Er murmelte etwas vor sich hin, seufzte und öffnete die Augen erneut. »Was? Was ist denn?«

»Steh auf, bitte! Komm.« Sie zog ihn am Arm, aber er war ein schwerer Mann, und es gelang ihr nicht, ihn von der Stelle zu bewegen. »*Ross!* Wenn du nicht sofort aufstehst, werden dich die Mädchen sehen! Komm jetzt!«

Als sie die Mädchen erwähnte, rappelte Ross sich hoch und kam umständlich auf die Füße. Nancy packte ihn am Arm, damit er das Gleichgewicht hielt. Er schwankte und lehnte sich haltsuchend gegen die Haustür.

»Schlüssel?«, fragte Nancy.

Er schüttelte den Kopf. »Im Wagen.«

»Wo ist der Wagen?« Erst jetzt fiel ihr auf, dass dieser nicht in der Auffahrt parkte.

»Beim Restaurant. Die verdammte Karre wollte nicht anspringen. Ich musste zu Fuß nach Hause gehen.«

»Pst!« Nancy warf einen Blick zum Dachfenster der Mädchen hinauf.

»Wo ist Lou?«, flüsterte Ross.

Nancy schüttelte den Kopf und deutete auf ihr Cottage. »Ich laufe schnell rüber und hole meinen Schlüssel, damit du dich waschen kannst, bevor du deiner Familie gegenübertrittst.«

Er wirkte völlig benommen; seine Augen waren blutunterlaufen.

Kopfschüttelnd rannte Nancy zurück zu ihrem Haus. Er würde jede Menge zu erklären haben.

Jim rief an. Ein paar Sekunden starrte sie aufs Display, unentschlossen, ob sie seinen Anruf entgegennehmen sollte oder nicht, dann drückte sie auf den grünen Knopf.

»Hi, Jim.«

»Hi. Gibt's was Neues?«

Seine tiefe Stimme, so voller Sorge, ging ihr ans Herz. Sie erzählte ihm von Ross. »Er behauptet, er habe keinen blassen Schimmer, was er während der vergangenen Tage getan hat.«

»Vermutlich ist er auf Sauftour gegangen. Gott sei Dank, dass er wieder zu Hause ist.«

»Das kannst du laut sagen.« Nancy spürte, dass er auf etwas wartete, aber sie wusste nicht, was sie sagen sollte, ohne Versprechungen zu machen, die sie am Ende ja doch nicht erfüllen könnte.

»Ich bin erleichtert zu wissen, dass es ihm gutgeht«, fügte er an.

»Danke.«

»Ruf mich später an. Bye, Nancy.«

»Bye.«

Nancy schluckte mühsam, um nicht in Tränen auszubrechen. Am liebsten hätte sie Jim angefleht, nach Hause zurückzukehren. Sie wollte in seinen Armen liegen und ihn um Verzeihung bitten dafür, dass sie so kalt, so abweisend war. Sie wollte das amüsierte Funkeln in seinen Augen sehen, wollte mit ihm singen, wollte frei sein, um ihn wieder lieben zu können. Aber ihr Blick wanderte zum Sofa, wo die Mädchen in ihren Schlafanzügen und Lammfellpantoffeln, die Haare offen und verwuschelt vom Schlafen, vor dem Fernseher saßen, zwei leere Müslischalen vor sich auf dem Couchtisch.

KAPITEL EINUNDFÜNFZIG

Jim hatte seit fast zehn Tagen nicht mehr mit Nancy gesprochen. Nicht weil er es nicht versucht hätte, aber seine Textnachrichten blieben unbeantwortet, genau wie die auf ihrem Anrufbeantworter. Langsam kam er sich vor wie ein Stalker. Das Vertrauen in die Liebe, von der er noch vor ein paar Wochen so überzeugt gewesen war, nahm mehr und mehr ab. Nancys Schweigen machte ihn nervös, sein Magen übersäuerte, und jedes Mal, wenn er aufs Handy schaute, um nachzusehen, ob sie sich vielleicht gemeldet hatte, fing sein Herz unangenehm schnell an zu hämmern. Er wusste, dass er seine Sorge in zu viel Whiskey ertränkte – manchmal fing er schon am Vormittag an zu trinken –, außerdem rauchte er viel zu viele Gitanes, beides, um die Einsamkeit zu dämpfen, die er verspürte, wenn er an seine Zukunft dachte – eine Zukunft ohne sie.

Er weigerte sich zu akzeptieren, dass es aus war. Nancy liebte ihn genauso sehr wie er sie. Würde sie das tatsächlich ohne ein klärendes Gespräch wegwerfen? Er wäre gern wütend auf sie gewesen, aber er wusste, dass sie in Louise' Dramen gefangen und alles andere als glücklich war. Aus dem Grund beschloss er, ein paar Tage verstreichen zu lassen, bis sich der Staub gelegt hatte, und es dann noch einmal bei ihr zu versuchen. Zum Teil, so musste er sich eingestehen, schob er einen erneuten Versuch aber auch deswegen vor sich her, weil er fürchtete, dass er Nancy damit zu etwas Endgültigem zwingen würde. Es würde ihm das Herz brechen, wenn sie tatsächlich Schluss mit ihm machte.

Das Wetter war herrlich. Reine, kalte Luft, ein strahlend blauer Himmel und heller Sonnenschein, der in den Augen schmerzte und wahrhaft herzerfrischend war, wäre Jims Herz nicht vor Kummer so schwer gewesen wie Blei. Jeden Morgen kurz nach Sonnenaufgang kam Izzy vorbei, zerrte ihn aus dem Bett und machte ihm dickflüssigen, schlammigen Kaffee in Stevies Espressomaschine, um seine Lebensgeister zu wecken, dann reichte sie ihm Mantel und Mütze und scheuchte ihn wortlos aus dem Haus den Hügel hinauf, ob es ihm passte oder nicht.

Er sträubte sich jeden Tag, vergrub seinen whiskeybenebelten, nach Zigarettenqualm stinkenden Kopf unter dem Kissen und knurrte, sie solle sich verpissen, aber seine schlechte Laune schien ihr nichts auszumachen – sie tat einfach so, als sei sein griesgrämiges Benehmen das Natürlichste der Welt. Und selbstverständlich bewirkten der stramme Marsch hügelaufwärts, die Pinien, die strahlende Sonne und die frische Luft wahre Wunder und ließen ihn neue Hoffnung schöpfen. Wenn sie ihm nach einer ganzen Weile gestattete kehrtzumachen, hatte sich seine Stimmung entscheidend verbessert.

Heute Morgen schien seine Nachbarin reden zu wollen, als sie durch die Pinien stapften. Ihr Atem bildete kleine Wolken in der kalten Luft.

»Hast du immer noch nichts von ihr gehört?«

»Sie hat einiges zu tun.« Jim, der seit jenem bizarren Mittagessen in Bonnieux jedes intimere Gespräch mit Izzy vermieden hatte, hatte ihr nicht Genaueres mitgeteilt, aber sie war eines Abends bei ihm hereingeschneit und hatte ihn weinen sehen. Er hatte schluchzend Nancys Namen gerufen, weil er dachte, er sei allein.

»Zu viel zu tun, um einen einzigen Anruf zu tätigen? Drei Minuten, maximal vielleicht fünf?«

Jim schwieg.

»Sieht so aus, als würde sie dich bestrafen, weil du gegangen bist.«

Er sah Izzy stirnrunzelnd an. »Wie kommst du auf die Idee? Schließlich war sie diejenige, die nicht wollte, dass ich nach Hause komme. Angeblich weil die Mädchen so viel bei ihr sind.«

»Ja, aber das musst du doch nicht glauben, Jimmy.«

Er wünschte sich, sie würde ihn nicht »Jimmy« nennen. Nur Chrissie hatte ihn je so genannt – und gelegentlich Mal –, und das auch nur, weil er es aufgegeben hatte, sich dagegen zu wehren. Wenn er den

Namen »Jimmy« hörte, kam er sich vor wie ein großes, dummes Kind. »Das verstehe ich nicht.«

»Sie testet dich. Im Grunde will sie, dass du in die nächste Maschine springst und zu ihr fliegst.«

»Obwohl sie mich gebeten hat, genau das nicht zu tun?«

Izzy nickte. Die Sonne fing sich in ihrem vollen, weizenblonden Haar, das sie heute Morgen zu einem langen Franzosenzopf geflochten hatte. Sie war um einiges fitter als er, legte ein solches Tempo vor, dass er kaum mithalten konnte, und trieb ihn unermüdlich hügelaufwärts.

»Nancy spielt keine Spielchen, Izzy.«

Izzy zog die Augenbrauen in die Höhe. »Nicht?«

»Nein.«

Sie schwiegen einen Moment lang.

»Dann gibst du also einfach auf, trinkst und rauchst, bis du einen Herzinfarkt oder Krebs bekommst, hm? Um früh zu sterben, genau wie dein Bruder?«

Jim war schockiert. »Nein. Natürlich nicht.«

Die hochgezogenen Brauen wollten nicht sinken.

»Ich bin bloß … ach, ich weiß einfach nicht, was ich tun soll«, gab er seine Abwehr schließlich auf.

Sie nahm seinen Arm. »Ich hasse es, dabei zuzusehen, wie sich ein anständiger Mann wegen einer Frau gehen lässt, die ihn ganz offensichtlich nicht zu schätzen weiß – vor allem, wenn ich diesem Mann eine, wie ich finde, sehr attraktive Alternative anbiete. Du musst dich mehr anstrengen, um Nancy zurückzugewinnen. Wenn du das nicht tust, wirst du sie verlieren.«

»Und was soll ich tun?«

»Wie ich schon sagte: Setz dich in den nächsten Flieger und zisch ab nach Hause, Jimmy. Tu's einfach.«

Als er, befeuert von Izzys Rat, ins Lavendelhaus zurückkehrte, marschierte er schnurstracks zu seinem Computer. Er schob seine Zweifel und Befürchtungen beiseite – vor allem die Vorstellung einer kühl dreinblickenden Nancy, die ihn an der Haustür abwies – und buchte für den übernächsten Tag einen Flug von Marseille, bevor er es sich anders überlegen konnte. Um diese Jahreszeit gab es jede Menge Last-Minute-Angebote. Zehn Minuten, nachdem er das Ticket online gekauft hatte, klingelte sein Handy, und Nancy war dran, als hätte er ihren Anruf damit heraufbeschworen.

»Hi, Jim.« Ihre Stimme klang matt, ohne jede Wärme, und Jim spürte, wie sich sein Magen vor Angst zusammenschnürte.

»Nancy … endlich.«

»Es tut mir leid, dass ich nicht angerufen habe. Seit Ross wieder da ist, herrscht hier die totale Hektik. Er ist krank, hat eine Art Burnout, kommt nicht mehr aus dem Bett. Louise dreht durch in ihrem Bemühen, die Probleme mit dem Restaurant zu lösen und mit ihm und den Mädchen zu Rande zu kommen. Ich hatte einfach keine Zeit, um nachzudenken.«

»Klingt wie ein Albtraum«, sagte er. Trotz ihres niedergeschlagenen Tons war er glücklich, ihre Stimme zu hören. »Was für ein seltsamer Zufall, dass du ausgerechnet jetzt anrufst. Ich habe gerade einen Flug gebucht… ich komme am Donnerstag.« Er wartete in der innigen Hoffnung, sie würde vor Freude in die Luft springen und ihm sagen, wie sehr sie sich danach sehnte, ihn zu sehen. Doch sie schwieg.

»Jim …«

Er hielt den Atem an.

»Jim, hör zu …«

In der kurzen Pause, die folgte, bevor sie weitersprach, hätte er am liebsten das Telefon fallen lassen, sich die Ohren zugehalten und laut »Lalalalala!« gesungen, damit er nicht hören musste, was jetzt kam.

»Jim, ich weiß nicht, wie das mit uns weitergehen soll.«

Er erwiderte nichts, sein Atem blieb in seiner Kehle stecken wie ein Stein.

Mit entschlossener Stimme, darauf konzentriert, die richtigen Worte zu finden, fuhr Nancy fort: »Ich bin völlig überfordert mit meiner Familie, und ich sehe nicht, dass sich das in naher Zukunft ändern wird. Ich bin mir all der Argumente bewusst, dass ich ein eigenes Leben verdient habe, dass ich beides haben kann – dich und meine Familie –, aber die Wahrheit ist, dass das nicht geht. Ich möchte nicht ständig zwischen sämtlichen Stühlen sitzen und mich meiner Familie gegenüber schuldig fühlen, wenn ich mit dir zusammen bin, genauso wenig wie ich mich dir gegenüber schuldig fühlen möchte, wenn ich mit meiner Familie zusammen bin. Lou und die Mädchen – und selbst Ross – brauchen mich jetzt, und wenn du zurückkommst, werde ich mich permanent schlecht fühlen, weil ich es allen recht machen möchte … so will ich nicht mehr leben.«

Schweigen.

»Ist es wegen Frankreich? Dass ich hier wohnen möchte? Ich kann das Lavendelhaus verkaufen und mir etwas in England suchen. Du bedeutest mir so viel …«

»Es geht nicht um Frankreich, Jim.«

Als sie nicht weitersprach, flehte er: »Tu das nicht – verlass mich nicht, Nancy. Bitte nicht … *bitte*. Ich liebe dich, und ich denke, du liebst mich auch. Unsere Liebe ist es wert, dass wir einen Kompromiss finden, eine Möglichkeit, zusammen zu sein, die für alle funktioniert.« Er riss sich zusammen, trotzdem war das Zittern in seiner Stimme nicht zu überhören.

Nancy seufzte. »Ich liebe dich tatsächlich.«

»Dann lass uns einen Weg finden, zusammenzusein. Lass uns nicht aufgeben.« Er hörte sie weinen, und sein Herz zog sich zusammen vor Pein. »Ich übe keinerlei Druck auf dich aus, bitte glaub mir. Ich bin ein unabhängiger Mann, das weißt du. Ich werde mich nicht an deinen Rockzipfel hängen und versuchen, dich von dem abzuhalten, was du für deine Familie tun musst. Das habe ich noch nie getan.«

»Das weiß ich«, sagte sie schniefend, dann hörte er, wie sie sich die Nase schnäuzte, aber ihre leisen

Schluchzer wollten nicht verstummen. »Du warst das Großartigste, das Außergewöhnlichste, was mir im Leben je passiert ist, Jim. Aber momentan ist einfach kein Platz dafür ... mir fehlt die Kraft. Ich kann dich nicht länger hinhalten in der Hoffnung, die Dinge würden sich schon irgendwann ändern, dich mit Versprechungen an mich binden, die ich nicht halten kann. Das wäre dir gegenüber nicht fair.«

Jim zitterte. »Willst du damit wirklich sagen, dass es vorbei ist? Dass du mich nicht länger in deinem Leben haben willst?«

Sie war jetzt ganz ruhig, hatte aufgehört zu weinen. »Ich kann nicht anders ... es würde nicht funktionieren.«

Ihre Worte klangen eiskalt, wenngleich sie kaum mehr waren als ein Flüstern.

»Aber ich liebe dich.« Auch Jim sprach sehr leise, wenngleich mit absoluter Überzeugung.

Sie erwiderte nichts, doch er spürte, dass sie fort war. Nicht körperlich – er konnte sie noch immer atmen hören –, aber sie hatte gesagt, wofür sie sich gewappnet hatte, und er kannte sie gut genug, um zu wissen, dass sie ihre Meinung nicht ändern würde. Nicht jetzt.

»Es ist nicht vorbei«, sagte er. »Das kann nicht sein.«

»Es tut mir leid.«

Die Leitung war tot. Jim wusste nicht, was er tun sollte. Zitternd warf er sein Handy auf den Tisch, als stünde es in Flammen, dann ging er mit großen

Schritten zu den Balkontüren, riss sie auf, um frische Luft zu bekommen, nahm einen der Holzstühle und schleuderte ihn gegen die Wand. Der Lärm zerriss die morgendliche Stille. Vögel flatterten aufgeregt von den Bäumen, während Jim sich auf den anderen Stuhl fallen ließ und das Gesicht in den Händen vergrub. Er spürte, wie ein gellender, unkontrollierter Schrei in seiner Brust aufstieg, den er verzweifelt zu ersticken versuchte. Nur ein Stöhnen drang über seine Lippen, aber der Schrei steckte in seiner Kehle, wartete, verschlug ihm den Atem. Sein Herz wummerte schmerzhaft und unregelmäßig.

Er stand auf, durchquerte das Haus und eilte ohne Mantel zur Tür hinaus und den Hügel hinauf wie vor einer guten Stunde. Adrenalinbefeuert, erreichte er die Spitze doppelt so schnell wie vorhin, ohne dass er überhaupt merkte, was er tat. Die Aussicht war spektakulär, doch er nahm sie gar nicht wahr, als er sich vornüberbeugte, seinen Kopf mit beiden Händen umklammerte und den Mund zu einem gequälten Schrei des Zorns und der Verzweiflung öffnete. Sein Schrei hallte durchs Tal wie der Klageruf eines gepeinigten wilden Tiers.

Wie lange Jim dort stand und heulte, wusste er nicht, aber irgendwann konnte er nicht mehr stehen. Er sackte auf den kalten Felsboden, zog die Knie unter sich und weinte.

Kapitel zweiundfünfzig

Nancy redete sich ein, es sei das Beste gewesen, ihre Beziehung mit Jim zu beenden. Nach dem Anruf – genau der Schlusspunkt, den sie brauchte und den sie wochenlang vor sich hergeschoben hatte – gab sie sich große Mühe, ihre Gefühle für den Mann, den sie liebte, zu kappen und in eine Kiste zu packen, um sie in der hintersten Ecke des Dachbodens zu verstauen. So schwer, wie sie befürchtet hatte, war es gar nicht, denn im Augenblick verspürte sie ohnehin nichts außer einer dumpfen Taubheit, die sich nach und nach und immer mehr in ihr ausbreitete, wie übergeschwappte graue Farbe, die sich über ihr Bewusstsein ergoss. Begonnen hatte dies kurz nach dem Tod ihrer Mutter.

Es war nicht so, dass sie keine Hoffnung mehr für die Zukunft hatte, nein, es war eher so, dass die Zukunft wie ein blankes Nichts vor ihr lag, auf das sie keinerlei Gefühle, Hoffnungen, nicht einmal *sich selbst* projizieren konnte.

Auch die Zeit mit den Mädchen trug nur wenig

dazu bei, ihre Stimmung zu heben. Sie kümmerte sich um sie, lächelte, wenn sie lächeln musste, umarmte die zwei, wenn es die Situation erforderte, und lauschte mit einem Ohr ihrem Geschnatter. Wenn sie allein war, weinte sie. Mitunter bis tief in die Nacht, aber ohne Kraft oder Hoffnung auf Erleichterung. Das Weinen wurde zur Gewohnheit, die in Erschöpfung und Schlaf mündete.

Nancy verbarg ihre Deprimiertheit gut. Louise war zu beschäftigt, um etwas zu bemerken, und Ross hatte seine eigenen Probleme. Sie ging Lindy aus dem Weg und sagte ihren Klavierschülern ab. Sie sehe sich nicht in der Lage, erklärte sie, in naher Zukunft wieder Unterricht zu erteilen.

An einem kalten Februarabend lag Jazzy in Nancys Cottage im Bett und drückte schläfrig ihre geliebte, abgewetzte Stoffgiraffe an sich, nahm den Daumen aus dem Mund und sah ihre Großmutter fragend an. »Wo ist eigentlich Jim, Nana?«

»Er ist in Frankreich«, antwortete sie, setzte sich auf Hopes Bettkante und machte sich bereit, den beiden ein weiteres Kapitel von *Das Wundermittel* vorzulesen. Die beiden Mädchen liebten alles von Roald Dahl.

»Wann kommt er denn zurück?« Hope setzte sich neugierig auf.

»Ich weiß es nicht …«

»Aber er hat doch versprochen, uns den Chicken Song beizubringen«, beschwerte sich Jazzy.

Hope sah Nancy skeptisch an. »Er ist doch noch dein Freund, oder, Nana?«

Die unerwartete Frage traf sie mit voller Wucht in die Magengrube. Es war fast ein Monat vergangen, seit sie das letzte Mal mit Jim gesprochen hatte, und jeden Tag gelang es ihr ein bisschen besser, sich vor ihren Erinnerungen zu verschließen. Es waren bloß *Erinnerungen.* Jim war eine Erinnerung. Doch jetzt, da Hope sie so durchdringend ansah, füllten sich ihre Augen mit Tränen. »Ich fürchte, das ist er nicht mehr«, sagte sie, schluckte angestrengt und senkte den Kopf, damit die Mädchen ihre Tränen nicht sehen konnten. Hope zögerte, dann schob sie die Decke weg und krabbelte zu ihrer Großmutter, um sie fest in die Arme zu schließen. Ihre Umarmung war wie ein Leuchtfeuer in Nancys finsterer, trostloser Welt: so voller Liebe und Verständnis, dass sie Nancys Mauern der Gleichgültigkeit durchbrach. Am liebsten hätte sie geschrien vor Schmerz. Jazzy sah sie unsicher an, erst ihre Schwester, dann ihre Großmutter, aber sie rührte sich nicht.

»Mach dir keine Sorgen, Nana«, bat Hope, einen sehr erwachsenen Ausdruck auf dem Gesicht. »Ich bin mir sicher, er kommt bald zurück.«

»Vielleicht hast du recht.« Nancy brachte ein schiefes Lächeln zustande und räusperte sich. Doch die Sorge ihrer Enkelin machte alles nur noch schwerer. Hope würde in ein paar Tagen zehn werden – sie wurde schnell erwachsen.

»Er wird uns den Chicken Song beibringen«, murmelte Jazzy mit der Unschuld ihrer sechs Jahre.

»Bestimmt. Na los, es ist schon spät. Wir sollten lieber mit dem *Wundermittel* weitermachen.« Nancy gab Hope einen Kuss auf die Stirn, drückte sie dankbar und scheuchte sie, nachdem sie sie nur widerstrebend losgelassen hatte, zurück unter die Bettdecke.

Ross fuhr zusammen, als Nancy eintrat, obwohl sie geklopft hatte, bevor sie die Haustür aufsperrte. Es war früher Abend und draußen bereits dunkel. Sie brachte Hopes Sporttasche zurück, die diese gestern bei ihr vergessen hatte. Sie wusste, dass Louise unterwegs war, um die Mädchen vom Abenteuerclub abzuholen, und hatte gehofft, Ross sei anderweitig beschäftigt – sie war nicht in der Stimmung, mit irgendwem zu reden.

Aber ihr Schwiegersohn war in der Küche, einen Berg Hähnchenteile vor sich auf der Kücheninsel, die er mit einem furchterregend aussehenden Hackbeil bearbeitete. Trotz ihres Bedürfnisses, ihm aus dem Weg zu gehen, war Nancy froh, Ross an seinem Lieblingsplatz zu sehen. Louise hatte ihr erzählt, er habe sich der Küche seit seinem Zusammenbruch nicht mehr genähert.

»He, Nancy.« Er hielt inne und sah sie lächelnd an. Sie fand, dass er abgenommen hatte, aber vielleicht hatte er gar nicht so sehr an Gewicht eingebüßt, sondern vielmehr an Selbstvertrauen, von dem er zuvor im Überfluss besessen hatte. Seine großen dunklen Augen wirkten immer noch erschöpft, hatten ihr lebhaftes Funkeln verloren.

»Wie geht es dir, Ross?«

»Etwas besser.« Er lehnte sich gegen die Arbeitsfläche. »Und dir?«

Achselzuckend legte sie Hopes Sporttasche auf dem Küchentisch ab.

»Du siehst so aus, wie ich mich fühle«, bemerkte er, immer noch lächelnd.

»Also nicht gut.«

Er griff nach einer Flasche Rotwein und hielt sie einladend in die Höhe. Sie nickte. Ross ging zur Spüle, wusch sich die Hände, dann holte er für sie ein Glas aus dem Schrank neben dem Herd. »Nimm Platz«, bot er an, nahm sein eigenes Glas und ging um die Kücheninsel herum, um sich Nancy gegenüber an den Tisch zu setzen. »Ist es wegen deiner Mum?«, fragte er.

Nancy zögerte, bevor sie antwortete. »Ich denke schon ... zumindest teilweise.« Sie war sich nicht sicher, ob das stimmte: Die einzelnen Elemente ihres Lebens griffen momentan derart ineinander über, dass sie keine Kraft mehr hatte, die verschiedenen Fäden auseinanderzuhalten. »Ich bin nie besonders gut mit Mum klargekommen«, hörte sie sich plötzlich sagen. »Ich habe sie geliebt, aber wir hatten nicht viel gemeinsam ... sie hatte zu vielen Dingen eine ganz andere Einstellung.«

»Sie hat die Leute stets auf Armeslänge gehalten, das steht fest.«

»Manchmal frage ich mich, ob ich sie nicht stärker hätte drängen müssen, sich in Behandlung zu begeben. Wenn ich sie mehr geliebt hätte, hätte ich dann darauf bestanden?« Nancy schluckte. Die blöden Tränen, die ihr schon wieder in die Augen traten, würden diesmal nicht gewinnen.

»So darfst du nicht denken, Nancy. Sie hatte ihre Entscheidung getroffen, und sie war störrisch wie ein alter Esel. Du hättest sie schon mit Gewalt in die Klinik verfrachten müssen.«

Nancy lächelte. »Das habe ich mir auch gesagt.«

Sie nahmen einen Schluck von dem fruchtigen Cabernet, und Nancy ließ sich die wohltuende, schwarze, nach Johannisbeere schmeckende Flüssigkeit auf der Zunge zergehen.

»Und was ist mit Jim?«, fragte Ross ohne die Verlegenheit, die sie bei ihrer Tochter verspürt hatte, als diese sich vergangene Woche nach ihm erkundigte. Er sei noch in Frankreich, hatte Nancy schlicht erwidert, und Louise hatte ihre Antwort akzeptiert, ohne weiter nachzuhaken.

Nancy ließ vorsichtig den Wein im Glas kreisen und beobachtete, wie sich das Licht in der Oberfläche fing. Das kühle runde Glas fühlte sich gut an in ihrer Hand. Sie hielt es fest – etwas Schlichtes und Solides, etwas von Bestand in dieser verwirrenden Welt. Endlich blickte sie auf. »Wir haben uns getrennt.«

»Nein! Wann?« Er wirkte schockiert.

»Vor etwa einem Monat … vielleicht auch schon früher.«

»Mein Gott, Nancy, warum?«

Noch während sie sorgfältig ihre Antwort formulierte, fuhr er fort: »Lou hat gar nichts gesagt.«

»Lou weiß nichts davon.«

Ross runzelte die Stirn. »Was ist passiert?«

»Ich – ich konnte nicht … ich weiß nicht … es war schwierig mit Mum …« Sie fügte nicht hinzu, dass es genauso schwierig gewesen war mitanzusehen, wie die Ehe ihrer Tochter in die Brüche ging, das Restaurant pleite machte, ihre Enkelinnen immer weniger verstanden, was um sie herum vorging. Aber das wusste Ross auch so.

»Hat er dich unter Druck gesetzt?«

»Du liebe Güte – nein, ganz und gar nicht. Im Gegenteil: Er wollte helfen.«

»Aha …«

Sie schüttelte den Kopf. »Ich schaffe das nicht alles auf einmal, Ross. Ich kann nicht für Jim *und* für die Familie da sein. Ich kann nicht alle glücklich machen. Nach Frankreich fliegen, nicht nach Frankreich fliegen, ihn erst in das Haus zusammen mit Mum einpferchen, dann mit den Mädchen. Das funktioniert einfach nicht.« Ihre Stimme schwoll immer mehr an, die Worte sprudelten nur so aus ihr heraus in einem Schwall der Frustration.

Ross dachte einen Moment über das eben Gehörte nach, dann sagte er: »Ich glaube, ich verstehe. Bitte entschuldige, Nancy. Ich dachte, ihr zwei würdet für die Ewigkeit zusammengehören … und ich fühle mich verantwortlich, weil ich alles in den

Sand gesetzt und euch so viele Probleme bereitet habe.«

»Es ist nicht deine Schuld«, sagte sie, denn dass sie sich von Jim getrennt hatte, lag ganz allein in ihrer Verantwortung. Es war *ihre* Entscheidung gewesen.

»Doch«, widersprach er. »Es *ist* meine Schuld. Ich war so ein Arschloch.« Er fuhr sich mit der Hand übers Gesicht. »Ich habe deine Tochter nicht verdient. Sie war so verdammt gut zu mir, selbst als ich …« Er hielt inne, seine Wangen röteten sich vor Scham. »Selbst als ich so gemein zu ihr war.«

Nancy wusste nicht, was sie sagen sollte.

»Auch du, Nancy, warst einfach der Wahnsinn. Ich kann dir gar nicht genug danken, und ich weiß wirklich nicht, wie wir diese Zeit ohne dich durchgestanden hätten. Und jetzt, da Louise' Dad …«

Ja, das war in der Tat ein Wunder, auch wenn Nancy es immer noch nicht ganz glauben konnte. Als Louise endlich ihren Vater angerufen hatte, hatte dieser – vermutlich im Überschwang der Gefühle, die seine neuerliche Vaterschaft in ihm auslösten – angeboten, ihnen aus der Patsche zu helfen und die Angestellten und Energieversorger zu bezahlen, außerdem hatte er ihnen einen kleinen Betrag überwiesen, damit sie den Kredit auf das Haus bedienen konnten, bis sie wieder auf die Beine kamen. Ein Geschenk, keine Leihgabe, hatte er betont. Louise, die zuvor stets verkündet hatte, sie würde niemals auch nur einen müden Penny von ihrem Vater annehmen, hatte es die Sprache verschlagen.

»Jim muss am Boden zerstört sein«, stellte Ross fest. »Genau wie du.«

Darüber wollte Nancy gar nicht erst nachdenken. Sie sehnte sich danach, das Thema zu wechseln, aber sie wusste nicht, worüber sie sonst reden sollte, ihr Kopf war völlig leer. Zum Glück hörte sie in diesem Moment Autotüren zuschlagen, dann öffnete sich die Haustür, und die Mädchen stürmten ins Haus, von Kopf bis Fuß voller Schlamm, die Haare zerzaust, ein breites Grinsen auf den blassen, erschöpften Gesichtern.

KAPITEL DREIUNDFÜNFZIG

»Dann dauert's ja nicht mehr lange, bis du deine Nancy heiraten kannst«, bemerkte Chrissie, als Jim sie von Frankreich aus anrief, um ihr zu erzählen, dass er das vorläufige Scheidungsurteil per Post erhalten und das endgültige Scheidungsurteil beantragt habe.

»Sie ist nicht mehr *meine* Nancy. Es hat nicht funktioniert mit uns.«

»Oh ... das tut mir leid«, sagte Chrissie, die alles andere als mitleidig klang. »Dann bist du also ganz allein in Stevies Haus?«

»Ja. Aber das ist gut. Ich kann mich ganz auf meine Musik konzentrieren. Tommy kommt an Ostern für ein paar Tage vorbei. Außerdem hab ich ja noch Izzy. Du erinnerst dich an Stevies Nachbarin?«

»Ja ... Blondie. Heißer Feger.« Sie kicherte. »Herzlichen Glückwunsch, Jimmy.«

»Was meinst du damit?«

»Ich meine, dass Pascal mal erzählt hat, sie hätte östlich von Marseille niemanden ausgelassen, der nicht bei drei auf den Bäumen war. Wie sagt man auf Französisch dazu? *La bicyclette de la ville?*« Ein neuerliches despektierliches Kichern.

Jim erinnerte sich schlagartig, warum ihm Chrissie so auf die Nerven gegangen war. »Sie war mir eine gute Freundin«, entgegnete er wider besseres Wissen. Ihm war klar, dass er das Gespräch einfach hätte beenden sollen. Obwohl das, was seine Exfrau über Izzy behauptete, aller Wahrscheinlichkeit nach der Wahrheit entsprach – und Izzy wäre wohl die Erste, die dies zugeben würde –, verspürte er plötzlich den Wunsch, die Freundin zu beschützen.

»Da bin ich mir sicher. Hüte deine Tugend, Jim-Boy. Es ist nur eine Frage der Zeit, bis sie auch dich rumkriegt – und dann wird sich zeigen, wie standhaft du bist.« Seine Ex brach in süffisantes Gelächter aus und legte auf.

Inzwischen war es März. Jim hatte die letzten Wochen in einem Nebel der Fassungslosigkeit verbracht. Das gesamte Gerüst seines Lebens war in sich zusammengebrochen, und er hatte das Gefühl, langsam, aber sicher durchzudrehen. Er hatte Nancy einen Haufen Briefe geschrieben, die am Ende allesamt im Holzofen gelandet waren. Er hatte ungefähr eine Million SMS entworfen und alle wieder gelöscht. Er hatte E-Mails verfasst, nur um sie unter »Entwürfe« zu speichern; er hatte sie auf dem Festnetz angerufen und jedes Mal aufgelegt, wenn sich der Anrufbeantworter meldete. Er hasste sich selbst. *Du hast einfach aufgegeben. Es gelingt dir offenbar nicht mal mehr, ein anständiger Stalker zu sein*, sagte er sich, als er wieder einmal eine flehentliche Textnachricht löschte. Von Nancy selbst kam nichts als ohrenbetäubendes Schweigen.

Izzy hatte völlig danebengelegen. Wie er richtig gesagt hatte: Nancy spielte keine Spielchen. Sie wollte nicht, dass er ins Flugzeug sprang und auf Höhlenmensch machte, der sie an den Haaren in sein Lager nach Frankreich schleifte. Sie wollte, dass er wegging und sie in Ruhe ließ. Und nun saß er hier, in dem immer dunkler werdenden Wohnzimmer des Lavendelhauses und wusste, dass er dringend Holz nachlegen sollte, aber er brachte doch nicht die Kraft auf, seinen Sessel zu verlassen, um zum Ofen zu gehen. Nach Chrissies Anruf badete er in Selbstmitleid, machte sich bewusst, was für einen Schlamassel er in seinen Beziehungen angerichtet hatte. Er fühlte sich alt und ausgebrannt.

Was habe ich noch zu verlieren?, fragte er sich eine Minute später, als er die SMS las, die Izzy ihm gerade geschickt hatte.

In jener Nacht betranken sie sich gemeinsam. Izzy hatte vor ihrem Rückflug von Marokko, wo sie die letzte Woche verbracht hatte, im Duty-free-Shop Wodka gekauft. Jim hatte das Abendessen zubereitet – Brathähnchen und Stampfkartoffeln. Zum ersten Mal in seinem Leben interessierte er sich fürs Kochen, probierte unzähliges, ihm völlig fremdes

Zubehör aus, das er in der Küche seines Bruders fand, darunter eine Kartoffelpresse, eine Crêpe-Pfanne, eine Passiermühle, einen Eier-Pochierer und eine rotierende Käsereibe. Als typischer Mikrowellenverfechter musste er sich die Gerätschaften von Madame Laverne erklären und Sinn und Zweck demonstrieren lassen. Doch es war ein guter Zeitvertreib, er ging mit seinen Palmblätterkörben einkaufen, erprobte sein Französisch in den kleinen Läden und lernte die merkwürdig aussehenden Lebensmittel in den Auslagen kennen, während er sich die ganze Zeit über vorstellte, all das zusammen mit Nancy zu erleben.

»Na schön«, sagte Izzy und rappelte sich hoch.

Jim blieb auf dem Sofa liegen, neben sich ein Glas Wein auf einem der Polster, das sich gefährlich zur Seite neigte. Es war schon spät, die Flasche Wodka längst leer, im Zimmer hing der Rauch der Gitanes und des Holzofens, die Lampen spiegelten sich in den Glastüren zum Balkon und vermittelten ein Gefühl von Unendlichkeit. Er fühlte sich rastlos; aus dem Lautsprecher drang die emotionsgeladene Stimme von Souad Massi, die genau sein Elend widerzuspiegeln schien und ihn im tiefsten Innern berührte. Massi schien ihn anzuflehen, Schluss zu machen mit seinem selbstmitleidigen Gejammer und etwas zu *tun*, etwas an der jetzigen Situation zu ändern.

Izzy baute sich vor ihm auf. »Jetzt ist die Zeit gekommen«, sagte sie, sich im Takt der Musik wiegend, »dir den Tanz der sieben Schleier zu zeigen.«

Jim lachte betrunken. »Tatsächlich? Ich kann mir nicht vorstellen, wie das in Jeans und Pulli gehen soll!«

Izzy ignorierte ihn, hob die Arme und drehte sich langsam um sich selbst, wiegte ihren Körper grazil hin und her, den Kopf zurückgeworfen, die Augen bei jeder Drehung auf Jim geheftet.

»Gib Acht, ich bin Salome«, flüsterte sie, während sie verführerisch ihren cremefarbenen Zopfpulli abstreifte und ein zartrosa Hemdchen enthüllte.

Jim starrte sie wie gebannt an.

Izzy schleuderte den Pulli lässig zur Seite, ohne ihren Tanz zu unterbrechen, der warme Schein der Lampe warf Schatten auf ihre schlanke Gestalt. Sie fasste den Saum des Hemdchens, zog es ein paar Zentimeter nach oben und enthüllte ihre glatte, leicht gebräunte Haut, dann ließ sie es wieder hinabgleiten, drehte sich ein paarmal und wiederholte das Ganze, bis sie ihm schließlich einen flüchtigen Blick auf ihre kleinen runden Brüste gewährte. Mit ihrer hellen Sopranstimme begleitete sie den Song von Massi, doch ihre Worte klangen verschliffen, die Töne nicht immer stimmig.

Jim war betrunken, trotzdem versetzte Izzys Tanz all seine Sinne in Alarmbereitschaft. Er tat nichts, um sie aufzuhalten, sie an der nächsten Pirouette zu hindern, bei der sie ihr Hemdchen abstreifte und ihre Brüste entblößte – die korallfarbenen Spitzen umgeben von hellen Dreiecken, die sich vom Rest ihrer gebräunten Haut abhoben. Jetzt bewegte sie den Bauch wie eine Bauchtänzerin, öffnete ihre Jeans und enthüllte ein Stück ihres schwarzen Spitzenhöschens. Sie hob die Hände hinter den Kopf, fasste in ihr volles blondes Haar und näherte sich Jim, schob ihre Knie zwischen seine. Ihre Bewegungen wurden langsamer und immer lasziver.

Nach wie vor machte er keinerlei Anstalten, ihre Avancen zu unterbinden, blieb einfach liegen, wie hypnotisiert. Doch plötzlich schrillten seine Alarmglocken so laut, dass sie zu seinem alkoholumnebelten Hirn durchdrangen. Ein Gedanke setzte sich fest und forderte lautstark Aufmerksamkeit: *Das ist die Grenze, Jim, und zwar definitiv,* erklärte die Stimme der Vernunft mit Nachdruck. *Überschreitest du sie, wirst du für immer von Nancy getrennt bleiben.*

Eine andere Stimme – instinktgesteuert, emotional und eher im Lendenbereich angesiedelt – hielt dagegen: *Na und? Warum nicht? Du hast Nancy ohnehin verloren.* Doch die Stimme in seinem Kopf blieb hart: *Überschreite diese Grenze, und es ist aus. Es gibt kein Zurück – und auch keine zweite Chance.*

Kapitel vierundfünfzig

Der laue Aprilabend war wie ein längst vergessener Genuss, nicht zuletzt weil sich der trübe, von grauen Wolken verhangene Himmel bis ins Frühjahr gehalten hatte. Ständig hatte es geregnet, doch jetzt endlich erwachte die Landschaft, die Apfelbäume standen in prachtvoller rosa-weißer Blüte, genau wie der Flieder und der leuchtend gelbe Ginster. Selbst Nancys seit dem Tod ihrer Mutter in eine winterschlafähnliche Lethargie verfallene Lebensgeister erwachten in einem neuerlichen Anflug der Hoffnung, als sie zu dem Pub mit Blick über die South Downs fuhr, in dem sie sich mit Lindy und Alison treffen wollte. Mittlerweile stand die Sonne tief am Himmel, ein rotgoldener Lichtstrahl senkte sich über die Bäume und Hügel und tauchte alles in einen strahlenden Glanz, der sie den Atem anhalten ließ.

Lindy hatte darauf bestanden, dass Nancy kam. Heute war ihr Geburtstag, und sie hatte ihrer Freundin so lange zugesetzt, bis diese nicht mehr anders konnte, als zuzusagen. Doch Nancy hatte bis zum letzten Augenblick gezaudert. Sogar das Anziehen war ihr schwergefallen – jedes Oberteil, das sie passend zu ihrer schwarzen Jeans aus dem Schrank zog, erinnerte sie an Jim: Das hatte sie getragen, als sie zum ersten Mal gemeinsam Kaffee getrunken hatten, das bei einem gemeinsamen Drink, das bei dem ersten Gig, den sie besucht hatte. Am Ende hatte sie sich für das schwarze T-Shirt mit dem cremefarbenen Schmetterlingsumriss entschieden – darin fühlte sie sich wohl. Ihre Haut, rau von dem kalten Winter und vor Verzweiflung, wirkte trocken und faltig unter dem Make-up, ihr graues Haar war viel zu lang und gehörte dringend geschnitten. Sie band es zu einem lockeren Pferdeschwanz zurück und verspürte einen schmerzhaften Stich, als sie daran dachte, wie sehr Jim es mochte, wenn sie ihr Haar so trug.

Lindy und Alison saßen bereits an einem Tisch in der Nähe der Pubtür, eine Flasche Weißwein in einem Kühler vor sich, dazu drei Gläser. Trotz ihrer vorherigen Skepsis war sie nun froh, ihre Freundinnen zu sehen, dankbar, dass sie mit einer solchen Begeisterung empfangen und umarmt wurde. Obwohl sie sich so zerbrechlich fühlte wie nach einer langen Genesungszeit, wusste sie, dass sich der Nebel der Verzweiflung langsam lichtete und winzige Lichtstrahlen in ihre düstere Seele vordrangen.

Sie plauderten eine Weile miteinander, bevor Lindy sich zu ihr drehte. Ihre Gabel verharrte über Fischfrikadellen und Salat in der Luft. »Dir ist bewusst, dass genau ein Jahr vergangen ist, seit wir Jim kennengelernt haben?«

Als Nancy nicht antwortete, schüttelte ihre Freundin den Kopf. »Toller Typ. Wie konntest du ihn dir nur durch die Lappen gehen lassen? Ich fasse es immer noch nicht – was hast du dir bloß dabei gedacht?«

Nancy sagte immer noch nichts, der letzte Bissen Fischfrikadelle war ihr in der Kehle stecken geblieben. Sie sah Jims blaue Augen vor sich, erinnerte sich, wie er in dem lärmigen Pub in Brighton zum ersten Mal ihren Blick festgehalten hatte, sein amüsiertes Lächeln lächelnd, als kennte er sie schon ihr Leben lang. Etwas an seinem Lächeln, an seinem Blick hatte sie zutiefst berührt, etwas, das sie für immer verändert hatte.

»Hör auf, sie zu piesacken, Lindy«, sagte Alison und sah Lindy mit ihren braunen Augen tadelnd an. »Er war offensichtlich nicht der Richtige für sie. Man kann sich doch nicht zwingen, jemanden zu lieben.«

»Ich will dich nicht piesacken, Nancy, aber Herrgott – ich suche die ganze Stadt nach einem so süßen, anständigen Mann wie Jim ab, und alles, was ich finde, sind fettwanstige Langweiler mit Mundgeruch und schlaffen Schwänzen, mit Ausnahme der Toyboys, aber die werden nach ein paar geilen Nächten ebenfalls langweilig.«

Die Frauen lachten.

»Ein paar geile Nächte sind nie verkehrt«, verkündete Alison mit für sie ungewöhnlicher Verve.

Lindy zog ein schockiertes Gesicht. »Allmächtiger! Ally, ich bin entsetzt! Ich habe dich noch nie so reden hören. Bist du etwa auch endlich auf der Suche?«

Alison schüttelte den Kopf. »Nein, nein … um Himmels willen …« Sie seufzte wehmütig. »Aber manchmal denke ich daran, wie es mit Nick war …« Eindeutig verlegen senkte sie den Blick auf ihren Teller.

Die Frauen schwiegen, dann deutete Lindy mit ihrer Gabel erneut auf Nancy und fragte mit vollem Mund: »Du warst schon ein bisschen in Jim verliebt, stimmt's, Süße? Um ehrlich zu sein, hatte ich sogar den Eindruck, du wärst bis über beide Ohren in ihn verknallt, zumindest eine Zeitlang.« Sie seufzte. »Aber wie wir alle wissen, ist das manchmal nicht genug.«

»Ich habe ihn geliebt«, sagte Nancy, dann verstummte sie, da sie nicht wusste, wie sie Lindy erklären sollte, was passiert war.

Nach einem kurzen Moment fuhr Lindy fort: »Ich hatte dich gewarnt. Du hättest ihn nicht bei dir einziehen lassen dürfen, dann wäre es jetzt bestimmt nicht aus zwischen euch.«

»Es ist also wirklich vorbei?«, wollte Alison wissen.

»Ja.« Nancy holte tief Luft und setzte sich aufrechter hin. Das Gespräch zerrte sie zurück in die Dunkelheit, in der sie seit Januar lebte und aus der sie unbedingt herauswollte. »Er wohnt jetzt in Frankreich.« Ihr war bewusst, wie oberflächlich diese Antwort klang.

»Ähem.« Lindy gab ein missbilligendes Räuspern von sich. »Ich hoffe, deine liebe Familie weiß dein Opfer zu schätzen.«

»Es war kein Opfer«, widersprach Nancy.

Ihre Freundin zog skeptisch eine Augenbraue in die Höhe. »Wie ist übrigens das Desaster mit dem Restaurant ausgegangen?«

»Gut. Ich denke, es war für Ross und Louise das Beste, dass es so gekommen ist. Ross' Stolz hat einen kräftigen Dämpfer erhalten, aber er wird schon wieder auf die Füße kommen – das Kochen ist nun mal sein Leben. Lou ist ihrem Vater unendlich dankbar, dass er ihnen aus der Patsche geholfen hat – was der Beziehung zwischen den beiden sehr guttut. Ross und Lou scheinen an ihrer Ehe zu arbeiten, jetzt, da das dämliche Restaurant nicht länger zwischen ihnen steht. Er hat morgen ein Vorstellungsgespräch – bei einem neuen Lokal in Rottingdean.« Sie zuckte die Achseln. »So hat sich der Trubel letztendlich wieder gelegt.«

»Genau wie ich es dir gesagt hatte«, betonte Lindy, die immer gern recht behielt.

»Was hast du mir gesagt?«

»Ich habe dir gesagt, dass sich alles finden würde.«

»Ich hatte auch nie das Gegenteil behauptet.«

»Vielleicht nicht, aber du dachtest, du müsstest dein eigenes Leben aufgeben, um ihnen zu helfen.«

»Nein«, protestierte Nancy steif. »Ich wusste nur nicht, wie ich nach Mums Tod mit alldem klarkommen sollte – es war einfach zu viel.« Sie war noch viel zu dünnhäutig, um Lindys Tirade über sich ergehen zu lassen.

Plötzlich lag Spannung in der Luft; keine der Frauen wagte, die anderen auch nur anzusehen.

»He, Mädels, ich habe Geburtstag, lasst uns nicht rührselig werden«, sagte Lindy und hob ihr Glas. »Auf die Liebe, auf die Freiheit und geile Nächte.« Sie sprach so laut, dass die Gäste am nächsten Tisch – vier weißhaarige Männer, die bereits in den Achtzigern sein mussten – grinsend zu ihnen herübersahen.

»Wenn eine der Damen auf unsere Unterstützung zurückgreifen möchte …«, bot einer von ihnen mit hoher, dünner Stimme an, während die drei anderen in schallendes Gelächter ausbrachen.

»Das ist ausgesprochen galant von Ihnen, Sir.« Lindy hob ihr Glas und prostete den alten Herren zu. »Ich werde Ihr Angebot im Hinterkopf behalten.«

Es war schon nach Mitternacht, als Nancy zu Hause eintraf. Sie hatte den Abend genossen – trotz des Gesprächs über Jim. Zum ersten Mal seit langer Zeit hatte sie wieder richtig gelacht, nicht zuletzt über Lindys Schilderung eines grässlichen Acht-Punkte-Faceliftings, das diese ernsthaft über sich ergehen lassen wollte. Nancy freute sich, dass sie sich einen Ruck gegeben und mit den Freundinnen gefeiert hatte.

Obwohl es schon so spät war, fühlte sie sich nicht müde, sondern eher rastlos. Die Vergangenheit, in der Lindy unnachgiebig gewühlt hatte, machte ihr zu schaffen. Sie ging hinüber ins Klavierzimmer und spielte leise ein paar Melodien. Unbewusst schlugen ihre Finger die Noten zu den Liedern an, die Jim so oft gesungen hatte, aber das durfte sie nicht zulassen, nicht heute Nacht.

Nancy stand auf, kehrte in die Küche zurück und schenkte sich ein Glas Wasser ein, dann warf sie einen letzten Blick auf ihr Handy, bevor sie ins Bett ging. Es war eine E-Mail eingegangen. Sie öffnete sie, und beinahe wäre ihr das Herz stehen geblieben. Jim. Die Betreffzeile war leer, und ihr Herz zog sich schmerzhaft zusammen vor Erwartung und gleichzeitiger Furcht, was er ihr wohl mitzuteilen hatte.

Doch auch der Textkörper war leer – bis auf einen blau unterstrichenen Link. Mit trockenem Mund und zitternden Händen klickte sie ihn an. Auf dem Bildschirm erschien ein sich drehendes Download-Rädchen. Sie setzte sich wieder und wartete, die Augen auf das kleine Display geheftet. Dann war er da – Jim –, und sie hatte das Gefühl, sie hätte ihn erst gestern gesehen. Dort saß er, mit seiner Gitarre, das graue Haar wie immer zum Pferdeschwanz zurückgebunden, in seinem weißen Hemd, und schaute in die Kamera, die Augen genauso blau, wie sie sie erinnerte. Nancy klickte auf das Play-Symbol und sah ihn nervös lächeln.

»Das ist für dich, Nancy, weil wir uns vor genau einem Jahr kennengelernt haben«, sagte er, dann begann er mit seiner tiefen, rauen Stimme zu singen.

»Old and alone with the memory of love,
My whiskey and songs kept me warm,
But you showed me your soul when your grey eyes met mine
In that instant I knew I was lost.
Be with me, Nancy, take one more chance,
I'll love you till the day I die.«

Ein alter Mann, allein mit der Erinnerung an Liebe,
Gewärmt von Whiskey und seinen Liedern,
Doch du offenbartest mir mit einem Blick aus deinen grauen Augen deine Seele,
In dem Moment wusste ich, dass ich verloren war.
Erhör mich, Nancy, gib uns noch eine Chance,
Ich werde dich lieben bis in alle Ewigkeit.

»Not free then to love, I lied in my fear,
Because losing you would lose me my mind,
But you let me come back, despite what they said,
And found me a place in your heart.
Be with me, Nancy, take one more chance,
I'll love you till the day I die.«

Nicht frei zu lieben log ich aus Angst,
Denn dich zu verlieren hieße den Verstand zu verlieren,
Aber du nahmst mich zurück, egal, was die anderen sagten,

Und gabst mir einen Platz in deinem Herzen.
Erhör mich, Nancy, gib uns noch eine Chance,
Ich werde dich lieben bis in alle Ewigkeit.

»That first time we kissed is burned on my heart,
It felt like the still point of time.
But I lost you to others, more worthy than me,
And without you I did lose my mind.
Be with me, Nancy, take one more chance,
I'll love you till the day I die.«

Der erste Kuss brannte sich in mein Herz,
die Zeit schien stehen zu bleiben.
Doch ich hab dich an andere verloren, die dich mehr verdienen als ich,
Und ohne dich verlor ich den Verstand.
Erhör mich, Nancy, gib uns noch eine Chance,
Ich werde dich lieben bis in alle Ewigkeit.

»Don't think of the future, don't make a plan,
Life's random, we can't know our fate,
But each precious moment I live in your love
Makes me braver to be who I am.
Be with me, Nancy, take one more chance,
I'll love you till the day I die.«

Denk nicht an die Zukunft, schmiede keinen Plan,
Das Leben ist Willkür, wir kennen unser Schicksal nicht,

Doch jeder kostbare Augenblick deiner Liebe
Gibt mir mehr Mut zu sein, wer ich bin.
Erhör mich, Nancy, gib uns noch eine Chance,
Ich werde dich lieben bis in alle Ewigkeit.

»Time has gone by but with each day that dawns
I live the enchantment we shared.
It was more than just lust, much more than a fling,
For me you're the link to my soul.
Be with me, Nancy, take one more chance,
I'll love you … I'll love you till the day that I die.«

Viel Zeit ist vergangen, aber mit jedem anbrechenden Tag
Erlebe ich den Zauber, den wir teilten.
Es war mehr als nur Lust, mehr als eine flüchtige Liebelei,
Für mich bist du der Schlüssel zu meiner Seele.
Erhör mich, Nancy, gib uns noch eine Chance,
Ich werde dich lieben … Ich werde dich lieben bis in alle Ewigkeit.

Am Ende des Songs senkte er leicht den Kopf und blickte unsicher in die Kamera, dann blieb das Bild stehen. Nancy schloss das E-Mail-Programm, sprang auf und eilte mit großen Schritten zu ihrem Laptop am gegenüberliegenden Ende des Tisches. Vor lauter Hast, das Lied noch einmal zu hören, gab sie zweimal das falsche Passwort ein und musste erst einmal tief durchatmen, um sich zu beruhigen. Und dann war er wieder da, größer diesmal, die Stimme klarer.

Wie hypnotisiert starrte sie auf den Bildschirm und hatte das Gefühl, sie müsse nur die Hand ausstrecken, um ihn zu berühren. Ihr Herz raste, ihr Blick war tränenverschleiert. »*Take one more chance*«, sang sie leise. *Um Himmels willen, Nancy*, sagte sie zu sich selbst, *mach schon, gib euch eine Chance, bevor es zu spät ist.*

Nancy musste nicht nachdenken, es war fast so, als sei die Entscheidung bereits getroffen und sie müsse sie nur noch umsetzen. Jims Song war der Auslöser gewesen: Sie hatte sofort online für den nächsten Tag einen Flug nach Marseille gebucht; ein Taxi würde sie um acht Uhr früh abholen. Anschließend hatte sie ein paar Klamotten in ihren Rollkoffer geworfen, Make-up und flüssige Substanzen wie Duschgel, Gesichtswasser und Shampoo in eine durchsichtige Plastiktüte gepackt und war unter die Dusche gesprungen. Als sie fertig war, war es fast zwei Uhr morgens. Sie wusste, dass sie versuchen sollte, ein bisschen zu schlafen, aber ihr Körper summte förmlich vor Vorfreude, ihre Gedanken überschlugen sich. *Jim*, dachte sie, *Jim*. Am Ende setzte sie sich aufs Sofa und las, bis sie irgendwann eindöste.

Die Morgendämmerung weckte sie. Um Viertel vor acht rollte sie ihr Gepäck vor die Tür und huschte über den Kies zum Haus ihrer Tochter. In der Küche war Licht an – die Familie war schon aufgestanden, obwohl heute Samstag war. Leicht benommen sperrte sie die Haustür auf und trat ein. Ihre Augen brannten vom stundenlangen Lesen und vor Müdigkeit.

»Mum!« Louise, die in ihrem karierten Nachthemd mit offenen Haaren am Küchentisch saß, eine Tasse Tee in den Händen, vor sich auf dem Tisch eine aufgeschlagene Zeitschrift, blickte überrascht auf. Aus dem Wohnzimmer drangen die Geräusche des Fernsehers, wo die Mädchen verschlafen unter der lila Kuscheldecke hockten.

Nancy zog einen Stuhl unter dem Tisch hervor und setzte sich. »Lou, ich weiß, das kommt ein bisschen plötzlich, aber ich fliege zu Jim nach Frankreich.«

»Zu Jim? Im Ernst?« Louise musterte sie von oben bis unten. Verblüfft.

»Ja. Ich nehme die Ein-Uhr-Maschine nach Marseille. Ich – er hat mir gestern Abend eine E-Mail geschickt …«

Louise schüttelte den Kopf. »Wow. Aus heiterem Himmel? Ich dachte, es sei längst vorbei.«

Nancy musste unweigerlich lächeln, als sie sagte: »Er hat einen Song für mich geschrieben, und ich … es war ein ziemlicher Schock, aber ich möchte ihn wiedersehen, Lou, das wünsche ich mir von ganzem Herzen. Ich habe ihn so vermisst …« Sie hörte selbst, wie konfus sie klang, und wartete atemlos auf die Antwort ihrer Tochter. Sie befürchtete eine von Louise' üblichen Schimpftiraden über Jim Bowdry.

Doch Louise lächelte und sah sie amüsiert an. »Das ist großartig, Mum.«

»Findest du?«

»Ja. Ich bin froh, dass er sich bei dir gemeldet hat.«

»Tatsächlich?«

Louise nickte. »Denkst du, ich habe nicht bemerkt, wie sehr du gelitten hast?«

Nancy hörte ihr Handy piepsen. »Das wird das Taxi sein.« Sie stand auf. Louise erhob sich ebenfalls.

»Viel Spaß«, wünschte Louise und drückte ihre Mutter liebevoll. Ihre Umarmung sagte mehr als Worte.

»Ich drücke Ross die Daumen für sein Bewerbungsgespräch«, sagte Nancy, der es auf einmal schwerfiel, sich zu verabschieden. »Grüß die Mädchen von mir.«

»Das mache ich. Und jetzt los mit dir, Mum!«

Die Türen von der Zollabfertigung öffneten sich, und Nancy betrat die Ankunftshalle, benommen von einem erschöpfenden Schlaf im Flugzeug, der ihr keine Erholung, sondern einen steifen Nacken eingebracht hatte. Ein Meer von fremden Gesichtern starrte ihr entgegen, und plötzlich fühlte sich Nancy exponiert und verlegen. Jim war nicht darunter.

Und dann war er da, etwas abseits der Masse. Groß, gutaussehend, von der Frühlingssonne gebräunt und ach so wunderbar vertraut. Ihr Herz öffnete sich, als sie aufeinander zugingen. Sie hörte nicht länger die Durchsagen, nahm weder den glänzenden Fußboden noch den Geruch von Kaffee noch die südländischen Gesichter der Umstehenden wahr, als sie den Griff ihres Trolleys losließ und Jim in die Arme fiel. Sie atmete tief ein, die Wange an seine gedrückt – atmete den Duft seiner Haut, seiner Lederjacke, seines holzigen Rasierwassers.

Als sie aufsah, bemerkte sie den Ausdruck reiner Freude in seinen Augen – ein Spiegel ihrer eigenen Empfindungen.

»Hi«, sagte er, ohne sie loszulassen.

»Hallo«, erwiderte sie und spürte, wie ein überwältigendes Glücksgefühl in ihr aufstieg.

Sie sagten nicht viel, als sie in Stevies Citroën zum Lavendelhaus fuhren, nur die üblichen Banalitäten: »Wie war der Flug?« »Ich freue mich sehr, hier zu sein.« »Zu Hause regnet es.« »Hast du im Flieger etwas zu essen bekommen?« Als wären sie Bekannte, die gemeinsam eine Spritztour machten. Dabei waren sie beide gar nicht angespannt: Nancy saß ganz ruhig auf dem Beifahrersitz, die Hände im Schoß, und genoss es einfach nur, bei ihm zu sein. Als sie in Cavaillon vor einer Ampel hielten, wandte er sich ihr zu und lächelte liebevoll.

»Ich liebe deinen Song«, sagte sie.

Jim griff nach seinem Handy und scrollte, bis er gefunden hatte, wonach er suchte. Auf einmal erfüllte sein tiefer Bariton den Wagen. Begleitet von dem Lied, das er für sie geschrieben hatte, fuhren sie durch die Stadt und hinaus aufs Land. Die Sonne spielte in den weißen Kirschblüten. Jim fing an mitzusingen, und Nancy fiel mit ein. Aus voller Kehle schmetterten sie den Refrain: »*Be with me, Nancy, take one more chance, I'll love you till the day that I die …*«

Als die Musik endete, brachen beide in atemloses Lachen aus, so ausgelassen vor Glück, dass Jim rechts heranfahren und sich die Tränen vom Gesicht wischen musste. Auch Nancy tupfte sich die Augen. Schweigen breitete sich im Wagen aus, und Jim lehnte sich zu ihr hinüber und küsste sie. Und wie bei ihrem allerersten Kuss schien die Zeit stehen zu bleiben. Es war ein sanfter und zugleich hingebungsvoller Kuss, der sich für immer in ihrer beider Herzen einbrannte.

In jener Nacht schliefen sie nicht miteinander. Sie aßen früh zu Abend – Omelett mit Salat, Ziegenkäse und Birnen –, tranken eine Flasche Bordeaux und gingen ins Bett. Nackt lagen sie zusammen in der Dunkelheit, hielten einander sanft in den Armen, als könnten sie zerbrechen wie Glas. Die qualvollen Monate der Trennung standen ihnen noch überdeutlich vor Augen. Sex erschien ihnen zu grob, zu schnell, zu entblößend, also lagen sie da, eng umschlungen, warme Haut auf warmer Haut, und schliefen.

Nun richtete Nancy sich auf, stützte sich auf den Ellbogen und betrachtete Jim. Es war früher Morgen, die Fensterläden standen offen, die helle, wärmende Frühlingssonne ergoss sich in staubigen Strahlen über das Bett. Sie legte eine Hand an seine Wange. Er hielt sie fest. Ohne ein Wort zu sagen, begannen sie langsam, sich zu lieben.

Autorin

Hilary Boyd besuchte in ihrer Kindheit das berühmte Roedean-Internat in Brighton. Sie arbeitete als Krankenschwester, Paartherapeutin und zuletzt als Journalistin im Gesundheitsbereich. Nachdem sie mehrere Sachbücher veröffentlicht hatte, schrieb sie »Donnerstags im Park«, ihren ersten Roman, mit dem sie auf Anhieb einen Bestseller landete und die Herzen ihrer Leserinnen im Sturm eroberte.

Hilary Boyd im Goldmann Verlag:
Donnerstags im Park. Roman
(nur als E-Book erhältlich)
An einem Sonntag im Oktober. Roman
(auch als E-Book erhältlich)

GOLDMANN
Lesen erleben